FRAGILES

SARAH MORANT

FRAGILES

hachette
ROMANS

Hachette Livre, 58 rue Jean Bleuzen, 92170 Vanves.

PROLOGUE

Douze ans plus tôt

Gabriel sourit à la fillette et réajusta le coussin rose sous sa tête, prenant garde de ne pas accrocher ses longs cheveux blonds. Elle était si fragile.

— Tu as appris à lire aujourd'hui ?

— Oui, mais tu es trop petite pour comprendre, Evangeline, rétorqua le petit garçon en souriant doucement.

— Mais non, Gaby, j'ai quatre ans, protesta-t-elle en montrant quatre petits doigts, si fins que le garçon les aurait brisés d'une main.

Il ébouriffa ses cheveux de blé alors qu'elle déformait légèrement les phrases, ne prononçant pas suffisamment les lettres sifflantes. Il aimait Evangeline. C'était incontestable et profondément ancré en lui. Impossible, pour un enfant d'un tel âge. Mais Gabriel avait depuis longtemps compris que rien n'était réellement impossible. Alors il lui promit de lui expliquer sa leçon le lendemain soir, parce que après tout il lui avait déjà appris à écrire son prénom et celui de sa poupée.

— Dis, Gaby, maman sera là demain ?

Son cœur se tordit alors que lui aussi il voulait voir sa maman. Il voulait qu'elle le prenne dans ses bras et qu'elle l'emmène très loin d'ici. Ils partiraient à trois, avec Evangeline, et ils mangeraient des glaces sur la plage. C'était un rêve qu'il faisait la plupart des nuits.

Toutefois, il n'était pas bête, même si son père lui répétait souvent le contraire. Il savait que, parfois, les grandes personnes s'en allaient.

Et que, parfois, elles ne revenaient pas.

Il ne voulait pas dire cela à son Evy. À la place, il prit Carla, sa poupée fétiche, et détourna son attention des sombres pensées qui la guettaient.

Evangeline n'avait que quatre ans, c'était si facile pour elle d'oublier. Gabriel en avait deux de plus, et pourtant il avait déjà l'impression d'être un adulte.

Il attendit patiemment qu'elle s'endorme et, alors, il se glissa hors du lit pour rejoindre sa propre chambre. Il n'aimait pas la laisser seule, mais il savait aussi qu'elle ne risquait rien pour l'instant.

L'enfant marcha sur la pointe des pieds, prenant garde de ne pas glisser à cause de ses chaussettes et d'éviter les trois lattes grinçantes du parquet. Avant de refermer la porte et de se fondre dans l'obscurité du couloir, il se retourna sur la petite silhouette endormie. Lui-même avait du mal à atteindre la poignée de la porte.

— Si personne ne vient nous chercher, moi je serai là. Je t'emmènerai avec moi et on partira loin, très loin. Au Pays imaginaire pour rencontrer Peter Pan, dans la forêt avec Blanche-Neige ou dans l'océan d'Ariel pour danser avec elle et Sébastien. Je te protégerai quoi qu'il arrive et tu verras, on sera super heureux à deux, souffla-t-il à mi-voix, même si la petite poupée endormie ne pouvait pas l'entendre.

C'étaient des paroles lourdes pour un petit garçon et, plus encore, c'était une promesse.

Mais Gabriel ne savait pas, à l'époque, qu'il serait incapable de la tenir.

1

GABRIEL

Dix ans plus tôt

— *Gaby, ne fais pas ça.*

— *Ne discute pas, Evangeline.*

Le garçon lui saisit l'avant-bras sans ménagement et poussa la fillette dans l'armoire, avant de refermer la porte à clé.

— *Gaby, non, s'il te plaît, supplia-t-elle en tapant sur le bois.*

Le garçon donna un violent coup de poing contre la porte, la faisant trembler, pour dissuader l'enfant de faire du bruit.

— *Tais-toi, lâcha-t-il dans un murmure menaçant.*

Il repartit alors dans le couloir, comme s'il n'avait rien fait, comme s'il ne venait pas d'enfermer une petite fille de six ans dans l'endroit exigu qu'était la penderie. Il entendait déjà des bruits au rez-de-chaussée, savait qu'il serait sévèrement puni si on savait qu'il avait enfermé Evangeline.

Mais il s'en fichait, il avait appris à devoir faire des choix par lui-même.

Mes paupières s'ouvrirent brusquement à ce souvenir, m'empêchant de vivre la suite. Le corps en sueur, je posai les pieds par terre, repoussant la couette jusqu'à ce qu'elle tombe de l'autre côté du lit.

Beaucoup de gens craignaient les rentrées scolaires. La seule pensée qui envahissait mon esprit à cet instant, c'était que ce serait la dernière. J'étais enfin en terminale et l'année prochaine je partirais loin de cette putain de ville, faire le tour des États-Unis sans plus me soucier des devoirs de physique et de math qui me pourrissaient la vie depuis six ans. Je serais totalement libre, sans plus aucune attache dans ce monde étouffant. Et, si la plupart des hommes craignaient de disparaître ainsi, j'aimais l'idée de sombrer totalement dans l'oubli.

Mon reflet dans le miroir me renvoya l'image de ce garçon âgé de dix-huit ans aux cheveux bruns et aux yeux marron clair que je croisais tous les jours. Je ne savais pas pourquoi je plaisais tant aux filles, je devais probablement avoir une sorte d'aimant dans les abdominaux. Ou un don d'hypnose inconscient.

Claire m'attendait au rez-de-chaussée, préparant le petit déjeuner. Son mari était assis près d'elle, les yeux rivés sur la rubrique sports du journal du matin.

— Je t'ai fait des crêpes, mon chéri, glissa-t-elle doucement en me tendant la bouteille de sirop d'érable.

— Merci, Claire.

Je vis une ombre passer dans les yeux de la jeune femme et je sus que je l'avais probablement déçue, comme chaque fois. Mais j'étais incapable de l'appeler autrement.

Claire et Patrick faisaient partie de ces personnes que vous ne pouviez détester, un petit couple parfait pas vraiment friqué mais qui trouvait encore le moyen d'aider les autres. J'avais longtemps essayé de les repousser. Je leur avais fait les pires conneries, j'avais ruiné plusieurs de leurs amitiés, j'avais même tenté de les séparer.

Et ils étaient toujours restés. J'en étais moi-même étonné. Ils m'avaient gardé sous leur toit et avaient essayé de me donner une éducation correcte.

Des pas lourds retentirent dans l'escalier et un blondinet descendit les marches en traînant les pieds.

— Jake, tu veux des crêpes aussi ?

— Ouais, m'man, répondit-il d'une voix lasse.

Mec, si t'es déjà blasé à treize piges, je n'imagine même pas dans vingt ans.

Claire me sortit de mes pensées en m'embrassant sur le front, et je soupirai avant de partir à l'école.

***

Le lycée était d'un ennui profond. Ce que je considérais avant comme une cour de récréation était devenu une prison entourée de barbelés acérés. Et cela, je le devais à une seule personne : Brittany Fricht.

En plus d'un ego plus grand que la Galaxie, d'un caractère explosif et d'une personnalité lunatique, cette fille était le diable incarné.

Elle avait détruit ma réputation pour un simple rendez-vous avec un minable qui en pinçait pour une autre. Bref, elle s'était fait avoir et m'avait entraîné dans sa chute.

Je n'avais pas l'habitude d'être manipulé par les filles, c'était plutôt moi qui jouais avec elles. Il fallait bien avouer qu'une jolie brune pouvait vous faire planer encore plus haut qu'une seringue d'héroïne. J'avais passé deux merveilleuses années à me perdre dans les bras des filles avant de les jeter sans aucun remords. Et peut-être, oui peut-être, que j'aurais dû songer au karma.

Cette pétasse avait donc fait voler en éclats ma belle popularité et s'était débrouillée pour me discréditer auprès de tout le lycée.

Toutefois, c'était ma dernière année, et j'avais les quarante prochaines semaines pour me venger.

Je devais montrer que Gabriel Gossom prenait sa revanche, toujours. J'étais connu pour cela, de toute façon. Les bagarres, les colères explosives, les débordements…

Il fallait bien que quelqu'un leur apprenne ce qu'était la vraie vie. Les plus forts écrasent les plus faibles ou les soumettent à leur volonté. Comme dans une chaîne alimentaire, en quelque sorte.

En réalité, ils devraient même songer à me remercier, ces ingrats.

Vanessa me fit un petit signe de la main devant les grilles du lycée et je lui rendis un salut militaire. La jolie fille pulpeuse aux lèvres bien rouges et à la longue crinière blonde était une damnation et la seule que j'avais gardée plus de deux nuits. C'était une garce, et pour cela on se ressemblait beaucoup, elle et moi.

Une fois les grilles franchies, mon visage devint hermétique. Dans ma tête, je m'imaginais rentrer dans un sac de couchage et le fermer jusqu'à totalement disparaître, comme si Gab laissait place à Gabriel.

Quand on vous accorde un peu trop d'attention, vous apprenez très tôt à jouer sur plusieurs tableaux. Changer de costume au fur et à mesure des jours, des relations… C'était une façon de se rendre imperméable aux critiques des jaloux, une sorte de fuite dans un théâtre aux couloirs sombres et nombreux dont vous seul connaissez l'existence.

Au même moment, je la vis entrer dans le lycée avec sa démarche chaloupée et ses talons aiguilles vertigineux. Ses boucles brunes s'agitaient autour de son visage, encadrant ses prunelles vertes.

Oui, oui, je savais incroyablement bien la décrire sans la regarder. Pour ma défense, Brittany avait été ma plus longue distraction. J'avais passé une semaine entière avec elle et, même si on n'était jamais vraiment restés rien qu'à deux, j'avais apprécié sa compagnie.

Ah, elle m'avait ramolli.

Ce n'était pas de ma faute, elle dégageait quelque chose de spécial. Je n'étais pas amoureux d'elle, elle ne me plaisait même pas. Toutefois, quand une personne était intéressante, je savais l'admettre.

Et cette fille l'était, définitivement. Du moins, je l'avais cru. J'avais cru qu'elle cachait une fillette à l'intérieur, dans un sac de couchage semblable au mien. Sauf que je m'étais trompé, et que Brittany s'avérait aussi superficielle que je l'avais pensé au premier regard : un simple robot programmé pour le shopping.

La sonnerie retentit et je levai les yeux au ciel en me dirigeant lentement vers la classe que l'on m'avait assignée par mail deux semaines plus tôt.

Un an. Plus qu'une putain d'année.

***

Je ricanai en voyant la jolie brunette aux boucles élégantes s'installer devant moi. Brittany se retourna, les yeux noirs de colère.

— T'as quoi, Gossom ? La trisomie 21 ?

— Moi aussi, je suis heureux de te revoir, Fricht. Je regrette d'ailleurs l'époque agréable où tu m'appelais bébé, lâchai-je d'une voix traînante en lui lançant un sourire narquois.

— Range tes sarcasmes.

— Il me semble que tu ne t'es pas gênée, toi, l'année dernière.

Je vis une lueur passer au fond de ses yeux verts, sans décrypter l'émotion qu'elle trahissait.

J'avais presque oublié que Brittany était douée pour les joutes verbales, qu'elle encaissait les coups les uns après les autres sans rien laisser paraître. Cela la touchait-il réellement ? Il faudrait qu'elle ait un cœur pour cela.

— C'est bon, Gossom. Tu ne vas pas gâcher mon ultime année de calvaire parce que j'ai un peu joué avec ta virilité l'an passé ?

Connasse. Elle avait déclaré devant toute la cafétéria que j'étais impuissant et fan de disco.

— Quand on n'y connaît rien, on ferme sa gueule, crachai-je en lui lançant un regard de braise.

— Que de jolis mots dans ta bouche, Gossom !

Mes poings se serrèrent sur le bureau et je vis ses yeux verts les fixer un instant.

Elle aurait dû se retourner et me laisser tranquille. Toute personne intelligente l'aurait fait, parce qu'on connaissait mes colères noires et incoercibles. Je n'étais déjà pas très poli et gentleman en temps normal, mais la rage faisait ressortir tous mes défauts. Je devenais un monstre, je le savais.

Toutefois, elle se contenta de me fixer avec un sourire arrogant. Elle finirait par le ravaler, parce que frapper les filles ne me posait aucun problème.

— Mademoiselle Fricht, tournez-vous, s'il vous plaît.

La demoiselle regarda le professeur sans plus m'adresser un mot, et c'était tant mieux.

Les cours de mathématique étaient d'une cruauté sans faille. Quel professeur faisait réellement cours le premier jour ? C'était immonde. Mon regard était fixé sur l'horloge accrochée au mur, juste au-dessus de la tête de M. Parvonte. Je voyais l'aiguille avancer lentement et désespérais de la voir prendre un peu de vitesse.

Les doigts de Brittany tapaient en rythme sur son bureau, ses ongles en résine faisant un bruit d'enfer dans le calme apparent de la classe.

— Fricht, je vais te casser les doigts, grinçai-je en fixant sa main comme si cela pouvait suffire à lui briser les phalanges.

— Tant que tu ne me casses pas les ongles ! Cette manucure m'a coûté une fortune, lâcha-t-elle de sa voix agaçante.

Je levai les yeux au ciel et donnai un coup de pied dans sa chaise.

— Mais arrête, bordel !

Elle se tourna de nouveau vers moi en souriant et, devant mon air furax, leva les doigts pour les poser sur ses genoux. Alors que mes lèvres se retroussaient en un sourire victorieux, elle commença à jouer avec son stylo, passant d'une couleur à l'autre avec des clics horripilants.

— Tu sais que tu es chiante, comme fille ?

Elle ne se tourna pas vers moi, mais je vis ses épaules se redresser légèrement pour se caler plus confortablement sur la chaise tandis qu'elle savourait sa première victoire. Dans ma tête, je l'imaginais afficher ce sourire suffisant et cet air arrogant qu'elle avait la plus grande partie de la journée. Je les lui ferais perdre, c'était une promesse.

***

Je soupirai en rentrant chez moi : Patrick m'attendait sur les marches devant la maison, les mains prisonnières de ses cheveux grisonnants. Il releva ses yeux bleus à mon arrivée.

— Tu n'avais rien de mieux à faire que m'attendre ?

— Jake fait ses devoirs, Claire prépare le repas... Tu veux qu'on regarde le match de foot ensemble ?

Je m'humectai les lèvres, cherchant un moyen de repousser l'invitation. Patrick était réellement un homme bien, et peut-être le seul pour lequel j'avais une once de respect, mais je n'étais pas fan des moments père-fils. Ce n'était pas pour moi, parce que je n'étais pas son fils. Je savais qu'à travers cette proposition banale il s'imaginait déjà pouvoir se rapprocher de moi, tisser des liens. Après tout, vu le nombre de psys qui s'étaient trouvés en face de moi, je commençais à comprendre les rouages et les théories de la psychologie. Ils ne voulaient pas admettre que je n'avais pas besoin de tendresse. Ces conneries d'amour, familial ou non, c'était de la foutaise. Une invention de certains businessmen intelligents pour créer des occasions de se faire du blé.

— Tu sais, tu n'es pas obligé...

— Tu es autant notre garçon que Jake, Gab. Ne l'oublie pas, se contenta-t-il de soupirer en comprenant qu'il regarderait encore un match seul.

Il rentra dans la maison, les épaules plus basses qu'avant, probablement déçu par mon énième refus. J'espérais ne pas avoir atteint la limite de sa patience. Je savais que peu de familles d'accueil gardaient un môme aussi arrogant et aussi chiant que moi. Mon assistante sociale me répétait en boucle que j'avais beaucoup de chance que mes tuteurs ne décident pas de me virer à ma majorité. Patrick et Claire me voyaient aller à l'université et devenir un brillant... un brillant n'importe quoi, tant que j'étais heureux avec un sacré diplôme en poche pour m'en sortir dans la vie. Mais ce n'était clairement pas pour moi. Ni les études, ni la putain de vie de famille parfaite.

J'étais égoïste d'après certains, perturbé pour les psychologues et mal-aimé selon mes tuteurs. Ils n'avaient juste pas compris une chose.

J'étais brisé.

2

BRITTANY

Un, deux, trois, quatre, cinq, six…

J'enfilais un à un les bracelets, prenant bien garde qu'ils recouvrent la totalité de mon poignet, associant les différentes couleurs avec mon vernis.

Je rentrai ensuite dans ma salle de bains, aspergeant mes yeux d'eau pour enlever la rougeur des larmes, cachant mes cernes et ma petite cicatrice avec minutie. C'était le même rituel chaque matin. Je passais deux longues heures à me rendre parfaite aux regards des autres.

Aucune faiblesse. Ces lycéens débiles avaient une tolérance qui frôlait le zéro.

Je chaussai ensuite mes talons aiguilles fétiches et observai une dernière fois ma tenue, scrutant le moindre défaut.

Mes cuisses étaient bien trop épaisses et je devais surveiller mon ventre si je ne voulais pas qu'il enfle à cause des sucreries. Je soupirai en me demandant ce que je pourrais réduire pour le faire disparaître.

Je refermai doucement la porte de ma chambre, prenant garde de ne pas réveiller ma mère, et quittai la maison en conduisant mon petit bijou, une jolie Volvo qu'on m'avait offerte pour mon anniversaire.

Clac, clac, clac…

Le bruit de mes talons résonnait à un rythme soutenu et régulier. C'était le premier signe de confiance qu'une femme pouvait avoir : laisser ses talons frapper le sol comme si elle emmerdait tous ceux qui trouvaient que ça faisait prétentieux. C'était ce que je m'appliquais à faire chaque matin en rentrant dans le lycée.

Je rejetai mes cheveux en arrière, le menton levé, le regard fier et un sourire arrogant sur les lèvres.

Vanessa m'attendait dans la cour, à notre place habituelle depuis deux petites années maintenant. Et cette année serait la dernière.

— Alors, Brittany, j'ai entendu dire qu'on s'était amusée avec Gossom hier…

J'adressai un sourire moqueur à mon unique amie et changeai mon sac de bras. Mes bijoux brillaient face au soleil.

— Disons que, depuis l'incident de la cafétéria, j'aime le taquiner.

Je ne regrettais pas d'avoir ridiculisé Gabriel. Après tout, il avait payé pour toutes les filles qu'il avait attirées dans ses filets. Ce n'était que justice, même si je l'avais rabaissé plus qu'on me l'avait demandé. Jason m'avait plu et j'avais cru… Je ne sais pas… qu'il pourrait faire en sorte que je m'aime. J'avais cru comme une débile qu'un homme sur cette terre pouvait être fait pour moi.

Mais j'avais oublié que je n'étais pas faite pour les histoires de cœur. C'était génétique.

Je savais que Vanessa aimait bien Gabriel. Et c'était rare, les personnes qui comptaient assez à ses yeux pour qu'elle les adopte. À ma connaissance, nous étions les deux seuls à avoir atteint son cœur.

Mais pouvais-je la blâmer, moi qui n'en possédais pas ?

Une jeune fille passa au même moment devant nous, des lunettes carrées sur le nez et les cheveux courts.

Vanessa me regarda et je lui rendis son sourire. Je savais que mon amie aimait bien taquiner les première année. Un peu comme un baptême de la vraie vie. Elle leur apprenait à être forts ou à se laisser écraser.

Je vis le regard de plusieurs garçons sur moi, glissant sur mes jambes et remontant jusqu'à mon décolleté. Je savais qu'ils aimaient mon physique. Ce même physique qui me complexait plus que n'importe quoi.

C'était maladif et je m'en rendais compte. Il fallait que je maigrisse, toujours un peu plus. Il fallait que je sois un peu plus belle chaque jour.

Il fallait que je paraisse plus hermétique. Plus forte.

Plus tout.

Vanessa fit un clin d'œil à Brian, le capitaine de l'équipe de basket, et celui-ci lui adressa un sourire éblouissant avant de me faire signe de la main. Entre populaires, on se comprenait. Pas vraiment amis, pas vraiment ennemis. On était simplement une bande de requins qui se toléraient pour mieux dominer les autres.

Gabriel avait traîné avec nous l'année dernière et j'étais presque sûre qu'il recommencerait cette année. C'est vrai que j'avais abîmé sa carapace de bourreau des cœurs, mais ce gars dégageait une aura qui attirait les filles comme des abeilles sur le miel. Même après avoir déclaré qu'il était ringard et que c'était un mauvais coup, je pouvais voir les filles l'observer dans les couloirs, bien souvent à son insu. Elles guettaient le moment où il les regarderait, prêtes à devenir sa nouvelle proie.

Tout le monde savait ce que Gabriel réservait à ses conquêtes. Et pourtant, chacune de ces idiotes était persuadée qu'elle serait celle qui le ferait changer.

La femme qui lui passerait la corde au cou n'était pas née. Il aimait bien trop s'amuser. Ou il aimait simplement oublier ses problèmes dans les bras délicats d'une fille.

Il y avait chez lui quelque chose de fissuré, comme si on avait voulu recoller les morceaux d'un vase et qu'on avait simplement réussi à construire une tasse avec les bouts de verre retrouvés.

La semaine où j'avais prétendu être sa petite amie n'avait pas été désagréable. On avait les mêmes copains, après tout. Et puis, ce n'était pas comme si nous avions réellement pris cette histoire à cœur. Ni lui ni moi n'étions connus pour nos amourettes durables.

Combien de filles avais-je entendues pleurer dans les toilettes à cause du beau Gabriel ? Et pourtant, il n'avait jamais été méchant avec moi. Et je l'en remerciais. Je n'aurais probablement pas supporté qu'une autre personne que moi me trouve affreuse.

J'avais besoin que les autres m'admirent. J'avais besoin de le voir dans leurs yeux pour ressentir un peu d'estime personnelle.

C'était tellement ridicule. J'avais besoin des autres pour m'aimer.

***

Gabriel Gossom arriva, son skate à la main et son sac à dos sur l'épaule gauche. J'observai distraitement sa carrure large et ses cheveux bruns décoiffés, comme s'il ne prenait jamais le temps de les brosser. Ses yeux chocolat avaient un petit éclat doré qui le rendait si populaire.

J'étais parfaite parce que je passais deux heures devant un miroir. Gabriel était beau alors qu'il prenait simplement le temps d'enfiler des vêtements propres.

Il m'énervait. J'avais envie de planter mes ongles dans son cuir chevelu et d'arracher ses cheveux un à un jusqu'à ce qu'il soit chauve.

Nous verrons si tu séduis encore, avec une tête de pépé.

Je vis ses yeux se poser brièvement sur moi et suivre lentement ma silhouette avant de se détourner à l'arrivée de Brian. J'observai discrètement ses épaules carrées et musclées qui faisaient fuir les gens. Lorsque ce gars-là se fâchait, on évacuait le périmètre encore plus vite que la fois où on avait réalisé un exercice d'incendie.

Vanessa me parlait et j'essayais de comprendre la conversation, même si j'avais totalement occulté les premières minutes.

— Tu viens ce week-end ? Brian organise une petite fête chez lui.

— Bien sûr.

J'eus la nausée rien qu'en imaginant toutes les contrariétés qu'impliquait cette réponse.

Je devrais en parler à mes parents. Mon père hocherait probablement la tête, tandis que ma mère refuserait catégoriquement, pour le plaisir de contredire papa. S'ensuivrait une dispute abominable. Et, comme mes parents n'avaient pas la colère calme, le service d'assiettes à dessert y passerait probablement.

Et je finirais par faire le mur. Si l'un d'eux s'en rendait compte, il ne dirait rien pour ne pas envenimer les choses.

Je vivais ça chaque fois.

Cependant, je ne m'imaginais pas rater une fête. J'adorais l'adrénaline qui courait dans mes veines lorsque mon cœur suivait le rythme de la musique et que celle-ci était si puissante que mes oreilles en sonneraient encore le lendemain.

J'aimais cette impression que le temps s'arrêtait, que mes problèmes disparaissaient et, surtout, j'adorais l'oubli que l'alcool me procurait.

Les cours débutèrent et je pris le premier siège du fond. Le professeur de littérature était connu pour n'interroger que les trois premiers rangs, et je n'avais pas vraiment ouvert un bouquin shakespearien durant les deux derniers mois.

Un sac atterrit brutalement sur la chaise d'à côté au moment où je posais le mien, et je levai les yeux en préparant mon regard le plus noir. Si c'était un peureux, je pourrais facilement le faire décamper. Seulement, mes yeux ne tombèrent pas sur un pauvre binoclard mais sur ceux, chocolat, de la seule personne que j'espérais éviter.

— J'étais là la première, Gossom, le prévins-je en voyant le conflit se profiler à l'horizon.

— Désolé, princesse, mais je réserve ces sièges pour Brian et moi.

Je pris son sac et le laissai choir sur le sol avec un sourire carnassier sur les lèvres. Gabriel suivit son sac des yeux et, lorsqu'il reposa ses prunelles sur moi, une lueur espiègle semblait y briller.

— Tu voulais dégager la place pour me laisser m'asseoir ? Merci de cette attention.

— Ne joue pas à ça, Gossom, tu n'aimerais pas perdre, m'énervai-je devant son petit air satisfait.

Je brûlais intérieurement de le voir s'installer confortablement, sortant sa trousse lentement pour me laisser le temps d'intégrer chacun de ses mouvements.

— Ça arrive de perdre la partie, Fricht. Tu n'as qu'à t'asseoir au deuxième rang.

Et être interrogée sur Shakespeare ? Plutôt crever.

— Tu me le paieras, Gossom.

Je m'assis lourdement sur la chaise, croisant les bras sur ma poitrine.

— Non, c'est la place de Brian ! s'exclama-t-il en commençant à perdre son calme à son tour.

— Tu es bien assis à la place de Vanessa, fulminai-je.

— Je ne vais pas me taper ta compagnie toute l'année !

— Eh bien, tu n'as qu'à t'installer au deuxième rang, répliquai-je sèchement.

Il soupira bruyamment et tourna la tête vers le basketteur qui venait d'arriver, lui faisant signe qu'il devait trouver une autre place. Je fis semblant de ne pas voir la grimace qu'il adressa à son ami en me désignant du doigt. J'allais me contenter de bouder et d'ignorer sa tête pour les décennies à venir.

Vanessa arriva quelques instants plus tard et sourit en nous voyant tous les deux assis côte à côte, les bras croisés et les joues rouges de colère. Elle me fit un clin d'œil et s'assit auprès de Brian.

— J'espère que tu es contente, Fricht. Tu n'avais qu'à le dire si tu voulais me draguer, grommela-t-il en me lançant un regard en biais.

— Oh je t'en prie, on sait tous les deux que je n'ai jamais voulu sortir avec toi. Toi, par contre, tu avais l'air enthousiaste l'année dernière, continuai-je, un poil provocante.

Je vis son visage se renfrogner un peu plus. Le crayon entre ses doigts se cassa en deux.

— Chasse tes pulsions de violence, Gossom, ou tu vas être ridé avant l'âge, clamai-je d'une voix chantante.

— Je te briserai le nez en tellement de particules que même une rhinoplastie ne pourra pas le réparer, grogna-t-il d'une voix bourrue.

Je soupirai de façon théâtrale. Si on voulait dialoguer avec Gabriel, il fallait apprendre la traduction des phrases de brute. Je savais que la corde sur laquelle je prenais plaisir à jouer au funambule était raide, mais c'était plus fort que moi. Il savait quoi répondre pour me donner envie de répliquer.

— Très bien, Gossom. Et après ? Tu feras quoi quand j'aurai mon talon dans tes parties et que je te les broierai lentement ?

Ses yeux s'assombrirent, faisant disparaître les paillettes dorées de son regard. Il allait répliquer lorsque le professeur entra.

— Avez-vous lu pendant les vacances ?

Ma lecture principale était les magazines de mode, et quelques revues people qui regorgeaient de ragots et de rumeurs improbables.

J'aimais aussi la poésie française, surtout Baudelaire, mais pour rien au monde je ne l'aurais avoué. Alfred de Musset était également un poète français que j'aimais. J'avais tenté Victor Hugo, mais mon niveau de langue et mon vocabulaire étaient trop faibles pour que je puisse traduire et comprendre convenablement.

Toutefois, les filles dans mon genre n'avaient pas le droit d'avoir ce genre de hobby. Mes recueils étaient donc bien planqués sous mon lit ou sous un tas de fringues de ma penderie, là où mes propres parents n'iraient jamais voir.

Je sentis Gabriel se détendre à côté de moi, alors qu'il m'avait semblé branché à une prise les minutes précédentes.

— On aime la littérature, Gossom ?

Ma remarque lui arracha un autre sourire taquin.

— Je préfère les cours de langue, si tu vois ce que je veux dire, rétorqua-t-il d'une voix remplie de sous-entendus.

Je levai les yeux au ciel et simulai une toux pour cacher mon léger sourire.

Gabriel Gossom était stupide, arrogant, bagarreur et rustre. Mais il savait aussi se montrer drôle, à ses heures perdues.

3

GABRIEL

J'avais presque oublié la fameuse cafétéria depuis les vacances d'été. Notre table était toujours vide, attendant que nos petits culs princiers se posent dessus.

Il y avait quelques avantages à être mieux considéré que les autres lycéens. Chaque populaire avait une réputation différente, et tout le monde évoluait dans une espèce d'équilibre fragile. J'étais la brute sans cœur qui brisait tout sur son passage. Brian était le sportif géant au physique banal mais à l'esprit rusé. Vanessa était la garce fascinante, et Brittany, la beauté froide et mystérieuse. Il y avait aussi Jason, le rebelle au cœur tendre, et Pamela, la déléguée intelligente et manipulatrice sur les bords.

L'élite du lycée, comme dans les programmes télé américains truffés de clichés.

Cependant, ces séries ne prenaient jamais le temps de détailler la vie des populaires. Ils étaient simplement catégorisés comme sportifs ou comme cheerleaders sans cerveau.

On avait tous une bonne excuse pour être arrivés là, et généralement on l'avait fait sans s'en rendre compte. Je devais avouer qu'intégrer l'équipe de basket avait joué un grand rôle dans ma réputation.

Vanessa et Brittany arrivèrent avec leur plateau, leur sac à main sur l'épaule.

— Gossom. Tu m'as tant manqué.

— Toi aussi, Fricht. J'avais presque réussi à chasser tes yeux de merlan frit de mon esprit.

— Je savais que tu craquais pour moi, *chéri*, répliqua-t-elle avec un sourire narquois.

Elle prononça le dernier mot comme si c'était une insulte et je souris en déposant mon plateau sur la table, m'installant à côté d'elle malgré ses protestations.

— Tu es un stalker ou quoi ? Tu comptes me poursuivre partout ?

— Disons que c'est une table ronde de cinq places et que Brian s'est assis en face. Tu n'es pas le nombril du monde, Fricht, assénai-je avec un sourire moqueur.

Elle me renvoya un regard noir et but une gorgée de son soda. Je parlai un peu avec Pamela, essayant de conclure un deal afin qu'elle m'évite les billets d'absence pour mes futurs jours de sèche, mais la demoiselle était coriace et je n'avais rien à échanger.

— Allez, Pam… pour moi, insistai-je d'une voix plus mielleuse que d'habitude.

— Tais-toi, Gab. Pas de favoritisme. Si tu veux un service, tu m'en rends un.

Je soupirai tandis qu'elle réfléchissait à une monnaie d'échange. Mon regard se porta discrètement sur la chieuse à côté de moi et je remarquai qu'elle n'avait pas avalé une bouchée de sa salade, jouant distraitement avec les feuilles, triant les croûtons et les œufs. Je fronçai les sourcils avant de secouer la tête.

Ce n'étaient pas mes oignons. Si mademoiselle était trop captivée par la conversation pour daigner se remplir l'estomac, je n'allais pas lui donner la cuillère comme à un gosse.

— Tu pourrais me remplacer pour mes cours particuliers, lâcha alors la déléguée.

— Je ne vais pas me taper des heures supplémentaires parce que mademoiselle n'assume pas ses responsabilités, m'exclamai-je, parce que, comme toujours, cette foutue manipulatrice tournait les choses à son avantage.

— C'est une seule fois par semaine. Tu dois simplement donner quelques explications en math ou en sciences à des adolescents de seconde et quelques élèves de terminale. C'est dans tes cordes ou tu ne te sens pas capable de répondre à leurs questions ? me piqua-t-elle d'une voix hautaine.

Je sentis mon sang bouillir dans mes veines, comme chaque fois que la colère m'envahissait. J'inspirai profondément avant de hocher la tête.

— Je te remplace seulement si je manque un jour.

— Alors tu as intérêt à ne sécher qu'une fois par mois.

— Marché conclu !

Je fis semblant de cracher dans ma paume avant de la lui tendre et souris en voyant son regard dégoûté.

— Rêve si tu espères que je vais te serrer la main, lâcha-t-elle en haussant un sourcil, et je laissai mollement retomber mon bras.

— Et Pamela, qu'est-ce que tu peux faire pour moi ? demanda innocemment Brian.

La déléguée leva les yeux au ciel et avala une bouchée de son plat sans prendre la peine de répondre. Je rigolai en voyant la tête dépitée de mon ami et mangeai à mon tour.

— Au fait, Gabriel, l'entraînement de basket commence demain, déclara Brian en me lançant un clin d'œil.

— Tu n'es pas sérieux ?

— Bien sûr que si.

Je soupirai et partis ranger mon plateau. En quittant le self, je jetai malgré moi un dernier regard à Brittany et je vis son assiette toujours aussi pleine.

— Alors, Fricht, on fait un régime ?

Je vis les yeux de cette dernière s'assombrir tandis qu'elle me tournait définitivement le dos.

— Je trouve juste la bouffe dégueulasse. Toi, par contre, tu devrais penser à t'y mettre si tu veux rester dans l'équipe, répliqua-t-elle sèchement sans me jeter un regard.

J'aurais dû m'énerver mais j'aimais nos joutes verbales. Je savais qu'elle trouverait toujours quelque chose et, même si je n'appréciais pas beaucoup Brittany, je devais lui accorder qu'elle était… *distrayante.*

C'était pour cela que je ne l'avais pas repoussée lorsqu'elle m'avait dragué en début d'année. Je ne devais pas oublier où cela m'avait mené… Mais ce n'était rien, non ? Simplement quelques paroles échangées au lycée.

En face de Fricht, Vanessa me fit un clin d'œil et je laissai un sourire séducteur effleurer mes lèvres.

Vanessa Dollyson était un miroir à part entière et, peut-être, ma seule véritable amie. Je n'aimais pas Brian, je me fichais de Pamela et Brittany n'était rien de plus qu'un jeu.

Mais Vanessa comptait. Elle était brisée en tellement de morceaux que je savais que personne ne pourrait jamais la réparer. Il arrive un moment dans la vie où même les plus forts n'arrivent plus à encaisser. Tout s'écroule et la chute est si terrible qu'on ne s'en relève jamais. Parfois parce qu'on est trop blessé, parfois parce qu'on craint de rechuter.

Vanessa était une sublime créature, envoûtante. Un péché pour la gent masculine, qui s'y brûlait les ailes. Elle était cruelle avec les petites filles faibles qui se cachaient dans les couloirs du lycée. Mais elle était surtout restée au sol.

On n'avait jamais été ensemble. On n'en avait pas besoin. J'avais été stupéfait de la voir flancher dans mes bras un an auparavant. Alors que nous étions allongés tous les deux dans mon lit, elle avait commencé à sangloter si fort que j'avais eu peur qu'elle ne se décroche la cage thoracique.

Je n'avais pas prononcé un mot cette nuit-là, je l'avais juste serrée dans mes bras, mal à l'aise. Depuis, j'étais le seul à pouvoir la consoler quand elle était dans cet état, le seul qu'elle autorisait à voir ses faiblesses. Et c'était admirable de sa part, dans le sens où je n'avais jamais eu le courage de lui dévoiler les miennes.

Je n'aimais pas être proche des autres, parce que je savais que tôt ou tard ils partiraient. Les liens qu'on tissait n'étaient pas faits pour durer. Mais je n'avais pas su faire autrement que de m'attacher à Vanessa. Elle me rappelait un peu trop une autre fille que j'avais perdue en étant gamin.

Je savais que ma jolie garce tenait à Brittany. C'était la principale raison pour laquelle j'évitais de taper sur cette dernière, me contentant de la bousculer légèrement. Cependant, Fricht avait tiré la première cette fois-ci, et je comptais bien l'achever en vidant mon chargeur dans son cœur glacé.

Lorsque j'entrai dans ma salle de cours, je vis que Brian m'avait gardé une place. À peine avais-je posé mon sac qu'il m'attaquait déjà :

— Alors, tu vas remettre ça, avec la petite Fricht ?

— Plutôt crever, m'exclamai-je en levant les yeux au ciel.

— Avoue qu'elle te plaît, souffla-t-il d'une voix de conspirateur alors que je lui lançais un sourire moqueur.

— Elle est aussi attirante qu'un poison.

Ce n'était pas un mensonge. Les poisons étaient souvent attirants, mais ils renfermaient quelque chose de bien trop sombre et mortel pour qu'on envisage réellement de les ingurgiter.

— Brittany est plaisante si on aime les veuves noires, ajoutai-je en taillant mon crayon.

— Dur.

— Et véridique, continuai-je en souriant.

Le basketteur secoua la tête. Brian aimait généralement les jolies blondes, mais Brittany était le genre de tout le monde, avec ses longs cheveux bruns bouclés et ses yeux verts. Ils donnaient l'impression qu'on y avait pilé du verre teinté et des fragments d'émeraude. Ses yeux contenaient tellement de nuances différentes. Presque autant de nuances que de masques qu'elle portait, j'en étais sûr.

— Tu viens ce soir ? On va au bar avec quelques potes.

— Non, j'ai boxe.

— Tu fais encore ce sport pourri ?

— Ouais, encore, soupirai-je en passant une main dans mes cheveux.

Patrick m'y obligeait. Selon lui, cela m'aidait à canaliser ma colère. Il ne comprenait pas que rien ne pourrait jamais m'empêcher de frapper sur quelqu'un si j'étais énervé.

Se contenir était une preuve de faiblesse, et j'avais arrêté d'être faible depuis longtemps.

C'était à ça que je pensais trois heures plus tard, alors que mes mains protégées rencontraient le sac et que l'entraîneur me hurlait dans les oreilles.

Mais sa voix disparaissait, comme mes pensées, comme la salle. J'aimais me battre, j'aimais prouver aux autres que je les dominais. J'aimais les voir s'écraser devant moi, les faire fuir dès que je perdais patience.

Patrick et Claire m'avaient inscrit à ces cours pour tenter tant bien que mal de libérer cette rage noire qui dormait en moi, ce monstre ensommeillé que je craignais moi-même. Tout le monde n'était pas blanc comme neige, et j'avais basculé dans l'ombre depuis longtemps.

Plus ils essayaient de me rendre heureux et moins j'arrivais à l'être. J'avais appris à fuir comme la peste les dîners en famille et les fêtes familiales.

Le destin était tout de même un sacré connard, d'avoir mis un gars tel que moi sur la route de personnes aussi tendres que mes tuteurs. Et plus je les voyais, plus je comprenais que je n'appartenais pas à leur monde. Ça me bouffait littéralement de comprendre que je ne connaîtrais jamais de happy end.

J'avais un jour été le monde de quelqu'un. Elle avait été mon existence. Je croyais avoir échappé à cette putain de nostalgie, mais je me rendais compte que rien ne pourrait jamais me faire oublier les seuls moments où j'avais été réellement entier.

Claire se tourna vers moi lorsque j'entrai dans la cuisine, mon sac de sport sur l'épaule.

— Ça s'est bien passé, mon cœur ?

— Ouais, répondis-je sans trop m'attarder.

— N'oublie pas le gala de charité de ce soir, me cria-t-elle tandis que je montais l'escalier.

Je jurai intérieurement et me mordis les lèvres pour m'empêcher de prononcer des conneries. Je détestais ces soirées mondaines, les petits-fours aux noms compliqués et les putains de riches qui se pavanaient en se vantant de leurs dons.

Pourquoi étais-je tombé sur des bons samaritains, bon sang ?

Jake m'attendait dans ma chambre, sa cravate pendant négligemment autour de son cou. Ses jambes s'agitaient sur le rebord de mon lit, tapant contre le bois à un rythme régulier. Ce petit mec de treize ans commençait à peine sa crise d'adolescence et, Dieu, j'espérais ne pas être là lorsqu'il serait en plein dans l'âge ingrat. Il faut dire que, pour une raison que j'ignorais, il m'avait pris pour modèle. Or, je n'étais pas vraiment la bonne personne pour servir d'exemple.

— Jackie Chan, mets bien ta cravate, m'exaspérai-je en voyant le nœud dix centimètres plus bas que son cou.

— Oh, s'il te plaît, Gab ! Ce truc m'étrangle et c'est démodé depuis les années cinquante, se défendit-il d'une voix traînante.

Je soupirai et jetai un coup d'œil à ma montre. Je n'arriverais pas à le faire sortir de ma chambre en si peu de temps et je puais le chacal à dix kilomètres à cause de la boxe. Si je me pointais comme ça au gala, les dons allaient chuter.

— Je vais prendre ma douche. Ne touche à rien ou je t'étripe, grognai-je.

Je ne lui faisais pas réellement confiance pour m'obéir, mais Jake était un bon garçon quand il le voulait. Un bon petit blondinet qui ferait bientôt des ravages chez les filles, à moins qu'il n'ait déjà commencé.

Que faisais-je à mes treize ans, moi ? Plein, plein de conneries.

Je me battais avec ma chemise, dont le tissu collait après ma douche. J'avais envie d'arracher les petits boutons un à un, et pourtant je me retrouvais à pester en essayant d'enfiler en même temps mes baskets.

Je passai ensuite ma main dans mes cheveux, les secouant légèrement.

— Alors, Gabriella est prête ?

— La ferme, morveux.

Jake leva les yeux au ciel et je souris, dos à lui. Ce n'était pas mon frère, mais c'était peut-être le seul que je ne pouvais pas totalement rejeter. Il avait ce truc attendrissant, un brin chiant, qui faisait fondre tout le monde. Et puis, il avait tellement persévéré pour m'approcher quelques années plus tôt que je ne pouvais plus l'éloigner maintenant.

— Jackie Chan, noue-moi cette cravate ou je te jure que je te pends avec.

— T'es nul, mec.

— Je suis surtout ton sauveur. Que diraient les jolies demoiselles si elles te voyaient ainsi sapé ? me moquai-je en imitant Claire.

— Oh, s'il te plaît, il n'y a jamais rien d'intéressant dans ce genre de réunion ! D'ailleurs, je ne vois pas pourquoi papa et maman nous obligent à y aller, se lamenta-t-il alors que je ne l'écoutais que d'une oreille.

Je grognais pour seule réponse. Moi non plus, je ne savais pas trop pourquoi on devait obligatoirement venir. Si au moins je pouvais y aller en jean et en tee-shirt…

Jake dévala l'escalier et je le suivis en contemplant Claire du coin de l'œil, admirant sa nouvelle robe saumon qui mettait son teint en valeur, comme disent les nanas. Ses cheveux noirs étaient relevés en un chignon complexe et ses yeux gris étaient entourés d'un trait de crayon noir.

Patrick se gara en face d'une salle un peu à l'extérieur de la ville, et je soupirai bruyamment en détachant ma ceinture.

— Ça ira, Gab, il y aura plus de jeunes que les autres fois.

— Nous allons donc faire baisser la moyenne d'âge à soixante ans ? demandai-je innocemment.

Je vis mon tuteur me faire les gros yeux tandis que Jake pouffait discrètement. Claire prit le bras de son mari et entra dans la salle en me jetant un petit sourire.

Le décor était dans les tons dorés. Jake m'indiqua d'un mouvement du menton la table du buffet froid. On voyait des adultes déambuler un verre à la main. D'autres étaient assis autour de tables à discuter et certains complétaient leur carnet de chèques en faveur des chiens d'aveugle.

Le petit mec me fit un clin d'œil et se faufila jusqu'aux plats, me laissant seul au milieu de la salle. Patrick et Claire se mélangeaient aux autres adultes, défendant leur association.

— Mais n'est-ce pas Gossom ? Je ne t'avais pas reconnu, sans ton air de sauvage et ta tenue négligée, s'exclama une voix reconnaissable derrière moi.

Je me tournai en entendant ce ton crispant qui ne pouvait appartenir qu'à une seule personne. Mes yeux s'attardèrent sur ses hanches cachées sous un tissu vert foncé et je laissai mon regard remonter sur sa silhouette, observant ses bracelets clinquants et ses épaules dénudées par la robe.

— Fricht. Je croyais que les chiens n'étaient pas acceptés ? répliquai-je en souriant face à son regard noir.

— Fier de toi, je suppose ?

— Plus que jamais.

— Tu es décidément un cas pour l'hôpital psychiatrique, Gossom.

— Tu pourrais me donner l'adresse du tien, alors ?

Son regard vert s'embrasa un peu plus tandis que mon sang pétillait dans mes veines et je vis un sourire joueur sur ses lèvres. Cela ne faisait que quelques jours que nous avions ce genre de discussions, et je me rendais compte que je pourrais y prendre goût.

Subitement, des applaudissements retentirent dans la salle pour un homme qui avait versé un somme importante.

— Alors, Fricht, que viens-tu faire ici ?

— Eh bien, mon père est donateur. Et toi ?

— Mes tuteurs font partie de l'association, déclarai-je en haussant les épaules.

Ses sourcils se froncèrent et je faillis lui dire d'arrêter pour ne pas devoir avancer sa séance de Botox, mais je ne voulais pas trop la pousser, et risquer un retour de flamme.

— Je ne savais pas que tu avais été adopté. Tu… tu n'es pas du genre à trop parler de toi.

— Ce n'est pas vraiment un secret, lâchai-je d'une voix neutre alors que mon estomac se tordait.

— Tu avais quel âge ?

— Oh, tu sais, c'est assez flou… Et toi ?

— Si j'ai été adoptée ? demanda-t-elle en souriant.

Je levai les yeux au ciel, exaspéré. Cette fille était vraiment chiante. Toutefois, je voulais changer de sujet sans pour autant qu'elle ait des soupçons. Je ne pouvais donc pas me contenter de la planter là pour aller pisser.

Et puis cette soirée était ennuyante à mourir et elle était la seule chose assez drôle pour me distraire.

— Toi non plus, tu ne parles pas beaucoup de toi, me contentai-je de faire remarquer à la place.

— C'est en grande partie parce que je n'ai rien à dire.

— Ah oui ?

— Oui.

— Moi je suis sûr que tu caches bien ton jeu.

— Tout le monde n'est pas comme toi, Gossom. Des fois, il n'y a rien d'autre que ce qu'on voit à la surface. Des fois, la personne n'a aucune faiblesse.

Mes lèvres s'incurvèrent en un sourire victorieux et je vis au même instant ses prunelles vertes s'assombrir.

— Vois-tu, princesse, je n'ai peut-être pas une super moyenne générale, mais je ne suis pas comme toi, à me trahir à la moindre parole, me moquai-je, fier de moi.

Son regard se fixa au mien et, pendant quelques instants, j'eus l'impression que c'était moi qu'elle venait de piéger. C'était comme si je tombais dans un étang glacé : je n'avais plus de souffle.

Je remarquai alors que je n'avais jamais pris le temps d'observer les yeux de Brittany. Je veux dire de vraiment les observer.

Ils auraient pu être beaux, sans ce voile de noirceur qui les assombrissait. Ils pourraient être magnifiques si elle osait laisser percer ses émotions à l'intérieur.

Mais je n'étais pas celui qui se permettrait de la juger.

— Quel secret caches-tu, sombre princesse ?

— Quels sont les tiens, peureux chevalier ?

Elle se détourna pour prendre une coupe de champagne à l'un des serveurs qui passait avec deux plateaux. Elle pencha la tête sur le côté en se tournant vers moi, ses longues boucles brunes glissant sur son épaule.

— Pourquoi cette tête de demeuré, Gossom ?

— Tu n'as pas l'âge légal, fillette.

— Oh je t'en prie, c'est mon père qui l'a acheté, ce champagne. Je peux au moins le goûter, s'offusqua-t-elle en roulant les yeux.

Je pris une coupe à mon tour, levant mon verre.

— Tu as cru que j'allais trinquer avec toi, chéri ?

— J'inspectais les bulles, Fricht. Je voulais vérifier si c'était du vrai champagne.

Elle sourit, me concédant la victoire, puis elle s'appuya contre le mur d'en face en avalant une gorgée.

— Qu'espères-tu, Gabriel ? Me faire parler sous l'effet de l'alcool ? Sache qu'il me faut plus que quelques coupes pour ça.

— Oh non, ce ne serait pas drôle dans ce cas. En réalité, tu me décevrais, avouai-je en lui adressant un regard malicieux.

— Qu'est-ce que je dois comprendre ?

— Que dirais-tu d'un jeu ?

— Quel genre de jeu ?

Elle plissa les yeux, s'humecta les lèvres. Elle se méfiait et elle avait raison. J'allais lui proposer un jeu dangereux, peut-être même plus risqué pour moi que pour elle. Mais cette fille m'amusait. J'aimais nos batailles et le fait d'y avoir trouvé mon égale.

— Le premier qui trouve la faiblesse de l'autre a gagné, soufflai-je alors d'une voix faussement lugubre.

Dix ans plus tôt

— *Dis, Gaby, pourquoi tu ne vas pas à l'anniversaire de Maxime ? C'est ton copain.*

— *Je n'aime pas les jeux, Evangeline.*

— *Pourquoi ?*

— *Parce que je refuse de perdre, expliqua calmement le petit garçon en passant ses doigts dans les cheveux blonds.*

Un rire angélique retentit dans la chambre et Gabriel posa sa petite main sur la bouche de la fillette. Il vit ses yeux se baisser vers le sol, comprit qu'elle se souvenait que, quoi qu'il arrive, ils ne devaient jamais, jamais faire de bruit. Le silence était roi ici, et rien ne devait le troubler.

— *Chut, Evy, ne fais pas de bruit.*

— *Désolée, Gaby… Mais pourquoi tu joues avec moi, alors ?*

— *Ce n'est pas pareil, rigola-t-il doucement face aux grands yeux interrogateurs de la fillette.*

— *Mais pourquoi ?*

— D'abord parce que je t'aime, et ensuite parce que je m'amuse avec toi.

La petite fille pencha la tête sur le côté, comme si elle analysait sa réponse.

— Tu ne veux pas que je m'ennuie, hein, Gaby ?

— C'est vrai aussi, avoua le petit garçon.

— C'est pour ça que tu es mon ange gardien, Gabriel ! s'exclama-t-elle alors.

4

BRITTANY

J'aimais prendre des risques. C'était ma manière de me sentir en vie.

Gabriel et moi n'avions jamais vraiment pris le temps de nous connaître, et je n'avais aucune idée des mystères qu'il pouvait cacher. Alors, même si ce jeu pouvait me perdre moi aussi, j'acquiesçai.

— Que le meilleur gagne, Gossom.

— Tu viens de t'enlever toutes les chances de remporter la partie, lâcha-t-il d'une voix faussement navrée en me serrant la main, comme pour sceller un pacte.

Je souris, finis mon verre et m'éloignai de lui sans un autre regard. Ses yeux me brûlaient la peau à l'endroit où ils se posaient.

J'aurais aimé qu'il me suive toute la soirée, comme ces garçons collants auxquels je m'étais intéressée quelques secondes. Seulement, Gabriel était un cas spécial. Il se contenta de me suivre des yeux, appuyé sur un mur, une autre coupe de champagne à la main.

***

Plus tard dans la soirée, allongée dans mon lit, je regardais les lattes en bois du plafond. J'essayais de comprendre comment mon quotidien avait brusquement changé.

Gabriel n'avait jamais été très présent dans ma vie auparavant. On avait déjeuné deux ans à la même table, partagé les mêmes amis, sans jamais se rapprocher. Puis j'avais accepté de rendre service à Jason, un gars bien mais un brin manipulateur et séducteur.

On avait alors formé un couple détonant, si étrange que même Vanessa s'était moquée de moi. On traînait ensemble, on se tenait la main, on s'embrassait… Et pourtant, on n'avait jamais pris la peine d'avoir des discussions, d'apprendre l'un de l'autre. En vérité, on voulait entrer dans le quotidien des gens sans les laisser interférer dans nos vies.

Ça avait été un fiasco.

Je l'avais manipulé, certes, et j'assumais mon choix. J'avais voulu faire payer Gabriel pour avoir brisé le cœur de tant de pauvres idiotes naïves.

Il m'en voulait de l'avoir humilié, il voulait probablement utiliser ce pacte pour se venger, c'était évident. Toutefois, j'aimais bien nos guerres incessantes. C'était un jeu plaisant qu'aucun de nous ne gagnait jamais, la partie se terminerait au moment où l'un des deux écraserait l'autre.

Mais il pouvait devenir destructeur si je ne faisais pas attention. Et peut-être était-ce ça le meilleur. Savoir qu'on se trouvait sur le fil du rasoir et choisir de danser quand même. J'avais préféré me frotter au danger plutôt que de le fuir en repoussant Gabriel. Et je me sentais tellement vivante. Pour une fois, je n'avais rien calculé, je n'avais pas essayé d'être parfaite.

Machinalement, je passai mes doigts sur mon poignet. C'était devenu un tic et, lorsque je ne sentis pas le relief rassurant de mes bracelets, mon cœur eut un raté.

Ma main se retrouva précipitamment sur la couverture.

Lorsque Gabriel m'avait parlé de faiblesse, j'avais laissé entrapercevoir quelqu'un que peu de personnes connaissaient, une Brittany vulnérable et peu confiante en elle. J'étais presque sûre que même mes parents ne me voyaient pas vraiment telle que j'étais.

On était pourtant proches quelques années auparavant, j'avais encore du mal à savoir ce qui s'était passé. Notre famille avait juste volé en éclats, un jour. Ils avaient commencé à se disputer, un peu plus chaque jour, puis ils avaient commencé à m'utiliser comme arbitre dans leurs disputes avant de se servir de moi comme d'une arme pour blesser l'autre.

Mais peut-être était-ce moi qui avais changé. Peut-être était-ce de ma faute. Je n'étais plus du tout la même que trois ans auparavant. J'étais une autre fille, dans un autre corps, avec d'autres qualités et beaucoup plus de défauts. Ils n'aimaient probablement pas la nouvelle Brittany.

Pourquoi certaines personnes n'acceptaient-elles pas le changement ? Pourquoi s'entêtaient-elles à préserver ce qui était perdu ?

Il y avait définitivement quelque chose de détraqué chez moi si mes propres parents n'arrivaient pas à me voir telle que j'étais. Peut-être n'étais-je pas si parfaite aux yeux des autres que je le croyais.

Cette idée chemina dans mon esprit et je pris le temps de me lever pour m'observer dans le miroir. C'était presque un rituel, de vérifier continuellement quelles imperfections je pouvais discerner. Vanessa aurait été surprise en me voyant la nuit, sans aucun artifice. Peut-être ne m'aurait-elle même pas reconnue, avec cette multitude de défauts qui s'accumulaient. Mes hanches trop épaisses, ma légère cicatrice sur le visage, mes cernes…

Puis papa rentra du gala de charité. J'étais arrivée longtemps auparavant, je ne voulais pas traîner alors que je devais aller au lycée le lendemain.

J'entendis les premiers cris dix minutes plus tard et posai mon front contre le miroir avec un soupir las. En rouvrant les yeux, je pus voir les larmes apparaître lentement sous mes cils.

Je reniflai doucement et papillonnai plusieurs fois des paupières pour les chasser.

J'avais cette sensation que rien n'allait. Ma vie partait dans tous les sens depuis trois ans et je n'arrivais pas à la remettre dans le droit chemin. Je faisais des efforts pourtant, mais je finissais toujours par décevoir les gens.

C'était certainement ça, ma plus grande peur. C'était même une phobie. Je craignais tellement de décevoir les autres que je devais être sûre de surpasser leurs attentes.

C'était impossible, j'en étais consciente. L'imagination humaine était telle que je pouvais difficilement la concurrencer.

Mais je me devais d'être la meilleure. *Je me le devais.*

Je glissai lentement dans mon lit en entendant les pas dans l'escalier. Lorsque la porte s'ouvrit doucement, je fis semblant de dormir paisiblement. Si jamais on découvrait que j'étais éveillée, on essaierait de me convaincre que cette énième dispute n'était rien, que tout allait bien, qu'ils s'aimaient encore. On me déballerait un tissu de mensonges, et je prétendrais y croire. Je ferais semblant de toujours appartenir à cette famille.

L'ombre resta un moment à me contempler, silencieuse, puis elle referma la porte sans aucun mot.

Et j'aurais aimé, oh oui, j'aurais tant aimé qu'elle en prononce trois.

Je repliai mes genoux contre moi pour tenter de faire disparaître cette boule qui me pesait constamment sur l'estomac.

Gabriel voulait découvrir mes faiblesses ? Ma faiblesse était ma vie. Je n'aurais jamais dû naître. Et le savoir était probablement la souffrance la plus terrible, bien plus terrible que n'importe quelle douleur physique.

Je jetai un coup d'œil à mon tiroir et déviai le regard, effarée moi-même par mes propres pensées.

Ne pas flancher.

Je n'en avais pas le droit.

Ne pas flancher. Plus jamais.

***

Je tenais fermement le papier entre mes mains, hésitant à entrer.

Je voulais partir de cette ville à la fin de l'année, me casser loin de tout avec ma Volvo et mon diplôme dans la poche.

Mes parents m'auraient probablement aidée, mais je voulais réaliser quelque chose par moi-même. Pouvoir un jour regarder les photos de mes voyages et me dire que je ne le devais rien qu'à moi.

Je poussai la porte du bar et m'installai au comptoir. Un barman me tournait le dos, ses bras musclés emprisonnés dans une chemise noire qui soulignait sa musculature. Mes ongles tapaient machinalement contre le marbre alors que j'attendais qu'il finisse d'essuyer ses verres.

— Excusez-moi, dis-je en me raclant la gorge, bien trop impatiente pour attendre plus longtemps.

L'homme se retourna et je croisai son regard, ainsi que les rides minuscules au coin de ses yeux.

— Oui ?

— Je viens pour la place de serveuse, lâchai-je d'une voix plus arrogante que je ne l'avais voulu.

Il détailla ma silhouette, s'arrêtant sur mes doigts manucurés puis sur mes talons aiguilles.

— Vous ne me croyez pas capable de tenir debout sur ces échasses et de faire la vaisselle à cause de ma manucure ? attaquai-je devant son regard dubitatif.

— Sans vouloir vous vexer, je ne pense pas que ce soit fait pour vous, effectivement.

Un fracas se fit alors entendre et la porte de la réserve s'ouvrit brutalement.

— Freddy ? Tu nous as trouvé une serveuse ?

Mon regard s'attarda sur la main qui avait saisi la porte et, lorsque je vis le reste du personnage, j'eus l'envie fugace de me pendre au lustre du bar.

— C'est toi, Fricht ?

— Gossom, soufflai-je en me redressant sur le tabouret.

— Vous vous connaissez ?

— Voici Brittany Fricht, Freddy. Princesse, je te présente le boss. Tu es vraiment venue pour la place ?

— Nan, je venais simplement admirer les bouteilles. Tu le fais exprès ? lâchai-je sèchement.

Le barman nous regardait, un sourire sur les lèvres devant mes bras croisés et mon un air hautain. Gabriel m'observait, n'y croyant qu'à moitié. Pourquoi la grande Brittany se rabaisserait-elle à travailler ?

— Tu tombes bien, Gabriel, je me demandais si la demoiselle avait la carrure pour un emploi de serveuse, déclara alors le barman en se tournant vers cet idiot.

— Tu me demandes si elle saura se salir les mains ou bien remettre les lourdauds à leur place ?

— Les deux, je crois.

Gossom me jeta un regard joueur et je ne pus que lui renvoyer un regard noir. On avait tous les deux conscience qu'il pouvait faire basculer la décision du patron, et il tenait là un merveilleux moyen de se venger de ma petite humiliation de l'an passé.

— Pour les gars un peu chiants, je suis presque sûr qu'elle leur cassera les doigts. Pour le reste, je t'avoue que c'est mitigé. Elle est tellement… soucieuse de son apparence.

Je pouvais voir ses prunelles brunes à l'éclat d'or faire des allers-retours entre ce cher Freddy et moi. Il s'amusait comme un fou à pourrir mon entretien.

Il ne m'avait pas parlé de la journée et m'avait simplement surprise en s'installant à côté de moi en cours de physique. Et là, *môssieur* se permettait de jouer avec mon rêve d'évasion ?!

Je me vengerais.

— Allons, Gossom, je me suis bien sali les mains avec toi, non ?

Je vis que ma pique avait atteint sa cible lorsqu'il se tourna vers moi en fronçant les sourcils.

— Qu'est-ce que tu entends par là, exactement ?

— Tout ce que tu peux comprendre, ce qui doit être assez limité au vu de ton QI, répondis-je d'une voix sèche.

Le patron éclata de rire et me tendit une feuille.

— Je peux toujours t'embaucher à l'essai si tu me promets de ménager notre bon vieux Gab. Il est un peu brutal sur les bords et, depuis qu'il se prend pour mon videur, je cherche quelqu'un pour le bar.

— Je suis donc embauchée ?

— À l'essai. Ne rêve pas trop, petite, ce n'est pas un CDI.

— Je commence quand ?

— Ça te va le week-end prochain ? Cela me laisse le temps de m'organiser et de te préparer un contrat digne de ce nom.

Il me tapota la tête comme ma grand-mère le faisait avec son caniche et je me tournai vers Gabriel, qui souriait en s'appuyant contre le marbre du bar.

— Avoue que tu t'es régalé, hein ?

— Ça m'a plu de savoir que tu dépendais de moi, dit-il sans prendre la peine de nier.

— Tu me le paieras.

— C'est bon, Fricht, tu l'as, ta place. Je t'avoue que je ne comprends pas vraiment pourquoi tu t'emmerdes à travailler alors que tu pourrais simplement tendre la main devant tes chers parents pour recevoir le double du salaire qu'on te paiera ici. Mais, si c'est ton choix, je n'allais pas non plus te faire jeter, grommela-t-il, me surprenant légèrement.

— Je te laisse jouer à la plongeuse, Gossom, je rentre chez moi, le coupai-je alors.

— Miss Fricht se casse déjà ?

Je ne répliquai pas et tournai les talons.

— Au fait, Fricht !

— Oui ? dis-je en me retournant légèrement pour voir le sourire éclatant sur ses lèvres.

— C'est moi qui tiens le bar le week-end.

— C'est malheureux, soufflai-je d'une voix faussement ennuyée avant de détaler.

Gabriel n'avait pas fait son sourire habituel, espiègle, un brin moqueur, séducteur et arrogant. Pendant un instant, j'avais vu une facette de lui que je ne connaissais pas. Il avait semblé si infantile, presque comme un gamin qu'un simple papillon volant devant lui suffirait à rendre heureux.

Et cela avait été magnifique.

Je voulais revoir cette lueur. Et, pour cela, j'étais prête à m'approcher plus près, bien trop près.

Il aurait été débile de parler d'amour ou d'amitié, ce n'était pas pour moi. Toutefois, nos quotidiens s'étaient fracassés l'un contre l'autre. Cela donnait un drôle de mélange, comme si la pire cuisinière du monde avait essayé de monter des œufs en neige mais qu'elle s'était royalement plantée.

J'aimais cataloguer mes relations. Savoir que Vanessa était digne de confiance ou, au contraire, me méfier de Pamela. J'aimais connaître les cartes de mes adversaires pour sortir ma quinte flush au meilleur moment.

Malheureusement pour moi, Gabriel était plus hermétique qu'un Tupperware et je ne savais pas s'il me baladait car il avait un atout ou si cette histoire n'était qu'un bluff malicieux.

5

GABRIEL

Onze ans plus tôt

— Gabriel ?

L'enfant se tenait au chambranle de la porte pour ne pas s'effondrer. Malgré tout, il posa un doigt contre ses lèvres pour lui intimer de se taire. Les yeux émeraude d'Evangeline s'assombrirent en voyant son état, et il s'en voulut de lui causer du souci. Ce n'était pas à elle de prendre soin de lui, et pourtant les rôles s'étaient comme inversés au fil des ans. Elle tapota doucement la place à côté d'elle et Gabriel avança timidement, prenant garde de fermer la porte derrière lui.

— Viens, je vais te faire des bisous magiques comme maman, souffla-t-elle en l'aidant à s'asseoir sur le lit.

— Je suis trop grand pour ça, répondit-il en se dégageant du bras de la fillette.

Cependant, devant ses yeux blessés, il capitula et tendit sa tête pour qu'elle embrasse son arcade sourcilière. Il retint une grimace de douleur lorsqu'elle effleura ses côtes pour prendre sa poupée Clara de l'autre côté du lit, mais refusa de lui montrer l'étendue de ses blessures.

Il ne voulait pas qu'elle s'inquiète encore plus.

— Ça va mieux ?

— Beaucoup mieux, mentit-il à moitié en s'allongeant lentement.

Elle tira un peu sa couverture pour qu'il puisse s'en couvrir aussi et l'enfant soupira d'aise en se calant contre l'oreiller. Il sentit la tête de la petite s'appuyer sur son épaule et sourit faiblement. Il n'avait pas le courage de retourner dans sa chambre et, depuis quelque temps, il avait bien trop peur de se réveiller un matin pour découvrir qu'elle n'était plus là. Aussi passa-t-il un bras autour de la fillette, son regard attiré par la pleine lune.

— Tu es mon ange gardien, Gabriel.

Si seulement elle savait… Il n'était qu'un gros lâche.

Mes yeux se portèrent sur les gros chiffres de mon réveil et j'abattis ma main sur l'engin pour arrêter cette sonnerie de malade qui me tuait les tympans dès le matin.

Jake dévala l'escalier et ma porte s'ouvrit d'un grand coup pour révéler le garçon, vêtu d'un tee-shirt orange vif et d'un jean slim.

— Tu as décidé de te transformer en Jacqueline aujourd'hui ?

Il me lança un regard noir alors que mon sourire s'élargissait.

— Comment s'appelle-t-elle déjà ? Sérieusement, Jackie Chan, si elle te plaît, invite-la simplement au skatepark. Fais-lui quelques figures et elle te tombera dans les bras, me moquai-je doucement.

— Tu ne comprends pas, je ne veux pas qu'elle me tombe dans les bras. J'aime… j'aime qu'elle me repousse chaque fois que je lui adresse la parole, bégaya-t-il légèrement.

Je levai les yeux au ciel et me dirigeai vers mon armoire pour saisir les premiers habits propres que je trouverais.

— T'as regardé les feuilletons romantiques de Claire hier ? Depuis quand es-tu aussi fleur bleue ?

— Tu n'as jamais envie de faire quelque chose simplement parce que tu sais qu'il faudra te battre pour ça ?

L'image de Brittany glissa devant mes yeux, mais je l'en chassai aussi vite.

— Sauf que cette fille finira par te bousiller le cœur et que tu viendras geindre dans ma chambre la nuit. Or, la dernière fois, j'ai raté mon contrôle de math à cause de toi, lui rappelai-je d'un ton accusateur.

— C'est sûr que, si tu dors sur ta chaise au lieu de répondre au questionnaire, tu n'as pas la moyenne, rétorqua le gamin avec une voix narquoise qui me donna envie de l'étriper.

— Casse-toi, puceron, avant que je ne me fâche.

Il partit en rigolant et je soupirai bruyamment. Ce petit n'avait parfois pas conscience que j'en avais éclaté certains contre un mur pour moins que ça.

Claire m'attendait au bas de l'escalier et m'embrassa sur le front.

— Que veux-tu pour ton petit déjeuner ?

— Je ne peux pas, je suis à la bourre, répondis-je rapidement en fuyant déjà vers la porte d'entrée, mon skate dans les mains.

***

J'entendis Brian à peine entré dans le lycée. Le basketteur avait un rire des plus reconnaissables.

Brittany apparut à côté de moi, les poings sur les hanches.

— Tu comptes m'ignorer aujourd'hui encore ?

Je souris et pris mon skate à la main.

— Peut-être bien, répliquai-je avec un sourire arrogant.

— Espèce de primate ! Ce n'est pas quand tu veux où tu veux, persifla-t-elle avant de tourner les talons.

Je la regardai s'éloigner, ses bracelets se balançant dans un bruit reconnaissable et ses talons hauts malmenant le bitume. Le truc avec Brittany, c'était que vous ne saviez jamais ce qu'elle allait vous dire.

Je souris et me dirigeai vers le cours de physique, cherchant le meilleur moyen d'énerver définitivement Fricht.

Brian me fit une grimace lorsque je décidai de m'asseoir sur un autre siège qu'à côté du sien, mais je m'en moquais pas mal.

Brittany m'aperçut à la même place que la veille. Je devais avouer que j'adorais lorsque ses yeux s'écarquillaient. Elle ressemblait à une carpe hors de l'eau, c'était hilarant.

Elle posa lourdement ses livres sur le bureau et soupira en s'asseyant.

— Tu m'apprécies tant que ça ?

— Et encore, Gossom, tu ne lis pas dans mes pensées, grommela-t-elle alors que je me balançais sur ma chaise.

— Je suis sûr que je n'y trouverais que du désir, répliquai-je, joueur.

Elle se tourna vers moi en souriant et pencha son visage vers le mien. Elle s'arrêta à quelques centimètres de mes lèvres et je retins ma respiration, comme si elle était en papier et que mon souffle risquait de la propulser contre le mur de la classe.

— Non, tu n'as pas les yeux rouges. J'en déduis donc que tu n'as rien pris d'illicite. Tu peux vraiment avoir des pensées aussi idiotes en étant clean ?

— Pas mal, Fricht, pas mal, dis-je riant.

Il fallait avouer que je m'étais fait avoir.

— Tu viens à la fête de Brian ? repris-je, pour savoir si je pourrais l'embêter là-bas.

— Évidemment, lâcha-t-elle en levant les yeux au ciel.

Je souris et me tournai vers le professeur qui venait d'entrer. Je n'aimais pas beaucoup l'école, mais c'était vrai qu'avec Brittany je commençais à trouver ça presque supportable.

— J'ai horreur de la physique.

— C'est pourtant la matière que je comprends le mieux, dis-je d'un ton détaché.

— Tu rigoles ? Regarde-moi toutes ces formules, s'exclama-t-elle en me tendant ses feuilles.

— Justement, tu n'as qu'à choisir la bonne et l'appliquer méthodiquement.

Elle me regarda quelques instants et, voyant que je ne me moquais pas, soupira. Je jetai un œil discret sur ses feuilles d'exercices. Je la voyais déjà rater, mon Dieu, elle n'allait pas passer l'année. Je pris mon crayon et lui arrachai une feuille des mains.

— Gossom, rends-moi cette foutue feuille, s'exaspéra-t-elle.

— Seulement lorsque tu augmenteras ton QI d'une centaine de points, rétorquai-je en plaçant mon coude entre nous pour qu'elle ne lise pas par-dessus mon épaule.

Je pouvais voir ses joues rougir de colère et elle croisa les bras sur sa poitrine. Seulement, je ne devais pas – mais vraiment pas du tout – regarder par là.

Je lui rendis sa feuille une dizaine de secondes plus tard. Elle la prit, mauvaise, et la lut d'un air nonchalant avant de la reposer sur la table.

— Merci, marmonna-t-elle entre ses dents.

— Je n'ai pas bien entendu, Fricht, la taquinai-je avec un large sourire.

— T'avais qu'à te laver les oreilles, crasseux, asséna-t-elle sèchement en me lançant un regard noir.

Je rigolai franchement et le professeur me rappela à l'ordre.

La sonnette retentit, et je me dirigeais tranquillement vers le self avec Brian et Vanessa lorsqu'un mec me rentra dedans.

— Mais regarde où tu marches, pauvre tache, criai-je en me retournant.

— Oh c'est bon, crasseux, lâcha-t-il.

Je stoppai brutalement et Brian me fixa, appréhendant ma réaction. Je me tournai vers le petit brun qui m'avait répondu.

— Pardon ? J'ai mal entendu.

Je le saisis par le col et le fis décoller de quelques centimètres. Je vis ses yeux écarquillés et souris face à son air effaré.

— Je… je… C'est que… tu… Brittany, bégaya-t-il en levant les mains en l'air.

Je lui donnai un coup dans l'estomac et le laissai retomber.

— Écoute, petite tache, je laisse passer pour cette fois mais comprends bien que, si on se retrouve dans le même couloir toi et moi, je te démolis. Clair ?

Je n'attendis pas sa réponse et m'éloignai.

— Monsieur Gossom. Dans mon bureau.

Je levai les yeux au ciel en entendant la voix sèche de la directrice dans mon dos et donnai un coup dans l'épaule de Brian en l'entendant se moquer.

Les adultes employaient différents moyens pour vous intimider. Soit ils vous plaçaient de manière que vous soyez plus petit qu'eux, soit ils vous laissaient gentiment glander debout pendant qu'ils étaient confortablement installés dans un fauteuil de cuir.

Ma dirlo avait totalement opté pour la seconde option. Je restai droit, les poings serrés derrière mon dos, pendant qu'elle déblatérait le même discours que les autres fois.

— Gabriel, nous finissons à peine la première semaine de l'année scolaire et vous vous battez déjà. Je ne veux pas que cela se passe de la même manière que l'année passée, vous m'entendez ? Beaucoup de vos camarades auraient déjà pris la porte après un tel comportement.

Je l'écoutais distraitement. À quoi cela servait-il, de toute façon ? Elle me gardait dans son lycée par pitié. Et une telle personne ne mériterait jamais mon respect.

— Vos parents sont des gens bien. Vous devriez avoir honte de leur donner autant de soucis.

— Ce ne sont pas mes parents, me contentai-je de rétorquer en regardant par la fenêtre.

Je vis un éclat de surprise passer dans ses yeux avant qu'elle se redresse sur son siège, légèrement mal à l'aise.

— Nos parents sont ceux qui nous éduquent, Gabriel.

Je ne répliquai rien, ce n'était pas comme si elle pouvait changer d'avis. Je ne savais pas vraiment pourquoi, chaque fois, on me ressortait le coup de l'éducation. D'accord, Patrick et Claire étaient sympas, mais ils m'avaient adopté lorsque j'étais déjà vacciné, propre, et que je savais déjà parler. Contrairement à ce que je disais, je gardais un souvenir plutôt précis de mon ancienne vie… Enfin, à part pour *cette nuit-là.*

On me prendrait peut-être pour un fou, mais j'avais *aimé* ma vie. Et je ne l'aurais changée pour rien au monde.

— Soit, je ne sais pas quoi faire de vous. Vous vous fichez des heures de colle, vous vous préoccupez peu de copier des lignes… Que dois-je faire pour que vous compreniez, dites-moi ?

Mes yeux se posèrent sur la plaque où son nom avait été gravé et elle soupira face à mon silence.

Dans ma tête, cependant, je pensais à autre chose. Pourquoi ne m'étais-je pas mis en colère lorsque Brittany s'était moquée de moi ? Pourquoi cette fille semblait-elle avoir tous les droits ? Peu de personnes pouvaient se risquer à ce genre de chose avec moi sans craindre de représailles, et la jolie brunette ne faisait pas partie du lot jusqu'à récemment.

— Partez manger, Gabriel, je vous dirai la punition plus tard.

Je restai un instant à la porte.

— Vous allez les prévenir, n'est-ce pas ? demandai-je d'une voix remplie d'amertume.

— J'y suis obligée.

Non, pas forcément. Mais c'était son petit bonheur personnel de me faire vivre un enfer chez moi. Pourquoi prévenir mes tuteurs ? Ce n'était qu'un petit accrochage, je ne lui avais même pas cassé le bras cette fois.

Vanessa m'attendait à l'extérieur, une lime entre les doigts. Je me demandais parfois si elle ne faisait pas exprès de jouer les clichés, pour les cocher sur sa liste de « pétasse parfaite ».

— Une bagarre, Gab ? Encore ? se moqua-t-elle en rangeant sa lime dans son sac à main.

— On ne change pas les vieilles habitudes, répliquai-je en souriant.

— Cela dépend pour qui, n'est-ce pas ?

— Si tu crois que j'épargnerai Brittany parce que c'est ta pote, tu te trompes.

— Et moi, je pense qu'elle te fera tomber plus bas que tu ne le crois, chantonna-t-elle avec un regard malicieux.

— Je vois où tu veux en venir, Ness, mais c'est impossible.

— Ah oui ?

— Oui. Je ne suis pas du genre à tomber amoureux ou toutes ces conneries.

— Paroles, paroles, Gabriel, ricana-t-elle.

— Tu ne me crois pas ? Je te le prouverai. J'ai reçu un vaccin contre l'amour.

Je passai une main sur sa hanche et l'attirai contre moi pour qu'on marche ensemble jusqu'au self. Ce n'était pas tout à fait une accolade innocente mais, après tout, nous ne l'étions pas vraiment non plus.

— Tu pourrais être surpris des tours que nous joue parfois le destin, répondit-elle doucement en baissant les yeux.

— Ouais, c'est ça, me moquai-je.

Vanessa me regarda et je remarquai alors le cercle légèrement rouge autour de ses yeux. Je m'arrêtai si brusquement que la demoiselle fit plusieurs pas toute seule avant de revenir vers moi. Cependant, elle dut apercevoir que toute rigolade avait déserté mon visage car elle soupira :

— Qu'attends-tu ? Tu veux faire la grève de la faim ?

— Dis-moi que ce n'est pas ce que je crois, la menaçai-je en plantant mon regard dans le sien pour observer sa réaction.

— De quoi tu parles ?

Je lui saisis le bras en ignorant sa grimace et la tirai plus près de moi. Mes doigts se posèrent autour de ses yeux pour inspecter ses pupilles.

— Vanessa...

— Mais je n'ai rien pris, je te jure ! J'ai simplement mal dormi, s'exaspéra-t-elle en levant les yeux au ciel.

— Tu as intérêt à dire la vérité, Ness, ou tu me le paieras très cher, la menaçai-je.

— C'est bon ! Tu n'es pas mon père ! Fous-moi la paix, me cria-t-elle en dégageant son bras.

Je la laissai faire en la fusillant du regard et lui glissai une dernière mise en garde :

— Je te surveillerai à la fête de ce soir, Vanessa !

Elle me fit un geste grossier du doigt avant de tourner au bout du couloir.

Elle ne comprenait pas, ne voulait pas comprendre. Cette merde finirait par la tuer. Les ravages étaient toujours plus importants et personne ne prenait jamais cela au sérieux. Je ne voulais pas que Vanessa tombe encore plus bas.

Cette écervelée ne savait pas prendre soin d'elle et, évidemment, il n'y avait que moi pour ramasser les morceaux. Qui d'autre aurait pu veiller sur elle de toute façon, si elle n'enlevait le masque que devant moi ?

Et, même si je n'avais aucune pitié, même si je frappais filles et garçons, j'étais incapable d'achever quelqu'un qui était à terre.

Voilà pourquoi Vanessa n'avait pas à subir mes colères. Voilà pourquoi je n'aurais jamais levé la main sur elle. Parce que, sans le savoir, elle avait été parmi les seuls avec Jake à trouver ma véritable faiblesse.

***

J'arrivai chez Brian mon skate à la main. J'avais pris soin de ne pas rentrer avant de me rendre à la fête, pour la bonne raison que je n'avais pas le temps pour une leçon de morale maintenant.

Or, avec le coup de fil de la directrice, c'était ce qui m'attendait. Patrick et Claire étaient tolérants et ils évitaient généralement de m'engueuler, mais mes tuteurs n'avaient pas besoin de me hurler dessus. Ils avaient une manière bien à eux de m'empêcher de recommencer dès le lendemain : *la culpabilité*.

Brian m'ouvrit la porte : une douce musique retentissait déjà pour les premiers arrivants. Je souris et pris le paquet de chips qu'il me tendait.

— Tu n'as pas cru que je t'aiderais ?

— Allez, mec, remplis simplement quelques plats, demanda Brian d'une voix suppliante.

J'ouvris le paquet et saisis une petite poignée pour les mettre dans ma bouche. Le basketteur soupira et partit s'occuper des bouteilles. Lorsqu'il eut le dos tourné, je versai quelques chips dans un ramequin et laissai le paquet sur un coin de la table, m'éloignant de celui-ci comme s'il était empoisonné.

Vanessa et Brittany arrivèrent ensuite. Cette dernière avait revêtu une robe de couleur pâle qui s'évasait autour de ses cuisses comme un drapé de toge romaine élégamment plissé. Elle me fit un clin d'œil et partit vers le fond de la pièce pour augmenter le son des platines.

Je la regardai sans m'en rendre compte, suivant les courbes de la robe, repensant aux paroles de Vanessa. Seulement, Brittany ne pourrait pas me jouer ce tour-là.

Encore que je comptais le faire avec elle. J'avais réalisé que la plus parfaite vengeance serait de reproduire ce qu'elle m'avait fait subir.

Je n'avais pas été amoureux d'elle à l'époque, mais j'espérais bien qu'elle le devienne de moi.

Les personnes arrivèrent les unes après les autres et les décibels augmentèrent. Je bus quelques bières, parlai avec quelques filles. Je pouvais voir Brittany se coller à Brian. Je ne savais pas qu'il était réellement intéressé par elle. C'est vrai qu'elle était jolie.

Mais lui comme moi savions que ce n'était pas une fille pour lui. Brian aimait aller avec sa petite amie au cinéma, payer la sortie, la raccompagner chez elle et recommencer deux jours plus tard. Il aimait les vraies relations.

Or, Fricht se contentait de jouer.

Je croisai son regard alors que sa tête était appuyée sur l'épaule du basketteur. Elle me fit une grimace et je lui renvoyai un petit sourire narquois, sachant que cela suffirait pour l'énerver au plus haut point. Et je faillis éclater de rire quand elle tourna la tête de l'autre côté, choisissant de la poser sur le torse de son cavalier pour ne plus voir mon visage.

Ils détonnaient trop pour paraître réels. Moi, je n'aurais jamais fait l'erreur de tenir Brittany par la taille. Fricht était plutôt le genre de fille qui aimait qu'on la tienne par les hanches.

J'aurais aussi probablement mordu sa lèvre et j'aurais attendu qu'elle quémande des baisers. Maintenant que je la connaissais un peu, je pouvais voir que Brian ne serait jamais plus qu'une distraction le temps d'une fête.

C'était drôle d'oser prétendre que je connaissais Brittany. C'était aussi vraisemblablement suicidaire. Et c'était cela le plus attirant.

Le danger.

6

BRITTANY

— Je vais prendre un peu l'air, tu viens ?

Je regardai Brian quelques instants avant de refuser. C'était un gars bien, certes, mais il n'était qu'un figurant de plus pendant une petite fête arrosée. Vous l'accompagniez une fois ou deux, l'embrassiez sur la commissure des lèvres, et le mec vous imaginait déjà mariée avec lui. Ce n'était pas vraiment ça que je recherchais.

Je me dirigeai vers les bouteilles, évaluant le volume de chacune d'entre elles avant de me décider pour la vodka.

Je pouvais sentir le regard de Gabriel sur moi sans avoir besoin de vérifier. Pourquoi ne me quittait-il pas des yeux depuis le début de la soirée ? Je savais qu'il n'était pas intéressé par moi, alors pourquoi ?

Cherchait-il une faiblesse ?

Je levai les yeux vers l'horloge sur le mur et grimaçai en voyant qu'il était minuit passé. Mon regard se porta ensuite sur la petite foule d'adolescents qui dansaient, presque emmêlés. Beaucoup détestaient ce genre d'attroupement mais moi, c'était ce qui me rendait vivante. Cette proximité décuplait chaque sensation. L'euphorie montait alors et finissait par vous faire perdre toute notion du temps.

Je vis Gabriel qui se frayait un chemin, rejetant une jolie fille qui s'était approchée de lui. Je ris en le voyant arriver à mes côtés en soupirant.

— Il fait chaud.

— On ne met pas un sweat lorsqu'on se rend à une fête, Gossom, ça fait négligé.

— Je n'ai pas pu rentrer chez moi entre-temps, grommela-t-il en haussant les épaules.

— Pourquoi ?

Je le vis hésiter quelques instants.

— La dirlo a appelé mes tuteurs pour leur parler d'un petit accrochage dans les couloirs...

— Tu n'as pas osé retourner chez toi ? demandai-je en rigolant.

— Arrête de te moquer, bouda-t-il.

Son regard se porta sur mon verre avant de retourner se loger dans mes yeux. C'était presque déstabilisant, cet éclat doré qui entourait ses prunelles. Ça m'empêchait de le fixer longtemps sans ressentir de malaise.

— Tu as le sida, Fricht ?

— Pardon ?

Mais il ne prit pas la peine de répéter et se contenta de voler mon verre pour boire une gorgée.

— Vodka ? Bon choix. Ça fait un peu la fille désespérée qui cherche à noyer ses malheurs, mais je suppose que ça te convient, lâcha-t-il mystérieusement en me jetant un regard par-dessus le verre.

Sa question me paralysa un court instant avant que je comprenne sa ruse.

— Essaierais-tu de remporter un round de notre jeu stupide ?

— C'est bon, Fricht, j'essaie juste de rire un peu ! On est dans une fête après tout, ricana-t-il avec un regard espiègle.

— Alors va danser, m'exaspérai-je en espérant qu'il me lâche la grappe.

— Ah non, j'ai horreur de ça.

Je souris face à sa grimace et tendis la main pour reprendre mon verre. Il leva le bras plus haut et j'abandonnai la partie. Je n'allais pas non plus me pendre à son bras comme une désespérée pour un peu de vodka.

— Tout le monde aime danser.

— C'est faux. Il y a trois catégories de danseurs. Ceux qui occupent la piste pour attirer l'attention, ceux qui le font parce qu'ils n'ont rien d'autre à faire et ceux qui font semblant d'aimer ça pour se fondre dans la masse, expliqua-t-il en levant un doigt pour chaque catégorie.

— Et je serais dans quelle catégorie, moi ?

Il fronça les sourcils et ses yeux s'assombrirent.

— Tu n'es pas comme eux.

— Ah oui ? lâchai-je, moqueuse.

— Oui. D'une façon ou d'une autre, tu ne te contentes pas d'être une fourmi. Tu veux être la reine de la fourmilière. Mais pas pour te sentir supérieure comme Vanessa, ajouta-t-il d'une voix si assurée que cela me surprit.

Je perdis mon sourire au fur et à mesure qu'il parlait :

— Tu veux être la reine pour être intouchable.

— Tu as l'air bien sûr de toi.

J'espérais que ma voix n'avait tremblé que dans mes pensées. Toutefois, la musique résonnait dans nos tympans et je n'étais même pas certaine qu'il ait vraiment pu saisir ma phrase.

Mais Gabriel Gossom n'était pas un garçon ordinaire. Il partit et, quelques secondes avant de quitter la pièce, il me regarda droit dans les yeux.

Il m'invitait à le suivre.

Ma raison et ma curiosité se disputaient ardemment le contrôle de mon corps. L'une voulait que je retourne sagement danser dans les bras de Brian, pour finir par quitter la fête quelques heures plus tard.

Mais j'étais curieuse de savoir jusqu'où, exactement, Gabriel avait réussi à me révéler. Je savais qu'il ne faisait probablement que s'amuser et qu'il finirait très certainement par se servir de ses observations pour se venger de l'humiliation que je lui avais fait subir.

Mes talons aiguilles suivirent le même chemin que ses baskets avaient emprunté.

Je risquais de me dévoiler un peu plus, mais il n'y avait aucune chance qu'il découvre réellement ce qui clochait avec moi. Il était bien loin de se douter de ce que la garce du lycée avait pu faire, et ce, à elle-même.

Cependant, c'était peut-être l'occasion de percer un peu la carapace de sale brute qu'il affichait en permanence ou, du moins, de savoir si quelqu'un d'autre se cachait derrière ça.

Ma mère m'avait dit un jour que personne n'était foncièrement méchant et que, chaque fois qu'on distribuait un coup, c'était pour tenter d'en effacer un autre qu'on avait reçu. Si j'appliquais sa théorie pas très philosophique à Gabriel, alors il avait dû s'en prendre plein les dents.

***

Il m'attendait, appuyé contre un mur du jardin, et je fus surprise de son air. J'avais l'habitude de voir un Gabriel arrogant, en colère, taquin ou encore moqueur.

Mais je n'avais jamais rencontré celui qui se tenait devant moi. Je ne devinais pas vraiment la nature de la lueur qui éclairait ses prunelles et faisait briller cet éclat doré, mais ce n'était pas de la méchanceté. Et, pour une fois, je tombai d'accord avec ma mère sur un sujet. C'était assez rare, depuis quelque temps.

— Tu me jures que tu n'essaieras pas de me violer ? demandai-je d'une voix joueuse.

— Allons, Fricht, honnêtement, tu te jetterais dans mes bras toute seule comme la grande fille que tu es, répliqua-t-il avec un sourire moqueur.

Je levai les yeux au ciel et fus tentée de lui rappeler l'accident de l'année passée. Pourtant, j'aimais un peu trop l'ambiance du moment pour la faire disparaître à coups de railleries.

— Tu penses tout connaître de moi simplement parce que tu m'as regardée danser ?

— Non. Simplement... simplement parce que, se contenta-t-il de souffler, et cela eut le don de m'exaspérer.

— Parce que quoi ?

— On n'est pas amis, Fricht. Je n'ai pas besoin de m'expliquer.

Je sentis mes joues rougir sous le coup de l'énervement, surtout lorsque je remarquai que la bombe à retardement que j'avais devant moi arrivait à garder un calme impressionnant.

— Tu as raison, je ne pourrai jamais être amie avec un gorille, me vengeai-je en relevant le menton.

— Il paraît que les gorilles sont plutôt bien foutus...

Je soufflai bruyamment et me préparais à tourner les talons lorsque sa main me retint. Ce n'est pas son geste qui me fit frissonner. Dans une série romantique, cela aurait été le contact de nos deux peaux.

Toutefois, la vraie vie était une sacré connasse et la raison de ma brusque montée de peur n'avait rien, mais rien, de romantique. Si je me croyais intouchable quelques minutes auparavant, je venais de comprendre que je ne le serais jamais vraiment : il suffisait que mes bracelets se brisent pour que je devienne irrémédiablement sans défense.

Il crut probablement que j'avais froid, car il enleva son sweat pour me le passer.

— T'as cru que j'allais enfiler ton pull plein de sueur ? le rabrouai-je presque automatiquement.

Le garçon soupira et se contenta de me le poser sur le dos, nouant les deux manches autour de mon cou. Je le regardai faire, étonnée. J'aurais pu rétorquer que j'avais des mains mais, pour la première fois depuis un petit bout de temps, quelqu'un venait de prendre soin de moi.

Et je n'étais pas assez stupide pour lui ôter toute envie de recommencer.

— Tu sais, Brittany, ce n'est pas toujours en mordant que l'on remporte les batailles.

— Venant de toi, ce conseil me paraît légèrement surfait, ricanai-je.

— Ce n'est pas parce que je ne l'applique pas qu'il n'est pas vrai. Fais ce que je dis, pas ce que je fais.

Mes lèvres s'étirèrent doucement face à la phrase que chaque parent au monde avait un jour utilisée.

Et je réalisai ensuite que, peut-être, Gabriel n'avait jamais eu de parents. Cela me paraissait presque surréaliste, parce que j'en avais toujours eu deux. Ils n'étaient peut-être plus très joignables ces derniers temps, mais je me souvenais d'eux au fond du public lors des spectacles de l'école. Je me rappelais qu'ils m'avaient accompagnée à ma rentrée en primaire, puis à celle du collège. Ils m'avaient bordée lorsque j'étais petite et m'avaient soignée lorsque je m'étais blessée.

Je m'imaginai un petit Gabriel de cinq ans attendant sur le banc de la cour que des parents viennent le chercher. Je l'imaginai à chaque fête des pères et des mères, à confectionner un cadeau qu'il ne pourrait jamais leur donner.

Mon cœur se serra et, d'un seul coup, les gestes un peu brutaux du garçon ne me parurent plus aussi… violents et mesquins.

— Pourquoi tu me fixes comme ça ?

— Comment ?

— Comme si t'étais en train de chialer sur ma tombe, lâcha-t-il en ricanant légèrement.

— Parce que je compte bien t'en creuser une prochainement, répondis-je en chantonnant.

Il rigola plus franchement et je finis par le suivre. Mais, lorsque le silence revint, je ne réussis pas à chasser mes dernières pensées.

— Dis, Gossom ?

— Ouais ?

— Est-ce que… est-ce que tes parents te manquent, parfois ?

La nuit noire m'empêchait de distinguer nettement ses traits. Pourtant, je pouvais clairement visualiser dans ma tête l'éclat doré s'éteindre.

— Brittany, Brittany, Brittany, murmura-t-il en s'écartant du mur.

Pendant une poignée de secondes, mon sang se glaça en entendant le ton froid de sa voix.

On racontait beaucoup de choses sur les colères de l'adolescent. Certains avaient une ou deux cicatrices à cause de lui, et l'un de ses adversaires avait même fini à l'hôpital, une fois. Il avait ensuite changé de lycée, c'était ce que les rumeurs racontaient.

J'avais eu du mal à retrouver ce fameux Gabriel cruel ces derniers jours parce que, même s'il s'était montré moqueur et parfois grossier, la plus vilaine chose qu'il ait commise, c'était d'avoir tenté de me faire tomber de ma chaise en littérature.

J'aurais dû savoir qu'il ne ferait pas d'exception avec moi. Je ne savais pas comment j'avais pu croire, pendant un millième de seconde, que peut-être je n'étais pas qu'une fourmi à ses yeux.

Je me retrouvai plaquée contre le mur un instant plus tard, et il était désormais assez proche de moi pour que je puisse clairement voir ses yeux noirs de colère malgré le manque d'éclairage.

Je ne tentai même pas de m'échapper. S'il espérait que je fuie ou baisse le regard, il serait déçu. Je préférais encore le regarder droit dans les yeux et poursuivre la bataille jusqu'au bout.

— On ne propose pas un jeu si on n'assume pas, Gossom, persiflai-je en relevant fièrement le menton.

Il ne répondit rien, et j'entendais à sa respiration saccadée qu'il essayait probablement de ne pas perdre le contrôle.

Sa poigne se desserra et il recula vivement, comme si je venais brusquement de le brûler. Il passa sa main sur son front et resta, involontairement ou non, dans l'ombre.

— Je n'ai plus envie de jouer, lâcha-t-il d'une voix sombre.

— Tu abandonnes ? Au bout de cinq jours ? Tu me déçois, Gossom.

Je ne pouvais pas voir son visage et, même si ma raison me hurlait d'arrêter de le provoquer, la colère me rendait sourde.

— Tu te permets de t'installer à côté de moi en cours, de me tenir la grappe à un putain de gala de charité, de te moquer de moi douze fois par jour pour ça ? ajoutai-je d'une voix acerbe, comme si une partie de moi, infime, voulait continuer à se battre contre lui.

— Tu ne comprends pas.

— Je comprends tout à fait que tu es un trouillard, Gabriel. Et un énorme lâche.

J'avouais que j'avais touché une corde sensible en parlant de ses parents mais, après tout, n'étaient-ce pas les règles du jeu qu'il avait proposé ? Et, quand il avait touché la plus sensible de toutes chez moi, il ne s'en était pas aperçu.

Il se contenta de donner un coup de pied dans l'herbe avant de se détourner et, au fond, je fus presque déçue qu'il n'explose pas face à moi.

Pourquoi ? Pourquoi avait-il tout simplement fui ? Pourquoi était-il le seul à découvrir des facettes de moi alors que je n'apprenais jamais rien sur lui ?

L'agacement monta d'un cran lorsque Brian arriva et passa un bras sur mes épaules.

— Gab m'a dit que tu étais toute seule dehors et que tu étais malade. Ça va mieux ?

J'étais étonnée d'une telle prévention. Ainsi, il avait peur de me laisser seule ? Que craignait-il ? Que je le suive ?

Je n'avais jamais rampé devant personne et je n'allais sûrement pas commencer aujourd'hui, à l'espionner comme une petite obsédée.

La vérité, c'était que rien ne me liait à Gabriel. J'avais peut-être cru cette semaine que cette année serait différente, qu'il pourrait devenir une sorte d'ami étrange.

Je m'étais apparemment trompée.

— Il a raison, je ne me sens pas trop bien, je vais rentrer, déclarai-je, un peu déçue.

— Tu veux que je te ramène ?

— J'ai ma voiture, rétorquai-je, agacée.

— Oui, mais tu as bu…

— Brian. J'ai envie de rentrer ? Je rentre. Point.

Il leva les mains en reculant et je m'éloignai sans me retourner vers ma petite Volvo.

Je coupai le moteur une rue avant la mienne pour éviter que mes parents n'entendent le bruit et saisis mes clés pour ouvrir la porte d'entrée. À pas de loup, je traversai le salon, montai l'escalier et me faufilai jusque dans ma chambre.

Je soupirai en voyant que rien n'avait bougé.

Je savais que beaucoup auraient été heureux d'avoir réussi à faire le mur sans se faire choper par leurs parents. Mais j'aurais bien aimé que les miens le remarquent, justement. Qu'ils me disputent et qu'enfin, oui enfin, j'aie la chance de leur crier tout ce que je pensais.

Il y a des fois des mots qui restent bloqués dans notre gorge. Puis, au fur et à mesure que le temps passe, d'autres paroles interdites s'accumulent et on finit par suffoquer, étranglé par ces non-dits.

J'étais en apnée depuis trois ans et je commençais à en avoir marre. Je voulais simplement que tout cela cesse. J'avais envie de recommencer mes conneries, de foutre en l'air tout ce que j'avais fait pour me débarrasser de mes mauvaises habitudes.

Mon regard se posa rapidement sur ma table de chevet, mais j'abandonnai vite l'idée.

La main de Gabriel sur mon bras.

L'angoisse que j'avais ressentie à ce moment-là remonta en flèche et j'eus un haut-le-cœur en imaginant la catastrophe qui avait été évitée. Et si sa poigne avait fait glisser mes bracelets un peu plus haut ?

Je me calmai et finis par me coucher sur mon lit tout habillée, observant mon plafond sans vraiment le voir.

De toute façon, la scène ne risquait plus de se reproduire. Je ne parlerais plus à Gabriel.

Plutôt crever.

7

GABRIEL

Douze ans plus tôt

— *Plus vite, Gaby !*

La petite fille riait aux éclats et, pour une fois, Gabriel n'avait pas à lui intimer le silence. Il tourna un peu plus vite et sourit en voyant les pieds d'Evangeline sur les siens.

Il regretta qu'il n'y ait pas de musique. Lorsque la maîtresse leur avait appris la chorégraphie pour la danse de fin d'année, elle y avait ajouté une musique entraînante.

Il aurait beaucoup aimé la faire écouter à Evy. Elle l'aurait adorée, il en était sûr.

Pris dans son mouvement et avec le poids de la fillette qui n'était pas beaucoup plus jeune que lui, il chuta sur le sol et se rappela brusquement sa blessure de la veille.

— *Oh, Gaby, ça va ?*

— *Ça va beaucoup mieux, répondit-il en souriant légèrement, comprenant qu'elle pensait elle aussi à l'autre soir.*

Discrètement, il passa une main sur son ventre et faillit grimacer en sentant que la bosse sous ses doigts le faisait encore plus souffrir qu'avant, mais il n'avait pas envie de gâcher leur moment.

— *Dis, Evy, tu veux encore danser ?*

L'enfant rigola en reposant ses pieds sur ceux de son ange gardien, et ferma les yeux alors que Gabriel recommençait à tourner sur lui-même dans la chambre rose.

C'était tant mieux, pensa le garçon, parce que ainsi elle ne pouvait pas voir les larmes de douleur qui apparaissaient au coin de ses yeux.

Et il s'assurerait qu'elle ne les verrait jamais.

Je shootai brutalement dans une canette sur la route en rentrant chez moi, mon skate à la main.

J'aurais pu frapper Brittany. Cette pensée me donnait envie de vomir, parce qu'elle ne m'avait strictement rien fait. Une petite voix me murmurait que je n'avais jamais eu besoin de raison pour brutaliser les gens, avant.

Mais ce n'était pas pareil. Brittany avait quelque chose de spécial que je ne pouvais expliquer, et il était trop tôt pour savoir si j'appréciais sa touche mystérieuse ou si je la méprisais.

Sa question avait réveillé bien trop de choses. J'avais eu peur qu'elle n'arrive à me faire perdre à mon propre jeu, en fin de compte. J'avais craint d'être vulnérable. Je ne savais plus quoi faire face à ce démon qui semblait être sorti de l'enfer pour me perturber.

J'avais compris ce soir que Brittany aimait sa popularité seulement parce qu'elle la protégeait des moqueries. Mais, si j'avais commencé à la cerner, je n'avais pas envie qu'elle fasse de même avec moi. Elle ne comprenait pas, elle n'avait pas vu à quel point j'avais été près de devenir un monstre à mon tour.

C'était de famille, après tout.

La plupart des gens baissaient la tête devant ma rage et, généralement, les filles se mettaient à pleurer. *Pas elle.*

J'avais vu que ses yeux avaient cherché les miens, mais j'avais pris garde de rester dans l'ombre pour éviter qu'elle ne remarque que ce n'était plus la colère qui animait mes traits, mais la crainte.

D'une façon ou d'une autre, cette Brittany était plus que spéciale, elle était extraordinaire. Et je n'avais aucune envie de tomber là-dedans.

Je me rappelai ensuite que, tout à mes pensées sur Brittany, j'avais totalement oublié de surveiller Vanessa. Ces filles allaient me rendre fou.

Je composai machinalement son numéro : il me suffirait de quelques secondes pour savoir si l'adolescente avait fait une connerie.

— Allô, Gabriel, bonsoir. Je sais ce que tu crois mais ne t'inquiète pas, je suis toujours vivante. Maintenant, si tu permets, j'étais plutôt occupée avec Rodrigue, si tu vois ce que je veux dire. Donc, non, je n'ai absolument rien et, oui, tu peux me lâcher les baskets. Au revoir, Gabriel, enchaîna rapidement la voix de la blonde.

Je levai les yeux au ciel alors qu'elle me raccrochait au nez. J'étais rassuré qu'elle ne soit pas dans un coin sombre à faire des choses qu'elle regretterait plus tard. Et je m'en serais voulu si j'avais délaissé la seule personne qui comptait encore sur moi. Je ne pouvais pas la décevoir, pas alors qu'elle n'avait que moi.

Si ma relation avec Brittany avait été ambiguë l'année passée – entre l'étranger et le supposé petit copain –, celle que j'avais avec la reine des garces l'était encore plus.

Je savais toutefois que, même si nous avions couché ensemble une ou deux fois par le passé, depuis qu'elle avait éclaté en sanglots dans mes bras je ne pourrais plus jamais tenter quoi que ce soit avec elle. Je ne la voyais plus ainsi désormais.

J'ouvris la porte et retins un soupir en voyant la lumière du salon allumée. Je marchai sur la pointe des pieds et me figeai en entendant des voix.

— Je ne sais plus quoi faire, Claire. On ne sera jamais une famille. Tu as entendu sa directrice ?

— Laisse-lui du temps, mon chéri. Mets-toi à sa place, lâcha la voix tendre de ma tutrice.

— Justement, je me mets à sa place ! Allons, Claire, tu sais très bien qu'il n'aurait jamais trouvé de famille d'accueil sans nous, son dossier est bien trop gros ! Il devrait au moins être heureux d'être sorti de cet orphelinat et, à la place, il continue de nous traiter en étrangers !

— Arrête de t'emporter, il n'arrive pas à nous considérer comme ses parents et c'est normal. Jake avait six mois lorsqu'il est arrivé chez nous, il n'a rien connu d'autre. Tu as tendance à oublier que Gabriel avait huit ans, chéri. Il se souvient de son ancienne vie et il a le droit d'en avoir des regrets, murmura doucement son épouse, et je l'en remerciai mentalement.

— Comment pourrait-il regretter l'enfer ? C'est mon garçon quoi qu'il en pense, bon Dieu ! Je m'inquiète pour lui.

— Tu ne devrais pas, lâchai-je en sortant de ma cachette, un air blasé sur le visage.

Mes tuteurs sursautèrent et Patrick se leva pour me donner une tape dans le dos.

— On doit parler, fiston.

— Je vous avais prévenus que Brian faisait une fête ce soir, rétorquai-je d'un ton innocent.

— Ne fais pas comme si tu ignorais l'appel de ta directrice, Gabriel, me réprimanda Claire.

Elle s'installa à côté de son mari et, ainsi encadré, j'avais presque l'impression de passer un interrogatoire.

— Dis-nous la vérité, Gab... Est-ce que tu es malheureux ici ?

— Non.

Mon absence d'hésitation fit soupirer de soulagement Patrick et je me retins de poursuivre ma phrase.

Je n'étais pas malheureux ici, mais j'aurais préféré être ailleurs.

— Alors pourquoi ne tournes-tu pas la page ?

— Je ne peux pas. C'est la moitié de ma vie, Patrick, m'exaspérai-je en saisissant qu'il ne comprendrait pas.

J'essayais de choisir mes mots avec soin pour éviter de les blesser trop profondément, mais je savais que, quoi que je fasse, ils seraient déçus de mes pensées.

Je ne voulais pas tourner la page parce que j'étais incapable de l'oublier, pas alors que je désespérais de son absence.

Je n'avais pas envie d'oublier mes parents, Evangeline, les journées à l'orphelinat et mes jours à l'école de ma petite ville. Je n'avais pas toujours été heureux, certes. Je m'étais cru en enfer quelquefois, c'était vrai.

Avant de me rendre compte que l'enfer, c'était de vivre sans elle.

— Écoute, Gabriel, je peux comprendre que tu ne veuilles pas nous appeler papa et maman, je peux imaginer que tu t'isoles quelquefois, je peux comprendre beaucoup de choses, mais je ne veux pas que tu te retrouves dans le même état qu'à ton arrivée, d'accord ? expliqua patiemment mon tuteur en se penchant pour planter son regard dans le mien.

Patrick essayait de me rappeler doucement tous les psychologues, toutes les assistantes sociales qu'on m'avait delégués. Je leur avais fait vivre un enfer, tantôt en leur menant la vie dure pour qu'ils m'abandonnent, tantôt en me réveillant la nuit en hurlant. Je sentis la culpabilité m'assaillir en pensant que, même après tout ça, ils avaient continué à m'accepter sous leur toit.

— Mais il ne s'est rien passé, OK ? Ce mec m'a juste insulté et je l'ai attrapé par le col, je ne l'ai même pas touché ! C'est cette vieille qui exagère tout. Elle m'a énervé et je... j'ai dit des choses... tentai-je vaguement de m'expliquer.

— Eh bien, la « vieille » semble penser que tu as besoin d'un soutien psychologique, lâcha l'homme d'un ton amer.

— Pardon ?!

— Ta punition. Elle a décidé que ce serait une consultation avec le psy scolaire chaque mois jusqu'à la fin de l'année.

— Tu blagues...

Claire secoua la tête pour appuyer les dires de son mari et je soupirai. Cette dirlo commençait réellement à me taper sur le système.

— Fait chier, marmonnai-je.

— Gabriel. Je sais que tu ne veux jamais en parler... Mais parfois... Je me dis que c'est parce que tu enfermes tout à l'intérieur que tu disjonctes à la moindre colère. Si... si tu veux parler...

— Merci, Claire, la coupai-je alors qu'elle se levait.

Elle déposa un baiser sur mon front et partit se coucher. Patrick se cala au fond du fauteuil et fixa un point devant lui.

— Elle te manque, n'est-ce pas ? Je sais que c'est dur, Gabriel, mais ce n'est pas à cause de nous.

— Je sais.

— On a fait notre possible pour la retrouver, mais tu sais aussi bien que moi qu'elle a quitté l'État. Ton Evangeline n'est pas dans l'Utah. Ton foyer était à San Francisco, mais elle n'y est pas non plus. Tu n'as aucune piste, aucune preuve, aucune trace, continua-t-il en passant une main lasse dans ses cheveux.

— Je sais, me contentai-je de répondre.

Il touchait un point sensible et j'étais désormais incapable de faire de longues phrases sans trémolos dans la voix. Patrick dut comprendre qu'il s'attardait un peu trop, car il s'éclaircit la voix et changea de sujet.

— Tu n'as rien de prévu demain soir ? On pourrait se faire une sortie entre hommes…

— Je travaille au Puppy's.

— Tu veux vraiment faire ce tour des États-Unis après tes études ? Tu sais que nous pourrions te le payer pour ton anniversaire ?

— C'est un peu… mon rêve. J'ai besoin de le faire seul. De rester autonome, argumentai-je pour refuser poliment.

Ce que Patrick ignorait, c'est que je ne comptais pas partir à travers tout le pays simplement pour faire du tourisme. Je n'étais pas comme ces parfaits voyageurs qui s'extasient devant une montagne de briques simplement parce qu'elle se trouve dans une grande ville.

Je n'en avais rien à battre, en réalité, des monuments. Mais, comme Patrick, j'avais fini par comprendre qu'elle n'était pas dans l'Utah. Et j'étais prêt à traverser l'ensemble des États-Unis pour la retrouver.

***

J'enfilai une simple chemise noire et un jean sombre avant de saisir mon skate. Je partis travailler.

Freddy m'attendait à l'intérieur du bar et hocha simplement la tête en me voyant correctement habillé. Il était vrai que je prenais rarement en compte le code vestimentaire, surtout que je restais caché les trois quarts du temps dans la cuisine.

Mais il s'agissait là d'une soirée spéciale. La première de Brittany.

Je n'avais pas l'intention de lui reparler, parce que cette fille était un peu trop toxique à mon goût. Ensuite, parce que je n'avais jamais plié devant personne et que je n'allais pas commencer avec elle.

Je n'en avais même strictement rien à faire, de ce qu'elle pensait de moi. Je ne m'excuserais pas.

Freddy me fit signe de m'éloigner du bar et j'entrai avec lui dans la réserve.

— Tu as l'air de bien la connaître, la petiote ?

— Disons qu'elle est dans ma classe, répondis-je prudemment, sentant venir le piège.

— C'est une tigresse, hein ? me taquina-t-il tandis que je serrais les mâchoires.

— Disons qu'elle a… du mordant.

— Je voudrais que tu jettes quand même un coup d'œil aux gars. Les habitués ne poseront pas de problèmes mais il y a toujours des hommes un peu spéciaux, surtout vers la fin de la nuit.

— Tu voudrais que je la raccompagne ?

— Si ça ne te dérange pas.

— Freddy, elle ne me laissera jamais faire. Brittany est… indépendante, dis-je, et ce mot était un euphémisme.

— Eh bien, montre-toi convaincant, déclara-t-il mystérieusement en me laissant planté là.

Elle arriva un quart d'heure plus tard, mais Freddy l'accapara presque immédiatement pour lui montrer toutes sortes de cocktails. Je la regardai du coin de l'œil alors qu'elle semblait encaisser les détails les uns après les autres. Mes yeux accrochaient ceux des garçons un peu trop insistants, mais aucun d'eux n'aurait eu la débilité de l'embêter. C'était simplement de gros dragueurs plutôt lourds.

L'un d'eux voulut lui proposer un verre mais elle refusa poliment, du moins de la façon la plus polie dont une hyène dans son genre était capable.

Je me contentai de faire la plonge dans la cuisine, c'était pour cela que j'avais été engagé. Freddy avait vite compris que je n'étais pas le plus patient des serveurs, et il venait d'ajouter quelques plats de restauration rapide à la carte.

En plus de la vaisselle, je me tapais les croques, frites et compagnie. Et je faisais du bénévolat en tant que baby-sitter.

***

Vers deux heures du matin, je quittai la cuisine pour entrer dans le bar. D'ici, je pouvais mieux voir Brittany, les joues rouges, qui essayait de reproduire l'une des boissons que le boss lui avait montrées en début de soirée.

Elle servit le client et, une fois qu'il eut le dos tourné, elle souffla. Je pouvais presque imaginer le soupir d'agacement qui venait de s'échapper de ses lèvres.

Freddy me fit signe de loin et je lâchai ma proie des yeux pour m'occuper de l'homme qui était accroché au bras de mon patron.

— Elle m'a largué, vieux. Elle m'a laissé tout seul, pleurnichait-il alors que je l'empêchais de chuter au sol.

Je levai les yeux au ciel et l'entraînai à l'extérieur pour guetter l'arrivée du taxi.

— J'en retrouverai plus jamais une comme elle. Elle était si tendre, si douce, si compréhensive…

— Dis, mec, c'est de ta copine ou de ta mère que tu me parles ? me moquai-je en le plaçant dans le taxi.

J'allais rentrer dans le bar lorsque je vis Brittany marcher sur le trottoir opposé. Était-elle réellement venue à pied ?

Était-ce un suicide volontaire ou juste une idiotie naïve ?

— Fricht, la hélai-je alors qu'elle accélérait le pas.

— Je ne compte plus t'adresser la parole, Gossom.

— Tu ne vas pas rentrer à pied ? m'exclamai-je en laissant mon regard glisser sur sa silhouette.

Elle se retourna en haussant les épaules.

— Je ne suis pas loin de chez moi. Tu me lâches maintenant ?

Elle reprit sa route et je soupirai bruyamment en marchant deux pas derrière elle. Je n'allais pas laisser une fille bien… enfin, bien… *féminine* marcher seule dans la rue à une heure pareille. Je n'avais pas beaucoup de principes, mais j'avais encore une conscience.

En miettes, certes, mais elle continuait quand même à fonctionner la plupart du temps.

— Tu vas arrêter de me suivre, oui ou merde ? explosa-t-elle au bout de quelques minutes.

— J'habite aussi par là, Fricht, arrête de te prendre pour la reine de Papouasie, assénai-je sèchement en enfonçant les mains dans mes poches.

Elle me lança un regard noir et accéléra encore le pas.

Je la regardais marcher de loin, m'assurant de toujours voir sa silhouette dans la nuit. Je regrettais de ne pas être rentré dans le pub pour prendre mon manteau avant de la suivre, parce qu'il commençait quand même vachement à geler.

Elle pénétra dans une maison et je fis semblant d'avancer encore quelques mètres, au cas où elle aurait l'idée de psychopathe de vérifier derrière le rideau que j'habitais réellement dans les environs.

Lorsque j'arrivai au bout de sa rue, je fis brusquement demi-tour et sautai sur mon skate, un léger sourire aux lèvres malgré moi.

Je venais de me prendre un quart d'heure de marche parce que Miss Perfect n'avait pas froid aux yeux. Cette fille était définitivement fascinante.

8

BRITTANY

Cela faisait deux mois que je travaillais au Puppy's trois samedis soir par mois. Mais cela faisait surtout deux mois que je n'avais pas adressé un mot à Gabriel Gossom.

Je ne pouvais pas dire qu'il me manquait. Notre relation était simplement redevenue comme avant : inexistante. Nous traînions avec les mêmes personnes, mangions à la même table et – nouveauté de cette année – étions assis l'un à côté de l'autre durant trois cours.

Pourtant, aucun de nous n'engageait la conversation.

Au début, j'avais attendu des excuses. Mais j'avais oublié que ce mec ne s'excusait pas. Jamais.

Et puis, j'avais réalisé qu'il n'avait pas à le faire, après tout. Si j'avais eu peur qu'il ne me frappe, il ne l'avait pas fait. Si je l'avais provoqué en parlant de ses parents, il n'avait même pas cherché à prendre sa revanche. Si je l'avais ridiculisé l'année passée, il ne m'avait pas rendu la pareille. Je devais admettre que Gossom n'avait pas été un monstre et que j'avais été la connasse de l'histoire.

Pour ma défense, il m'avait piqué mon verre de vodka. Et Brian m'avait énervée en me collant sur la mini-piste de danse improvisée. Et puis… et puis, il avait commencé à lire en moi et j'avais eu peur. En essayant de l'imiter, je l'avais… blessé ? Pas sûr que Gabriel puisse l'être. Mais je l'avais touché, sans aucun doute.

Résultat, j'avais peut-être bien trouvé une faiblesse, mais je me sentais trop coupable pour l'utiliser.

Putain de conscience.

Le même schéma recommençait donc chaque fois. Je rentrais du bar après avoir fini mon service et il choisissait ce moment pour – enfin – quitter la cuisine. Il me suivait alors jusque chez moi, marchant à peine quelques mètres derrière moi ou sur le trottoir opposé.

Et, même si je ne l'aurais jamais dit à voix haute et ne lui parlais jamais, j'aimais sa présence. Un peu comme un garde du corps personnel.

Pourtant je n'étais pas sûre qu'il interviendrait si je me faisais agresser.

Je franchis les portes du lycée, croisai le regard de Vanessa et m'avançai vers elle. Cette dernière sourit en me voyant et tapota la place à côté d'elle sur le banc.

— Tu as l'air fatiguée, dis-je en arrivant.

C'était plutôt étonnant puisque c'était elle-même qui m'avait appris à dissimuler les cernes avec du fond de teint de façon qu'ils soient totalement invisibles.

— Disons que je m'amuse avec Rodrigue. Et toi, comment tu vas ?

— Bien. Très bien.

Elle enchaîna sur le nouveau film en vogue du moment mais, comme chaque matin, je décrochai de la conversation lorsque j'aperçus Gabriel arriver à l'autre bout de la cour.

Il avait les cheveux décoiffés, comme toujours, et son manteau n'était même pas fermé en plein mois de novembre. Ce gars allait finir par choper la crève et il comprendrait pourquoi on avait inventé les pull-overs.

— Mademoiselle Brittany, veux-tu bien lâcher ce pauvre Gab des yeux, s'il te plaît ?

Je détournai la tête en souriant.

— Je sais ce que tu penses, mais c'est faux. Je ne craque pas pour Gossom.

C'était plus profond que de l'amour, plus étrange que de l'amitié. C'était rien et tout à la fois, un mélange de sentiments contradictoires qui passaient de la compassion à la peur. Mais pas par l'amour.

— Alors arrête d'essayer de le faire fondre d'un regard, se moqua-t-elle.

— Il est juste intrigant.

Vanessa vérifia les alentours et s'alluma une cigarette.

— Avoue qu'il te plaît.

— Ness, crois-moi, je ne peux pas tomber amoureuse. J'ai reçu un antipoison contre ce venin, rétorquai-je, sûre de moi.

La jolie blonde ricana, comme si elle saisissait quelque chose que je ne pourrais jamais comprendre. Puis elle tira une nouvelle bouffée de tabac et se mura dans ses réflexions.

C'était ça que j'aimais avec elle. Si face aux autres nous n'abordions que des sujets légers, une fois seules on laissait le silence planer entre nous.

J'avais horreur de ça, en général. Mais, avec Vanessa, c'était simplement reposant. Comme si, grâce à elle, nous avions toutes les deux le droit de laisser tomber le masque pendant un moment avant de remonter en scène de plus belle.

Le surveillant arriva et Vanessa écrasa brusquement le petit cylindre sous son talon.

— Tu sais, Britty, tu as le droit d'être vulnérable quelquefois. Et se faire pardonner une erreur n'est pas une preuve de faiblesse, glissa-t-elle avant de s'éloigner sans me regarder.

Je l'observai, médusée.

Peut-être n'étais-je pas aussi imperméable que je le croyais si deux personnes avaient réussi à me percer à jour. *Ou alors, peut-être avaient-elles simplement déjà vécu ça, elles aussi.*

Je réfléchissais aux paroles de mon amie en me rendant au cours de physique et, comme d'habitude, Gabriel se tenait devant la paillasse que nous partagions, la tête entre les bras. Il me restait quelques minutes avant que la sonnerie marque le début des cours et, même si j'avais réellement envie de sauter par la fenêtre rien qu'à l'idée, je devais le faire.

J'arrivai doucement à côté de lui et posai machinalement mes affaires sur la table à côté de la sienne. Mon cerveau essayait de trouver des stratagèmes pour me faire gagner du temps, mais je vis la masse de cheveux bruns se tourner de l'autre côté pour poser son regard sur moi.

À force de ne plus le croiser, j'en avais presque oublié cet éclat doré.

Gabriel ne prononça pas un seul mot, se contentant de m'observer comme je l'avais fait avec lui ce matin. Et, au fond, il semblait légèrement enfantin ainsi, le visage appuyé contre ses bras et ses grands yeux tournés vers moi. La grosse brute du lycée avait l'air d'un chérubin.

Avais-je bu trop de café ce matin ? Ou était-ce la fumée de la cigarette de Ness qui me faisait délirer ?

J'avais de nouveau cette sale impression. Celle que ses colères noires et son côté bagarreur n'étaient qu'un masque, comme moi-même j'en possédais tout un dressing.

C'était chiant, parce qu'il était beaucoup plus facile de mépriser une personne méchante. Et parce que tout serait beaucoup plus compliqué s'il était juste aussi fissuré que moi je l'étais.

Je laissai mes yeux se fracasser contre ses prunelles et, le temps d'un battement de paupières, toute ma compassion s'envola.

Le garçon affichait un petit sourire arrogant et les étincelles dorées brillaient d'espièglerie.

Il avait donc compris que je venais m'excuser et il s'amusait comme un fou.

— Ravale ton sourire, Gossom. Tu pues de la bouche, marmonnai-je, vexée.

Gabriel se redressa alors et s'étira bruyamment.

— Décidée à m'adresser à nouveau la parole ?

— Quoi ? Tu veux des excuses aussi ?

— Non.

— Non ?

— Non. Je n'en ferai pas, alors je comprends que tu n'en fasses pas non plus, déclara-t-il en haussant les épaules.

Et j'avais presque du mal à croire que ce garçon était le même qui avait eu cette lueur folle dans les yeux quelques semaines plus tôt, celui qui avait déjà envoyé un mec à l'hôpital.

— Qu'est-ce qui t'a décidée à venir me parler ?

J'hésitai un court instant.

— Disons que nos petits jeux me manquaient.

Son sourire s'agrandit lorsqu'il comprit que je parlais de nos joutes, de notre jeu stupide consistant à affaiblir l'autre.

— Bon, Fricht, ce n'est pas tout mais je suis à court de feuilles quadrillées. Tu m'en passes ? demanda-t-il subitement en s'étirant, changeant complètement de sujet.

Je soupirai d'agacement et sortis mon bloc de mon sac. À peine était-il posé sur le bureau que deux autres mains saisissaient le paquet.

— Eh !

— Quoi ?

— Mes feuilles, m'écriai-je en fixant ce débile avec des yeux écarquillés de surprise.

— Ah oui, pardon, dit-il en arrachant une feuille pour me la donner.

Mon regard faisait des allers-retours entre le bloc qu'il tenait toujours et l'unique feuille qu'il m'avait tendue.

— Gossom… Je compte bien me venger.

— Pas à la cafétéria, d'accord ? J'en fais encore des cauchemars, plaisanta-t-il.

Je voulais répliquer, sortir n'importe quelle phrase qui aurait renvoyé la balle dans son camp. Mais j'étais trop occupée à sourire comme une débile.

Alors, je le laissai gagner cette bataille.

***

Il ne me reparla pas de la journée et, en réalité, je préférais que ce soit ainsi. J'aimais savoir que tout était sous mon contrôle.

Or, Gabriel Gossom était définitivement indomptable.

Je l'avais toujours dit, que c'était un sauvage.

Il avait bien fini par me rendre mon bloc quadrillé, mais j'allais définitivement me venger. En réalité, je commençais à comprendre que toutes nos joutes, notre prétendue recherche des faiblesses de l'autre, n'étaient qu'une mascarade.

Le véritable enjeu était bien plus important qu'aucun de nous n'était prêt à l'admettre.

Je m'étais rapprochée de Vanessa car, d'une manière ou d'une autre, j'avais compris que nous traversions les mêmes choses. Et, si je n'étais pas sûre que Gabriel soit réellement pareil, j'avais l'impression qu'il avait enfilé des cottes de mailles les unes après les autres pour se protéger.

Nous gravitions tous ensemble car la présence des autres nous rassurait. Nous n'étions pas fous, nous n'étions pas définitivement seuls. *Nous étions semblables.*

Gabriel et moi avions, chacun de son côté, cherché à dominer les autres et désormais, nous nous trouvions face à face.

Je nous imaginais presque, tels des félins, nous tourner autour pour savoir qui de nous deux attaquerait en premier.

J'entendis la porte d'entrée claquer et je restai paralysée quelques instants. Je reposai ensuite doucement mes affaires sur mon bureau et descendis l'escalier en chaussettes.

— Maman ?

Ma mère se détourna brusquement en entendant ma voix et je fronçai les sourcils. Il était rare que l'un de mes parents rentre si tôt, mais il était encore plus exceptionnel que ma mère n'arbore pas son sourire las en me voyant.

— Maman ? Ça va ?

— Oui, oui. Va dans ta chambre.

— Maman…

— Brittany Zelie Fricht, je t'ai dit d'aller dans ta chambre, tu vas dans ta chambre !

Je hochais la tête face au ton strict et froid de ma mère et remontai l'escalier quatre à quatre sans oser faire claquer mes talons sur le sol.

J'avais été proche d'elle pendant longtemps. Et parfois j'avais tendance à oublier que ce n'était plus le cas aujourd'hui.

Je l'entendis sangloter le plus silencieusement possible dans sa chambre et la rage monta en moi.

Désormais, nous nous cachions l'une comme l'autre pour pleurer.

Je passai un bras rageur sur mon bureau et fis valser ma trousse et mes cahiers.

Appuyée contre le mur, je pouvais presque l'imaginer dans la même position de l'autre côté de cette étroite barrière.

Est-ce ce que l'on ressent lorsqu'on est impuissant ? J'aurais voulu l'aider, mais elle me gardait délibérément en dehors de ses problèmes.

Mes parents s'étaient mis à me tenir totalement en périphérie de leur vie, de toute façon. À force de conserver une image enfantine de nous, les parents finissent par réellement croire que nous sommes incapables de comprendre les secrets de la vie.

Je serrai mes genoux contre moi et attendis patiemment que seul le silence déchire ma chambre. Et que papa rentre.

***

Des fois, j'avais peur qu'ils ne me demandent de choisir. Je n'étais pas assez naïve pour croire que cette situation pouvait durer. C'était un poison, ça nous détruisait tous.

Le pire, c'était que j'avais empoisonné ma propre famille.

— Tu ne manges pas, Britty ?

— Je n'ai pas vraiment faim aujourd'hui, marmonnai-je en jouant avec les aliments dans mon assiette.

Mon père hocha simplement la tête. Je gardai mes yeux fixés sur eux dans l'espoir que l'un de mes parents sente le poids de mon regard et finisse par engager réellement une conversation. Mais mon père laissa ses yeux verts semblables aux miens plongés dans son smartphone.

Regarde-moi ! Regarde-moi réellement ! Réagis !

— Tu es sûre de ne pas vouloir goûter un peu du rôti ?

— Non merci, maman.

Arrête de faire semblant. Parle, crie, hurle. Ou je le ferai à ta place.

— Je monte me coucher.

Retenez-moi.

— Bonne nuit, chérie.

S'il vous plaît…

Je les regardai tour à tour, ma mère qui avait baissé la tête pour fixer son assiette et mon père qui cacha un soupir en buvant son verre de vin.

Nous n'étions plus une famille.

Parfois, ce n'est pas un divorce qui est le plus douloureux, c'est cette sensation que toute votre vie, tout ce qui a toujours été stable depuis votre naissance, s'écroule.

J'avais perdu depuis longtemps l'équilibre d'une famille et la douleur ne venait que de cette situation d'entre-deux. Voilà le résultat lorsque deux adultes merdent royalement.

Cette pensée me donnait envie de vomir, mais je n'avais rien avalé. Ma gorge était bien trop nouée.

Je fermai les yeux en attendant les premiers cris, parce que cela arrivait inévitablement dès que je quittais la table. Je savais aussi qu'ils me poursuivraient jusque dans mes rêves…

***

Je soupirai en entendant Gabriel poser son plateau à côté du mien.

— Ne te sens pas obligé de polluer mon air, Gossom.

— La cafétéria appartient à tout le monde, Fricht, répliqua-t-il en souriant.

J'ignorai son clin d'œil arrogant et me tournai vers Vanessa.

— La fête en plein air sera avancée ?

La tradition à Richfield voulait que, chaque fin d'année, un énorme feu de camp soit allumé dans une petite plaine en périphérie de la ville où les jeunes se retrouvaient avant les vacances de Noël. Les terminale se chargeaient d'apporter les tonneaux de bière et Brian avait prévu de quoi rendre alcoolique le lycée entier.

— Simplement d'une semaine. Ainsi, on évitera la neige. Et puis, on doit marquer le coup. C'est notre année, Fricht. La dernière avant que tout le monde se casse d'ici, déclara Vanessa avec ferveur.

Je soupirai : j'avais oublié que, tous les ans, les nouveaux terminale espéraient faire mieux que les précédents.

Alors qu'une fête était une fête, c'était toujours la même. On dansait, buvait, s'amusait et regrettait d'avoir fait les trois le lendemain.

J'avais du mal à comprendre les gens qui voulaient à tout prix laisser leur empreinte dans le monde. Personnellement, je m'estimerais heureuse si mes propres parents se souvenaient de moi.

Le regard brûlant de Gabriel me tapait sur le système mais, au moment où j'allais démarrer une nouvelle joute qui nous aurait amusés tous les deux, il se pencha vers moi.

— Je vais finir par croire que tu fais réellement régime, princesse, me murmura-t-il avec un regard étrange qui me noua l'estomac.

— Je n'aime pas trop les repas du self, boudai-je en repoussant mon assiette.

Les yeux de Gabriel scrutèrent les miens pendant plusieurs secondes avant qu'il ne détourne le regard.

— Tu as raison, cette bouffe est dégueulasse, marmonna-t-il en se tournant vers Brian.

Ma main droite effleura mes bracelets dans un mauvais tic que j'avais attrapé alors que Vanessa me parlait des projets pour la fête. En réalité, je n'entendais qu'un vague bourdonnement dans mes oreilles et j'avais appris à reconnaître cela : la panique.

En une phrase, Gabriel venait de me tétaniser. Il n'y avait que lui pour réussir à provoquer ça.

Et c'était ce qui le rendait si dangereux car, sous ses airs de grosse brute, Gabriel était intelligent et observateur.

Et j'avais terriblement peur qu'il ne perce mon secret avant que je ne découvre le sien.

9

GABRIEL

Onze ans plus tôt

— *Arrête de bouger, Evangeline ! Comment veux-tu que j'y arrive ?*

— *Tant pis, Gaby, je n'aurai pas de tresses comme Fifi Brindacier, s'exclama la fillette avec un sourire contrit.*

— *Mais si…*

Le garçon regarda les trois mèches de cheveux en hésitant. Il avait parfois vu les filles de sa classe jouer à la coiffeuse, mais il n'avait jamais pris la peine de mémoriser leur technique. Il se jura de ne pas refaire la même erreur la prochaine fois.

Lorsqu'il était rentré de l'école et qu'Evangeline lui avait sauté dessus pour qu'il lui fasse deux grandes tresses, le petit Gabriel avait commencé à paniquer.

L'énorme horloge au rez-de-chaussée sonna pour la deuxième fois et, s'ils ne savaient pas encore lire l'heure, ils savaient ce que cela signifiait.

— *S'il te plaît, Gabriel, encore un tout petit peu de temps, tu n'as pas fini les tresses.*

— *Non, Evangeline, hors de question.*

Il lui pinça les joues pour effacer la mine boudeuse du visage de son Evy, mais cette dernière dégagea sa main.

— *Je n'aime pas aller là-dedans. Il fait tout noir et j'ai peur.*

Gabriel n'osait pas lui avouer que, lui aussi, il avait peur. Terriblement peur.

— *Arrête, Evy, tu n'es plus un bébé, se moqua-t-il gentiment en la poussant vers l'armoire.*

La fillette tourna la tête une dernière fois vers lui, faisant voleter ses jolies boucles blondes, et il y lut la peine qu'il lui causait.

C'était toujours ainsi : drôle, tendre et gentil la journée, mais sévère et impitoyable le soir. Il ne pouvait pas la laisser faire ce qu'elle souhaitait, il ne voulait pas qu'elle se fasse mal.

Alors, il referma les portes et il sentit son cœur se déchirer un peu plus en entendant les bruits discrets des pleurs de sa petite sœur.

— J'ai dit pas de bruit, Evangeline.

Il essaya de prendre un ton cassant, et penser aux conséquences s'il la trouvait l'y aida.

Les pleurs se turent.

— Je t'aime, tu sais ? Je te protégerai toujours, Evangeline, murmura-t-il sans qu'elle l'entende.

Il lui recommandait toujours de fermer les yeux et de se boucher les oreilles et, même si elle était un peu rebelle, son Evy, elle obtempérait.

Alors, l'esprit tranquille, il descendit l'escalier.

J'avais l'air con, assis sur cette minuscule chaise en face de cette femme.

La quarantaine, le docteur Storm avait ce petit tic de remonter constamment ses lunettes rectangulaires sur son nez. C'était à la fois agaçant et hilarant qu'à chaque fin de phrase sa main se place systématiquement sur son nez.

Je fixai mes baskets en repassant le générique d'une publicité dans ma tête, pour passer le temps.

— Tu ne veux pas parler, Gabriel ?

Je me contentai de relever les yeux en ricanant lorsque je la vis refaire son petit tic.

— Dans les séries télévisées, vous ne nous forcez jamais à parler, lançai-je avec un petit sourire arrogant.

Depuis mes huit ans, j'avais consulté exactement dix-sept psychiatres et aucun n'avait réussi à me faire avouer « ce qui clochait chez moi ».

J'en avais insulté quelques-uns et, lorsque le dernier m'avait poussé à bout, je l'avais frappé.

C'est à cette époque que Patrick avait décidé que j'en avais vu assez et que, si leurs collègues n'avaient rien su tirer de moi, les suivants n'auraient pas eu plus de succès.

— Je sais ce que tu penses, mais il n'y a pas que les fous qui vont chez le psychologue. Il y a ceux qui sont abîmés aussi, et ceux qui ont tout simplement besoin d'aide. À quelle catégorie appartiens-tu, Gabriel ?

— À aucune des trois, assénai-je d'un air blasé qui devait probablement lui taper sur le système.

— Fais un effort. J'ai ton dossier entre les mains, je connais toute ta vie, jeune homme. Ce n'est pas pour autant que je te jugerai.

— Vous ne me jugerez pas ? Vous essayez de me dire que je suis toujours un simple adolescent pour vous ?

— Je préfère me faire une opinion par moi-même plutôt que de me référer à des pattes de mouche sur des rapports.

J'essayai de réfréner ma colère et mon regard pivota dans la pièce exiguë. Il y avait une table, une chaise, une armoire… Et j'étais déçu que le docteur Storm ait cassé le mythe du divan sur lequel j'aurais dû m'allonger. Mon pied tapait en rythme sur le sol carrelé et je tentais en vain de trouver quelque chose d'assez distrayant pour me faire passer l'heure. Ces murs gris me filaient la nausée.

— Gabriel… Je sais que ce n'est jamais facile de parler de ces choses-là…

— Mais arrêtez, putain ! Foutez-moi la paix ! Je vous ai rien demandé, m'écriai-je en levant les yeux au ciel.

— Tu as besoin d'aide, garçon. Tu veux savoir ce qui ne va pas, Gabriel ? Ce n'est pas ce que tu te rappelles qui te hante, c'est ce dont tu ne parviens pas à te souvenir.

— Taisez-vous, soufflai-je en me levant si brusquement que la chaise en métal grinça.

— Tu ne brûles pas de savoir ce qui s'est réellement passé ce jour-là ?

— Je sais exactement ce qui s'est passé ! Exactement, criai-je en me prenant la tête entre les mains.

La pièce commença à tourner autour de moi et je me rendis compte que je haletais. La psy se contenta de croiser les bras en me regardant tourner en rond comme un lion en cage.

Je ne supportais pas qu'on évoque ça.

C'était là que, brusquement, tout avait changé.

Là que j'avais perdu le don le plus précieux que la vie m'ait donné.

— C'est bon, je me casse.

Je pris ma veste en évitant de croiser les yeux du docteur et ouvris la porte.

— Gabriel, je sais que ce n'est pas facile.

— Pas facile ? Ouais, on va dire ça.

— Mais je peux t'aider, insista-t-elle en essayant de capter mon regard.

Je restai quelques instants, hésitant. Chaque fois, j'avais envie d'y croire. Mais je n'étais plus un enfant désormais, et je savais que rien de bon n'en sortirait. L'espoir ne nous maintient pas en vie, il nous détruit.

— Merci, mais on a déjà essayé beaucoup de choses. Et maintenant, j'aimerais juste qu'on me laisse tranquille.

Je vis la peine dans les yeux de la femme et soupirai. Je détestais la pitié des gens, c'était comme s'ils étaient supérieurs, comme si vous n'étiez rien.

Et je l'avais vue dans trop de regards.

Réellement. Trop.

Je sortis de la pièce l'esprit embrumé : j'avais l'impression d'avoir fait un bond dans le passé et d'être à nouveau un petit garçon abattu, mélancolique… Vide.

Je ressentais encore cette palette de sentiments sombres qui m'avaient entraîné plus bas, si profondément que j'avais cru ne plus jamais en ressortir.

D'un seul coup, un corps heurta le mien, si brutalement que je crus qu'il m'était passé à travers, et je grognai en tombant au sol.

— Mais vous avez tous décidé de me faire chier aujourd'hui, m'écriai-je sans prendre la peine de regarder qui j'avais bousculé.

— Waouh, calme-toi, Gossom, ce n'est pas ma faute si t'as passé une mauvaise journée, répliqua alors une voix reconnaissable entre toutes.

Je levai les yeux et croisai le regard vert perçant de la seule fille au monde à avoir assez de cran pour me parler ainsi.

— Laisse-moi tranquille, Fricht, ce n'est pas le moment.

— Quoi ? Tu t'es enfin regardé dans le miroir ? ricana-t-elle, apparemment peu heureuse de se retrouver un mètre plus bas elle aussi.

Je l'ignorai et me redressai devant ses yeux ébahis.

— Tu ne m'aides pas à me mettre debout ?

— Bah, t'as deux mains, non ?

— Quel goujat, marmonna-t-elle.

Je souris et lui tendis tout de même la main. Elle se contenta de se relever en me lançant un regard hautain sans saisir mon bras.

— Pourquoi me demander de t'aider si tu ne le veux pas ?

— Parce que j'en ai plus envie, maintenant.

— Mais qu'est-ce que vous êtes chiantes, vous les filles, soufflai-je avec un léger sourire.

Elle se contenta de passer une main sur son chemisier pour enlever les plis qui s'étaient formés lors de la chute. Je la regardai redevenir parfaite en quelques gestes et l'idée saugrenue que je la préférais avant me traversa l'esprit.

— Tu travailles demain ?

— Évidemment, je travaille deux jours par semaine, moi, répliquai-je en posant une main contre le mur.

— Vanessa viendra avec Brian, pour… tu sais, son anniversaire.

Je me frappai le front en soupirant. J'avais totalement oublié l'anniversaire de ma... Ma quoi ?

Ma peste, pourquoi pas ?

— Tu as oublié, n'est-ce pas ?

— Non !

— Non ?

— Non ! J'ai déjà son cadeau, d'ailleurs.

— Et c'est quoi ? demanda-t-elle sournoisement.

Je restai une microseconde la bouche ouverte, avant de la refermer comme un poisson.

— C'est... une surprise.

— Gossom, si tu n'as pas de cadeau, il faudrait que tu t'y mettes. C'est demain, quand même.

— Mais puisque je te dis que je l'ai, ce putain de cadeau, m'exclamai-je, vexé par ses accusations.

Elle leva les yeux au ciel et resserra son sac sur son épaule.

— Qu'est-ce que tu fais à cette heure au lycée, hein ?

— Et toi ?

— J'ai demandé d'abord, répondit-elle en haussant un sourcil.

— Mais t'es chiante, Fricht ! Je couchais dans le placard avec une prof torride, ça te va comme réponse ? m'énervai-je face à toutes ses questions.

Je soufflai bruyamment pour ravaler une nouvelle fois ma rage mais, à ma plus grande surprise, Brittany se mit à rire. Et c'était rare de la voir ainsi.

C'était beau, aussi.

— Si tu veux, Gabriel, si tu veux, rigola-t-elle en s'essuyant les yeux.

Je la regardai sans comprendre mais elle s'en allait déjà, sans que j'aie pu ajouter un mot.

Et, lorsqu'elle tourna au bout du couloir, je détournai le regard vers la fenêtre.

Et je remarquai alors que je souriais aussi.

***

— Jake, morveux, où es-tu ?

— Maman t'a dit, c'est ça ?

— Dit quoi ? Bah, vas-y, montre-toi, soupirai-je en me rendant compte qu'on perdait un temps précieux.

La porte en haut de l'escalier s'ouvrit et la tête blonde de Jake se fraya un chemin jusqu'à ma vue. Je remarquai d'abord sa moue boudeuse et relevai ensuite les yeux vers sa tignasse de blé.

— Oh merde.

— Le coiffeur m'a transformé en Justin Bieber, Gab ! Arrête de rigoler, s'écria le garçon, vexé.

J'essayai de conserver mon air sérieux en pinçant les lèvres. Si je me moquais de lui, il ne voudrait jamais m'aider.

— Bouge-toi, j'ai besoin d'un service.

— Quel genre de service ?

— Pas de ceux qui te rapportent de l'argent, lâchai-je en grognant, et le morveux soupira.

Je l'entraînai dans les rues commerçantes de la ville, mon skate à la main. Le pire, c'était que des demoiselles trouvaient le moyen de m'adresser des clins d'œil discrets au coin des rues.

— Ton service, c'est un plan cul pour ce week-end.

— Ton langage, Jackie Chan !

— Quoi ?

— Laisse tomber. C'est l'anniversaire de Vanessa demain, et je ne lui ai toujours rien acheté... Comme tu es romantique et que tu sais très bien être une fille...

— Gabriel, ce n'est pas parce que le cerveau féminin est un territoire ennemi pour toi que je dois suivre ton exemple, professa-t-il avec un sourire moqueur.

Et à vrai dire je m'en fichais pas mal, tant qu'il me dégotait quelque chose de potable qui ferait plaisir à Ness.

Jake commença à ralentir sa marche pour fixer les vitrines, cherchant la perle rare à ma place.

— Bon, quel cadeau ferait l'affaire pour ta petite copine…

— Vanessa n'est pas ma petite copine.

— Ah oui ? Pourtant je me rappelle un soir…

— Tu ne vas pas remettre ça sur le tapis dès que j'ai le malheur de te contredire, m'exclamai-je quand je compris qu'il ressassait encore et toujours la même histoire.

— Tu m'as jeté de ma chambre pour que je n'entende rien et j'ai dormi sur le canapé ! Patrick et Claire m'ont demandé pourquoi je n'avais pas dormi dans mon lit, à leur retour.

— Je n'avais pas prévu ça, ils devaient rentrer de leur réunion le lendemain vers six heures, je n'avais pas compris que c'était six heures du matin, répondis-je innocemment alors que Jake jurait.

Soudain, il s'arrêta devant la façade d'un magasin et n'en décolla plus.

— Ce collier.

— Mais t'as pas vu le prix ? Ce n'est pas une demande en mariage que je lui fais !

— Non, je t'aurais proposé un bague, rétorqua-t-il en levant les yeux au ciel.

Je le vis tout de même entrer dans le magasin pour flâner dans les rayons et je le suivis en bougonnant.

***

— Tu n'as pas assez ? Même avec l'argent des parents ?

— Je ne prends pas l'argent de Patrick et Claire, marmonnai-je alors qu'il s'agaçait.

— C'est bon, Gab, c'est que de l'argent de poche.

— Je n'aime pas, c'est tout.

Ils me gardaient sous leur toit, supportaient mes conneries, économisaient pour une université dans laquelle j'espérais ne jamais foutre les pieds… Je n'allais pas en plus leur piquer du blé chaque semaine.

Patrick et Claire n'étaient pas mes parents, et ils ne me devaient rien.

— Tu veux que je t'avance ?

— Jamais de la vie, hurlai-je alors qu'il roulait les yeux, pour me montrer à quel point j'étais débile.

— Mais rien qu'un peu, tu me rembourseras, t'inquiète pas.

— C'est moi le plus grand, c'est à moi de t'aider, pas l'inverse, marmonnai-je en lui donnant une tape à l'arrière de la tête.

— J'avais oublié que *môssieur* avait des principes datant de l'Antiquité, souffla bruyamment mon faux frère en sortant du magasin.

Je haussai les épaules en sortant à mon tour. J'avais besoin de ça, de protéger les plus faibles.

Parce que je n'avais pas réussi à la protéger, elle.

— Et ça, ça te va ? me demanda-t-il en montrant un bijou dans une autre vitrine.

— Parfait, clamai-je en entrant dans la boutique.

Jake leva les yeux au ciel une nouvelle fois et je faillis répliquer, avant de me rappeler qu'il avait attrapé ce tic de moi et que j'étais mal placé pour le lui reprocher.

***

Je me laissai lentement choir sur mon lit, enlevant mes chaussures d'un simple geste du pied pour les jeter hors des draps.

J'avais presque oublié le rendez-vous avec la psychologue, et cela m'écorchait la bouche mais c'était un peu – très peu – grâce à Fricht.

Le docteur Storm m'avait demandé à quelle catégorie j'appartenais : les fous, les abîmés ou simplement ceux qui ont besoin d'aide.

Mais elle avait lu mon dossier, elle savait que je n'étais aucun des trois. Ou peut-être les étais-je tous ?

La vérité, c'est que je jouais dans une autre catégorie. Honteuse, abominable. Méprisée.

Je n'étais pas seulement fou, abîmé ou renfermé, j'étais également condamné.

10

BRITTANY

J'arrivai au Puppy's avec deux heures d'avance, afin d'être sûre que Gabriel ne soit pas avec le patron. Je trouvai évidemment Freddy derrière le bar, à donner un dernier petit coup de torchon sur les verres avant l'arrivée des clients.

— Bah alors, princesse, on veut faire des heures supplémentaires ? T'en as pas assez de travailler le samedi, il faut que tu viennes le vendredi aussi ?

— Fred, j'ai un service à te demander, demandai-je d'une voix mielleuse en m'asseyant sur un tabouret.

Il fronça les sourcils et, honnêtement, je pouvais le comprendre. La dernière fois que j'avais utilisé ce ton, c'était pour qu'il m'avance une partie de mon salaire.

— Arrête d'acheter des fringues, miss, tu reviens jamais sapée deux fois de la même manière, marmonna-t-il en saisissant un autre verre.

Je souris malgré moi, parce que Freddy n'avait que deux employés et que, sous ses airs rustres et sévères, il était doux comme un nounours avec nous.

— Je ne veux pas d'argent.

— Ah non ? C'est rare de la part d'une demoiselle, se moqua-t-il en reposant un autre verre.

— Je te demande de donner sa soirée à Gabriel.

— Ce gamin ? Il préférera se faire amputer d'un doigt plutôt que rater une soirée de travail, ricana-t-il en attaquant les flûtes à champagne.

Je m'accoudai au marbre en croisant les bras. Pourquoi disait-il cela ? Tout le monde était heureux d'avoir un jour de congé, surtout lorsque votre travail consistait à faire la plonge une bonne partie de la soirée.

— De quoi tu parles ?

— Gabriel a commencé ici en travaillant deux samedis par mois. C'est lui qui est venu me supplier d'avoir plus d'heures. Un sombre projet de tour des États-Unis qui lui tient à cœur. Mais je lui ai dit, au petit, que, cancre comme il l'était, il avait encore trois ans pour économiser, termina-t-il en rigolant alors que je fronçais les sourcils.

— Mais tu as accepté ?

— Au début, non. Mais je l'ai surpris à faire d'autres soirées dans les bars parfois en pleine semaine, alors j'ai préféré le garder dans ma cuisine à moi. Et puis, je me préserve de la concurrence en leur enlevant un serveur, n'est-ce pas ?

Je souris, parce que le dernier argument n'avait aucun poids et que nous le savions tous les deux.

— Et si je travaille mon prochain samedi de congé ? Ça compensera pour aujourd'hui.

— Tu es sûre, petiote ?

— Oui.

— Il te plaît drôlement, le petit, lâcha-t-il avec un regard espiègle.

— C'est l'anniversaire d'une amie à nous, je veux simplement qu'elle passe une bonne soirée.

Freddy me fit un clin d'œil et commença à ranger les bouteilles qu'on venait de livrer.

— File, et que je ne te voie pas au bras de mauvais garçons ce soir !

Je levai la main en signe d'au revoir avant de quitter le pub. Vanessa m'attendait dans la voiture, son sac sur les genoux.

— Alors, que fait-on maintenant, Britty ?

— On va s'éclater entre filles avant l'arrivée des garçons.

— Faire des folies avant que les sages ne s'en mêlent ?

— Exactement, répondis-je en appuyant sur l'accélérateur de ma Volvo.

Je vis Vanessa plonger une main dans son sac et regarder distraitement dans le rétroviseur si son eye-liner n'avait pas coulé.

— Je nous ai prévu une surprise pour ce soir.

— Ness, tu abuses, c'est à nous d'organiser une surprise, me fâchai-je en donnant un petit coup sur le volant.

— Mais non, c'est rien que pour nous deux, les garçons sont exclus, ma belle, rigola-t-elle tandis que je souriais.

En effet, les garçons ne comprenaient jamais rien.

— Et tu ne veux pas me donner un indice ?

— Hors de question, mais ça devrait te plaire, à toi qui aimes faire la fête et boire de l'alcool jusqu'à oublier tes soucis.

— Eh ! Je ne fais pas ça chaque semaine non plus, m'exclamai-je, faussement vexée.

Ma meilleure amie me donna un coup de coude alors que je la déposais chez elle pour qu'elle se prépare. J'hésitai ensuite à rentrer chez moi, consciente que cela pourrait bien pourrir ma soirée.

Je garai tout de même ma voiture dans l'allée de ma maison et avançai lentement jusqu'à la porte.

Je l'ouvris d'un grand coup et vis ma mère sursauter avant de dissimuler quelques papiers sous un dossier.

— Ça va, maman ?

— Oui, ma chérie, je ne t'avais pas entendue entrer.

Auparavant, elle se serait approchée pour m'embrasser sur le front, mais elle craignait désormais que je ne fouille dans ses affaires si elle quittait sa chaise.

Et moi, j'étais trop grande et trop fière pour oser demander quoi que ce soit.

Je posai donc mon sac sur la chaise d'à côté et me servis un verre de soda frais.

— Tu sais ce qui se passe avec ma carte de crédit ? Vous avez oublié de l'alimenter ou c'est la caissière qui est incompétante ?

— Oh, tu sais, peut-être une débutante qui ne savait pas comment s'y prendre, rigola drôlement ma mère en replaçant une mèche de cheveux derrière son oreille.

— Ouais, cette tarée m'a affichée devant tout le magasin, grognai-je en me rappelant l'incident.

Je passai sous silence qu'elle avait été tout à fait professionnelle. Qu'elle avait découpé ma carte. Que j'étais officiellement sans carte bancaire. Ma mère n'aimait pas parler de ces choses-là, et mon père était aussi fier que moi. Il n'avouerait jamais que, d'ici quelques mois, ce seraient leurs cartes qui ne seraient plus valides.

Je sirotai doucement mon verre en regardant par la fenêtre, pas parce qu'il y avait la troisième guerre mondiale dans mon jardin mais tout simplement parce que ma mère et moi avions bâti un mur de béton à coups de secrets et de peines inavouées. Au point qu'aucune de nous ne savait plus s'adresser à l'autre. Avant, les gens riaient de nous deux et disaient que nous n'avions pas coupé le cordon.

Aujourd'hui, ils ne pensaient même plus que nous appartenions à la même famille.

Cela faisait mal, de s'éloigner ainsi de ses parents. On ne l'avouait pas souvent, on se cachait derrière sa colère, sa haine, sa rancœur. Mais au fond je voulais simplement que tout redevienne comme avant, lorsqu'ils me comprenaient encore, lorsque je n'avais pas besoin d'être superficielle et de jouer un rôle avec eux comme avec les autres.

J'avais des milliers de souvenirs où papa n'était pas haut placé dans son entreprise, où maman n'avait besoin que d'un regard pour connaître mes pensées.

Nous évoluions tous sur la même orbite, et j'avais soudain l'impression d'avoir été éjectée pour tourner inlassablement autour de Pluton.

Ça ne s'était pas fait d'un coup, mais je ne m'en étais pas rendu compte tout de suite.

Un jour, j'avais été en colère contre eux. Réellement en colère, au point que j'avais pensé que ce n'étaient même plus mes parents. Je m'étais sentie trahie.

J'avais ensuite commencé à me maquiller, à essayer des fringues plus moulantes, plus serrées, plus osées. J'avais commencé à sortir le week-end, à attirer les garçons. J'avais poussé la provocation jusqu'à ce que mes parents, qui me prenaient encore la tête si je ne débarrassais pas mon assiette, me semblent à des kilomètres de mon monde. Et je m'en étais éloignée d'autant plus.

Puis les problèmes s'étaient accumulés. Je n'étais plus en colère contre eux, mais j'avais trop d'orgueil pour réparer nos liens abîmés. Et la situation s'était dégradée, encore et encore. Papa avait déconné, maman s'était vengée. Papa avait continué… Et maman avait arrêté de se battre.

Je leur en voulais profondément pour ça, mais j'en étais la première responsable.

Je remarquai alors que mon verre était vide. Ma mère semblait avoir renoncé aux soupçons et était partie dans sa chambre, probablement pour pleurer une nouvelle fois, ou simplement pour quitter ce silence pesant et silencieux.

Je fis alors glisser le dossier et m'emparai brusquement de quelques papiers, avant de tout remettre en place.

Je ne parcourus même pas des yeux mon larcin et montai me préparer comme si de rien n'était.

***

Stationnée devant le pub, je me rendis compte que c'était la première fois que je venais en voiture. Cette pensée m'arracha un sourire, mais la vue de mon sac me l'ôta aussi vite.

À l'abri des regards et de la méfiance de mes parents, je saisis les feuilles et commençai à inspecter leur contenu.

C'étaient des relevés de banque incompréhensibles, et le chiffre rouge au bas de la page me donnait envie de vomir.

Les banquiers ne prenaient pas souvent la peine de faire des photocopies couleur, alors si le chiffre avait été surligné, c'était qu'il avait beaucoup d'importance.

Je soupirai et levai les yeux au ciel, non pas par exaspération mais pour éviter qu'une larme inopportune ne se fraie un chemin entre mes paupières. Je ne pouvais pas me permettre d'arriver devant des élèves de mon lycée, des populaires, avec les yeux rouges et le mascara coulant.

Je ravalai mes peurs, ma tristesse, et entrai dans le bar comme si je gouvernais le monde.

Et c'était vrai. Durant une soirée, l'alcool me rendrait reine de mon royaume, ne serait-ce qu'une poignée d'heures.

J'étais prête à tout pour ça.

***

— Quoi ?

— J'ai dit : « Pose ce tablier, petit, tu es de repos aujourd'hui. » Tu es sénile précoce ?

— Mais, Freddy, j'ai besoin de mon salaire, s'exclama Gossom avec une tête d'abruti qui ne comprend rien.

— Je me suis arrangé avec la petiote, va t'amuser, rétorqua le boss en me désignant d'un signe de tête.

Gabriel tourna le regard vers moi et je le vis souffler bruyamment.

— Ne te mêle pas de mes affaires, Fricht.

— Calme-toi, Gossom, je travaille pour toi samedi prochain.

Je vis ses mâchoires se desserrer, même si sa silhouette droite me montrait qu'il ne baissait pas totalement sa garde.

— Pourquoi ?

— Pour Vanessa, dis-je en haussant les épaules, parce que je savais que cette réponse le satisferait.

Il sourit et rejoignit notre table alors que je retrouvais discrètement Freddy.

— Merci.

— De rien, ma p'tite dame.

— Je me demandais si je pourrais travailler quatre samedis par mois, comme Gabriel.

— Pourquoi ? T'as envie de mourir jeune ? Faut pas s'user, à votre âge, s'exaspéra l'homme en roulant les yeux.

— S'il te plaît, Freddy, c'est important.

— Va t'amuser, on en reparlera un autre jour. En attendant, je vais faire comme si vous aviez tous vingt et un ans, déclara-t-il en me poussant plus loin alors que la musique m'assourdissait les tympans.

Je partis vers ma table et saisis le verre que Brian me tendait. J'aurais aimé pouvoir aider mes parents, leur prouver que j'étais digne de confiance. Je voulais pouvoir sauver un peu de la dignité des Fricht, aussi. Je refusais qu'on perde la face.

— À Ness !

Cette dernière sourit alors que nous trinquions et déballa ses cadeaux un à un.

— Oh merci, Brittany, j'adore ces boucles d'oreilles ! Et Gabriel… Oh… Eh bien, je les aime aussi, hein, continua-t-elle avec un petit rire gêné.

— C'est les mêmes, Vanessa, c'est normal, ricana Brian en lui offrant un bracelet.

Gossom me jeta un regard noir et je lui rendis un sourire arrogant alors que Vanessa m'emmenait sur la piste de danse. Ce n'était pas de ma faute si nous avions eu la même idée, quand même !

Je ne sais pas combien de temps je restai ainsi, à commander au bar pour retourner tout aussi vite danser parmi les autres danseurs amateurs. Je pouvais voir Gabriel m'observer, sa bière à la main, tandis qu'il discutait avec Brian à notre table. Le regard du brun mystérieux commençait à m'être familier, et j'étais un peu déçue qu'il ne sache faire qu'observer. J'avais presque envie de le secouer pour qu'il se lève. N'avait-il jamais appris à s'amuser dans sa vie ?

Le basketteur nous rejoignit pour danser sur quelques chansons avant de déclarer qu'il s'en allait pour être en forme à son match du lendemain. Je ne l'entendis que vaguement parce que l'ambiance était électrique et que mes neurones grillaient un à un.

Je vis Vanessa jeter un regard furtif sur Gabriel qui parlait avec notre boss avant de me prendre par la main pour m'emmener à l'extérieur.

— Ness ? Qu'est-ce que tu fais ?

— La surprise, tu te rappelles ?

Elle sourit en m'entraînant dans une ruelle proche et je rigolai en m'appuyant contre un mur.

Vanessa me regarda et sortit un joint de sa poche.

— Ça te branche, de planer quelque temps ?

— Je ne prends pas ces merdes, Ness, tu le sais.

— Oh, Britty, c'est mon anniversaire et j'ai vraiment, vraiment besoin de ça. Tu n'as jamais eu envie d'oublier pendant quelques instants tout ce que tu as foiré dans ta vie ? argumenta-t-elle d'une voix suppliante qui me fit hésiter.

Je repensai aux papiers qui m'attendaient dans le fond de mon sac, à ma famille désastreuse. Je repensai tout simplement au fait que, parfois, l'adolescence, ça craint. Ce passage où vous voulez être adulte sans pour autant tirer totalement un trait sur l'enfance.

Mais je n'étais plus un bébé. Et si j'avais envie d'oublier, je le pouvais.

Alors je saisis le joint, et Vanessa me tendit un briquet.

11

GABRIEL

Je regardai l'heure sur mon téléphone et jetai à nouveau un regard dans la salle à la recherche des filles.

Si Brittany était encore pleinement en possession de ses moyens, je pourrais lui toucher deux mots sur le fait d'avoir choisi le même cadeau pour Vanessa. Il y avait des dizaines de bijoux dans ce magasin. Honnêtement, quelle était la probabilité que nous choisissions le même ?

Je n'arrivai pas à les trouver, alors, en soupirant, je décidai de me fondre dans la foule des danseurs.

Je ne savais pas danser, c'était quelque chose qui me répugnait, mais en plus mes bras ne se coordonnaient pas tout à fait avec le reste de mon corps et je perdais toute crédibilité.

En souriant, je fis quelques gestes amples en traversant la foule sans tomber sur les deux pestes.

J'attrapai machinalement mon téléphone, au cas où l'une d'elles m'aurait appelé. Mais j'oubliais que Fricht n'avait pas mon numéro. Putain.

Je tournai la tête vers le bar où Freddy servait des cocktails et haussai les épaules. Il pointa le doigt vers la sortie et je levai les yeux au ciel : si je les retrouvais dans une ruelle en train de faire un plan à trois avec un mec totalement ivre, je tuerais Brittany et fracasserais Vanessa.

Cependant, l'extérieur du pub était plus calme, on entendait simplement les pulsations du rythme animer la rue.

Je marchai le long du trottoir, les mains dans les poches et le dos courbé dans un réflexe stupide pour conserver un peu de chaleur. Je bifurquai dans une ruelle d'où des éclats de rire me provenaient.

La vision d'une Vanessa totalement stone assise sur un conteneur recouvert de givre me mit dans une rage noire. Lorsque je vis que Brittany semblait sur le point de porter un petit cylindre semblable à celui de la blonde entre ses lèvres, je me dépêchai de le lui arracher des doigts.

— Mais ça ne va pas la tête ?! Qu'est-ce qui te prend ? s'écria la jeune fille alors que j'écrasais le joint sur le sol.

— Tu comptais faire quoi là, exactement ?

— Ce que je veux, tu n'es pas mon père !

Je respirai profondément parce que, même si Fricht m'énervait, je ne voulais pas *réellement* lui exploser le crâne.

Je me tournai ensuite vers la joyeuse demoiselle qui s'était relevée. Elle essayait de conserver un air sérieux mais finit par éclater de rire lorsqu'elle vit mes yeux noirs. C'était ce qui m'énervait le plus lorsqu'elle était dans cet état-là.

— Vanessa, tu pensais faire ça dans mon dos ? Tu sais ce qui s'est passé la dernière fois, hein ?

— Oh c'est bon, Gab, c'est juste un peu d'herbe pour faire la fête, dit-elle d'une voix pâteuse en levant les yeux au ciel.

Je passai fermement un bras sous ses genoux et la soulevai pour la plaquer contre mon torse.

— Lâche-moi, rigola-t-elle en se débattant comme si je la chatouillais.

— Vanessa, ouvre encore une seule fois la bouche et je te jure que tu vas le regretter, la menaçai-je en sentant toute patience m'abandonner.

Je fis signe à Brittany de me suivre et cherchai des yeux sa voiture.

— Passe tes clés.

Je faillis hausser les sourcils lorsqu'elle me les donna sans protester. Après tout, il était tellement, tellement rare qu'elle m'écoute. Je posai la jolie blonde sur la banquette arrière et laissai Brittany s'installer à l'avant.

Je retournai ensuite dans le bar pour saluer Freddy et récupérer nos vestes, un goût amer sur la langue.

Je n'arrivais pas à croire qu'elle ait replongé et, surtout, qu'elle ait entraîné Brittany dans ses magouilles douteuses. Je pouvais comprendre qu'elle ne traversait pas quelque chose de facile. Chacun avait ses épreuves et je me sentais mal placé pour la juger. Mais ce qu'elle avait fait ce soir, c'était profiter de sa meilleure amie pour planer quelques instants sans que je la voie. C'était comme si un sauveteur se faisait entraîner vers le fond par le noyé. Et j'étais déçu que Brittany se soit fait avoir.

J'allais ressortir du bar, mais mes yeux se posèrent sur une Fricht qui dansait sur la piste comme si de rien n'était. Je lui pris brutalement le poignet et la tirai jusqu'à la sortie malgré ses protestations.

— Lâche-moi, je fais ce que je veux, s'exclama-t-elle, mais je ne lui laissai aucune chance de s'échapper.

— Non, Fricht, excuse-moi mais tu ne décides pas de tout dans la vie ! Alors tu vas poser ton joli petit cul sur le siège passager de la voiture et me laisser vous reconduire avant que l'une d'entre vous ne fasse une connerie qui l'humiliera pour les dix ans à venir.

La fraîcheur de la rue n'apaisait pas ma colère, je la sentais vrombir en moi comme un volcan qui venait de se réveiller et se préparait à une nouvelle éruption. J'avais cette boule de magma dans l'estomac, comme chaque fois. Et ça finissait toujours mal. J'avais envie d'éclater quelqu'un, quelque chose, n'importe quoi.

— Et où est ton acolyte de débauche ? Elle est retournée se soûler, elle aussi ?

— Elle dort sur la banquette arrière, Gabriel, arrête de dramatiser, soupira-t-elle en levant les yeux au ciel.

— Dramatiser ?! Qu'aurais-tu fait si des mecs louches avaient profité de votre état dans la ruelle ?! Tu aurais crié ? Pleuré ? Peut-être aurais-tu tout simplement supplié comme une merde qu'ils vous laissent partir, l'attaquai-je sèchement.

Je la bloquai contre le mur et elle s'y colla malgré elle. J'avais envie qu'elle sente le danger, la sensation d'impuissance que l'on a, l'idée que rien ne sera plus pareil après. Cela me rappelait la soirée chez Brian, lorsque j'aurais pu lever la main sur elle. Je me remémorais cette sensation, comme si ma peau allait fondre sur la sienne jusqu'à la recouvrir totalement. Une petite voix me soufflait que, bizarrement, ce n'était pas seulement de la rage qui me déchirait.

Parce que, la vérité, c'était que j'aurais pu la détruire comme l'embrasser.

Mais je savais aussi qu'en frappant Brittany je franchirais une limite que je n'arriverais pas à assumer.

— Recule, Gabriel, souffla-t-elle prudemment, mais il était trop tard.

— Tu crois qu'ils auraient gentiment reculé ? Qu'ils seraient partis parce que tu le leur demandais en battant des cils ? Tu es naïve, Fricht. Ou folle. Ou totalement débile et, honnêtement, je pense que tu es les trois à la fois.

— Je ne suis pas là pour écouter ta leçon de morale, vociféra-t-elle en posant ses mains sur mon torse pour me repousser violemment.

Je vis une lueur sauvage briller dans ses grands yeux verts et je sus alors que j'avais probablement poussé à bout la grande Brittany, mais j'étais bien trop énervé pour m'en soucier, pour arrêter, pour regretter.

Ses bras ne réussirent pas à me déplacer d'un millimètre et je vis sa colère décupler face à sa faiblesse. Ses joues rouges me donnaient envie de laisser glisser mes mains sur sa peau. Ses lèvres pincées m'enchantaient et me donnaient envie de l'embrasser.

L'alcool me faisait divaguer, Brittany n'était pas le genre de filles que je pouvais attirer une nuit et jeter le lendemain. Et je n'étais pas sûr de vouloir gâcher nos jeux pour une simple soirée.

— Tu ressens ça, Brittany ? C'est ce que des tonnes de filles aussi franches que toi ont ressenti en faisant tes conneries, murmurai-je contre son oreille alors qu'elle était incapable de faire le moindre geste.

Je la vis déglutir et mes yeux plongèrent dans les siens. J'avais l'impression que mon cœur faisait des montagnes russes pendant que mes mains se plaçaient de chaque côté de sa tête.

Elle avait arrêté de bouger, comme si elle savait que je ne comptais pas la laisser partir. J'étais le maître du jeu ce soir, mais elle me le ferait payer le lendemain. Elle ne baissa toutefois pas le regard, parce que après tout Brittany Fricht ne se soumettait jamais. Je le savais.

— Tu me dégoûtes d'avoir suivi Vanessa, soufflai-je à nouveau.

— On faisait la fête, c'était juste un peu d'herbe, ce n'était même pas réellement de la drogue.

— Tu te trompes. Tu commences par quelques joints, pour planer tranquillement et fuir les problèmes. Puis tu veux plus. Tu veux que ça dure plus longtemps. Tu enchaînes les conneries et tu perds tout, expliquai-je plus calmement parce que je savais que l'engueuler ne l'aiderait pas à comprendre.

— Pour un joint ?

— Pour un joint, répondis-je sèchement à son ton ironique.

Elle me prenait pour un idiot qui exagérait les faits. Peut-être n'avait-elle jamais vu les dégâts de la drogue, mais j'avais croisé des dealers avant d'apprendre à écrire. J'avais vu des gens en costume s'en procurer pour oublier les problèmes de leur entreprise, des junkys totalement accros pour ne pas être en manque, des étudiants pour oublier leur échec à l'université pour laquelle leurs parents s'étaient ruinés.

J'avais vu leurs yeux rouges, leurs cernes noirs et leurs joues creuses. J'avais vu tout un tas de choses que je n'étais pas prêt à avouer, et je ne voulais pas que Vanessa ou Brittany finissent ainsi, prêtes à tout pour dix grammes, même au pire.

— Tu veux quoi, Gossom ? Que je promette de ne pas recommencer ? me nargua-t-elle avec un sourire insolent.

— Oui, dis-je le plus sérieusement du monde.

— Eh bien, désolée, mais je ne fais pas dans les promesses, ricana-t-elle en me lançant un regard agacé.

— C'est dommage, parce que tu vas gâcher ta vie pour trois grammes d'herbe.

— J'avais juste envie d'essayer, d'accord ?

— Et alors ? Ça t'a plu ?

— Je préfère tout de même la vodka, répondit-elle, sarcastique.

— Vous me dégoûtez, lançai-je sèchement en me décollant du mur.

Je la regardai avec ses bras croisés sur sa poitrine, ses joues virant au cramoisi et ses sourcils froncés.

— C'est bon, d'accord ? Je ne voulais plus retoucher à cette merde de toute façon, dit-elle en haussant les épaules.

Je sentis quelque chose s'apaiser en moi. Je ne comprenais pas réellement pourquoi j'étais aussi opposé à ce que l'une d'elles fasse une connerie. Après tout, Brittany n'était pas sous ma responsabilité. Elle n'avait rien en commun avec Evangeline, rien.

Alors pourquoi je la protégeais ?

— OK, lâchai-je plus doucement en essayant de me calmer à mon tour.

— On peut y aller, maintenant ?

— Oui. Mais tu ne conduis pas, j'ai pas envie de mourir avec une femme au volant.

— T'as cru que t'allais conduire ma voiture, Gossom ?

— Oh mais je ne le crois pas, j'en suis sûr.

Elle souffla un peu plus et ouvrit la portière. Vanessa dormait à l'arrière et je réglai le rétroviseur central pour garder un œil sur elle, au cas où elle ferait quelque chose de stupide comme vomir ou je ne sais quoi.

Brittany le vit et se cala plus confortablement sur le siège passager.

— Tu aimes bien Vanessa, souffla-t-elle d'une voix détachée, comme si elle m'analysait.

— J'essaie surtout de limiter ses conneries, grognai-je en démarrant la voiture.

— Je ne savais pas que tu avais le permis.

— Bien sûr que si, j'ai passé l'examen à seize ans comme tout le monde.

— Sans voiture ?

Je marmonnai quelque chose d'incompréhensible et elle ricana.

— C'est pour ça que tu veux travailler ? Pour t'en payer une ?

— Non.

— J'aurais cru.

— Je veux faire le tour des États-Unis avant d'entrer à l'université, expliquai-je.

— C'est l'excuse que tu sers à tes parents ?

— Mes tuteurs, la repris-je machinalement, et je me rendis compte après que, s'ils avaient été là, ils auraient été blessés.

— Ah oui. Mais que veux-tu réellement faire ?

— Je veux simplement faire le tour des États-Unis et me casser définitivement d'ici, avouai-je en la regardant.

Et je vis dans ses yeux une compréhension que je n'aurais jamais pensé y trouver. Peut-être que nous étions plus semblables que je ne le croyais. Peut-être qu'elle connaissait cette sensation d'être oppressé par ce qui nous entoure au point de vouloir prendre la fuite.

Je lui demandai de m'attendre avant de saisir Vanessa pour la porter jusqu'à la porte de sa villa. Je cherchai ses clés dans son sac à main et ricanai lorsque je remarquai que l'adolescente avait pensé à prendre des capotes.

— On changera jamais, hein, Ness ? dis-je en la déposant sur le canapé avant de repartir sans faire de bruit.

Brittany m'attendait dans sa voiture et je conduisis jusque chez elle en silence. Aucun de nous n'avait plus de sujets de discussion, et je commençais à être sacrément crevé.

Si je ratais le match de basket le lendemain, Brian allait me charrier jusqu'à la fin de l'année.

Arrivé devant chez elle, j'ouvris galamment sa portière. Seulement, je la refermai un peu trop vite et je la vis se coller à la voiture.

— Bah, qu'est-ce qui te prend ?

— Tu as pris mon bracelet dans la porte, Gossom. Aide-moi à l'enlever, putain !

— Arrête de t'énerver, c'est qu'une babiole. Il ne fallait pas mettre de bijou avec un millier de breloques qui pendent dessus, aussi, marmonnai-je, un peu vexé par son ton si froid.

Elle tira légèrement dessus et gémit en voyant qu'il était bien pris dedans. J'essayai d'ouvrir la portière, mais celle-ci semblait coincée.

— Désolé, Fricht, il va falloir le casser.

— Hors de question !

— Arrête de chicaner pour un bracelet, m'exaspérai-je en soupirant bruyamment.

Elle leva le regard vers moi et je fronçai les sourcils devant ses yeux paniqués. Elle tira une nouvelle fois, mais le bijou restait toujours dans la portière et je vis des larmes border ses paupières.

Après tout, si elle y tenait, à ce bracelet, je pouvais toujours essayer de l'aider. Peut-être qu'il avait une valeur sentimentale, comme dans ces putains de films hollywoodiens : c'était toujours le dernier cadeau de leur grand-mère ou je ne sais quoi.

— Attends, enlève-le, ce sera plus facile de le débloquer.

— Non ! Je… J'aime bien ce bracelet, je ne l'enlève jamais, répondit-elle rapidement.

Je levai les yeux au ciel et me penchai vers la voiture. Je savais que les gonzesses transpiraient généralement le romantisme, le sentimentalisme et la niaiserie, mais j'avais cru, pour une raison stupide, que Brittany n'était pas comme ça.

— Il fait nuit, tu ne peux pas allumer les lumières de ton garage ?

Je la vis hésiter quelques instants avant de saisir sa clé d'une main pour actionner les lampes qui illuminaient son allée.

C'était impossible de défaire ce truc, il semblait pris dans la sécurité, et je commençais à en avoir sérieusement marre d'être à moitié plié en deux sur la carrosserie. Si Brittany croyait que j'habitais tout près, j'avais en fait pas mal de marche pour rentrer chez moi.

Je lui saisis le poignet, plus délicatement que devant le bar, et souris en la sentant tressaillir.

— Je te plais à ce point, Fricht ?

— J'ai froid, Gossom, ne te fais pas d'illusions, persifla-t-elle immédiatement, et je me rendis compte que ce n'était pas le moment idéal pour lui lancer des piques.

— Elle a une valeur sentimentale, ta babiole ?

— Je l'aime bien, ce bracelet s'accorde bien avec ma robe.

— Pas le dernier présent de ta mamie ? De ton pépé ?

— Euh... Nan.

— Bon... Désolé, Brittany.

Avant qu'elle puisse objecter quoi que ce soit, je tirai un coup sec sur le bracelet et celui-ci lâcha brusquement, faisant tomber ses perles sur le sol.

Fricht ramena brutalement son poignet vers elle alors que je regardais si la portière acceptait enfin de s'ouvrir.

— Voilà, plus de problème.

— M... merci, bégaya-t-elle.

Je faillis me moquer d'elle mais je me retins. Elle tremblait comme une feuille et je n'étais pas stupide au point de croire que c'était à cause du froid. Sa main droite passait sans cesse sur son poignet dans un mouvement mécanique, pressant, inconscient.

— Je ne t'ai pas blessée en tirant ?

— Non, non, me rassura-t-elle, mais je ne la crus qu'à moitié.

— Fais voir, demandai-je quand même.

— Tu te crois infirmier, Gossom ?

Elle recula d'un bon pas, mais je saisis son poignet et le tournai pour m'assurer qu'elle n'avait rien.

Oh merde.

— Lâche-moi ! Lâche-moi ! Lâche-moi ! hurla-t-elle en essayant de reculer.

— Mais qu'est-ce que... commençai-je alors qu'elle se débattait férocement.

Elle me griffa l'avant-bras en s'éloignant et je la laissai hurler des trucs incompréhensibles sur moi, tandis qu'elle reculait toujours un peu plus.

— Attends, Brittany...

— Va-t'en ! Casse-toi, s'énerva-t-elle, et j'étais un peu trop stupéfait pour être en colère.

— Je...

— Casse-toi, je te dis !

Je la regardai une dernière fois alors que des larmes noires commençaient à dégringoler sur ses joues.

Et je compris. Brittany n'avait jamais craint de casser son bracelet, elle avait simplement eu peur que je ne découvre ce qu'elle cachait en dessous.

Je me rappelai alors les repas à la cafétéria où elle ne mangeait rien, le joint à la soirée, son air hautain...

Sa porte d'entrée claqua brutalement lorsqu'elle rentra chez elle et je me détournai pour marcher lentement jusque chez moi. Je n'étais pas bête au point de croire qu'elle me parlerait à nouveau ce soir, et elle devait se calmer.

Je n'arrivais pas à croire que la forte, l'indomptable, la dangereuse Brittany se sentait assez mal pour se tailler les veines à l'abri des regards. J'essayais en vain de superposer l'assurance qu'elle arborait à la souffrance qu'elle devait ressentir.

Je mis les mains dans mes poches, rentrant un peu plus les épaules pour me protéger du froid de fin novembre.

Je n'étais pas seul, finalement. Peut-être bien que je m'étais réellement trouvé une partenaire de jeu.

Je rentrai chez moi et plongeai dans mon lit, mais les images de ma peste n'arrêtaient pas de tourner en boucle dans ma tête. Je me rappelai ses grands yeux verts pétrifiés, les larmes sur ses joues.

Il n'y a pas que les fous qui vont chez le psychologue. Il y a ceux qui sont abîmés aussi.

À quel point Brittany était-elle abîmée ?

J'avais envie de pulvériser le crâne de celui qui l'avait suffisamment brisée pour qu'elle préfère la souffrance physique. J'aurais pu tuer pour elle, ce soir. Je pourrais tuer si elle me désignait le responsable.

Je l'avais déjà fait, après tout, n'est-ce pas ?

Je me retournai et fixai le plafond de ma chambre.

D'un seul coup, la vengeance me paraissait bien fade. La faire tomber amoureuse de moi ? C'était stupide.

J'aurais pu, oui, j'aurais pu l'humilier au self comme elle l'avait fait avec moi l'année passée. J'avais un dossier en béton sur elle, désormais. Mais je n'en avais plus aucune envie.

Parce que, entre adolescents écorchés vifs, on devait se soutenir.

Et si je n'avais pas réussi à sauver Evangeline cette nuit-là, si je ne parvenais pas à protéger convenablement Vanessa, j'arriverais à préserver Brittany de toutes les mauvaises choses du monde.

Et elle serait sauvée.

Ce n'était pas une promesse, parce qu'on finit toujours par les briser. Non, c'était un serment.

Et ce fut ce jour-là, à une heure cinquante-trois précisément, que Gabriel Gossom redevint l'ange gardien de quelqu'un.

12

BRITTANY

Trois ans plus tôt

Brittany sautait dans sa chambre, chantant les paroles de sa chanson préférée à tue-tête. Le casque sur les oreilles, elle avait l'impression d'être à nouveau dans la foule en délire du concert qu'elle avait vu la semaine précédente.

— Britty ? Britty !

La femme brune sourit en voyant sa fille et posa sa pile d'habits propres sur le lit pour secouer l'épaule de sa princesse. Elle sourit lorsque sa fille enleva son casque avec une moue boudeuse.

— Va me chercher tes vêtements trop petits au grenier s'il te plaît, je passerai à l'association aujourd'hui, ajouta alors tendrement sa mère en lui lançant un petit sourire.

L'adolescente se mordit la lèvre en se souvenant qu'elle avait pris trois kilos en peu de temps, et que ses habits ne lui allaient plus.

— Désolée.

— Pourquoi t'excuses-tu ? Je préfère avoir une fille avec un bon coup de fourchette qu'une petite qui se sent mal dès qu'elle mange trois grammes !

Elle se baissa pour embrasser le front de sa Britty et s'assit sur le lit avec un regard complice.

— Et… alors ? Avec Joshua ?

— Il ne m'a même pas regardée, répondit la jeune fille avec une voix remplie de tristesse.

— Alors, il ne sait pas ce qu'il perd, répondit-elle avec un clin d'œil alors que Brittany croisait les bras sur sa poitrine.

En voyant le petit air déçu de sa fille, Ayline Fricht s'avança pour l'embrasser sur le front et passer une main délicate dans ses cheveux. Elle savait que sa jolie petite fille commençait à grandir, qu'elle aurait dû la reprendre en main, l'inscrire à un sport. Brittany n'était pas grosse, mais elle aurait pu facilement le devenir en continuant sur sa lancée. Ce Joshua n'était certainement qu'un hypocrite de plus qui ne jurait que par les filles minces des magazines.

Mais elle n'avait pas le courage d'entamer cette discussion aujourd'hui.

— Je te laisse, je vais ranger le linge.

— Je t'aime, maman !

— À l'infini et au-delà, lâcha celle-ci en s'éloignant déjà dans le couloir.

Brittany sourit et monta rapidement l'escalier jusqu'au grenier. Pendant quelques minutes, elle essaya de retrouver le fameux carton et, en voulant l'attraper, elle en fit tomber un autre.

Lorsqu'elle se baissa pour ramasser les objets éparpillés, ses doigts accrochèrent un papier blanc crème.

Un acte de naissance.

Je partis dans ma salle de bains, ouvrant brutalement mes tiroirs, et soupirai de soulagement lorsque mon poignet fut à nouveau recouvert par cinq bracelets.

Je me sentais mal. J'avais ce poids sur le cœur, écrasant.

Ma main droite touchait nerveusement mes bracelets, comme pour contrôler qu'ils étaient bien là. Comme pour s'assurer qu'ils n'avaient pas disparu à nouveau. *Un, deux, trois, quatre…* Je les comptai pour vérifier qu'il y en avait suffisamment pour cacher mes plaies.

Gossom savait…

Il avait vu mon plus grand secret, ma honte, ma faiblesse. Il venait de briser ma carapace à coups de bulldozer et de découvrir l'être misérable que je cachais au fond de moi.

Un, deux, trois, quatre…

Mon corps tremblait alors que je tournais en rond dans ma chambre, les mains sur la tête.

Qu'est-ce que j'avais fait ? Mon Dieu, mais qu'est-ce que j'avais fait ?

Je l'avais humilié sans remords l'année passée et il avait désormais le moyen de me détruire. Il pourrait me briser comme une vulgaire brindille et je n'avais rien contre lui.

Gossom était un monstre qui n'avait jamais hésité à blesser les gens. Il allait le dire à tout le lycée.

— Et merde, hurlai-je, en comprenant que j'étais fichue.

Je pris mon coussin et le jetai sur mon lit, me laissant tomber au pied de celui-ci, les mains couvrant mon visage. Je ne voulais pas voir de psychologues. Je n'étais pas folle, je n'en avais pas besoin. Ces cicatrices… Ce n'était rien.

Je ne voulais pas mourir. *Je voulais juste…* Ce n'était rien. J'avais arrêté depuis. Réellement.

Il fallait que je trouve un moyen d'acheter son silence. Je ne pouvais pas me permettre de paraître faible au lycée.

J'avais besoin qu'on me voie forte. Je devais l'être.

Mais les larmes débordèrent de mes paupières et j'étouffai un cri en serrant ma couette contre moi.

Je n'étais pas forte, je ne l'avais jamais été.

Et lui… Il allait devenir ma plus grande faiblesse.

***

Je me réveillai une heure plus tard, le cou douloureux et le dos contre les pieds de mon lit. J'avais des traces de larmes sur les joues, mes yeux étaient toujours rouges et enflés. J'étais totalement pathétique.

Je ne savais pas quoi faire. À l'heure actuelle, Gossom devait jouer son match de basket et Brian avait probablement déjà été mis au parfum : la populaire Brittany se taillait les veines en secret.

Je pourrais toujours nier, mais, si on me demandait de montrer mon poignet comme preuve, j'étais foutue.

Je ne regrettais pas mes gestes. À une époque, ces petites marques avaient réussi à me maintenir dans un état presque stable. Le masque que j'arborais dans la journée me semblait alors moins lourd, moins faux.

Mais je regrettais, Dieu, je regrettais de l'avoir fait à un endroit aussi visible. J'aurais pu choisir le ventre, les hanches ou les cuisses.

Le pire, c'étaient les préjugés qui étaient liés à ce geste. En l'apprenant, les gens imaginaient toujours des dépressifs qui filaient en douce dans leur douche avec un rasoir à chaque contrariété. On vous prenait pour une suicidaire ou encore une masochiste. Honnêtement, je n'étais aucune des deux, mais les petites coupures avaient réussi à me prouver certaines choses. J'y avais trouvé un énorme réconfort les soirs où je craquais après un coup dur.

Ce n'était pas ça qui me rendait faible, c'était cette incapacité à savoir encaisser dignement.

Je soupirai et enlevai mes bracelets un à un pour contempler ces cicatrices. Mon imperfection.

Parce qu'un jour ce serait l'unique défaut qu'il me resterait. J'aurais réussi à gommer un à un tous mes traits indésirables. Un jour, j'aurais perdu toute cette graisse et cette peau flasque. Je serais aussi fine qu'une feuille et, comme elle, je serais emportée par le vent. J'aurais des cheveux plus soyeux, une bouche plus pulpeuse, des yeux plus enjôleurs.

Ma main droite se souleva légèrement mais j'étais incapable d'effleurer ces cicatrices. Certaines d'entre elles étaient bien trop laides pour que j'ose même poser le regard dessus plus de quelques secondes.

Cela s'était passé quelques semaines après la première coupure. J'avais surpris mon père avec sa secrétaire dans le canapé, et j'avais été tellement en colère que je l'avais dit à maman. Leur première véritable dispute avait alors éclaté. Je m'étais sentie si coupable en entendant leurs cris que j'avais saisi le premier objet coupant et m'étais entaillée profondément, bien plus profondément que les autres jours. Cela avait été l'unique fois, mais ce souvenir était à l'origine des quatre marques épaisses d'un centimètre que je sentais sous ma main.

Les autres fois, j'avais rouvert aux mêmes endroits afin d'éviter de laisser des blessures sur tout mon bras, mais les traces restaient alors informes, irrégulières. Horribles.

Et j'avais commencé à m'intéresser aux bracelets en tout genre. Du plus large à perles à de simples bouts de fil assez fins. J'en possédais une bonne trentaine et, à l'exception d'hier soir, j'en portais toujours plusieurs en même temps.

J'avais baissé ma garde pour l'anniversaire de ma meilleure amie, mais l'idiote qui sommeillait en moi avait totalement oublié cet emmerdeur de Gabriel Gossom.

Cet emmerdeur qui me suivait le samedi soir lorsque je rentrais seule.

Ce con qui s'était assuré que je ne tenais pas réellement au bijou avant de le briser.

Ce connard qui avait malheureusement voulu vérifier que je n'étais pas blessée.

Il était si mystérieux, si fascinant, si implacable. Je ne comprenais pas pourquoi il retenait ses excès de colère avec moi alors qu'il explosait littéralement face aux autres.

Enfin, je ne devais pas rêver, maintenant que je lui avais tendu un poignard bien aiguisé, il allait me hacher le cœur.

Ma façade, mon masque parfait, c'était tout ce que je possédais. J'aimais être parfaite aux yeux des gens car c'était la dernière chose que je pouvais encore contrôler.

J'aimais qu'ils me pensent parfaite car, pendant quelques instants volés au temps, j'arrivais à les croire. J'arrivais à me persuader que, peut-être, j'avais de belles jambes dignes de celles d'un mannequin, que mes yeux étaient deux émeraudes, que ma silhouette était celle d'une déesse, que mes cheveux étaient doux, que ma poitrine faisait rêver les uns et rendait les autres jalouses.

Et puis, le temps s'écoulait inéluctablement et ce moment passait pour me laisser face à mon miroir. Et aussitôt je comprenais combien j'avais été imbécile de m'imaginer qu'ils aient raison.

Alors j'essayais de paraître plus belle, plus forte, plus parfaite. Pour obtenir encore ce petit moment de plénitude où je me sentais moi : la vraie Brittany souriante et puérile que j'avais été quelques années plus tôt et qui me manquait cruellement.

***

Merde.

J'avais oublié que nous étions samedi soir et que je devais travailler au Puppy's. Le chiffre rouge du compte en banque de la famille Fricht clignotait encore dans ma tête, m'empêchant d'appeler Freddy pour prétexter une maladie.

Sur la route, je pensais à ce que j'aurais fait aujourd'hui si ma famille était restée la même. Je n'aurais pas travaillé, je n'aurais pas eu la nausée à l'idée d'avoir mangé la veille. Je ne me rappelais plus exactement quand ma vie avait dérapé.

Enfin si, à cause d'un futile acte de naissance.

J'inspirai profondément et entrai dans le bar alors que Freddy me surveillait du coin de l'œil.

— Tu peux m'expliquer pourquoi notre imbécile national m'a demandé de te renvoyer chez toi aujourd'hui ?

— Quoi ?

— Il a dit qu'il voulait te rendre la pareille, et qu'il n'avait pas besoin d'un chaperon qui lui donnait des soirées de congé. Donc, il m'a dit qu'il fallait que tu restes chez toi, expliqua le barman alors que j'ouvrais la bouche sans sortir le moindre son.

— Mais quel…

— Honnêtement, petiote, tu as d'affreux cernes très moches que même ton fond de teint ne cache pas, approuva-t-il, et je sus que cela signait ma défaite.

Si le boss se rangeait à l'avis de ce sauvage, je n'avais plus aucune chance.

— Merci, Freddy, j'ai mal dormi, c'est tout. Je voudrais travailler tous les week-ends quand même, si tu le permets.

L'homme secoua la tête et posa les coudes sur son bar en marbre.

— Écoute, cela faisait longtemps que je n'avais pas vu le mioche s'occuper de quelqu'un d'autre que lui et, surtout, ça va faire trois mois qu'il n'a plus cogné personne dans mon petit coin. Donc, crois-moi, je vais prendre soin de celle qui le métamorphose en Bisounours.

— Ah ça, je te jure que ce n'est pas grâce à moi, ricanai-je en songeant que je le faisais plus tourner en bourrique qu'autre chose.

— Si tu le dis. Rentre chez toi, ou je te mets dehors à coups de pied au cul, d'accord ?

Je poussai un profond soupir et fixai la porte de la cuisine.

— Tu pourrais dire quelque chose à Gabriel de ma part ? S'il continue à se mêler de mes affaires, il retrouvera mes Louboutin dans une certaine partie de son anatomie.

— Je transmettrai le message, s'esclaffa mon patron en posant sa grosse main sur mon épaule, me forçant à faire demi-tour.

Qu'espérait Gabriel ? Que je plie ? Que je craque ? Qu'il puisse enfin se proclamer gagnant de notre petit jeu stupide ? Il se trompait, lourdement.

Ce n'était pas ma faiblesse. Il avait découvert un secret de taille et peut-être même le plus honteux.

Mais ce n'était pas mon réel point faible. Ces cicatrices n'étaient pas la faille de mon armure, mais simplement un coin un peu rouillé sur ma cotte de mailles.

Je traversai ma maison à pas de loup parce que, depuis quelque temps, mes parents montaient se coucher à vingt-deux heures même le samedi soir. Après tout, c'était plus simple de fuir ses problèmes et cette ambiance pesante.

C'était plus lâche, surtout.

Je remarquai une faible lumière sous la porte de la chambre d'amis et je me baissai pour observer la pièce à travers le trou de la serrure.

Je pouvais distinguer le mouchoir que ma mère serrait d'une main tremblante alors qu'elle était entourée de quelques feuilles couvertes de l'écriture minuscule de papiers officiels. J'aurais voulu appuyer sur la poignée et pousser brutalement la porte. Je voulais la prendre dans mes bras et lui demander de rester forte.

Un jour, il se rendra compte de ses erreurs, maman, je te le promets. Et peut-être que... Peut-être que nous pourrons redevenir une famille ?

Je vis sa main se plaquer sur sa bouche pour éviter qu'on n'entende ses pleurs et je compris alors que ma mère ne s'était pas isolée pour craquer tranquillement. Elle avait l'intention de dormir là, loin de mon père. Elle avait décidé de ne plus se taire.

Et alors, je sus que tout allait partir en cacahuète.

J'aimais mon père, au point de lui pardonner ses erreurs et sa distance. J'aimais ma mère, même si nous ne partagions plus rien. Je les aimais tous les deux, mais j'étais trop vieille pour le leur dire, désormais.

La boule dans mon estomac continua de grossir et, comme ma mère, je compris que je saturais.

Mes mains me semblaient moites alors que je reculais silencieusement pour rejoindre ma chambre au bout de ce couloir tapissé de bleu nuit. On m'avait raconté un jour que c'était le seul endroit où mes parents étaient tombés d'accord sur la couleur des murs, avec ma chambre.

Enfin, ma chambre. C'était ironique dans le sens où elle n'avait pas accueilli que moi.

Ma gorge commença à être bien trop serrée et je refermai la porte dans un bruit presque imperceptible.

Je lorgnai un instant sur la porte de ma salle de bains mais m'allongeai finalement sur mon lit en remontant la couverture jusqu'à mon nez. Comme si ce ridicule bout de tissu pouvait me protéger des grands méchants monstres. De toute façon, la plupart des monstres ne se cachaient pas sous les lits.

Mon monstre à moi était un fantôme. Le fantôme de quelqu'un que j'aurais pu connaître, apprécier. Mais que j'avais fini par détester.

Je le détestais de m'avoir laissé sa place.

13

GABRIEL

Le lundi matin passa très lentement, d'abord parce que Brittany semblait s'éloigner de moi le plus possible et qu'elle séchait les heures où nous étions l'un à côté de l'autre, ensuite parce que Vanessa l'imitait.

Le message était des plus clairs. Mais j'étais assez têtu pour l'ignorer et continuais à poursuivre Brittany. Elle avait besoin de quelqu'un elle aussi, peut-être même plus que Vanessa.

Je plaignais cette dernière, accrochée au bras d'un garçon totalement inconnu. Elle jouait la comédie à merveille. J'aurais presque pu y croire, si je n'avais pas été témoin de sa douleur en la surprenant complètement shootée dans la ruelle à côté du Puppy's.

Je n'arrivais pas à la comprendre, quelquefois. Elle avait des parents formidables, une amie fidèle et un compte en banque bien rempli. Elle aurait pu simplement croquer la vie à belles dents… Mais c'était compter sans quelque chose de plutôt sombre qu'elle ruminait sans cesse.

Je l'acceptais comme elle était, moi. J'aurais probablement tabassé celui qui aurait eu des préjugés ou des propos hostiles envers elle. Mais son problème, c'était qu'elle n'avait pas encore accepté ce… sa… enfin, ce petit quelque chose qui faisait d'elle un être particulier. Pas différent, pas honteux. *Particulier.*

Je rangeai mon sac de boxe au fond de mon casier et fourrai mes manuels par-dessus avant de me diriger rapidement vers la cafétéria.

Elle était là, à ma table. Ses yeux exprimaient une volonté farouche et je sus alors qu'elle pensait que j'allais me venger. Croyait-elle que j'étais prêt à monter sur l'une des tables bancales pour l'humilier publiquement ? Songeait-elle à ce que deviendrait sa vie sociale si je faisais cela ?

Elle perdrait beaucoup d'amis. Pamela, Brian... La déléguée manipulatrice et le basketteur lui tourneraient le dos, comme ils l'avaient fait avec moi l'année passée.

Je me contentai de poser mon plateau à côté du sien et souris en voyant ses joues rougir de colère. J'avais appris à savourer ses colères discrètes. Elle essayait d'analyser mes gestes, de prévoir mes réactions. En agissant comme si rien ne s'était passé, je les avais chamboulées, elle et sa montagne de manigances. Elle avait tenté de préparer une riposte si jamais je décidais d'attaquer. Elle serait surprise.

— Alors, Fricht, qu'as-tu commandé au self ?

— J'ai pris le poulet mais je commence à le regretter, il a un goût dégueulasse, lâcha-t-elle en repoussant son assiette.

— Tu veux mon sandwich ? Je l'avais pris au cas où la vieille cuisinière nous ferait à nouveau du gratin au saumon, ajoutai-je d'une voix détachée, tellement naturelle que j'en fus fier.

— Non merci, je n'ai pas vraiment faim, de toute façon, rétorqua-t-elle en arborant une mine dégoûtée.

Mes yeux accrochèrent les siens durant une courte seconde et je haussai les épaules, prenant une bouchée de tomate en grimaçant. J'aurais préféré mourir étranglé par cette tomate dégueulasse plutôt que d'avouer que je l'avais acheté pour elle, ce putain de sandwich.

Alors qu'elle parlait distraitement avec Vanessa, qui n'avait pas osé me regarder dans les yeux, et que Brian entretenait la conversation tout seul, je réfléchissais à un moyen discret de piéger Brittany. J'aurais pu la gaver comme une oie en l'étouffant à moitié avec un tube pour faire glisser le poulet bouilli dans son œsophage, mais cela me semblait un peu radical. Et puis, elle se débattrait probablement. Et cela attirerait les regards.

Je devais oublier le gavage.

Je tentai d'accrocher ses iris verts, mais ses yeux prenaient l'apparence de deux revolvers dès que ses prunelles croisaient les miennes. Je laissai mon regard glisser sur sa peau, insistant sur la chair cachée de son poignet, et je souris en la voyant passer une main protectrice sur les petits bracelets. Je comptai quatre épais bijoux et je me dis que c'était probablement parce qu'elle craignait que je ne dévoile son secret.

J'avalai difficilement un autre morceau de tomate et tournai les yeux vers Vanessa, la fusillant du regard alors qu'elle relevait la tête fièrement, même si sa moue me laissait entrapercevoir une légère culpabilité. Elle devait voir à quel point je lui en voulais, ne serait-ce que pour la faire hésiter la prochaine fois qu'elle aurait cette saloperie entre les mains. Elle avait décroché quelque temps, car je lui avais fait la gueule pendant trois semaines. Peut-être que ça marcherait encore.

Je rangeai ensuite rapidement mon plateau et laissai la majorité des personnes déguster leur repas. Je n'aimais pas les tomates, et j'avais dévoré le poulet depuis longtemps. Je partis dans le couloir, mon sac à dos sur l'épaule.

Je souris en entendant le claquement sourd des talons hauts à ma suite. À force de fuir l'affrontement, Brittany semblait avoir décidé que le mieux était une confrontation. J'aimais ça chez elle, son courage. Parce qu'il fallait avouer qu'elle devait en avoir pour se tailler volontairement les veines, tout de même.

Je me laissai faire lorsqu'elle m'attira brusquement dans un cagibi et je croisai patiemment les bras en m'adossant aux étagères. J'avais conscience que cette désinvolture ne ferait que l'énerver davantage mais, honnêtement, je n'aurais pas pu m'en empêcher. Rien que pour voir ses joues prendre une jolie couleur rosée.

— Qu'est-ce que tu vas faire, hein ?

— Je ne vois pas de quoi tu parles, lançai-je en la fixant droit dans les yeux.

— Arrête, Gossom, je sais que tu as vu mon poignet. Alors balance ton plan. Sois un mec et dis-moi maintenant quelles conneries tu vas propager dans mon dos, cracha-t-elle en s'avançant vers moi, menaçante.

Ses yeux brillaient d'une rage contenue et je saluai le geste, parce que j'aurais déjà probablement explosé à sa place. Je n'étais pas un exemple de self-control, et je ne me serais pas embarrassé de paroles. Brittany était en quelque sorte une version féminine et améliorée de moi.

Je ne me taillais aucune veine, mais je lacérais mon esprit de souvenirs jusqu'à ce que mon cœur ne le supporte plus. Et, parfois, cela faisait aussi mal qu'un rasoir tranchant la chair.

Et, parfois, c'était pire.

— Eh bien, je compte ne rien faire. Et ce que je pense de toi est… une autre histoire, soufflai-je en essayant de trouver un moyen pour l'éloigner de moi.

Parce qu'une Brittany en colère était plutôt attirante, et que je ne voulais pas du tout – mais absolument pas – la plaquer contre le mur pour dominer ses lèvres. Elle ne se serait pas laissé faire, et j'aurais certainement eu une vilaine morsure en punition. Et puis, je n'en avais pas véritablement envie. J'étais simplement en manque de fille. Pas d'elle en particulier. D'une fille en général. Parce que je ne ressentais rien.

Vraiment rien.

— Et que penses-tu ? Que je suis suicidaire ? Idiote ? Que je suis incapable d'agir en adulte ou que je suis faible ?

— Suicidaire ? Non, tu aurais appuyé un peu plus fort sur la lame. Idiote ? Excuse-moi, mais ça ne date pas d'aujourd'hui. Immature ? Non, mais tu es incapable de prendre soin de toi. Quant à ta faiblesse… Je pense que ce serait une erreur de te croire sans défense, terminai-je un peu plus bas, parce que, même si c'était vrai, je n'aimais pas beaucoup l'admettre.

Je laissai le silence nous entourer en observant ses yeux verts hypnotiques et je vis que ma réponse faisait mouche, mais pas dans le sens que j'espérais. Sa colère semblait gonfler de minute en minute. Et plus elle s'énervait, plus j'étais sur les nerfs, moi aussi.

Sa folie réveillait la mienne. Et ses yeux… Ses yeux fracassaient mon âme.

— Et c'était quoi, le coup du sandwich ? Tu voulais me ridiculiser ?

— Non, je voulais que tu manges. Tu crois que je n'ai pas repéré ton petit manège ? C'est flagrant et pathétique, vociférai-je, parce qu'elle était chiante, à tout remettre en question.

— Ça ne te regarde pas, putain ! Tu n'es pas mon père ! Merde, tu n'es même pas mon ami !

— Si tu crois que je vais te laisser te détruire, tu te fourres le doigt dans l'œil ! Je ne vais pas te regarder pendant que tu bousilles ta vie à boire, à suivre Vanessa dans ses délires, à jeûner le midi et à te tailler les veines dès que tu n'as pas eu la moyenne en physique, crachai-je alors qu'une petite voix me murmurait que j'allais trop loin.

Mais cette fille me tapait sur le système. Elle avait le don de savoir ce qui attisait ma colère. Elle savait quel ton employer, quelle cible viser.

Oui, je n'étais pas son ami.

Oui, je la détestais trois mois plus tôt.

Oui, elle me pourrissait la vie quotidiennement.

Mais je ne pouvais pas la laisser seule, là, alors qu'elle était à terre. Je ne pouvais pas porter le coup fatal alors qu'elle était à genoux. Les choses fragiles réveillaient en moi ce putain de côté protecteur. Et derrière Brittany, ou plutôt parmi les milliers de facettes du caractère de cette garce, il y avait cette fillette aux boucles blondes.

Mon Evangeline.

Elles n'avaient rien en commun. Je m'en étais persuadé.

Mais c'était un leurre. Ce courage, cette lueur qui animait les yeux de Brittany, cette volonté farouche d'atteindre ses objectifs, je les avais côtoyés des années plus tôt. Et cette ressemblance me donnait envie de gifler Brittany. J'avais envie de lui faire du mal, beaucoup de mal, pour qu'elle s'éloigne de moi et emporte avec elle mes souvenirs. Mais, malheureusement, cette petite partie de mon esprit était dominée par une autre plus importante, qui voulait rattraper ses erreurs. Comme si Fricht était ma rédemption.

— Mais laisse-moi, putain ! Je t'ai tout pris. J'ai détruit ta réputation, j'ai réduit ta virilité en miettes. Je t'ai tout pris avec des mensonges, alors qu'est-ce que ça peut te faire ? hurla-t-elle, les joues rouges de colère, le souffle court.

— T'es une pétasse, Brittany. Mais je ne laisserai personne se comporter comme tu le fais. Alors je te collerai. Je te suivrai dans les couloirs, je surveillerai ce que tu manges, ce que tu bois, ce que tu penses. Je serai à tes côtés aujourd'hui, demain, après-demain et tous les jours jusqu'à…

— Jusqu'à ce que quoi ?

Je voulais qu'elle se taise. Je voulais l'écraser entre mes mains épaisses pour la faire disparaître. Tout était tellement plus simple lorsqu'elle n'était pas là.

Je voulais qu'elle baisse les yeux et arrête d'alimenter ma colère. J'aurais pu la briser si facilement, il suffisait de laisser la violence m'envahir comme tant d'autres fois l'année passée. Il me suffirait de quelques mots glissés dans l'oreille de la bonne personne pour détruire sa réputation si précieuse à ses yeux.

Mais elle me fixait, le regard fier et les joues rouges. Elle n'était pas soumise, encore moins faible. C'était une princesse, une nymphe enchanteresse, un poison fatal. De ses yeux sombres, elle me défiait de continuer ma phrase.

— Jusqu'à ce que tu sois sauvée…

La stupeur s'afficha sur le visage de Brittany. Parce qu'elle s'attendait à beaucoup de choses, la vengeance étant la première option.

Mais jamais elle n'avait prévu cette réponse.

— Je n'ai pas besoin de ton aide, cracha-t-elle brusquement.

Et, comme chaque fois que la situation lui échappait, Brittany tourna les talons et prit la fuite.

***

Je me faufilai doucement hors du lycée et séchai les cours de l'après-midi. J'avais l'impression que cela faisait un siècle que je n'avais pas fait ça.

Là, dans ce skatepark à moitié abandonné, je me retrouvais seul avec ma planche de skateboard et mes pensées. Et elles étaient si embrouillées ces derniers temps que j'avais besoin de venir ici pour les démêler.

J'avais l'impression qu'après une année plutôt tranquille l'an passé, une force occulte avait décidé que je méritais une pile d'emmerdes plus haute que l'Empire State Building pour ma terminale.

Cette foutue psychologue qui m'attendait tous les mois, Vanessa qui divaguait totalement, Patrick et Claire qui voulaient une vraie famille, Jake qui ne comprenait pas pourquoi je les repoussais…

Et Brittany. Cette Brittany qui m'avait humilié l'année dernière. Cette Brittany qui jouait avec moi, qui affrontait mes colères. Cette Brittany que je voulais détruire pour me venger et que je me retrouvais maintenant à essayer de protéger.

Je me laissai glisser de la rampe et exécutai une petite figure assez simple en arrivant de l'autre côté. J'aimais le skate parce qu'il me donnait une impression de liberté plutôt ridicule. Ce n'était pas aussi dangereux que le saut à l'élastique, mais c'était quelque chose que j'avais appris par moi-même. Je m'en étais pris, des gamelles. Mais j'étais remonté sur ma planche en bois jusqu'au moment où j'étais arrivé à tenir correctement dessus. Et, dans un sens, ça me rappelait qu'on n'arrivait pas du premier coup dans la vie et que je devais continuer de me prendre des gamelles pour espérer que ça s'arrange un jour.

Je faillis tomber de mon skate en apercevant la jolie Brittany debout à côté de la rampe, son sac à main sur son avant-bras.

— Qu'est-ce que tu fais là ?

— Bonne question, grommela-t-elle d'une petite voix en détournant les yeux.

Je la dévisageai, tandis qu'elle posait son regard sur tout ce qui l'entourait, comme si elle découvrait cet endroit. Un sourire amusé étira discrètement mes lèvres lorsque je compris que Brittany m'avait suivi sur un coup de tête, et qu'elle était gênée de se retrouver à côté du garçon qui avait vu son poignet scarifié.

— Je crois que je vais retourner au bahut, lâcha-t-elle en se tournant déjà.

— Tu préfères supporter les cours de math de M. Parvonte que moi ? Merci, Fricht, je savais que je te plaisais, mais pas au point de te faire fuir. À moins que ce ne soit parce que je t'intimide, ajoutai-je d'une voix provocante.

— Toi, m'intimider ? Pff, tu as peut-être une belle gueule un peu féroce, Gossom, mais c'est tout ce que tu as en magasin, siffla-t-elle, vexée.

Et cela me rassura, parce que je préférais ses piques sournoises à ses pleurs de la nuit passée.

— Allez, monte, souris-je.

Je lui tendis une main et la hissai au sommet de la rampe. Elle grimaça en voyant les multiples graffitis et je m'imaginai qu'elle était le genre de personne à nettoyer le métal gribouillé avant d'y poser ses fesses.

Cependant, elle se contenta d'un profond soupir avant de s'installer dans un coin. Je lui fis un clin d'œil alors que ma planche basculait à nouveau dans le vide et j'eus le temps de la voir lever les yeux au ciel avant de virer de l'autre côté de la rampe.

— Frimeur.

— Tu veux vraiment que je me vante ? Recule un peu et je te fais un double salto, rétorquai-je avec un sourire arrogant.

Cette fille, elle était bien partie pour me rendre fou, à me pousser toujours à bout. Si elle m'avait mis au défi de lui décrocher la lune, j'aurais inventé une fusée pour lui clouer le bec.

— Non merci, je n'ai pas envie de bouger pour te voir foirer lamentablement. Quoique, ça vaut peut-être le détour…

Je continuai mes allées et venues en essayant de l'impressionner pour lui fermer le clapet. Je sentais ses grands yeux verts braqués sur mes mouvements. Elle replia ses jambes et les entoura de ses bras, calant son menton entre ses genoux pour continuer à m'observer. Ainsi, personne n'aurait pensé qu'elle cachait d'horribles cicatrices sous ses bracelets. Elle semblait totalement innocente, au point que cela déchirait le cœur. Et je sus que, quoi qu'il puisse arriver, je ferais tout pour elle. J'avais du mal à prendre soin de Vanessa, mais j'y arriverais avec elle.

Il fallait que je réussisse. Je devais au moins en sauver une.

***

La nuit tombait vite en hiver et je m'empêchai de basculer à nouveau de l'autre côté de la rampe. Brittany m'observa alors que je posais ma planche à côté de moi. La tête levée vers les étoiles, je m'allongeai sur la plaque de métal et laissai mes jambes pendre dans le vide.

— Tu fais ça souvent, glisser d'un côté à l'autre jusqu'à en avoir mal aux doigts puis réfléchir en regardant le ciel comme dans un film ?

— Rigole de moi si ça te chante. Les problèmes paraissent surmontables d'ici, glissai-je simplement, sans la regarder.

— Mes problèmes me paraissent surmontables nulle part, murmura-t-elle.

J'aurais aimé détourner les yeux des étoiles pour la regarder, mais j'aurais brisé l'ambiance fragile qui régnait et qui poussait à la confidence.

— Personne n'est au courant, n'est-ce pas ?

— Non.

— Pourquoi ?

Seul le silence me répondit. Je la sentis vaguement se coucher à côté de moi et fixer la lune à son tour, comme si c'était cette dernière qui recevait ses secrets et non moi, le connard de son lycée.

— Je ne vais pas te servir l'excuse que cela me faisait du bien. J'avais mal, parfois je croyais même que je finirais par mourir en serrant cette lame dans la main. Mais j'avais l'impression… Je choisissais de vivre ou de mourir. J'avais ce tranchant entre les doigts, je m'amusais de la limite que je ne devais pas franchir et ce danger me rendait…

— Vivante, soufflai-je pour elle.

— Oui, vivante. Je contrôlais tout, même si je perdais pied.

— Je comprends.

— Vraiment ?

— Je n'aurais pas fait pareil, mais je comprends, murmurai-je.

Elle ne me regarda pas et je ne cherchai pas à croiser ses grands yeux verts. J'aurais pu m'y perdre et révéler des choses que je devais taire. Brittany venait de me confier quelque chose qui aurait pu aisément la détruire, mais j'étais incapable de faire comme elle. Personne ne savait. Personne ne me connaissait réellement, hormis Jake et mes tuteurs. Et cela devait rester ainsi. Plus tard, aux réunions d'anciens élèves, je serais la brute qui jouait au basket et se tapait toutes les filles. J'aimais cette étiquette.

— Je pense que tu as maintenant toutes les cartes en main pour te venger de l'année passée, déclara-t-elle avec un rire faux.

— Je ne compte pas m'en servir.

— Gabriel Gossom se venge toujours, professa-t-elle d'un ton légèrement sarcastique et beaucoup plus amer.

Je croisai les bras derrière ma tête et inspirai l'air frais de la nuit. Qu'aurais-je pu répondre ? Elle avait totalement raison, et j'arrivais à peine à comprendre pourquoi je ne l'humiliais pas.

— Pas des gens que je respecte.

— Je ne veux pas de ta pitié, Gossom, cracha-t-elle immédiatement, et j'eus un petit sourire en songeant que moi aussi j'avais déjà dit ça.

— Je n'ai pas de compassion, de pitié. Je préférerais crever plutôt que de subir un de ces regards pitoyables, alors crois-moi je ne serai pas celui qui te donnera une tape dans le dos en s'apitoyant sur ton sort.

— Merci.

Le silence envahit le skatepark et je sentis le métal froid sous mon corps, engourdissant mes muscles.

— Tu viens ici tous les jours ?

— Après l'entraînement de basket ou les cours de boxe. Avant le travail le vendredi et le samedi soir. J'aime être ici.

Elle hocha la tête. Je ne le vis pas, mais je perçus un léger mouvement du haut de son corps. Elle n'était pas assez près de moi pour que je sache si c'était cela, elle aurait très bien pu se gratter le bras. Mais j'aimais l'imaginer, dans mon esprit, hocher doucement la tête tandis que ses yeux se fermaient…

— On rentre ?

— On rentre, confirmai-je à contrecœur.

Je repris mon skate et me levai sans délicatesse alors que Brittany se laissait glisser jusqu'en bas de la rampe. Je la suivis et, à la sortie du skatepark, tournai à gauche pour rentrer chez moi.

— Gabriel ? C'est plus court de ce côté, dit-elle en fronçant les sourcils.

J'allais la contredire avant de me rappeler que je lui mentais depuis plusieurs mois pour la reconduire chez elle après notre service le samedi soir.

— Ouais, j'étais ailleurs.

— On laisse ses pensées dériver vers les jolies filles, Gossom ?

Je me contentai de rire doucement en avançant dans sa direction. Elle ne parla pas durant le reste du trajet et je préférais ainsi : je n'aurais pas supporté une fille qui jacasse à propos de son vernis à ongles. Arrivée devant chez elle, elle se tourna vers moi et me fit un clin d'œil.

— À plus, Gossom.

— À plus, Fricht. Et évite de te saigner ce soir, lâchai-je peut-être un peu trop fort.

Pendant un instant, le temps sembla se suspendre et Brittany plongea son regard dans le mien sans savoir comment réagir. Puis, je l'entendis rire alors qu'elle montait les quelques marches devant sa maison. Et alors, je repris le chemin opposé pour rentrer chez moi.

14

VANESSA

Je souris en entendant les râles de Gabriel qui escaladait maladroitement l'arbre près de ma chambre pour atterrir sur mon balcon. Je lui fis signe d'entrer, et il me poussa doucement pour avoir plus de place dans le lit.

Je glissai mes pieds nus entre ses baskets et posai ma tête contre son torse pour entendre sa respiration régulière alors qu'il fixait un défaut du bois dans mon plafond.

Je savais ce qu'il attendait de moi. Il m'en voulait toujours d'avoir déconné pour mon anniversaire et il était plutôt du genre rancunier. J'étais même étonnée qu'il soit venu.

À moins qu'une certaine personne ne l'influence… Mais il ne m'aurait jamais laissée dire ça à voix haute.

— Je suis désolée.

— C'est faux. Si tu étais réellement désolée, tu ne recommencerais pas chaque fois, rétorqua-t-il sèchement.

Je me tus, vexée. Ses bras m'encerclèrent et il me serra plus fortement contre lui. J'étais bien ainsi, minuscule dans ses bras. Il n'y avait que lui pour me rendre aussi vulnérable.

J'avais conscience qu'on me voyait comme une garce. Eh bien, j'en étais une. En partie. Il fallait savoir écraser les autres pour garder la tête hors de l'eau.

Et j'étais égoïste, aussi, parce que j'adorais trop l'ancien Gabriel pour accepter sans rien dire les changements qui s'opéraient peu à peu en lui.

— Pourquoi tu ne veux pas faire descendre ta chambre au rez-de-chaussée ?

— Parce que j'aime mon balcon. De toute façon, tu ne sais faire que râler, rétorquai-je en souriant, comprenant qu'il me laissait tranquille quelque temps.

Gabriel venait souvent chez moi. Au début, c'était pour qu'on couche ensemble. Mais maintenant… Maintenant, on discutait. Enfin, je discutais et il m'écoutait patiemment en faisant un commentaire de temps à autre.

J'aimais son côté pragmatique, qui analysait les situations comme s'il ne devait jamais y avoir de conséquences. Comme si la solution était toujours de foncer tête baissée dans le mur et de regarder ensuite seulement les dommages collatéraux.

— Je ne sais pas comment tu fais pour que tes parents te laissent sortir à n'importe quelle heure du jour et de la nuit…

— Oh, tu sais, ils n'ont pas de réels droits sur moi. Je suis un grand garçon, répondit-il d'un ton détaché.

Je hochais simplement la tête. Gab n'était pas quelqu'un à qui on pouvait tirer les vers du nez et, surtout, il ne racontait pas beaucoup sa vie. Je savais qu'il vivait avec un petit frère, Jake, et que ses parents étaient bénévoles dans deux associations pour lesquelles ils participaient à de nombreux galas de charité.

J'avais appris qu'il travaillait dans un bar lorsque Brittany s'était déniché un petit job dans le même pub. Il connaissait tout de moi, et je n'étais même pas fichue de savoir sa couleur préférée. C'en était presque ridicule.

— J'ai revu Sam aujourd'hui. Ça a été… éprouvant. Je ne pensais pas que je pourrais encore ressentir quelque chose et, pourtant, il a suffi d'un clin d'œil pour que tout me revienne en mémoire. C'était comme revoir un film défiler devant mes yeux, tu comprends ?

— Ness, ça t'a détruite la première fois. Tu veux te brûler les ailes à nouveau ?

— Tu ne sais pas ce que c'est d'aimer quelqu'un aussi fort, Gab. Ça ne te laisse pas le choix, murmurai-je avec un petit sourire contrit.

Gabriel se releva et s'appuya sur son coude pour me fixer dans les yeux. Il cherchait un indice, quelque chose qui lui ferait comprendre que je divaguais. Mais non, Sam me faisait planer sans aucune substance illicite. C'était ma drogue et elle me consumait à petit feu. Le manque me déchirait les entrailles.

— Tu ne t'en es jamais remise, Vanessa. Regarde-toi, tu n'es que l'ombre de toi-même. Tu entraînes ta meilleure amie dans les coins sombres, tu l'incites à fumer des joints, tu t'enfiles un paquet de cigarettes par jour… Je me rappelle une brunette pétillante au collège.

— Tu as quelque chose contre les blondes, maintenant ? tentai-je pour détendre l'atmosphère.

— Non, mais j'ai quelque chose contre Sam qui t'a brisé le cœur, répondit-il plus sèchement.

Je savais ce qu'il taisait. Il s'empêchait d'aller plus loin, parce qu'il savait que ses mots finiraient par dépasser sa pensée. Et qu'il me blesserait comme seul lui pouvait le faire.

Regarde comme tu es clouée au sol sans Sam.

Regarde comme tu es pathétique de ne pas tourner la page.

Regarde comme tu es idiote de te venger sur les autres.

— Ça n'aurait pas marché, de toute façon. C'était mieux que ça s'arrête avant qu'on n'ait vraiment commencé, déclarai-je d'une voix faible pour clore la discussion.

— C'est pour ça que tu te tapes un mec par semaine ? s'énerva-t-il.

— Je l'ai dans la peau, merde ! Tu ne peux pas comprendre, toi, avec ton prétendu vaccin ! Mais tu verras, Gabriel, tu feras moins le malin dans quelque temps, le mis-je en garde d'une voix lourde de sous-entendus.

— Ça ne risque pas. Je ne suis pas comme toi, cracha-t-il en s'écartant légèrement de moi.

Il me prenait pour une écervelée qui était tombée dans le piège, mais il ne comprenait pas à quel point cela nous entraînait, sans qu'on s'en aperçoive. Il s'était toujours montré patient avec moi jusqu'alors. Il avait toujours essayé de m'aider sans me juger.

Il savait que je me persécutais assez moi-même.

Mais il était énervé contre moi. Le robuste Gabriel à la vie parfaite m'en voulait parce que j'étais incapable de me remettre de ma peine de cœur. Cela lui paraissait simple, à lui, de s'accepter. Il n'avait pas les mêmes principes que moi, l'éducation que j'avais reçue. Enfin, il ne croyait même pas que l'amour puisse exister. Comment lui expliquer cette sensation ? Comment lui faire comprendre l'ampleur du vide qui se creusait en nous ? Il fallait le vivre pour savoir, et je ne voulais pas de cela pour lui.

Il pensait que je n'avais qu'à ravaler ma fierté et m'approcher de la personne qui me plaisait pour pouvoir entamer une relation. Pas avec Sam, il voulait que je l'oublie définitivement, mais avec un autre cobaye qui me rendrait heureuse. Réellement heureuse, pas comme ces mecs que je me tapais simplement pour conserver ma réputation de tombeuse.

Mais c'était tabou chez moi. Je ne pourrais jamais ramener qui que ce soit à la maison, l'embrasser dans la rue ou tout simplement tenir sa main pour entrer dans un cinéma. Mes parents me mettraient probablement à la porte. Je perdrais tout, de ma famille à ma fragile réputation. Je n'aurais plus rien, plus aucun contrôle, plus aucun pouvoir.

Or, je devais garder les choses sous mon emprise.

Je me détestais d'être ainsi. Gabriel disait que je n'étais pas différente. J'étais particulière, comme d'autres filles avant moi. Parce que je n'aimais jamais les bonnes personnes.

Seulement, ce soir, il semblait trop remonté contre moi pour me réconforter, et je n'avais pas besoin qu'il m'enfonce encore plus. Je savais qu'il avait été quelque part avant de venir chez moi, il était plus tard que d'habitude. Ou alors, il avait essayé de me faire comprendre qu'il était plus furax que je ne le pensais, et il avait décidé de me faire poireauter jusqu'à la nuit tombée.

— Je n'aurais jamais dû t'appeler, lâchai-je en sentant le gouffre en moi se creuser un peu plus.

— Qu'espérais-tu, Ness ? Que je rapplique en passant l'éponge ? Que je fasse comme si tu n'avais pas encouragé Brittany à fumer des joints ?

— Elle est grande, c'est elle qui a décidé de me suivre. Je ne l'ai pas forcée !

— Non, mais tu es mauvaise, Vanessa. Tu sais comment convaincre les gens, me piqua-t-il vicieusement.

Je me redressai et, d'un coup sec, le poussai sur la moquette. Il se releva et ses yeux sombres me firent froid dans le dos.

— Je ne pensais pas entendre ça venant de toi, claquai-je, un brin de déception dans la voix.

— Tu sais que Brittany évolue sur un fil et ton petit geste égoïste aurait bien pu la faire tomber du mauvais côté, s'énerva-t-il, et je me demandai depuis quand exactement Gabriel croyait connaître ma meilleure amie mieux que moi.

— Du côté des drogués ? De mon côté ? Regarde les choses en face : tu dramatises tout pour quelques joints. Brittany n'est pas aussi faible, arrête de te prendre pour un héros !

Je vis que je l'avais réellement mis en colère lorsqu'il serra les poings plusieurs fois d'affilée. Je savais que Britty continuait de lui tenir tête dans ces moments-là, mais j'avais déjà eu affaire au Gabriel coléreux et je savais qu'il pouvait devenir monstrueux quand il s'énervait. Je n'avais pas le courage ni le cran de ma meilleure amie. Gab était un ami pour moi, même si je n'étais pas sûre que ce soit réciproque. Il gardait toujours un regard détaché sur les gens, sur le monde en général. Je n'étais que sa petite protégée, et une partie de moi jalousait Brittany.

Parce que, pour elle, il se battait avec moi. Voilà pourquoi il était venu chez moi aujourd'hui. Voilà pourquoi il n'avait pas essayé de me rassurer comme les autres jours.

J'avais l'impression de perdre un pilier, et une voix sournoise dans ma tête me clamait que je l'avais mérité.

— Je préfère m'en aller, grogna-t-il en disparaissant par le balcon.

Je l'entendis se laisser tomber sur le sol et priai pour qu'avec le vacarme qu'on avait fait mes parents ne se soient pas réveillés. Mais ils ne vinrent pas dans ma chambre, n'attrapèrent pas Gabriel dans le jardin. Celui-ci avait déjà disparu dans la nuit noire, de toute façon.

Il n'aimait pas que je fume. Pour une raison que j'ignorais, il était comme traumatisé par l'herbe et les drogues en tout genre. J'évitais de lui dire que, parfois, je ne me limitais pas au joint. Il me tuerait sans aucune hésitation.

Mais il ne comprenait pas. Il ne comprendrait jamais. Les drogues m'offraient une échappatoire dure à égaler.

Je planais, si haut que je pouvais oublier mes parents, l'école, mes problèmes. Je pouvais m'imaginer avec Sam, avec n'importe qui. Il n'y avait plus de frontières, de tabous, de mauvaises personnes.

Je pouvais aimer qui je voulais.

J'arrêtais de me dégoûter moi-même.

Et, pour cela, j'étais prête à payer le prix fort. Au fond, quel mal y avait-il à sniffer un peu de cocaïne de temps en temps ? Pourquoi ne pouvais-je pas me procurer un peu de shit sans qu'il pète un plomb le lendemain ?

Gabriel était un inconnu pour moi. Et cela me faisait peur.

15

GABRIEL

Elle m'énervait. Si inconsciente. Vanessa avait parfois tendance à se focaliser sur ses problèmes. Je l'appréciais, mais son caractère était insupportable.

J'avais peur aussi. Peur qu'elle ne soit une cause perdue. *Comme la mienne.*

La nuit était déjà bien entamée lorsque j'arrivai enfin chez moi. J'ouvris discrètement la porte et sursautai en voyant la lumière toujours allumée. Dans le fauteuil, Jake dormait à poings fermés. Sa tête reposait sur l'accoudoir et je m'imaginai déjà entendre ses plaintes le lendemain, lorsqu'il aurait un torticolis.

Doucement, je saisis une couverture et la posai sur lui avec mille précautions. J'aurais pu le porter jusqu'à sa chambre : il ne pesait pas lourd et la boxe avait bien développé mes muscles. Mais il serait furax s'il se réveillait dans mes bras.

Pendant un instant, je restai immobile à l'observer. Je le faisais souvent lorsque j'étais plus petit. Je me glissais doucement dans sa chambre et je le regardais dormir profondément. Je surveillais sa respiration.

J'avais eu du mal à perdre ces réflexes. À l'époque, mes nuits étaient plus agitées et même les somnifères ne me procuraient pas un sommeil paisible. Mais lui, avec son souffle lent et profond, arrivait à m'apaiser suffisamment pour que je grappille quelques heures de repos.

Je voulais monter l'escalier pour rejoindre ma chambre, mais j'avais mal au cœur de laisser le petit morveux se briser les cervicales sur un canapé alors qu'il m'avait attendu. Son air endormi enlevait toute trace de ruse et d'espièglerie de son visage et j'aurais presque pu le prendre pour un chérubin échappé du paradis. Au réveil, il redeviendrait ce sale gosse pourri-gâté, je devais en profiter. Parce que Jackie Chan, c'était comme les filles : on les aimait seulement lorsqu'ils étaient silencieux.

Alors, je m'assis dans le fauteuil et calai ma tête contre le dossier. Puis, doucement, je fermai les yeux à mon tour.

Dix ans plus tôt

Gabriel voyait les choses différemment, allongé ainsi sur le sol de la cuisine. Le monde lui paraissait plus sombre, rempli de monstres qui allaient écraser Peter Pan, faire cuire la Petite Sirène et faire pleurer les jolies princesses. Il n'avait pas la force de monter les quelques marches pour retrouver le premier étage.

« Tu es mon ange gardien, Gaby », récita la voix enfantine d'Evangeline dans sa tête. S'il ne se relevait pas, qui la mettrait à l'abri dans l'armoire la prochaine fois ? Qui lui donnerait à manger en rentrant de l'école ? Qui lui apprendrait à écrire le prénom de sa poupée ?

Alors il s'appuya sur une chaise en bois pour se relever et monta les marches en évitant de faire le moindre bruit.

Il ne fallait pas briser le silence. Jamais. Aussi se retint-il de crier lorsque la douleur devint intolérable. L'escalier ne comportait qu'une dizaine de marches. Pourtant, une nouvelle apparaissait systématiquement après la précédente. Cela semblait infini.

Arrivé en haut de l'escalier, il poussa un soupir, essuya la sueur sur son front et les larmes sur ses joues. Il se dirigea vers la salle de bains pour ouvrir l'armoire, même s'il savait qu'Evangeline n'en sortirait pas avant plusieurs minutes, comme chaque fois. Ses petites mains s'appuyaient sur le mur et il essayait d'éviter les planches grinçantes du palier. Puis il ouvrit les portes.

Il partit l'attendre dans sa chambre, conscient qu'elle finissait toujours par lui pardonner.

Il ne trouva pas la force d'atteindre le lit d'Evy, alors il se laissa glisser contre l'un des murs, mais une petite poigne le retint par les aisselles et l'aida à se relever.

— Ça va aller, Gaby ? s'inquiéta la petite Boucles d'or.

— Chuut, Evy. Ça va mieux. Beaucoup mieux, la rassura-t-il alors même que parler lui semblait difficile.

Il voulait chasser l'inquiétude dans son regard. Elle ne devait pas s'en faire pour lui, c'était à lui de s'occuper d'elle.

Elle le soutint jusqu'à sa chambre et il faillit pleurer de soulagement en sentant l'odeur de lavande lorsqu'il effleura les draps de sa sœur. Elle s'assit sur lui, se préparant à bander ses bobos.

— Merci, Evy, souffla-t-il doucement.

Elle lui lança un regard grave et lui montra l'intérieur de sa petite boîte en métal, s'appuyant maladroitement sur une des hanches du garçon. Gabriel ne voulait pas lui dire que, là aussi, il avait mal. Alors il se tut car, après tout, le silence était maître de cette maison. Sauf entre les deux enfants. Il n'y avait jamais de silence lorsqu'ils n'étaient qu'à deux.

— On n'a plus de collants, Gaby, lâcha-t-elle avec les larmes aux yeux, en secouant la petite boîte pour imiter les magiciens qui font apparaître un lapin dans leur chapeau.

Comme si ces collants étaient la seule chose capable de soigner son grand frère.

— Ce n'est pas grave, tu sais.

— Mais comment ils vont guérir, tes bobos ?

— Tu ne me fais plus de bisous magiques, maintenant ? demanda-t-il en trouvant encore la force de lui adresser un petit sourire espiègle.

Alors, elle s'assit à côté de lui, et se mit à embrasser les blessures de Gabriel. Le petit garçon évita d'énumérer chacune de ses plaies. Il se contenta des égratignures superficielles et des petites brûlures rondes sur ses bras. Avec une innocence et une patience incroyables, Evangeline déposa dessus de légers baisers censés prodiguer le meilleur des remèdes. Elle eut beaucoup de travail ce jour-là.

Et, si ces bisous ne soignaient pas la souffrance de Gabriel, la tendresse d'Evy le touchait droit au cœur.

16

JAKE

Je me réveillai avec une douleur dans la nuque qui me lançait jusqu'aux omoplates et m'étirai en poussant un gémissement plaintif. Une silhouette apparut dans mon champ de vision.

Gabriel dormait dans le fauteuil. Sa tête retombait en arrière contre le dossier et sa bouche entrouverte m'offrait une vue d'enfer sur son épiglotte. Je souris en tâtonnant sur la petite table du salon et trouvai rapidement mon téléphone.

Gabriel sursauta brusquement lorsque le flash se déclencha et je vis ses yeux noirs se poser sur moi.

— Tu ne vas pas m'emmerder dès le réveil, quand même ? grogna-t-il en se frottant les yeux comme un bébé.

— Eh ! J'ai mal partout à cause de toi, m'offusquai-je faussement en croisant les bras sur mon torse.

Mon frère leva les yeux au ciel, comme s'il avait deviné à l'avance que je me plaindrais au réveil. C'était bien possible, Gabriel était doué pour anticiper mes réactions. Je me rappelai que, quand j'étais beaucoup plus petit, il comprenait même ce que je taisais aux autres.

J'eus le temps de le voir monter l'escalier d'un pas lourd avant qu'il ne disparaisse dans sa chambre, probablement pour filer sous la douche.

— Ne prends pas trop ton temps, Gabriella, le narguai-je, comme d'habitude.

Je pouvais l'entendre crier depuis l'étage et rigolais en me servant des céréales. Gabriel pouvait toujours jouer à la brute avec les gens, j'étais probablement le seul qui le voyait tel qu'il était. Mon grand frère, quoi qu'il en dise.

Papa arriva dans la cuisine avec des yeux encore tout plissés de fatigue. Son front était marqué, comme chez les vieux. S'il continuait comme ça, il aurait plus de rides qu'un shar pei avant ses cinquante ans.

— Ça va, papa ?

— Ton frère est rentré tard, cette nuit ? demanda-t-il, légèrement inquiet.

Je secouai la tête de gauche à droite, le couvrant une fois de plus. Mais ce n'était pas trop grave, j'espérais bien qu'il ferait pareil pour moi lorsque j'aurais Madelyne dans la poche. Je l'inviterais à des pique-niques nocturnes bien meilleurs que ceux des tocards dans les séries américaines.

Et puis, Gabriel avait besoin de sa liberté. Mes parents savaient qu'il n'aurait pas supporté d'être en cage.

— T'inquiète, papa, Gaby, il gère ! m'exclamai-je en lui faisant un sourire rassurant.

— Ne l'appelle pas comme ça, tu sais qu'il déteste ce surnom, me gronda-t-il gentiment.

Gabriel redescendit à cet instant et j'observai sa tenue d'un œil d'expert. Il avait encore une fois pris deux vêtements au hasard dans le tas qui lui servait de garde-robe. Et, à tous les coups, il avait pioché ses chaussettes dans le panier de linge sale. J'étais probablement le seul garçon à m'en soucier mais, un jour, je lui ferais un petit relooking, à notre Gaby. Parce que là, même ses groupies finiraient par fuir. Je posai mon bol dans l'évier et sentis une tape sur l'arrière du crâne en passant près de mon grand frère.

— Mais qu'est-ce que j'ai fait ?!

— T'as pensé trop fort, Jackie Chan, ça me suffit, se contenta-t-il de répondre en mâchouillant une tartine.

Je partis me préparer sans répondre. Qu'aurais-je pu dire ? Je plaidais coupable.

Mais je savais aussi que Gabriel avait besoin qu'on lui rappelle parfois certaines choses. Ce surnom, par exemple. S'il me laissait l'employer de temps en temps, c'était parce qu'il aimait ça. Il aimait redevenir l'ancien lui.

Et, merde, j'adorais ça aussi.

J'aimais mon grand frère, même s'il me voyait seulement comme un morveux qui lui collait aux basques.

Il partit avant moi, son skate à la main. Il avait un petit sourire sur les lèvres et je me demandai quelle fille pouvait bien espérer ce miracle. Ce n'était pas Vanessa, elle ne lui avait jamais rien apporté d'autre que des emmerdes.

Peut-être… Peut-être était-ce cette longue silhouette brune que j'avais entraperçue à ses côtés au gala ? J'aurais aimé que Gabriel m'implique un peu plus dans sa vie, même si sa fierté mal placée et son orgueil l'empêchaient de se remuer l'arrière-train.

En prenant mon sac, j'embrassai une dernière fois mes parents sur la joue puis je partis à mon tour, le même skate que mon grand frère dans les mains. En repassant dans le hall, je vérifiai machinalement que ma mère et mon père étaient toujours dans la salle à manger. Mon regard dériva vers le billet de cinquante dollars posé sur le buffet.

C'était tellement dégueulasse de faire ça. Tellement, tellement dégueulasse.

Je pris nerveusement le billet et le fourrai rapidement dans la poche arrière de mon jean. Regardant autour de moi, j'enfonçai mon bonnet sur mon crâne, l'air sombre.

J'étais tellement, tellement dégueulasse.

Mais pouvait-on s'attendre à mieux de la part du Prince des poubelles ?

17

BRITTANY

Vanessa laissa les cendres de sa cigarette tomber sur le macadam de la cour de récré. Un jour, le surveillant la pincerait. Et, ce jour-là, elle allait le payer cher.

Je soupirai en observant discrètement Gabriel qui arrivait sur son skate. C'est vrai qu'il était doué, ce connard, mais je ne l'aurais avoué pour rien au monde.

Mon regard glissa sur lui, de ses cheveux jusqu'à la pointe de ses baskets. J'avais noté une dizaine de détails sur lui, mais aucun ne valait ce qu'il savait sur moi.

Quelle est ta plus grande faiblesse, Gossom ? Qu'est-ce que tu caches ?

J'aurais donné ma voiture sans aucune hésitation pour le savoir.

La cloche retentit et je me levai du banc sans aucun entrain avec un regard noir pour les premiers de la classe qui se rangeaient déjà.

— Courage, ma belle, m'encouragea la blonde à côté de moi.

— Je déteste la physique. S'il nous explique une énième loi d'Einstein-Newton-Lavoisier, je me pends au néon, dis-je d'une voix traînante.

— Désolée, ma chérie… Mais Lavoisier était chimiste, se moqua Vanessa en partant vers sa classe.

Je levai les yeux au ciel en me dirigeant vers la mienne. Une ombre marchait près de moi, peut-être un mètre derrière mes talons aiguilles. Gabriel.

C'était drôle, cette manière qu'il avait de toujours rester légèrement en retrait. Même le samedi soir, il se contentait de me suivre de loin sans vraiment faire la route avec moi. Comme un ange gardien. Ou comme un obsédé en voulant à mon corps.

Cette pensée me fit sourire parce que Gabriel serait maintenant le dernier garçon à me trouver attirante sur terre. Il avait vu mes cicatrices, après tout. Il me connaissait plus que quiconque, et je devais avouer que ça me faisait chier.

Je me sentais vulnérable en face de lui. Il avait donné un violent coup dans ma cotte de mailles sans que je puisse riposter. J'avais envie de lui planter un joli poignard et ce, droit dans le cœur. Il m'énervait avec son humeur changeante et ses colères flamboyantes. J'avais envie qu'il explose devant moi, afin de voir ce que le beau Gabriel Gossom savait faire. Je voulais savoir ce qu'il avait dans le ventre, si sa réputation n'était pas exagérée.

Et cet idiot qui était incapable de se contrôler arrivait, pour une raison ou pour une autre, à se calmer face à moi. Stupide primate.

— Tu as demandé à Freddy pour travailler les vendredis soir ?

Sa voix me surprit. Gossom était à côté de moi, comme s'il avait deviné mes pensées. De toute façon, il faisait toujours des trucs stupides qui m'empêchaient de le cerner. Ce n'était pas nouveau.

— Oui, ça me permettra de refaire ma garde-robe. Je voudrais un sac Louis Vitton et ce n'est pas donné, tu sais, lâchai-je d'une voix légèrement hautaine.

— Et papa chéri ne veut plus ouvrir le portefeuille ? demanda-t-il d'une voix sarcastique.

Papa chéri ne savait déjà plus payer les factures, il fallait bien que quelqu'un prenne les choses en main, dans cette famille détraquée.

— Privée de shopping pendant un mois, marmonnai-je d'une voix boudeuse pour qu'il pense à une punition.

— Oh, ma pauvre, tu vas survivre ?

— Tu me prends pour une accro à la mode, Gossom ?

— Une obsédée des fringues, ouais, se moqua-t-il avec des yeux pétillant de malice.

J'entrai en classe en lui donnant un violent coup de coude.

— Mais t'es folle ! J'aurais pu cracher mon poumon sur la table, se fâcha-t-il en massant ses côtes douloureuses.

— Abstiens-toi, on n'est pas en salle de biologie, rétorquai-je avec un sourire suffisant.

Son regard s'assombrit et il continua de se masser.

— Oh, mais quelle chochotte ! Tu ne supportes pas un petit coup dans le thorax ?

— Ta gueule. Ces côtes ont juste été cassées plusieurs fois, bougonna-t-il, réellement fâché.

Ah, les mecs ! Il fallait toujours qu'ils en fassent une tonne au moindre petit bobo. Des mères accouchaient de triplés sans pleurer, et eux, ils braillaient dès qu'ils tombaient au foot.

— Je ne vais pas m'excuser de t'avoir donné un malheureux coup de coude, quand même, m'exclamai-je.

Seul le silence me répondit et je soufflai bruyamment.

— C'est bon, Gossom. Je m'excuse d'avoir une super force qui t'a pulvérisé le torse. Ça te va ?

— Pas mal. Maintenant, avoue que je suis ton dieu, exigea-t-il en se tournant vers moi, un sourire amusé au coin des lèvres.

Ah ah ah. Plutôt crever.

Le professeur distribua les copies des tests de la veille. Je soupirai en voyant le gros F entouré dans un cercle rouge en haut du papier. Mon regard dériva discrètement sur la feuille de mon voisin et je restai choquée face à l'énorme A.

— Quoi ? T'es jalouse ? Soit on a le talent, soit on ne l'a pas, se moqua-t-il en rangeant la feuille dans son sac.

— Comment tu fais ? Tu triches ? Tu paies le prof ?

Gabriel leva les yeux au ciel et se pencha sur le papier, observant mes fautes.

— Mais il te manque une case ! On ne peut pas être aussi nulle naturellement, s'exclama-t-il en voyant les réponses traversées par un trait rouge bien épais.

— Va te faire, Gossom, répliquai-je, vexée.

Il soupira et écrivit sur le coin de ma feuille tout un paragraphe. Lorsqu'il eut fini, il se tourna vers moi avec un sourire fier.

— Là, tu remplaces la pression par la poussée d'Archimède : c'est un liquide. Ici, c'est une méthode de travail. Suis-la et tu devrais t'en sortir normalement.

— Merci, grommelai-je en rangeant ma feuille à mon tour.

Je fis semblant d'écouter le professeur pendant quelques minutes avant de me tourner vers mon voisin. Il ne semblait pas vraiment suivre le cours. Les yeux dans le vague, il fixait le tableau sans réellement le voir.

Je me demandai si l'étincelle dorée animait encore ses pupilles. Je savais que cette lueur était un code. Un peu comme mes bracelets. Cette lueur était la preuve de sa faiblesse. Lorsqu'elle disparaissait, c'était le signe que je me rapprochais de son secret. Le problème, c'était que je me rapprochais aussi cruellement de la mort.

— Tu vas au skatepark, ce soir ? demandai-je à voix basse.

Il sembla hésiter un court instant, juste une microseconde. Je savais que ce lieu était important pour lui, assez important pour qu'il y passe ses soirées. Ce que je ne comprenais pas, c'était pourquoi ce vieux parc abandonné l'accaparait tant.

Et je mourais d'envie de le découvrir.

— Ouais. On s'y rejoint ?

— Ouais, chuchotai-je, un sourire sincère sur le visage.

***

Je me garai dans la rue et rangeai le trousseau de clés dans mon sac à main. Gabriel m'attendait, accoudé au tronc d'un platane, un sourire arrogant sur les lèvres. Il était dix-sept heures et la nuit commençait à tomber.

— Tu t'es perdue ou quoi ? Je suis arrivé ici avant toi et j'étais à pied.

— Je suis juste passée prendre ceci, dis-je en sortant une bouteille de Coca Light de mon sac. Si on doit rester deux heures dans ce parc, autant ne pas mourir de déshydratation, ajoutai-je face à son sourire appréciateur.

Il hocha la tête et s'avança jusqu'à la grande rampe. Une fois monté, il me tendit la main pour m'aider.

— Tu me prends pour une demeurée ? Ce n'est pas moi qui ai la trisomie 21, le piquai-je en montant moi-même.

— Je veillais juste à ta manucure, me charria-t-il en rigolant.

— Ne t'inquiète pas, c'est de la résine. Je pourrais te percer le cœur avec mes bébés, répondis-je en les tapant contre le métal.

— Une vraie tigresse, se moqua-t-il en saisissant sa planche.

J'eus à peine le temps de respirer qu'il était déjà de l'autre côté, un sourire fier sur les lèvres. Le rythme de mon cœur s'accéléra, parce que ce petit con avait réussi à me faire peur.

— Heureux, je présume ?

— Tu devrais essayer, un de ces quatre.

Je levai un sourcil et bus un peu de soda. Il revint à côté de moi, vola ma précieuse bouteille et but une petite gorgée.

— Si je crève de la rage demain, je saurai que c'est de ta faute, rétorquai-je en essayant de prendre un air sérieux.

— Je suis vacciné, répondit-il avec un clin d'œil.

Et, même si je savais qu'il y avait glissé un sous-entendu, je ne parvins pas à savoir lequel.

Il passa son temps à rouler d'un côté à l'autre et, honnêtement, je me demandai comment il faisait pour ne pas avoir le tournis. Un peu, c'était bien, mais de là à répéter ce mouvement pendant une heure entière…

Il s'arrêtait de temps en temps pour me voler une gorgée de soda. La prochaine fois, je penserais à prendre deux verres.

La nuit commença à obscurcir le ciel et il finit par s'asseoir à côté de moi, silencieux. Je lui tendis la bouteille à moitié vide, mais il secoua la tête et s'allongea sur le métal froid. Je frottai mes mains l'une contre l'autre pour les réchauffer et resserrai mon écharpe autour de mon cou. Dans trois jours, ce serait le 1er décembre, et on commençait à le sentir.

Je m'allongeai à mon tour en grimaçant. Ça ne m'étonnerait pas si on se chopait le tétanos, un de ces jours. Je tournai légèrement la tête vers Gabriel qui fixait le ciel, complètement hermétique au monde qui l'entourait. C'était étrange de le voir si calme, allongé sur cette foutue rampe, alors qu'il débordait de rage le reste du temps.

— Qu'est-ce que tu regardes ?

Il sursauta au son de ma voix et se tourna sur le côté pour me voir. Un sourire éclairait ses lèvres, mais celui-ci n'était ni arrogant ni moqueur… Il était simplement sincère, et c'était si rare que je restai un instant à le contempler, sans bouger.

— Je suis beau à ce point, Fricht ?

— J'observe le singe dans son milieu naturel, Gossom, le piquai-je en lui renvoyant son sourire.

Le calme revint et je me tournai à nouveau sur le dos pour éviter son petit air condescendant. J'avais envie de lui arracher les yeux, et je ne pouvais pas *vraiment* faire ça.

— J'observais les étoiles, finit-il par lâcher en hésitant légèrement, c'est rare d'en voir à cause de cette putain de pollution.

— C'est pour ça que tu viens ici ? demandai-je en me tournant à nouveau vers lui, parce que même si son sourire m'énervait, j'aimais bien ses yeux chocolat, un poil ambrés.

— C'est con, hein ?

Je haussai les épaules et fixai les astres à mon tour. C'est vrai que c'était reposant, ces conneries. Je pourrais presque m'endormir, ici. Il faisait froid pourtant, et je me demandai si on viendrait encore lorsque la neige tomberait. Si on retournerait ici tout court, en fait. J'aimais bien cet endroit. Enfin, non. J'aimais bien les choses qu'on se disait en venant ici. Comme si ce skatepark était un no man's land. Aucun de nous ne cherchait à écraser l'autre, à blesser sa fierté. Je ne comprenais pas pourquoi on était incapables de faire ça au lycée ou ailleurs. Pourquoi était-ce cette rampe saturée de graffitis qui nous aidait à enlever notre pile de masques ?

— Tu aimes les étoiles ?

— Je ne sais pas. C'est quelque chose que je ne faisais jamais avant. En réalité, tu commences à t'en soucier lorsqu'une personne disparaît. Et là, tu te dis que peut-être elle les voit, elle aussi. Que peut-être c'en est une, murmura-t-il, plus pour lui-même que pour moi.

Il posa ses bras derrière sa nuque et continua de fixer les minuscules météorites figées dans le ciel. Moi, je n'osais plus parler. Il avait un sourire un peu triste que je ne lui avais jamais vu. Je ne distinguais pas ses yeux, mais ils devaient se limiter à deux orbes noirs sans aucune lueur à l'intérieur.

Et, au fond, je comprenais que c'était ce que cachait Gabriel. Ce vide, comme un gouffre béant, dans sa poitrine.

Il dut comprendre que cela m'avait mise mal à l'aise car, lorsqu'il se releva doucement pour laisser ses jambes pendre dans le vide, son regard morne avait disparu.

— Parfois, tu me rappelles quelqu'un, avoua-t-il avec un sourire amusé.

— Une fille ?

Mon cœur se vrilla à cette pensée. Pour une raison complètement stupide, j'avais envie d'être unique. *Surtout à ses yeux, en fait.*

— Ouais, mais pas dans le sens où tu l'entends.

Sa jambe se balançait doucement dans le vide alors que je cherchais le sens caché de ses paroles. Gabriel était doué pour placer des sous-entendus, et moi, j'avais le même F que sur mon test de physique pour les comprendre.

— Tu crois que l'amour existe ? demandai-je au bout d'un moment.

— Tu penses qu'il est l'heure de se poser des questions existentielles, Fricht ? me charria-t-il, moqueur.

Je soufflai bruyamment et me redressai à mon tour pour lui donner un nouveau coup de coude dans les côtes, comme une petite vengeance.

— Non, je ne crois pas en l'amour, finit-il par me confier en levant les yeux au ciel.

— Pas du tout ?

— Pas pour moi, en tout cas. Et toi ?

Je pris le temps de m'humecter les lèvres avant de répondre :

— Moi, j'aimerais un amour ravageur.

— Rien que ça ? rigola-t-il doucement, pour me taquiner.

— Ne te moque pas, d'accord ! Je voudrais juste… Je voudrais aimer à m'en tordre les tripes, tu comprends ? Je veux que ses yeux brûlent ma peau et que sa voix grille mes neurones, avouai-je d'une petite voix.

Gabriel accrocha son regard au mien et je sentis comme un raz de marée s'abattre sur moi.

J'aimais vraiment beaucoup ses yeux.

— Tu veux un amour qui te consume ? À ton avis c'est quoi, le problème de ce genre d'amour ? C'est que, lorsqu'il prend fin, tu n'es plus jamais entière, rétorqua-t-il en portant la bouteille de Coca à sa bouche.

— Mais cela ne vaut-il pas le temps vécu à deux ? demandai-je, curieuse.

Il haussa les épaules et me tendit la bouteille. Le soda n'était plus très pétillant et je bus le reste de la boisson en deux gorgées.

— Et tu voyais qui, comme amant destructeur ? Parker ? demanda-t-il d'une voix moqueuse, en faisant allusion au mec qui m'avait demandé de le ridiculiser.

— Je n'étais pas amoureuse de Jason. Je voulais simplement… commençai-je avant qu'il ne m'interrompe grossièrement.

— Attends, Fricht ! T'es vraiment en train de me dire que tu m'as humilié devant le lycée entier pour un mec qui n'était même pas ton crush ? s'exclama-t-il, ahuri et probablement un peu vexé.

Ma tête partit en arrière alors que j'éclatais de rire.

— Tu passes ton temps à jouer avec les filles. Je voulais te montrer que l'inverse était possible aussi, répondis-je en essayant de ne pas rire face à ses yeux écarquillés.

— Les filles se jettent dans mes bras comme des grandes ! Je ne cache pas mes intentions, mais il faut croire qu'elles aiment ça, se vanta-t-il avec un petit sourire arrogant.

Je levai les yeux au ciel et regardai l'heure sur mon portable.

— On devrait y aller, marmonnai-je, vaguement déçue.

— Tu rentres en voiture ?

Je hochai la tête alors qu'il me raccompagnait devant ma petite Volvo. Il me regarda jusqu'à ce que j'aie démarré, comme si, même enfermée dans l'habitacle réduit, je n'étais pas assez en sécurité d'après lui.

Puis il partit. Et j'aurais juré le voir emprunter un autre trajet dans mon rétroviseur. Mais ça n'avait aucun sens, parce qu'il était vingt-deux heures passées et qu'il n'aurait eu aucun intérêt à faire un énorme détour.

Mais peut-être que ce n'en était pas un. Il avait voulu suivre ce chemin-là aussi, la dernière fois. Je le suivis discrètement en voiture pendant dix minutes pour le voir rentrer dans une petite maison, bien éloignée de la mienne.

Alors, Gabriel Gossom était ce genre de garçon. Celui qui ne croyait pas en l'amour mais arrivait à se donner tout entier pour une cause perdue telle que moi. Un connard stupide qui, pourtant, prenait la peine de raccompagner une fille chez elle chaque samedi soir.

18

GABRIEL

Onze ans plus tôt

Gabriel s'écorcha le genou à la récré. Ce n'était pas très dur, il n'avait qu'à jouer au foot pour se blesser. En fait, il avait demandé à être gardien de but pour être sûr qu'il n'en sortirait pas sans un petit bobo.

Il était grand, maintenant. Les petites blessures comme ça, ce n'était rien du tout. Il n'avait même plus mal, en fin de compte. Enfin si, ça piquait. Mais ça piquait à tellement d'endroits différents qu'il ne s'en souciait plus.

En réalité, il n'aurait même pas soigné un petit bobo dans ce genre chez lui. Au bout d'une courte semaine, il aurait simplement enlevé la croûte. Mais la maîtresse était stricte. Elle prenait toujours soin de désinfecter la moindre blessure. Au point que Gabriel avait élaboré une nouvelle tactique. C'était ingénieux et horrible en même temps, qu'un enfant en arrive à ce genre de stratagème.

Comme il l'avait prévu, son institutrice lui prit la main et l'amena à l'intérieur de la classe. En passant dans le couloir, elle prit une petite boîte blanche et installa le garçon sur une table. Gabriel remonta son jean juste un peu plus haut que son genou. Il savait qu'elle ne devait pas voir au-dessus. Cela aurait fait trop de bleus à expliquer, même pour lui.

— Tu restes sage, Gabriel ? Je vais aller chercher un peu d'eau chaude, lui glissa-t-elle en s'éloignant rapidement.

Le garçonnet attendit qu'elle soit au bout de couloir et ouvrit brutalement la boîte. À la hâte, il saisit une poignée de petits pansements et les fourra dans sa poche. Son regard parcourut la pièce, comme pour s'assurer que personne n'avait été témoin de son horrible vol.

Evangeline n'aimait pas manquer de sparadrap. Elle pensait que ses blessures guérissaient moins vite. En fait, c'étaient les petites lignes blanches sur ses côtes qui lui avaient fait penser ça.

Et Gabriel aurait fait n'importe quoi pour elle, même voler sa maîtresse préférée.

On m'avait toujours traité d'énigme ambulante. Peu de gens arrivaient à me comprendre et, bien souvent, s'ils s'approchaient trop près, je faisais en sorte de les aiguiller vers une autre facette. Un autre masque.

Je m'amusais à perdre les gens, à les détraquer. Je passais d'un Gabriel à l'autre et, au fond, j'adorais ça.

Le problème avec les psychologues, c'était que la plupart de vos armures blindées devenaient translucides. Ils savaient tout de vous, résumé en quelques lignes sur des fiches cartonnées. Et j'avais vraiment horreur de ça.

— Je sais comment tu te sens, Gabriel. J'ai été adoptée moi aussi, tu sais, tenta-t-elle avec un sourire rassurant.

— Oh, taisez-vous ! Je ne suis pas payé, moi, la coupai-je grossièrement parce que je n'avais pas besoin de jouer au petit gars gentil.

Il était noté noir sur blanc que ce n'était pas le cas, de toute façon.

— Tu crois être le seul à souffrir, mais regarde autour de toi, s'exclama-t-elle en remontant une fois de plus ses lunettes.

Mes pensées se dirigèrent un bref instant vers Fricht à cette phrase. Au fond, j'avais décidé de l'aider, mais je n'avais toujours pas trouvé de moyen pour y arriver. Je la regardais sauter chaque repas au self avec une pointe d'amertume. Comment secourir une princesse qui s'indignait à la moindre marque d'intérêt ? Elle m'aurait arraché les yeux avec ses ongles en résine si j'avais osé la traiter comme une petite gamine fragile. La seule chose que j'avais trouvée, c'était de remplacer la bouteille de Coca Light par un Coca-Cola bourré de sucre, le soir. Ce n'était pas grand-chose, mais ça lui laissait déjà plus d'énergie dans le ventre.

— Tu pourrais peut-être t'investir dans un projet comme tes parents le font, proposa-t-elle d'une voix motivée.

— Bah voyons ! J'ai une tête à aller nourrir les chiens d'aveugles ?

Storm releva ses lunettes, soulignant son agacement. J'avais presque envie de compter le nombre de fois où elle faisait ce simple geste en une petite heure.

— On n'y arrivera jamais si tu n'y mets pas un peu du tien, Gabriel. Tu pourrais soutenir une association qui te touche plus. Comme celle des enfants maltraités, par exemple, continua-t-elle alors que la colère commençait à monter en moi.

Elle n'avait pas le droit de parler de ça.

— Peut-être qu'ils n'ont pas envie d'être sauvés, ces gosses, marmonnai-je en toute mauvaise foi.

— Arrête d'être aussi orgueilleux, Gabriel. C'est toi qui nous as appelés ce soir-là, réfuta-t-elle en pointant un doigt accusateur sur moi.

Je vous en supplie, venez ! Il va la tuer. Il faut que vous veniez !

Je fermai les paupières un court instant pour chasser ce souvenir. Je ne *voulais* pas me rappeler. Pourquoi ? Pourquoi était-ce si crucial ? On m'avait raconté ce que j'avais fait, et c'était assez horrible pour m'enlever l'envie de découvrir tous les détails. De revivre cet instant en sachant que cet horrible gamin, c'était moi. Si mon cerveau avait posé ce barrage, c'était pour une bonne raison. Et je lui faisais confiance, sur ce coup-là. Je ne voulais plus jamais revoir ce couteau. Ni les yeux d'Evangeline à cet instant. Ça me donnait envie de vomir lorsque ces souvenirs se glissaient sournoisement dans mes rêves.

— Tu penses qu'un petit garçon, quelque part, n'a pas besoin qu'on l'enlève à sa famille violente ?

— Je… commençai-je, sans parvenir à finir ma phrase.

Non, évidemment. Je me rappelais, à l'orphelinat, comment j'avais été heureux, sans aucune blessure. Ça commençait à drôlement se mélanger dans ma tête. Cette psychologue m'embrouillait.

J'avais la sale impression que je disparaissais petit à petit pour laisser place à quelqu'un d'autre.

— Je ne sais pas, finis-je par avouer, légèrement déboussolé.

J'étais vulnérable face à elle, et c'était stupide. Seulement, elle était l'une des seules à avoir entraperçu une part du vrai moi. Et ça me faisait flipper. Je pouvais voir dans ses yeux qu'elle connaissait mes plus sombres secrets. Ça me propulsait des années en arrière, lorsque les gens me fixaient comme le monstre que j'étais.

À l'époque où je ne jouais jamais de rôles.

***

Je soupirais en essuyant les verres. De la porte entrouverte, je regardais Brittany se débrouiller au bar. Depuis son arrivée, elle s'était pas mal améliorée pour les cocktails et même Freddy la félicitait. Or, c'était assez rare qu'il complimente qui que ce soit.

Elle était venue travailler hier, comme prévu. Je savais que ce n'était pas une simple question de shopping, parce que Vanessa s'était déjà plainte de ne plus faire les magasins avec elle depuis un bon bout de temps. Mais, comme toujours, Fricht était remplie de secrets, plus cachés les uns que les autres. Et j'avais envie de les découvrir, un à un.

Ses yeux verts accrochèrent les miens pendant un court instant et elle m'adressa un clin d'œil avant de se tourner vers le client suivant. J'avais l'impression qu'on s'était rapprochés ces trois derniers jours, mine de rien. Au début de l'année, je m'étais juré de me venger d'elle et, désormais, je la retrouvais tous les soirs.

Cela commençait à devenir une habitude, malgré nous. Je ne m'en étais pas rendu compte. Du jour au lendemain, elle s'était glissée dans mon quotidien et s'y accrochait chaque fois un peu plus. *Et j'aimais un peu trop ça.*

Lorsque le mec en question s'avança un peu trop près à mon goût pour passer sa commande, je lui fis un regard noir qui le dissuada de s'approcher d'un centimètre de plus. Non mais, il n'avait qu'à enjamber le comptoir, pendant qu'il y était !

Je rangeai rageusement le verre que j'avais entre les mains et passai au suivant, machinalement.

On s'était retrouvés tous les soirs au skatepark. J'aimais bien ces moments. Enfin, non. J'adorais ça, en fait. J'adorais cette petite bulle qui se créait. Ce n'était quasiment rien, juste un vieux skatepark rempli de graffitis. Mais c'était devenu notre refuge à nous. Peut-être parce que, au fond, on était comme lui : abandonné et dissimulé derrière des marques.

Brittany m'avait surpris, là-bas. D'abord parce qu'elle avait mis sa fierté de côté pour me parler sans plus aucune barrière.

Ensuite à cause de ses révélations. J'avais toujours cru qu'elle ne serait jamais tombée dans ce genre de pièges romantiques et niais.

Je la pensais réfléchie, moi. Comment pouvait-elle envisager que l'amour existe ?

Et, s'il existait, il était bien trop cruel pour être appelé comme ça.

Je jetai un coup d'œil vers le bar, pour m'assurer de la sécurité de la princesse, presque naturellement. C'était un réflexe que j'avais depuis plusieurs semaines et qui faisait bien marrer Freddy.

Je la vis se diriger vers la table du fond, un faux sourire sur les lèvres. Aïe. Qu'est-ce qu'on lui avait encore fait ? Je vis alors le petit brun de tout à l'heure qui la suivait discrètement. Je lâchai ma vaisselle et m'essuyai les mains, appuyé contre l'évier. Je suivis mécaniquement le gars des yeux.

Elle prit la commande de la table et, lorsqu'elle se retourna, elle tomba sur Pot de Colle. Je vis clairement son expression changer alors qu'elle était agacée. Son petit nez se retroussa, ses sourcils se froncèrent et ses lèvres ne formèrent plus qu'une fine ligne.

Je souris en la voyant rembarrer le mec plus vite encore que moi je ne me mettais en colère. C'était drôle, de la voir s'énerver ainsi sur ce gars.

Et même temps, ça me tapait sur le système. J'avais l'envie – complètement stupide – d'être unique. *Surtout à ses yeux, en fait.*

Je voulais être le seul à voir ses joues rougir, ses yeux pétiller de colère. Je connaissais par cœur la façon dont elle croisait les bras sur sa poitrine, la mettant en valeur.

Et ce mec... n'avait pas le droit de prendre ma place.

J'avais peur de mes propres pensées.

***

Je souriais toujours en finissant la vaisselle. Freddy apparut à la porte et m'indiqua, d'un petit signe de tête, que notre Fricht nationale venait de décamper.

J'enfilai rapidement mon blouson et mon bonnet noir avant de traverser le bar pour retrouver le froid glacial de la rue. La silhouette de Brittany marchait au loin, presque invisible dans la nuit noire. Et, quelques mètres derrière elle, une silhouette la suivait discrètement. Probablement le même gars que tout à l'heure. Je ne pouvais pas en être totalement sûr puisqu'il faisait sombre.

J'accélérai le pas pour me retrouver près du mec.

Fais une erreur, une seule erreur, et je te démonte le portrait.

Je me demandais si elle avait remarqué mon absence à ses côtés. Ou si elle s'en foutait royalement.

Le mec s'approcha un peu plus d'elle et posa la main sur son épaule.

Et ça me rendit fou.

Je m'énervais souvent. Mes colères étaient explosives. J'étais rancunier, plus que la plupart des gens. Mais là, cette main... Je l'aurais brisée en tellement de morceaux différents qu'il n'aurait plus jamais réussi à écrire son prénom.

Elle se tourna vers lui, un sourire aux lèvres. Mais je n'en vis pas plus, parce que je me concentrai sur le gars. Je saisis le col de son manteau et observai calmement ses yeux. Je voulais qu'il ait peur de moi.

J'aimais ça. Cette sensation d'avoir le contrôle sur tout. Ça me donnait l'impression d'être le roi du monde.

— Qu'est-ce que tu espérais lui faire, connard ? vociférai-je en le repoussant.

Pot de Colle trébucha avant de se rattraper, et je compris qu'il avait peut-être pris un peu trop de cocktails. Mais je m'en fichais. L'alcool n'excusait pas tout, et mon poing rencontra sa figure avant qu'il n'ait le temps de dire quoi que ce soit.

Il chancela plus fortement encore et je profitai de son hésitation pour lui filer un petit coup dans les parties. Bah oui, c'était un coup réservé aux filles, mais je m'en fichais d'être fair-play. Je voulais juste qu'il regrette de s'être attaqué à cette fille-là.

J'allais lui donner un autre coup pour qu'il n'embête plus jamais les demoiselles lorsqu'un profond soupir se fit entendre. Je tournai la tête vers Fricht, un peu ébahi. Cette dernière affichait un air blasé, en serrant ses bras autour d'elle. Je pouvais facilement deviner que c'était un masque : sa respiration était un peu trop rapide et sa poitrine se soulevait de façon saccadée.

— T'as fini, Gossom ? Je caille, moi, alors si tu pouvais accélérer un peu, marmonna-t-elle en imitant brillamment un bâillement.

Je remarquai alors que cette folle ne portait qu'une écharpe épaisse au-dessus de son petit pull. Je plongeai à nouveau mon regard sur le garçon et le laissai tomber au sol.

— On ne touche pas à Fricht, le menaçai-je une dernière fois.

— C'était obligatoire ? demanda-t-elle avec un brin de sarcasme dans la voix.

Pour toute réponse, je vissai mon bonnet sur son crâne.

— Tu connais les vestes, petite cinglée ?

— Je t'en ai mis une l'année dernière, si je me souviens bien, me charria-t-elle en relevant un peu le couvre-chef.

Je roulai les yeux et enfouis mes mains dans mes poches. Un court instant passa et on resta là, sans bouger. Mais ensuite, le mec commença à se relever et j'entraînai ma garce un peu plus loin.

— Pourquoi tu n'es pas venue me chercher au bar, quand tu as vu qu'on te suivait ?

— Tu ne vas pas me gronder comme une gosse, quand même, s'exclama-t-elle avec un air ahuri.

J'avais une furieuse envie d'écraser son corps minuscule entre mes doigts. Elle regorgeait tellement de fierté, d'orgueil. Elle pensait pouvoir tout résoudre par elle-même et, plus encore, elle se mettait sciemment en danger. Elle aimait flirter avec les limites, et je craignais qu'un jour elle ne dépasse la ligne rouge.

— J'ai simplement cru que c'était toi, avoua-t-elle face à mon silence, mal à l'aise.

— Une fille normale aurait vérifié. Enfin, une fille normalement constituée aurait déjà flippé de rentrer seule chez elle et aurait été assez intelligente pour prendre sa voiture, grognai-je en avançant à côté d'elle.

— Tu te contentes de me suivre de loin chaque semaine avant de rentrer chez toi à l'autre bout du quartier ! Tu crois que je n'ai pas remarqué ton manège ? attaqua-t-elle sournoisement.

— Ne change pas de sujet, Fricht, m'exclamai-je en essayant de dissimuler ma honte de m'être fait pincer.

Elle souffla bruyamment et accéléra le pas. Je restai à la regarder, comprenant qu'elle voulait sûrement continuer seule.

— Bon, tu me suis, nigaud ? Maintenant que je sais que tu viens uniquement pour ma merveilleuse compagnie, tu peux marcher à côté de moi, non ?

Je souris en la rattrapant. Ces petites piques rythmaient nos conversations, nous faisant passer du sérieux à l'ironie en quelques secondes.

J'aimais pouvoir rire des sujets les plus cruels avec elle. J'aimais le ton léger qu'on employait la plupart du temps.

— Pourquoi tu me protèges ? demanda-t-elle alors d'une petite voix.

Je cherchai une trace de moquerie ou de sarcasme, mais non, elle était sincère. Elle n'arrivait pas à comprendre pourquoi je m'occupais d'elle. Comment pourrais-je lui expliquer ?

— Je ne sais pas, marmonnai-je, en fixant la vapeur blanche qui quittait mes lèvres.

— Menteur, asséna-t-elle sans hésitation.

Elle commençait à me connaître un peu trop bien, et au fond c'était pire qu'avec mes psys. Parce que, si elle ne connaissait pas mes secrets, j'avais envie de les lui confier. Si elle me voyait rarement tel que j'étais, j'avais envie d'enlever mes masques avec elle. C'était affreux, et pourtant je n'avais pas envie de m'éloigner. J'aimais peut-être flirter avec les limites, moi aussi. Un peu trop pour que ça me soit bénéfique.

— J'en ai juste besoin, je crois, hésitai-je en refusant de croiser son regard curieux.

— Tu as besoin de t'occuper de moi ? demanda-t-elle, comme pour s'assurer qu'elle avait bien entendu.

— J'ai besoin de croire que tout n'est pas perdu, essayai-je d'expliquer en détournant le regard vers la route.

C'était bête, on n'était pas au skatepark, je n'étais pas obligé de lui confier ça. J'aurais pu détourner la conversation avec une ou deux vannes stupides comme on le faisait souvent. En croisant son regard, je surpris ses grands yeux inquisiteurs sur moi. Son regard fouillait mon âme à la recherche de réponses que j'étais incapable de lui livrer.

— J'ai pensé, pendant longtemps, que je te dégoûtais, avoua-t-elle en chancelant légèrement.

Je n'avais plus envie d'avancer. Je n'aurais pas réussi à faire deux pas de plus, de toute façon, et je me serais vautré lamentablement.

— Alors là, Fricht, c'est à mourir de rire, dis-je avec un sourire au coin des lèvres.

— Tu as vu mes cicatrices, continua-t-elle, comme si c'était la réponse aux questions que tout le monde se posait.

— Et alors ? J'en ai aussi, tu sais, soufflai-je en tentant d'ignorer la pointe d'angoisse qui me tordait l'estomac.

— Je ne te parle pas de petites cicatrices qu'on se fait en jouant au foot, Gossom, râla-t-elle en pensant que je ne la prenais pas au sérieux.

C'était tellement souvent le cas que je pouvais la comprendre.

— Mais merde, tu ne vas pas faire ta chieuse en exigeant que je te les montre, quand même ! m'exclamai-je avec une pointe d'exaspération.

Elle sembla hésiter quelques instants, comme si elle prenait réellement ma proposition au sérieux. Et je commençais à regretter de l'avoir faite. J'avais voulu la rassurer, pas dévoiler une si grande partie de moi.

— C'est dommage, il caille. Je vais choper la crève, contrai-je en essayant de la dissuader discrètement.

— Dis plutôt que t'es un gros mytho, ouais, s'énerva-t-elle en pensant que je l'avais prise pour une idiote.

Je soufflai bruyamment et enlevai mon manteau. Le froid me mordit la peau alors que je soulevais mon tee-shirt. On ne pouvait pas voir grand-chose, dans la nuit. Mais l'unique lampadaire de la rue en révélait déjà assez pour que je me sente vulnérable. Brittany fixait mes yeux, sans comprendre, et j'essayai de l'empêcher de descendre plus bas. Personne n'avait jamais vu sciemment mes cicatrices à part Jake. Ni Patrick ni Claire. Lorsque des conquêtes s'étaient mises à me regarder de trop près, je les avais jetées sans aucun scrupule. *Et elle*… Elle me faisait faire n'importe quoi.

— Bon, tu te grouilles, Fricht ? Je me les gèle, me plaignis-je, en espérant qu'elle abandonne.

Mais elle s'approcha et observa les minuscules traces qui parsemaient mon buste. Sur mes coudes aussi, mes omoplates, mes reins. Je levai mon bras pour qu'elle voie mes biceps, la multitude de petites cicatrices qui les parcouraient. Elles étaient parfaitement rondes, à peu près de la taille d'une cigarette. Je savais qu'elle allait comprendre, et ça me tétanisait.

Mais, pour une raison obscure, j'avais eu besoin de me justifier. Je refusais qu'elle se voie comme quelqu'un d'horrible. J'étais bien plus affreux qu'elle, dans tous les sens du terme.

Elle se tut pendant que je remettais mes vêtements. Je prenais un peu plus de temps que d'habitude, cherchant à retarder le moment où je croiserais ses yeux. Je savais que mon geste de ce soir avait à nouveau changé la donne. J'espérais juste qu'elle ne me le ferait pas regretter.

— Alors, qui dégoûte l'autre maintenant ? demandai-je avec un rire faux.

— Ce sont des brûlures de cigarette, souffla-t-elle d'une voix blanche.

— Oh, tu sais, il y a un peu de tout. Enfin, excepté des mutilations, ajoutai-je en espérant qu'elle allait cesser de s'intéresser à mon cas pour répondre à ma pique dissimulée.

Mais cela échoua, évidemment.

— Comment ?

— J'ai été adopté, lâchai-je comme simple réponse.

Mes yeux s'accrochaient aux siens comme j'aurais pu m'accrocher à une bouée. Un cataclysme ravageait mon cerveau, m'empêchant de comprendre la portée de mon geste. J'entendais presque une alarme retentir dans mes oreilles, au rythme des battements de mon cœur. J'avais envie de m'énerver contre elle, de lui faire payer cette drôle d'emprise qu'elle avait sur moi. J'aurais voulu m'enflammer, mais c'était impossible. Pas avec elle.

— À quel âge ? demanda-t-elle, et je me rappelai qu'elle avait déjà posé cette question au gala.

— Huit ans, répondis-je en haussant les épaules.

— Pas l'âge où tu as été adopté. L'âge où l'on t'a fait flamber comme une torche, cracha-t-elle, mais, pour une fois, j'étais quasiment sûr que sa colère n'était pas dirigée contre moi.

— Six ans. Les coups ont commencé à cinq, confiai-je en essayant de prendre un ton détaché, le temps de rassembler les morceaux de masques brisés qui semblaient s'éparpiller dans mon esprit.

J'avais besoin d'une nouvelle armure.

Elle hocha la tête, comme pour elle-même. J'aurais donné beaucoup, à cet instant, pour connaître la moindre de ses pensées.

— Tu vois, Brittany ? Tu n'es pas la seule à porter des marques. Et tu es loin d'être dégueulasse, murmurai-je en reprenant la route.

— C'est un compliment, Gossom ?

— Pas de ma part, mais de celle du petit con qui t'a suivi en début de soirée, rétorquai-je en essayant de détendre l'atmosphère.

Un silence plana quelques instants et j'entendis seulement le bruit de ses talons sur les pavées alors qu'on se remettait à marcher. Même les voitures ne passaient plus dans les petites rues peinardes à cette heure.

— Tu penses vraiment que je suis jolie ?

Sa question semblait si innocente, remplie d'une naïveté que je ne lui avais jamais vue. Et là, je sus que j'avais touché sa faiblesse. Je sus que j'avais gagné lorsque sa voix trembla, comme si elle redoutait ma réponse. La plus grande faiblesse de Brittany était le regard des gens. Je l'avais au creux de ma paume à cet instant. J'aurais pu jouer avec elle comme avec une marionnette. J'aurais pu la détruire, aussi.

Et je n'en éprouvais aucune joie.

J'avais envie de la charrier, mais j'avais l'impression qu'elle prendrait cela trop au sérieux.

— Merde, Fricht ! Tu ne vas pas me forcer à jouer au poète romantique, quand même ?

— Laisse tomber, marmonna-t-elle en fuyant mon regard.

Je soupirai d'agacement et passai une main derrière ma nuque. Cette fille était la pire représentante de la gent féminine sur cette planète et, comme un con, j'avais trouvé le moyen de tomber dessus.

19

BRITTANY

Je fixais Gabriel. Il semblait mal à l'aise. Au fond, j'avais l'impression que son avis comptait pour moi. J'avais besoin d'être belle aux yeux des autres.

J'avais besoin de plaire à tout le monde, même à lui. *Surtout à lui, peut-être.*

— Bon, Fricht, ouvre tes oreilles car c'est la première et la dernière fois, d'accord ?

Je hochai la tête sans comprendre, attendant qu'il développe. Trop de choses se passaient en même temps et mon cerveau était sur off. Il enregistrait les informations pour les analyser plus tard, tranquillement.

— En tant qu'ami, hein ? Va pas te faire d'idées tordues sur ce que je vais dire, d'accord ?

— En tant qu'ami, promis-je en ramenant maladroitement une mèche derrière mon oreille.

Je ne savais même pas que nous étions amis avant ça. Et, vu son ton hésitant, il en doutait aussi. Mais, après tout, ça expliquait beaucoup de choses.

Oui, je pouvais compter cet idiot de primate dans mes amis.

— T'es une rose, Fricht. Sublime, séductrice et aux épines plus tranchantes qu'un poignard, termina-t-il en rigolant légèrement.

Mais ses joues rougirent et je faillis m'étouffer avec ma propre salive en comprenant que Gossom était gêné.

— Elle est fanée, bouffée par les limaces et rongée par les pesticides alors, plaisantai-je à mon tour pour essayer de chasser le sérieux de la discussion.

Gabriel leva les yeux vers moi et fit son sourire arrogant qui m'énervait tant. Ma main frôla la sienne et j'attrapai son index, pour avoir quelque chose à quoi m'accrocher.

— Peut-être. Mais c'est plus beau, les fleurs fanées. Elles repoussent encore plus belles, sourit-il, plus tendrement.

Mes yeux plongèrent dans son regard brun et je fus soulagée qu'il ne dégage pas son doigt. J'aurais pu lui tenir la main, mais ça faisait trop couple, ou trop amis. Alors qu'ainsi… C'était simplement nous. À peine amis, partenaires de jeux stupides et confidents à nos heures perdues.

On arriva devant ma porte et je tournai la tête vers lui.

— Et tu es quoi, toi ?

Son visage se ferma brutalement et il retira sa main. J'avais l'impression de me retrouver de nouveau seule dans le noir, comme si ce connard de Gossom était une putain de veilleuse.

— Moi, je suis un petit bout de bois pourri. Désolé, Fricht, mais on n'est pas tous destinés à briller comme toi, lâcha-t-il d'une voix rauque.

Et il se retourna. Mais, avant de s'éloigner totalement, il me héla de nouveau. Et son sourire malicieux n'augurait rien de bon.

— Au fait, Fricht. Game over, lâcha-t-il, et ces simples mots flottèrent dans mon esprit pendant un long moment.

Seulement, une partie n'est jamais perdue tant que des pions sont encore debout.

20

JAKE

J'enfonçai mes écouteurs le plus profondément possible dans mes oreilles. Comme si, pendant un court instant, il n'y avait plus que ma musique et moi. Ce simple casque réduisait tous les bruits extérieurs au néant et j'aurais aimé, oh oui, j'aurais aimé qu'il fasse de même avec mes problèmes.

Mes pieds battaient la mesure au rythme de la guitare électrique pendant que je jouais à la console, allongé sur le ventre dans mon lit. *Eh oui, le Prince des poubelles avait droit à un bon lit bien douillet et une bonne pile de jeux.*

C'était ridicule, au fond. Je ne les méritais pas.

Je fermai les yeux un court instant lorsque les notes s'élevèrent dans les aigus, m'emportant avec elles.

Lorsque je rouvris les paupières, un petit idiot m'avait tué à coups de carabine et j'étais dégoûté de devoir reprendre au niveau précédent.

La porte s'ouvrit avec fracas tandis que mon grand frère apparaissait, les cheveux toujours aussi décoiffés et les yeux pétillants. J'aimais bien voir cette vive lueur éclairer ses iris. Cette simple petite étincelle le rendait humain et devait faire craquer toutes les filles.

— Jackie Chan, t'as pas vu ma paie du mois ? Je l'avais posée sur la table et je crois que je l'ai paumée, ajouta-t-il en dévissant les écouteurs de mes oreilles.

Un immense poids s'abattit sur mon estomac lorsque je compris que les cent cinquante euros que j'avais piqués la veille n'étaient pas à mes parents, mais à lui. J'avais cru que, comme les cinquante euros, c'était simplement l'argent nécessaire à quelques courses.

Merde, je venais de voler mon propre frère. Je savais à quel point il bossait dur pour ce voyage. Je savais aussi que, contrairement à ce que pensaient papa et maman, ce n'était pas seulement dans un but touristique.

Après tout, combien de fois le petit Gabriel m'avait-il confié qu'il traverserait les États-Unis de long en large pour la retrouver ? Je regrettais que le Gab avec cinq ans de plus ne m'implique plus autant dans sa vie qu'avant. S'il m'en avait parlé, je me serais débrouillé autrement.

— Je ne l'ai pas vue. Tu as vérifié ta chambre ? demandai-je innocemment en détournant les yeux de son regard inquisiteur.

— Bien sûr, morveux. Mais c'est quoi que t'as là ?

— Où ça ?

— Prends-moi pour un débile, grogna-t-il en saisissant mon menton entre ses doigts d'un geste brusque.

Il inclina ma tête vers l'arrière et la tourna légèrement pour avoir un bel aperçu du bleu qui mangeait une bonne partie de mon cou, s'étalant jusqu'à mon menton.

— Putain. Tu as décidé que ton premier baiser serait avec le sol ? se moqua-t-il en s'approchant un peu plus pour inspecter l'étendue de l'ecchymose.

— Arrête de te marrer, marmonnai-je en me dégageant de sa prise pour enfiler à nouveau mon casque.

Mais mon grand frère en avait décidé autrement et, même moi, je ne parvenais jamais à le faire changer d'avis. Il tira sur les fils de mes oreillettes et les rangea dans la poche arrière de son jean. Je le regardai en essayant de laisser paraître un agacement que je n'étais pas sûr de ressentir. Pour la première fois de ma vie, j'avais peur de parler avec Gabriel.

Beaucoup de personnes craignaient de lui adresser la parole, alors que je n'avais jamais hésité à lui balancer les vannes les plus nulles. Je savais qu'il ne m'aurait jamais fait aucun mal, de toute façon. Aujourd'hui, c'était légèrement différent. J'avais peur de ses questions, des réponses que j'étais incapable de trouver. Personne ne devait être au courant, jamais. Mais cette histoire me rongeait. J'avais l'impression de trahir mes proches alors qu'ils avaient confiance en moi. C'était plus fort que moi, je *devais* prendre cet argent.

Sauf qu'après je n'étais plus capable de les fixer dans les yeux sans broncher. Je ne savais plus leur parler de mes beaux résultats en math sachant qu'il leur manquait un billet dans leur portefeuille.

Je me redressai pour lui faire face, assis en tailleur sur ma couette bleu marine. Je me sentais trop vulnérable en étant allongé, alors qu'il me dominait de son bon mètre quatre-vingts.

— Tu me dirais si tu avais des ennuis, n'est-ce pas, Jackie Chan ? demanda-t-il en s'asseyant à côté de moi et en me bousculant légèrement.

— Bien sûr, Gabriella. Et je te dirais d'aller leur casser la gueule, rigolai-je en sentant nos épaules se heurter doucement.

— Bien. Parce que tu n'as pas le droit d'être triste, c'est toi le putain de rayon de soleil des Gossom, lâcha-t-il d'un ton bourru, comme si les mots trébuchaient sur sa langue avant de quitter ses lèvres.

Les miennes s'étirèrent un peu plus alors qu'il m'ébouriffait les cheveux d'une main et saisissait ma console de l'autre.

— Eh, Gaby ! Ce n'est pas parce que tu restes aussi décoiffé qu'un clochard vingt-quatre heures sur vingt-quatre que ça doit être mon cas, m'exaspérai-je en remettant quelques mèches en place.

Je le vis rouler les yeux, comme si ma manie d'être impeccable le faisait bien rire. Au fond, je le comprenais. Tout le monde disait que c'était réservé aux filles, de soigner son look. C'était complètement idiot. Pourquoi je ne pourrais pas aimer les vêtements, moi ?

Enfin, c'est vrai que le Prince des poubelles n'avait pas droit à de tels privilèges, lui. Il avait juste le droit de fermer sa gueule et d'entrer dans le moule.

C'était ce que tout le monde attendait de lui, de toute façon.

Mon regard se porta sur mon grand frère, qui entamait une partie de mon jeu et passait les premiers niveaux. Il s'allongea sur mon lit, dans la position que j'avais juste avant qu'il n'entre. Cette ressemblance me fit sourire et je me couchai à côté de lui, posant ma tête entre mes mains pour regarder le petit bonhomme monter et descendre les tuyaux les uns après les autres avec aisance.

Mais, bientôt, mes yeux quittèrent l'écran pour s'intéresser à mon pote de galère. J'aurais tellement – tellement – aimé être comme lui. Il s'en fichait pas mal, d'être hors norme. Il se fichait de ne pas plaire à tout le monde. Et les personnes qui ne l'aimaient pas n'avaient qu'à prendre garde à ne pas le crier trop fort devant lui.

Gabriel ne comprenait jamais pourquoi il était mon exemple. Il ne voyait pas toutes ses qualités comme moi je les percevais. Pour lui, il était juste un monstre. Pour moi, il était un gros marshmallow vivant qui tapait pour avoir la paix.

Évidemment, je n'étais pas suicidaire au point de lui révéler cette comparaison... Mais elle restait gravée dans mon esprit comme la meilleure manière de le décrire.

— Dis, morveux, tu te l'es fait comment, ce bleu ? m'interrogea-t-il quand même, sans décoller ses yeux de l'écran.

Et ça m'arrangeait. Beaucoup. Comment aurais-je pu mentir en sentant ses deux grands iris bruns me fixer, soupçonneux ?

— J'ai voulu faire le malin devant Madelyne, avouai-je en baissant le regard, honteux.

— Tu lui as fait le vieux coup du salto en skate ?

— Eh ! C'est toi qui m'as appris cette technique de drague, m'indignai-je en le poussant un peu plus fort que prévu.

Je le vis basculer au bord du lit avant qu'il se rattrape in extremis en me lançant un regard noir.

— Elle aurait marché si tu ne t'étais pas étalé comme une merde sur la rampe, me fit-il remarquer avec un petit sourire en coin arrogant.

Je levai les yeux au ciel pour seule réponse et profitai de son inattention pour lui voler la manette.

— Si je bats ton record, tu me paies un ciné ?

— Pour que tu me prennes le menu giga popcorn-soda-tacos comme la dernière fois ? Même pas en rêve, rétorqua-t-il en reportant son attention sur le petit écran électronique.

J'éclatai de rire et passai quelques niveaux, le cœur plus léger. Cela faisait tellement longtemps que nous n'avions pas eu ce genre de petit moment. Généralement, il imposait une sorte de frontière infranchissable qui m'empêchait de creuser plus loin. Il était si hermétique, alors que j'avais toujours tout vu de lui avant. Je savais des choses que mes parents ignoraient, des choses qu'il m'avait confiées la nuit alors qu'il me croyait endormi. Des choses qu'il avait fini par me raconter même lorsqu'il me savait encore éveillé. J'étais petit, à l'époque. J'avais dix piges à tout casser, mais j'avais vite compris qu'il avait eu besoin d'en parler à quelqu'un sans parvenir à trouver la personne adaptée. Il n'aimait pas les psychologues, n'arrivait pas à parler à papa ou maman. J'avais été son échappatoire.

Gab savait que je ne dormais pas, mais c'était plus facile de me dire ce qu'il avait sur le cœur lorsqu'il ne voyait pas mon jugement se refléter dans mes pupilles.

Peut-être était-ce pour cela que je le vénérais comme l'inventeur du Nutella. Peut-être était-ce pour cela qu'il me connaissait si bien, lui aussi.

C'est pourquoi j'étais plutôt surpris de l'avoir berné aussi vite, aussi bien. Au fond, on s'était peut-être éloignés plus que je ne l'avais cru. Peut-être que, s'il n'avait pas cramé ce mensonge plus gros que l'Amérique, c'est parce qu'il n'en avait réellement plus rien à faire de moi.

La boule dans ma gorge grossit et je fis exprès de rater le niveau suivant, lui tendant la manette d'une main lasse.

Je n'étais qu'un boulet pour lui, de toute façon. J'étais un boulet pour tout le monde. Au point que mes propres parents n'avaient pas voulu de moi.

Le Prince des poubelles ? Pire, j'étais un pauvre clochard, un SDF. Sans famille fixe, comme toujours.

21

BRITTANY

J'avais observé mes parents, cherchant un quelconque signe de changement. Mais non, rien. Or, je savais que la situation avait empiré. J'avais remarqué le gros chiffre rouge en bas du relevé bancaire, moi aussi. J'étais rentrée assez tard pour voir ma mère coucher dans la chambre d'amis.

Je savais que, tôt ou tard, la bombe exploserait. Cela faisait longtemps que son tic-tac résonnait dans mes tympans et, bientôt, la déflagration emporterait tout sur son passage. Notre maison, mes souvenirs, ma famille…

Je n'aurais plus rien du tout. Mais n'avais-je pas déjà tout perdu ?

J'avais espéré pendant des mois que mes parents se disputent une bonne fois pour toutes, qu'ils crèvent ce silence rempli de non-dits. J'avais souhaité du plus profond de mon cœur qu'ils se séparent pour vivre dans une ambiance plus saine.

J'avais peur d'avoir émis ce souhait trop vite. Que se passerait-il, après ? Que ferais-je lorsque ma mère pleurerait encore tous les soirs et que je serais la seule à l'entendre dans une immense maison ? Que ferais-je lorsque je me réveillerais le matin avec une sublime déesse assise à ma table, vêtue de la chemise de papa ?

C'était un cercle vicieux, et j'avais la sale impression que nous ne pourrions plus jamais être heureux. Repoussant mon assiette, je retournai dans ma chambre sans un mot. Le silence était si épais que même une tronçonneuse n'aurait pas su le briser. Mon père buvait son verre de vin en fixant le vide et ma mère, malheureuse comme les pierres, coupait sa viande d'une main tremblante.

J'enfilai une fine chemise de nuit dans ma petite salle de bains et c'est en observant mon reflet que je vis les larmes dévaler sur mes joues.

Je n'avais peut-être pas envie qu'ils divorcent, tout compte fait.

Je voulais simplement que tout redevienne comme avant. Quand j'étais une pauvre fille bouboule, quand ma mère semblait heureuse de n'avoir que moi.

Quand mon père semblait être heureux de n'avoir que maman.

Je voulais leur crier tout le mal qu'ils nous faisaient. Mes doigts essuyèrent à la hâte la preuve de ma faiblesse et je saisis la petite bouteille de démaquillant sur mon lavabo. Je devais effacer les traînées noires qui commençaient à sillonner mon visage, comme un mauvais présage. Elles semblaient indiquer la route à emprunter pour les prochaines larmes, comme si ma vie n'allait plus être qu'une suite de perles salées qui couleraient les unes après les autres.

Et merde, je devenais une putain de poète dépressive. C'était mauvais signe, j'effleurais à nouveau le gouffre, j'en avais conscience.

Mais j'avais surpris la plaque d'immatriculation de l'huissier devant notre porte, aujourd'hui. Ce fait était bouleversant, même si j'avais déjà vu le montant du découvert.

J'ouvris d'une main tremblante mon tiroir et fouillai quelques instants dans le fond pour en sortir une courte lame, à peine plus grande que mon auriculaire.

Je la fixai sous toutes les coutures, comme pour vérifier qu'elle n'avait pas changé, elle non plus.

J'aurais aimé m'inciser une toute dernière fois la peau, me libérer un peu du poids qui s'accumulait sur mes épaules. Je voulais me punir des malheurs de ma famille, des disputes de mes parents pour des banalités, de leur silence sur les réels problèmes.

Mais je ne pouvais pas.

Je ne pouvais pas appuyer cette lame sur mon corps en me disant que, quelques années plus tôt, Gabriel avait été obligé de vivre cette même souffrance. Quand je fermais les paupières, je m'imaginais l'image d'un petit Gossom qui se tortillait dans les bras de ses geôliers pour éviter le petit cercle brûlant d'une cigarette.

J'avais du mal à comprendre l'étendue des révélations qu'il m'avait faites ce jour-là. Gossom utilisait des sortes de doubles sens tordus la plupart du temps. J'étais bien loin de les comprendre tous. Toutefois, ses cicatrices m'avaient confié plus de choses qu'il n'en avait prononcé et son « game over » m'avait clairement fait saisir que j'avais perdu la partie.

La vérité, c'était que je n'en étais pas si sûre. Il avait semblé bien plus faible que moi à cet instant, lorsqu'il avait enlevé son haut dans ce froid hivernal pour me dévoiler ses cicatrices. *Et merde, elles étaient tellement nombreuses.*

J'avais du mal à croire qu'un parent puisse en vouloir à ce point à son enfant.

Les miens n'avaient jamais levé la main sur moi, je devais bien accorder cette qualité à notre famille de détraqués.

La lame resta entre mes doigts. Aucune goutte écarlate ne perla de mon poignet, aucune grimace ne vint effleurer mes lèvres… Pour la bonne raison que je reposai le petit objet tranchant sans parvenir à faire ce geste, stupide, que j'avais fait tant de fois auparavant.

Et là, à vingt-deux heures trente-sept précisément, ce connard de Gabriel Gossom me manqua.

Je me demandai pendant combien de temps il avait reçu des coups sans pouvoir en rendre. Peut-être qu'il se vengeait aujourd'hui du mal qu'on lui avait fait. Mécaniquement, il rendait tout ce qu'il avait subi.

Je sentais rugir une colère noire en moi, aussi sombre que la nuit. Les parents de cet idiot de Gossom feraient mieux de ne jamais me croiser. Sa mère aurait droit à une belle chirurgie esthétique et son père ferait la connaissance de mes superbes Louboutin.

C'était l'arme première des filles, ces petits bébés. Plus efficaces qu'une bombe lacrymogène.

Je me retournais dans mon lit en soupirant. Gossom s'était mis en tête cette fichue idée de m'aider et il n'en démordait pas. Tous les midis, je voyais son air de chien battu me supplier d'avaler quelques bouchées de mon assiette. Il était aussi têtu qu'un bouc, le petit côté sexy en plus. Je ne comptais plus le nombre de fois où il m'avait énervée au point que j'avais eu envie de lui coller le contenu du plat dans les cheveux, histoire de le dissuader de s'occuper de moi.

Toutefois, j'aimais bien surprendre son regard qui me couvait de loin les samedis soir. J'aimais bien voir ses pupilles s'éclairer lorsque je me dévoilais un peu trop et qu'il prenait son pied à analyser mes réponses. Seulement, j'avais horreur qu'il me prenne pour une anorexique débile qui avait besoin d'un mec pour se sentir bien dans sa peau. Je n'étais pas si désespérée que ça, quand même.

Je n'avais pas de problèmes psychologiques. Toutes les filles avaient déjà sauté quelques repas pour pouvoir enfiler leur jean, c'était banal. Évidemment, je n'allais pas révéler les grands secrets de la gent féminine à ce primate.

Ce qui m'étonnait chez lui, ces derniers temps, c'était sa tranquillité. On ne le voyait plus se battre dans les couloirs, aucune fille ne pleurait dans les toilettes… C'était presque trop calme pour être vrai.

On l'avait remplacé par un faux, c'est ça ? Je savais qu'il sentait le plastique.

Enfin, ce n'était pas tout à fait vrai. Il sentait le mec, en fait. Un mélange de fragrances qui sentait trop bon pour ma santé mentale. Plus que tout, j'aimais cette petite odeur qui se faufilait dans mes narines et irriguait totalement mon cerveau. Je pouvais comprendre que certaines filles, peu résistantes, aient craqué. Heureusement, ce n'était pas mon cas.

22

GABRIEL

Dix ans plus tôt

— *Ça va mieux ?*

Le garçon hocha la tête tandis qu'elle lui collait un pansement dans le dos. Deux jambes fines entouraient ses reins. Il était trop maigre, c'était la dame de l'école qui le lui avait dit. Elle lui avait demandé s'il mangeait bien à la maison et Gabriel avait répondu que oui, que sa maman cuisinait des pancakes le dimanche matin et que son papa faisait des frites le samedi soir.

— *Beaucoup mieux, la rassura-t-il avec un regard espiègle, parce qu'il savait qu'elle en avait marre d'entendre cette phrase.*

— *Menteur, asséna-t-elle, tel un juge au tribunal.*

Le garçon voulut relever la tête de l'oreiller, mais elle la maintint appuyée contre le coussin. Sa petite Evy grandissait. Elle restait plus petite que les filles qu'il croisait à l'école, mais Gabriel ne comprenait pas pourquoi.

En tout cas, ses pensées grandissaient. Cela ne l'arrangeait pas. Il avait de plus en plus de mal à détourner son attention lorsqu'elle avait envie de pleurer, à lui faire croire à ses mensonges lorsqu'il lui disait que tout irait bien.

Assise sur son dos, Evangeline inspectait une à une les brûlures, au bord des larmes. Elle voyait la peau de son grand frère former des petites bulles, aussi rondes que celles qu'elle faisait lorsqu'elle se savonnait sous la douche. Les plus anciennes avaient éclaté. Gabriel lui avait un jour expliqué que les bulles explosaient à cause de l'air.

Evangeline se demandait si c'était pareil pour celles-là.

— Je veux plus qu'on te fasse du mal, Gaby… Laisse-moi… commença-t-elle d'une petite voix.

— Non.

— Mais Gaby !

— Non, j'ai dit ! Ta place est dans cette armoire. Tais-toi, on va nous entendre, lâcha Gabriel d'un ton froid et détaché.

Le garçon s'en voulut en sentant deux grosses perles salées tomber dans son dos. Il était lâche, c'était son papa qui le lui avait dit. Il avait juste oublié de lui répéter qu'il était aussi égoïste et méchant.

— Evangeline, je suis désolé, d'accord ? Je veux juste que tu ne sois pas comme moi, tu comprends ?

Il pouvait presque la voir hocher la tête, alors qu'elle se baissait pour entourer le dos du garçon de ses bras si fins.

Le garçon enfonça un peu plus la tête dans l'oreiller pour qu'elle ne remarque pas ses larmes.

— Je ne veux pas que tu m'abandonnes, expliqua-t-elle avec un petit hoquet.

— Je ne t'abandonnerai jamais, Evy. C'est une promesse.

Il se retourna, la faisant rouler sur le côté du lit. Pendant un instant, ils redevinrent ces deux enfants joyeux qui rigolaient même dans le plus grand des silences. Puis le dos de Gabriel rencontra le matelas et l'illusion fut brisée.

— Un jour, Evangeline, je serai grand, aussi grand qu'un géant, et je t'emmènerai loin d'ici.

Il fut presque surpris de voir la détermination briller dans les yeux verts de la fillette de six ans.

— J'ai peur que tu sois grand trop tard, rétorqua-t-elle d'un air sérieux qui était rare chez elle.

— Mais non, tu vas voir, la défia-t-il avec un regard de chenapan.

— Il faut que tu apprennes à te battre.

Il la regarda en souriant alors qu'elle se levait précipitamment du lit pour fouiller sa chambre. Elle retourna près de lui une dizaine de minutes plus tard.

— Tu n'as qu'à t'entraîner, déclara-t-elle en lui tendant son trésor du bout des doigts.

— Evy… Carla est ta poupée préférée.

— Tu es mon ange gardien préféré, Gaby. C'est toi, mon doudou, lâcha-t-elle innocemment.

Elle tint la poupée droite devant elle, feignant l'enthousiasme. Evy était petite, mais elle savait que Gabriel ne supportait pas de la voir angoissée ou inquiète. Or, elle l'était plus que jamais.

— Frappe-la, exigea-t-elle d'une voix un peu trop forte au goût de son frère.

— Non, Evangeline, je refuse, chuchota-t-il en fronçant les sourcils dans une expression sérieuse.

Gabriel se leva du lit en grimaçant et s'éloigna dans sa chambre sans se retourner. Evangeline le regarda traverser le couloir, le dos raide et les jambes tremblantes.

La fillette contempla la poupée de malheur qui avait coûté des blessures à son grand frère.

Elle savait que Gabriel ne voudrait jamais l'abîmer, parce qu'il savait que Carla avait été son doudou et était un cadeau de leur mère.

Mais elle ne voulait plus que Gaby soit blessé. Et le seul moyen pour ça, c'était que son ange gardien surpasse les méchants. Gaby devait craindre de blesser sa poupée…

Alors elle prit Carla et la frappa avec force contre le mur.

Une fois, deux fois, trois fois. Quatre fois.

Je regardai l'entraîneur dans les yeux pour lui prouver que je n'avais rien fumé d'illicite. Il secoua la tête et frotta son crâne dégarni. Je savais qu'il était déçu, que la saison commençait dans une petite semaine et que je laissais tout le monde dans un bordel monstre.

— Tu ne veux même pas prendre le temps d'y réfléchir un peu ?

— Ça ne sert à rien, coach, j'ai déjà pris ma décision, affirmai-je en rejetant mon sac à dos sur mon épaule.

Dans le fond de la pièce, Brian me lança un regard de braise. Il était le capitaine, et je l'avais mis au pied du mur devant l'entraîneur. C'était con de faire ça à un ami, mais, même si on arrivait à l'oublier parfois, nous n'étions rien l'un pour l'autre. Brian ne traînerait pas avec le véritable Gabriel, il le fuirait.

En sortant, il me frappa l'épaule de la sienne en me dépassant, et je le laissai faire, juste pour cette fois. Je venais de quitter l'équipe de basket et il avait le droit de m'en vouloir.

En réalité, cette décision me travaillait depuis la rentrée. Avec mon petit job, le club de boxe et les soirées au skatepark, je n'avais plus une minute à la maison. Or, j'avais l'impression que Jackie Chan filait un mauvais coton en ce moment, et je devais rectifier ça avant qu'il ne devienne comme moi. Parce que, s'il avait le sang aussi chaud que le mien, on était mal barrés.

***

Mes yeux captaient le moindre mouvement de Brittany, comme un radar traquant les excès de vitesse. Je la regardais mâchouiller son stylo en écoutant le professeur de géographie baratiner. J'étais assis à côté de Pamela, exceptionnellement. J'aimais bien Pamela. Surtout de loin, en fait. La déléguée m'avait désigné la chaise voisine d'un rapide coup de tête à mon entrée dans la classe. L'équipe avait donc déjà fait passer le message.

Vanessa était absente aujourd'hui. Ce n'était pas très étonnant, les soldes d'hiver avaient débuté la veille.

Brittany se retrouvait donc seule, installée au bureau juste devant le mien. J'avais une vue d'enfer sur sa nuque, et c'était rare, les fois où elle s'attachait les cheveux assez haut pour dévoiler son cou.

J'avais l'impression qu'une éternité s'était écoulée depuis ce fameux soir et, pourtant, cela ne faisait qu'une courte semaine. Aucun de nous n'avait reparlé des révélations de l'autre. Cette fois-là, nous étions allés trop loin pour évoquer quoi que ce soit, de toute façon.

J'avais compris ce qui clochait avec Brittany. Si je n'en connaissais pas l'origine, je pouvais apercevoir les dizaines de conséquences qui en découlaient. Mais comment une jolie fille comme Fricht, sûre d'elle et séductrice, pouvait-elle douter de son charme ? Ça, ça me dépassait. Je ne parvenais pas à saisir le besoin des filles d'être plus maigres que des brindilles. Ce que je savais, c'était que Brittany semblait si soucieuse du regard des gens qu'elle en devenait malade. Elle voulait que sa perfection se reflète dans les yeux des autres, pour cacher toutes les bizarreries qu'elle cachait en dessous.

C'était ça, ma petite Fricht. Tellement de paradoxes dans un petit corps que vous vous perdiez en essayant de la comprendre.

Elle était forte face à quiconque qui osait l'importuner et faible face à son miroir.

Indépendante et fragile.

Intelligente et tellement, tellement idiote parfois.

Pamela me donna un coup de coude dans les côtes et je lui rendis la pareille, juste un peu plus fort. Elle me lança un regard noir mais n'insista pas. Ce n'était pas le jour pour m'emmerder. Et elle n'était pas Brittany, je n'avais pas besoin d'être gentil avec elle.

Ma partenaire de jeu me jeta un rapide coup d'œil et, lorsque je sortis de la salle à la fin du cours, elle m'attendait contre le mur du couloir. Pamela nous dépassa en me lançant un clin d'œil, rien que pour exaspérer Fricht. Ça ne marcha pas, car celle-ci se contenta de lui tourner le dos pour me faire face. Je comptai machinalement ses bracelets, discrètement. C'était un petit réflexe que j'avais de plus en plus régulièrement.

Sept ? C'était trois ou quatre de plus que d'ordinaire. Or, Brittany enfilait autant de bijoux uniquement quand elle était mal à l'aise. Ou perturbée. Ou perdue.

— Quelle heure, le skatepark ? me demanda-t-elle d'une voix traînante, comme à son habitude.

— Après les cours. Mais on doit passer chez toi avant, lançai-je avec un petit sourire arrogant, rien que pour l'énerver.

— Quoi ? Même pas en rêve, Gossom, tu vas salir ma moquette, ricana-t-elle en s'éloignant déjà.

Et j'aurais presque pu croire, oui, qu'elle fuyait.

— Alors prends des baskets ce soir, lui répondis-je un peu plus fort pour qu'elle m'entende parmi les autres lycéens.

— On se voit à la cafétéria, Gossom, se contenta-t-elle de lâcher.

J'avais vraiment, vraiment hâte de la voir sans ses escarpins. Elle avait déjà une bonne demi-tête de moins que moi, dressée sur ces échasses. Je pourrais certainement poser mon menton sur sa tête si jamais je la serrais dans mes bras.

Mais c'était un exemple comme un autre, parce que jamais – jamais – je ne ferais ça. Je n'en avais pas envie, d'ailleurs.

Je fouillais dans mon sac à la recherche de mon manuel de cours lorsque mes mains rencontrèrent des papiers, petits, rectangulaires.

Je sortis le montant de ma paie de mon sac à dos, ébahi. Comment avait-il atterri ici ? Je cherchai dans mes souvenirs sans parvenir à me rappeler. J'étais rentré tard après le skatepark, je me voyais encore poser ces fichus dollars sur la petite table du salon, coinçant les billets sous la télécommande de la télévision.

Soit mon argent commençait à se téléporter, soit j'avais loupé un épisode.

Je fourrai les billets dans ma poche arrière et attrapai mon livre de math. J'aurais aimé croiser Fricht à ce cours mais j'étais en math renforcées, contrairement à elle.

Elle avait un esprit plus littéraire, apparemment. Ça se voyait en cours. Si on la regardait suffisamment longtemps, on pouvait apercevoir ses grands yeux verts briller. Et, si on était plus attentif encore, on remarquait la façon dont ses coudes se posaient sur la table, la façon dont elle se penchait en avant pour saisir la moindre parole du professeur de littérature. Et j'avais compris, en observant ces détails, qu'il fallait avoir écrit *Les Misérables* pour être le crush de Brittany. C'était désespérant.

23
BRITTANY

Je me dirigeais vers le self en traînant Brian par la main. Je savais que Gabriel venait de quitter l'équipe de basket et, soudain, son nombre d'amis venait d'être considérablement réduit.

Le basketteur me suivait, les poings dans les poches et le dos courbé. C'était le seul qui avait accepté de me suivre et j'avais su, à cet instant, que nous ne mangerions pas à notre table habituelle aujourd'hui.

Ça me faisait presque bizarre.

Gabriel me repéra de loin et afficha un sourire espiègle alors que j'avançais. Lorsqu'il vit que Brian me suivait, son visage s'assombrit.

— Qu'est-ce que tu veux ? attaqua-t-il directement.

— Mec, t'es plus dans l'équipe mais t'es toujours mon pote quand même, lança le géant en lui donnant une tape dans le dos.

Gabriel hocha la tête, comme pour approuver les paroles de Brian, et lui désigna la chaise à côté de la sienne. Je m'installai en face d'eux tandis que le basketteur se relevait déjà pour aller chercher son repas. Je voulus l'imiter, mais il posa ses mains sur mes épaules pour me forcer à me rasseoir.

— Je m'en occupe, mademoiselle, déclara Brian avec un petit clin d'œil.

— Tu vois, Gossom ? Tu devrais en prendre de la graine, lâchai-je d'une voix joueuse en me tournant vers lui.

Gabriel leva les yeux au ciel et avala une frite.

— Pourquoi est-ce que je porterais un plateau que tu ne mangerais, de toute façon, pas ?

Sa tête pencha légèrement sur le côté, attendant ma réponse. Il s'attendait à ce que je nie, que je contre-attaque. Mais il m'avait soufflée.

Brian me rapporta une petite assiette de frites et un steak haché. L'assiette était à peine devant moi que Gabriel sortit son sourire de conspirateur, réservé aux coups foireux.

— Tu vas manger ton steak, Fricht ?

— Euh… non, tu peux le prendre, balbutiai-je en essayant de comprendre.

D'habitude, il me faisait la gueule si je n'avalais pas quelque chose et, là, il allait carrément me voler mon repas ? Je n'arrivais plus à comprendre ce qu'il voulait. En même temps, c'était ça, le petit Gossom.

Un primate avec tellement de paradoxes qu'il vous filait la migraine.

J'observais son visage, qui devenait pensif au fur et à mesure que la table des populaires se remplissait. Je ne parvenais pas à comprendre pourquoi, moi, je ne m'y trouvais pas. Pourquoi l'avais-je délaissée ? Pour ne pas le laisser, lui ? C'était trop con pour être réel. Ma réputation était tout ce que j'avais.

— T'inquiète pas, mec, ce n'est que le début de ta gloire, lâcha Brian en lui donnant un petit coup de coude dans les côtes en voyant son ami regretter nos anciennes places.

Je vis Gabriel poser instinctivement une main sur son flanc et mon esprit fit le lien entre ses côtes mal guéries et ses cicatrices.

Je me sentis coupable, sur le coup, de l'avoir traité de douillet alors que ça avait toujours été le contraire.

— Sa gloire ? Laissez-moi rire. Gabriel est populaire parce qu'il a un beau cul, mais viendra un jour où celui-ci sera tout fripé par la vieillesse, et il ne lui restera plus rien. Et alors, il ne sera plus qu'un connard d'une curiosité maladive, lançai-je nonchalamment pour chasser les sentiments qui commençaient à s'abattre sur moi.

Brian éclata de rire à la fin de ma phrase mais Gabriel se contenta de me renvoyer un sourire énigmatique et, comme chaque fois, j'eus envie de lui arracher les lèvres pour le faire disparaître. C'était le sourire qu'il faisait lorsque j'avais tort et qu'il le savait.

Et ce sourire s'affichait bien trop sur son visage à mon goût.

— Tu sais ce que tu es, Fricht ?

— Impressionne-moi, me moquai-je.

— Tu es une garce vindicative et obsédée par le contrôle. Mais ce n'est pas grave, on t'aime quand même, soupira-t-il théâtralement en gardant son sourire mesquin plaqué sur son visage.

Je clignai des yeux et croisai les bras sur ma poitrine, m'enfonçant au fond de ma chaise. Brian s'était redressé et suivait notre échange comme un arbitre pendant un match de foot.

— Tu es juste jaloux de moi, contre-attaquai-je en relevant le menton.

— C'est vrai que j'ai toujours rêvé de mettre des talons hauts, ricana-t-il en saisissant une frite.

Je souris malgré moi et piquai le bâtonnet avant qu'il n'atteigne sa bouche. C'était un simple jeu, un geste anodin qui me permettait de me frotter au grand Gossom.

— Parce que, en plus, tu me voles ma nourriture ? T'es la petite amie de Satan ou juste la fille la plus chiante de l'univers ?

— J'ai bien peur d'être les deux, rigolai-je en essayant de lui en voler une deuxième, rien que pour lui montrer que j'en étais capable.

Mais il retira son assiette et les deux garçons durent voir mes yeux s'écarquiller. Si Brian ne devait pas y comprendre grand-chose, le regard pétillant d'espièglerie de Gabriel était très expressif.

— Je suis sympa, moi, j'offre de quoi nourrir la demoiselle, le nargua Brian en me tendant sa barquette.

Gabriel leva les yeux au ciel et attrapa une nouvelle frite. J'en picorai une ou deux dans la petite poignée de Brian et attaquai ensuite mon assiette. J'avais faim, tout compte fait. Peut-être aurais-je dû garder mon steak, au lieu de le donner à ce goujat de Gossom.

Je ne remarquai qu'après que, grâce à eux, je n'avais pas hésité à manger. Je n'avais même pas essayé de calculer les calories de chaque aliment.

Et le regard de Gabriel me fit comprendre que, lui aussi, s'en était aperçu.

24

GABRIEL

Je me levai pour applaudir Brittany lorsqu'elle arriva au skatepark avec des baskets. Je ne m'étais pas trompé, elle avait une bonne tête de moins que moi, maintenant. Pour l'embêter, je fis semblant de m'accouder sur sa tête.

— Achète-toi du déodorant avant de me faire ce genre de chose, Gossy Primate, marmonna-t-elle en se retirant si brusquement que j'aurais pu tomber.

— La ferme, Scary Britty, contrai-je aussitôt en chantonnant.

Il y eut quelques secondes de flottement, pendant lesquelles j'eus peur d'être allé trop loin. Puis elle renversa sa tête vers l'arrière et éclata de rire. C'était beau. Et si rare que je tentai de mémoriser ce son pour le repasser en boucle plus tard, comme une cassette.

— Bon, tu es prête ?

— Tu me proposes un footing ? rigola-t-elle en me donnant un coup dans l'épaule.

Mon sourire s'agrandit lorsque je désignai le skate et qu'elle pâlit.

— Hors de question, répliqua-t-elle fermement.

— Fricht.

— Gossom. Non, refusa-t-elle catégoriquement en croisant ses bras sur sa poitrine tandis que je lui lançais un sourire convaincu.

***

— Je vais tomber, je vais tomber, je vais tomber, geignit-elle en remettant correctement ses protections aux coudes.

— Mais non, Fricht, lâchai-je d'une voix traînante en la tenant par la taille.

— Fais-moi glisser et je te tue, tu m'entends ? Je découpe chaque partie de ton corps et je donne le tout aux tigres du zoo, puis je m'occuperai… commença-t-elle avant de pousser un cri aigu au moment même où je la poussai dans le vide.

Cela faisait deux petites heures que mademoiselle apprenait le skateboard. Je n'étais pas fou au point de lui avoir fait essayer notre rampe habituelle. Elle avait eu droit à la petite pour les débutants. Et elle trouvait encore le moyen de geindre comme une fillette.

Son cri fut mémorable et je rigolais encore lorsqu'elle atteignit l'autre côté. Son arrivée fut maladroite et, si elle atterrit sans trop de dommages, le skate se perdit en cours de route.

— Arrête de te bidonner, Gossom, ou je t'éclate, marmonna-t-elle en se laissant glisser jusqu'en bas pour partir vers notre rampe habituelle.

Je la suivis en rigolant toujours et, quand j'arrivai à sa hauteur, elle me donna une petite tape derrière la tête.

— Tu m'aides à monter ? s'impatienta-t-elle en tendant sa main.

Je me hissai au sommet du bloc en métal et lui tendis une main pour qu'elle monte sur la rampe à son tour. Une fois assis, je sortis de mon sac un paquet de M&M's.

— T'en veux ?

— Non merci, lâcha-t-elle en fuyant mon regard.

— Comme tu veux. De toute façon, c'est un truc de mecs, déclarai-je en appuyant volontairement sur la fin de ma phrase.

Je venais de comprendre le fonctionnement de la petite Fricht, elle ne croyait quand même pas que j'allais la lâcher aussi facilement ?

Pour une fois que son orgueil nous servait à quelque chose.

Elle m'adressa un regard interrogateur et, pour toute réponse, je jetai une petite cacahuète en l'air pour la happer au vol. Elle leva les yeux au ciel en soupirant et je lançai une deuxième boule vers elle.

— Mais t'es nulle, Fricht, la narguai-je lorsque le bonbon retomba au sol.

— C'est toi qui ne sais pas viser, me piqua-t-elle en croisant les bras.

— Dis plutôt que tu n'as même pas essayé de le gober !

— Je n'en avais pas envie, c'est tout, s'énerva-t-elle en croisant les bras sur sa poitrine.

Je chantonnai un petit air et avalai quelques bonbons supplémentaires. Brittany fixait un point face à elle, les yeux perdus dans le vague. Je la tirai de ses rêveries avec une autre cacahuète.

— Gossom, si j'en reçois encore une...

— Oui ?

— Je te tue à coups de talon bien placés, asséna-t-elle en me renvoyant le petit M&M's.

— Et la lignée Gossom ?! m'indignai-je faussement.

— Mon Dieu, je sauverais la planète en même temps, se moqua-t-elle en roulant les yeux.

Le silence plana sur nous pendant plusieurs minutes. Je me contentais de lancer des bonbons et de les rattraper entre mes lèvres. Les cacahuètes commençaient à me couper l'appétit et elle n'avait toujours pas réagi. M'étais-je trompé ?

N'étant plus vraiment concentré sur mes lancers, je ratai le bonbon, qui roula sur le métal.

— Ah, Gossom ! Tu es trop nul, fanfaronna-t-elle en pointant un doigt accusateur vers moi.

— T'as qu'à faire mieux, si t'es capable !

— Bien sûr que oui, j'en suis capable. Tu m'as prise pour toi ou quoi ?

M'asseyant face à elle, je jetai un premier bonbon. Elle se pencha en avant et le goba entre ses lèvres. Je la regardai, amusé, manger les trois suivants.

— Pas mal, Fricht, pas mal, m'inclinai-je en me tournant légèrement.

Je fixai le skatepark désert et enfonçai mon bonnet un peu plus profondément sur mon crâne. Il commençait à vachement geler. Je levai les yeux au ciel et observai les petits flocons de neige.

— Le skatepark sera bientôt recouvert de neige, lâchai-je pour combler un silence presque devenu inhabituel.

On se disait tellement de choses, ici.

— On n'aura plus à voir les graffitis d'amour stupides, au moins, ricana-t-elle en effleurant les initiales SM ML.

Je me demandai ce qu'étaient devenues ces deux personnes. Probablement des ratés qui s'étaient séparés dès la fin du lycée. Je ne comprenais pas à quoi cela leur servait, de graver une illusion sur le métal. Peut-être cherchaient-ils à la rendre réelle, en fait.

— T'as un feutre indélébile, Gossom ?

— Pourquoi ? Tu veux graver un mot doux pour toujours sur cette rampe ? blaguai-je en fouillant dans ma trousse.

Elle saisit le feutre épais et s'allongea sur le ventre, repoussant son écharpe. La fermeture éclair de son manteau crissa légèrement sur le métal, mais elle ne s'en préoccupa pas. Je m'allongeai à mon tour et regardai sa main s'activer.

Fricht et Gossom

— Eh ! Pourquoi ce n'est pas mon nom en premier ?!

— Parce que c'est par ordre d'intelligence, débile, marmonna-t-elle machinalement.

Mais elle me calculait à peine. Sa main restait immobile contre le sol, elle réfléchissait.

— On est quoi ? demanda-t-elle enfin en plongeant son regard dans le mien.

— Des amants ? la taquinai-je en la bousculant. Des amis ?

— On est amis ?

Je haussai les épaules. Peut-être. Oui.

Elle reporta son attention sur le début de notre inscription.

Fricht et Gossom. La jolie princesse et le primate

— Fricht, tu ne peux pas noter ça ! Les prochains ados se ficheront de nous, m'exclamai-je en tentant d'effacer le gribouillage.

C'était trop tard. Brittany se levait déjà. Me saisissant l'index de sa petite main, elle me tira en bas de la rampe.

Je la laissai m'entraîner jusqu'à sa voiture en me rendant bien compte qu'elle prenait une nouvelle habitude. Je n'arrivais juste pas à savoir si c'était une bonne ou une mauvaise chose.

— Tu veux que je te reconduise ?

— Non, rentre directement chez toi, lui ordonnai-je gentiment.

— Tu deviens trop sérieux, Gaby, s'exaspéra-t-elle en levant les yeux au ciel.

— « Gaby » ? relevai-je en essayant de cacher mon trouble.

Elle se tourna vers moi et ses yeux se fracassèrent sur les miens. Je me sentais prisonnier, étouffé. Je me rendais compte que cette fille pourrait me réduire au silence d'un simple regard brillant, d'un vert comparable à du verre brisé et des émeraudes. Brittany battit des paupières plusieurs fois et se pencha un peu plus vers moi.

Je rêvais, ou était-elle en train de me draguer ?

Ses lèvres effleurèrent ma mâchoire, trop lentement pour que ce soit innocent, et je serrai les dents dans un réflexe idiot. À quoi jouait-elle ? Je fermai les yeux un court instant, j'avais l'impression que mes sensations étaient décuplées. Sa bouche me paraissait brûlante, sa main autour de mon doigt semblait me couper la circulation.

J'avais de l'acide brûlant dans le cœur et la moindre pulsation le propageait dans mes veines. Je mourais d'une combustion instantanée.

— Game over, Gossom, me murmura-t-elle au creux de l'oreille.

Puis elle s'enfuit au volant de sa voiture, me laissant interdit.

Elle avait cru être elle-même ma faiblesse. Et plus l'année avançait, plus je peinais à la contredire.

Ce fut à cet instant que je compris que, peut-être, la maladie commençait à me bouffer les os.

25

GABRIEL

Treize ans plus tôt

Gabriel gratta distraitement la peau entourant sa blessure. Il ne comprenait pas vraiment pourquoi sa plaie s'entourait d'un halo rouge. Il avait bien envie de toucher un peu, pour voir de plus près le phénomène, mais ça faisait quand même vachement mal. Le petit garçon avait sifflé lorsque Evangeline avait tenu à lui faire un bisou spécial dessus, comme maman n'était plus là pour le faire à sa place. Elle pensait que cela l'aiderait à guérir définitivement et, à présent, Gabriel commençait à en douter. Elle s'était endormie dans ses bras, comme presque tous les jours, et il ne voulait pas la réveiller. Pourtant, son bras s'engourdissait, comme si des milliers de fourmis rouges le piquaient.

Pour passer le temps, il compta les respirations d'Evy. Gaby aimait beaucoup faire ça. C'était la seule qualité du silence, en fait.

Cela lui permettait de percevoir les inspirations régulières de sa petite sœur. Sa maîtresse lui avait dit que l'air entrait dans deux petits sacs gonflables pour ensuite aller nourrir le cerveau. Elle avait aussi dit que, une fois qu'on ne respirait plus, on partait très loin.

Est-ce que sa maman avait arrêté de respirer, alors ? Parce que, depuis vingt-quatre jours, il ne l'avait pas vue. Il avait eu un peu de mal à compter jusque-là, à cinq ans. Peut-être avait-il inversé des chiffres, peut-être en avait-il oublié.

En tout cas, Evy commençait aussi à trouver que c'était long.

Gabriel n'avait pas osé en parler à sa petite sœur, il avait peur de l'inquiéter, mais papa était bizarre ces derniers temps. Cela avait commencé un soir, lorsque Gaby était sorti de sa chambre à cause d'un bruit. Il l'avait trouvé sanglotant contre le lit qu'il partageait avec maman. Le petit garçon avait bien eu envie de lui dire qu'on devait dormir dedans et non à côté, mais son père avait posé un doigt sur ses lèvres. Et Gabriel avait dû retourner se coucher. C'était ce jour-là également qu'il avait dormi pour la première fois avec Evy. Elle n'avait que trois ans, elle ne prenait pas beaucoup de place dans le lit. Pour une raison qu'il ignorait, il était allé la rejoindre. Et il avait écouté le silence.

Puis d'autres jours étaient passés. Et, là encore, Gabriel n'écoutait pas assez à l'école pour savoir le nombre exact. Papa n'était pas rentré et Evy avait râlé, elle avait faim. Alors Gabriel avait attrapé maladroitement le pot de chocolat et celui-ci s'était renversé. Evangeline avait trempé son doigt dans la pâte étalée par terre mais Gabriel l'avait grondée. Il n'avait pas envie qu'elle se coupe la langue. Il lui avait donné un peu de glace, quelque chose qu'il était assez grand pour attraper.

Ensuite il avait mis sa petite sœur au lit et avait attendu son père. Maman lui avait toujours dit de laisser les adultes ramasser le verre, parce que cela pouvait faire très mal. C'était coupant.

Il ne savait pas combien de temps il avait attendu dans la cuisine. Trois coups avaient sonné sur la grande horloge et c'était là son seul repère. Gabriel était content qu'elle ne sonne pas trop souvent, il n'aurait pas été capable de tout compter dans le cas contraire.

Puis il avait vu une ombre d'homme tanguer légèrement de gauche à droite sur le paillasson. Au début, il avait eu peur. Il avait reconnu son papa, une bouteille vide à la main. Son sourire s'était agrandi et il s'était préparer à lui sauter dans les bras.

Mais, lorsque son papa avait ouvert la porte, il n'avait pas vraiment été content de trouver le petit garçon par terre, parmi tout le chocolat.

Et alors, il avait crié. Très fort. C'était la première fois que Gabriel le voyait si en colère. Tellement en colère qu'il en avait jeté sa bouteille à terre. Gaby s'était bouché les oreilles. Le bruit résonnait drôlement fort après tout ce silence.

Son père avait tenté de monter l'escalier, mais il avait trébuché à chaque marche. Alors, il avait juré et s'était couché sur le canapé.

Et Gabriel avait ramassé le verre.

Et il s'était coupé.

Et cela avait été sa première blessure.

Je fixais mon plafond. J'aurais aimé faire autre chose, mais j'en étais incapable. J'avais envie de prendre mon skate et de rouler jusqu'à en casser les roues, mais je n'aurais pas pu m'empêcher de penser à elle, à ces soirées qu'on partageait quotidiennement. Je n'avais pas peur de tomber amoureux de Brittany, je savais que j'avais perdu toute capacité de l'être un jour.

Après tout, ne faut-il pas un cœur pour aimer ?

Je ne craignais pas non plus qu'elle craque pour moi. Elle me ressemblait trop pour tomber dans ce piège, si cliché qu'il me faisait rire.

Et puis, Fricht avait besoin d'un homme attentionné, capable de lui livrer son âme en entier. Or, nous savions tous les deux que je ne l'étais pas.

Mais je commençais à comprendre qu'en plus de se glisser dans mes routines, de me créer des habitudes, elle me devenait aussi indispensable. J'aimais bien cette sale garce, un peu trop pour mon bien.

Parce que je savais que tout ce que j'aimais m'était toujours arraché. Je devais garder un périmètre de sécurité assez grand pour que tout ne s'effondre pas lorsque ça exploserait.

Une seule personne m'avait un jour vu en entier. Et j'avais dû la faire fuir pour qu'elle ne soit pas contaminée par moi. J'étais devenu trop sombre pour elle, malgré moi. Et elle avait toujours été la seule chose envers laquelle je ne pouvais pas me montrer égoïste.

Alors, je fixais mon plafond en espérant que lui aurait une solution. Que devais-je faire, merde ? Je pouvais la laisser tomber du jour au lendemain, quitter mon emploi et prier pour en trouver un autre rapidement. Fricht avait sa fierté, elle en serait tellement indignée qu'elle ne chercherait pas à me voir ou à me demander des explications. Elle jouerait la forte et, le soir, elle se laisserait happer par les doutes. Elle se trouverait moche, encore. Elle se couperait peut-être. Et, comme un con, je compterais ses bracelets chaque jour en voyant tous les dégâts que j'avais causés.

Je savais que je devais rester auprès d'elle. Je devais veiller à ce qu'il ne lui arrive rien, puisque cette gourde était trop stupide pour prendre soin d'elle-même. Le truc, c'est que, comme elle monopolisait mes soirées et mes déjeuners, il n'y avait plus de place pour une autre fille. Une fille sans importance, une passade. J'avais toujours eu une jolie panoplie de proies accrochée à mon bras et là, elle ne me laissait plus le temps de m'occuper d'une jolie demoiselle en détresse.

Or, ça commençait à me manquer grave. Au point que j'aurais été capable de me jeter sur Fricht. Eh ouais, j'étais tombé aussi bas. Ça ne m'inquiétait pas, toutefois. Je savais que, dès qu'une belle conquête m'aurait fait perdre la tête, Brittany redeviendrait ce qu'elle avait toujours été pour moi. Ce genre d'amie sans l'être, cette confidente qui comprenait ce que je taisais quelquefois.

C'était ça. Elle était ma traductrice. Elle voyait le monde à travers ses yeux complètement naïfs et superposait sa vision à la mienne. Là où je voyais le bien, elle me montrait le côté noir.

Et, lorsque je nageais dans le brouillard, elle m'indiquait gentiment le nord sans le savoir. C'était plus fort que l'amitié, à dix mille kilomètres de l'amour et bien loin de notre haine.

Soudain, un énorme fracas retentit dans la pièce d'à côté, m'arrachant à mes pensées sinistres. Je sursautai et écoutai ensuite le silence pesant.

J'avais horreur du silence. Il me rappelait tout un tas de merdes que je préférais généralement réserver à mes cauchemars. Alors je me levai lentement et marchai à pas de loup jusqu'à la chambre du morveux.

La porte grinça lorsque j'essayai de l'ouvrir le plus doucement possible.

Jake avait la tête cachée derrière son oreiller. Il avait jeté ses chaussures en entrant dans la pièce et je compris que le vacarme provenait de sa porte. Il avait dû la claquer si fort que tout le chambranle en avait tremblé.

Je ne savais même pas que le petit Jackie Chan avait autant de muscles. J'y repenserais la prochaine fois que je l'emmerderais.

Seulement, j'entendis un sanglot étouffé. Jake avait honte de pleurer devant moi, je le savais. Ce gamin était assez stupide pour m'avoir pris pour modèle. Et il était encore plus idiot de craindre de me décevoir.

Je n'avais jamais eu le droit de pleurer. Moi non plus, je ne voulais pas décevoir les gens. Et j'avais fini complètement détraqué.

Je m'assis au bord du lit et attendis. Jake ne relèverait pas la tête de cet oreiller tant qu'il n'aurait pas arrêté de se montrer faible. Et moi, j'étais incapable de le prendre dans mes bras et de le réconforter. Jackie Chan était encore plus petit que Brittany, après tout.

Et je cassais toujours les petites choses fragiles.

Je comptais ses respirations machinalement, comme un vieux réflexe.

Lorsque je n'entendis plus ses sanglots étouffés, je me redressai et m'allongeai sur le lit, faisant exprès de l'écrabouiller sous une partie de mon poids.

— Bon, morveux, tu vas me raconter pourquoi tu chiales ?

— Fous-moi la paix, Gaby, marmonna-t-il sans relever la tête.

— Allez... Dis tout à tonton Gabriel, tentai-je de l'adoucir, mais je m'enfonçais.

Car, lorsqu'il planta ses yeux rouges dans les miens, je tombai sur deux globes étincelant de colère. Mais ce n'est pas ça qui m'embêta le plus. Je veux dire, j'avais déjà eu affaire au petit Jackie Chan et à son kung-fu. C'était moi qui lui avais appris à boxer, après tout.

Non, ce qui me dérangea, c'était ce coquard sombre qui dévorait son regard bleu, sa lèvre éclatée par un coup violent. Ce qui m'acheva, c'était la planche de skateboard cassée dans un coin. C'est la première chose que je lui avais offerte à mon arrivée : ma vieille planche que j'avais retapée pour la lui donner à Noël. Je savais qu'il la gardait comme Fricht devait chérir ses vernis à ongles. Il ne l'aurait jamais, jamais, brisée de son plein gré.

— Tu en as quelque chose à foutre de moi, maintenant ?

— Quelle merde tu vas me chercher, là ? grognai-je en fronçant les sourcils.

Mais le petit Jake semblait bien trop remonté pour m'expliquer calmement. Il se contenta de se lever pour essayer de partir, mais son geste releva juste assez son pull pour que je puisse voir une marque.

— Reviens ici !

— Laisse-moi tranquille ! Je ne suis que le petit con scotché à tes baskets la plupart du temps, alors pour une fois que je te laisse de l'espace, tu devrais être heureux, hurla-t-il en descendant l'escalier.

— Putain, Jake, vociférai-je à mon tour en lui courant après.

Je trébuchai dans l'escalier et enlevai mes chaussettes d'un geste rageur. Jake devait avoir entendu ma course, car il accéléra le pas. Il voulait probablement filer à la salle de bains, c'était là qu'il y avait la pharmacie.

Je tapai un bon sprint et le serrai contre moi comme une camisole de force, essayant de soulever son pull. Jake se débattait comme un beau diable, gesticulant dans tous les sens. Et plus il se cachait, plus je craignais de découvrir son torse. J'avais connu ça, moi aussi. Les blessures cachées, les ecchymoses camouflées et les habits bien larges pour éviter qu'ils ne frottent vos brûlures. Ces pensées me firent peur et je tirai brutalement le pull vers le haut.

— Jake…

Je regardai les pectoraux du gosse, ses ecchymoses parfois anciennes. Je regardai la plus récente à son estomac. Elle commençait à peine à s'estomper et le bleu avait la taille de mon poing. Si j'étais déjà passablement énervé par ses paroles ridicules, son état me plongea dans une rage noire. J'aurais pu détruire le monde à cet instant. J'aurais tué ces connards qui croyaient qu'on pouvait toucher à mon petit frère.

— Qui ? demandai-je d'une voix rauque, deux octaves plus bas que d'habitude.

— Arrête.

— Qui ? me contentai-je de répéter sans le quitter du regard.

La maison était chauffée et, malgré les deux degrés extérieurs, on pouvait se balader torse nu dans la pièce sans grelotter. C'est ainsi que je sus que ses tremblements n'étaient pas dus au froid.

— Tu as peur de moi, lâchai-je, tout à coup incroyablement déçu.

Parce que si j'effrayais ce petit bonhomme, alors j'avais tout perdu.

— T'es con ou quoi ? Je n'ai pas peur de toi, Gabriella, grogna-t-il en roulant les yeux, et je lui remis son haut d'un geste un peu trop brusque.

C'était plus fort que moi, j'avais un cataclysme dans le ventre.

— Dis-moi qui sont ces gars, Jake, ou je les chercherai moi-même, le menaçai-je en essayant de mettre ma colère de côté.

— Tu vois ! C'est aussi pour ça que je ne voulais pas t'en parler ! Qu'est-ce que tu vas faire, hein ? Aller leur casser la gueule à tous ?

— Exactement. Crois-moi, je suis doué pour ça, répliquai-je sans me démonter avec un sourire incroyablement insolent sur les lèvres.

Jake souffla et je lui désignai le fond du couloir d'un signe de tête. Il me suivit sans un mot et, une fois dans la salle de bains, s'assit sur le bord de la baignoire. Je pris le désinfectant pour sa lèvre éclatée et quelques compresses. Ma propre expérience me revenait en pleine figure, telle une claque, et alimentait ma colère. Pour une raison totalement stupide, j'avais toujours cru que Jake était un garçon sans histoires, avec un tas d'amis. Il riait toujours, tellement. Il arrivait à redonner le sourire à tout le monde. Pour la première fois, je venais de réaliser que le petit Jackie Chan avait bien grandi, que ses problèmes ne se limitaient plus au vol de petites voitures. Je venais de saisir que lui aussi pouvait être malheureux. Il enfilait son sourire comme j'enfilais mon masque chaque matin, tel un pull un peu trop collé à notre peau.

J'essayais de me concentrer sur ma tâche pour ne pas exploser – parce que Jake n'avait pas besoin de ça –, mais mon sang bouillait dans mes veines. J'avais envie de faire mal, très mal, et rien ne pourrait me calmer tant que je n'aurais pas la tête de ce… ce…

— Pourquoi ne voulais-tu pas me le dire ? demandai-je de la voix la plus calme possible, pour me changer les idées.

— Je ne veux pas t'attirer d'ennuis. Tu te fais toujours engueuler parce que tu te bats à l'école, souffla-t-il en grimaçant lorsque je touchai sa lèvre.

— Ce n'est pas la seule raison, lâchai-je.

— Parce que je ne voulais pas t'emmerder avec ça.

— Pourquoi ?

Il se tut. Et j'en avais réellement marre que ce morveux ose croire qu'il pourrait me faire de la rétention d'informations. Ce n'était pas la démocratie ici, et mes questions étaient purement optionnelles. Quoi qu'il me dise – ou me cache –, je trouverais ces idiots qui osaient s'en prendre à lui.

— Pourquoi ? insistai-je en fronçant les sourcils, parce qu'il me faciliterait quand même drôlement la tâche en parlant.

— Parce que j'ai l'impression que je ne compte pas assez à tes yeux pour que ce genre d'histoires bidon t'intéressent, murmura-t-il en baissant le regard, et je sus qu'il pleurait à nouveau.

Mais cette fois c'était pire, car ses larmes coulaient à cause de moi.

— Qu'est-ce qui t'a mis cette connerie dans la tête ?! m'énervai-je en jetant brutalement le coton dans la poubelle.

— Mais regarde-nous, Gaby ! Tu ne me dis plus rien, tu ne me racontes plus rien ! Avant, tu dormais avec moi le samedi soir, tu jouais avec moi. On campait dans le salon, on se matait des séries !

— J'ai joué à la console avec toi, me défendis-je.

— Oh, waouh. Tu veux une médaille ? Je t'ai sorti le plus énorme mensonge de toute ma vie et tu m'as cru sans sourciller, lâcha-t-il avec un rire amer.

— Et tu voulais que je fasse quoi ? Que je le lise dans ta tête ?! hurlai-je, parce que plus il parlait, plus je comprenais à quel point je l'avais blessé.

Et plus ça me tuait.

— Mais oui ! Exactement ! Comme tu le faisais avant ! Mais non, *môssieur* est trop grand maintenant ! Il est trop vieux pour me raconter ses problèmes et moi, je dois développer les miens ?! hurla-t-il à son tour.

— OK, OK, j'ai déconné, avouai-je en me passant la main sur le front.

— T'as pas déconné, t'as tout raté ! Tu t'es enfermé dans ton petit monde torturé parce que, oh, pauvre Gabriel, il a été adopté par une famille géniale et il s'en fiche totalement, cracha-t-il, et je me demandai, à cet instant, depuis combien de temps exactement il encaissait tout en se dissimulant derrière un grand sourire et quelques blagues.

— C'est faux !

— Tu refuses l'argent de papa et maman, tu me traites de morveux la plupart du temps… Est-ce que je suis ton petit frère au moins, à tes yeux ? hurla-t-il d'une voix plus grave que d'habitude.

— Mais oui je t'aime, petit con, criai-je à mon tour.

Et ces paroles avaient quitté mes lèvres sans que je m'en rende compte.

Jake sembla déstabilisé tandis que je restais là comme un idiot, sans savoir quoi faire. Je ne savais jamais dire convenablement ce genre de choses. Je n'étais pas fait pour ça, pour l'amour et tout le tralala. J'étais un mec rationnel, moi. Oui, je gardais une distance avec Patrick et Claire. Oui, je ne les considérais pas comme mes parents.

Oui, j'étais un gros connard, une énorme brute, et oui, je ne méritais pas toute cette vie.

— Je…

— Tais-toi, maugréai-je d'un ton bourru.

— Moi aussi je t'aime, Gaby.

Je t'aime, Gaby, tu es mon ange gardien.

Les voix se superposèrent en quelques secondes et je me rendis compte que, même si j'avais essayé de repousser Jake bien loin, il avait trouvé le moyen de s'immiscer en moi. Une part de moi voulait le blesser encore plus profondément. Ainsi, il s'éloignerait à jamais et tout serait toujours comme avant. Je repousserais toujours les autres et blesserais ceux qui avaient la témérité d'oser m'effleurer.

Seulement, j'avais un peu changé, cette année. Et Jake faisait partie de mes dernières chances. Brittany et lui étaient mes dernières chances.

— Dis-moi ce qui ne va pas, Jackie Chan, repris-je d'une voix plus douce.

— Il… Il y a ces mecs. Ils sont au lycée et ils… commença-t-il en fuyant mon regard.

Je posai un bras sur son épaule et, d'un geste un peu brutal et maladroit, je le serrai dans mes bras. C'est à ce moment que je compris ce qu'avait voulu m'expliquer Jake. Je ne l'avais pas étreint de la sorte depuis au moins cinq ans. Je m'étais enfermé dans une bulle, sans chercher à voir si la sienne n'éclatait pas sous la pression. Je l'avais laissé croire que je m'éloignais parce que je ne tenais plus à lui.

Je l'avais laissé croire tout un ramassis de bêtises, tout simplement parce que ça m'arrangeait qu'il se détache un peu de moi.

— Ils ont commencé à me demander de l'argent. Au début, c'était dix dollars pour manger, puis cinquante. Et cent, et plus.

— C'était toi, ma paie ?

— Je m'en suis tellement voulu. Je ne pouvais pas te faire ça. Je t'ai rendu les sous et j'ai essayé d'arrêter ces conneries.

— Tu les as remis dans mon sac de cours, complétai-je à sa place en posant mon menton sur sa tête.

— Je suis désolé, tellement, tellement désolé. Ils ne veulent pas me lâcher. L'un d'eux a glissé un objet volé dans mon sac et tout le monde croit que c'est moi qui l'ai volé. Tout le collège m'en veut, j'en peux plus. Madelyne... Lyne ne veut même plus me parler, continua-t-il en reniflant.

— Qui sont ces garçons ?

— Gaby, s'il te plaît, s'exaspéra-t-il en essayant de reculer.

Mais je savais qu'à l'instant où ses yeux rencontreraient les miens, il se fermerait comme une huître. Jake avait sa petite fierté, lui aussi.

— Qui, Jake Bobby Gossom ?

— Tad Hamson, François Cooper et David Rolls.

Je connaissais ces trois mecs, ils faisaient partie de l'équipe de basket. J'avais envie de vomir en sachant que ces trois garçons m'avaient tapé dans le dos lorsque j'arrivais le matin. Ils avaient mangé avec moi, rigolé à mes vannes.

Très peu de gens connaissaient ma famille. Seule Brittany savait mon histoire. En fait, je pense que ces trois mecs n'avaient même pas idée du petit bonhomme qu'ils venaient de toucher.

Mais ça allait changer. Parce qu'on allait devoir apprendre que ce qu'on donne à Gabriel Sheepfield...

... *appartient à Gabriel Sheepfield.*

26

BRITTANY

J'avais accouru au skatepark en quatrième vitesse après le coup de fil de Gabriel. Quelque chose dans sa voix, son grognement sourd, sa respiration hachée, m'avait convaincue que je devais lever mes fesses, et pronto.

C'est vrai que, depuis quelques jours, on avait un peu déserté notre rampe bien pourrie. En fait, c'était lui qui s'était éloigné. Au début, il m'avait annoncé qu'il avait entraînement de boxe. Puis un gala de charité avec ses parents.

Puis j'avais arrêté de lui demander, parce que je n'étais clairement pas un petit toutou qui attend gentiment qu'on accepte de lui lancer la balle.

Alors, j'avais pris du recul moi aussi. Il avait mangé en retrait de notre table spéciale les midis et sa chaise vide m'avait pincé le cœur. Je ne m'étais pas rendu compte que, sous ses airs bourrus, Gabriel animait autant nos repas… jusqu'à ce qu'il ne soit plus là, que Brian alterne un jour sur deux et que je me retrouve entre Vanessa et Pamela.

J'aurais bien aimé repousser les plats du self mais, étrangement, j'aurais eu l'impression de le trahir. Je pouvais vraiment être idiote quand je le décidais, mais j'avais avalé quelques bouchées chaque midi, m'assurant qu'il le remarque. Bon, OK, peut-être que j'avais aussi voulu lui montrer que j'étais une grande fille qui n'avait pas besoin de lui.

Parce que, vraiment, je me fichais pas mal qu'il change d'humeur comme de chemise. Enfin, mauvais exemple. Gossom avait une hygiène de vie plutôt spéciale.

Je m'étais bien résolue à lui mettre un bon gros râteau lorsque j'avais décroché. Puis il avait paru étrange. Et je m'étais rappelé que, peut-être, j'avais cherché cette distance.

Que, peut-être, j'avais un peu trop joué. Et que, peut-être, je lui devais bien ça.

***

Je le trouvai assis sur notre rampe, les jambes pendant dans le vide et le regard fixé sur les étoiles. Il semblait ailleurs et, en même temps, terriblement enchaîné au sol. Ainsi, avec une petite lampe grésillante pour seul éclairage, il ressemblait un peu à un ange. Malheureusement, son air grave lui attribuait plutôt le rôle du pauvre angelot qui s'était trop penché au bord de son nuage et s'était royalement cassé la gueule. Comme s'il avait chuté sur des dizaines de mètres et avait encaissé tous les coups.

— Tu nous fais une crise existentielle, Gossom ? le raillai-je d'une voix forte pour qu'il remarque ma présence.

Il inspira profondément pour seule réponse et ne darda même pas ses prunelles chocolat sur moi. C'était bête, j'aurais bien aimé voir la petite étincelle dorée. Cet éclat stupide me manquait.

— Tu vas me laisser monter toute seule ? Je dois te rappeler que mes chaussures ne sont pas vraiment prévues pour escalader les rampes métalliques à neuf heures du soir ?

Son regard se posa enfin sur moi et la noirceur qui y était enfermée me fit frissonner. J'avais déjà vu Gossom particulièrement en colère, mais là, il semblait avoir dépassé ce stade. Je fus tentée, pendant un bref instant, de tourner les talons et de rentrer chez moi. OK, je serais passée pour une peureuse, mais au moins j'aurais encore tous mes doigts le lendemain.

Puis je me rappelai que c'était Gabriel. Juste Gabriel. Mon primate préféré.

Alors, en soufflant assez bruyamment pour qu'il l'entende, j'entrepris d'enlever mes jolies bottines en daim et mes chaussettes. Le métal était froid sous mes pieds, engourdissant ma cheville entière, mais au moins je n'allais pas me casser le bras en montant sur ce truc. Prenant mon élan, je fonçai vers l'autre côté de la rampe. Alors que je me préparais à l'atteindre toute seule, un bras s'enroula autour de ma taille et me propulsa à la droite de son propriétaire. Gabriel me fixa un instant, son visage assez près du mien pour que je discerne l'absence de toute lueur amusée. Je me retrouvai face à un mec froid et brutal, un mec que je n'avais pas l'habitude de fréquenter. Je venais de comprendre pourquoi ce gars-là effrayait tant les autres lycéens. Je comprenais d'où venait sa réputation.

J'étais presque sûre, à ce moment-là, qu'il aurait pu me briser plus facilement encore qu'un cure-dents.

— Excuse-moi de te dire ça, Gossom, mais tu as une mine affreuse. Tu as déjà pensé à un gommage des pores ?

— Mon petit frère vient de m'apprendre qu'il se faisait terroriser par trois mecs depuis pas mal de temps et que j'étais trop con pour le remarquer. Crois-moi, ça chamboule pas mal, lâcha-t-il avec un rire amer.

Je perdis mon petit sourire arrogant à la fin de sa phrase. De toute évidence, Gabriel était bien loin d'avoir besoin de quelques piques finement placées. J'aimais brûler les limites autorisées, mais je n'avais pas non plus envie de mourir carbonisée par un lance-flammes.

— Pourquoi m'avoir appelée ? Pourquoi être venu ici ? demandai-je doucement, comme si chuchoter pouvait l'aider à se confier.

— Au début, je voulais aller chez eux. Je voulais aller leur casser tellement de choses qu'ils n'auraient même pas été capables d'aller pisser tout seuls. J'étais tellement… J'avais tellement envie de…

— Oui ?

— J'ai pris peur, je me suis dit que je pouvais réellement perdre le contrôle. Et au fond… Rah, putain.

— Au fond, t'avais envie de le perdre, complétai-je à sa place, parce que c'était facile à comprendre.

Il détourna le regard, comme s'il venait de m'annoncer qu'il avait tué Alice au pays des merveilles.

Mec, il n'y a pas mort d'homme – et c'est un très mauvais jeu de mots. T'es là, pas chez eux. T'as compris que t'allais disjoncter et t'as tiré ta révérence juste à temps. C'est déjà un bon pas vers le contrôle de soi, ça.

— Pourquoi es-tu venue ?

— Crois-moi, toute occasion est bonne pour quitter ma maison, marmonnai-je en posant mes bottines à côté de moi.

J'aimais bien jouer avec les lacets, mais le soupir du primate m'avait fait deviner que ça ne l'aidait pas à se calmer.

— Tu as un problème avec tes parents ?

— Disons que ça ne va pas très fort, en ce moment, avouai-je en haussant les épaules.

— Je suis désolé, déclara-t-il d'une voix sincère.

— Putain, Gossom, lâchai-je alors d'une voix faussement étonnée.

— Quoi ?

— C'est la première fois que tu t'excuses, m'exclamai-je, avec un air stupéfait.

Il sembla interloqué pendant une dizaine de secondes, totalement à côté de la plaque. Vraiment, c'était drôle de le voir me fixer sans savoir quelle attitude adopter. Puis il finit par m'accorder un petit sourire.

— C'est bon, tu sais. J'ai compris depuis longtemps que tous les parents ne s'aimaient pas forcément pour l'éternité. J'ai parfois juste l'impression d'être un objet de remplacement. Enfin, ce qui me rassure, c'est que je suis plus jolie que le canapé, terminai-je en essayant de détendre l'atmosphère.

J'avais juste oublié que, question parents, Gabriel n'était peut-être pas le meilleur élément.

— Tu dis n'importe quoi, tes parents tiennent à toi, tu sais.

— Peut-être, qui sait ? Je sais juste qu'ils ne me connaissent pas assez pour voir que je suis un peu détraquée, moi aussi, dis-je en affichant un air blasé.

Gabriel se contenta de hocher la tête, comme s'il comprenait. Au fond, oui, je le pensais aussi. Qui voyait réellement le gars un peu maladroit et surprotecteur que je croisais tous les soirs ? Qui le connaissait suffisamment pour ça ? Lui comme moi étions des inconnus pour la plupart des personnes, à des dizaines de milliers de kilomètres du monde.

— Parfois, c'est simplement un problème de fierté, tu sais ? On cherche tellement à se protéger des mauvaises choses qu'on commence même à se méfier des belles, continua-t-il, le regard un peu vague.

— C'est ce qui s'est passé avec ton frère ?

— Jake… Jake est spécial pour moi. Le truc, c'est qu'il n'en a pris conscience que lorsque je le lui ai hurlé dessus ce soir. J'ai toujours pensé qu'il comprendrait. Au lieu de ça, il a cru qu'il n'était qu'une merde à mes yeux.

— Pauvre gosse, marmonnai-je, parce que avoir un handicapé sentimental comme Gossom dans sa famille ne devait pas être facile.

— Ce n'était pas contre lui. Je suis juste trop… trop compliqué pour un petit gars pareil.

Son regard se leva de nouveau vers les étoiles et je me demandai à qui il songeait. Qui accaparait ses pensées ? J'avais l'impression qu'il parlait plus à elle, à travers le ciel, qu'à moi. Et ça, ça m'énervait grave.

— Laisse-le en juger au lieu de tirer tes conclusions complètement stupides, le piquai-je un peu plus sèchement que je ne l'aurais voulu.

Il posa sur moi ses yeux inquisiteurs et je me contentai de hausser les épaules.

— Tu sais, Fricht, tu penses tout savoir de moi. Mais, au fond, tu ne connais rien. Je ne suis pas quelqu'un de bien pour un gamin de treize ans. Si je m'étais écouté, je serais allé déloger ces gars un par un pour les saigner de mes propres mains.

— Jake, c'est ça ? Eh bien, je pense que ce Jake voit la même chose que moi, repris-je en fixant les étoiles durant un court instant.

— Et qu'est-ce que tu vois ?

Pendant un instant, je repensai à notre conversation, celle où il m'avait déclaré n'être qu'un bout de bois pourri. Je remarquai alors que ce n'était pas la première fois qu'il se dénigrait ainsi. En fait, cela lui arrivait continuellement. Il semblait arrogant face au monde et si vulnérable devant moi.

— Tu es un chêne, annonçai-je fièrement après un moment de réflexion, contente de ma trouvaille.

— Tu te fous de moi ?

— Pas du tout. OK, on t'a assommé à coups de massue et on t'a déraciné de ta forêt. OK, on a voulu te transformer en joli placard. Et ouais, peut-être que t'as été un peu raté dans la construction…

— Merci, Fricht. C'est presque une déclaration que tu me fais là, me charria-t-il avec un rire faux.

— Mais tu es devenu un très joli portemanteau, terminai-je théâtralement.

— Et la traduction, ça donne quoi ? demanda-t-il, un brin amusé, et je faillis hurler de joie en retrouvant cette petite étincelle malicieuse dans ses prunelles.

— Gossom, tu as beau te cacher sous une pile de carapaces plus opaques les unes que les autres, tu as beau être défiguré et totalement brisé par les événements, il y a toujours des gens qui perceront tout pour t'atteindre. Ça ne te plaît pas, ça ne me plaît pas non plus mais, ouais, c'est comme ça. Essaie de lutter et tu te prendras un bon gros coup en retour.

Le silence plana quelques instants et je m'approchai de lui, saisissant son index entre mes doigts. Il posa son regard sur notre drôle de manière de nous relier l'un à l'autre, mais ne dit rien.

— J'aurais jamais cru que je confierais tout ça à une fille, marmonna-t-il en pliant une jambe pour y poser ses bras.

— Tu sais quoi, Gossom ? Je vais faire comme si je n'avais pas entendu cette réplique incroyablement macho, répondis-je, vexée.

— Je te remercie d'être venue, murmura-t-il, et je calai ma tête contre son épaule presque naturellement.

— T'as intérêt. La prochaine fois, invite-moi dans un café. Qu'est-ce qu'il caille, ici !

— Plus sérieusement, tu m'as empêché de faire une connerie, reprit-il, comme si je n'avais rien dit.

— Ouais. Tu m'as empêchée d'en faire une aussi, récemment.

— Quoi ? Attends… Si tu me sors que tu as… Je vais te… s'énerva-t-il en tirant mon poignet gauche brusquement vers lui.

La dernière fois, il les avait aperçus brièvement devant chez moi. Je n'avais pas envie que ça change. Je n'avais pas envie qu'il me trouve aussi affreuse que moi je me trouvais.

Alors je me dégageai brutalement.

— Pas touche, le primate, persiflai-je d'une voix ferme.

— Fais-moi voir ton bras, m'ordonna-t-il en fronçant les sourcils, et je savais qu'il interprétait mal ma réaction.

— Même pas en rêve, me moquai-je en serrant un peu plus les bords de mon manteau.

— Fricht. Je les ai déjà vues, argumenta-t-il d'une voix traînante.

— Justement. Une fois, c'est suffisant. Tu oublies que c'est gênant.

— Et toi, tu oublies que j'ai vu des choses bien plus louches que ça, bougonna-t-il en récupérant mon bras.

Je boudai légèrement lorsqu'il releva la manche de mon manteau, mais j'étais incapable de le repousser. J'avais l'impression que j'étais au bout de ma vie. Je détournai le regard et grimaçai en sentant ses doigts parcourir les cicatrices. Ces mêmes cicatrices que j'arrivais à peine à voir le matin.

— C'est bon ? Tu as eu ce que tu voulais ? sifflai-je en baissant la manche.

— Oui. Tu m'as fait peur, espèce de folle. J'ai cru…

— Ouais, je sais, le coupai-je.

J'avais vraiment, vraiment envie qu'il la ferme.

— Ça m'avait presque manqué, ces soirées, finit-il par soupirer pour éviter la déflagration de la bombe.

— Arrête ta scène nostalgique. C'est toi qui as tout laissé tomber.

— Stop, Fricht. J'avais juste besoin de faire certaines choses, souffla-t-il mystérieusement avec un petit sourire narquois.

— Qui t'empêchait de venir ici le soir ?

— Que veux-tu ? Un homme a besoin de certains bonus, ricana-t-il, et je lui lançai un regard noir.

— Tu vas me dire que tu m'as laissée en plan pour une pouffe, en plus ?

— Calme, tigresse, rigola-t-il en remontant un peu son écharpe.

— Non mais je rêve ! *Môssieur* m'a lâchée pour une stupide conquête, m'exclamai-je en roulant les yeux.

— Tu sais, Fricht, si je ne te connaissais pas, je pourrais presque croire que tu es jalouse. Mais, comme c'est toi, je vais juste penser que c'est une crise obsessionnelle, se moqua-t-il en rattrapant ma tête pour la poser sur son épaule.

Je grognai et relevai le visage, rien que pour l'embêter et lui montrer qu'il ne me commandait pas.

— Bref, et maintenant ?

— Quoi, maintenant ?

— Tu m'énerves, soufflai-je.

— J'aime tellement ça, tu n'imagines pas à quel point, rigola-t-il, beaucoup plus détendu qu'au début.

Au fond, j'avais l'impression qu'on avait échangé nos humeurs.

Je boudai quelques instants, les bras croisés sur la poitrine et les joues rouges.

— On se retrouve ici demain ?

— Non. J'ai plus envie, lâchai-je en tournant la tête.

— Quoi ?

— Moi aussi, j'ai besoin de bonus, bluffai-je en relevant fièrement le menton.

— Bon… Après-demain, alors ? demanda-t-il d'un ton détaché, et je fus vexée qu'il ne réagisse pas plus que ça.

— Crétin.

— L'avant-dernier jour de la semaine ?

— On appelle ça le pénultième, inculte, grognai-je en resserrant les bras autour de moi.

— D'accord, je prendrai les M&M's. Tu t'occupes du soda ?

— Je n'ai pas dit oui, m'indignai-je.

Pour toute réponse, il m'adressa un sourire insolent et descendit de la rampe.

— Allez, princesse, on descend, déclara-t-il en me tendant une main que je rejetai, rien que pour l'embêter.

Il leva les yeux au ciel et attendit patiemment que je remette mes bottines, les mains dans les poches de son épais manteau.

Il me raccompagna jusque chez moi en silence et, au fond, c'était mieux. On avait déjà dit trop de choses, avant.

— Ça m'a fait bizarre, juste, finit-il par déclarer, brisant le silence.

— Quoi ?

— De te voir comme… une fille.

— Merci beaucoup, Gossom, lançai-je, sarcastique.

— Ce n'est pas ce que j'ai voulu dire. Juste, tu m'as surpris la dernière fois, avoua-t-il doucement en enfonçant un peu plus ses mains dans ses poches.

— On connaît les faiblesses de l'autre, ce n'était plus aussi distrayant, comme jeu, lâchai-je d'un ton que j'espérais détaché.

En fait, je ne savais pas ce qui m'avait pris ce jour-là. J'en avais eu envie, tout simplement. Je m'étais dit que je ne risquais pas grand-chose en jouant un peu avec le feu. Alors, je m'étais approchée.

Et je m'étais pris un sacré retour de flamme.

— Qu'est-ce que tu insinues ? demanda-t-il en fronçant les sourcils.

— J'ai juste ajouté quelques nouvelles règles, glissai-je mystérieusement en lui lançant un regard espiègle.

— Ah oui ?

— Eh oui.

— Et quelles sont ces fameuses règles ? demanda-t-il, un brin amusé.

Je vis mon allée en face de nous et je me tournai vers lui, un sourire de conspiratrice sur les lèvres.

— Tu n'as pas envie de les découvrir par toi-même ?

— Je rêve ou tu me dragues, Fricht ? demanda-t-il avec un rire un peu plus rauque que d'habitude.

Mon ventre se tordit en une crampe douloureuse alors que je m'approchais légèrement de lui, plongeant mon regard dans l'immensité cacao. J'avais envie de boire ses pupilles jusqu'à la dernière goutte. Je voulais croquer ce chocolat qui me hantait. Je voulais voir si ses lèvres avaient le même goût que la dernière fois, juste par curiosité.

— Pourquoi, Gossom ? Ça te dérange ?

— Pas du tout, répliqua-t-il avec un aplomb remarquable.

— Eh bien tant mieux, alors. On verra bien qui se montrera faible le premier, lâchai-je en m'éloignant déjà.

— Attends, Fricht, tu ne me proposes pas un jeu foireux où le perdant tombe amoureux, n'est-ce pas ? me héla-t-il.

— On sait très bien qu'aucun de nous ne plierait jamais, débile. Par contre, on verra qui des deux drague le mieux, lâchai-je en lui lançant un sourire arrogant.

— Tu crois que tu me fais de l'effet, Fricht ? me railla-t-il.

— À toi de me prouver le contraire, lui déclarai-je sans me retourner en lui faisant un petit signe de la main.

Je l'entendis se marrer au loin et, au fond, je le comprenais parfaitement. Je ne savais pas ce qui m'avait pris. Il avait avoué avoir zappé nos soirées pour une conquête ridicule, et mon cerveau était parti en cacahuète à partir de ce moment-là. Il me réservait beaucoup de privilèges, au point que j'avais fini par croire que j'étais sa VIP.

Et il était hors de question qu'il donne un pass à quelqu'un d'autre.

27

GABRIEL

Lorsque j'entrai, tout le monde était déjà couché. Je le comprenais parfaitement, d'ailleurs. Je consultai rapidement mes messages et remarquai que Vanessa m'en avait laissé trois, prétextant qu'elle voulait que je la rejoigne chez elle.

Sauf que je n'étais plus allé dans sa chambre depuis cette fameuse fois où elle m'avait mis à la porte. Et, comme elle n'avait pas arrêté ses conneries, j'étais bien obligé de rester ferme. Je lui répondis un texte assez court sur le fait que non, je n'irais pas. Et que non, je ne l'ignorais pas.

Et que non, je ne faisais pas d'efforts puisqu'elle n'en faisait pas non plus.

Enlevant mes baskets d'un petit mouvement du pied, je me préparais à me jeter dans mon lit lorsque je me relevai et allai dans la chambre d'à côté.

Brittany avait sorti une connerie débile, comme quoi certaines personnes voyaient trop en vous pour être laissées à l'écart. Alors, je respirai une bonne bouffée d'oxygène et tournai la poignée.

Le corps de Jake était emmitouflé dans sa couette. La température chutait pas mal la nuit et on éteignait le chauffage pour éviter d'y laisser trop de blé.

Jackie Chan aurait pu dormir, oui. Mais ce n'était pas le cas.

Combien de fois avais-je fait ce manège, gamin ? Je commençais à comprendre que Jake avait mal supporté que je supprime petit à petit tous nos moments complices. La plupart des gens normaux auraient trouvé ça bizarre d'attendre que l'un fasse semblant de dormir pour aller confier toutes ses conneries. Seulement, ni Jake ni moi n'avions eu l'habitude de nous épancher sur des niaiseries comme les émotions et, quand on le faisait, on avait du mal à regarder l'autre. C'était se montrer trop faible, trop vulnérable. On pouvait dire ce qu'on voulait de moi, le môme non plus n'avait pas eu une adoption facile. En fait, je commençais à croire que Jake n'avait jamais vraiment accepté d'être rejeté.

Alors, je m'assis en tailleur à côté de son lit et posai mes bras sur le bord.

J'entendais la respiration du gamin, un peu trop rapide pour celle de quelqu'un censé dormir. J'étais devenu un pro sur ça, après tout.

Et puis, comme lorsque j'étais petit, je lui racontai un peu ma journée. Je lui parlai de Brittany, lui confiai tout ce que je savais sur elle, sur Vanessa, sur Brian. Je lui racontai que j'avais quitté l'équipe, que j'avais eu peur pour lui. Je lui dis que Fricht me filait des migraines et qu'elle me rendait carrément fou avec ses jeux stupides, que je ne contrôlais plus rien. Je lui racontai même que j'avais dragué Pamela dans le simple but de me la sortir un peu de la tête.

Je lui avouai ensuite que lui aussi, il me manquait. Que oui, je regrettais de ne plus dormir avec lui de temps en temps.

Que oui, je le considérais comme mon frère, malgré les idioties que je disais la plupart du temps, que j'avais juste peur de tomber aussi bas que la dernière fois si jamais il décidait de partir lui aussi. Je lui parlai de tout, du plus ridicule des détails à la plus importante des révélations. Je me souvins alors de ce qui me poussait à faire ça, quand j'étais gamin. Ça faisait drôlement du bien, de confier tous ses problèmes et ses doutes à quelqu'un qui cachait ses jugements. Je n'avais plus onze ans, je savais qu'il se rappellerait mes paroles le lendemain, qu'il pourrait toujours me juger à ce moment-là. Mais je savais aussi que c'était Jake.

— Tu sais, Jackie Chan, je ne suis pas le meilleur exemple à suivre, terminai-je en me relevant doucement.

Et j'aurais pu être un brin mélancolique si je n'avais pas vu un sourire orner à nouveau ses lèvres. Mais, ce qui me déchira le cœur, c'était que celui-ci était purement sincère.

28

EVANGELINE

Dix ans plus tôt

Evangeline tapait des poings contre le bois, sans succès. Son frère avait pris garde de verrouiller les portes, comme à chaque fois.

Petit à petit, ses coups se firent plus pressants, sa respiration s'accéléra. Elle détestait cette armoire, elle détestait ce noir immense, absolu, qui la dévorait tout entière. Elle avait l'impression que d'affreuses choses se passaient pendant qu'on la tenait à l'écart. Elle n'entendait quasiment rien depuis la salle de bains, simplement quelques grondements étouffés par la distance et des bruits d'objets se brisant au sol. Elle avait envie de hurler, de crier à Gaby de la laisser sortir. Ici, tous ses cauchemars prenaient vie.

Elle était seule, seule dans le silence et le noir.

Plus le temps passait, plus l'armoire rétrécissait. La petite fille aurait juré que ce côté-là, à sa droite, était plus éloigné auparavant.

Les jambes d'Evy s'engourdirent et celle-ci arrêta de se battre pour poser sa tête contre le bois. Elle avait l'impression que les planches se rapprochaient toujours un peu plus d'elle, qu'elle finirait par ne plus pouvoir respirer.

Alors elle pleura, comme chaque fois.

— Angie ? Angie, réveille-toi, me pressa la voix de ma tutrice.

Je me débattis quelques instants avec ma couverture et ma mère recula pour me laisser de la place. Elle savait que j'avais besoin d'espace, de beaucoup, beaucoup d'espace. J'étais claustrophobe. Je ne supportais ni la foule ni les endroits confinés. Et, les deux réunis, c'était encore pire. J'évitai de croiser son regard alors que, peu à peu, ma raison reprenait le contrôle. Je passai une main sur mon front en sueur et calmai mon souffle saccadé.

— Je t'ai réveillée ? demandai-je doucement en tentant de chasser les sanglots, comme toujours.

Caroline Adam's se contenta de soupirer en me lançant un petit regard désespéré. Je savais ce qu'elle voyait, ce que la plupart des gens voyaient. Même moi, je me faisais pitié devant un miroir. Mes parents avaient cru que le temps arrangerait les choses, mais mes crises étaient toujours aussi violentes et mes cris... Mes cris réveillaient le ranch entier.

— Excuse-moi, soufflai-je en replongeant dans ma couverture et en lui tournant le dos.

— Angie... Ça fait dix ans, maintenant. Dix ans, c'est assez à l'homme pour se reconstruire, murmura ma tutrice en refermant la porte derrière elle pour me laisser méditer ses paroles.

Et c'étaient de jolies phrases, vraiment. Mon psy m'en sortait des similaires chaque samedi matin. Seulement, je ne pouvais pas. Je ne pouvais plus avancer. J'étais bloquée dans une petite maison de banlieue, je revoyais sans cesse la scène finale, celle où tout avait basculé. Je la revoyais toutes les nuits et, le pire, c'est que ces cauchemars commençaient à s'insinuer dans mes journées. Je revoyais constamment mon frère, au détour des couloirs de mon lycée, à chaque coin de rue. Je revoyais son visage torturé lorsque le corps de notre père s'était mis à peser un peu plus sur le sien. Je revoyais son regard refléter l'horreur alors que la mare grandissait, qu'elle grandissait encore.

Je savais que je ne retrouverais plus le sommeil, c'était toujours pareil après une terreur nocturne. Au lieu de ça, je me glissai hors du lit pour aller fouiller dans mon placard. Au fond de la dernière étagère, je trouvai un pull-over que j'avais acheté dans un magasin pour hommes.

J'étais tellement ridicule.

Je l'enfilai précipitamment, comme si cela pouvait faire passer ma honte plus rapidement. C'était idiot. Mais c'était surtout le seul moyen pour que je me sente bien. Pour que je me sente en sécurité, comme avant.

J'inspirai profondément le col en fermant les yeux, essayant de m'imaginer ce parfum sur lui, sur l'homme qu'il devait être aujourd'hui. À moins qu'il ne soit mort, ou devenu définitivement cinglé. J'avais bien failli tomber là-dedans, moi aussi.

Je savais que c'était moi qui avais mis le parfum la semaine passée, comme c'était moi qui étais allée acheter ces vêtements. Mon psy pensait que mon cerveau faisait cela pour mettre un mot, une image, une odeur sur Gabriel. Mes tuteurs pensaient que je virais de plus en plus vers la folie. Pourtant, je m'étais sortie de ça. J'avais chassé petit à petit ma paranoïa. J'avais arrêté d'être toujours sur mes gardes, de hurler dès qu'on éteignait la lumière.

Mes parents avaient brûlé les premiers hauts que j'avais achetés au début, mais j'avais fait une crise d'angoisse telle qu'ils avaient dû m'emmener à l'hôpital. Cela les avait fait capituler, je crois. Et puis, c'était de leur faute, après tout. C'était eux qui m'avaient fait quitter l'orphelinat sans rien emporter avec moi.

Je me dirigeai ensuite vers mon petit bureau pour rédiger quelques lignes dans le carnet que le docteur Bertrand m'avait donné. Ce psychologue me suivait depuis mes huit ans, et je voulais bien le croire, lorsqu'il me disait que j'étais sa patiente la plus spéciale.

Moi, Evangeline Adam's.

Moi, Angeline Adam's.

Je n'avais pas voulu changer de prénom, mais je n'avais pas eu le choix. Je ne savais pas où Gabriel était, mais, s'il était aussi proche de Chicago que je l'avais été quelques années plus tôt, il devait savoir que rien que nos noms rappelaient tout un tas de titres médiatiques. J'exagérais peut-être un peu, après dix ans. Peut-être que les choses s'étaient tassées depuis la dernière fois que j'avais dit mon prénom à la rentrée scolaire. Je me rappelais encore les yeux horrifiés de la prof. En tout cas, cela avait suffi à mes parents pour déménager et acheter un petit ranch au beau milieu du Texas.

Mais je me souvenais aussi de ces dizaines de journalistes qui avaient guetté nos mouvements avant qu'on ne soit changés d'orphelinat. Je ne savais pas très bien lire à l'époque, et Gaby avait refusé de me raconter ce que les journaux disaient. Il avait toujours tout fait pour me garder loin des problèmes. Tout, jusqu'à ce que je ruine ses efforts en une seule nuit.

Mes doigts coururent un peu plus rapidement sur la page alors que j'essayais de renfermer tous mes souvenirs dans une petite cage au fond de moi. J'aimais penser à mon grand frère, imaginer la vie que nous aurions pu avoir. Ce qui me plaisait moins, c'étaient toutes ces taches de sang qui brouillaient le moindre de nos moments. Je revoyais sans cesse les nuits où il revenait blessé, plus meurtri chaque fois, plus las. Et maintenant, je comprenais. Je comprenais toutes les choses qu'il avait faites pour moi.

Et que ça faisait mal !

Ma chambre aurait pu être trop obscurcie pour que j'y voie clair à trois heures du matin. Cependant, elle semblait aussi lumineuse qu'en pleine journée. Je ne parvenais plus à supporter les pièces closes, étroites ou encore sombres. Le docteur Bertrand disait que c'était à cause de mon enfance, lorsqu'on m'avait retrouvée dans une armoire un soir d'hiver. Des fois, je faisais semblant de ne pas me remémorer toute la scène, simplement pour qu'il me lâche un peu la grappe. J'aimais bien mon psy, mais parfois il me faisait quand même grave chier avec sa compréhension à deux balles.

Ce qu'ils ignoraient tous, c'était que ça n'avait pas été l'unique fois où j'avais passé la majeure partie de la nuit dans un demi-mètre cube. J'étais restée des années entières enfermée dans ma chambre, la seule petite pièce où je pouvais vivre. J'y avais confiné mon monde en entier, avec lui.

Mes yeux se posèrent sur la petite veilleuse qui tournait sur elle-même, sans jamais s'arrêter. Son rythme me calma un peu tandis que je calquais ma respiration sur chaque tour qu'elle faisait.

Ma main replaça une mèche derrière mon oreille, alors que je continuais d'écrire. J'écrivais tous les jours, à longueur de temps. C'était mon seul moyen de tenir.

La seule chose qui me restait, le seul espoir que j'avais la faiblesse de conserver.

Parce qu'il était clair, maintenant, qu'il ne viendrait plus me chercher. J'y avais cru jusqu'au dix-huit février, je m'étais accrochée à sa promesse comme à une bouée.

Mais Gaby avait eu dix-huit ans, et il n'était pas venu.

29

GABRIEL

Ce qui me réveilla, ce fut une chute mémorable de mon lit. Je grognai en me frottant l'épaule et regardai Jackie Chan se tourner vers moi en souriant. J'avais une envie folle de lui filer un coup de pied au cul, mais le bleu sur sa mâchoire me tordit le ventre. Après quelques jours, celui-ci commençait à être un peu moins prononcé et j'avais honte, vraiment, de l'avoir couvert auprès de Patrick et Claire.

Sauf qu'il y a des choses qui sont faites pour ne rester que des vengeances personnelles.

— Tu vas me le payer, morveux, marmonnai-je en tirant la couette.

— Qu'est-ce qu'il y a ? Gabriella voulait être réveillée par un baiser ? me nargua-t-il en avançant sa bouche baveuse.

— Fais un gros bisou au coussin, Jackie Chan, le charriai-je en plaquant l'oreiller contre son visage.

J'entendis ses paroles étouffées sans vraiment comprendre et parfois, Dieu, ça faisait du bien de le mettre sur off.

J'étais étonné de la différence flagrante entre le petit Jake amoché et mon Jackie Chan habituel, emmerdeur à souhait. Depuis combien de temps jouait-il ce double jeu sans que personne s'en aperçoive ?

Jake dut voir mon changement d'humeur, car il soupira et s'étala comme une méduse sur le matelas.

— Tu me diras tout dès le début la prochaine fois, hein, Jackie Chan ?

— Mais oui, souffla-t-il en rattrapant la couette, et j'avais l'impression que ça sonnait plus comme un « va te faire voir » que comme un « bien sûr, Gabriel ».

Je m'allongeai sur lui à nouveau et souris en l'entendant ronchonner. Je ne voulais pas entamer une conversation trop sérieuse, comme avant, qui aurait sapé sa bonne humeur. Seulement, si j'avais bien retenu une leçon, c'était que Jake ne lisait pas toujours entre les lignes. Et que, si je ne lui disais pas clairement les choses, il n'était pas censé les comprendre. Ce qui était vachement difficile, c'était que je laissais généralement les gens deviner ce qu'ils voulaient de moi.

— Non mais, morveux, si j'entends encore une histoire de ce genre, ce ne sera pas eux qui finiront brisés en deux, d'accord ?

— Et toi ?

— Quoi, moi ?

— Tout roule ? Et ta jolie rebelle ? demanda-t-il avec un petit sourire espiègle.

— Eh bien oui, que veux-tu qu'il se passe ?

— Je ne sais pas, moi... Un baiser, par exemple, glissa-t-il à mi-voix.

— Oh non, Jackie Chan, tu te fais trop d'idées, ricanai-je sans comprendre ce qui avait pu lui faire penser ça.

— En même temps, je me demande quand je pourrai la voir, ta fameuse amie, grommela-t-il d'un ton boudeur.

— Eh ! Je fais des progrès, grognai-je, légèrement refroidi.

Je me laissai lourdement tomber à côté de lui et plaçai mes bras derrière ma nuque. J'avais cru que pas mal de ces reproches étaient dus à sa colère mais, apparemment, c'était surtout la vérité qui était sortie. J'avais essayé de venir dormir avec lui un jour dans la semaine, je lui avais raconté un peu ma vie... Et j'avais cru que ça suffirait, je devais l'avouer.

— Je me tape déjà la psychologue une fois par mois, mec. Crois-moi, j'en ai marre de parler de moi, tentai-je de plaisanter.

Mais Jake semblait très sérieux.

— Avant, tu me racontais. Tu me parlais de tes journées, tu me racontais tes bagarres, tu m'apprenais tes nouvelles techniques de boxe.

J'ai l'impression d'avoir un frère fantôme, reprit-il, et j'avais déjà entendu ce discours.

Je savais ce que Jake attendait de moi. Il ne voulait pas seulement connaître mon monde, il voulait aussi plonger dedans et ça, c'était impossible. Ce n'était plus comme avant. Parce que, enfant, il y a des choses qu'on ne réalise pas très bien. Et puis on grandit. On comprend. On a peur et on fuit.

Je fuyais les putains d'attaches. J'avais passé les trois dernières années à le faire. Je savais que cette année n'était pas la même que les précédentes, que je commettais connerie sur connerie en m'accrochant ainsi aux gens. Je devais limiter les dégâts.

— Écoute, Jake, je sais ce que tu veux. Seulement, certaines choses ont changé. Je ne peux… je ne peux pas juste…

— Être toi ?

— Tu es encore un gamin, tu le sais, ça ? Parfois, notre tête est trop détraquée pour qu'on se contente de se faciliter la vie, essayai-je de lui expliquer maladroitement en oubliant que Jake avait horreur qu'on le traite comme un enfant.

— Et si… si tu venais me voir à nouveau ce soir ? demanda-t-il d'une voix hésitante.

Je comprenais le sous-entendu. Il essayait de faire un pas vers moi, et c'était à moi de ne pas le rejeter comme un idiot. Jake avait été pas mal blessé dans sa fierté ces derniers temps, il n'était plus aussi confiant qu'auparavant. J'avais l'impression que sa nouvelle carapace n'était qu'un vulgaire carton qui se désintégrerait dès l'instant où l'on soufflerait un peu trop fort.

— On verra, Jackie Chan. Si j'ai un creux entre les deux bombes atomiques qui ont besoin de mes services ce soir, je passerai, ricanai-je en lui adressant un clin d'œil évocateur.

— Et sérieusement ?

— Sérieusement, je vais à une fête ce soir.

— Et alors ? demanda-t-il avec un regard espiègle.

Jake éclata de rire en me voyant rouler les yeux, et je me levai pour me préparer à me rendre au lycée. En repassant devant sa chambre, je m'arrêtai une nouvelle fois.

— Au fait, il me faudrait deux cadeaux de Noël pour des nanas un peu spéciales, demandai-je en sachant que je m'adressais au pro.

— Budget ?

— Je n'y ai pas trop réfléchi. Plus que la dernière fois.

— Pour laquelle ? demanda mon frère, en vrai conspirateur.

— La ferme. Juste, est-ce que tu peux me trouver ça ?

— Mec, tu m'insultes là, rétorqua-t-il avec une mine faussement vexée.

— Essaie juste… J'aimerais avoir un beau bracelet. Pas trop fin, avec beaucoup, beaucoup de breloques. En fait, je te l'ai décrit sur un papier.

— Oh mon Dieu, tu as enfin appris à écrire ? Et pour l'autre fille ? Elle aussi, elle mérite que tu gesticules les petits bouts de gras au bout de tes bras ? me taquina-t-il, et je lui lançai un coussin.

— M'en fous, ricanai-je en partant enfin pour le lycée.

***

Ce jour-là avait été notre dernier jour de cours avant les fêtes de fin d'année. Les terminale avaient donc fini les préparatifs de la « méga fête dans la plaine ». Je ne m'étais pas vraiment impliqué dans l'organisation. Depuis que j'avais quitté l'équipe, je n'avais plus vraiment la cote.

Brittany avait sacrifié deux soirées au skatepark pour cette fête, alors ça avait intérêt à être génial. Fricht n'avait rien voulu me révéler et, lorsque je lui avais demandé des précisions, elle avait joué l'énigmatique et j'avais fait semblant d'aimer ça. Alors que, soyons clair, j'avais eu envie de la pousser du haut de la rampe.

Tout ce que je savais, donc, c'était qu'elle avait lieu dans la même petite plaine que les autres fois. Chaque année, on choisissait la petite prairie bordant la ville. La forêt délimitait le terrain et permettait à tout le monde de se trouver un coin tranquille s'il voulait discuter. Ou plus si affinités.

Or, ce soir, ça me servirait bien. Mais ça, personne n'avait besoin de le savoir.

À cet instant, Fricht et Vanessa sortirent d'une voiture. J'étais peut-être le seul à le remarquer, mais Brittany tremblait des pieds à la tête. En même temps, il fallait être complètement timbré pour porter une robe en plein mois de décembre. Je marchai vers elles et, en les saluant, je plaquai mon bonnet sur les cheveux de Fricht, qui gloussa. Pendant un instant, je crus voir les prunelles de Vanessa se voiler. J'avais dû rêver, très probablement.

Fricht sourit et releva un peu le bonnet, prétextant que j'avais totalement détruit sa coiffure. Mais je lui avais évité la grippe, quand même. Elle aurait pu se montrer conciliante.

— Tu es venu comment, Gossom ? De liane en liane, comme tes frères ?

— La ferme, Fricht, j'ai volé comme Superman, me marrai-je en la bousculant légèrement.

Il s'était écoulé une petite semaine depuis que nos jeux avaient pris un tour particulièrement étrange. Je n'avais pas trop saisi le fil sur lequel nous jouions aux funambules, j'avais juste remarqué ce petit quelque chose en plus qui rythmait nos joutes. Une sorte de flirt voilé qui nous faisait rire tous les deux. Généralement, je ne plaisantais pas avec les filles sur ce genre de séduction un brin débile. Parce que, les nanas, ça prend tout au sérieux et ça vous demande en mariage après une petite visite dans un cagibi.

Mais, avec Fricht, c'était différent. On se draguait pour rire, sans arrière-pensée. C'était à celui qui aurait le plus de cran, à celui qui repousserait toujours plus loin les limites.

— Alors, Fricht, tu nous as réservé un petit coin sombre dans la forêt ?

— On n'est pas dans tes rêves, chéri, répondit-elle en me lançant un petit regard moqueur, et je dus m'incliner.

Elle partit saluer d'autres filles et je me demandai ce qui leur était passé par la tête, à toutes, pour enfiler des trucs aussi courts en plein hiver.

Je glissai mes mains dans mes poches sans regarder Ness, toujours à mes côtés. Je l'entendis soupirer d'agacement avant qu'elle se place face à moi, les sourcils froncés selon un angle bizarre.

— C'est bon, Gab. J'ai compris que tu m'en voulais, j'ai aussi compris que je n'avais pas à entraîner d'autres personnes dans mes petits plaisirs personnels. Ça te va ?

Je lui lançai un bref regard en comprenant que, quoi que je fasse, Vanessa ne laisserait jamais ces petites merdes pour moi. Elle ne lâcherait rien tant qu'elle ne se sentirait pas à l'aise dans sa peau.

Honnêtement, je commençais à me demander si ce n'était pas mission impossible.

— S'il te plaît, Gab. Tu me manques, souffla-t-elle en prenant un air dépité, et je finis par glisser un bras autour de sa taille, parce que, si je n'aimais pas ce qu'elle prenait, j'aimais encore moins la laisser sans surveillance.

— Merci, murmura-t-elle alors que je lui passais mon écharpe, sachant que c'était ce qu'elle attendait.

Parce que Vanessa n'acceptait pas d'être reléguée au second plan.

— Je me suis battu pour que tu ailles bien, lâchai-je simplement, sachant qu'elle comprendrait le sous-entendu.

— Je sais.

— Et ça ne t'arrête pas, continuai-je avec amertume.

— Désolée, souffla-t-elle doucement tandis qu'un idiot l'appelait déjà pour danser près de l'immense feu de camp, au centre de la prairie.

— Peut-être que je n'ai plus envie de perdre mon temps, déclarai-je en fixant ses grands yeux bleus.

Je voulais voir sa réaction, voir ce que ces mots provoqueraient sur elle. Je crus que j'avais gagné lorsque son regard s'assombrit un court instant. Seulement, lorsqu'il s'éclaira de nouveau, il brillait de colère.

— Eh bien, tu n'as qu'à te barrer, persifla-t-elle en se dégageant.

Le gars plus loin l'appela une nouvelle fois et elle lui fit un petit signe, lui demandant de l'attendre.

— Tu vas y aller, constatai-je, à moitié stupéfait.

— Bien sûr que oui.

— Tu sais ce qu'il veut. C'est qu'un connard de plus, Ness, m'énervai-je en secouant la tête.

— Tu as bien été à sa place un jour, non ? cracha-t-elle vicieusement, une lueur cruelle dans le regard.

Mais Vanessa ne pouvait pas m'atteindre. Pas alors que je savais ce qu'elle cherchait à faire. Elle s'éloigna en me lançant un dernier regard hautain et je lâchai, d'une voix un peu plus forte pour qu'elle parvienne à m'entendre par-dessus la musique, une phrase qui dut ravager son esprit :

— Sauf que les connards ne sont pas pour toi, Ness.

Voyant que j'avais eu son attention, j'ajoutai plus doucement :

— Aucun mec n'est pour toi…

Ses yeux s'écarquillèrent tandis qu'elle regardait précipitamment autour d'elle, vérifiant que personne n'était assez proche de nous pour entendre mes paroles.

— Fous-moi la paix, je veux plus te voir ! Je veux plus te parler, je veux plus t'entendre respirer, explosa-t-elle en prenant la fuite.

Elle se dirigea vers le garçon. C'était tellement plus facile, après tout.

J'aurais bien aimé poursuivre cette conversation, mais ce n'était pas le moment. Je n'étais pas venu m'occuper de Vanessa ce soir.

Mon regard capta celui de Brittany au loin et je vis ses hanches onduler au rythme de la musique. Elle m'adressa un sourire victorieux.

Mais c'était humain de ne pas être capable de quitter les jolies courbes d'une fille, non ?

Je m'humectai les lèvres et m'avançai vers la piste improvisée. La proximité du feu me permit d'ouvrir mon manteau sans avoir froid et je compris alors pourquoi Brittany n'avait pas pris la peine d'enfiler un pull-over.

— Ça va avec Vanessa ? me demanda-t-elle lorsque j'arrivai près d'elle.

— On est un peu en froid en ce moment, me contentai-je de répondre en haussant les épaules.

Elle hocha la tête, m'écoutant à peine. Elle semblait… vivre la musique, comme si cette dernière pulsait en elle, dans la moindre de ses veines. Ses traits fins paraissaient totalement détendus. Mon cœur eut un bref raté et mes yeux se troublèrent durant une courte seconde. Je fixais Brittany, ses yeux mi-clos, ses lèvres murmurant les paroles de la chanson, et je sentis mon ventre se tendre douloureusement.

— Est-ce que tu me suivrais dans les bois ? murmurai-je à son oreille.

— Gossom, je ne ferai rien avec toi, répliqua-t-elle avec un sourire arrogant.

— Tu me fais confiance ? lui demandai-je alors d'une voix un peu rauque.

Son regard croisa le mien pendant un court instant, comme si elle cherchait à fouiller mes pensées, comme si elle essayait de voir à quel point j'étais sérieux. C'était stupide, mais j'avais l'impression que sa réponse m'importait plus que je ne le pensais.

— OK, OK, allons voir Bambi si ça te chante, bougonna-t-elle en s'éloignant du feu de camp.

Je la vis frissonner alors que l'air se rafraîchissait, mais elle continua de marcher, s'enfonçant suffisamment pour que personne ne nous surprenne.

Lorsqu'on fut assez éloignés, elle s'appuya contre un tronc et croisa les bras sur sa poitrine, attendant que je parle. Pour toute réponse, je tâtonnai un bref instant mes poches avant de lui tendre une petite boîte rectangulaire enveloppée dans un papier bleu indigo.

— Comment as-tu su que c'était ma couleur préférée ? demanda-t-elle d'une voix légèrement aiguë alors que ses yeux se posaient sur le petit paquet.

— C'est la couleur qui revient le plus souvent sur tes ongles et tes boucles d'oreilles, répondis-je en haussant les épaules car cela n'avait aucune importance.

Pourtant, elle parut touchée que je l'aie remarqué. Et je me demandai à quel point ses parents devaient l'ignorer pour qu'un détail aussi insignifiant la marque.

— Merci, chuchota-t-elle.

— Fricht, je t'ai offert ce qu'il y a à l'intérieur, pas le papier, grommelai-je, parce que ses yeux de carpe commençaient à me faire flipper.

— Si c'est un truc pervers, je te promets que ton cadeau de Noël sera bien pire, me prévint-elle avant d'ouvrir l'emballage.

Je sus que je l'avais soufflée lorsque ses yeux se relevèrent sur moi et qu'elle garda le silence. Elle se contenta de laisser glisser son regard entre le bracelet et moi plusieurs fois, essayant de savoir comment j'avais su. Comment j'avais fait.

— Tu es allé le chercher ?

— Mon frère l'a pris pour moi pendant qu'on était en philo, avouai-je avec un petit sourire fier.

— Et comment ton frère connaît le bracelet que tu as cassé dans ma portière ? m'interrogea-t-elle en l'enfilant.

Elle se trompait un peu, mais je n'allais pas le lui dire. Il était impossible de retrouver cette saleté de camelote, mais le gosse avait essayé d'en trouver un le plus ressemblant possible.

Elle verrait, à la lumière du feu de camp, que le bracelet n'était pas réellement le même. Toutefois, il avait une breloque supplémentaire qui avait décidé Jake à l'acheter. Une rose.

Enfin, je n'avais pas du tout envie qu'elle comprenne que j'avais peut-être révélé quelques-uns de ses secrets au morveux, en même temps que je lui avais révélé les miens. Je tenais à avoir des enfants, moi. Je tenais à vivre tout court, d'ailleurs.

— J'ai quelques sources, lui soufflai-je en enfouissant mes mains dans les poches de mon jean.

Elle regarda encore un court moment le bracelet avant de reposer son regard sur moi.

— Je ne t'ai pas offert ton cadeau, souligna-t-elle en s'approchant légèrement, et je crus pendant un bref instant que ledit cadeau serait ses lèvres.

— Tu t'offres en compensation ? demandai-je en ricanant bêtement.

Je ne savais pas trop comment j'aurais réagi si elle m'avait embrassé là, tout de suite. J'aurais probablement craqué ou fui. Ou j'aurais joué au gros salaud sans cœur.

Le fait était que Fricht n'était pas Eva, ni Kily, ni aucune autre fille.

— Idiot, se contenta-t-elle de répondre en m'écrasant le pied.

— Aïe ! Mais t'es pas bien, m'exclamai-je alors qu'elle rigolait comme une idiote.

— Au moins, tu seras obligé de venir me voir si tu veux ton vrai cadeau, ajouta-t-elle sans prendre en compte ma plainte, et mon cerveau se mit à imaginer des tas de scénarios pas très honnêtes.

— Au skatepark ?

— Ouais, ou chez moi, chez toi... On n'est pas obligés de ne se voir qu'à partir de vingt heures, s'exaspéra-t-elle en tournant les talons.

Je la laissai partir, veillant à ce qu'elle ne croise pas de problème en regagnant la fête. J'aurais pu la suivre, m'assurer qu'aucun tocard profiteur ne la colle de trop près. Je regrettais un peu de ne pas faire ça, mais j'avais d'autres plans. Et les bois seraient parfaits.

Je n'étais pas un gentil garçon. Et il était temps que quelques personnes se le rappellent.

30

BRITTANY

Je me collai un peu plus au corps contre moi, entendant son rire grave contre mon oreille alors que je souriais. Brian posa ses mains autour de ma taille et je le laissai faire, parce qu'on dansait et qu'on ne faisait rien de mal. J'avais chaud, comme si chacun de mes verres augmentait la température de quelques degrés.

Est-ce que Gabriel était là ?

J'avais envie de me retourner, ne serait-ce que pour croiser ses yeux cacao et voir quelle émotion s'y reflétait.

J'avais envie de voir jusqu'où nous pouvions pousser le jeu, jusqu'où il irait en me voyant jouer avec un autre que lui. Je voulais me persuader que je n'étais pas la seule à passer volontairement ma main au-dessus du feu. J'attendais que celui-ci me brûle, et c'était bien ça qui me faisait peur.

Jetant un bref regard autour de moi, je ne trouvai aucune trace du primate. Était-il resté dans la forêt ? Est-ce qu'il était vraiment venu en sautant de liane en liane ? C'était possible après tout, il n'avait pas de voiture.

— Excuse-moi, beau blond, mais je dois retrouver quelqu'un, m'exclamai-je pour repousser le basketteur.

— Qui ?

— Une fille, lui criai-je en m'éloignant déjà.

Je tournai en rond quelques instants parmi les nombreux adolescents de la ville. C'était la fête la plus réputée du comté et il n'y avait pas que les jeunes de notre lycée. La musique était si forte que j'entendais à peine mes propres pensées. Nous étions au milieu de la nuit, la fête était à son comble et si Gabriel me faisait rater ça pour une histoire sans importance, il allait le regretter.

Seulement, il n'était pas là.

Ni aux tonneaux d'alcool ni auprès des jolies filles assises sur le capot d'un 4 x 4, et j'étais quasiment certaine qu'il n'aurait pas sciemment approché une piste de danse. Il ne me restait plus qu'un endroit et, honnêtement, ça ne me plaisait pas des masses qu'il y soit.

Ce connard avait emmené une fille dans la forêt.

J'allais le tuer. Ce n'était pas une menace en l'air, ce mec allait goûter à mon talon de quinze centimètres et je ferais en sorte – oh oui – que ses bijoux soient tellement amochés qu'il ne pourrait plus jamais avoir la voix grave.

Je me dirigeai d'une démarche assez rapide vers les bois mais, il fallait l'avouer, je ne pouvais pas avancer très vite perchée sur des échasses et surtout, j'avais peur de ce que j'allais découvrir.

Qu'est-ce que je ferais si je trouvais le primate accroché à une fille, dévorant son cou de baisers enflammés ? Je n'étais pas sûre que la réponse me plaise.

Toutefois, ces pensées me firent accélérer le pas et j'entrai un peu plus dans la forêt. Où cet idiot était-il passé ? Avec qui ? Quelle pouffe avait accepté de le suivre ?

J'entendis un grondement au loin et mes pieds refusèrent d'avancer. Je déglutis en me forçant à faire un pas, puis un autre. Je n'étais pas faible, je n'allais pas le devenir.

Et puis, je me fichais qu'il se tape n'importe quelle fille dans les bois, non ? Ce n'était pas mon problème s'il se chopait une MST.

Malgré moi, je fus presque soulagée lorsque je constatai que Gabriel n'était pas avec une fille, mais avec un mec aux cheveux mi-longs aussi maigre qu'un fil de fer. Et, pour ce que j'en savais, il n'était pas de ce bord-là. Son manteau traînait au sol, abandonné près d'un arbre, et je me demandai combien de temps il pourrait rester ainsi avant d'attraper une bonne crève.

Cependant, lorsque j'approchai un peu plus d'eux, ma respiration resta coincée dans ma gorge et mon taux d'alcoolémie chuta brutalement. Le pauvre garçon avait une lèvre éclatée et je n'avais pas besoin de plus de lumière pour constater que son nez formait un angle bizarre. Je me rendais bien compte que son œil gauche n'était plus intact non plus.

On m'avait dit que les dégâts étaient toujours impressionnants lorsqu'on se confrontait à la boule de nerfs qu'était Gabriel Gossom.

— Putain, Gossom ! lâchai-je d'une voix stupéfaite, mais celui-ci ne sembla même pas m'entendre et se contentait de donner un autre coup à son rival.

Je m'arrangeai pour voir Gossom en face, et ses yeux meurtriers me glacèrent le sang. Le gringalet sembla alors me remarquer et il essaya de se dégager, probablement pour conserver le peu de dignité qui lui restait face à moi.

— Je n'ai pas fini, gronda la voix rauque de Gossom.

Il prit le bras du garçon et je dus avouer que j'eus mal à sa place. Plaquant sa tête contre le tronc le plus proche, il réussit à lui faire une clé de bras impressionnante.

— Je vais casser chaque os de ton squelette de trouillard en tellement de morceaux qu'il te faudra l'aide de ta mère pour manger, menaça-t-il, et je décidai d'intervenir.

— Lâche-le… Gabriel, lâche-le, lui ordonnai-je d'une voix ferme.

Sauf que ce n'était peut-être pas le meilleur moment pour lui donner des ordres, comme ce n'était peut-être pas le meilleur moment pour essayer de me glisser entre eux. Toutefois, je parvins à me retrouver à moitié entre les deux garçons, assez en tout cas pour river mon regard sur celui de cet idiot.

Gabriel força un peu plus sur le bras du garçon sans s'attarder sur moi et je commençai sérieusement à paniquer.

Qu'est-ce que je ferais, moi, s'il le tuait ? Je devrais l'aider à cacher son cadavre peut-être ? Il était hors de question de tacher ma nouvelle robe à cent cinquante dollars pour ses beaux yeux.

— Mais fous-lui la paix, bordel, hurlai-je, à bout de patience, alors qu'il me poussait sur le côté.

Gabriel ne me répondit pas, il ne me regarda même pas. J'avais peur, pour la première fois, j'avais réellement peur de ce qu'il était. Pas de ce qu'il me ferait, mais de ce qu'il était capable d'infliger aux autres.

Il n'avait plus rien du mec drôle et un poil attachant qui me taquinait à longueur de journée. Il n'approchait même plus du garçon attentionné qui me raccompagnait chez moi après le boulot et qui m'offrait de jolis bracelets.

— Gaby, s'il te plaît, le suppliai-je en tentant de l'arrêter, sentant les larmes commencer à brouiller ma vue.

Je ne compris pas pourquoi il relâcha le garçon à ce moment-là. J'eus le temps de voir le fil de fer partir d'un pas rapide avant de comprendre qu'on m'avait collée contre un arbre et que ça ne faisait pas franchement du bien. Je ravalai mes larmes, refusant de pleurer devant lui. Je devais rester maîtresse de moi-même, surtout si je devais lui tenir tête à cet instant.

— Qu'est-ce qui te prend de te mettre juste devant ce mec, hein ? Tu voulais que je te frappe ? T'es complètement stupide ou c'est seulement ton trip ?! me hurla-t-il dessus, et il semblait dans une colère noire.

— Tu ne m'aurais jamais touchée, soufflai-je sur un ton si confiant que j'en fus surprise moi-même.

— Bien sûr que si ! Tu crois que j'avais conscience de tout ce que je faisais ? Tu penses que j'aurais vu la différence entre lui et toi ? vociféra-t-il, toujours bouillonnant de colère.

Sa poigne s'adoucit sur mon épaule, ses mains tremblaient, et je me demandai si c'était le reste de sa rage ou alors sa peur d'avoir pu s'en prendre à moi.

— Je t'ai blessée ? Tu as mal quelque part ?

— Bien sûr que non, Gossom. Tu serais déjà plus là si c'était le cas, le narguai-je en essayant de le calmer un peu.

Mais Gabriel tournait en rond comme un félin, les mains sur la nuque. J'entendais sa respiration saccadée par-dessus la musique. Lorsqu'il releva la tête, il sembla hésiter un moment avant de river son regard sur le mien et ce fut le raz de marée. Je laissai la vague s'abattre sur moi, je la laissai me noyer dans la rivière brune de ses pupilles. Son regard abritait un cocktail Molotov d'émotions mais, le plus attachant, c'était qu'il me laissait les voir.

Je ne pouvais pas prétendre que je comprenais Gossom. Je ne pouvais pas dire qu'il était prévisible. Seulement, pour la première fois, je le voyais entièrement, sans aucune carapace. Je le voyais enfin comme un diamant à l'état brut, un petit garçon terrorisé caché au fond de ses prunelles.

— Qu'est-ce qui s'est passé ce soir ? demandai-je d'une voix plus douce, parce que sa détresse me poignardait le cœur et que je ne pouvais rien y faire.

— Tais-toi, asséna-t-il presque immédiatement, et je vis des frissons se dessiner sur ses bras nus.

Je fus tentée d'aller chercher sa veste, mais il me bloquait le passage et ne semblait pas vraiment décidé à me laisser passer. Je m'approchai un peu de lui, toutefois il recula d'un pas. S'il pensait que cela me découragerait, il se trompait royalement. En même temps, c'était étrange de voir cette part de lui, si maladroite et apeurée.

Gabriel m'avait plus ou moins avoué qu'on l'avait maltraité plus jeune. Il en avait touché deux petits mots un soir, lorsqu'il me raccompagnait chez moi, et j'avais avoué à quel point mes cicatrices me... *m'enlaidissaient ?*

Alors, il avait montré les siennes. Il en avait parlé avec un ton si détaché que j'avais cru qu'il avait définitivement tourné la page. Je m'étais peut-être trompée, finalement.

— Dis-moi, Gabriel… s'il te plaît, murmurai-je en le forçant à reculer jusqu'à ce qu'il ne puisse plus se cacher.

— Je… je n'étais plus vraiment là, bégaya-t-il en fuyant mes yeux, et ça, ça me brisa le cœur.

— Et où étais-tu ?

Il leva la tête vers les étoiles et inspira profondément.

— Arrête, Fricht. Juste, abandonne la partie, OK ? Pour cette fois, uniquement pour cette fois, lâcha-t-il en se détournant.

Et cela me fit peur. J'avais toujours cru que rien ne pourrait retenir Gabriel dans ses jeux. Son air déboussolé me déstabilisa, comme s'il était la dalle de béton sur laquelle je marchais. Il s'écroulait et je tombais à mon tour.

Il semblait perdu et donnait l'impression qu'il venait de se réveiller dans un endroit où il ne se rappelait plus avoir dormi. Ses tremblements ne se calmaient pas et sa main passait sans cesse dans ses cheveux alors qu'il cherchait à retrouver une contenance qu'il n'avait plus.

— Pars.

— Non, répliquai-je sur un ton aussi ferme que le sien.

Il soupira et ses yeux rencontrèrent les miens. Pendant quelques instants, je cherchai la petite étincelle dorée qui me réchauffait le cœur, et qui m'aurait prouvé que tout n'était pas aussi grave que je le croyais.

Seulement, l'éclat n'illuminait pas ses deux orbes chocolat, son regard restait froid, bien plus froid que les flocons qui commençaient à flotter doucement dans l'air. Je saisis son index. Je devais trouver quelque chose à quoi m'accrocher avant de sombrer dans l'abysse qu'abritait son regard.

— Je ne te fais pas peur, murmura-t-il, et sa phrase était plus un constat qu'une question.

— Et moi, je ne te dégoûte pas. Tu vois, comme quoi la vie est pleine de surprises, lançai-je d'une voix détachée en évitant volontairement de répondre.

Parce que non, Gabriel ne me faisait pas peur. J'étais sûre – enfin, presque – qu'il ne m'aurait jamais fait aucun mal. Cette brute, ce monstre qui tabassait sans flancher, avait gagné ma confiance. Il m'avait vue plus profondément que n'importe qui, s'insinuant dans mon quotidien, ma routine, mes pensées.

En contrepartie, j'avais compris que ce fameux monstre n'était qu'un gros Gremlin.

Personne ne voyait de douceur en Gabriel, pas même lui. Mais je l'avais entendu parler de son petit frère, je l'avais vu protéger coûte que coûte ce qui lui appartenait. Je l'avais observé tandis qu'il prenait soin de Vanessa et de moi, comme si nous étions deux poupées de porcelaine.

Et au fond, c'était ça le véritable Gabriel. Le nounours de l'ombre, celui qui ne rendait service qu'indirectement, celui qui se cachait lorsqu'il prenait soin de vous, celui qui se pensait néfaste, trop néfaste pour les autres.

Et, parce qu'il était néfaste, il se plaquait un masque sur le visage, tour à tour arrogant, dragueur, colérique ou violent, pour leurrer les gens. Comme s'il craignait qu'un jour on ne connaisse sa vie.

Il me regarda pendant quelques instants et je me sentis mise à nu. J'avais l'impression que ses yeux étaient des rayons laser qui parcouraient mon être, mes pensées, mes cicatrices. Puis il fit une chose que je n'aurais jamais imaginée : il me prit dans ses bras.

C'était tellement rare de sa part, tellement soudain. Sa façon de me tenir contre lui était un brin maladroite, comme s'il n'avait pas serré quelqu'un aussi fortement depuis un paquet de temps. Je me rendis alors compte que mes bras étaient restés le long de mon corps et, doucement, je les glissai de chaque côté de ses reins, collant mon oreille contre sa poitrine.

Les battements de son cœur étaient réguliers. J'avais tenu à vérifier, au cas où son comportement bizarre serait dû à un début de crise cardiaque ou à une maladie incurable qui rendrait les gens attachants.

Il ne bougeait plus, comme s'il essayait de se calmer grâce à moi. J'inspirai une profonde bouffée d'air et son parfum envahit mes narines. Parce que oui, le primate faisait tout de même l'effort de mettre un peu de déodorant, apparemment. Ce n'était pas si désagréable d'être dans ses bras, ça me rappelait lorsque mon père me prenait encore ainsi. Je me rendis compte que, moi aussi, je devais probablement paraître un peu maladroite. Parce que, moi non plus, je n'avais pas étreint quelqu'un depuis longtemps. Et je venais de remarquer que ça m'avait drôlement manqué.

— Tu sais quoi, Fricht ?

— Ouais, le primate ?

— Je commence à me dire que j'aime vraiment, vraiment beaucoup quand tu es silencieuse, me charria-t-il en me repoussant doucement, et je fus soulagée de retrouver mon Gabriel.

Je savais aussi qu'il me mentait. Pour une drôle de raison, Gossom détestait le silence. Je devrais lui demander pourquoi, un de ces jours.

— Je crois que je vais rentrer, marmonna-t-il en ramassant sa veste un peu plus loin et en l'époussetant.

— Tu ne veux pas danser avec moi ? lâchai-je d'une voix séductrice à souhait.

Il stoppa un millième de seconde, semblant réellement envisager la question.

Quoique... Son sourire moqueur m'empêchait de savoir réellement ce qu'il pensait.

— Désolé, Fricht, mais je n'ai pas le temps.

— Ah non ?

— Et non, rétorqua-t-il en souriant, et je fus contente, pour une fois, que Gossom soit un peu versatile.

— Même pour moi ?

Il me raccompagna jusqu'à l'orée du bois avant de me répondre.

— Tu sais, Fricht, les jolis portemanteaux ne dansent pas, se moqua-t-il en s'éloignant.

Et, si je n'aimais pas qu'il s'en aille maintenant, juste après avoir pété un plomb, je ne pouvais pas le forcer à rester dans la plaine avec moi.

Mais je pouvais le suivre.

Alors, pour la première fois de ma vie, je quittai une fête avant d'avoir un trou de mémoire et un bon coup dans le nez. Je ne courus pas après lui, parce que cela l'aurait probablement un peu trop amusé et qu'il aurait fait exprès d'accélérer.

Je regardai les alentours de la forêt, m'assurant qu'on était bien assez éloignés de la plaine.

Puis je décidai de pousser un beau cri de Tarzan, juste assez fort pour qu'il l'entende du parking improvisé. Je le vis relever la tête avec un sourire alors que j'avançais vers lui lentement, en prenant bien mon temps pour l'énerver un peu.

— Tu vas me laisser reprendre ma voiture alors que j'ai bu ? Ce n'est pas très gentleman, ça, lâchai-je d'une voix joueuse.

— Mais je ne suis pas un gentleman, chérie, rétorqua-t-il avec un air faussement attristé.

— Ah non ? m'exclamai-je en mimant la surprise.

Il secoua la tête et me laissa ouvrir ma portière comme une grande pour me le prouver.

— Et donc, je suis la première à être raccompagnée dans ta nouvelle voiture ?

— J'aimerais bien, mais je l'ai déjà utilisée tout à l'heure, me charria-t-il en poussant mon épaule avant de boucler sa ceinture.

— Ce n'est pas drôle, grommelai-je en croisant les bras.

— C'est la voiture de mon tuteur, m'expliqua-t-il, son sourire s'élargissant sur ses lèvres.

Je boudai encore quelques instants, le voyant gesticuler sur son siège. Il finit par démarrer et se mit à rouler tranquillement. La nuit entourait l'habitacle et les phares éclairaient uniquement une petite parcelle de l'autoroute devant nous.

— Pourquoi me cherchais-tu ?

— Je ne te cherchais pas, déclarai-je avec une parfaite mauvaise foi.

— Tu pensais que j'étais avec une fille ? demanda-t-il en semblant sincèrement intrigué.

— Eh bien, en général, c'est là que les mecs dans ton genre nous emmènent, ouais, maugréai-je en resserrant un peu plus mes bras contre moi.

Il détourna le regard de la route pendant quelques secondes pour le poser sur moi. Et je me sentis bien plus vulnérable à cet instant que je ne l'avais été auparavant.

— Ça t'aurait embêtée ?

— Pourquoi t'as offert une rhinoplastie gratuite à ce mec ? le coupai-je, agacée qu'il puisse penser ça.

— C'est un des mecs qui ont racketté mon petit frère, se contenta-t-il de répondre en haussant les épaules.

Et c'est vrai que c'était une raison valable, en fait. Je l'aurais presque massacré moi-même ce mec, ce Jake semblait être un gars bien.

— Tu sais comment ce connard a su qui était Jackie Chan ? Il m'a dit « le Prince des poubelles ».

— Pourquoi a-t-il dit ça ? demandai-je à voix basse pour essayer de calmer la colère de Gossom.

Gabriel me jeta un petit regard, comme pour jauger mon degré d'honnêteté. Étrange comme il hésitait à me révéler quelque chose sur son petit frère alors qu'il n'avait pas paru trop tergiverser avant de se dévoiler.

— Jake aussi a été adopté. On l'a retrouvé dans une benne lorsqu'il avait un peu plus d'une semaine. Depuis, le morveux a pas mal de problèmes. Pour lui, c'est comme si sa mère ne l'avait pas trouvé assez réussi. Elle l'a juste… mis avec les putains d'ordures, comme les objets cassés, cracha-t-il d'une voix rauque, remplie d'amertume et de haine.

Et je pouvais le comprendre, tellement bien. Je décidai qu'il fallait changer de sujet, vite, avant que mon gorille ne retombe dans sa mauvaise humeur.

— Je sais que tu as compris pourquoi je ne fais plus de shopping avec Vanessa, pourquoi je travaille tous les week-ends, lâchai-je doucement, parce que Gossom était facilement distrait par les problèmes des autres.

— Ce n'était pas difficile à comprendre, marmonna-t-il en serrant un peu plus fort le volant.

— Et pourtant, tu es le seul à avoir fait l'effort de chercher. Pourquoi tu ne m'as pas posé de questions ?

— Je me suis juste dit… J'ai pensé que, si tu ne m'en avais pas parlé, c'était que ça te touchait un peu trop, déclara-t-il en se garant sur un petit parking près de chez moi.

Sauf qu'il ne détacha pas sa ceinture, qu'il n'éteignit pas le contact. Alors, je restai aussi sur mon siège, à moitié troublée par ses paroles.

— À quel point ta famille est-elle éclatée, Brittany ? demanda-t-il à mi-voix, comme s'il hésitait à poser la question.

— Sur une échelle de un à dix, je dirais qu'on frôle le onze, répondis-je en tentant de contrôler les trémolos dans ma voix.

— Je suis désolé.

Et c'était tellement banal de dire ça, tellement con. Sauf que c'était différent avec Gabriel, parce qu'il ne s'excusait jamais, qu'il ne se souciait que très peu des gens.

Alors, ces trois petits mots me réconfortèrent bien plus que si cela avait été n'importe quel inconnu qu'il les avait prononcés. Je ravalai mes larmes. J'avais toujours eu l'habitude d'attendre pour exploser, attendre d'être seule dans ma chambre, lorsque tout le monde dormait.

— Je leur en ai voulu pendant quelque temps, pour un truc un peu débile, au fond. J'ai glissé dans une bulle, le temps de calmer ma haine. Et, lorsque je me suis réveillée, j'étais à des millions de kilomètres d'eux. J'étais à des millions d'années-lumière de tout, en fait. Et ça n'a fait qu'empirer, comme si j'avais implanté un poison dans notre famille en prenant du recul et que celui-ci avait continué à proliférer. Mon père trompe ma mère. Et elle, elle ne dit rien. Et je ne dis rien. Il fait semblant de partir en voyage d'affaires, et ma mère prétend qu'elle a changé de chambre parce qu'elle a un rhume et qu'elle ne veut pas qu'il l'attrape.

— C'est vraiment pourri, comme excuse, se contenta-t-il de commenter.

— Le soir, je l'entends pleurer. Et j'essaie de l'ignorer, de dormir, mais je n'y arrive pas. J'ai peur qu'ils divorcent. En fait, non, je n'ai pas peur qu'ils se quittent. J'ai peur qu'ils me quittent en même temps.

— C'est n'importe quoi, tes parents t'aiment, je te l'ai déjà dit, s'agaça-t-il en secouant la tête, comme s'il n'en revenait pas que je puisse croire cela.

— Et pourquoi, hein ? Pourquoi ils n'en profiteraient pas pour me jeter dans une benne, moi aussi ? Pourquoi ils me garderaient ?

— Mais parce qu'ils t'aiment, idiote ! Tous les parents aiment leurs enfants. Pas toujours de la bonne manière, pas toujours au bon moment, mais ça n'y change rien, s'énerva-t-il en levant les yeux au ciel.

— Et comment tu sais ça, toi, hein ?!

— Parce que mes parents m'ont aimé, à leur manière. Ce n'était très certainement pas la bonne, et peut-être pas à longueur de journée, mais, si mon père a su m'aimer, alors tes parents aussi, lâcha-t-il d'un ton détaché en haussant les épaules.

Mais je ne pouvais plus le croire. Plus Gabriel paraissait détaché, plus on le touchait.

Et là, il avait juste l'air le plus blasé du monde.

— Parle-moi, demandai-je soudain, et je savais que c'était comme exiger la lune.

— Je n'ai pas besoin de ta pitié, Fricht, grogna-t-il en posant une main sur le frein à main tandis que l'autre s'appuyait contre la portière.

— Eh… Ce n'est pas toi qui m'as dit qu'il n'y aurait jamais de pitié ?

— J'ai dit que *je* n'aurais jamais de pitié, rectifia-t-il d'un ton bourru.

— Et *je* te réponds que tu seras toujours ce primate complètement débile, même après ce soir, insistai-je.

Il m'observa un moment, transperçant une à une toutes mes défenses. J'avais l'impression qu'une alerte résonnait dans mon esprit.

Je fixais ses lèvres pincées alors qu'il s'interrogeait. Moi, je me demandais plutôt quel goût elles auraient si je les posais là, juste sur les miennes.

— J'avais cinq ans quand ma mère s'est cassée, commença-t-il en appuyant sa tête contre la vitre.

Il était tard. J'aurais très certainement dû rentrer. Mais je n'en avais pas envie.

J'étais suspendue à ses lèvres.

31

GABRIEL

La vitre était froide contre ma tempe et, à cet instant, c'était la seule chose qui m'empêchait d'être avalé par le gouffre sans fond que représentaient mes souvenirs. La nuit noire nous entourait et j'avais éteint les phares. Je n'avais pas envie qu'elle capte trop facilement mon regard.

— Ta mère s'est barrée ?

— Je ne lui en veux pas, tu sais. À l'époque, je n'ai pas compris. Du jour au lendemain, elle a disparu sans rien laisser derrière elle. Mon père... C'était un homme bien, à l'époque. Il l'aimait, de tout son cœur. Ou du moins il croyait l'aimer.

— C'est pour ça que tu ne crois pas en l'amour, comprit-elle, et je hochai la tête.

— Tu as déjà vu les ravages de ce que tu appelles « l'amour » ? Mon père est devenu complètement barge, à boire jusqu'à ne plus pouvoir marcher. Puis il a cherché autre chose. Je me rappellerai toujours la première fois où il a flanché, littéralement. Il était venu me chercher à l'école et, comme un con, j'ai cru que tout était redevenu comme avant. J'étais tellement heureux que je n'ai pas fait attention aux chemins qu'on empruntait, aux petites ruelles dans lesquelles on s'enfonçait... ni aux gars louches qu'on rejoignait.

— Il se droguait ? demanda-t-elle, et cette question n'en était pas vraiment une.

Pour toute réponse, je me contentai de détourner le regard du pare-brise pour observer cette petite chose, à la fois fragile et forte, qui me regardait avec de grands yeux inquisiteurs. J'avais l'impression que mes paroles étaient le plus beau cadeau que je pouvais lui faire, bien mieux encore que le bracelet.

Et je ne parvenais pas à comprendre pourquoi.

— Il revenait me chercher tous les soirs. Puis il me déposait devant la maison et s'en allait faire la tournée des bistrots. Il retrouvait ses potes, plus alcooliques les uns que les autres, qui lui bourraient le crâne de saloperies. Ils critiquaient ma mère, se demandaient ce qu'il foutait avec des mouflets dans ses pattes…

— Comment l'as-tu su ?

— Eh bien, mon père devenait étrangement bavard le soir, soufflai-je simplement en essayant de camoufler ma rage.

Et cette simple phrase cachait beaucoup, beaucoup de choses. Mais qu'aurais-je pu dire ? Aurait-elle compris ? Aurait-elle pu rester la même avec moi si je lui avais révélé que mon père répétait tout ce qu'il entendait au bar, me le grondait dans les oreilles pendant que je me tortillais sous ses coups ?

J'avais une fierté, cette stupide fierté qui m'empêchait d'être totalement mis à nu devant quiconque, même elle. Et ces grands yeux verts me dérangeaient. Ils semblaient capables de me passer au crible et j'avais vraiment, vraiment horreur de ça.

— Pourquoi ta mère ne t'a pas pris avec elle ?

— Elle avait vingt-deux ans, Fricht. Pourquoi se serait-elle trimballé deux gamins ? expliquai-je d'une voix détachée.

Je devais dissimuler tout ce que ces souvenirs réveillaient, tout le trouble que cela causait.

— Deux ? répéta-t-elle en fronçant les sourcils.

Je me sentis flancher comme jamais.

— Oh s'il te plaît, tais-toi, la coupai-je grossièrement.

Je savais que cette réplique autoritaire, juste un brin macho, arriverait à la vexer suffisamment pour qu'elle oublie notre conversation. Et j'avais raison, elle se tut.

Seulement, elle n'était pas fâchée.

— C'est étrange comme on évolue, soufflai-je au bout d'un moment, lorsque l'étau qui m'enserrait l'estomac relâcha un peu sa prise.

— En bien ou en mal ?

— Il y a quatre mois à peine, je m'étais juré de me venger. Tu étais censée passer la pire année de ta vie, Fricht, ricanai-je doucement.

— Oh mais avec toi, crois-moi, c'est la pire, me charria-t-elle, et je sortis de la voiture.

J'allais avancer lorsque je me rendis compte qu'elle n'avait pas quitté l'habitacle confortable.

— Qu'est-ce que t'attends ? la pressai-je en sentant le froid mordant s'insinuer dans ma nuque, parce que cette gourde de Vanessa avait toujours mon écharpe.

Elle se contenta d'un petit geste de la main, très explicite, en direction de la portière. Je soufflai bruyamment, revins sur mes pas et ouvris de son côté d'un geste un peu brutal.

— Tu vois, Gossom ? Même les animaux sauvages peuvent être domestiqués, sourit-elle en hâtant le pas.

— Oh, Fricht, tu vas me le payer, grognai-je en m'élançant derrière elle.

Honnêtement, j'adorais les escarpins à cet instant. Brittany ne parvenait pas à accélérer sa cadence et j'arrivai à sa hauteur un peu trop rapidement. C'était trop facile, trop rapidement gagné.

C'était triché.

— Alors ?

— La prochaine fois qu'on se retrouve au skatepark, tu ferais mieux de te ramener avec de jolies baskets, marmonnai-je alors qu'elle agrippait mon index.

— C'est une menace ?

— Totalement.

Je sentis sa main se détacher doucement de mon doigt tandis qu'elle se dirigeait vers le seuil de sa maison. Sa petite allée était légèrement éclairée. Le lampadaire ne diffusait qu'un faible halo doré autour d'elle et là, tout de suite, Brittany Fricht ressemblait à une déesse. Même si son nez était rouge à cause du froid, et qu'elle avait gardé mon bonnet sur la tête. Brittany était belle, contrairement à ce qu'elle croyait. Pas parce qu'elle se maquillait ni même parce que ses tenues étaient toujours réfléchies avec soin.

Elle était belle car elle possédait cette petite étincelle farouche dans ses orbes émeraude.

Je m'étais trompé. Brittany Fricht n'était pas une déesse, ce n'était pas non plus une princesse.

Non, ma petite garce était une guerrière. Sexy, rebelle et totalement indomptable.

— Tu sais quoi, Gossom ? me lança-t-elle en tenant la poignée de sa porte, et mon esprit se prépara à entendre la future connerie qu'elle finirait inévitablement par sortir.

— Ouais, Fricht ?

— Je crois aux missions impossibles. Et j'arriverai à te faire croire en l'amour, déclara-t-elle fermement, et son ton déterminé me fit sourire.

J'oubliais parfois que Brittany était un peu fleur bleue lorsqu'elle disjonctait.

— Eh bien, Fricht, ajoute des règles au jeu. Mais celle-ci est condamnée à te faire perdre, ricanai-je en m'éloignant.

Parce que, définitivement, Brittany Fricht venait de signer pour son second game over.

***

Je pus entendre les ronflements de Jake dès que j'atteins le haut de l'escalier. Abandonnant l'idée de passer le voir, je me faufilai doucement jusqu'à mon lit et me laissai glisser sur le matelas en enlevant rapidement mes chaussures d'un coup de pied. Les bras derrière la nuque, je réfléchis.

Aurais-je pu aller plus loin si Britty ne m'avait pas arrêté ? Ce mec n'était qu'un message aux deux autres, ils auraient bientôt leur tour, je le lui avais juré.

Pendant un instant, je m'étais senti englouti. La forêt avait disparu, le noir de la nuit déjà bien présent s'était déployé autour de moi et je n'avais plus rien vu, littéralement. Cela m'avait fait peur. Pas parce que j'aurais pu casser le bras de ce gars, honnêtement, il le méritait.

Non, j'avais eu peur de plonger dans un souvenir bien trop froid, bien trop noir. Malgré ce que disaient les psys, je savais que rien ne sortirait de bon si je me rappelais. Ce n'était pas pour rien que ma mémoire m'avait imposé un filtre aussi épais, ce n'était pas pour rien que ce jour-là avait été gommé.

Je n'avais vécu cette perte de contrôle qu'une unique fois, quelques années plus tôt. Et j'avais revécu le début de la scène. Cela m'avait suffi, amplement, pour comprendre que ce n'était pas un chemin à emprunter.

32

PATRICK GOSSOM

Dix ans plus tôt, mars

Patrick Gossom serrait la main de son épouse. Lui jetant un dernier regard, il frappa à la porte de l'orphelinat. La bâtisse était assez vieillotte, le parquet grinçait sous ses pas. Tout autour de la propriété s'étendait un petit parc, ils pouvaient apercevoir une balançoire et un toboggan en métal au bout du terrain. Patrick ne pouvait pas en croire ses yeux. Ils étaient là, pour la deuxième fois, prêts à déjouer le sort.

L'homme avait appris sa stérilité quatre ans plus tôt. Il avait cru que sa fiancée allait s'enfuir en courant, elle qui voulait tant des enfants.

Et pourtant, Claire l'avait épousé.

Une jeune femme vint leur ouvrir et les guida à l'intérieur du bâtiment. Dans l'escalier, on pouvait entendre une cavalcade tandis que deux petits éclataient de rire en se courant après. Les lèvres de sa femme s'étirèrent tandis qu'ils passaient à travers les différentes pièces pour atteindre le bureau de la direction.

— Attendez-moi ici, je vais vous chercher le directeur, lâcha la jeune femme en les laissant seuls dans le bureau.

— Tu crois que cela plaira à Jake ? Je n'ai pas envie que notre petit bout se sente délaissé, s'inquiéta Claire en se tournant vers son mari.

— Chérie, on lui parle de cette enfant depuis des mois. On se prépare à cette adoption depuis presque un an et demi ! Bien sûr que Jake sera ravi, la rassura-t-il en serrant sa main.

Ils avaient adopté leur premier enfant quelques années plus tôt et ils ne remercieraient jamais assez le ciel pour ce don parfait.

Seulement, ils étaient gourmands. Patrick avait toujours voulu deux enfants. Étrangement, il vivait avec l'impression qu'ainsi, à sa mort, ses deux petits bouts veilleraient l'un sur l'autre.

Un coup résonna à la porte et le couple sursauta. Lorsque la personne comprit qu'elle n'aurait pas de réponse, elle ouvrit la porte.

M. Gossom s'attendait à voir surgir un grand homme, avec un certain embonpoint, le visage habillé d'une moustache grisonnante et les cheveux clairsemés.

Pourtant, il dut baisser les yeux pour découvrir un enfant. Si petit, si maigre. Il aurait parié que le gosse avait moins de six ans. Celui-ci frissonna brutalement en levant le regard, et l'homme sut que jamais il ne pourrait oublier les deux grandes pupilles dilatées par la peur qui se posèrent sur lui à cet instant. Le petit garçon resta là à le fixer pendant une microseconde. Il semblait tenté de s'enfuir en courant, mais quelque chose le poussait à affronter sa crainte. Il releva alors courageusement les yeux vers les deux adultes et les fixa, une nouvelle détermination dans les yeux.

Cela l'étonna, qu'un si jeune enfant puisse braver ses angoisses si facilement. Il fit un mouvement pour se lever, mais le gamin parut se ratatiner sur lui-même : il rentra le cou, crispa les poings et ferma les yeux. Patrick en resta ébahi et se rassit sur sa chaise, calmement. Il avait l'impression de se trouver dans la cage d'un petit tigre impossible à apprivoiser.

Le directeur choisit ce moment pour faire irruption dans le bureau, quelques documents sous le bras.

— Gabriel ? Que fais-tu ici ? Tu sais très bien que tu ne peux pas entrer dans mon bureau.

— Je veux téléphoner à Evy, marmonna doucement le gamin en déviant son regard du couple pour affronter son directeur.

L'homme jeta un regard contrarié vers les Gossom, comme s'il regrettait leur présence. Puis il s'accroupit devant le jeune Gabriel. C'était étonnant de voir cet homme si imposant se baisser ainsi pour être à la hauteur d'un si petit bonhomme.

— Écoute, Gabriel, on en a déjà parlé... commença-t-il en soupirant d'agacement.

— Ils avaient dit que je pourrais l'appeler ! Vous m'aviez promis, s'exclama le jeune garçon.

Patrick observa la scène comme s'il se situait à la place du dénommé Gabriel. Il vit ses yeux s'embuer comme si c'étaient les siens. Quelque chose chez ce petit garçon lui donnait envie de le protéger.

— Gabriel, nous en reparlerons plus tard. Ce n'est pas le moment, ces gens attendent depuis un moment, s'exaspéra le directeur en se relevant.

Le petit garçon serra les poings et s'en alla d'un pas rageur. Peu après, ils entendirent un fracas, et Patrick sourit en comprenant que le petit garçon s'était certainement défoulé sur un jouet abandonné.

Le directeur de l'orphelinat leva les yeux au ciel et se tourna vers le couple.

— Excusez-moi, ce petit garçon a encore du mal à trouver sa place dans nos locaux. Ce n'est pas un cas facile, expliqua le directeur en sortant divers papiers de son tiroir.

— Il vient d'arriver ?

— Pas vraiment. Sa sœur a été adoptée la semaine dernière et les parents n'ont pas voulu en avoir deux pour le prix d'un, rit l'homme imposant en essayant de détendre l'atmosphère.

Il finit par comprendre que c'était peine perdue.

— Pourquoi ont-ils tenu à les séparer ? demanda Claire en fronçant les sourcils.

Et Patrick savait déjà, à son air indigné, que ce petit gars avait gagné le cœur de sa femme autant que le sien.

— Gabriel n'est pas un petit garçon banal. Honnêtement, nous ne pensons pas qu'il sera un jour adopté, répondit l'homme avec un air sombre.

— Et que lui arrivera-t-il ?

— Oh, vous savez, ce n'est pas le premier. En général, ils restent au foyer jusqu'à leurs dix-huit ans, puis ils se trouvent un petit métier et volent de leurs propres ailes. Mais parlons d'un sujet plus important, vous parlez d'adopter la petite Lydia...

— Non, rétorqua soudain Patrick.

Sa femme se tourna vers lui, interloquée. Et, pour tout dire, Patrick ne comprenait pas non plus pourquoi il avait changé d'avis. Les mots avaient quitté ses lèvres trop rapidement pour qu'il réalise la portée de son acte.

— Pardon ?

— Nous voudrions adopter ce petit garçon, compléta alors Claire après lui avoir lancé un regard entendu.

Et ça – sa compréhension – le fit l'aimer encore plus.

— Vous parlez du petit Gabriel ? s'étonna le directeur en s'asseyant dans son fauteuil pour feuilleter sa paperasse.

— Nous ne pouvons pas ?

— Écoutez, Lydia est une petite fille tout à fait charmante, commença à argumenter le directeur.

— Montrez-nous le dossier de ce petit Gabriel, exigea Patrick, et sa femme hocha la tête, l'encourageant.

Le directeur sortit à contrecœur la paperasse – bien épaisse – concernant le petit garçon.

— Eh bien, je suppose que le nom des Sheepfield doit vous dire quelque chose, on n'entend que ça dans la presse en ce moment…

Patrick se pencha sur l'écriture en pattes de mouche et il sentit la main de sa femme se serrer sous la sienne.

— La vraie question, c'est de savoir si vous êtes prêts à assumer un enfant tel que lui.

Leurs regards se croisèrent une courte seconde, et cela leur suffit pour s'assurer de leur détermination.

Alors ils plongèrent corps et âme dans le dossier de leur futur enfant, écoutant tous les conseils du directeur, notant les noms de ses psychologues, prenant note des événements marquants.

Puis Patrick posa son regard sur la dernière feuille.

Pauvre gosse. Il avait huit ans à peine et la justice lui préparait déjà un casier judiciaire.

Je regardais mon café d'un air absent, écoutant Claire chantonner en cuisinant des crêpes. Je comprenais ce qu'elle essayait de faire, mais c'était inutile. Gabriel ne descendrait pas, nous le savions tous les trois.

Jake buvait tranquillement son cacao et vola un bout de mon croissant. Nous ressemblions à n'importe quelle famille un dimanche matin.

Et pourtant, Gabriel s'était enfermé dans sa chambre. C'était la même routine qui s'installait chaque fois : il se levait aux environs de midi et ratait donc le petit déjeuner familial. Puis il filait comme le vent toute la journée et ne revenait que tard le soir.

C'était ainsi tous les jours depuis qu'il avait passé le cap de l'adolescence. Il s'absentait, s'éloignait, toujours plus longtemps, toujours plus loin.

Claire avait pensé qu'il fallait le laisser respirer et, honnêtement, Gab avait toujours été trop indépendant pour que l'on puisse réellement le materner. La situation avait toutefois empiré avec les années, comme si, en grandissant, il s'était recroquevillé sur lui-même.

Mon garçon me voyait uniquement comme un tuteur légal. Pour lui, nous étions une famille uniquement sur le papier. Il portait mon nom, je l'aimais plus que mon sang et, pourtant, il n'était pas mon fils.

J'avais essayé de nombreuses fois de l'emmener voir un match de foot ou pêcher toute une journée. J'avais essayé de l'entraîner dans des randonnées, des campements en forêt, des parties de billard ou de laser games. J'avais tout essayé et Gabriel avait refusé, une à une, chacune de mes propositions.

Le seul qui avait su l'approcher, enfant, était Jake. Claire m'avait confié qu'inconsciemment Gabriel reportait tout son amour pour sa petite sœur, toutes ses habitudes, sur notre plus jeune fils.

Et, au fond, c'était probablement véridique. Gabriel n'avait jamais appris à prendre soin de lui, il n'avait jamais appris à être proche des adultes. Il n'avait pas appris à aimer son père, seulement à le craindre.

Tout ce qu'il savait faire, c'était s'occuper d'un petit. Je me rappelais ces années où il avait été exécrable avec tout le monde. Il avait essayé par tous les moyens de se faire renvoyer au foyer, usant de tous les subterfuges.

Puis il avait abandonné. Et il s'était accroché à Jake comme à une bouée.

Ensuite, il s'était mis à éloigner Jake et j'avais commencé à désespérer. Dans mon coin, j'avais recherché toutes les Evangeline Sheepfield des environs. J'avais ratissé les réseaux sociaux, j'en avais touché quelques mots à toutes les personnes influentes que je rencontrais lors des galas.

Mais, si Gabriel portait notre nom, elle avait dû prendre celui de ses tuteurs. Aucune Evangeline à plus de mille kilomètres à la ronde.

— Je vais aller réveiller Gaby, s'exclama Jake en se levant, et je levai les yeux vers lui, lui adressant un regard sévère.

— Laisse ton frère dormir, il est rentré tard de sa soirée hier, le sermonnai-je en finissant de déjeuner.

Mon petit gars leva les yeux au ciel et se laissa retomber sur sa chaise. Claire me lança un coup d'œil et je lui répondis par un haussement d'épaules. Je m'étais couché tôt, mais je ne parvenais jamais à m'endormir avant de savoir que mes deux garçons étaient en sécurité chez nous.

Après tout, Gabriel avait le sang assez chaud pour provoquer n'importe qui, sans penser une seconde à se protéger lui-même. Il était parfois un peu trop fonceur, et ça m'inquiétait. Je l'avais inscrit à la boxe, au basket, j'avais fait en sorte qu'il soit complètement crevé à la fin de la journée et pourtant, il trouvait toujours l'énergie nécessaire pour se battre.

33

VANESSA

Je maudis ce pauvre idiot de vendeur qui ne savait même pas que, le daim, c'était à la mode l'année dernière. Vraiment, il ne fallait pas avoir fait quatre ans d'études pour savoir que, cette année, c'était la couleur qui primait. C'était honteux, quand même, de tenir un magasin et de ne pas être fichu d'ouvrir un magazine de mode. J'aurais été sa patronne, je l'aurais viré sans préavis. Ou alors, je lui aurais conseillé un job à l'animalerie du coin, avec son haleine de chien.

Filant vers les cabines avec une bonne dizaine de robes sous le bras, je soufflai bruyamment en passant une nouvelle fois devant lui. Il eut une grimace embarrassée et, si j'avais eu un cœur, je me serais sentie coupable. À la place, je fermai le rideau d'un geste brusque en savourant mon petit effet. Tranquillement, j'enfilai la première tenue : une petite robe en dentelle. Elle soulignait ma taille et le blanc crème du tissu l'empêchait d'être trop vulgaire. Elle me donnait l'impression d'être une petite fée, moi qui avais plutôt l'habitude d'être la méchante sorcière.

J'ouvris le rideau pour m'admirer dans le miroir, me tournant légèrement pour vérifier qu'elle ne grossissait pas mes fesses, puis je passai une main sur mon ventre pour enlever les plis éventuels. Je regrettais l'absence de Brittany. Je me rappelai nos essayages grotesques, où l'on choisissait les tenues les plus laides du rayon. J'avais des dizaines de photos dans mon téléphone, des photos de nous dans des habits moches à pleurer, avec des lunettes sur le nez et des bouches en cœur.

— Je serais toi, je l'achèterais, me conseilla alors une voix dans mon dos, et je me détournai de mon reflet pour observer la jeune fille.

Elle devait avoir mon âge et attendait patiemment son tour pour entrer dans une cabine. Je jetai un rapide coup d'œil aux cintres qu'elle tenait et levai les yeux au ciel.

— Pathétique. Un jogging, vraiment ? T'es une fille ou un sac de patates ? persiflai-je en retournant dans le petit placard qui me servait temporairement de dressing.

— Ouch. Je savais que t'étais du genre direct mais pas à ce point-là, rigola cette idiote sans tenir compte de ma pique.

— Tu me connais ? demandai-je, intriguée, même si cette fille devait être la dernière chose fascinante sur terre.

J'aurais aimé voir sa tête, mais je m'étais cachée derrière le rideau pour qu'elle ne puisse rien voir de moi, de ce que je parvenais à être parfois.

— Qui ne connaît pas Vanessa Dollyson au lycée ? Tu es le grand méchant loup des couloirs, poursuivit-elle d'une voix qui dissimulait un petit rire, et je passai un œil discret dans un trou du rideau.

Pour une fois, j'étais contente que ces fichues cabines n'aient jamais un rideau de bonne taille. L'inconnue semblait regarder d'autres vêtements sur une étagère. Je roulai les yeux en la voyant saisir un sweat-shirt. Mon regard descendit un peu, suivant les courbes de son pull-over et de son jean. Nouveau haussement de sourcils face à ses baskets plates. Je remontai ensuite vers ses cheveux d'un rouge bordeaux en me disant que, peut-être, elle aurait pu se couper les pointes, parce que c'était la fête aux fourches.

— Et toi, tu es ? demandai-je en me détournant rapidement, comme si elle pouvait deviner que je l'épiais depuis la fente du tissu.

— Ça ne t'intéresse pas réellement, lâcha-t-elle en filant vers la cabine qui venait de se libérer, et je pestai sur la cliente qui était sortie pile à ce moment-là.

— Tu as raison, j'en ai rien à cirer, clamai-je un peu trop fort pour que cela paraisse naturel.

Soudain, les murs qui m'entouraient me semblèrent oppressants. J'avais envie d'attendre, de revoir cette imbécile qui ne connaissait rien à la mode. Je voulais voir si ce sweat lui allait bien, si le jean était taillé pour elle. Et puis, merde, je n'avais même pas vu ses yeux.

Sauf que je ne pouvais pas.

Je ne pouvais vraiment pas.

Abandonnant toutes mes trouvailles, je sortis rapidement. De toute façon, elles étaient nulles, toutes ces tenues. Sauf...

Je poussais un soupir exaspéré, parce qu'en tant que représentante officielle de la mode dans notre lycée je ne pouvais pas sciemment reposer la robe en dentelle. Je retournai d'un pas rapide chercher le vêtement et avançai vers la caisse sans daigner jeter un regard vers la cabine de l'autre fille.

Pressant le vendeur d'encaisser mon billet, je filai sans attendre ma monnaie.

Je ne sus pas si les vêtements lui allaient bien. Ils ne pouvaient que l'enlaidir, de toute façon. Elle était tellement moche, tellement débile. Elle était...

Flamboyante. Non.

Non.

Elle était folle, folle à lier avec ses cheveux rouges affreux et ses vêtements ringards. Et j'allais la crucifier au lycée.

***

— Papa, maman ! Je suis rentrée, les hélai-je d'une voix un peu trop enjouée pour cacher le trouble qui m'avait assaillie au centre commercial.

Ma mère descendit l'escalier, et la moquette adoucit le bruit de ses talons hauts. Elle me sourit en replaçant une mèche derrière mon oreille. Ma mère était mon modèle. C'était une femme forte, indépendante et, pourtant, elle était si douce. Moi aussi, je voulais incarner cet exemple de businesswoman qui savait être assez intelligente pour concilier les affaires, les réunions et les enfants. Et je n'aurais voulu la décevoir pour rien au monde.

— Nessy, ton père est encore au bureau. Tu as trouvé tous les habits que tu voulais ?

— Oh non, faudra que j'y retourne dans quelques jours. Le vendeur ne savait même pas que le daim était démodé ! m'exclamai-je d'une voix outrée, et ma mère m'adressa un sourire tendre.

— Il a donc subi les foudres de la professionnelle ? s'enquit-elle en observant ma robe.

Elle plaça le vêtement devant moi et essaya probablement de m'imaginer à la place du cintre. Puis elle me fit un petit signe de tête approbateur et je souris à mon tour, heureuse que ça lui plaise.

— On attend papa pour manger ?

— J'ai demandé à Frédérique de nous servir le repas à vingt heures, sourit ma mère en s'éloignant vers le salon.

Je levai les yeux au ciel à la mention de notre domestique. Cette vieille femme assez rondelette me tenait la grappe tous les dimanches matin, pour me parler de la mode de son époque. Elle était assez stupide pour se croire à la page, j'avais juste envie de l'étouffer avec son tablier.

D'un geste nonchalant, j'enlevai mes bottines et montai dans ma chambre. À peine eus-je fermé la porte que je soupirai. Jetant les chaussures dans un coin de la pièce, je pris la peine de ranger mon achat du jour dans mon dressing et filai vers mon lit. D'une main distraite, je consultai mes mails sur mon téléphone avant de passer à mes messages.

J'attendais un signe de Gabriel, n'importe quoi qui me ferait comprendre que j'avais rêvé notre accrochage de vendredi. Je cherchais une preuve que c'était l'alcool qui m'avait fait délirer et qu'il ne m'avait pas réellement trahie ainsi, au beau milieu de tout le monde.

Seulement, Gab ne m'avait envoyé aucun message. Et je savais, au fond, qu'il ne le ferait pas. Gabriel Gossom n'était pas le genre de garçon qui s'excusait. C'était une brute épaisse, la plupart du temps.

Mais merde, une brute qui commençait à me manquer sacrément.

Je maudis quelques instants ma meilleure amie, qui s'était brutalement emparée de mon meilleur ami. Pour une raison inconnue, il s'était soudain accroché à elle. Je les voyais rire ensemble en cours, discuter en empruntant le même chemin le soir… Ils semblaient plus collés que deux aimants et je regrettais l'époque où c'était moi, la priorité de Gabriel.

Parce qu'il fallait avouer que Brittany avait réussi là où j'avais toujours échoué. Si Gabriel connaissait tout de moi, j'ignorais chaque parcelle de sa vie. Elle, elle s'était immiscée dans son quotidien, dans la moindre de ses activités. J'étais prête à parier qu'elle s'était insinuée sous sa peau, comme un virus.

Et le petit Gab n'avait pas encore conscience de l'emprise qu'il lui avait laissé prendre. Il n'avait pas encore compris que son fameux vaccin était aussi périmé qu'une vieille boîte de haricots. J'étais prête à parier que, lorsqu'il le découvrirait, il n'aurait pas forcément la réaction à laquelle elle s'attendait.

Posant le téléphone contre mes lèvres, j'empêchai mon doigt de parcourir les touches, de cliquer sur la petite photo de Gabriel et de lui demander pardon. Il était allé trop loin, cette fois.

Mais n'étais-je pas allée plus loin encore ?

De toute façon, la question ne se posait pas. Il m'avait clairement fait comprendre que c'était une corvée de s'occuper de moi. Pour lui, j'étais une gamine pourrie-gâtée. Et peut-être qu'il n'avait pas tort. J'avais toujours eu l'amour de mes parents sans rien avoir à partager.

Enfin, j'avais bien dû apprendre à partager Sam. J'y avais été contrainte et cela s'était mal terminé. Ça ne m'avait pas dérangée au début, je comprenais. Je veux dire, moi non plus, je ne voulais pas que mes parents sachent. Papa et maman allaient à la messe tous les dimanches, je me voyais mal leur dire que jamais je ne me marierais à l'église.

Alors, j'avais accepté de cacher ce que nous étions. J'avais encaissé ces petits flirts avec les garçons du coin, sous prétexte que ça brouillait les pistes. J'avais encaissé ses paroles blessantes lorsqu'on se retrouvait. J'avais encaissé lorsqu'elle m'avait dit qu'elle aurait préféré ne pas m'aimer.

Et vraiment, j'avais tout fait pour que ça marche. Mais elle avait poussé le vice toujours un peu plus loin, me blessant chaque fois un peu plus.

Et elle avait fini dans les bras d'un autre. Un mec, respectable, honnête. Une personne qu'elle pourrait aimer au grand jour surtout, sans craindre les préjugés.

Je n'étais pas sûre qu'elle l'aimait vraiment. Samantha n'en avait pas besoin, elle voulait simplement refléter le modèle parfait de la société. Elle était amoureuse de la normalité et ça lui suffisait.

Et, au fond, elle avait raison. J'avais bien failli perdre la tête avec cette histoire, mais j'en avais tiré une leçon. Les gens comme moi n'étaient pas faits pour trouver l'amour. Je n'étais pas faite pour ça.

J'aurais aimé être capable, comme elle, de réellement aimer un garçon. J'aurais aimé me perdre dans ses bras sans songer à quelqu'un d'autre. Mais c'était plus fort que moi, cela allait au-delà de ma raison.

J'avais vraiment besoin d'un joint. Je fouillai discrètement dans mon sac à main et en sortis un petit paquet. C'était stupide de veiller à ne faire aucun bruit, parce qu'il n'y avait personne dans ma chambre et que ma mère devait probablement téléphoner à son comptable pour qu'ils revoient leurs accords habituels. Pourtant, j'ouvris doucement la baie vitrée menant à mon balcon et je m'assis au sol une fois dehors, au cas où mon père déciderait soudain de rentrer plus tôt pour nous faire une surprise.

Ce petit cylindre miraculeux me donnait l'impression d'être dans ses bras, comme avant. Je me rappelais que mon cœur battait à la vitesse du son lorsqu'on se retrouvait après les cours, quand on rigolait en se cachant des autres. Et, quand je planais un peu, je pouvais m'imaginer être toujours ainsi, insouciante. J'avais trouvé cela drôle au début, de ne pouvoir qu'échanger des regards secrets lorsque les autres nous entouraient. J'avais aimé lorsqu'elle essayait de détourner la conversation le midi pour timidement me saisir la main par-dessous la table.

Dieu, qu'est-ce qu'elle me manquait !

Si elle apparaissait là, devant ma porte, je me savais incapable de la repousser. J'étais faible, faible devant elle, devant Gabriel. C'étaient les seules personnes, et c'en était déjà deux de trop.

J'avais poussé le vice trop loin à mon tour pour reculer, de toute façon. J'étais coincée dans l'image qu'on avait de moi. Je répétais les erreurs de mon ex, inéluctablement. J'aurais pu m'en tirer si je n'avais pas joué avec ces garçons. Seulement, tout le monde aurait trouvé étrange que je ne sorte jamais avec quelqu'un. Sur le coup, j'avais trouvé que c'était une bonne solution, de faire semblant de flirter un peu avec ces mecs. J'avais bien ri, aussi.

Maintenant, je me haïssais.

Je ne compris pas pourquoi l'inconnue du centre commercial s'imposa dans mes pensées à cet instant. Je ne compris pas pourquoi elle, cette clocharde, pouvait ainsi s'ancrer dans ma tête.

Je devais trouver un moyen de la faire disparaître.

Avant, j'aurais simplement demandé à Gabriel de l'effrayer un petit peu mais, bizarrement, j'avais l'impression qu'il m'enverrait balader, cette fois.

34

BRITTANY

Les vacances devenaient un véritable enfer. Je n'avais aucune excuse pour m'évader de cette prison. Ma carte de crédit avait été découpée par une vendeuse et je n'avais plus un dollar pour manger dehors avec Vanessa. Je savais que cette dernière devait très certainement s'éclater à faire du shopping et à draguer tous les beaux mecs qui lui passaient sous le nez, et je ne pouvais même pas l'accompagner. Plutôt crever que d'avouer que j'étais fauchée, c'était déjà assez embarrassant que Gabriel le sache.

Il y avait bien l'argent de mon petit boulot, mais je le conservais pour que ma famille puisse garder un brin de sa dignité. Je n'avais pas encore trouvé un moyen de leur donner discrètement ma paie et ça commençait à me ronger. Je savais que mes parents entreraient dans une rage folle si je faisais allusion à leurs problèmes financiers. C'était fou, ce que les gens faisaient par fierté. Et c'était encore plus con que j'aie hérité de cet orgueil qui nous empêchait d'accepter la main qu'on nous tendait.

Et puis, je n'étais pour eux qu'une gamine capricieuse qui achetait des fringues à outrance et qui ne pouvait rien comprendre aux choses sérieuses. Ils ne connaissaient rien de moi, pas la moindre parcelle de ma vie, et ça, je devais avouer que c'était de ma faute. Seulement, désormais, ça m'oppressait. Ça me dérangeait qu'ils ne cherchent plus à savoir avec qui je sortais le week-end, ça me dérangeait qu'ils ne se disputent plus pour m'autoriser ou non à sortir. Merde, je revenais tous les soirs d'un vieux skatepark et personne ne se demandait ce que je fichais exactement là-bas !

J'avais envie de les prendre par les épaules pour les secouer comme des shakers.

Sauf que, contrairement au primate, mes parents adoraient les silences. Ils semblaient avoir développé un intérêt essentiel pour le parquet, la décoration des murs ou le plat du jour.

Quand Gabriel me parlait de sa famille – et ce n'était pas souvent –, j'adorais qu'il me décrive ses chamailleries avec Jake, leur complicité, leurs fous rires. J'adorais m'imaginer leurs soirées conviviales, bien que Gossom doive y tirer une tête de six pieds de long.

J'en étais presque jalouse, en fait. Et, en même temps, je ne pouvais que me dire qu'il la méritait, cette putain de famille. Il ne le pensait pas, il ne l'admettrait jamais, mais ça ne changeait rien : Gabriel Gossom aimait bien ses tuteurs. Je le voyais à la façon dont il me parlait d'eux, lorsqu'il s'exaspérait des propositions de Patrick ou des gestes tendres de Claire. Il arborait cet air faussement blasé et agacé, comme chaque fois qu'il me taquinait. Je ne parvenais pas à savoir pourquoi il laissait cette frontière infranchissable entre eux. Pourquoi avoir permis à Jake de s'approcher un peu plus près et pas à eux ? Pourquoi rire et discuter avec le gosse sans accepter de parler avec ceux qui l'avaient sauvé de l'orphelinat ?

J'entendis le bruit de la porte d'entrée et mon estomac se serra un peu plus. Il était resté vide aujourd'hui : Gossom n'était pas là pour me surveiller comme un vautour. Ça faisait du bien de ne pas devoir avaler deux steaks hachés afin d'éviter une bonne engueulade, pour une fois. Et, en même temps, ça me manquait un peu. Je savais que, s'il avait le malheur de remarquer à la rentrée que j'avais perdu du poids, Gaby s'arrangerait pour me gaver de frites pendant trois semaines.

Peut-être que j'allais manger un peu ce soir, finalement. Pas pour lui faire plaisir, évidemment. Encore moins parce que j'en avais envie.

Parce que, soyons claire, c'était uniquement pour avoir la paix à la rentrée.

J'entendis les talons de ma mère sur le parquet et je soupirai en me levant de mon lit. J'aurais aimé me cacher sous la couette et jouer à la morte, mais je n'étais pas sûre que ce soit réellement une idée envisageable. Tentante, oui, mais peu réalisable.

Mon Dieu, j'en venais à regretter les cours.

Je ne crevais pas d'envie d'ouvrir cette porte pour me retrouver face à ma mère, avec qui je n'avais plus aucun sujet de conversation. Elle me ferait un petit sourire faux que je lui rendrais. Dans nos têtes, nous chercherions laquelle des deux allait trouver une bonne excuse la première. Et alors, la gagnante se défilerait.

Soufflant un bon coup, j'ouvris la porte d'un geste soudain au moment où elle passait devant ma chambre et son petit cri de surprise me fit presque rire. Elle ne se rappelait peut-être plus qu'elle avait une fille ?

Puis mon regard se releva de ses escarpins pour observer l'ombre derrière elle.

Derrière elle.

— Britty ? Je croyais… Je croyais que tu étais sortie avec tes copines, bredouilla ma mère tandis que l'homme déglutissait.

Je vis sa pomme d'Adam descendre lentement avant de remonter. J'aurais pu me focaliser sur autre chose, évidemment, mais je n'avais pas trop envie de remarquer qu'il devait à peine avoir la trentaine. Je n'avais pas non plus envie de voir le visage décomposé de ma mère, ni sa robe un peu chiffonnée. Mon cœur se souleva et j'eus envie de vomir. Bizarrement, je sus que je ne mangerais pas ce soir, que je ne descendrais même pas, en fait.

Je ne répondis rien, me contentant de laisser mon regard glisser de sa gorge à sa barbe mal rasée. Je continuai de fixer ses lèvres un peu trop rosées, sa cravate de travers et sa chemise à moitié sortie du pantalon, comme si une sale groupie s'y était agrippée.

Sauf que la sale groupie en question, c'était ma mère.

J'avais envie de hurler afin d'évacuer l'ouragan qui m'engloutissait tout entière. Je me sentais chavirer lentement, dériver vers des mers trop profondes. Je devais expulser l'air bloqué dans ma cage thoracique et vite, avant de suffoquer.

Mais je ne pouvais pas.

Je ne pouvais pas.

Les larmes s'apprêtaient à dévaler sur mes joues, je le sentais. Je sentais que quelque chose claquait au fond de moi tel un élastique, que cela se fissurait de bas en haut, comme si, d'un seul coup, j'étais devenue le *Titanic* et que j'avais heurté un iceberg : toutes les vannes s'ouvraient et je coulais misérablement.

Alors je refermai la porte dans un grand fracas et me laissai glisser doucement jusqu'au sol. Je me passai les doigts dans les cheveux avec la furieuse envie de m'arracher quelques mèches et d'essayer d'ignorer les excuses de ma mère de l'autre côté de porte.

Je tentai d'oublier que tout venait de se briser une nouvelle fois, que tout était perdu, que j'allais devoir changer de maison. Je me mordis les lèvres pour faire taire mes sanglots et, lorsque ma mère vint me parler de l'autre côté de la porte après avoir foutu son mec dehors, j'ignorai ses supplications. Je tentai d'oublier que j'avais cette merde dans mon placard et que je pourrais recommencer, tout simplement. Ma main serra fortement mon poignet et je remarquai, seulement après, que c'était le bracelet de Gossom que j'avais enfilé ce matin.

Et je ne pouvais pas lui faire ça.

Je ne pouvais pas.

Oh, pauvre, pauvre Mme Fricht. Pauvre, pauvre M. Fricht. Et moi ? Moi, on s'en fichait. On me laissait me fracasser, chaque fois.

Parce que je n'étais qu'une sale gamine prétentieuse qui ne pensait qu'à remplir son dressing. J'étais une petite poupée de porcelaine qui ne servait qu'à être exposée sur une étagère. Je faisais beau dans la maison, je décorais un peu les meubles. On se souvenait de ma présence tous les trente-six du mois, lorsqu'on décidait de faire un peu la poussière sur mon étagère.

Et j'étais tombée du meuble. J'aurais pu être une poupée de chiffon et n'être blessée que dans mon orgueil. Seulement, j'étais en porcelaine. Et je m'étais lamentablement brisée contre le carrelage.

35

JAKE

Je décidai de tirer mon frère de son lit le lendemain matin, pour qu'il assiste au petit déjeuner familial.

— Merde, Jackie Chan, casse-toi, grommela-t-il en se retournant dans sa couette.

— Tant d'amour dès le réveil, Gaby, ça me tue, le charriai-je en lui donnant un coup d'oreiller.

— Oh toi, je vais te défoncer, grogna-t-il.

Je me retins de rire en voyant ses cheveux complètement en pagaille et ses yeux encore à moitié fermés. Et dire que les filles de son bahut auraient tué pour apprécier ce carambar torse nu à son réveil.

— Oh Gabriella, tu es tellement belle au naturel, me moquai-je, et j'eus droit à un geste grossier de la main en réponse.

— Va te faire voir, Jackie Chan, me rabroua mon grand frère avec sa voix bourrue spéciale du matin.

— On t'attend pour manger, lançai-je distraitement, comme si c'était anodin.

— Oh non, je compte bien me rendormir pour les quatre heures qui viennent, s'exclama-t-il en se redressant légèrement.

— Gabriel Gossom, soit tu lèves ton cul et tu viens affronter les pancakes de maman, soit je viens te laver au sirop d'érable. Quoique… ta petite Fricht pourrait encore apprécier, lâchai-je, et je savais, avant même d'avoir fini ma phrase, que cette réplique le ferait définitivement sortir de ses gonds.

Il quitta sa couette dans un mouvement si brusque qu'il faillit se prendre les pieds dedans, et je riais encore lorsque j'atteignis la table de la salle à manger. Toutefois, lorsque je vis qu'il ne m'avait pas suivi, je compris que je m'étais fait avoir comme un bleu. Et puis, ce traître avait probablement eu le temps de fermer sa porte à clé, désormais.

Déçu, je m'assis à table en soupirant.

— Fais gaffe, Jackie Chan, tu vas casser la chaise, se moqua une voix rauque depuis l'escalier.

Je souris en voyant apparaître Gaby torse nu, un bas de jogging tombant sur les hanches. Naturellement, mon regard se porta sur papa qui avait arrêté de boire son café.

— Bonjour, mon chéri, lança simplement maman en sachant que Gabriel aurait grogné à la moindre étreinte et qu'il aurait fui les autres repas familiaux jusqu'à la fin de sa vie.

— Salut, marmonna-t-il de répondre en attrapant mon bol de céréales.

— Eh !

— T'avais qu'à pas me faire chier, se contenta-t-il de répondre.

— Alors, mes garçons, qu'est-ce que vous faites aujourd'hui ? demanda tranquillement mon père, soucieux d'éviter une bataille.

On se regarda pendant une brève seconde sans savoir quoi répondre. Mon frère passait la plupart de ses journées à son club de boxe et m'emmenait quasiment un jour sur deux. J'avais l'impression qu'il essayait de faire en sorte que je ne me laisse plus jamais intimider et moi, même si j'en avais carrément rien à cirer de passer dix ans à taper sur un fichu sac, je faisais semblant d'aimer ça pour passer un peu de temps avec lui.

— Tu ne vas pas voir tes copains, Jake ? Et toi, Gab, tu n'as pas d'entraînement de basket avant le championnat ? demanda mon père.

Gabriel prit le temps d'avaler sa bouchée. Je savais qu'il me donnait surtout le temps de préparer une réponse, en réalité. Et puis, ça ne le gênait pas plus que ça de paraître hostile à Patrick. Il passait son temps à le repousser.

— J'ai quitté l'équipe, lâcha-t-il, laconique.

Papa se contenta de hocher la tête, sans trop savoir quelle attitude adopter. Il savait que son fils n'aurait accepté ni qu'il conteste sa décision ni qu'il l'approuve. Parce que Gabriel jouait au grand garçon indépendant qui savait faire ses choix tout seul. Et, au fond, je ne pouvais pas vraiment lui en vouloir. Il n'avait jamais eu quelqu'un sur qui se reposer avant.

— Et toi, Jake ?

— C'est-à-dire que… commençai-je en essayant de trouver une excuse valable.

— J'ai promis à Jackie Chan de lui montrer deux ou trois figures de skate aujourd'hui, me coupa Gaby en posant son bol dans l'évier.

Il me fit un clin d'œil avant de remonter l'escalier au pas de course et je le lui rendis, soulagé. En levant le regard, je remarquai que mes parents se lançaient un sourire complice. Avant de se lever, mon père me donna une petite tape dans le dos et je pris ça comme un « bien joué, fiston ».

— Et vous ?

— Eh bien, nous sommes officiellement en congé pour la semaine à venir, mais n'annulez pas vos projets, on va se trouver une petite occupation, me rassura ma mère en déposant un baiser sur mon front.

***

Lorsque j'entrai dans sa chambre, une planche de skate roula jusqu'à moi et je faillis faire un vol plané. Heureusement, j'avais encore quelques réflexes et je parvins à la stopper du bout de ma basket.

— Comme neuve, le morveux, déclara fièrement mon aîné en saisissant son sac à dos pour y glisser un paquet de chips et quelques sodas.

— Tu veux dire qu'on y va vraiment ? m'exclamai-je en prenant délicatement ma vieille planche.

J'examinai rapidement les roues et passai la main sur l'endroit où le bois devait être fendu en deux.

— Ça a dû te coûter la moitié de ton salaire de réparer ça, soufflai-je, ému qu'il ait retardé son tour des États-Unis pour moi.

— Ouais, vois ça comme le cadeau que tu aurais reçu pour tes dix-huit ans, marmonna-t-il en haussant les épaules, et je pus remarquer, à la façon dont il évitait mon regard, qu'il était gêné.

Seulement, je me fichais pas mal de ce qu'il ressentait et je le pris par les épaules pour le serrer dans mes bras. C'était un peu bizarre de se rapprocher autant, parce que lui et moi ne le faisions que quand l'autre allait mal.

— Bon, le morveux, quand tu auras fini de me câliner comme ma copine, je pourrai peut-être enfiler mon manteau ? me charria-t-il en se dégageant doucement.

— En parlant de copine, on invite Brittany ?

— Fricht ? Mauvaise idée, se contenta-t-il de répondre en dévalant l'escalier.

— Allez, quoi ! Je suis sûr que tu chiales toute la nuit en pensant à elle, lui criai-je.

— Tu n'as pas de petite copine, n'est-ce pas, Gabriel ? demanda alors la voix étouffée de ma mère depuis le salon, et j'éclatai de rire en entendant le soupir exaspéré de mon frère.

— Bien sûr que non, s'agaça-t-il. Bon, tu te magnes, Jake, ou je te laisse ici ?

Je dévalai à mon tour l'escalier et enfilai une belle écharpe grise pendant que Gabriel attrapait son affreux bonnet passe-partout. Alors que j'allais franchir la porte, je sentis deux mains enfoncer un gros sac sur le haut de mon crâne.

— Ah nan, Gaby, ça gratte et ça décoiffe, ces bazars, me plaignis-je en essayant d'enlever le bonnet.

Seulement, il garda les mains dessus et j'arrivai à peine à l'ôter de mes yeux.

— Avance, Jackie Chan, ou je t'en offre deux pour le prix d'un, se moqua-t-il en me laissant enfin tranquille.

Le début de la route se fit en silence. Ce n'était pas vraiment gênant pour moi, je savais que Gabriel en disait plus long lorsqu'il restait silencieux. Il détestait l'absence de bruit et, en même temps, il savait se taire lorsqu'il se sentait bien au côté de la personne avec qui il était. C'était con, comme paradoxe.

— Dis, Gaby ?

— Ouais, le morveux ?

— Je pourrai voir ta copine, un jour ?

— Mais tu vas m'emmerder encore longtemps avec ça ? s'exclama-t-il en donnant une petite accélération à son skate.

Je ne répondis rien, le laissant méditer tout seul. Parfois, ce mec pouvait cogiter jusqu'à fumer comme une cocotte-minute.

— Écoute, un soir, tu viendras avec moi, finit-il par marmonner, et ça me suffisait pour l'instant.

Mes lèvres s'étirèrent en réponse et je grimpai sur mon skate à mon tour, m'amusant à le semer. Et ce qui me faisait encore plus sourire, c'était de savoir que ce débile me laissait gagner en espérant me faire oublier que je n'avais plus aucun pote avec qui passer des après-midi tranquille.

36

BRITTANY

Je me réveillai à même le sol, appuyée contre mon lit. Je grognai en essayant de me relever. Passant devant mon miroir, je restai un long moment à contempler mon reflet et les immenses traces noires qui formaient des sillons sur mes joues. J'avais encore le goût salé des larmes sur les lèvres, c'était dégueulasse. Je me sentais laide, inutile et totalement dépassée. Je ne savais plus ce que je voulais, qu'ils se séparent ou qu'ils restent ensemble. Je voulais juste nous mettre sur pause, stopper, le temps de réfléchir à tout ça sans pression.

J'avais juste envie que tout redevienne comme avant.

Je me rappelais avoir pleuré une bonne partie de la nuit, sans trop savoir quand je m'étais endormie. Probablement assez tard, si je me réveillais au milieu de l'après-midi. Je soufflai un bon coup et effaçai rapidement les traces de faiblesse qui avaient envahi mes joues.

J'aurais aimé que mon absence d'hier soir soit remarquée, qu'on vienne me trouver. Peut-être bien que je les aurais envoyés bouler, mais j'aurais su, au moins, que je n'étais pas totalement transparente.

Seulement, on m'avait laissée seule dans ma chambre.

Je me souvenais d'un passé pas si lointain où maman venait me voir tous les soirs. Nous dînions en famille et ensuite, lorsque je filais dans ma chambre pour dormir, j'attendais patiemment que le fin trait de lumière apparaisse dans l'entrebâillement de ma porte. Elle s'allongeait alors sur le matelas en ôtant rapidement ses escarpins d'un simple coup de pied et nous nous racontions nos journées en rigolant.

C'était étrange comme ça me paraissait loin, désormais. Je me rendis compte que cela faisait au moins trois ans. Trois ans que nous vivions tous ainsi, sur des orbites différentes. On vivait nos vies sur le même réseau sans être connectées.

Cette femme que j'avais vue hier ne ressemblait en rien à celle qui m'avait bercée toute petite ou qui avait dormi avec moi après mon premier chagrin d'amour. J'avais mis du temps à digérer les infidélités de mon père, mais celles de ma mère me resteraient bien plus encore en travers de la gorge.

Au fond, papa n'avait jamais été vraiment démonstratif. Il n'avait jamais dit « je t'aime », ne m'avait jamais vraiment consolée. C'était un papa, il était fort et costaud, mais il ne savait pas s'exprimer. Il criait lorsqu'il s'inquiétait pour moi et enrageait quand je me mettais en danger.

Ma mère avait toujours été l'inverse et j'avais cru, stupidement, qu'elle l'aimerait assez pour parvenir à le récupérer, qu'elle trouverait les bons mots.

Mais elle avait préféré se taire et encaisser plutôt que de se battre. Elle avait préféré pleurer toutes les nuits, bien cachée de son mari.

Je ne savais pas s'il nous aimait. Je ne savais même plus si elle, elle tenait à moi. J'avais l'impression de partir à la dérive. Rien n'était stable, ça tanguait dans tous les sens et je me sentais aspirée vers le fond.

Plus que d'être triste, j'avais la haine. J'étais en rage contre ma famille, contre mes parents. J'avais envie de détruire quelque chose, d'envoyer mon poing dans un miroir. J'aurais adoré briser l'image qu'on avait de moi, mais je ne pouvais pas. J'étais étriquée dans mon petit tiroir avec la grosse étiquette « pétasse capricieuse » sur le front. Et ça m'étouffait de plus en plus.

Mes yeux se portèrent sur le bracelet de Gabriel et mes doigts effleurèrent la petite rose discrète qui pendait au bout de la chaînette. J'aurais aimé croire Gossom et me dire que tout finirait par s'arranger mais, merde, c'était impossible. Ma famille était ruinée, mes parents couchaient à droite et à gauche et moi… Moi, j'étais le dommage collatéral de toute cette histoire.

Je savais que lui aurait trouvé les mots justes. Il aurait su me convaincre que la vie n'était pas si minable que ça. Gabriel m'aurait sorti quelques vannes douteuses et j'aurais ri, malgré moi. Puis il se serait mis à fixer les étoiles comme chaque soir et je l'aurais observé timidement. Lui aurait pensé que je contemplais les météores, mais mon regard se serait rivé sur lui, comme chaque fois.

J'aimais beaucoup l'expression qu'il avait dans ces moments-là. Il n'avait plus rien d'un adolescent violent, d'un gars un peu perdu ou d'un pauvre gosse brisé. Il rayonnait, tout simplement, le regard brillant de nostalgie. C'était comme s'il se repassait un bon film dans sa tête et, malheureusement, je n'étais pas invitée à le partager.

C'est que cet idiot de primate me manquait presque. Lui, ses M&M's et sa bouteille de soda aux dix mille calories.

***

Le bruit de la porte d'entrée retentit comme un chant funèbre à mes oreilles et je passai le temps qui me restait à camoufler mes cernes et mes yeux rougis. Peut-être que cela ne servait à rien, peut-être qu'ils ne me regardaient même plus et se fichaient bien de ces minuscules détails.

Mais j'en avais besoin. J'avais besoin de faire croire aux autres que j'étais forte pour le devenir, ne serait-ce qu'un minuscule instant.

Je descendis l'escalier lentement et découvris la salle à manger plongée dans un lourd silence. L'odeur de la volaille rôtie aurait pu être alléchante, mais ça ne me paraissait qu'étouffant.

Je m'assis entre mes parents, en silence, comme d'habitude. Mon père avala une bouchée du repas dès que je fus installée.

Je savais qu'elle était stressée. Son souffle était assez rapide pour faire lever le collier de perles délicatement posé contre sa poitrine et ses talons martelaient le sol à un rythme infernal. Si son regard se posait sur l'ensemble de la pièce hormis nous, je la comprenais. Moi non plus, je n'aurais pas été capable de regarder ma fille droit dans les yeux après ça.

Je sentais mon cœur se comprimer un peu plus, toujours un peu plus. J'avais l'impression qu'il allait finir totalement recroquevillé sur lui-même, comme une boulette de papier.

Ma fourchette traçait des sillons dans mon assiette sans jamais rencontrer mes lèvres. J'étais incapable d'avaler quoi que ce soit, alors j'attendais lâchement que chacun ait fini son plat pour prendre la fuite.

— Tu n'as pas faim, Britty ? me demanda nerveusement ma mère en me jetant un regard à la dérobée.

— Non, je ne me sens pas très bien, répliquai-je à mi-voix en baissant les yeux.

C'était assez rare que l'un d'eux le remarque. Je savais que Gabriel, par exemple, l'aurait vu tout de suite. Et il ne m'aurait pas lâchée, me harcelant jusqu'à ce que je lui dise mes problèmes.

Mais Gossom n'était pas mes parents.

— Comment s'est passée ta journée ? reprit-elle en se raclant la gorge.

— J'ai bouquiné dans ma chambre, soufflai-je sur un ton complètement blasé tandis que mon père répondait à un sms.

Et, même si ce n'était peut-être que son boulot, je ne pus m'empêcher de penser que c'était un message d'une de ces garces.

Mon regard croisa celui de ma mère pendant une longue, longue seconde, et celle-ci reposa ses couverts. Je voyais les larmes lui monter aux yeux alors qu'elle se levait brusquement.

Peut-être qu'elle en avait marre, tout compte fait. Peut-être qu'elle allait réagir.

— Brittany Fricht, je t'interdis de me regarder avec des yeux pareils ! Je suis encore ta mère, s'écria-t-elle en me lançant un regard moralisateur.

— Ah ouais ? la contredis-je d'une voix un peu trop arrogante.

Mon père leva un sourcil et rangea son mobile dans la poche de son pantalon.

— Britty, un peu de respect pour ta mère, me gronda-t-il en avalant une autre bouchée de pintade.

Et je disjonctai. Je ne compris pas vraiment pourquoi cette fois-là était celle de trop, alors que j'avais vécu ce genre de scène des centaines de fois. Je sentis simplement une digue se rompre en moi et ce fut comme si tout ce qu'elle retenait, tout ce que je gardais au fond de moi, s'évadait brusquement par mes lèvres. Je sentais une foule de sentiments, d'émotions, dévaler la pente en ravageant tout sur son passage.

— Ma mère ? Et quand elle ramène le premier beau gosse de son boulot à la maison, c'est encore ma mère, ça ? les provoquai-je d'une voix forte, vibrante de colère.

— Ayline !

— Parce que tu te crois mieux ? Tu crois que je t'ai pas vu avec ta petite secrétaire ? l'attaqua aussitôt ma génitrice.

— Oh mais je vous en prie, réglez vos comptes, leur lançai-je, sarcastique, en espérant sentir leurs regards sur moi.

— Sur un autre ton, jeune fille, me reprit la voix froide de mon père.

— Tu crois que j'ignore qu'on est fauchés ? Tu crois que je fais le mur tous les week-ends alors que je me casse pour bosser dans un bar miteux. L'un de vous en a quelque chose à faire de moi, ou vous êtes trop occupés à vos petites guerres pour vous apercevoir que j'en peux plus ? J'en peux plus de cette situation, j'en peux plus de vous, de vos magouilles, de vos pleurs ! J'en ai marre d'essayer de trouver des excuses pour rentrer plus tard, marre qu'un pauvre taré de ma classe se soucie plus de ma sécurité que mes propres parents !

— C'est faux, s'insurgea immédiatement ma mère.

— C'est quoi ma couleur préférée ? demandai-je soudain, les prenant au dépourvu.

— Quelle question, le rose voyons, s'exaspéra mon père, comme si je n'étais qu'un vilain moucheron.

J'éclatai d'un rire faux et mes yeux me piquèrent violemment. J'allais bientôt craquer, et ne il resterait de cet excès de rage qu'une amère rancœur.

— Allons, Brittany, tu as dix-huit ans, je peux comprendre que tu aies besoin de trouver ta place dans la société, de prouver que toi aussi tu peux être adulte, mais ce n'est pas le moment, continua-t-il, et ses yeux me montraient que je n'étais qu'un obstacle qui l'irritait.

— La ferme.

— Je te demande pardon ?

— Ma couleur préférée, c'est le bleu, lâchai-je, sentant mes dernières barrières s'envoler.

— Ma chérie…

— Laisse, c'est uniquement un caprice de plus, s'agaça mon père.

— Mais oui, maman, ignore donc ta fille, tu as si bien appris à le faire, persiflai-je.

— Arrêtez tous les deux, nous hurla-t-elle en faisant tomber son assiette sur le sol.

J'entendis le bruit de la porcelaine éclatant sur le carrelage en arrière-plan. Mon père se mit à lui crier dessus et ma mère répondit sur le même ton. Et ils s'énervaient tellement l'un contre l'autre qu'une fois encore j'étais sortie de leurs préoccupations. Ils se hurlaient leurs infidélités au visage, crachant tous les défauts de l'autre sans plus se soucier de ma présence.

— Mais merde, vous allez me regarder ?

— Arrête de vouloir être le nombril du monde, Brittany, me hurla maman en se tournant vers moi, le visage rougi par la colère.

— Je suis désolée, d'accord ?! Désolée de ne pas être à la hauteur, désolée de ne pas savoir le remplacer, criai-je à mon tour, et je commençai réellement à devenir hystérique.

J'avais beau leur hurler des vérités au visage, celles-ci ricochaient sur eux comme un caillou sur l'eau.

— Mais de quoi tu parles ?

— Moi aussi, vous allez m'assassiner comme un pauvre clébard quand je deviendrai réellement chiante ? vociférai-je, la voix rendue rauque par les larmes.

Et je savais, oh oui, je savais que j'étais allée trop loin. Je sentis la brûlure cuisante de la honte sur ma joue avant même d'avoir pu réaliser à quel point je les avais poussés à bout.

Ma mère eut un petit hoquet et mon père mit sa main sur ses lèvres, comme si cela pouvait réparer son geste. Pendant une seconde, je crus que je ne pouvais plus respirer. J'essayais d'ouvrir la bouche mais l'air ne voulait pas entrer dans mes poumons. Mes parents n'avaient jamais levé la main sur moi, pas une seule fois.

La colère retomba brutalement, ne laissant dans la salle à manger que mes géniteurs, l'assiette brisée et moi. Je portai une main tremblante à mon visage en hoquetant légèrement. Tout se mélangeait en moi, la culpabilité d'avoir remis un sujet douloureux sur le tapis, la rage qui m'avait envahie quelques années plus tôt lorsque j'avais découvert ce qu'ils m'avaient caché et, enfin, la gifle monumentale de mon père.

Et cet homme, au regard presque froid quelques instants plus tôt, n'avait plus rien à voir avec papa. En réalité, il ne restait plus rien de notre famille, rien que quelques miettes qu'on s'échinait à faire disparaître.

— Je... Je... commença mon père.

Mais je ne voulais pas l'entendre. Je ne voulais pas qu'il s'excuse, que l'on retombe dans le silence. Alors, je leur tournai le dos et courus vers la porte d'entrée sans prendre la peine de saisir mon manteau au passage. Je les entendais encore se disputer derrière moi, ma mère brisa une nouvelle assiette et j'avais l'étrange impression d'entendre le bruit de mon propre cœur.

Pauvre poupée de porcelaine. On va devoir te jeter à la poubelle, tu es devenue toute laide.

La porte étouffa leurs derniers cris tandis que je me mêlais à la nuit. Et mes larmes dévalèrent enfin sur mes joues. Je sentais les sanglots me secouer tout entière, m'empêchant de respirer normalement. Je n'avais jamais autant pleuré.

37

PATRICK GOSSOM

Je lisais le journal, profitant de cette première soirée de vacances. La neige tombait dehors et les fenêtres commençaient lentement à geler, créant des petits dessins asymétriques sur le verre.

Gabriel s'était enfermé dans sa chambre, comme toujours. Il n'était pas réellement fait pour cette vie de famille, c'était devenu un solitaire. Trop mature pour les garçons de son âge lorsqu'on l'avait recueilli, trop indépendant pour accepter l'autorité d'un parent, il nous donnait un sacré fil à retordre.

Mais Jake avait su le faire descendre pour déjeuner, et c'était le principal. Je n'avais pas besoin que mon fils m'aime, Claire n'attendait pas de lui qu'il l'appelle maman. Tant qu'il nous laissait l'aimer.

J'entendais ma femme chantonner la chanson qui passait à la radio et Jake jouer sur sa console en insultant les figurants qui lui barraient la route.

— Chéri, on a toqué à la porte, me cria mon épouse depuis la cuisine.

Je me levai et Jake me jeta un petit regard interrogateur. Je haussai les épaules pour seule réponse et ouvris la porte. C'était bientôt Noël, ça pouvait être le vendeur de calendriers ou tout simplement une chorale qui chantait toutes les comptines du répertoire enfantin.

Seulement, ce n'était ni l'un ni l'autre et j'avoue que je restai hébété quelques instants, devant la personne qui me faisait face. La jeune fille debout sur le seuil ne devait probablement pas s'attendre à me voir non plus, car elle sursauta comme une damnée lorsque je la saluai. Ses cheveux étaient décoiffés par le vent et son visage était ravagé par les larmes.

Pour une raison complètement stupide, je superposai un instant l'image de cette adolescente perdue à celle de mon garçon tout aussi abîmé, mais nettement moins expressif. Je me rappelai que, comme elle, il avait toqué à la porte d'un certain bureau et, comme elle, il avait sursauté lorsque j'avais croisé son regard.

— Vous vous êtes égarée, mademoiselle ? lui demandai-je d'une voix calme, essayant de la rassurer.

Je me poussai pour la laisser entrer mais elle ne fit pas un pas, se contentant de resserrer ses bras autour d'elle. C'est seulement à cet instant que je remarquai qu'elle ne portait qu'un pull, n'ayant ni manteau ni bonnet.

— Je… je voudrais juste… Gabriel est là, s'il vous plaît ?

Et sa voix ressemblait presque à une supplication.

Je fronçai les sourcils en me demandant ce que diable Gabriel avait pu faire dans cette histoire. Le bruit attira Jake, qui passa la tête dans l'encadrement de la porte.

— Oh oh, Gaby ne va pas être content du tout, marmonna-t-il tout bas avant d'apostropher son frère d'une voix forte.

— Le morveux, si tu veux encore me faire chier, je te jure que tu vas me le payer cher, retentit la voix de mon garçon depuis sa chambre.

— Vous ne voulez pas entrer ? demandai-je à nouveau en sachant que leurs piques pouvaient prendre un certain temps, mais la jeune fille se contenta de secouer la tête.

Gabriel apparut en haut de l'escalier et sembla remarquer la demoiselle sur le pas de la porte. Son regard se posa sur l'adolescente et ses yeux chocolat reflétèrent toute l'inquiétude qu'il pouvait ressentir. Je le vis dévaler les marches en trombe et se placer devant moi, comme s'il cherchait à la protéger de tout, du monde entier, même de nous.

— Putain, Fricht ! Parmi tes millions de fringues, t'as pas trouvé un seul manteau potable ? s'exclama-t-il en saisissant le sien dans le hall.

— Je n'ai pas froid, rétorqua-t-elle en retour, et Gabriel fronça les sourcils.

— Tes lèvres sont quasiment bleues, s'agaça-t-il en la forçant à enfiler son manteau.

Jake me fit un petit signe de la main et on décida de s'éclipser. Mais j'aurais bien aimé rester. Voir Gabriel aussi attentionné envers quelqu'un – si protecteur qu'il en devenait maladroit – était tellement rare.

Mon garçon avait besoin de protéger les gens, c'était dans sa nature. Même s'il tentait de rester seul dans sa coquille, il finissait toujours pas s'accrocher à des âmes fragiles. C'était comme si toute la tendresse dont il avait été privé gamin, toute l'attention qu'il n'avait pas reçue, devait exploser sur les gens qui l'entouraient.

Le fait est qu'il ne s'en rendait pas compte. Il s'emmurait toujours plus, remplaçait les briques par des parpaings puis les parpaings par du titane.

De sorte que personne ne puisse voir l'or qu'il dissimulait au fond de lui.

38

GABRIEL

Je regardais ses joues mouillées, ses yeux rouges me secouant comme une tornade. Elle ne bougeait pas et se contentait de fixer le sol alors que je m'occupais de fermer le manteau à sa place. Plus tard, elle m'en voudrait probablement de l'avoir ainsi couvée mais, à cet instant, elle me faisait flipper. Ses lèvres viraient dangereusement au bleu malgré son joli rouge à lèvres. Il ne fallait pas blaguer, l'hypothermie, ce n'était pas que dans les films.

Elle semblait lasse, anéantie, vidée. J'avais envie de lui hurler dessus, de lui crier qu'elle était inconsciente et qu'à cette heure elle aurait pu se faire aborder par n'importe qui. J'avais envie de la secouer très fort, aussi fort qu'elle ébranlait mes pensées.

Je voulais qu'elle parle, qu'elle rie ou même qu'elle me hurle dessus si cela pouvait l'aider. Je voulais juste revoir ce petit sourire arrogant que j'aimais bien, mine de rien. Je crevais d'envie de la retrouver comme je l'avais quittée quelques jours plus tôt.

— Eh bien, je te laisse une semaine et tu déprimes. Je te manquais tant que ça ? tentai-je de plaisanter, mais elle se mordit la lèvre sans répondre.

Et cela m'inquiéta. Brittany répliquait toujours à mes piques. Elle avait été programmée pour ça.

Un silence gênant s'installa sans que je sache quoi faire. Je ne savais pas si je devais lui proposer d'entrer alors qu'elle ne l'avait pas voulu quelques instants plus tôt, je ne savais pas si je devais la serrer dans mes bras, l'emmerder sur ses cheveux décoiffés ou encore si je devais… Si je devais…

Réchauffer ses lèvres.

— En tout cas, tu as dû perdre du poids, faudra que je t'engraisse à nouveau à la rentrée. Que dirais-tu d'un truc bien gras ? Genre... des beignets, ou des pâtisseries aux trois chocolats ?

Elle ne répondit toujours pas et je jurai. Je n'étais pas doué pour mettre des mots sur les ressentis, et ses larmes qui coulaient les unes après les autres m'empêchaient de penser correctement.

Hésitant, j'attrapai sa main droite, glissant mon doigt entre les siens, et priai pour qu'elle le serre. Et elle le fit, de toutes ses forces, et j'eus l'impression que c'était sa dernière attache.

— Pourquoi moi ? demandai-je doucement, comme si c'était désormais Fricht la sauvage indisciplinée qui pouvait me sauter au visage à tout moment.

— Qui d'autre ? Vanessa ? Laisse-moi rire, ricana-t-elle en passant rageusement son autre main sur ses joues.

— Allez viens, on va discuter un peu, soupirai-je en l'entraînant dans les rues de mon quartier.

C'était purement résidentiel, dans le coin. Le soir, on n'entendait rien d'autre qu'un ou deux gosses chargés de sortir les poubelles ou de faire rentrer le chien.

Sa main serrait toujours mon doigt et elle marchait en silence, probablement occupée à remettre de l'ordre dans ses pensées.

— Tu ne veux pas en parler ? insistai-je de la voix la plus douce possible.

Elle me faisait l'effet d'une minuscule poupée de porcelaine qui chancelait en haut de son étagère. En fait, j'espérais vraiment arriver juste avant qu'elle ne tombe. J'espérais pouvoir la sauver, elle. Je n'avais rien pu faire pour Vanessa, je n'avais pas pu préserver Evangeline, mais, Dieu, je ne pouvais pas laisser Fricht m'échapper.

— C'est parti en vrille. Tout part toujours en vrille, de toute façon, lâcha-t-elle d'une voix sombre en passant une main tremblante sous ses yeux, et je remarquai alors qu'elle ne pleurait plus.

Et c'était peut-être pire.

— C'est faux.

— C'est toi qui me dis ça ? Toi, le gros connard qui traite les filles comme des idiotes et qui n'est pas foutu de remarquer la chance qu'il a d'avoir une famille aussi cool ? persifla-t-elle sèchement, et je me contentai de hocher la tête, laissant sa tristesse se métamorphoser lentement en rage.

Je pouvais gérer une Fricht sur les nerfs, après tout. Mais pas une fille aussi fragile qu'un cristal. J'avais assez d'expérience pour savoir qu'elle se briserait entre mes doigts.

— D'abord, je n'ai pas approché de fille depuis des semaines, déclarai-je d'un ton espiègle pour la calmer un petit peu.

— Oh, s'il te plaît, comme si tu n'en crevais pas d'envie, souffla-t-elle en levant les yeux au ciel, et je laissai un petit sourire narquois effleurer mes lèvres.

— De deux, ne parle pas de choses dont tu ne sais rien, murmurai-je doucement à son oreille, et je passai un bras autour de ses épaules, espérant la réchauffer un peu.

— Je ne te comprends pas, vraiment. Que reproches-tu à tes tuteurs ?

— Rien, avouai-je en observant le ciel, y cherchant les minuscules étoiles sans parvenir à les voir.

La ville était trop polluée, et je regrettais notre bon vieux skatepark.

— Alors pourquoi ?

— Pourquoi tu n'es pas restée avec tes parents ? rétorquai-je à mon tour en cachant le trou béant qui s'agrandissait dans mon ventre quand je repensais à mes tuteurs.

— Mon père m'a giflée, se contenta-t-elle de marmonner en baissant le regard, et je serrai les poings inconsciemment.

Je savais que Brittany n'était pas une enfant battue, que je ne devais pas réagir excessivement. J'aurais aimé aller chez elle et rendre quelques coups à son père, seulement je ne pouvais pas. Je savais qu'une fois là-bas je deviendrais méchant, vraiment méchant. Et Brittany n'avait probablement pas besoin de ça.

— Qu'avais-tu dit ? demandai-je à la place en essayant de chasser les pensées sombres qui m'assaillaient.

Je la connaissais assez pour savoir qu'elle pouvait dire de très vilaines choses quand on la mettait en rogne.

— Des mots pas très gentils, avoua-t-elle d'une voix enfantine avec l'ombre d'un sourire, et quelque chose s'apaisa en moi.

— Fricht, es-tu seulement capable de dire des mots doux ? ricanai-je, et elle me donna une bourrade en représailles.

— Disons que j'ai un peu révélé tous les secrets de famille. Les tromperies, les fonds de caisse vides... Tout a explosé.

— Tu regrettes ?

— Peut-être. Peut-être pas, je ne sais pas. J'ai rêvé de cette scène des millions de fois, mais je ne voyais pas cette fin-là. Je m'imaginais plutôt qu'ils me comprendraient, que tout redeviendrait comme avant et qu'on finirait par recoller les morceaux à trois, ensemble. À la place, ils ont simplement continué à se hurler dessus, et je suis juste restée aussi invisible qu'avant, expliqua-t-elle, et je sentis une pointe de rancœur secouer sa voix alors qu'elle tournait la tête.

Nos yeux se fixèrent pendant quelques instants et, silencieusement, je lui signifiai de ne pas s'inquiéter. Ses parents finiraient par se rendre compte de leurs conneries, elle finirait par traverser tout ça. Les familles, c'était toujours compliqué. Ça partait en vrille souvent, ça se brisait parfois.

Mais ça se recollait toujours.

Sauf qu'elle ne voulait pas m'écouter. Elle se sentait seule, bien plus seule encore qu'avant. Je savais ce qu'elle éprouvait, cette impression que tout nous échappe et qu'il ne nous reste plus rien. Certains serraient les dents en attendant que ça passe, d'autres se laissaient couler. Je savais que Brittany n'était pas lâche, mais j'avais aussi compris que ses parents étaient la chose qui la blessait le plus. Parce que, aussi forte qu'elle était, aussi orgueilleuse que je la connaissais, elle s'était toujours écrasée devant eux avant aujourd'hui.

Je ne l'avais pas remarqué tout de suite, c'était une suite de petits indices qui m'avaient conduit à penser ça. Sa façon de ne jamais leur parler ouvertement, de ne pas leur hurler dessus comme elle l'aurait fait avec n'importe qui d'autre. Elle avait préféré souffrir en silence, devenir plus forte pour essayer d'attirer leurs regards.

Au fond, Brittany ne cherchait pas la reconnaissance de tout le lycée comme je l'avais cru. Certes, elle se protégeait avec un véritable gilet pare-balles mais j'avais l'impression que, plus que ces stupides ados bourrés d'hormones, c'étaient ses parents qu'elle voulait impressionner.

— Tu sais ce que je t'ai déjà dit ? Ils t'aiment. Est-ce que toi tu les aimes, Fricht ?

— Oh s'il te plaît, Gossom, on ne va pas faire ça, se plaignit-elle, et je passai une main dans ses cheveux, les ébouriffant encore un peu plus.

— Tu sais, j'ai pas mal d'expérience concernant les psys, je pourrais agir en véritable pro, plaisantai-je doucement en m'asseyant sur un trottoir.

Le bitume était froid mais Brittany me suivit sans broncher, dissimulant ses doigts dans les manches trop grandes de mon manteau.

Mon sweat-shirt avait beau être épais, je sentais bien le froid mordant de décembre. Mais je n'aurais récupéré mon manteau pour rien au monde.

— Tu as vu beaucoup de psychologues… À cause de tes parents ? De ton père ?

Je réfléchis avant de répondre, choisissant mes mots avec soin. Il y avait certaines choses, de terribles choses, que même Brittany n'avait pas le droit de savoir.

— Ouais, on m'en a fait consulter une paire quand les services sociaux m'ont récupéré, confirmai-je en fixant la vapeur blanche s'échapper de mes lèvres.

Brittany regarda le petit nuage disparaître et souffla à son tour.

— Pourquoi ?

— Il y a des images qui restent bloquées dans ma tête et, pour une raison totalement insensée, tout le monde essaie de les faire sortir, expliquai-je en serrant mes mains l'une contre l'autre pour les empêcher de trembler.

Elle rouvrit la bouche, probablement pour sortir un autre « pourquoi ? » qui m'aurait achevé. Seulement, elle serra les lèvres sans avoir prononcé un seul mot et je soupirai discrètement de soulagement. Je pouvais comprendre que se focaliser sur les problèmes des autres vous empêchait de songer aux vôtres, j'étais pro dans le domaine. Mais Brittany n'avait pas besoin de connaître toute mon enfance.

— Mes tuteurs ont été admirables, tu sais. Des bons samaritains comme on n'en fait plus. J'ai essayé de fuguer plusieurs fois au début, j'ai fait croire à Claire que Patrick la trompait, commençai-je en essayant d'attirer son attention sur autre chose que ses propres parents.

— Ça n'a pas marché ?

— Eh bien, il se trouve que la fameuse maîtresse n'était autre que la sœur de son mari. Alors elle a fait semblant de me croire et, quand je suis parti avec un simple sac à dos le soir même, j'ai cru que j'avais réussi, avouai-je avec une petite voix moqueuse. J'étais tellement con.

— Pourquoi ?

— Patrick m'attendait au bout de la rue avec une vieille couverture et un paquet de biscuits, me remémorai-je en souriant malgré moi.

Brittany s'approcha de moi comme pour mieux entendre mon histoire, et je fus touché qu'elle s'intéresse autant à moi. C'était idiot, parce que je n'avais jamais laissé personne m'approcher et qu'elle, avec ses yeux vert émeraude, arrivait à me faire faire n'importe quoi.

— Tu as dû te prendre l'engueulade de ta vie, se moqua-t-elle, et ses yeux pétillèrent.

— Eh bien non, en fait. Il m'a pris par les épaules et m'a dit : « On te lâchera pas, mon grand. Même si tu manges le chat du voisin », imitai-je Patrick du mieux que je pouvais en essayant de reprendre le ton bourru et inquiet qu'il avait eu à l'époque.

Je me rappelais m'en être voulu, à ce moment-là. J'avais simplement pensé à rejoindre ma petite sœur, rien de plus.

— Ce sont des gens bien, finit-elle par lâcher, et je hochai la tête.

Exactement, ils étaient bien. Trop bien.

— Tes parents sont pareils, tu sais.

Elle ne répondit pas, ce n'était pas nécessaire. Je savais qu'elle n'était pas convaincue.

— Tu es venue me voir tout de suite ?

— Oui.

— Tu aurais pu faire une bêtise, soufflai-je, et ce n'était pas une question.

Je pouvais me mettre à sa place, imaginer la trahison qu'elle avait ressentie, l'abandon. Je pouvais imaginer ses pensées s'entrechoquer et ses vannes exploser comme une tuyauterie rouillée.

— Je sais, se contenta-t-elle de répondre.

Et je sentis un poing se refermer sur mon cœur. Elle avait eu le choix entre s'enfermer dans sa chambre pour retomber dans ses vieilles habitudes et venir me voir et me laisser panser ses plaies.

Elle avait choisi de me laisser la voir vulnérable.

Et je me rendis compte que notre premier jeu avait disparu. Nous ne cachions plus nos faiblesses à l'autre, nous les lui dévoilions pour être plus forts à deux. C'était peut-être ça, des amis. Je ne pouvais pas dire que j'en avais eu beaucoup avant elle, je ne savais pas ce que j'étais censé faire. Je n'avais jamais lu le mode d'emploi.

— Si tu savais comme j'ai songé à t'appeler, marmonna-t-elle, et je fronçai les sourcils.

— Moi ?

— Tu as cette manière si spéciale de voir les choses. Pour toi, tout est noir ou blanc. Tu n'as pas vraiment de milieu, tu ne vois le monde qu'embelli ou assombri. Rien n'est jamais terne, rien n'est jamais perdu, souffla-t-elle doucement alors que je restais stupéfait.

— Je ne suis pas un bon exemple. C'est juste que, pendant un certain temps, je suis resté avec une personne qui voyait les choses plus… plus brillamment, terminai-je en me rendant compte qu'Evy était bien plus que ça.

— La fille des étoiles ?

— Elle aurait adoré ce surnom, murmurai-je, et brusquement un voile flouta ma vue.

Je m'imaginais dans mon ancienne maison, assis sur son lit, à lui raconter ma journée.

— C'était ta copine ?

J'éclatai de rire malgré moi et Fricht se redressa, croisant ses bras sur sa poitrine. Je l'avais vexée mais j'aimais tellement son air boudeur que j'aurais recommencé sans hésiter, rien que pour voir ses pommettes rosir encore un peu plus.

— Pas du tout.

— Alors c'était qui, cette fille ?

— J'avais huit ans, Fricht. Crois-moi, ce n'est pas une concurrente, la charriai-je en reposant sa tête contre mon épaule.

Elle bougonna quelque chose d'incompréhensible, probablement que je n'étais pas un trophée mais plutôt un lot de consolation ou un truc du genre. Et ça se rapprochait tellement de ma Fricht habituelle que mon sourire ne fit que s'agrandir.

— Tu sais quoi, Fricht ?

— Nan, le primate ?

— Je crois qu'on vient d'avoir notre plus sérieuse discussion depuis notre débat sur les frites congelées, m'exclamai-je, et je reçus un coup en représailles.

— Oh, quelle horreur, Gossom ! Fais attention, tu vas bientôt devenir romantique et me déclarer ta flamme, se moqua-t-elle en retour en portant une main à ses lèvres.

— Mais, chérie, elle est déjà tout à toi, continuai-je à jouer en lui lançant un regard séducteur, et elle pouffa de rire, s'étalant sur moi comme une princesse en détresse.

— Oh, tu es venu me sauver, preux chevalier, ricana-t-elle, et je rabattis la capuche sur sa tête pour l'empêcher de sortir une autre connerie.

On resta encore quelques instants à rire ainsi, sur un pauvre trottoir d'un quartier résidentiel. Puis je vis ses paupières devenir de plus en plus lourdes alors que sa voix diminuait. Elle parlait moins, rentrait moins dans mes blagues douteuses et finit par s'endormir. Je la laissai sombrer doucement. Je ne voulais pas qu'elle se réveille tout de suite. Je ne voulais pas qu'elle me demande de la raccompagner chez elle, qu'elle perde son sourire. Je savais qu'elle ne voulait pas rentrer, mais je savais aussi qu'elle avait trop de fierté pour me demander de dormir chez moi.

Alors, j'attendis que ses paupières soient définitivement fermées. Elle n'avait pas dû dormir beaucoup ces derniers temps, si elle parvenait à s'endormir sur mon épaule, assise à même le sol. Ma main effleura doucement une de ses mèches et je soupirai en détournant la tête pour fixer les étoiles.

J'aurais aimé échanger nos familles. J'aurais su gérer les problèmes, c'était la gentillesse de mes tuteurs qui me désarmait. Je ne pouvais pas m'accrocher, je ne pouvais pas tout perdre une deuxième fois. Et, même si c'étaient les meilleures personnes au monde, j'étais nocif, pourri jusqu'à la moelle.

Un pauvre bout de bois pourri.

Je finirais par les contaminer, j'empoisonnerais cette famille, je les empêcherais d'être heureux. Et un jour, ils comprendraient que c'était moi, que c'était de ma faute. Et ils me chasseraient, parce que c'était comme ça. Je n'avais ma place nulle part parmi les gentils. J'étais méchant, et les gens tels que moi ne pouvaient pas côtoyer la lumière trop longtemps.

Ce n'était pas dans mes gènes. J'étais violent, j'étais brutal. Je faisais mal, à tout le monde.

Et qu'est-ce que je flippais à l'idée de lui faire mal, à elle. À cette fille que j'avais détestée quelques mois auparavant et qui, pourtant, se sentait suffisamment en confiance pour s'endormir à côté de moi aujourd'hui.

Je la pris doucement dans mes bras et la portai jusque chez moi. Je n'eus pas à toquer, Patrick m'ouvrit la porte dès que j'apparus sur le perron.

— Ça te dérange si elle reste cette nuit ?

— Je demanderai à Claire de sortir un couvert en plus demain matin, se contenta-t-il de répondre en posant une main sur mon épaule, et je restai quelques instants sans bouger.

Je n'engageai pas la conversation, ne lui fis pas part de mes problèmes. Je ne lui racontai pas qui était cette mystérieuse inconnue qui venait de débarquer à l'improviste et qui allait dormir chez lui cette nuit. Je savais que c'était ce qu'il attendait de moi, que je me confie, mais je ne pouvais pas.

Je ne pouvais pas.

Alors, il me fit un sourire triste et me laissa me diriger vers l'escalier. Un poids tomba dans ma poitrine, mais je l'ignorai et montai coucher Brittany. Mon frère m'attendait dans ma chambre, jouant avec son skate.

— J'ai fait ton lit, au cas où, souffla-t-il alors que je déposais Fricht entre les draps.

— Merci, Jackie Chan.

— Elle va aller mieux, n'est-ce pas ? demanda-t-il en hésitant légèrement, et je lui souris.

Il s'inquiétait pour elle, sincèrement. Alors qu'il ne la connaissait qu'à travers mes histoires.

— T'inquiète, le morveux, c'est une guerrière. Ce n'est pas la première fois qu'elle monte au front, lâchai-je, et je me penchai vers elle pour l'embrasser sur le front.

— Ouh là, faut que je sorte de cette chambre avant que ça ne devienne chaud, se marra-t-il en fuyant, et je jurai en serrant les dents.

Quand il fut suffisamment éloigné, je soufflai un léger « bonne nuit » à ma guerrière et refermai la porte derrière moi.

Je partis dormir dans le canapé mais le sommeil ne venait pas. Malgré elle, Brittany m'avait fait songer à des choses que je préférais ignorer d'habitude.

J'avais tellement peur que mes souvenirs ne réapparaissent que j'évitais généralement tout ce qui pourrait me les rappeler. J'avais une trouille bleue du jour où je ne pourrais plus fuir, parce que je savais que ce jour-là je perdrais encore bien plus.

Je détestais tout ce que j'étais, et pourtant je ne me souvenais de rien. Une fois, en troisième, j'avais trouvé un chien abandonné dans la rue et, lorsque j'avais touché son pelage humide, ça m'avait ramené dans cette grande maison. J'avais revu le tapis crème dans le salon et je m'étais rappelé la sensation de mes doigts sur ce tissu mouillé, rendu poisseux par le sang.

Tous les psys du monde pouvaient bien souhaiter connaître mes souvenirs, les faire resurgir en espérant me guérir, je savais que c'était impossible. C'était malsain, de s'échiner ainsi à se remémorer notre destruction.

Je fermai les yeux doucement, craignant que les ombres sous mes paupières ne prennent vie.

Mais tout resta noir. Et silencieux. Et, pour la première fois, j'étais heureux ainsi.

La vérité avait un prix, parfois trop élevé pour qu'on puisse réellement y songer. Et les souvenirs, plus que tout, pouvaient détruire un homme.

39

EVANGELINE

J'essuyai mes joues d'une main tremblante et reniflai bruyamment. Mes baskets étaient abandonnées dans un coin de ma chambre et je me fichais bien, à cet instant, que ma robe soit toute froissée. Je savais que ma tutrice l'aimait bien, qu'elle avait coûté cher mais, de toute façon, elle ne me servirait jamais.

On toqua à ma porte et j'eus le temps de cacher ma tête sous l'oreiller avant que maman rentre. Je sentis sa main sur mon épaule, glissant doucement jusqu'à mon coude.

— Oh, ma puce, je suis tellement désolée, murmura-t-elle doucement, et je secouai la tête pour seule réponse.

J'aurais aimé lui parler, lui assurer que tout cela allait passer, que j'irais mieux. Mais comment aurais-je pu me montrer convaincante alors que ma voix sonnait plus faux que le père Noël du supermarché ?

— Écoute, je sais que ça blesse, ce genre de chose…

— Ça blesse ? Ils m'ont humiliée, maman, explosai-je en relevant la tête pour voir son air embarrassé.

Je n'étais jamais allée aux fêtes pour plusieurs raisons. La première, c'était que je ne m'y sentais pas à ma place. Les gens vous collaient, la musique était assourdissante et je paniquais. Deuxièmement je n'avais jamais personne avec qui y aller. Ma mère avait cru – stupidement – que la foire de Noël serait une bonne occasion de sortir. Elle avait cru qu'une fois là-bas je deviendrais subitement sociable.

Je savais qu'elle ne voulait que mon bonheur. Elle voulait que je pense au futur, que je trouve un petit copain et que je fasse le mur le week-end pour aller m'amuser. J'avais seize ans, après tout.

Seulement, ce n'était pas moi. Je n'avais aucun futur, je ne supportais personne. Alors, cette soirée avait été une catastrophe. Je m'étais promenée pendant une petite demi-heure en attendant que, miraculeusement, un inconnu ne connaissant pas ma réputation de folle ose m'approcher.

Évidemment, il n'y avait eu personne d'autre que deux petits cons de ma classe qui m'avaient bloquée dans un coin sombre. Et, comme d'habitude, j'avais fait une crise. Il faisait noir, je ne parvenais plus à bouger. Je me voyais à nouveau dix ans en arrière et, pendant que je revivais l'enfer, ces connards avaient tout filmé.

— Je ne sortirai plus jamais, grommelai-je en sentant ma voix chanceler.

— Angie… ce n'est pas une vie, répondit prudemment Caroline.

Elle savait que, dans ce genre de conversation, tout pouvait dérailler très vite. Elle ne pouvait pas comprendre, personne d'autre que lui ne pouvait me comprendre.

— Je n'ai plus de vie, de toute façon, me lamentai-je.

Presque instinctivement, je fermai les yeux et laissai l'image de mon grand frère envahir mes pensées. Mon souffle se calma légèrement et mes larmes arrêtèrent définitivement de couler. Je m'imaginai qu'il était allongé à côté de moi, que je devais ralentir mon souffle, pour qu'il ne s'inquiète pas lorsqu'il compterait entre chacune de mes respirations. J'avais l'impression que, si j'avançais les doigts, je toucherais son épaule ou ses cheveux un peu trop longs parce que papa ne nous payait pas le coiffeur.

Je ne leur avais jamais caché que je voulais retrouver Gabriel. Et eux, ils ne m'avaient pas menti non plus. Je savais qu'ils m'avaient éloignée de lui parce qu'ils jugeaient qu'il était méchant. Mais ils ignoraient tout, ils se trompaient sur tout. Mes tuteurs, la police… Personne ne le connaissait comme moi je l'avais connu.

Je me demandais souvent ce qu'il aurait pensé de moi aujourd'hui, de sa folle de sœur. Peut-être qu'il aurait eu honte.

Après tout, j'avais drôlement changé. Peut-être même nous étions-nous déjà croisés dans la rue sans le savoir.

J'avais conservé ma taille minuscule, de sorte que, à seize ans, j'en paraissais quatorze. Les médecins avaient diagnostiqué que mes carences alimentaires avaient ralenti ma croissance. C'était bien possible, Gabriel me rapportait ce qu'il trouvait dans la cuisine et papa n'était pas le genre d'homme à faire les courses.

Mais je ne le savais pas, à l'époque. Gabriel me gardait dans ma petite bulle de bonheur, me disant qu'il n'avait pas su atteindre les autres choses dans les placards, que papa travaillait. Je le croyais quand il me disait qu'il avait déjà mangé, qu'il avait eu un gâteau plus grand que moi pour le goûter. Je le croyais parce qu'il était mon grand frère et que c'était lui qui m'élevait, d'une certaine manière. Puis j'avais réalisé qu'il ne mangeait qu'une fois par jour à l'école, qu'il ne prenait pas la peine de manger le soir pour me laisser une plus grosse part. Heureusement que les plats étaient équilibrés à la cantine, sinon Gaby aurait été aussi petit que moi.

Mais peut-être l'était-il ? Peut-être même était-il mort ?

Ma main se resserra sur le pli de mon vêtement et ma mère daigna alors enfin jeter un œil au pull bien trop large que j'avais enfilé par-dessus ma robe dès l'instant où j'étais entrée dans cette chambre. Je la vis lever les yeux au ciel en soupirant, comme chaque fois.

— Quoi ? demandai-je avec une pointe de rébellion dans la voix.

C'était plus fort que moi, je m'énervais dès qu'ils tentaient de m'enlever ces habits.

— Ton père et moi avons pensé… Enfin, on s'est dit que nous pourrions déménager l'année prochaine. Ton père a une merveilleuse offre d'emploi pour son boulot à Londres, chérie. Une offre qu'on ne peut pas refuser.

— Quoi ?! Mais non ! Vous m'aviez promis, m'exclamai-je en sentant mon estomac se tordre.

— On t'a promis que nous ne déménagerions pas tant que tu n'aurais pas seize ans, mais, Angie, regarde autour de toi ! Tu t'empêches de vivre pour un fantôme, s'exclama ma mère, sans savoir qu'elle me déchirait les entrailles à mains nues.

— C'est faux ! Il viendra me chercher ! Je sais qu'il viendra, protestai-je en sentant la colère assombrir mon âme.

Ma mère secoua la tête, comme si elle se retrouvait face à une pauvre petite fille naïve. Elle avait tort, je ne l'étais plus. Je ne l'étais plus depuis que j'avais vu mon frère, mon monde, disparaître brusquement. J'avais connu la cruauté de mon père, de certains psys, des autres enfants. J'avais connu tellement de choses en si peu de temps que je m'étais fait faucher en route.

— Tu as encore quelques mois, nous verrons bien s'il vient, lâcha-t-elle avec un soupir de lassitude.

Je savais qu'elle n'était pas sérieuse, qu'elle pensait qu'il avait suivi son propre chemin sans moi.

Lorsqu'elle quitta ma chambre, je me recroquevillai dans mon lit et posai ma tête contre mes genoux.

S'il te plaît, Gaby…

Je savais qu'il viendrait, j'en étais persuadée la plupart du temps. Il était mon ange gardien, après tout.

Et, en même temps, j'avais cette boule au creux du ventre. Je vivais avec la peur constante que mon grand frère ne m'ait oubliée. J'avais peur de m'accrocher à un espoir futile, d'éprouver le manque d'une personne qui ne ressentait plus rien envers moi.

Parce que je savais, oh oui, que s'il ne me revenait pas je partirais. Et je savais aussi qu'il avait des milliers de raisons pour m'abandonner.

40

BRITTANY

Je me sentais étrange, comme si je dormais, mais j'avais conscience de ce qui m'entourait. Je sentais les draps sous moi et, bizarrement, ce parfum me disait quelque chose. Je me rappelais l'avoir déjà senti quelque part.

— J'aimerais trop que ta princesse bave en dormant, juste là. Tu aurais une de ces têtes ! Mon Dieu, ce serait génial, se moqua une voix assez fluette à ma gauche.

— Mais ferme-la, Jackie Chan, chuchota une seconde voix que je connaissais par cœur, et je me décidai à ouvrir les yeux brusquement, un léger sourire aux lèvres.

Peut-être un peu trop brusquement, car Gabriel fit un bond de deux mètres tandis que son petit frère explosait de rire dans l'encadrement de la porte.

— Oh mon Dieu, c'était trop bon. Recommence, que je prenne une photo, renchérit-il avant d'éclater de rire à nouveau.

— Oh toi…

— Tu ne vas pas me tuer devant un témoin, quand même ? fit-il mine de s'offusquer, et je souris malgré moi.

— Alors c'est toi, Jackie Chan ? demandai-je d'une voix encore un peu rauque, probablement à cause de ma crise de larmes de la veille.

— Et toi, tu es Fricht, je suppose ? déclara-t-il avec un petit regard malicieux que je pouvais jurer avoir déjà vu sur Gabriel.

Je me rendis alors compte que, peut-être, les liens du sang n'étaient rien comparés à ce qui unissait ces deux-là.

— Bon, quand vous aurez fini de copiner, on pourra peut-être descendre ? marmonna Gabriel en ébouriffant les cheveux de son frère.

— Chic ! Tu verras, Britty, les petits déjeuners de maman sont toujours exceptionnels, soupira Jake, les yeux dans le vague, de sorte que je pouvais aisément imaginer toutes les pâtisseries qui traversaient son esprit.

— C'est que je n'ai pas très faim, en ce moment, commençai-je doucement en jetant un regard suppliant à Gabriel pour qu'il me sorte de ce pétrin.

Mais celui-ci se contenta de s'appuyer contre le mur avec un petit air victorieux et j'abandonnai la partie.

— Claire t'a passé des vêtements, mais je ne suis pas sûr que ça soit ta taille, lâcha-t-il au bout d'un moment, et Jake s'éclipsa discrètement après un dernier sourire espiègle.

Il referma la porte derrière lui et un bref silence s'installa. Brusquement, je me rappelai que j'avais des milliers de problèmes, que j'aurais dû rentrer chez moi hier soir, que je dormais dans le lit de Gossom. J'avais envoyé balader mes parents et j'avais probablement aggravé la situation.

Seulement, Gabriel releva les yeux face à mon silence et j'y lus une inquiétude si sincère qu'elle me tordit le cœur.

— Tu vas mieux ?

— Moi, aller mal ? T'as cru que j'étais toi, Gossom ? déclarai-je d'une voix détachée et je récoltai un petit sourire en coin en réponse.

— Ouais, suis-je bête ! Bref, je t'attends en bas. Jake t'a choisi une tenue, aussi. J'ai préféré laisser faire le pro, expliqua-t-il en montrant la pile de vêtements sur son bureau.

Je me contentai de hocher la tête et de le regarder partir à son tour en fronçant les sourcils. Je commençai à comprendre que personne n'avait jamais franchi cette frontière avec lui, et je ne saisissais pas très bien pourquoi il avait accepté de me faire entrer encore un peu plus dans son monde. Il n'invitait jamais personne, ne présentait jamais personne à sa famille. Je savais que quelques filles avaient visité sa chambre durant l'absence de ses parents, mais aucune d'entre elles n'était restée assez longtemps pour connaître les petits secrets de Gabriel. Aucune d'elles n'avait pris le petit déjeuner avec sa famille, ou parlé avec Jake.

Mon regard parcourut les murs d'un gris pierre plutôt banal. C'était suffisamment le bazar pour me faire plisser les yeux face aux vêtements jetés nonchalamment sur la chaise et le bureau qui servait de dépotoir pour tout ce qui ne pouvait pas être posé par terre.

Lorsque mes yeux se levèrent vers le plafond, je fronçai les sourcils en voyant l'immense carte des États-Unis accrochée juste au niveau de sa tête d'oreiller. Un trait rouge reliait différents lieux. New York, Chicago et Washington étaient entourés en vert tandis que les autres villes étaient reliées selon un système de flèches trop compliquée pour que je puisse comprendre.

Elle semblait assez vieille, comme s'il l'avait punaisée à ce plafond plusieurs années auparavant. Je pouvais presque m'imaginer Gabriel contempler cette carte comme il observait le ciel étoilé du skatepark, jour après jour, dans l'espoir de se rapprocher de cette fille.

Je poussai un soupir d'agacement et enfilai les habits que Jake m'avait dégotés. Je tâtai ensuite machinalement mon poignet gauche, m'assurant que Gabriel n'avait pas eu l'idée stupide d'enlever tous mes bracelets durant la nuit.

Un, deux, trois, quatre… Et le sien.

***

Je les recomptai une dernière fois avant d'entrer dans la salle à manger. Je pouvais entendre le rire de Jake et les bougonnements ronchons de Gabriel depuis le couloir. J'hésitai quelques instants à entrer, gênée de m'imposer de la sorte, gênée qu'ils m'aient vue dans un tel état de faiblesse la veille.

J'aurais donné beaucoup pour changer d'avis et me diriger ailleurs, hier soir. Seulement, lorsque je m'étais retrouvée seule dans le froid, je n'avais pensé qu'à Gabriel. Je savais que lui seul comprendrait, que lui seul me soulagerait. Je ne m'étais pas trompée, mais j'aurais préféré réfléchir un peu plus et lui donner un lieu de rendez-vous plutôt que de me précipiter chez lui et de passer pour une fille désespérée auprès de son père adoptif.

— Tu n'entres pas ? demanda alors une voix derrière moi, me faisant sursauter comme une damnée.

— Oh, si, si...

La femme aux longs cheveux noirs me fit un sourire si tendre que je sentis quelque chose flancher au fond de moi. Cela me rappelait ceux que ma mère m'adressait, à une certaine époque. Je pouvais presque superposer le visage de Claire au sien. Mme Gossom me lança un petit regard inquiet, comme si elle pouvait aisément comprendre ce qui me passait par la tête, et cela me mit légèrement mal à l'aise.

J'entrai dans la pièce et humai l'odeur des tartines grillées.

— Alors, Brittany, tu es dans l'école de Gabriel ? poursuivit la tutrice de Gossom en me passant la corbeille de pain alors que je prenais place entre Jake et elle.

J'hésitai quelques instants à prendre une tranche, lorsque je sentis un pied écraser le mien sous la table. Je relevai instantanément la tête vers Gabriel et le gratifiai d'un petit sourire de défi. Puis je passai le panier à Jake sans me servir.

— Oui, il est dans ma classe, confirmai-je, et je souris lorsque je croisai son regard furieux.

— Ah ! Enfin quelqu'un qui pourra me dire s'il écoute réellement en cours, s'exclama alors son tuteur en posant sa tasse de café.

Je regardai quelques instants cet homme aux yeux rieurs et hochai la tête pour seule réponse.

— C'est lui qui m'explique les cours de physique, en réalité, avouai-je sans vraiment réfléchir.

Je ne cherchais pas à paraître plus solide que du béton armé, pour une fois. Je ne parvenais pas à être sur mes gardes dans cette ambiance familiale qui nous enveloppait comme un duvet.

Et je compris le problème de Gossom. Bourré d'armures et de cadenas comme il l'était, il devait se sentir particulièrement désarmé avec eux.

— Gabriel ? Notre Gabriel cherche à aider quelqu'un ? On croyait qu'il était plutôt du genre à manger le chien de la directrice à la moindre punition, le charria son frangin alors que mon primate lui donnait une tape sur la nuque, et je souris.

La complicité pouvait adopter bien des formes. L'amour aussi.

Jake me passa un petit pain et je ne trouvai aucune excuse pour le refuser sans vexer Claire ou passer pour une anorexique.

— Merci, soufflai-je en jetant un regard au pain comme si c'était lui qui allait me manger.

— Je t'ai même mis du Nutella, me confia Jake sur un ton de conspirateur, et je pouffai de rire en avalant une bouchée.

Je pouvais deviner l'air satisfait de Gossom à des kilomètres mais, cette fois-ci, je décidai de laisser passer.

— Merci, Jackie Chan, dis-je alors qu'il remplissait mon verre de jus d'orange.

Les deux frères échangèrent un regard complice sans que je puisse comprendre, ou veuille en faire l'effort. Cela impliquerait trop de complications si j'apprenais que Gabriel révélait un peu trop de choses à Jake.

— Bon, tu viens, Fricht ? demanda Gabriel en se levant déjà, finissant ses dix-huit mille tartines débordant de chocolat en deux secondes chrono.

— Où ça ?

— Dehors, se contenta-t-il de répondre en haussant les épaules, et je soupirai en jetant un regard aux trois autres personnes.

— Gabriel, tu te rappelles le dix-neuf novembre ? susurra alors la voix mielleuse et innocente de Jake.

— Non, ça me revient pas, marmonna son frère en posant son bol dans l'évier.

— Bien sûr que si, t'as dit que tu m'emmènerais avec toi, lâcha-t-il en pointant un doigt accusateur sur Gossom, et je vis ce dernier réagir comme devant la pire épidémie de choléra au monde.

— C'est vrai ça, tu n'as qu'à venir avec nous, proposai-je avant que Gabriel ne le renvoie sur les roses aussi élégamment qu'il savait le faire.

Il secoua la tête en me regardant, comme s'il m'en voulait d'avoir cédé au caprice d'un gosse.

— Ça vous dérange si je vous rejoins là-bas ? J'aimerais bien passer chez moi avant, demandai-je d'une voix le plus neutre possible.

Elle dérailla un peu vers la fin, mais je parvins à faire comme si de rien n'était.

— Tu es sûre ? demanda tout de même Gossom alors qu'il débarrassait nos couverts, et ça finit de m'achever, qu'il se préoccupe ainsi de moi, mais je ne pouvais pas rester toute ma vie chez eux.

Je haussai les épaules pour seule réponse. Il fallait bien que je me prépare, et aucun de mes parents ne serait là. Je voyais là plutôt l'occasion parfaite de pouvoir filer en douce immédiatement après.

41

JAKE

— Tu ne l'emmerdes pas, compris ?

— Mais oui, m'exaspérai-je face à sa dixième recommandation.

Je ne devais parler ni de ses parents, ni des nôtres, ni de ses bijoux. Je ne devais pas non plus évoquer son job ou encore Vanessa.

— La prochaine fois qu'une fille te tape dans l'œil, dis-lui que je suis muet, ça nous évitera des problèmes, grommelai-je, et, lorsque je le vis pencher légèrement la tête sur le côté, je compris qu'il envisageait réellement cette option.

— La théorie est bonne, mais on sait tous les deux que tu ne seras pas capable de te taire plus de quatre secondes, me nargua-t-il avec un regard sournois.

— Tu vas remettre ce jeu stupide sur le tapis chaque fois ? J'avais six ans, je ne comprenais pas les règles, m'exclamai-je alors qu'il évoquait – encore – mon record au roi du silence.

Il n'avait pas besoin de savoir que je faisais toujours en sorte de combler les silences parce que je savais qu'il n'était pas à l'aise autrement.

— Tu as déjà joué au roi du silence avec ta copine ?

— Ce n'est pas… commença-t-il en fronçant les sourcils.

— Ah non, c'est vrai ! Tu préfères jouer au docteur, c'est ça ? le coupai-je immédiatement en lui lançant un regard victorieux.

— OK, je te ramène à la maison ! Je dirai à Brittany que tu t'es chopé un truc bien chaud comme la peste et que t'es parti te faire soigner en Alaska, grogna-t-il en faisant demi-tour avec son skate, mais je le hélai avant qu'il n'ait pu aller bien loin.

— Et si tu me laissais gérer, hein ? T'as confiance en moi ? demandai-je avec un petit sourire.

Je savais qu'il craquerait si je faisais ma tête de chien battu.

— OK, tu as gagné. Mais un seul – un seul – sous-entendu et tu finis encastré dans le mur, me menaça-t-il en tapant rapidement sur son téléphone.

Je me contentai de sourire et marchai juste un peu derrière lui, le laissant rouler tranquillement sur son skate.

***

Je crus rêver en remarquant la silhouette d'une jolie fille qui battait des jambes contre la rampe. Elle avait attaché ses cheveux en une tresse et son manteau était ouvert, me laissant apercevoir son haut coloré.

— J'adore ce pull, m'exclamai-je en arrivant à sa hauteur.

— Oh, toi, je t'adopte définitivement, rigola-t-elle en relevant un peu le bonnet qu'on m'avait cloué sur le crâne.

— Ouais, je sais, c'est démodé, mais je vis avec un garçon totalement inculte en la matière, me lamentai-je en sachant que mon frère ne pourrait pas me le faire payer devant elle.

— Alors il n'y a pas qu'à moi qu'il passe son temps à enfoncer sur la tête un bonnet trop grand, se moqua-t-elle, et je vis Gaby rouler les yeux alors qu'il montait au sommet de la rampe.

— N'empêche, aucun de vous n'a été malade, se défendit-il, et je souris en lui piquant sa planche pour filer de l'autre côté de la rampe.

— Ah, Gossom, tu me désespères un peu plus chaque jour, lâcha alors théâtralement ma nouvelle meilleure amie.

Je souris en les voyant se chamailler alors qu'il voulait lui faire avaler le paquet de chips en entier et qu'elle se plaignait de son poids et de l'heure pas si éloignée que ça du petit déj'. On aurait dit un vieux couple qui se connaissait depuis des lustres. C'était mignon de les voir, tous les deux. Ainsi, si j'étais un inconnu venant admirer un vieux skatepark à l'abandon, j'aurais pu croire qu'aucun d'eux n'avait de problèmes.

Seulement, j'étais le frère du mec trop brisé pour s'attacher. Je savais aussi que les petites vannes de Brittany sur le régime n'étaient que trop vraies et qu'elle en souffrait.

Alors, je trouvais cela mignon. Non pas qu'ils forment un couple sans le savoir, à leur manière, mais plutôt de voir à quel point ils se complétaient malgré eux. Comprenaient-ils que l'un comblait les fêlures de l'autre ? Même pas en rêve, mon frère avait la tête dans les betteraves et elle, elle préférait se voiler la face.

Je soupirai et allai piquer une chips. Gabriel gardait les sourcils froncés en fixant Brittany et, étrangement, j'avais l'impression de déranger.

Cette dernière leva les yeux au ciel et détourna son attention de mon frère pour s'intéresser à moi. Elle me posa des questions sur ma vie, sur ma cohabitation avec ce primate et sur ma connaissance de la mode.

Je souris en voyant le fameux bracelet de Gabriel autour de son poignet. Sauf que je savais aussi ce qu'il cachait et que cela donnait au cadeau une dimension un peu trop morbide pour moi.

— Tu as bon goût, toutes les filles doivent être à tes pieds, déclara-t-elle lorsque son regard suivit le mien sur son bracelet.

— Gabriel t'a dit que je l'avais choisi ?

— Comment voulais-tu que je gobe une autre version ? se moqua-t-elle en secouant le bras pour faire tinter les breloques.

— Je n'ai pas vraiment de succès, avouai-je doucement en regardant mon frère effectuer une jolie figure de l'autre côté de la rampe.

— À cause de ces trois gars ?

— Ouais, avouai-je en sentant mon estomac se tordre légèrement.

Elle observa mon frère à son tour, de ses yeux aussi verts que les platanes que le maire avait plantés dans le parc.

— Je ne suis pas ton frère, je ne te conseille pas de te battre. Parfois, la force n'apparaît pas dans les gestes brusques, murmura-t-elle, et son épaule effleura la mienne.

Je savais que c'était une manière de me montrer qu'elle me soutenait. J'avais cette fille comme alliée alors que nous ne nous connaissions qu'à travers les mots de mon frère avant ce matin-là.

— Tu penses que je dois m'écraser ?

— Je pense que tu dois leur sortir une phrase si classe qu'on devra la noter dans un livre d'or, rétorqua-t-elle avant d'éclater de rire.

Gaby tourna la tête en l'entendant et je vis un sourire discret effleurer ses lèvres, puis il continua d'exécuter des virages compliqués.

— J'y penserai, la prochaine fois que je les verrai, lui dis-je en adressant un petit clin d'œil à mon frère.

Je pouvais presque l'entendre marmonner et soupirai d'aise en m'appuyant un peu plus sur la rambarde.

— Comment on sait qu'on a perdu toutes ses chances avec une fille ? demandai-je alors en tournant la tête vers elle.

Seulement, ce n'était plus vraiment Brittany que je voyais. Je m'imaginais une jolie fille de treize ans, aux longs cheveux blonds qu'elle attachait continuellement et aux yeux si clairs qu'ils me donnaient envie de me damner pour elle.

— Comment s'appelle-t-elle ?

— Madelyne, avouai-je en avalant une nouvelle poignée de chips.

— Tu veux connaître le secret, Jackie Chan ?

— Quel secret ? interrompit mon frère, et je faillis le pousser en bas de la rampe pour nous avoir coupés au moment le plus intéressant.

— Je racontais à Britty la fois où tu as fait pipi dans le bac à sable, lâchai-je en détournant le regard de Fricht pour fixer la tête décomposée de mon frangin.

— Je te jure que tu vas en baver, grogna-t-il en m'ébouriffant les cheveux.

— Mon gel, m'offusquai-je en dissimulant mon sourire.

On resta là une bonne partie de la journée. En fait, aucun d'eux ne voulait quitter le skatepark avant d'avoir vu les étoiles et je fis semblant de ne pas comprendre. Je prétendis que je ne savais pas que Gabriel voulait observer les astéroïdes pour se rapprocher un peu d'Evangeline, comme je prétendis que je ne savais pas que Brittany cherchait à retarder le moment où elle se retrouverait face à ses parents.

Seulement, la nuit finit par tomber aux alentours de dix-sept heures et Gabriel se leva sans un mot. Il jeta un dernier regard à Brittany pour s'assurer qu'elle irait bien. Cette dernière lui lança un sourire arrogant pour seule réponse et je jurerais avoir vu les épaules de mon frère se décontracter.

On l'accompagna jusqu'à sa voiture et, avant de partir, elle se pencha pour m'embrasser sur la joue.

— Le secret, c'est que rien n'est jamais perdu, me murmura-t-elle rapidement au creux de l'oreille.

42

BRITTANY

Je serrai les poings une dernière fois puis enfonçai ma clé dans la serrure, bien décidée à garder la tête froide.

Je fus surprise de ne pas sentir de résistance en saisissant la poignée. Prenant le temps d'enlever mes chaussures, j'entrai sur la pointe des pieds.

J'avais quitté Gossom et Jake bien plus tôt, mais je n'étais pas parvenue à trouver le courage nécessaire pour rentrer chez moi. Alors j'étais restée enfermée dans ma voiture, garée trois rues plus loin. J'avais écouté une radio pourrie et chanté sur des chansons tristes.

La lumière s'alluma dès l'instant où j'entrai dans le salon, me faisant sursauter.

— Brittany, c'est toi ? murmura la voix tremblante de ma mère alors que je me tournais pour la voir.

Mes yeux rencontrèrent d'abord ceux de maman et elle me fit un petit sourire contrit, bien loin de celui de Mme Gossom. Ce qui me surprit un peu plus, ce fut de trouver la silhouette de mon père juste à côté d'elle. Il n'y avait ni téléphone ni verre brisé. C'était tellement rare de les trouver tous les deux dans la même pièce sans éclats de voix ni silence pesant que je crus rêver.

— Tu n'es pas rentrée cette nuit, souffla doucement mon père en passant sa main sur sa nuque.

Je le regardai sans oser bouger alors qu'il s'avançait lentement vers moi. Je n'étais pas prête à me prendre une seconde réprimande, là, tout de suite. Je n'aurais pas pu supporter une deuxième gifle ou un autre regard condescendant qui m'aurait fait me sentir moins qu'une merde.

Seulement, papa se contenta de me serrer dans ses bras, si fort que j'étais sûre de conserver la marque de ses doigts dans mon dos. J'aurais aimé l'étreindre à mon tour, le serrer comme je l'avais rêvé tant de fois. Mais j'en étais incapable. Je ne savais plus comment faire, je ne parvenais plus à savoir où je devais placer mes bras. Alors je posai mon front contre son épaule et humai son odeur. Je fis semblant de ne pas entendre le petit sanglot étouffé de ma mère et, lorsqu'elle se leva à son tour pour me serrer dans ses bras, papa lui laissa la place sans protester. C'était tellement bizarre que je n'eus pas le cran de la repousser, elle non plus.

— Ma chérie, on a cru qu'il t'était arrivé quelque chose, souffla-t-elle doucement en faisant courir ses doigts dans mes cheveux.

— J'ai dormi chez une amie, marmonnai-je tout bas, en baissant les yeux pour ne pas affronter leurs regards interrogateurs.

Un silence plana quelques instants sans qu'aucun de nous sache quoi faire. Nous n'étions plus habitués à parler ensemble. Nous ne parvenions même plus à échanger des banalités. C'était triste, surtout lorsque je comparais ma famille à celle qui m'avait accueillie hier.

— Je suis désolé, finit par lâcher mon père, et je retins mon souffle.

Papa avait les mêmes défauts que moi. Il avait tendance à être orgueilleux et un peu trop fier. Maman m'avait expliqué qu'il ne s'était excusé qu'une seule fois depuis qu'ils se connaissaient, et cela n'avait pas été devant moi.

— C'est moi qui m'excuse, soupirai-je en sentant mes mains devenir moites sous l'effet du stress.

Ça ne me ressemblait tellement pas, j'avais l'impression d'être une certaine fille timide que j'avais connue l'année passée.

— Ma chérie, on a cru... On a cru t'entendre parler de... Enfin, de...

— D'Andy, termina mon père lorsque la voix de maman se brisa.

J'envisageai pendant un instant de mentir. Je pouvais toujours inventer autre chose, quelque chose qui nous ferait revenir à notre ancien mode de vie. Seulement, ils m'avaient serrée dans leurs bras. Et c'était si rare que j'avais entraperçu ce que le futur pouvait devenir si je prenais la peine de leur avouer.

— On n'en a jamais parlé avec toi, continua papa d'une voix nettement plus douce en s'asseyant à nouveau dans le fauteuil alors que ma mère s'appuyait contre l'accoudoir du canapé.

— J'ai… j'ai trouvé son certificat de naissance et un acte de décès dans le grenier un jour, en rangeant des habits, avouai-je en me raclant la gorge.

— Et tu en as déduit ?

— Je sais encore lire des papiers, lâchai-je d'une voix un peu plus sèche que je ne le voulais.

— Écoute, ma puce, je sais que c'est dur à comprendre, commença alors ma mère.

— Que quoi ? Que vous ne m'en avez jamais parlé ? Que c'est pour cela que ma chambre a toujours été bleue ?

Le silence de mes parents était éloquent, et pourtant nous n'avions pas encore totalement crevé l'abcès. Nous n'étions qu'à la surface de l'iceberg et il y avait tellement de choses qui restaient bien cachées au fond de l'eau. Et ces choses m'entraînaient avec elles vers l'abîme, me forçant à faire de l'apnée pour m'en sortir.

— J'ai cette question, cette… cette chose qui me ronge, vous savez ? Vous avez toujours dit que vous ne vouliez qu'un enfant. Et moi ? Je ne serais pas là si vous l'aviez gardé. J'ai… Mais merde, j'ai volé sa vie, déclarai-je d'un ton aigre en ravalant mes larmes.

— C'est faux, nous t'aimons autant que lui ! Nous t'aimons et nous l'aimions aussi ! Et c'est pour cela qu'on a fait ce choix, se défendit ma mère, et je vis ses mains serrer le canapé.

En pleine tempête, tout ancrage est bon à prendre, et ma mère avait appris à s'arrimer à autre chose que son mari, que sa famille.

— Vous ne savez pas ce que j'ai ressenti quand j'ai compris. J'avais l'impression... J'avais l'impression de n'être à ma place nulle part, de ne pas arriver à sa hauteur, de vous décevoir chaque fois. J'ai... j'ai eu la peur bleue que... que... bégayai-je sans parvenir à finir ma phrase.

Que vous m'abandonniez, comme vous l'avez abandonné. Mais cette phrase ne parvenait pas à quitter la barrière de mes lèvres. Comme si, même après m'être montrée totalement vulnérable face à eux, je n'arrivais pas à m'exposer complètement sans défense. Je me faisais l'effet d'un petit animal craintif qu'on avait poussé hors de sa tanière. Et je n'avais tellement pas l'habitude de ressentir ça.

— Ton frère était gravement malade, Brittany. Il arrive qu'un enfant, sur des milliards d'autres, naisse uniquement pour quelques saisons. Nous avons tout essayé, crois-moi.

— Les médecines douces, la chimio, les techniques orientales. Lorsqu'on a compris que la science ne pourrait rien pour lui, on a consulté des guérisseurs, des magnétiseurs, des prêtres vaudous. On a tout essayé, expliqua calmement mon père, et je sentais quelque chose dans sa voix, une douleur enfouie.

Mon père avait horreur de perdre le contrôle, et je pouvais facilement l'imaginer face à son fils, incapable de faire quoi que ce soit. Ma mère poursuivit :

— Rien ne marchait. Andy... Andy dépérissait à vue d'œil. Il ne savait plus manger tout seul, ne savait plus marcher. Il avait quatre ans, mais les docteurs le voyaient déjà en sursis. Je... je l'entendais toutes les nuits gémir dans son sommeil. Il souffrait, en permanence. Tu sais ce que c'est d'être mère, Brittany ? J'avais si mal, et nous ne trouvions plus aucune solution. Ton père est parti en Europe pour avoir l'avis d'autres spécialistes, mais c'était une maladie orpheline et il n'y avait aucun traitement spécifique.

— Quelques années plus tard, une nuit après qu'il eut fait une crise, nous avons parlé avec les médecins de l'hôpital. Nous étions arrivés au bout du traitement et il n'y avait plus aucune chance. Ils nous ont dit de passer de belles vacances parce que ce seraient probablement les dernières. Et ils nous ont parlé… Ils nous ont parlé de la Californie, de l'Oregon et de l'État de Washington. Ces trois États avaient la particularité… Ils avaient la particularité de permettre ce qui s'appelait, à l'époque, le « suicide assisté », termina difficilement mon père, et je fus surprise de voir ses yeux humides.

Parce qu'un papa, ça ne pleure pas.

— Il a fallu faire des dizaines de procédures, des tests médicaux pour s'assurer qu'Andy était condamné, qu'il lui restait moins de six mois. La maladie avait continué de dégénérer et il était devenu aveugle. Nous savions que dans quelques semaines l'aire de Broca serait touchée et qu'il ne pourrait plus parler.

— On n'avait aucune envie de tuer ton frère, Britty. Mais il souffrait, il pleurait. On allait à l'hôpital plusieurs fois par semaine, il y restait parfois des mois entiers.

— Il ne méritait pas ça. Mon bébé ne méritait pas toutes ces peines. Alors on a continué la procédure, poursuivit ma mère en s'essuyant pudiquement les yeux.

— On a loué un petit chalet dans l'Oregon, près du lac Sparks. C'était vraiment beau, si tu savais. Andy ne pouvait plus voir mais il le sentait. Il plongeait ses mains dans l'eau et respirait un air totalement pur. Il avait un de ces sourires, nous n'avons pas réussi à lui dire qu'il ne repartirait pas avec nous à la fin de la semaine.

— On s'est rendus à l'hôpital. On a dormi avec lui cette nuit-là, mais ça ne l'a pas choqué. On faisait souvent ça. On avait tellement peur… On avait tellement peur de se réveiller un jour pour s'apercevoir qu'il n'était plus là. Chaque seconde était si précieuse.

— Les médecins ont injecté une dose mortelle dans sa perfusion et il a sombré dans le sommeil paisiblement. Il… il ne gémissait plus, il ne souffrait plus… Mon Dieu, c'était la première fois en douze ans que mon bébé dormait doucement, murmura ma mère, et je reniflai en luttant contre le besoin de me blottir dans ses bras.

— Tu sais ce qu'il faut comme conditions pour rendre possible l'euthanasie, Brittany ? Le patient doit avoir plus de douze ans, une situation médicale sans issue et une douleur constante, inapaisable. Andy remplissait toutes les conditions, Britty, termina doucement mon père, et, lorsqu'il baissa les yeux, je compris qu'il flanchait lui aussi.

Pour la première fois de ma vie, j'entendais l'histoire complète, véritable et objective. Je n'étais pas sûre de savoir quoi penser, je ne savais pas si j'étais capable d'approuver.

Mais, lorsque mon père releva ses yeux rougis vers moi, s'excusant d'avoir tué son fils, je me sentis chavirer à mon tour. J'avais l'impression d'être au beau milieu d'un énorme trou noir où un grand horloger s'amusait à me balancer des débris de satellite pour voir jusqu'où je parviendrais à les éviter.

La vérité, c'est que j'aurais aimé en vouloir à mes parents. J'aurais voulu leur cracher des horreurs au visage et partir en claquant la porte de ma chambre. Toutefois, j'en étais incapable. Je ne savais que trop bien ce que cela faisait d'avoir des cicatrices purulentes et inavouables.

Nous sommes restés tous les trois dans le canapé cette nuit-là. Au milieu de mes deux parents, leurs épaules contre les miennes, je m'endormis paisiblement à mon tour. J'aurais pu rêver d'Andy, mais j'ai surtout pensé que, comme lui, je dormais au beau milieu de mes deux parents.

Et je compris alors que, comme pour lui, ils craignaient de me perdre à chaque seconde.

43

GABRIEL

Je rentrai en rigolant doucement avec Jake. Je n'aimais pas vraiment savoir Fricht toute seule face au grand méchant loup, mais elle n'aurait clairement pas aimé que je l'accompagne.

Elle m'aurait probablement chassé à coups de pied au cul.

Lorsque j'ouvris la porte, je tombai sur Patrick assis nonchalamment dans le canapé, regardant un match de foot. Jake me donna un coup très significatif dans le ventre et je lui rendis une tape sur la nuque.

— Allez quoi, vas-y, me chuchota-t-il en lançant un regard éloquent vers la place vacante à côté de notre tuteur.

— Je n'aime pas le foot, maugréai-je doucement, mais seul un deuxième coup me répondit.

— Salut, papa ! Je vais ranger ma chambre, lança le morveux en grimpant l'escalier quatre à quatre, et, si Jake n'était pas aussi maniaque, cela aurait paru vraiment très louche.

Mais, comme nous vivions tous avec le garçon le plus chiant de l'univers, ça sonnait simplement comme la déclaration d'un fou du détergent.

— Et toi, Gab ? Tu as quelque chose à faire ? demanda Patrick d'une voix lasse, et je flanchai quelques instants.

Je repensai à ce que Brittany m'avait dit. Et c'est vrai, je ne supportais pas d'être trop proche de mes tuteurs. Je ne supportais pas qu'ils puissent créer une nouvelle famille, m'inclure dedans et faire comme si j'étais leur fils. Comme si je méritais toute cette vie, comme si je n'avais jamais fait de choses horribles.

Parce que j'avais déjà une famille.

Parce que je n'étais pas leur fils.

Parce que je ne méritais rien.

— Eh bien...

— Tu as peut-être prévu de ranger ta chambre, toi aussi ? lança-t-il d'un ton sarcastique, et je fronçai les sourcils.

— Patrick ? Tu es sûr que... que ça roule ?

— Tu t'es encore battu, Gabriel, soupira-t-il, et pendant quelques instants je ne compris pas.

Je m'étais toujours battu, avec tout le monde et toujours pour rien. Ce n'était pas nouveau.

— Je n'étais pas à l'école.

— Non mais, Gab, c'était un gamin de seize ans ! Tu croyais que, parce qu'il avait quelques années de moins, ses parents n'iraient pas trouver la direction, même durant les vacances scolaires ? Il était totalement démoli, s'énerva mon tuteur en passant une main sur son front.

— Il l'avait mérité, soufflai-je plus durement en comprenant qu'il parlait du petit con qui s'en était pris à Jackie Chan.

— Ah oui ? Il avait volé ton yaourt à la cantine ? poursuivit-il ironiquement, et j'eus un petit sourire insolent.

— C'était un yaourt au chocolat, ajoutai-je, et mon tuteur souffla un bon coup pour se calmer.

— Il était plus jeune que toi, Gabriel. Tu ne tapes jamais les plus jeunes que toi, compléta-t-il plus bas, et je compris ce qu'il craignait sans pour autant l'avouer à voix haute.

— Tu as peur que je ne devienne comme lui, c'est ça ? lançai-je d'une voix rauque parce que, malgré moi, ça me faisait chier.

Oh oui, ça me faisait grave chier que même Patrick, le mec le plus optimiste au monde, croie que je pouvais suivre les traces de mon père. Et ça me faisait encore plus chier qu'il ait mis le doigt sur ma plus grande peur.

— Bien sûr que non, s'exclama-t-il, mais c'était trop tard.

— Tu sais que je me casserais si c'était le cas. Tu sais que je ne ferais jamais de mal à Jake, repris-je avant qu'il ne puisse continuer, et j'avais élevé la voix involontairement.

— Mais bon Dieu, oui, je le sais, Gabriel, s'énerva-t-il en se penchant pour jeter une enveloppe sur la table du salon.

Je lui lançai un coup d'œil méfiant avant de reporter mon attention sur Patrick.

— C'est quoi, ça ?

— Une lettre de convocation chez le docteur Storm. Pour le vingt-quatre décembre, ajouta-t-il dans un murmure tandis que mon souffle se glaçait.

— Je n'irai pas.

— Je sais, tu crois que je t'ai attendu pour téléphoner à ta directrice ? grogna-t-il en se renfonçant dans le canapé, et je pris le temps de m'installer à côté de lui.

— Tu as réussi ?

— Ça ne marchera pas à tous les coups, Gabriel, me prévint-il, mais sur le moment je m'en fichais.

— Merci.

— C'est normal.

— Merci… Merci aussi pour avoir accueilli Brittany cette nuit, continuai-je de mauvaise grâce.

Patrick me sourit, comme s'il savait exactement ce que cela me coûtait. Et, oui, j'avais l'impression que c'était le cas. Je ne comprenais jamais vraiment pourquoi ils m'avaient choisi moi parmi tous les gosses de l'orphelinat. Je ne comprenais pas pourquoi ils étaient si patients.

— C'était un peu égoïste, je dois l'avouer, bougonna-t-il en baissant le volume de la télé.

Le calme envahit la pièce, et cela me mit instinctivement sur mes gardes. Patrick sembla se le rappeler car il fit semblant de zapper pour augmenter à nouveau le son.

Seulement, aucun de nous ne parvenait à combler le silence. Je savais que Patrick ne demandait que ça, mais j'en étais incapable.

— Je vais…

— Ranger ta chambre ? souffla-t-il avec un petit sourire complice, et je souris doucement à mon tour.

— Ouais, c'est ça.

Je le laissai là, seul dans le salon. J'aurais pu me sentir coupable, mais j'étais bien trop soulagé de quitter cette pièce étouffante et cette discussion trop sérieuse.

Patrick savait qu'aller voir la psychologue le jour du réveillon m'aurait plongé dans quelque chose de trop sombre. Il savait aussi que parler de tout ça à voix haute m'était impossible. Alors il acceptait de me laisser partir, une fois de plus.

Douze ans plus tôt

Gabriel sentait ses souvenirs s'estomper, comme si, brusquement, un trou noir venait les dévorer dans sa tête. Il aurait aimé pouvoir se rappeler le parfum de sa maman, mais il ne parvenait plus à se souvenir si elle sentait les gaufres au chocolat ou la confiture à la cerise.

Evangeline le tira de ses pensées. Son petit poing toqua contre sa poitrine et Gabriel retint de justesse un sifflement. La douleur était telle qu'il aurait pu pleurer, mais il s'efforça de rester fort parce qu'il ne voulait pas l'inquiéter. Il ne comprenait pas vraiment pourquoi son papa s'était emporté la veille. Le premier accident avec le pot de chocolat l'avait intrigué, mais la punition de la veille éveillait en lui une peur inconnue. Comme si, malgré lui, il comprenait qu'il n'était plus en sécurité aux côtés de son père.

Mais peut-être qu'il se trompait. Peut-être qu'il avait mérité ces coups de ceinture. Il ne comprenait pas encore trop bien sa bêtise, mais après tout c'était peut-être normal. Papa lui avait dit qu'il était idiot.

Bravement, il serra les poings très fort avant de cligner plusieurs fois des yeux. Et, lorsque les prunelles chocolat se posèrent sur Evy, il n'y avait plus aucune trace de sa douleur.

— Tu as vu Cendrillon, Gaby ?

Le garçon hocha la tête, prenant soin de humer le parfum de lavande de sa sœur. Puis, machinalement, ses doigts parcoururent les boucles blondes. Il sut alors que cette sensation de soie lorsqu'il effleurait ses cheveux, cette odeur de fleur lorsqu'il se penchait vers elle… Ces choses-là resteraient ancrées en lui, même si Evy partait comme maman.

— J'aimerais tellement avoir un prince moi aussi, soupira doucement la petite fille, et quelque chose résonna au fond de Gabriel.

Un sentiment qu'il n'avait encore jamais expérimenté mais qui lui donnait envie de priver Evy de toutes ses cassettes.

— C'est moi ton prince, Evy, rétorqua-t-il aussitôt en serrant instinctivement ses bras autour d'elle, et un rire cristallin lui répondit.

— Mais non, Gaby ! Toi, tu es mon ange gardien, s'exclama la petite voix enfantine, et Gabriel la chatouilla, rien que pour entendre son rire quelque temps encore.

Mais un râle, tenant plus de l'animal que de l'homme, leur parvint du rez-de-chaussée et le petit garçon stoppa instinctivement ses taquineries pour tendre l'oreille.

— Où est cette putain de bouteille ? Tu me l'as encore prise, petit connard ? cria alors la voix, et, quand Gabriel regarda de nouveau sa petite sœur, il lut de la crainte dans ses yeux.

— Qu'est-ce que c'est, Gaby ?

— Rien, Evy. C'est juste un monstre, chuchota-t-il en sentant sa voix trembler sans pouvoir se contrôler.

C'était comme si un avion était caché dans sa poitrine et qu'il enchaînait les loopings.

— Un monstre ?

— C'est le capitaine Crochet, reprit-il doucement, et Evy retint sa respiration.

— Il y a le crocodile, aussi ?

— Non, mais il faut que tu ailles dans l'armoire pour te protéger !

La fillette hocha la tête et courut sur la pointe des pieds jusqu'à la salle de bains. Gabriel lui fit signe de se taire et referma les portes sur elle.

— Gaby ?

— Chut, Evy. Le monstre va t'entendre si tu parles, la sermonna-t-il en tournant la petite clé dans la serrure.

— Tu ne te caches pas ?

— Si, je vais me cacher ailleurs, grimaça-t-il alors que ses côtes conservaient un souvenir différent.

Et il voulut vraiment se cacher cette fois-là. Il se trouva une bonne cachette, aussi originale que celle d'Evangeline. Après tout, le coffre à jouets était assez vide pour qu'un petit garçon de six ans puisse s'y glisser.

Mais il comprit que son papa n'était plus vraiment le même. Il se demanda, pendant quelques instants, si ce n'était pas le vrai capitaine Crochet. Toutefois, lorsque la silhouette apparut à l'étage, il reconnut son père. Il voulut refermer le coffre, se boucher très fort les oreilles et attendre que le méchant s'en aille. Seulement…

Gabriel commença à paniquer en voyant l'ombre tituber lentement jusque dans la salle de bains.

Alors il descendit en faisant juste assez de bruit pour l'attirer à sa suite.

44

BRITTANY

Mes pieds tapaient sur le métal de la rampe au rythme d'un air qui me trottait dans la tête. Gossom était en retard, pour changer. C'est ce que j'aurais dû lui offrir, une montre. Au lieu de ça, j'avais craqué pour quelque chose de complètement absurde.

Lorsque je vis son ombre arriver au loin, je poussai un soupir d'agacement.

— Mais t'es plus lent qu'une limace, ma parole, m'exclamai-je en lui donnant un coup de la pointe de mes bottines lorsqu'il tenta de monter à côté de moi.

Ses mains lâchèrent instinctivement le métal et il glissa sur la neige, retombant en bas de la rampe.

J'éclatai d'un rire sonore qui, je le savais, l'énerverait. Il me lança un petit sourire diabolique en retour et sa main saisit ma cheville, m'entraînant avec lui en bas de la pente alors que je poussais un cri horrible.

— T'es chiant, Gossom ! La neige a fondu, là ! Mon jean va être sale, bougonnai-je en sentant la fraîcheur humide transpercer le tissu épais de mon pantalon.

— Tu t'en es souciée, toi, peut-être ? Ça t'apprendra à n'être qu'une gamine, me sermonna-t-il avec un petit sourire arrogant qui me donna envie de le lui faire ravaler.

Toutefois, lorsque ses yeux se posèrent sur moi, je fus surprise de ne pas y voir la petite étincelle habituelle. Je restai quelques instants immobile, observant le moindre recoin de ses iris, mais la lueur que j'aimais tant demeurait absente.

— Je sais que je suis beau, lâcha-t-il alors, me sortant de mes pensées.

— Pardon ? T'es un primate, Gossom. Avec l'odeur d'un fauve, ajoutai-je en ricanant.

Il m'adressa un petit sourire narquois mais ne me répondit pas. C'était assez étrange pour me faire froncer les sourcils.

— Tu as l'air… mieux, termina-t-il en remontant un peu plus haut la fermeture éclair de son manteau.

Il faisait un froid de canard mais, bizarrement, ni lui ni moi n'avions envie de bouger.

— Oui, j'ai… J'ai un peu parlé avec mes parents, avouai-je en laissant mes doigts effleurer la neige fondue entre nous deux.

— Je suis content que tout se soit arrangé pour toi, déclara-t-il, et sa voix me fit tiquer.

— Pas tout, mais c'est un bon début. Et toi… Tu es sûr que ça va ?

— Oh oui, pourquoi ça n'irait pas ? Enfin… À moins que ça ne me donne droit à un petit bisou ? Si c'est le cas, je suis à l'article de la mort, rigola-t-il avec un clin d'œil évocateur.

— Tout doux, le primate. Je ne voudrais pas me choper de l'herpès.

— Tu es en forme aujourd'hui, se marra-t-il, et je haussai les épaules.

Je voulais juste qu'il oublie un peu ses problèmes, le temps d'une soirée. Je ne savais pas ce qu'il taisait, mais je savais que ces petites paillettes ne disparaissaient jamais sans raison.

— Au fait, Fricht ! Il me semble que tu me dois un cadeau, clama-t-il en se relevant brusquement.

— Euh… Je l'ai oublié !

— Menteuse, me contredit-il aussitôt en fixant mon sac à main qui était resté en haut de la rampe.

Je me mordis la lèvre et hésitai quelques instants. Sur le coup, cela m'était apparu comme une idée géniale, mais je me demandais maintenant s'il n'allait pas se moquer.

Qu'est-ce que je disais ! Il allait éclater de rire et demander le ticket de caisse pour être remboursé.

— Nan, vraiment, je l'ai oublié, insistai-je en me levant à mon tour.

— Tu veux que je te dise quelque chose, Fricht ? Je n'y crois pas une seule seconde, murmura-t-il en jetant un dernier regard à mon sac.

Je m'apprêtais à répliquer quelque chose d'assez salé pour détourner son attention de ma connerie monumentale mais, lorsque je plongeai mon regard dans le sien, j'y trouvai le reflet d'une malice qui me refroidit instantanément.

— Oh non, Gossom ! eus-je le temps de lâcher avant qu'il ne se précipite en haut de la rampe, saisissant mon sac.

— Tu crains quoi, Fricht ? Que je tombe sur tes tampons ? se moqua-t-il en ouvrant déjà la fermeture éclair.

— Reviens ici tout de suite, m'exclamai-je en tapant du pied contre le métal, or cela ne fit qu'agrandir son sourire.

Mais ce rire cessa lorsqu'il tomba sur mon cadeau, à l'intérieur du sac. Je ne l'avais pas emballé, je n'en avais pas eu le temps. En réalité, je l'avais acheté avant de venir, spontanément. J'étais passée devant la vitrine et ça m'avait tapé dans l'œil. Maintenant que j'y pensais, mon cerveau avait dû griller à cause de toutes les lumières de Noël.

— C'est… c'est une peluche ? demanda-t-il en sortant l'ourson de mon sac, et je hochai doucement la tête, le visage cramoisi.

— Vas-y, tu as le droit de te moquer, soufflai-je en croisant les bras sur ma poitrine.

Je savais que j'aurais dû l'affronter du regard, mais j'étais un peu trop honteuse de mon cadeau pour ça.

— Pourquoi ? se contenta-t-il de souffler d'une voix rauque qui me fit lever les yeux vers lui.

Il était assis en haut de la rampe, le visage rivé sur le petit ours comme s'il était réellement touché. J'eus envie de lui dire que, au début, j'avais pensé lui offrir une banane. Mais il m'avait offert un cadeau significatif, un cadeau dont moi seule pouvais saisir le sens. Et j'avais essayé de faire de même avec lui.

— Eh bien, euh… Je me disais que, avec tout… tout ça, tu n'avais pas dû avoir beaucoup de jouets quand tu étais petit. Donc, j'ai voulu… Enfin, bref. Ça a failli être une banane, lâchai-je piteusement.

Je m'énervais contre moi-même d'être aussi peu sûre de moi. Cela ne me ressemblait pas. Vraiment pas. Il dut se dire la même chose car ses sourcils se froncèrent, faisant des allées et venues entre la peluche et moi.

— Merci, déclara-t-il en redescendant me rejoindre, et je fus surprise lorsqu'il passa un bras autour de mes épaules pour me presser un bref instant contre lui.

— Euh… Pas de quoi, marmonnai-je sans savoir quoi dire.

— Je te bouleverse à ce point ?

— Tu te crois sexy avec ta doudoune Michelin, Gossom ? Tu te trompes, répliquai-je aussitôt.

Et c'était mesquin, parce que je savais pertinemment que jamais Gabriel ne critiquerait mon physique. C'était une chose sur laquelle il ne répliquait jamais, parce qu'il savait que cela me blesserait.

— Je n'arrive pas à croire que l'on commence déjà une nouvelle année, souffla-t-il doucement en regardant autour de lui comme s'il se demandait comment il avait atterri ici.

Et je le comprenais. Moi aussi, je me demandais ce que j'avais foutu pour m'attacher à cette brute épaisse. Je me demandais comment, en quelques mois, il avait infiltré mon quotidien comme un vrai espion.

— Tu as pris de bonnes résolutions, Fricht ? demanda-t-il doucement, mais j'avais l'impression qu'il n'était pas vraiment là.

— Qui sait ? Peut-être qu'avec les fêtes je parviendrai à prendre assez de poids pour que tu me fiches la paix l'année prochaine, lâchai-je avec un soupir théâtral.

Il me lança un sourire malicieux, comme s'il songeait à quelque chose à quoi je n'avais pas accès.

— Qui sait ? Peut-être que Jake deviendra top-modèle ? me railla-t-il, et je souris en me disant que, peut-être bien que oui, il le deviendrait.

— Et toi ?

— Je partirai.

— Quelle résolution ! me moquai-je en détournant les yeux vers le ciel pour fixer les mêmes étoiles que lui.

— Pas une résolution, une promesse, souffla-t-il tout bas.

Encore une fois, il était parti rejoindre la fille des étoiles.

Et ça m'arrachait les tripes.

45

VANESSA

Je soupirai en redressant une dernière fois mon corset puis, énervée, je décidai de changer de tenue. Ma main agrippa la petite robe en dentelle que j'avais achetée à peine quelques semaines plus tôt et je l'enfilai en bougonnant. Ma mère avait décidé que, cette année, nous fêterions le nouvel an avec nos employés. Cela voulait dire que j'allais passer une superbe soirée entre mes grands-parents, ma vieille tante, Bob, le jardinier aux cheveux aussi gras qu'une friteuse, et Frédérique, ma femme de ménage préférée.

J'allais pleurer.

J'avais désespérément besoin d'un joint mais c'était un peu trop risqué, et, si mamie sentait l'odeur de l'herbe sur moi, elle me ferait un cours sur les méfaits de la drogue. Or, je n'en avais vraiment, vraiment pas besoin.

Je soufflai et terminai mon chignon avant de descendre l'escalier. Ma mère m'attendait en bas, discutant joyeusement avec mon grand-père. Il avait fait carrière dans l'armée et, même s'il avait pris sa retraite depuis longtemps, le colonel Dollyson se tenait toujours parfaitement droit.

— Oh, ma chérie, tu es ravissante, s'exclama ma mère alors que papi se penchait pour m'embrasser sur le front.

— Merci, maman, toi aussi, répondis-je en admirant sa robe de soirée bleu marine cintrée à la taille et son dos nu.

— Ça te dérangerait d'accueillir Frédérique ? Elle doit venir avec son mari et sa fille. Amandine doit avoir ton âge, vous pourriez bien vous entendre, déclara-t-elle, et je me retins de lever les yeux au ciel.

Et dire que j'aurais pu être avec Brian et l'équipe de basket dans n'importe quelle boîte de nuit, à danser jusqu'à ne plus avoir de chaussures.

— Pas de problème, marmonnai-je en saisissant deux coupes de champagne sur le buffet.

J'étais tentée d'en vider une cul sec pour me donner un peu de courage, mais mon père en aurait fait une crise cardiaque.

Frédérique arriva deux minutes plus tard, au bras d'un homme aux cheveux grisonnants. Je leur tendis à chacun une coupe avec un sourire hypocrite et laissai le mari déblatérer sur son travail de menuisier pendant quelques secondes.

Lorsqu'ils s'éloignèrent pour retrouver mes parents, je découvris une chevelure bordeaux derrière eux.

— Tiens, la clocharde a fait l'effort d'enfiler une robe, la piquai-je instantanément en refermant la porte derrière elle.

Le sourire gêné de la fille du centre commercial s'évanouit aussitôt et elle inspira profondément, comme pour se donner du courage.

— S'il te plaît, Vanessa, demanda-t-elle doucement, et je pus enfin voir ses yeux.

Ils ressemblaient à deux puits sans fond, d'un marron si foncé qu'on distinguait à peine ses iris. C'en était beau et terrifiant à la fois.

— On pourrait juste… s'oublier le temps d'une soirée ? demanda-t-elle en grimaçant, et je compris qu'elle avait bien reçu mon petit cadeau de Noël.

J'avais dû demander à Brian de chercher cette tocarde. Pour cela, il avait dû négocier avec Pamela, notre déléguée principale et la fille la plus manipulatrice du monde.

Je ne savais pas trop ce que le capitaine de l'équipe de basket lui avait fait, je m'étais contentée de lui demander de l'emmerder un petit peu. Et de bien lui faire comprendre qu'il venait de ma part. Avant, j'aurais confié cette tâche à Gabriel, mais comme ça n'allait plus vraiment entre nous ces temps-ci…

— Je n'ai pas besoin de t'oublier, tu es si transparente que je ne veux même pas savoir ton prénom, lâchai-je en lui adressant un regard hautain.

Mais c'était joli, Amandine. Ça sonnait bien, quand on le prononçait à la française.

— Écoute, je ne veux pas faire d'histoires, d'accord ? C'est le réveillon, j'aurais aimé aller ailleurs mais ma mère m'a dit qu'on viendrait chez toi, tenta-t-elle vaguement de s'expliquer.

— Casse-toi, j'en ai marre, la coupai-je en posant une main sur mon front pour mimer une migraine.

Elle hocha brièvement la tête et se dirigea vers le salon en serrant ses bras autour d'elle, comme pour disparaître un peu plus encore. Pendant un court instant, mes yeux suivirent sa démarche, glissant sur sa nuque découverte par ses cheveux relevés en un chignon vite fait jusqu'au creux de ses reins que sa robe mettait en valeur.

Reprends-toi !

Je poussai un soupir de découragement avant de partir vers la cuisine. J'avais vraiment, vraiment besoin d'un joint.

Mais je ne pouvais pas.

Et, comme chaque fois que j'étais dans ma famille et qu'il fallait que je muselle mes pensées, je me sentis étouffée.

***

Je discutais avec ma grand-mère. J'aurais bien aimé filer dans ma chambre et ne plus en ressortir avant demain matin mais, lorsque j'avais tenté de me faufiler dans l'escalier, mon père m'avait fait les gros yeux et j'avais abandonné l'idée.

— Alors, Vanessa, comment est-il ?

— Pardon ? demandai-je en ayant la sale impression d'avoir loupé le sujet de la conversation.

— Eh bien ton petit copain, quelle question ! s'exclama ma grand-mère en riant doucement.

Je sentis un anneau entourer ma gorge, comme un collier un peu court.

— Comment il s'appelle ? poursuivit-elle en rapprochant sa chaise de la mienne, comme si je lui livrais un secret d'État.

Lequel ?

— Jeremy, déclarai-je avant d'avoir pu retenir ma connerie et dire que j'étais célibataire.

— Et ?

— Eh bien… Il est mignon, soufflai-je doucement en replaçant une mèche qui s'était échappée de ma coiffure.

— Mignon ? C'est tout ce que tu as à me dire ? chuchota mamie avec un petit regard espiègle.

— Il a des cheveux bruns toujours décoiffés ! Je lui ai déjà dit de s'arranger un petit peu, mais il préfère s'occuper d'autre chose, de basket ou encore de boxe, par exemple. Il a des yeux marron, complétai-je en me rendant bien compte que je dressais le portrait de Gabriel.

— Il est musclé ?

— Très, souris-je en essayant d'avoir l'air débile que prennent les filles amoureuses.

Malgré moi, mon regard se posa sur Amandine. Elle était assise sur une chaise, le bras appuyé contre le dossier. Elle battait machinalement des pieds d'avant en arrière au rythme de la musique. Mais ce n'est pas ça qui me dérangea. À vrai dire, j'étais même heureuse qu'elle se fasse chier à notre soirée, cela lui enlèverait l'envie de revenir l'année prochaine.

Nan, ce qui m'embêtait davantage, c'était son regard troublant rivé sur moi, comme si elle pouvait me transpercer pour voir tous mes secrets.

— Eh bien, il doit vraiment te plaire, ce garçon, s'écria soudain ma grand-mère, me tirant de mes pensées.

— Pourquoi ?

— Tu es dans la lune depuis dix minutes ! Ah, la jeunesse, continua-t-elle plus doucement en posant une main sur ma joue.

— Tu n'es pas si vieille que ça, rigolai-je avec un sourire attendri.

— Oh si, c'est en te voyant que je comprends à quel point le temps file. Bientôt, tu auras un mari et j'aurai plein d'arrière-petits-enfants à gâter, sourit-elle en saisissant un amuse-bouche.

J'eus l'impression qu'on m'avait donné un coup de poing dans l'estomac.

— Mamie, ça te dérangerait que je monte quelques instants ? Je dois aller voir quelque chose dans ma chambre…

— Pas de problème, ma chérie, me rassura-t-elle en me tendant une bouchée au foie gras.

Je la pris distraitement alors que j'étais sûre de ne pas être capable d'avaler quoi que ce soit. Je montai l'escalier en évitant de regarder autour de moi.

Il fallait que je m'en grille un, question de survie.

Je refermai la porte de ma chambre derrière moi et m'empressai de rejoindre mon balcon. M'asseyant sur le sol, je sortis un paquet de ma cachette et saisis le petit cylindre entre mes doigts.

J'inspirai une longue bouffée, laissant la fumée un maximum de temps dans mes poumons avant d'expirer longuement, fermant les yeux.

Je savais que ma grand-mère n'avait pas voulu me blesser. Ils ne pouvaient juste pas savoir, et je ne voulais surtout pas qu'ils l'apprennent.

Le bruit de ma porte me fit brutalement ouvrir les paupières et je sursautai, cherchant une cachette des yeux. Toutefois, il n'y en avait pas. Me préparant à une bonne engueulade, je relevai les yeux, m'attendant à voir la silhouette de ma mère me demandant de redescendre.

Sauf que mes yeux rencontrèrent le visage cramoisi de la clocharde.

— On ne t'a pas appris à frapper avant d'entrer, crétine ?

— Je… Ta mère…

— Quoi, ma mère ? la coupai-je sèchement.

Un silence plana quelques instants alors qu'elle restait sur le seuil, indécise.

— Mais ferme-moi cette putain de porte, merde, m'exaspérai-je en levant les yeux au ciel.

Pour la peine, je repris une taffe. De toute façon, elle avait déjà vu le joint entre mes mains, pas la peine de se cacher.

— Ta mère m'a dit de te rejoindre ici, pour… traîner ensemble ? termina-t-elle en hésitant, comme si elle craignait que je n'explose.

Je poussai un profond soupir pour la mettre définitivement mal à l'aise et détournai le regard pour fixer les murs de ma chambre. Ils étaient remplis de photos en tout genre, des clichés de Brittany et moi, de Gabriel et Brian, de moi lors de séances que j'avais faites avec des professionnels.

— Tu étais brune, avant ? me coupa la voix d'Amandine, et je me rendis compte qu'elle s'était assise à côté de moi, regardant mes photographies sans dire un mot.

— Ouais, et toi, t'as toujours été aussi cruche ? la raillai-je aussitôt.

Elle rentra un peu plus la tête dans les épaules, entourant ses genoux de ses bras. Elle en était presque mignonne, cette clocharde.

— Pourquoi tu m'en veux ?

— Je ne t'en veux pas.

— Alors pourquoi tu cherches toujours à me blesser ? reprit-elle, et je soufflai une nouvelle fois.

Lorsqu'elle comprit qu'elle n'obtiendrait pas de réponse, elle soupira à son tour et je souris malgré moi.

— Tu veux une taffe ? demandai-je avec un sourire sournois.

Je la vis hésiter quelques instants avant de me prendre le cylindre et je rigolai.

— Ah ouais, quand même. Une vraie rebelle.

— Tu penses être la seule à fumer un petit joint quand tu es sur les nerfs ?

— Le petit chaton a des griffes, on dirait, la taquinai-je en penchant légèrement la tête pour l'observer minutieusement.

Elle me tendit à nouveau le joint et je le récupérai rapidement.

— Tu devrais porter du vert, marmonnai-je doucement.

— Pardon ?

— Avec tes cheveux rouges et tes yeux noirs, le vert t'irait bien, expliquai-je en tirant une dernière bouffée.

— Mes yeux ne sont pas noirs, se contenta-t-elle de répondre.

Je sais.

— Ah ouais ? Bah on dirait que je ne les ai pas observés d'assez près, soulignai-je en m'humectant les lèvres.

— Merci pour le conseil, au fait. J'y penserai la prochaine fois que je ferai les boutiques.

— Je suis la déesse de la mode, chérie, c'est mon job, souris-je en cachant le filtre dans une petite boîte que je gardais exprès.

Le silence revint quelques instants. Elle tourna la tête vers moi et je regrettai de ne pas pouvoir fumer quelque chose de plus fort. Quelque chose qui transformerait les traits de son visage, qui métamorphoserait sa silhouette. J'aurais tant aimé pouvoir croire, ne serait-ce que quelques instants, que Sam était juste à quelques millimètres de moi.

— Tu ne te sentais pas bien tout à l'heure ? Je t'ai vue, avec ta grand-mère, poursuivit-elle, comme pour se justifier.

— Qu'est-ce qui te fait dire ça ?

— J'ai une certaine expérience pour… tu sais, les discussions gênantes, me sourit-elle, et je me demandai comment cette fille, à qui j'avais fait des misères ces derniers jours, pouvait bien me sourire et être sincère.

— Ma grand-mère est indiscrète, c'est tout, lâchai-je d'une voix traînante en haussant les épaules.

— Ouais… Enfin, en tout cas, je voulais te dire que tu devrais abandonner cette teinture, chuchota-t-elle doucement, et ça me dérangea.

Cela me donnait l'impression qu'on était devenues amies, qu'on avait tissé un lien, que l'atmosphère était plus intime. Or, nous n'étions rien, et l'ambiance était froide.

— Pourquoi ? demandai-je tout de même, parce qu'elle avait piqué ma curiosité.

— Parce que ça t'allait bien, rétorqua-t-elle en haussant les épaules. C'est qui la fille avec toi sur la photo ?

— C'est… Samantha, une amie, dis-je en me raclant la gorge.

Lorsqu'elle me regarda de nouveau, je vis une lueur dans ses yeux, une lueur que je n'aimais pas.

— Ouais, une amie, reprit-elle avant de reporter son regard sur le cliché, et je sentis la nausée m'envahir, même si c'était impossible qu'elle ait deviné mon secret.

Ce n'était qu'une photo, un cliché qui n'avait éveillé les soupçons de personne, pas même mes parents… Sauf Gabriel.

Gabriel y avait saisi un détail qui l'avait fait douter. Sauf que Gabriel était intelligent et observateur, alors que cette cruche d'Amandine était bête comme ses pieds.

Quand on regardait le cliché, on ne voyait que deux adolescentes se tenant par les épaules comme des amies de toujours. Mais si on regardait les ombres… on apercevait les mains de ces deux filles se nouer dans leur dos, comme un secret honteux.

Peut-être bien qu'Amandine avait saisi. Et peut-être bien qu'elle l'avait compris parce qu'elle avait déjà vécu ça.

Taire un secret, c'est un trou que l'on creuse lentement, involontairement, dans un sol boueux. Et c'est le jour où il est découvert que l'on se rend compte qu'on a creusé sa propre tombe.

46

GABRIEL

J'avais une furieuse envie de me pendre au néon. La reprise des cours avait déjà été rude mais, en plus, Storm avait décidé de me faire glander dans le couloir miteux de ce lycée pendant une heure pour mon rendez-vous mensuel.

Je devais l'avouer, j'avais la rage contre elle depuis qu'elle avait voulu me voir la veille de Noël. Je savais qu'elle essayait de m'avoir au tournant.

En fait, j'avais compris qu'elle voulait simplement être celle qui décrypterait le pauvre Gaby, comme chacun des docteurs que j'avais consultés avant elle. À croire qu'ils s'étaient lancé un pari, tous ces idiots. Ils ne voyaient que leurs statistiques, la réputation qu'ils auraient s'ils parvenaient à résoudre la mystérieuse affaire de la famille Sheepfield.

— Gabriel ? C'est à toi, me dit-elle en m'invitant à entrer dans la pièce.

Je lui jetai un regard noir avant d'entrer en traînant les pieds et soupirai en l'entendant fermer la porte à clé derrière moi. Pour finir de l'énerver, je me laissai brutalement tomber sur la chaise avec un sourire insolent.

— Alors, Gabriel, ces vacances ?

— Pas mal, soupirai-je en baissant les yeux vers mes baskets.

Je pouvais sentir son regard me scanner à travers les culs de bouteille qui lui servaient de lunettes. Seulement, aujourd'hui, j'étais trop sur les nerfs pour me moquer de son tic horripilant.

— J'ai l'impression que tu m'en veux, Gabriel, je me trompe ?

— Je m'en fous, ricanai-je en l'affrontant du regard.

— Tu m'en veux parce que j'ai voulu te voir pendant les vacances, continua-t-elle avec sa voix crispante qui me donnait envie d'écraser sa tête entre mes doigts.

— Je m'en fous, je vous dis, répétai-je d'une voix sombre.

— Eh bien soit, sache que j'ai quelque chose pour me faire pardonner, déclara-t-elle comme si je n'avais rien dit.

— Une boîte de chocolats ?

— Mieux que ça, me nargua-t-elle, et son sourire m'alarma.

— Un nouveau skate ? demandai-je en haussant un sourcil évocateur, curieux d'entendre sa réponse.

À la place, elle ouvrit un tiroir de son bureau et en sortit une enveloppe marron étiquetée « Gabriel Gossom ».

— C'est une autre convocation ? Parce que, je préfère vous prévenir, elle finira dans la plante du couloir, me moquai-je en m'enfonçant un peu plus dans la chaise malgré moi.

J'avais envie de disparaître complètement, d'être avalé par le sol. La dernière fois que j'avais eu cette sensation, c'était le jour de Noël, lorsque je m'étais enfermé dans ma chambre et que personne, pas même Jake, n'avait réussi à m'en faire sortir.

— Gabriel, me sermonna-t-elle, et cela me mit en rogne car elle n'avait pas le droit de me gronder comme un gosse.

Elle n'était ni ma mère ni rien.

— Quoi ? C'est biodégradable, rétorquai-je en soutenant son regard.

— Arrête de me faire la guerre, veux-tu ? Si tu n'avais pas tapé ce garçon, tu n'aurais pas été convoqué. Ne rejette pas la faute sur les autres.

Je gardai le silence, bien décidé à ne plus ouvrir la bouche jusqu'en juin. Et là, je laisserais ce putain de lycée derrière moi. Je m'achèterais ma bagnole et je partirais à travers les États-Unis.

— Écoute, ouvre cette enveloppe et je te laisserai tranquille pour aujourd'hui, d'accord ?

— C'est un piège ?

— Non, mais selon ta réaction je te demanderai de revenir la semaine prochaine ou non, expliqua-t-elle en posant le papier sur la table pour le faire glisser jusqu'à moi.

Je jetai un regard méfiant sur mon ticket de sortie. Quelle réaction devais-je avoir pour qu'elle me fiche la paix un mois de plus ? Si je prenais un air blasé, je ne courais aucun risque.

Ouais, c'est ça. J'allai lui sortir mon plus beau masque.

— Tu ne l'ouvres pas ?

— Si, deux minutes. Vous êtes psy, non ? Vous devez être patiente normalement, grommelai-je en saisissant l'enveloppe comme si elle allait me brûler.

Je soupirai, blasé, en découvrant qu'une feuille blanche dissimulait encore le contenu.

— Ben dis donc, il doit être sacrément précieux votre… commençai-je avant de stopper brutalement.

J'observai le cliché entre mes mains, incapable de bouger, de parler, de respirer. J'aurais aimé enfiler un masque de plus, comme j'en avais l'habitude, mais c'était impossible.

— Co… comment ? bredouillai-je à voix basse alors que ma main se mettait à trembler.

— J'ai mes sources, se contenta-t-elle de répondre en remontant ses lunettes en haut de son nez.

Mais je la regardai à peine. La photo que je tenais dans les mains floutait ma vision, j'avais l'impression de sombrer, comme si j'avais bu trop d'alcool. Je ne savais pas comment elle avait réussi à avoir un souvenir de ma vie d'avant, je ne comprenais pas comment on avait pu la laisser utiliser ça.

C'était déloyal. Ça me rendait plus faible que n'importe quoi.

— Tu étais mignon quand tu étais petit, lâcha-t-elle, et je savais qu'elle essayait d'établir un dialogue.

Mais, honnêtement, j'en avais rien à carrer de sa séance pourrie. Mes yeux restaient rivés sur la photo, et je m'en fichais bien de la bouille que j'avais à deux ans. Non, ce qui m'intéressait, c'était le reste de la photo. J'observais avec minutie les murs pastel de la maternité, le lit sur lequel reposait ma mère. Je m'étais allongé à côté d'elle. Et j'aurais pu me préoccuper de ma maman, oui, mais ma conscience tout entière s'occupait du petit trésor que j'avais dans les bras. Si petit, si fragile. Les bras de ma mère entouraient les miens, comme si elle craignait que je ne brise la minuscule pierre précieuse qui était entrée dans notre famille.

Il se trouvait que c'était moi qui avais fini brisé, tout compte fait. Mais, pour le moment, tout était encore beau. Je me rappelais que c'était mon père qui avait pris la photo. Je me rappelais aussi qu'à ce moment-là ma mère devait être à peine majeure. Et je me rappelais que c'était le jour où Evangeline était née.

— Ça va, Gabriel ? Tu veux en parler ?

— Vous avez dit que je pourrais m'en aller, lâchai-je précipitamment en saisissant déjà les lanières de mon sac à dos.

Je me levai avant qu'elle n'ait pu dire quoi que ce soit. J'avais l'impression que mes jambes allaient me lâcher à un moment ou à un autre, et je voulais être à l'abri des regards lorsque cela m'arriverait.

— Attends, Gabriel ! Tu ne peux pas repartir avec la photo, déclara-t-elle avant que je n'aie eu le temps de m'éloigner de ce bureau infernal.

— Pardon ?

— Tu peux la revoir quand tu veux, mais ce sera ici.

— C'est ridicule ! C'est moi, sur cette photo, ricanai-je d'un ton amer.

— Je sais, mais c'est comme ça. Si tu veux vraiment la revoir, tu reviendras la semaine prochaine.

— Jamais de la vie ! Vous ne pouvez pas m'y obliger, grondai-je en sentant la colère me gagner.

C'était ma putain de photo. Elle était à moi.

Je n'avais rien pu sauver, ni de ma maison ni de l'orphelinat. Tout ce qui me restait d'Evy, de ma mère, de mon père, provenait de mes souvenirs. Or, j'avais vite compris que ceux-ci pouvaient brusquement disparaître. Ma mémoire pouvait brutalement se fermer comme une forteresse et moi, j'étais le pauvre con qui restait bloqué au pont-levis.

Je savais qu'un jour ces souvenirs s'effaceraient. Je les repassais tellement de fois dans ma tête qu'ils finiraient par être altérés, et alors je n'aurais plus rien pour me souvenir de ce que j'avais perdu.

Alors, maintenant que l'on m'offrait l'occasion d'échapper à tout ça, maintenant que je pouvais me souvenir du visage de ma mère pour toujours, je n'allais certainement pas la laisser dans ce bureau miteux.

— Gabriel, tu n'aimeras pas les répercussions que cela aura si tu pars avec cette photo, me mit-elle en garde, et à cet instant, j'eus envie de la frapper.

— S'il vous plaît, tentai-je en sentant ma gorge se serrer après les mots que j'avais juré de ne jamais prononcer devant un adulte.

Seulement, pour elles, j'aurais supplié.

— C'est non, jeune homme.

Je sentis le vide se créer sous mes baskets, mes poings se fermèrent plusieurs fois et je vis Storm y jeter un coup d'œil.

— Tu aimerais me frapper ? Tu voudrais me menacer pour que je te la laisse ? demanda-t-elle d'une voix calme, et elle ne savait pas à quel point elle avait raison.

Ou peut-être le savait-elle, peut-être avait-elle conscience que je l'aurais rayée du cosmos si je l'avais pu.

— Je vous hais, fulminai-je en sentant ma colère augmenter encore et encore, comme lorsqu'on secoue une bouteille de Coca pendant dix minutes et que le gaz fait exploser le capuchon.

— Reviens la semaine prochaine et je te la redonnerai le temps de la séance, persista-t-elle d'une voix calme alors que je devais probablement lui faire peur.

Car une femme qui avait tout lu en ce qui me concernait était obligée de me craindre.

***

Je claquai la porte avec fracas et sentis le mur trembler. J'aurais aimé faire le fier en disant que j'avais conservé la photo, mais elle me l'avait arrachée des mains et j'avais trop craint de la déchirer pour la retenir. À peine avais-je échappé à son regard que je sentis mes muscles faiblir.

J'avais l'impression qu'un poids de quatre tonnes s'était abattu sur mes épaules et que le sol tanguait sous mes pieds. Revoir Evangeline m'avait rappelé que j'avais échoué, que je n'avais pas su la protéger. J'avais royalement merdé, j'avais rompu toutes les promesses que je lui avais faites.

J'étais lâche.

— Gossom ? Qu'est-ce que tu fous là ? demanda une voix dans mon dos.

— Fous-moi la paix, Fricht, grognai-je sans me retourner.

Parce qu'elle commençait à me connaître un peu trop bien, et que je ne pouvais pas. Je ne pouvais vraiment pas la laisser deviner mon trouble.

— Ben alors, Gaby, on s'énerve tout seul, on dirait ? reprit-elle d'une voix moqueuse, mais je savais qu'elle cherchait surtout à savoir ce qui n'allait pas.

— Ça t'arrive de me lâcher les baskets deux minutes ?! explosai-je en me tournant vers elle.

Je vis ses sourcils froncés, ses joues rouges. Elle était passablement énervée, mais elle préférait se contenir. Moi, j'étais extrêmement énervé et j'avais besoin, oui, de lâcher cette rage contre quelqu'un.

— C'est toi mon ange gardien, tu te souviens ? me railla-t-elle en me rappelant ce que je lui avais sorti le jour où j'avais découvert ses cicatrices.

Tu es mon ange gardien, Gaby…

Gaby…

Et quelque chose se rompit en moi.

47

BRITTANY

Mon dos rencontra le mur et je vis ses yeux se fermer une microseconde avant de se rouvrir, plus flamboyants que jamais. C'était comme si un véritable feu dansait dans ses prunelles. Mon cerveau mit un certain temps à comprendre pourquoi je me retrouvais plaquée contre le mur, mais les traits tirés par la rage de Gossom m'empêchèrent de me focaliser là-dessus. Je tentai de me dégager mais il serrait sacrément fort.

Il me faisait mal. Il me rendait impuissante. Et j'avais horreur de ça.

— Je ne suis pas comme tes pouffes, Gossom. Tu rêves si tu crois que je vais te laisser me maltraiter, le menaçai-je sèchement en retenant une grimace de douleur lorsqu'il serra un peu plus fort.

— Retire ça ! Retire ce que tu as dit ! Je ne suis pas ton ange gardien, bordel, s'énerva-t-il tout seul, le visage rouge et la respiration saccadée.

— Mais calme-toi ! Qu'est-ce qui te prend ?

Sa poigne se resserra sur mes épaules mais je n'avais pas peur. J'étais furax, plutôt. Je ne comprenais pas pourquoi, d'un seul coup, il redevenait la brute épaisse qu'il était avec tout le monde. Je ne comprenais pas pourquoi il s'excitait tout seul alors que je n'avais rien fait. Ce mec était bipolaire ou quoi ?

Oui, bien sûr qu'il était. Sauf que j'étais sa VIP, et qu'il semblait l'avoir oublié.

Nos regards s'affrontèrent quelques instants avant qu'il ne recule brusquement, me laissant soupirer de soulagement malgré moi. Il posa sa main sur sa nuque. J'essayai de capter son regard, mais il s'obstinait à le garder rivé au sol.

— Tu peux m'expliquer ? C'est quoi cette comédie ? m'exclamai-je d'une voix sèche en touchant machinalement mes bracelets.

Je savais que je n'aurais pas dû l'énerver, mais c'était plus fort que moi. Gabriel Gossom avait trouvé un adversaire à sa taille, et je ne le laisserais jamais gagner. Jamais.

— Tais-toi, répliqua-t-il, ce qui acheva de me mettre en colère.

— Tu n'as aucun ordre à me donner, repris-je en croisant les bras sur ma poitrine.

— Mais tais-toi, bordel, explosa-t-il, et, si je n'avais été pas aussi énervée, j'aurais compris que c'était plus une supplique qu'un ordre.

Je ricanai en le voyant devenir fou devant moi, pour le provoquer. Je savais que c'était risqué, je savais qu'il en avait déjà blessé tant d'autres.

Je savais qu'il finirait par me blesser aussi.

Mais je ne pouvais pas m'arrêter. Je ne pouvais pas le laisser tomber, comme lui n'avait pas voulu me laisser tranquille. Nos disputes étaient l'étincelle qui court-circuitait un peu nos vies et, sans que je sache comment, c'était ce à quoi je m'étais accrochée pour ne pas sombrer.

Son poing s'abattit à côté de mon visage, contre le mur. Mais je ne détournai pas les yeux. Je continuai d'affronter les siens. Ils me donnaient l'impression de me fracasser sur une vague glacée. Il n'y avait plus aucune étincelle, pas la moindre lueur dedans. Le marron chocolat que je trouvais si chaleureux ressemblait désormais à un lac boueux en plein hiver.

— Je ne suis pas ton ange gardien. Dis-le. Dis-le, putain, répéta-t-il en serrant les poings.

— T'es un connard, Gabriel, ricanai-je en le repoussant d'un coup sur le torse, juste assez près des côtes pour que cela ait de l'effet.

Je m'attendais à ce qu'il lutte pour me garder bloquée contre le casier, je m'étais préparée à devoir donner quelques coups de coude… Mais il recula instantanément.

— Merci, souffla-t-il, et sa réponse me surprit parce que, il fallait l'avouer, je ne m'y attendais pas.

— Mais t'es mon ange quand même. Un ange déchu, repris-je un peu plus bas, parce que c'était vrai.

Ce mec ne pouvait pas m'avoir surveillée pendant des semaines, m'avoir suivie tous les samedis soir et espérer que je le voie encore comme Lucifer.

Je vis passer une lueur de doute dans ses yeux, et une douleur si grande que cela me paralysa. Gossom ne remerciait jamais, comme il ne s'excusait pas. Les fois où il l'avait fait, c'était toujours exceptionnel et après des confidences.

Son poing glissa lentement du mur et il resta ainsi devant moi, s'humectant les lèvres. J'avais l'impression que toute la colère l'avait quitté et qu'il portait désormais le poids du ciel sur ses épaules. Il était maladroit, comme s'il ne savait plus comment réagir après son explosion complètement barge.

— Tu as peur ? demanda-t-il en hésitant, semblant craindre la réponse.

— De toi ? Laisse-moi rire, bébé, rigolai-je franchement, en insistant sur le dernier mot.

Je fus soulagée de revoir ce sourire espiègle au coin de ses lèvres, celui qui annonçait que l'orage était passé et qu'on pouvait continuer de s'amuser. Je cherchai machinalement l'éclat doré dans ses prunelles et compris que Gabriel était resté près du précipice en le trouvant éteint.

— Je suis le grand méchant loup, Fricht, murmura-t-il, et je savais que c'était sa manière de s'excuser pour son pétage de plombs.

Mais, après tout, je savais que quelque chose clochait avec lui depuis la nouvelle année. Je savais qu'il gardait quelque chose pour lui, et que ça devait probablement le bouffer.

— Et moi, la pétasse de Chaperon rouge qui a vendu sa grand-mère, dis-je en souriant pour dédramatiser l'ambiance.

Le silence revint quelques instants. Gabriel se racla la gorge en glissant ses mains dans les poches de son jean. Je pris un instant pour regarder ses cheveux encore plus décoiffés que d'habitude et je me demandai d'où il revenait.

S'il avait été avec une fille... *Bref.*

— Je... je vais rentrer chez moi, finit-il par lâcher sans s'éloigner pour autant.

— Tu ne viens pas au skatepark ? m'assurai-je en penchant légèrement la tête sur le côté comme pour m'aider à trouver ce qui clochait chez lui.

— Non, lâcha-t-il avant de me tourner le dos.

Je le regardai partir, les épaules voûtées, avant de le héler une dernière fois.

— Quoi ?

— Je ne sais pas ce qui s'est passé avec Vanessa, mais elle était triste quand je l'ai vue. Quoi que vous vous soyez dit, essaie... essaie d'arranger ça, d'accord ? terminai-je en serrant un peu plus fort la lanière de mon sac à main.

Il se contenta de hocher la tête avant de disparaître. J'aurais aimé que son trouble se limite à un vulgaire accrochage avec ma meilleure amie, mais j'étais assez intelligente pour savoir que c'était plus grave que ça.

Je regardai l'endroit où il se tenait quelques instants auparavant sans parvenir à décoller mes pieds du sol. Je ne comprenais pas pourquoi je lui avais sorti une connerie pareille.

Depuis quand je le prenais pour mon ange gardien ?

C'était totalement ridicule. Enfin...

Quelques mois plus tôt, j'étais seule. Je n'avais personne pour me confier, personne pour me comprendre. J'étais tellement seule que je m'étais entaillé le poignet. Je me sentais mal, j'étouffais. Et ce primate, cette grosse brute, était entré dans mon quotidien. Il s'était assuré que je mangeais bien, que je rentrais chez moi saine et sauve. Il avait tabassé les mauvais garçons qui s'en prenaient à moi et avait veillé comme une ombre depuis la cuisine du pub à ce qu'aucun client ne franchisse les limites avec moi lorsqu'on travaillait.

Gabriel était observateur et intelligent. Il avait retenu toute une série de mes mimiques, de mes tics. Il savait que je croisais les bras lorsqu'on m'énervait, que mon nez se retroussait lorsque je mentais.

Il connaissait ma couleur préférée alors que mes propres parents en doutaient et, depuis peu, il avait vu la plus vulnérable de mes cicatrices. Il m'avait consolée, à sa manière si bourrue et maladroite, il s'était inquiété pour moi.

Peut-être que, oui, Gossom était mon ange déchu.

48

GABRIEL

Dix ans plus tôt

Gabriel regardait d'un œil morne les adultes s'agiter autour de lui, examiner les écrans, écouter son cœur. Il sentit l'un d'eux piquer une première fois son bras, un autre attacha une espèce de poche sur un portemanteau. Il les entendit marmonner des choses incompréhensibles, comme « carence en fer », « trauma crânien », « morphine ».

Il se sentait oppressé, comme si son père l'écrasait encore de tout son poids pour le rouer de coups.

— Evy ? murmura une voix faible, et il fut surpris lorsqu'il comprit que c'était la sienne.

Mais l'agitation continua, une infirmière revint avec une grosse seringue et Gabriel écarquilla les yeux en se rendant compte que c'était pour lui.

— Où est Evy ? demanda-t-il plus fort.

Et, cette fois-ci, il fut assez audible pour attirer l'attention des médecins dans la pièce.

Ceux-ci arrêtèrent leurs activités pendant un court instant, un temps minuscule qui suffit à bloquer la respiration du petit garçon.

— Ta sœur est dans une autre chambre, lâcha enfin un homme à la barbe grisonnante.

— Où je suis ? Pourquoi Evy n'est pas avec moi ? Où est papa ? pleurnicha-t-il en regardant la petite chambre blanche sans comprendre comment il avait atterri ici, loin de l'odeur de lavande de sa sœur et de l'obscurité apaisante de sa chambre.

L'homme poussa un léger soupir et recouvrit la main du petit bonhomme de la sienne. Il observa quelques instants ce garçon d'à peine huit ans. Ses cheveux étaient un peu trop longs et gras, on lui avait donné une blouse d'hôpital pour éviter qu'il ne tombe sur ses vêtements tachés à son réveil. Mais la tenue traditionnelle des patients ne cachait ni ses contusions, ni ses brûlures, ni sa maigreur alarmante.

Les tremblements de son petit patient reprirent de plus belle et sa respiration s'emballa. Le docteur McFee savait reconnaître les symptômes d'une crise d'angoisse lorsqu'il en voyait une, mais il n'y avait rien qu'il puisse faire pour calmer ce jeune garçon. Si Gabriel l'ignorait, lui savait. Il savait ce qui s'était passé au cours des dernières vingt-quatre heures. Il regrettait même d'avoir râlé lorsque son chef l'avait appelé le jour du réveillon pour lui dire d'annuler sa sortie, et pronto.

— Écoute, bonhomme, sois sage, d'accord ? Ton papa ne te fera plus jamais de mal, tenta-t-il de le rassurer à voix basse.

— Evy…

— Evangeline, c'est ça ? Elle n'a pas prononcé un mot depuis que vous êtes arrivés. Elle va bien… Bien mieux que toi, mon garçon, reprit-il tout de même une octave plus bas.

Gabriel ne releva pas. Il essayait de comprendre, de se souvenir. Seulement, tout était noir. Il se rappelait avoir placé Evy dans l'armoire, il se rappelait avoir entendu les pas grinçants de son père au rez-de-chaussée…

Puis il ne se souvenait plus de rien.

Le docteur profita de l'inattention du garçon pour faire un signe discret à sa collègue, qui lui piqua le bras. Instinctivement, il voulut s'écouter, mais l'infirmière resta ferme.

— Nous devons te faire une prise de sang, Gabriel, pour voir exactement de quoi il retourne, expliqua calmement le docteur McFee en tournant la tête du petit garçon pour éviter qu'il ne voie son sang couler lentement dans les petites éprouvettes.

— Je ne me souviens pas, souffla-t-il tout bas en sentant ses yeux le brûler à nouveau.

En quelques années, Gabriel avait appris à craindre les adultes. Il savait que, parfois, ceux-ci faisaient de vilaines choses. En réalité, Gabriel avait appris à se méfier de tout, de tout le monde, excepté sa sœur.

— Je sais, mon garçon. Mais on a appelé quelqu'un qui t'aidera à te rappeler et, lorsque tu te souviendras précisément de ce qui s'est passé, il faudra le dire à ces messieurs, d'accord ? dit-il en désignant les deux grands hommes qui restaient debout dans l'encadrement de la porte.

— Evy. Je veux voir Evy.

— Tu ne peux pas, je suis désolé, répondit le docteur en sentant son cœur se serrer face à la détresse du garçon.

— S'il vous plaît, ajouta Gabriel, parce que sa maman lui avait toujours dit que c'était le mot magique.

— Ça ne vient pas de moi, bonhomme. Mais tu iras bien, tu iras mieux, je te le promets, répéta-t-il plus bas alors que ses doigts pouvaient facilement entourer le mollet du garçon.

Je tapais dans le sac, coup après coup, en espérant que cela me permettrait de déverser un peu de la rage que je ressentais. J'avais besoin de cette putain de photo, vraiment. Et, en même temps, je ne savais pas ce que je ferais une fois que je l'aurais.

Tout ce que je savais, c'est qu'elle ne pouvait pas rester dans ce bureau.

— Gossom, c'est fini pour aujourd'hui, hurla le coach de l'autre bout de la salle.

— Encore quelques minutes, soufflai-je en renvoyant mon poing droit.

— Non. Maintenant. Et va prendre une douche avant de retrouver ta copine, tu pues le fauve, ajouta-t-il, et je soupirai d'agacement en enlevant mes protections d'un geste brusque.

— Ce n'est pas ma copine, grommelai-je en me dirigeant vers les vestiaires.

J'allais à la boxe tous les soirs. Et rien ne changeait. J'avais l'impression qu'on me maintenait dans une camisole pour me rouer de coups, j'avais l'impression d'être impuissant.

Et je n'avais pas ressenti cela depuis longtemps.

49

BRITTANY

Pour la première fois de ma vie, j'attendais l'arrivée de Gabriel avec une légère appréhension. Il était tellement morose depuis trois jours. J'avais l'impression de me frotter à une lame de rasoir sans savoir le moment où je me couperais.

Cela faisait un petit bout de temps que nos piques quotidiennes n'avaient plus la même signification, que la provocation s'était métamorphosée en une espèce de complicité bizarre. Je regrettais un peu le temps où nous ne pouvions parler qu'à travers ses petites disputes, l'époque où nous nous chamaillions vraiment.

Gabriel me manquait, alors que je le voyais tous les jours. Seulement, il semblait à des milliers de kilomètres, bien loin du lycée et même du monde en général.

Un bruit chassa mes pensées. Il arriva sur son skate, son énorme sac de sport pendant nonchalamment sur ses hanches.

— Tu avais boxe aujourd'hui ?

— Euh… Ouais, j'ai décidé d'y aller, répondit-il en s'élançant rapidement sur la rampe.

— OK. C'est cool.

Mais il ne me regardait pas. Il continuait de rouler, toujours un peu plus vite. Je posai la bouteille de soda à côté de moi et me contentai de le regarder enchaîner les figures. Il semblait essoufflé et ses joues étaient plus rouges qu'un camion de pompiers, mais il continuait toujours. Gabriel Gossom n'était plus sur terre et, pour une fois, il n'était pas non plus allé rejoindre les étoiles.

— Je sais ce que tu cherches à faire, lançai-je un peu plus fort en me laissant glisser de la rampe.

Je savais que c'était risqué, mais il fallait que Gossom sorte un peu de sa transe. Et pour cela, il lui fallait un sacré électrochoc.

Je vis le moment exact où il remarqua que je n'étais plus occupée à l'attendre gentiment au sommet du gros bloc. Ses yeux fouillèrent un millième de seconde le paysage et, lorsqu'il m'aperçut au beau milieu de sa trajectoire, son réflexe fut de dévier brutalement pour éviter de me percuter de plein fouet. Un skate n'était pas non plus une voiture, mais la collision m'aurait probablement fait un mal de chien.

La planche continua sa route dans l'herbe alors qu'il retombait lourdement sur le dos en étouffant un râle.

— T'es suicidaire ou totalement cinglée ? hurla-t-il en se relevant.

— Tu cherches un peu d'adrénaline, Gossom ? Je te la vends en bâtonnets si tu veux, répliquai-je en croisant les bras sur ma poitrine.

— Je ne suis pas comme toi, cracha-t-il en se relevant.

Je voyais qu'il essayait de retenir une grimace de douleur et j'eus un petit pincement au cœur. Parce que, après tout, il s'était fait mal à cause de moi.

— Tu te conduis exactement comme moi l'année dernière, et il est hors de question que tu ailles aussi loin que moi, continuai-je en me rapprochant un peu plus.

Gabriel resta immobile un instant, à me fixer d'un air ahuri. Et, lorsqu'il esquissa un mouvement, ce fut pour aller récupérer sa planche.

— Tu crois que je vais me mutiler, Fricht ? finit-il par me dire d'une voix calme, un peu trop calme.

— Je ne sais pas, soufflai-je.

— Écoute, Brittany, je ne pourrais jamais faire ça, d'accord ?

— Et pourquoi ? Tu vas me sortir que tout va bien, peut-être ?

— Parce qu'il faut une putain de force pour tailler sa propre peau. Or, tu vois, Fricht, il y a deux sortes de personnes. Les courageux et les lâches. Et moi, j'ai toujours fait partie des seconds, marmonna-t-il en se frottant le dos.

Je ne savais pas quoi dire. Le pire, c'est qu'il avait toujours su trouver les mots pour que je me sente mieux. Et, lorsqu'il avait besoin de moi, je ne parvenais pas à trouver les mots justes.

— C'est la pleine lune qui te fait sortir des conneries pareilles, Gossom ? Parce qu'on dirait que t'es à deux doigts du suicide, là, tentai-je de plaisanter.

Gabriel esquissa le début d'un sourire, mais celui-ci n'était ni arrogant ni narquois. Encore moins malicieux ou rusé comme il en avait l'habitude. Non, c'était un sourire fatigué et las.

— Tu n'es pas lâche, Gabriel, déclarai-je d'une voix ferme, et mes paroles se fracassèrent sur le silence du skatepark.

Prononcer son nom à voix haute me provoqua des frissons, comme si je venais de profaner une règle sacrée de notre jeu. Mais à quoi bon, après tout ? Il avait fauté le premier.

— Tu ne connais rien de moi, Fricht. Tu penses, oui. Tu t'en rapproches plus près que les autres, ça, c'est certain. Mais au fond, t'es juste à la surface d'un lac gelé.

— Après le bout de bois pourri, le lac gelé ? T'aimes les métaphores, hein ? me moquai-je à nouveau, mais cela ne le fit pas rire.

Et cela ne le fit pas répliquer non plus.

J'avais l'impression que mon ange déchu entamait sa descente aux enfers, et que mon pass VIP ne me servait qu'à observer cette chute de plus près.

— Eh bien, tu sais quoi, Gossom ? Je ne vais pas te lâcher. Oh non, crois-moi, c'est à mon tour de te faire chier jour après jour. Je t'emmerderai au cours de physique, je viendrai te voir à tes entraînements de boxe, je téléphonerai à Jake s'il le faut. Je te poursuivrai, jour après jour, je te collerai, soirée après soirée.

— Jusqu'à ce que ? continua-t-il, et ses yeux pétillèrent pendant quelques secondes, comme s'il saisissait l'écho de ses propres paroles.

— Jusqu'à ce que tu sois sauvé. Puisque c'est désormais aux belles princesses de voler au secours des preux chevaliers, ajoutai-je d'une voix arrogante à souhait et juste un poil provocante.

— Je n'ai pas besoin d'être sauvé, rétorqua-t-il au lieu de répondre à ma riposte, et je faillis soupirer d'agacement.

— Ouais, c'est ça.

— Je t'assure que je vais bien, c'est juste… commença-t-il en se grattant la nuque.

Je l'observai alors qu'il tournait en rond, sans se décider à finir sa phrase.

— Tu hésites à me laisser briser la glace, Gossom ? demandai-je doucement, car le voir dérouté me déstabilisait plus que je n'aurais pu l'admettre.

— C'est juste…

— Oui ?

— Personne n'est au courant, à part Jake et mes tuteurs.

— Et alors ?

— Tu ne comprends pas, tu ne peux pas comprendre. Il y a des choses qui… des choses dont je ne peux pas parler, d'accord ? Ça… ça me fout trop à l'envers pour que je puisse discuter de ça, acheva-t-il alors que sa main effleurait sa nuque une nouvelle fois.

J'aurais aimé répliquer une belle connerie, un truc qui nous aurait pliés de rire et, à coup sûr, Gabriel aurait saisi l'occasion de changer de sujet rapidement. Seulement, j'avais compris que, ces derniers temps, Gossom n'avait pas besoin de piques aiguisées.

— Balance, Gossom. Je t'aiderai à cacher un cadavre s'il le faut, ajoutai-je tout de même, parce qu'on n'avait jamais eu de discussion sérieuse sans une ou deux vannes pour alléger l'atmosphère, et que je n'avais pas l'intention que ça change.

— Lorsque je suis allé chez la psy… Tu sais, celle de l'école ?

— La rigide ? dis-je en mimant spontanément son célèbre tic.

— Ouais, elle, souffla-t-il avec un petit sourire pour mon imitation réussie.

— Eh ben quoi, ta psy ? Elle a tenté de te violer ou quoi ? m'exaspérai-je, car il n'était pas décidé à m'exposer le problème rapidement.

— Elle a quelque chose qui m'appartient, et elle ne veut pas me le rendre. Une photo, en fait, se corrigea-t-il en fixant mes mains sur mes hanches.

— Tu me sors que tu frôles la dépression nerveuse pour un petit bout de papier de dix centimètres sur dix ? m'assurai-je sans comprendre son désarroi.

Seulement, ses épaules s'abaissèrent et je me sentis coupable. *Est-ce qu'il m'avait jugée, lui, lorsque je lui avais parlé de mes bracelets ?*

— Ce n'est pas une vulgaire photographie. C'est...

— Important pour toi, OK. J'ai compris, le rassurai-je doucement.

— Elle ne veut pas que je l'emporte avec moi. En réalité, elle s'en sert pour que j'aille la voir plus souvent. Mais je te jure que, si je vais là-bas la semaine prochaine, je péterai les plombs, soupira-t-il en levant les yeux au ciel.

— OK, OK. Et on ne peut pas la prendre discrètement, cette photo ?

— J'y ai pensé, mais elle saura que c'est moi. Si elle ne la retrouve plus, elle préviendra la directrice ou, pire, mes tuteurs.

— Et pourquoi ?

— Elle est spéciale, cette photo, je te l'ai dit, se contenta-t-il de répondre, et je soufflai bruyamment pour lui faire comprendre que j'avais saisi mais que je n'aimais pas sa rétention d'informations.

— Donc, on ne peut pas la voler, marmonnai-je pour moi-même.

— Non.

— Mais c'est une photo. On peut la photocopier, non ? lâchai-je en lui jetant un regard incertain.

Ses yeux cherchèrent les miens et, pendant un bref instant, le temps s'arrêta. On se fixait, attendant la réaction de l'autre. Puis je repérai la petite étincelle dans ses deux orbes cacao et je retins un soupir de soulagement.

— T'es géniale, Fricht, souffla-t-il, et je crus voir son regard dériver sur mes lèvres pendant une courte – courte – seconde.

— Bah, écoute, c'est pas grand-chose.

— Mais cela ne résout pas le problème. Storm ne me donnera jamais la photo, et elle n'est pas non plus assez folle pour me laisser seul dans son bureau, bougonna-t-il, et je souris tendrement.

— Mais je peux aller la voir, moi, non ? Je ferai croire que j'ai besoin d'aide et blablabla. Pendant ce temps-là, tu toqueras à la porte et tu demanderas quelque chose, n'importe quoi. Demande à voir la photo, tiens.

— Tu ferais ça pour moi ? murmura-t-il, et sa voix descendit d'une octave.

— Ouais, bien sûr. Enfin, tu devras quand même retourner chez la psy avant. Pour, tu sais, savoir où est la photo, repris-je d'une ton un peu plus incertain.

J'eus l'impression que j'annonçais à Gossom un cancer du pancréas. Il me fit une petite grimace avant de s'éponger le front et de pousser un soupir.

— Ouais, j'irai la voir.

— Tu ne vas pas la frapper, n'est-ce pas ?

— Non.

— Ce n'était pas très convaincant. Tu peux me redire ça avec tes yeux de tueur en moins ? plaisantai-je.

— Tu cherches à ce que je te fasse les yeux doux, Fricht ? reprit-il immédiatement avec un haussement de sourcils significatif.

Et ça, c'était mon Gossom.

— Toi, les yeux doux ? T'as déjà vu la muraille de Chine qui te sert de sourcils ? C'est impossible de paraître séducteur avec ça, le charriai-je en éclatant de rire.

Il me lança un petit sourire narquois, bien plus détendu qu'auparavant. Et, lorsque je le vis avancer vers moi d'un pas lent, je pris peur. Il s'approcha, encore et encore, jusqu'à se coller à mon épais manteau. Et, sur le coup, je ne savais plus si je devais remercier ou haïr le froid qui m'empêchait de sentir ses abdos.

— Tu disais, Fricht ? souffla-t-il d'une voix grave qui électrisa mes terminaisons nerveuses, détraquant mon cerveau.

Je devais me reprendre, lui montrer que j'étais une adversaire à sa taille. Parce que Gossom avait tellement l'habitude de faire craquer les filles qu'il nous croyait toutes à ses pieds.

Or, je n'étais pas comme ces filles.

Je n'étais pas envoûtée par son regard brûlant tel un serpent par la flûte du charmeur. Et je n'avais pas non plus envie de plonger mes mains dans ses épais cheveux pour les décoiffer encore davantage pendant que mes lèvres dévoreraient les siennes.

Je m'approchai, juste un peu plus. Juste suffisamment. Je l'entendis retenir sa respiration et, si j'avais été plus grande, nos bouches se seraient retrouvées collées l'une à l'autre. À la place, je pouvais simplement observer sa pomme d'Adam alors qu'il déglutissait lentement.

Je levai les yeux vers lui.

— Je disais, Gossom, que je ne marche pas, murmurai-je d'une voix provocante, et, même si je l'avais voulu, j'aurais été incapable de baisser le regard.

— Et je te dis, Fricht, que tu craqueras comme toutes les autres, reprit-il en baissant juste assez la tête pour que nos nez se frôlent.

— Alors je te dirai, Gossom, que c'est de bonne guerre. Je pense pouvoir te faire tomber amoureux, tu crois pouvoir me faire craquer, expliquai-je d'une voix un peu rauque.

— Que le meilleur gagne, Fricht, souffla-t-il, et son parfum m'entourait, m'empêchant de me concentrer totalement.

Je ne savais pas comment nous en étions arrivés là, mais ce n'était qu'un jeu de plus.

Tout n'était toujours qu'un jeu, de toute façon. Et, puisque nous avions chacun perdu une partie, la prochaine serait décisive.

50

GABRIEL

J'avais la sale impression que quelque chose m'échappait en revenant du skatepark. Je me sentais soulagé et, en même temps, Fricht m'avait suffisamment troublé pour que je n'aille pas dans ma propre chambre, mais dans celle de Jake. Lorsque celui-ci me vit passer le seuil, il me fit un petit signe de tête. Je pris le temps d'enlever mes baskets mouillées par la neige avant de le rejoindre dans son lit.

— Ça a été, avec Fricht ?

— Ouais. Elle veut m'aider. Pour, tu sais, la photo, marmonnai-je un ton plus bas.

Seul Jake était au courant, parce qu'il savait toujours tout, de toute façon. Et que je n'avais pas envie que l'on retombe dans nos problèmes d'avant.

Alors pourquoi en avais-je parlé à Fricht ? Pourquoi l'avais-je laissée percer la glace ?

Je n'en avais réellement aucune idée.

— C'est cool, souffla-t-il tout aussi bas et, lorsqu'il se tourna vers moi et que la lune éclaira suffisamment son visage, je fronçai les sourcils.

— Et toi, ça va ?

— Ouais. C'est juste… Je m'inquiète, d'accord ? C'est louche, cette histoire de photo. Et on sait tous les deux que tu ne tiendras pas si elle continue à te déballer des trucs comme ça, reprit-il avec un peu plus de peur dans la voix.

— Je te promets que je gère, le rassurai-je en essayant de paraître sincère.

— Alors pourquoi t'es là ? Pourquoi t'es là, Gabriel ? reprit-il lorsqu'il vit que je fuyais son regard.

J'ouvris la bouche pour dire quelque chose, n'importe quoi. Sauf qu'aucun son n'en sortit. J'étais incapable de retourner dans ma chambre, point barre !

— Le chauffage déconne, finis-je par sourire pour détendre l'atmosphère.

Mais Jackie Chan continua de me fixer avec ses sourcils froncés.

— Tu viens me voir parce que tu as la trouille de dormir tout seul. Et tu sais pourquoi tu as peur, Gaby ?

— Arrête, Jake, bougonnai-je en prenant un air agacé pour le faire taire.

— Tu as peur que cette photo ait réveillé quelque chose, que tes souvenirs commencent subitement à se pointer, poursuivit-il quand même en pointant un doigt accusateur sur mon torse.

Et vraiment, j'aurais aimé démentir. J'aurais aimé lui dire qu'il se gourait sur toute la ligne, que j'étais loin d'être une mauviette et que c'était à moi de veiller sur lui, pas l'inverse. Seulement, il avait tapé dans le mille. Et il me connaissait un peu trop pour gober une autre histoire.

— Je… je sais plus quoi faire, avouai-je doucement.

Je l'entendis soupirer avant qu'il rallume la lumière pour me regarder droit dans les yeux. C'était rare, de le voir aussi sérieux.

— Je pense qu'il faudrait en parler à papa et maman, finit-il par lâcher, et je savais que, s'il avait mis autant de temps à répondre, c'est qu'il avait pris la peine de préparer toute une artillerie d'arguments.

— Pas question, le morveux, le coupai-je d'une voix un peu plus sèche que prévu.

— Papa téléphonera à la psy. Tu sais que maman te défendra bec et ongles s'il le faut, reprit-il.

— Ne mêle pas Patrick et Claire à ça, le prévins-je quand même une dernière fois.

Jake leva les mains en signe de reddition, mais je n'étais pas dupe, il allait simplement attaquer à nouveau un autre jour.

— Comme tu le sens, Gabriella, lâcha-t-il d'une voix agacée.

Le silence revint un court instant et Jake éteignit la lumière, nous plongeant dans le noir. Je savais qu'il ne dormait pas, il me laissait simplement l'occasion de réfléchir.

— Au fait, le morveux !

— Ouais ?

— Tu comptais le dire quand que tu avais piqué le numéro de ma pote ?

— Ta pote ou ta copine ? demanda-t-il d'une voix faussement innocente.

Pour toute réponse, je lui jetai son oreiller à la figure.

— Alors ?

— Comment tu l'as su ? demanda-t-il en virant l'oreiller.

— Une petite allusion de Fricht, maugréai-je en lui volant un bout de sa couette.

— Eh ! Il caille, rends-moi ma couette ! C'est parce que je t'ai piqué ta copine, c'est ça ? Tu te venges ? demanda-t-il d'un ton malicieux en tirant sur le tissu.

— Tu ne m'as rien piqué du tout, elle n'est pas à toi, répliquai-je immédiatement en serrant la couette contre moi.

— Parce qu'elle est à toi ?

Oui.

— Non, soupirai-je d'agacement.

— C'est bien ce que je pensais, souffla-t-il d'un ton satisfait, et je décidai de laisser couler le sous-entendu, parce qu'il était tard et que j'étais crevé.

— N'empêche, si j'apprends que tu lui parles trop souvent, j'éclate ton mobile sur le meuble.

— Dors, Gaby. Promis, je te réveillerai, me coupa-t-il doucement, et je comptai les secondes entre ses respirations par un vieux réflexe.

— Promis, hein ? ne pus-je m'empêcher de m'assurer, comme avant, lorsque j'étais cette mauviette débile qui avait peur de dormir seule sous prétexte qu'elle n'avait jamais appris à le faire.

— Promis, Gabriel. Je ne te laisserai pas dans un cauchemar, OK ?

Et j'avais un peu honte que ce soit à Jackie Chan de me surveiller. En fait, sur un autre sujet, j'aurais totalement pété les plombs qu'il ose me materner ainsi. Mais je craignais encore plus de me retrouver noyé dans mes souvenirs.

***

Je soufflai un bon coup avant de toquer à la porte de Storm. Je n'aurais jamais pensé le faire de mon plein gré mais, eh, si Fricht savait le faire pour moi, j'en étais capable aussi. Et puis, l'idée qu'elle m'attende à la sortie me donnait un peu de courage.

— Gabriel ? Tu as décidé de revenir ?

— Laissez-moi simplement voir cette photo, marmonnai-je, plein de rancune.

Je la vis hésiter quelques instants, comme si elle n'en croyait pas ses yeux. Pendant un instant, j'eus peur qu'elle ne soit pas dupe. Puis elle s'écarta pour me laisser entrer et je soupirai de soulagement.

— Tu as peur que je perde la photographie ?

— Vous êtes tellement louche. Vous pourriez la donner à votre clébard rien que pour analyser ma réaction, grommelai-je en m'asseyant sur le siège face à son bureau.

La psy pencha la tête sur le côté, comme si elle analysait réellement la proposition.

— Je ne cherche pas à te faire du mal, Gabriel, finit-elle par lâcher dans un soupir.

— Alors pourquoi ce chantage ? Vous espérez quoi ? Ajouter une belle petite médaille sur le mur ? me moquai-je en me balançant sur les deux pieds arrière de la chaise.

— J'espère soigner un jeune d'un traumatisme, répliqua-t-elle immédiatement sur la défensive.

— Je n'ai pas besoin de votre aide, je m'en sortais bien mieux quand vous étiez loin de moi, m'insurgeai-je en donnant un coup de talon dans le bureau en chêne.

Celui-ci ne bougea pas beaucoup, à peine de quoi déplacer les feuilles d'un demi-centimètre. Cela la fit soupirer et, les yeux rivés sur ce que je devinais être mon dossier, elle ouvrit à nouveau un tiroir pour me tendre la photo.

Machinalement, je la regardai à nouveau, m'assurant que rien n'avait changé. Et c'était ridicule car, grâce à ce petit cliché, tout était figé pour toujours.

— Cela compte tant que ça pour toi ? me coupa sa voix crispante.

Je levai les yeux un millième de seconde, le temps de voir son regard réellement intrigué.

— C'est tout ce qui me reste d'elle, soufflai-je tout bas, pour moi-même.

Les gens ne comprenaient pas. Personne ne le pouvait.

Peu importaient les histoires des uns et des autres, ils avaient toujours une ancre. Quelqu'un qui les gardait accrochés au sol lorsqu'il le fallait mais qui pouvait aussi les propulser dans les nuages pour vivre, tout simplement. Grâce à cette personne, ils ne se contentaient pas de survivre et de tirer leur révérence après *x* années. Non, cette ancre leur faisait goûter à l'ambroisie des dieux. Et, pendant quelques secondes à ses côtés, ils pouvaient croire à l'éternité. Avec elle, tout était possible, tout était accessible, tout avait un sens.

Et, même si cette personne si exceptionnelle disparaissait parfois, il leur restait des souvenirs, des photos, des objets. Certains retournaient sur les lieux qu'ils avaient fréquentés ensemble, d'autres allaient leur rendre visite dans des cimetières sombres.

Moi, je n'avais rien. Rien pour me rappeler, rien pour prouver qu'elle n'était pas uniquement un mirage que je voyais lorsque j'étais à moitié assommé.

Et ça m'avait rongé, tellement.

— Je te la laisse. Tu veilleras sur ce cliché bien mieux que moi, finit par lâcher la psy avec un petit regard attendri que je pensais ne jamais voir dans ses yeux.

— Pourquoi faites-vous ça ?

— J'ai d'autres choses à te montrer. Des choses qui te feront revenir, Gabriel. Parce que, même si tu dis ne pas vouloir savoir, tu en brûles d'envie.

— Vous vous trompez, ripostai-je aussitôt.

— J'ai autre chose qui t'appartient mais, avant cela, je voudrais que tu me parles de tes parents, déclara-t-elle doucement, et je me demandai si cette femme bluffait ou si elle possédait réellement le moyen de me faire ce genre de chantage.

— Je vous hais, marmonnai-je en serrant un peu plus fort mon précieux trésor.

J'étais heureux de ne pas devoir mêler Fricht à tout ça pour le récupérer. En fait, cela aurait été égoïste. Cela l'aurait blessée, elle qui commençait à peine à s'en sortir.

— Parle-moi de ta mère, Gabriel.

— C'était une ado insouciante qui a eu des gosses trop tôt et qui s'est barrée quand elle en a eu l'occasion, c'est tout, lançai-je d'une voix détachée parce qu'au fond c'était le masque le plus efficace pour éviter les questions.

— Et ton père ?

— Il est mort, soufflai-je, la gorge sèche.

— Comment ?

— La ferme. Montrez-moi votre truc que je me casse de votre bureau maudit, m'énervai-je alors que je sentais chaque muscle de mon corps se tendre violemment.

J'avais peur, je savais qu'il ne fallait pas évoquer ces choses-là.

— D'accord. D'accord. Doucement, Gabriel, calme-toi, chuchota-t-elle en me voyant serrer les accoudoirs.

La photo tomba sur le sol mais je ne cherchai pas à la ramasser. Je ne pouvais pas quitter Storm des yeux, comme si… *Comme si…*

Comme si j'étais revenu quelques années en arrière, lorsque je n'osais pas tourner le dos à un adulte afin d'être sûr qu'il ne pourrait jamais me prendre par surprise.

— Montrez-moi.

— Ferme les yeux.

— Êtes-vous sérieuse ?

— Ne m'oblige pas à te mettre un bandeau, me menaça-t-elle, et je fermai les yeux avec un soupir d'agacement.

J'avais l'impression d'être totalement vulnérable et ça me dérangeait. Ça m'énervait que cette psy ridicule parvienne à faire ce qu'elle voulait de moi. Ça m'énervait qu'elle parvienne à me faire redevenir ce petit animal craintif que j'avais été.

— C'est une autre photo ?

— Oh, si tu veux, j'en ai une deuxième. Mais, pour l'avoir, il faut que tu fasses ce que je te dis, d'accord ?

— D'accord, acquiesçai-je en ayant la désagréable impression de signer mon arrêt de mort.

— Tu es un garçon intelligent, tu as vu beaucoup de psychologues. Quel est le meilleur moyen de faire revenir un souvenir ?

— L'hypnose. Mais ça ne marche pas sur moi, ajoutai-je pour être sûr qu'elle lâcherait ce terrain-là.

— Je sais.

— Il y a aussi… les objets. C'est pour ça que vous m'avez montré la photo, réalisai-je.

Mais, lorsque je voulus ouvrir les yeux pour la fusiller du regard, elle me réprimanda aussitôt.

— Exactement. Et quoi d'autre ?

— Il est conseillé de… euh, varier les sensations ? continuai-je, nettement moins sûr de moi.

— Parfait. Approche ta main, Gabriel, murmura-t-elle doucement, et je pouvais deviner qu'elle se tenait devant moi, juste un peu à ma gauche.

Je compris alors qu'après la vue elle voulait tenter un autre sens.

Elle saisit ma main et l'avança jusqu'au bureau. Au début, mes doigts ne rencontrèrent que du bois et je me retins de pousser un soupir de soulagement.

Puis je sentis comme un tissu, quelque chose de vieux, d'usé. J'eus envie de retirer mes doigts et, à cet instant, j'étais sûr que Storm ne m'en aurait pas empêché.

Seulement, ça me brûlait. Je devais savoir ce que je touchais, je devais rendre tout ça réel. Je savais que je finirais par le regretter, que je le paierais cher.

Mais mes doigts remontèrent tout de même jusqu'à effleurer un plastique un peu cabossé.

Et, lorsqu'elle remonta encore un peu plus, ma main toucha un petit trou d'environ un centimètre. C'est à cet instant que je décidai d'ouvrir les yeux.

Pour me rendre compte que mon doigt effleurait l'œil de la petite poupée.

Carla.

Carla...

Gabriel entendit le cri d'Evangeline avant de la voir. Son cœur s'accéléra alors que la masse au-dessus de lui disparaissait, alors que les coups arrêtaient de pleuvoir. Et pourtant, le garçon sentait des centaines d'aiguilles lui transpercer le cœur.

Pourquoi n'était-elle pas restée dans l'armoire ? Il se rappela alors qu'il n'avait pas fermé les portes à clé.

Son père avait raison, il était idiot. Et, à cause de lui, sa sœur allait payer très cher.

— Cours, Evy !

Je me pris la tête dans les mains, plongeant le crâne sur mes genoux. Je savais que je devais avoir l'air d'un fou, mais j'avais besoin de sortir de tout ça, j'avais besoin de quitter mes souvenirs. J'avais besoin que Jake me secoue comme il m'avait promis de le faire hier soir.

— Gabriel ? s'inquiéta la psy, mais je l'entendais à peine.

Mon propre sang battait dans mes oreilles, m'assourdissant. Tout juste si je pouvais entendre mes propres pensées.

Je me levai précipitamment et me retins au bureau plusieurs secondes. J'avais l'impression que tout tournait autour de moi. Ma tête me faisait un mal de chien.

J'ouvris la porte d'un coup d'épaule, me collant au mur pour ne pas tomber. Je savais que Fricht m'attendait, je savais qu'elle s'inquiéterait.

Je marchai aussi vite que possible jusqu'aux toilettes au bout du couloir, grognant à l'autre mec de dégager vite fait. Celui-ci s'en alla assez rapidement et, à peine eut-il franchit la porte que je me laissai glisser contre la cuvette pour vomir tout ce que j'avais dans l'estomac.

J'étais faible, indéniablement.

J'étais lâche aussi. Parce que, peu importaient les conséquences, je ne pourrais plus jamais retourner dans ce bureau.

Pourtant il était trop tard, je le savais. Je le sentais. Elle avait injecté le poison dans mes veines, et celui-ci finirait par se propager, par me rendre malade à en crever.

As-tu couru assez vite cette fois-là, Evangeline ?

51

BRITTANY

J'attendais patiemment que Gossom sorte de sa séance pour m'apprendre où cette psychorigide cachait sa photo. Cela faisait une bonne demi-heure que ce primate était enfermé là-dedans et je commençais à m'inquiéter.

Tout à coup, la porte s'ouvrit brutalement et je le vis apparaître, la tête entre les mains. Je le regardai tituber jusqu'au fond du couloir aussi vite que possible, ses doigts contre le mur pour éviter de s'écrouler. J'essayai de l'interpeller mais il semblait une nouvelle fois dans un autre monde, un univers bien loin du nôtre. Je touchai son épaule. Il ne s'en rendit pas compte, accélérant même un peu pour se dépêcher de rejoindre les toilettes.

La femme sortit à son tour de son bureau et regarda mon primate s'en aller d'un regard coupable. Et cela me mit hors de moi.

— Qu'est-ce que vous lui avez encore fait, hein ? l'accusai-je en posant mes mains sur mes hanches.

— C'est pour son bien, il faut qu'il se rappelle.

— Et c'est très professionnel, de lui faire du chantage ? la coupai-je aussitôt d'un ton hargneux.

Elle soupira et remonta machinalement ses lunettes, passant une main lasse sur son front.

— Si je te donne les photos, tu les lui passeras ?

— Bien évidemment, m'exaspérai-je en levant les yeux au ciel.

Elle fouilla dans sa poche et en sortit deux clichés.

— Il aura besoin de toi, lâcha-t-elle avant de retourner dans la petite pièce qui lui servait de salle de torture.

Je me dirigeai d'un pas lent jusqu'au bout du couloir, le regard rivé sur les photos. L'un d'elles représentait une scène familiale à la maternité. Je pouvais très clairement reconnaître le petit Gabriel qui tenait une minuscule poupée vivante entre les bras, lui-même dans ceux d'une autre femme aux cheveux aussi blonds que ceux du bébé.

Ce qui me choquait tant dans la première photo, c'était l'air totalement insouciant de notre brute nationale. Ses yeux pétillaient de mille feux, et je compris alors que cette petite étincelle qu'il avait dans le regard aujourd'hui n'était qu'un résidu de ce qu'il possédait autrefois.

J'aurais aimé connaître ce Gossom-là. J'aurais aimé savoir qui était ce bébé, comment tout avait pu basculer. Pourquoi donc cette femme au regard bienveillant était brutalement partie ? Comment ce père qui devait être de l'autre côté de l'objectif avait-il pu commettre le pire des crimes ?

Mais Gaby réapparut à cet instant, le teint plus blanc qu'un cadavre, les cheveux légèrement mouillés, et je renonçai à mes questions. Je n'étais pas sûre qu'il possède les réponses, de toute façon.

— T'es tombé dans la cuvette, Gossom ?

— Tu oublies que c'est moi qui suis chargé de plonger les autres dedans ? ricana-t-il malgré son air de zombie.

Je fronçai les sourcils et passai une main sur son front.

— Ça va ? Tu as un peu de fièvre, remarquai-je en saisissant son index pour le traîner jusqu'à la sortie.

La plupart des élèves étaient déjà rentrés chez eux et je le tirai doucement jusque chez lui. Il ne chercha pas à se défaire de mon emprise, ne chercha pas à se montrer grand et fort, comme chaque fois. Non, il se laissa traîner à travers les rues. J'essayai de le faire rire, j'y parvins quelques fois.

Et, lorsque nous arrivâmes chez lui, il était redevenu celui que je connaissais. Je savais que ce n'était qu'un masque, et que cette psychologue avait une nouvelle fois trouvé le moyen de briser un peu de ce qui restait de lui.

Il passa à la cuisine pour prendre un paquet de biscuits puis nous montâmes l'escalier jusqu'à sa chambre. Lorsque j'entrai dans cet espace typiquement masculin, je m'assis sur son bureau et lui laissai le lit. Mais il se contenta de s'appuyer contre le mur à côté de moi, fixant son lit d'un air impassible.

— Tu as peur des monstres sous ton lit, Gossom ?

— Si seulement ils n'étaient que là, rétorqua-t-il à la place en dardant ses deux orbes cacao sur moi, m'électrisant.

— Au fait, j'ai… j'ai reçu ça, pour toi, dis-je en me raclant la gorge, et je lui tendis les deux clichés.

— Merci, murmura-t-il avant que le silence ne revienne.

Je le laissai examiner ces petits bouts de papier sous toutes les coutures avant de poser ma tête contre son épaule. Il devait savoir que j'étais là, que je serais toujours là.

— C'est la fille des étoiles, n'est-ce pas ? m'aventurai-je doucement sur un terrain que je savais miné.

— Oui. Evangeline, souffla-t-il plus bas en effleurant la petite fille aux longues boucles blondes sur le second cliché, que je n'avais pas pris le temps de découvrir plus tôt.

On pouvait y observer un homme au large sourire avec une fillette sur les épaules et un petit garçon dans les jambes. C'était une photo banale et, pourtant, rien n'avait été normal dans la famille de Gabriel.

— Et c'est… de ta famille ?

— Ma petite sœur, plutôt, répondit-il avec un sourire narquois face à mes questions.

— Elle est…

— Morte ? Non, ou du moins pas que je sache. C'est juste que ses… ses tuteurs ont jugé que j'étais trop mauvais pour elle. Ils étaient convaincus que je la blesserais. Alors ils ont préféré n'adopter qu'elle, me confia-t-il d'une voix si froide et si détachée que je frissonnai – il allait mal.

Lorsque je reposai à nouveau mes yeux sur ce garçon dont je pensais tout savoir, j'y vis une nouvelle faille. Si petite, et pourtant si béante. Une cicatrice bien plus profonde que toutes les autres et une douleur si grande qu'il ne parvenait pas totalement à la cacher au creux de ses pupilles.

Et j'avais tellement, tellement envie de lui arracher ces malheurs. J'avais envie qu'il puisse retrouver ses iris plus brillants que le soleil. J'avais vraiment envie qu'il me regarde avec ces yeux-là.

— Je suis désolée, lâchai-je doucement en passant mes mains autour de sa taille, le forçant à se tenir devant moi.

Il ne put éviter mes yeux. Et j'entraperçus ce Gabriel que je voyais si peu.

— Je la retrouverai, déclara-t-il solennellement.

— J'en suis sûre. Je t'aiderai.

— Tu n'es pas obligée. Je ne comprends pas pourquoi tu restes, je ne comprends même pas pourquoi tu t'approches de moi, murmura-t-il.

— Je le veux, soufflai-je à mon tour en passant une main dans ses cheveux, écartant quelques mèches de son front pour mieux admirer ce regard qui me tordait le ventre.

Et je sus à cet instant que, peu importent les épreuves, je ferais en sorte qu'il aille bien. Comme il avait veillé à ce que je mange convenablement, à ce que je me sente mieux.

Et je ferais en sorte de ne pas lui causer plus de soucis, aussi. Je ferais en sorte qu'il ne doive se préoccuper que de lui.

Et, plus que tout, je ferais en sorte qu'il garde cette petite étincelle dans le regard. Jusqu'à ce que cette mystérieuse étoile vienne à nouveau illuminer son monde.

52

GABRIEL

Je sentis deux mains me secouer violemment, me tirant de mes rêves.

— Putain, Gab ! Ça fait dix minutes que tu te tortilles comme une limace, s'exclama Jackie Chan d'une voix faussement exaspérée.

La vérité, c'est que je l'avais inquiété.

— C'est parce que tu prends toute la couette ! Il faut bien que je la récupère, rétorquai-je alors qu'il me poussait en bas de son lit.

— Eh bien, descends goûter les pancakes et laisse-moi récupérer de ma nuit, OK ? bougonna-t-il en plaçant son oreiller sur sa tête.

Je souris et quittai sa chambre sur la pointe des pieds. J'hésitai un court instant entre descendre et tomber sur mes tuteurs, et retourner dans ma propre chambre et attendre Jake.

Soufflant un bon coup, je descendis l'escalier d'un pas lourd.

— Gabriel, tu es déjà réveillé ?

— Non, j'ai… un peu mal dormi.

— Désolé, mon chéri. J'ai des crêpes, si tu veux, proposa Claire alors que je m'installais à côté de Patrick.

— Je vais me contenter de mes céréales, marmonnai-je en saisissant mon bol habituel, que ma tutrice avait posé sur la table avant même que je ne bouge mes fesses.

Je pris le temps d'avaler une bouchée, le temps de réfléchir à ce que je pourrais dire. Je n'avais pas la moindre idée du sujet dont nous pourrions discuter. Et je savais qu'aucun de mes tuteurs n'engagerait la conversation. Ils ne voulaient jamais me brusquer.

— Combien pour les Yankees, au fait, Patrick ? lançai-je d'une voix faussement nonchalante.

Je vis exactement le moment où Patrick comprit que je m'adressais bien à lui, volontairement. Il reposa prudemment sa tasse sur la table, comme s'il craignait que je ne m'énerve et lui balance la main dans le bras. Ou que ses doigts tremblent au point d'en renverser son contenu.

— Ils ont gagné, bien évidemment. Quatre pour eux, lâcha-t-il avec un petit sourire heureux qui me serra le cœur.

— Ouais. C'est cool.

— On pourrait peut-être regarder un match ensemble, ce soir ? Si tu as le temps, bien sûr, continua-t-il avec une voix nettement moins assurée.

Et j'avais envie de décliner sa proposition, vraiment. Mes mains étaient moites, ma langue pâteuse. Sa suggestion m'énervait instinctivement. Et ça m'énervait parce que, merde, Patrick avait toujours été bien avec moi. J'étais un grand garçon de dix-huit ans maintenant, je ne pouvais pas me mettre à craindre les adultes, je ne pouvais pas toujours m'attendre au pire et me retirer du monde comme un animal sauvage.

— Ouais, je rentrerai plus tôt alors.

— Parfait.

— Ouais, soufflai-je en sentant ma gorge se serrer jusqu'à m'étouffer.

Seulement, il avait l'air heureux. Je ne compris pas pourquoi l'image de Brittany voila mes paupières à cet instant précis. Je me demandai comment ça se passait, avec ses parents. Et je me rendis compte qu'à force de me fermer aux autres, je m'étais coupé du monde.

Je réalisai que je l'avais toujours fait. Et que ce n'était que maintenant que ce comportement commençait à me déranger.

***

Arrivé au lycée, je franchis les grilles sur mon skate, comme chaque matin depuis plus de deux ans. Je jetai un œil dans la cour, aperçus Brian près d'un banc avec toute l'équipe de basket.

Je n'avais pas oublié que mes anciens coéquipiers avaient assez mal digéré ma démission pour la saison. Je pesai le pour et le contre, me demandant si ça valait vraiment la peine de rentrer dans le lard de quelques-uns...

En soupirant, je pris ma planche en main et m'arrêtai devant les deux filles. Fricht me lança un petit clin d'œil complice alors que Vanessa se levait déjà, prête à partir.

— Attends, Ness, la rattrapai-je d'une main.

Je la vis hésiter quelques instants et moi-même j'hésitai à continuer. Machinalement, mes yeux cherchèrent ceux de ma rose abîmée et, lorsque je la vis hocher doucement la tête, je resserrai ma poigne pour empêcher Vanessa de fuir.

— Fricht, tu pourrais nous laisser deux secondes ?

— Ne roucoulez pas trop, ricana-t-elle en s'éloignant vers Brian de sa démarche chaloupée qui rendait fous la plupart des mecs.

Vanessa s'appuya contre le mur et se mit à observer minutieusement ses ongles. Je savais que cela voulait dire qu'elle était mal à l'aise. Je l'avais assez côtoyée pour reconnaître quelques-uns de ses tics.

— Tu as merdé, lâchai-je d'un ton bourru, parce qu'il fallait bien que l'un de nous commence à parler, et que le silence commençait à me taper sur les nerfs.

— Et toi, tu t'es trempé dans la merde jusqu'au cou, Gab, rétorqua-t-elle farouchement.

— Tu as recommencé à fumer !

— Tu as toujours su que je n'avais jamais arrêté, s'exaspéra-t-elle encore un peu plus.

— Tu couches avec ces mecs alors qu'ils n'en ont rien à foutre de toi, m'énervai-je en donnant un coup de pied dans la malheureuse canette de Coca qui traînait au sol.

— Eh bien, tant mieux, car je n'en ai rien à faire d'eux non plus, explosa-t-elle, dardant ses grands yeux bleus sur moi.

Lorsqu'elle comprit la portée de ses paroles, elle jeta un regard désemparé autour d'elle avant de soupirer de soulagement en ne voyant personne.

J'avais envie de l'aider, vraiment, mais j'avais compris depuis longtemps que Vanessa était perdue. Pas parce qu'elle était trop brisée, ou pas assez forte. Elle était perdue tout simplement parce qu'elle voulait l'être. Elle préférait s'enfermer dans ses malheurs et fumer pour ne pas affronter ses parents, ne pas affronter l'opinion des gens. Et c'était dommage, vraiment.

— Alors, pourquoi tu ne cherches pas quelqu'un de bien ?

— Parce que… C'est compliqué, Gabriel, s'exaspéra-t-elle en laissant tomber son sac à ses pieds.

Je posai ma main sur sa joue, doucement. Avec Brittany, ce geste m'aurait électrocuté comme si j'avais mis les doigts dans une prise électrique, mais avec Vanessa ça me faisait simplement l'effet de réconforter une petite fille blessée, comme si j'effleurais de la soie précieuse.

— J'ai des soucis, avoua-t-elle au bout d'un moment, le regard fuyant.

— Quel genre de problèmes ? demandai-je en fronçant les sourcils.

— Avec Marc. Je l'ai revu pendant les vacances et… Enfin, j'ai fait une erreur. J'ai prononcé le nom de quelqu'un d'autre pendant qu'il m'embrassait, continua-t-elle, les yeux embués.

Je passai une main sur ma nuque pour retenir un soupir.

— Un nom ? Celui d'un autre mec ? poursuivis-je en essayant de chasser le mauvais pressentiment qui me serrait l'estomac.

Je baissai les yeux vers elle juste à temps pour voir les larmes s'agglutiner au coin de ses paupières alors qu'elle secouait rapidement la tête.

— Pas exactement. Et il me fait en quelque sorte… chanter, murmura-t-elle en fermant les yeux pour éviter de gâcher son mascara.

— Et tu ne m'en parles que maintenant ? m'énervai-je en me demandant s'il n'était pas trop tard.

— On était fâchés, je n'allais pas venir chialer à tes pieds pour obtenir ton aide, s'offusqua-t-elle, et je levai les yeux au ciel.

— Marc comment ?

— Marc Collins.

— Sérieusement, Ness ? Le quarterback ?

Elle parvint à me faire un petit sourire fier et je roulai les yeux, m'abaissant pour récupérer son sac alors qu'elle tamponnait doucement le coin de ses yeux du bout des doigts. Je ne savais pas qui était cette fameuse fille, je ne connaissais rien de la personne qui avait fait flancher la fille la plus secrète.

Mais, si moi je n'avais pas pu sauver Vanessa Dollyson, peut-être que cette fille le pouvait.

Peut-être qu'elle était sa rédemption.

— T'inquiète, je m'occupe de Marc, lui soufflai-je alors qu'on regagnait notre salle de biologie.

***

Je l'attendais à la sortie de l'école, mon skate à la main. Je le vis arriver avec deux de ses potes et je me demandai si ceux-ci le défendraient lorsque je lui éclaterais la figure à coups de poing.

Je vis exactement le moment où Marc comprit que j'étais là pour lui. Il ralentit légèrement pendant un dixième de seconde avant d'avancer vers moi avec un air déterminé, laissant ses deux potes avec d'autres amis.

— Qu'est-ce que tu me veux, Gossom ? balança-t-il d'entrée de jeu.

Je pris le temps de le fixer de haut en bas, me demandant comment Ness avait pu s'attarder sur ce mec.

— Je viens m'assurer que tu comprends bien une chose, petite merde, attaquai-je en posant ma planche sur le mur pour mettre mes mains dans mes poches.

— Vanessa m'envoie son chien de garde ? me railla-t-il avec un regard mauvais qui me fit serrer les poings.

Je le saisis par la capuche de son sweat-shirt, le plaquant brutalement sur le mur.

— Menace-la, et je te jure que tu mordras la poussière.

— Alors, c'est vrai ?

— De quoi ? marmonnai-je en tirant plus fort sur le vêtement.

— Que tu te tapes les deux ? continua-t-il bravement.

Je sentis mon cerveau avoir, comme qui dirait, une panne de courant, et je perdis le contrôle. Mon genou rencontra son abdomen et j'entendis tout l'air quitter sa cage thoracique dans un hoquet. Il essaya d'inspirer une nouvelle goulée mais je lui redonnai un coup dans l'estomac. Lorsque je le relâchai, il tenait son bras gauche plaqué sur son ventre.

— Je n'ai pas bien entendu, tu disais ? le narguai-je en le poussant pour qu'il tombe.

— T'es un pauvre taré, mec.

— Touche-les, pense à elles ou ne respire ne serait-ce que le même air qu'elles, et je te jure que je t'envoie en soins intensifs, d'accord ? Si jamais quelqu'un dans ce bahut entend ce que tu as entendu ce soir-là, je ferai en sorte que tu ailles directement à la morgue, repris-je d'une voix grave.

Mon pied se logea dans son bassin comme ultime avertissement puis je récupérai mon skate, m'en allant sans me retourner sur ce pauvre connard qui détenait le moyen de briser une fille déjà bien trop fragile.

***

Brittany était rentrée directement chez elle après les cours. Je savais qu'entre ma petite séance de boxe et le match que j'avais promis à Patrick, je n'aurais pas le temps de passer au skatepark.

Lorsque je rentrai chez moi, je songeai pendant un instant à faire demi-tour. Je savais que Patrick ne m'en voudrait pas, il ne m'en reparlerait probablement même pas le lendemain.

Il comprendrait, comme toujours.

Et j'avais vraiment, vraiment envie de m'enfuir loin de cette maison, de toute cette nouvelle vie que j'avais. J'aurais aimé prendre mon skate et filer à travers les rues, à travers les États, pour retrouver cette petite maison que j'avais avant.

J'avais l'impression que je pouvais toujours sentir le plastique usé sous mes doigts, que Carla était juste sous ma main. J'avais l'impression d'être toujours ce petit garçon qui avait frappé cette poupée dans le but de prouver à sa petite sœur que, oui, il savait combattre les méchants.

Je me demandais si Evy savait la vérité désormais, si elle savait ce que j'avais fait ce soir-là, ce que j'avais fait toutes les autres fois. Je me demandais si elle m'avait pardonné, si elle m'avait oublié.

La porte s'ouvrit avant que je n'aie pu vraiment décider d'entrer. Patrick se tenait appuyé contre le chambranle, l'air hésitant.

— Tu nous as sorti quelques bières ? lâchai-je d'une voix mal assurée.

Repousse-moi, s'il te plaît.

— Bien sûr ! J'ai même fait des folies, je nous ai choisi deux burgers du meilleur snack de la ville, plaisanta mon tuteur en s'écartant pour me laisser entrer.

— Claire et Jake ?

— Ils nous ont laissés entre hommes. Jake a tenu à emmener Claire au centre commercial puis au cinéma. Tu le connais, il est intenable pendant les soldes, continua Patrick sur un ton léger alors que j'enlevais mon manteau.

Repousse-moi, avant que je ne vous fasse du mal.

— On n'est qu'à deux, alors ?

— C'est ça, fiston, souffla l'homme, et je vis une telle émotion dans ses yeux que je faillis flancher.

Je ne serai jamais celui que vous attendez.

— Je vais chercher le petit dessert que nous a concocté Claire, tu veux quelque chose ?

Fuir.

— Non, rien, marmonnai-je en m'asseyant au bord du fauteuil, les bras appuyés sur mes genoux.

Je soufflai un bon coup et attendis patiemment que Patrick revienne avec une espèce d'énorme gâteau au chocolat.

Nous mangeâmes en silence, et je pris garde d'avoir toujours la bouche pleine pour éviter de devoir entamer une conversation.

— Tu n'es pas obligé, Gabriel. Tu le sais, ça ? s'assura mon tuteur lorsqu'il eut fini de manger.

Il ne me restait plus assez de bouffe pour me cacher derrière.

— Ouais, bien sûr.

— Je ne te parle pas que de ça, mais de tout. Je ne veux pas que tu te sentes obligé de nous apprécier, de nous côtoyer, ou même de te soucier de nous. Mais tu fais partie de notre famille, Gab. Peu importe ce que tu en penses.

— Je vous apprécie, me contentai-je de répondre en sentant la panique me gagner.

Je n'avais pas du tout envie d'avoir ce genre de discussion. Or, la plupart du temps, je fuyais ce qui me dérangeait à coups de poing. Et je ne pouvais décemment pas m'en prendre à Patrick.

— Je sais que tu nous apprécies, que tu aimes Jake. C'est pourquoi je ne comprends pas la distance que tu t'efforces d'instaurer avec chaque personne que tu rencontres, poursuivit-il avec une voix calme où perçait une profonde tristesse.

— Je n'instaure aucune distance, m'exclamai-je en reposant ma canette de soda un peu brusquement sur la table.

— Gabriel, il a fallu dix ans pour que tu acceptes de partager une soirée avec moi. Dix ans, insista-t-il en levant les yeux au ciel.

— C'est vrai, j'avais oublié que vous me connaissiez mieux que personne, ironisai-je.

Je savais que cela le blesserait. Je savais qu'il penserait que tout était de sa faute. Je savais qu'il s'en voudrait et que tout redeviendrait comme avant. Il mettrait cette distance sur sa faute à lui et j'aurais de nouveau la paix dans mon petit monde.

J'aurais aimé éviter ça, vraiment. Mais j'en étais incapable. J'étais incapable de les laisser entrer comme je l'avais fait pour Jake, pour Brittany ou même pour Vanessa. J'étais incapable de me rapprocher d'eux. Eux qui n'avaient jamais souffert de rien. Eux qui n'avaient connu ni la solitude, ni l'abandon, ni la peur.

Je savais que je serais un poison. Je détruirais lentement leurs cellules, sournoisement. Je coulerais dans leurs veines, me propagerais jusqu'à leur cœur et les blesserais au moment où ils s'y attendraient le moins.

— Tu as raison, Gabriel, il y a des choses que j'ignore sur toi. Je ne comprends pas ce qui te passe par la tête, je ne comprends pas pourquoi tu refuses que l'on te donne le moindre argent de poche, que l'on te prépare des crêpes au petit déjeuner. Je ne comprends pas pourquoi mon fils refuse de me parler la plupart du temps, pourquoi je n'ai pas le droit d'entrer dans son quotidien… s'énerva-t-il tout seul, et ce qui me serra l'estomac, c'est que sa voix ne résonnait pas de colère mais d'amertume, comme s'il prenait le risque de me montrer une vieille blessure.

Et j'allais y verser de l'alcool à quatre-vingt-dix degrés.

— Mais je sais. Je sais que tu as peur du silence, je sais que tu es un bon garçon malgré ce que certains pensent. Je sais que tu n'es pas comme ton père biologique. Je sais que tu es même bien loin de ce qu'il représentait et je sais aussi que tu penses le contraire, continua-t-il avec une conviction qui me fit chavirer.

— Arrête, lui intimai-je en passant nerveusement une main sur ma nuque, sentant la sueur dans mon cou.

— Je sais que tu as peur de retrouver tes souvenirs et je sais que tu t'éloignes des gens. Je sais que tu essaies de te protéger mais, mon grand, c'est ridicule. Personne ne te fera plus jamais de mal, c'est toi qui t'en infliges, reprit-il sur un ton plus doux qui me fila la gerbe.

— Mais arrête, merde ! explosai-je en me levant du fauteuil.

Patrick me poursuivit, essayant de me raisonner, de continuer une discussion que je n'avais pas eu envie d'entreprendre. Alors, j'accélérai le pas pour monter dans ma chambre tandis que Patrick me criait de faire face, de ne pas fuir.

Puis ce fut le trou noir.

Les murs changèrent de couleur, les meubles devinrent moins modernes, les pièces plus petites. D'un seul coup, les poignées de porte me parurent beaucoup plus hautes. Et moi…

Moi, j'étais bien plus petit.

Gabriel ne savait pas encore très bien compter. Sa maîtresse disait qu'il était doué avec les chiffres, mais le petit garçon savait à peine énumérer les nombres jusqu'à cent.

Cela dit, il n'en avait pas besoin. Il savait que la grande horloge dans la cuisine ne sonnait que neuf fois. La première, c'était lorsqu'il rentrait de l'école. Il pouvait entendre le carillon depuis la porte d'entrée et, dans les secondes qui suivaient, les pas d'Evangeline dévaler l'escalier.

Les six coups suivants, ce n'était rien, ils n'étaient pas importants. Le huitième servait à garder Evy au premier étage et, au neuvième, elle devait être dans l'armoire.

C'était ainsi que Gabriel chronométrait ses journées depuis des mois, peut-être même plus, il ne se rappelait plus très bien.

Il se souvenait par contre à quel point il avait été fier que la maîtresse lui dise que, lui, le plus petit de la classe, était le plus doué. Il avait été surpris, aussi. Son papa disait bien souvent qu'il n'était qu'une petite merde, un lâche, qu'il n'avait aucun talent.

Alors il l'avait répété à sa petite sœur, et ils avaient joué à deux plus longtemps que d'habitude. Gabriel avait fait semblant de ne pas ressentir de douleur aux côtes ni aux brûlures sur ses bras. Il avait fait croire à

Evy que son crâne n'était pas douloureux et que sa vue était parfaitement claire.

Et il dit à Evangeline de chercher la fée Clochette. C'était son jeu préféré parce que, évidemment, la fée était enfermée dans la petite lampe au-dessus du lit d'Evy. Du moins, il était parvenu à le faire croire dur comme fer à sa sœur. Il avait inventé ce mensonge la première fois où elle avait eu peur de rester seule, lorsque Gabriel dormait encore dans sa propre chambre et que leur père n'avait pas encore complètement changé.

Pendant une heure, deux, peut-être plus, le garçon fit semblant d'être rattrapé par les petites mains d'Evy, il fit semblant qu'elle cavalait plus vite que lui, aussi. Il riait, même si sa respiration devenait de plus en plus difficile. Il étouffa une grimace lorsqu'elle se laissa tomber sur lui pour le retenir, mais il était heureux. Il voyait sa sœur rire aux éclats, il observait ses bouclettes s'agiter dans tous les sens lorsqu'elle courait.

Ce n'est que lorsqu'il entendit le bruit de la porte d'entrée qu'il comprit son erreur. Avec un regard de bête traquée, il darda ses deux grands yeux marron vers la porte de la chambre comme si le véritable capitaine Crochet allait apparaître, mais il avait appris depuis quelque temps qu'il y avait des monstres bien pires que le pirate.

Des monstres qui faisaient beaucoup plus mal.

Il saisit le poignet d'Evy fort, et la gronda lorsqu'elle voulut se dégager. Il plaça une main sur sa bouche et l'attira vers la salle de bains, étouffant ses protestations.

— Entre, Evy, chuchota-t-il en écoutant les bruits du rez-de-chaussée d'une oreille inquiète.

— Gaby !

— Evangeline.

— Non !

— Rentre dans cette armoire, lâcha-t-il d'une voix plus forte due à la panique.

— Pas cette fois, Gaby, s'il te plaît ! Je t'en supplie !

Gabriel sentit son cœur se fissurer alors qu'il refermait violemment les portes de la garde-robe sur la fillette comme chaque fois. Le même cauchemar se répétait toujours, inlassablement.

— S'il te plaît, Gaby, j'ai peur du noir ! J'étouffe, le supplia-t-elle, et le petit garçon posa ses mains contre le bois, comme si cela pouvait lui apporter du réconfort, à elle.

— Tais-toi, chuchota-t-il plus doucement en imaginant un fil invisible, tissé par une petite fée, qui les relierait l'un à l'autre pour toujours.

Il imagina Clochette leur donner un peu de poussière de fée et, pendant un instant, il prit le temps d'imaginer ce que ce serait, de faire découvrir l'océan à Evangeline. Il était presque sûr qu'elle était trop petite la dernière fois pour s'en souvenir.

Lui-même en était à peine capable.

— Gaby !

— Tais-toi, je t'en supplie, pleurnicha-t-il doucement en s'éloignant déjà, une goutte de sueur perlant le long de sa colonne vertébrale.

Et il aurait dû voir le fin trait de lumière qui apparut derrière lui cette fois-là. Il aurait dû se rappeler qu'il n'avait pas fermer à clé.

Mais il était bien trop terrifié pour songer à quoi que ce soit d'autre que le bruit que ses côtes avaient fait la dernière fois que son père les avait cassées.

J'émergeai à nouveau dans le présent en inspirant une grande goulée d'air, comme les noyés. Patrick était au-dessus de moi, me secouant comme un prunier.

— Fiston, ça va ?

— Ouais, marmonnai-je d'une voix sombre en me relevant.

Je grimaçai en bougeant mon épaule et remarquai que j'étais tombé en bas de l'escalier, sans m'en rendre compte.

— Qu'est-ce qui s'est passé ? insista mon tuteur, et j'eus un pincement au cœur en voyant ses mains trembler.

Il avait dû croire que j'avais fait une attaque ou un truc du genre.

— C'est rien, j'ai trébuché, mentis-je d'une voix détachée.

— Tu te fous de moi ? Ça fait un quart d'heure que je te secoue dans tous les sens, Gabriel ! Dis-moi ce qui se passe ou je te jure que j'appelle l'hôpital, me menaça-t-il en sachant que j'évitais ces établissements comme la peste.

— J'ai juste… quelques flashs qui me reviennent en ce moment, ce n'est rien, éludai-je d'une voix agacée.

— Des… des flashs ?

— Ouais, rien d'important, je te dis, confirmai-je en me relevant. J'avais l'impression qu'un casque enserrait mon crâne, se rétrécissant au fil des secondes.

— Depuis combien de temps ?

— Je ne sais pas, je ne l'ai pas marqué sur le calendrier, m'énervai-je.

Patrick m'attrapa le coude lorsque je me relevai mais je me dégageai machinalement, dans un vieux réflexe. Je sus que j'avais fait une erreur lorsque mon tuteur resta à fixer sa main d'un air absent, avant de planter ses yeux flamboyants dans les miens.

— Tu n'avais plus fui la poigne d'un adulte depuis longtemps, Gabriel, remarqua-t-il d'une voix trop calme.

— Quoi ?

— Tes souvenirs te reviennent ?

— Bien sûr que non, qu'est-ce qui te fait croire ça ? T'es chiant avec tes questions, t'es pas flic, merde, m'exaspérai-je en levant les yeux au ciel.

— C'est ça. C'est ça qui ne tourne pas rond depuis des jours, ajouta-t-il en soupirant, comme s'il venait de résoudre l'énigme du siècle.

— Mais arrête, bon sang ! Je n'ai pas eu le moindre grain de souvenir pendant dix ans, j'en aurai pas aujourd'hui, ni demain, ni jamais !

— Tu mens. Écoute, Gabriel, tu devais savoir que ça finirait par arriver. On savait tous que ce n'était pas éternel.

— Mais foutez-moi la paix avec ces souvenirs, merde ! C'est rien.

— Tu as peur, je te comprends, mais tu n'es pas seul ! Arrête d'agir comme si c'était le cas, explosa mon tuteur en me saisissant par les épaules.

Cours, Evy !

— Je n'ai pas peur, je n'ai peur de rien, grognai-je d'une voix rauque en plantant mon regard dans le sien.

— Tu te rappelles ce que je t'ai dit ? Tu ne dois pas forcément nous aimer, nous côtoyer. Mais tu es obligé d'accepter notre aide lorsque cela va mal.

Et ses yeux remplis de compassion m'achevèrent. Quelque chose sauta en moi, un boulon mal vissé ou un clou mal placé. Je me sentais… piégé, coincé de toutes parts et incroyablement abattu. Je n'avais plus rien, plus aucun barrage, plus aucune armure.

Je me sentais terriblement vulnérable, et j'avais peur. J'étais terrifié.

Et les yeux de Patrick légèrement embués, son front plissé par l'inquiétude, ses sourcils froncés comme s'il se souciait de moi… C'était trop. Trop, trop, trop.

— Mais lâche-moi, bordel ! Fiche-moi la paix ! Je ne t'ai jamais rien demandé ! Je n'ai pas demandé à venir ici, je n'ai pas demandé qu'on m'adopte, j'ai même pas demandé qu'on me sauve, explosai-je en me dégageant un peu plus brutalement de sa poigne.

— Tu as appelé les services sociaux, me rappela Patrick d'une voix forte pour que je l'entende malgré mes cris.

— Il allait la tuer, hurlai-je en saisissant ma tête entre mes mains, essayant de penser correctement.

— Je sais, et tu as fait le meilleur acte de ta vie, Gabriel. Tous les actes que tu as faits cette fois-là. Tous étaient justifiés. Tu as sauvé ta vie, et la sienne.

— Je l'ai bousillé, ouais ! J'ai bousillé ma famille ! J'ai bousillé tout ce que j'avais ! Je fous tout en l'air, t'as toujours pas compris ?

— Tu es mon garçon, cria-t-il à son tour, et je me tus, incapable de répliquer.

Patrick laissa le silence envahir à nouveau la pièce alors que l'on se fixait, comme des lions, sans savoir quoi faire.

— Tu es mon garçon, Gabriel, et je t'aime, reprit-il d'une voix plus calme en passant sa main sur ma tête, derrière mon cou.

Je n'eus pas la force de la chasser.

— Je ne peux pas, lâchai-je en sentant mon souffle ralentir peu à peu.

— Bien sûr que si. Tu n'es pas comme lui, Gabriel. Crois-moi, tu n'as rien de cet être abominable.

Ma gorge se serra et je me mordis la langue, très fort.

— C'est faux, finis-je par reprendre, la voix grave et les yeux rivés sur le sol.

— Pourquoi ?

— Parce que… commençai-je avant de sentir ma voix dérailler.

J'avais comme un collier étrangleur autour du cou, qui empêchait les mots de franchir la barrière de mes lèvres.

— Parce que… parce que je vise toujours les côtes, dis-je au bout de plusieurs minutes.

Et je doutais que Patrick comprenne le lien. Mais, pour moi, c'était tout.

Une preuve de plus.

Et elles s'accumulaient.

53

BRITTANY

C'est un bruit au rez-de-chaussée qui me réveilla au beau milieu de la nuit.

Pendant quelques instants, je crus que j'avais rêvé ces dernières semaines. Je crus que mes parents ne s'étaient jamais calmés et que ma mère continuait de pleurer seule la nuit. Je tendis l'oreille, me préparant à entendre quelques sanglots étouffés. Mais rien.

Je descendis l'escalier pieds nus et frissonnai en sentant le froid picoter ma peau. Suivant la lumière, je trouvai ma mère assise à table, entourée de papiers officiels couverts d'une écriture minuscule.

— Maman ? demandai-je d'une voix hésitante.

C'était toujours un peu dur de parler avec eux, de tout et de rien. C'était toujours un peu dur de me reposer sur eux, d'ignorer tout ce qui s'était passé. Mais nous essayions tous, vraiment.

Et c'est pour cela que ça pouvait marcher. C'est pour cela que j'y croyais.

— Ma chérie ? Tu ne dors pas ?

— Je ne dors pas très bien la nuit, avouai-je en plantant mes yeux dans les siens, totalement identiques.

— Tu veux un peu de thé ? me demanda-t-elle alors en dégageant la chaise à côté d'elle, et je grimaçai pour seule réponse, m'installant en me contentant d'un verre d'eau.

Pendant quelques instants, mon regard parcourut les nombreux papiers et je sentis mon cœur se serrer.

— Ce sont des papiers de divorce, soufflai-je en en effleurant un du bout des doigts.

Ma mère baissa la tête et ses épaules s'affaissèrent. Je pouvais voir ses yeux fatigués alors qu'elle resserrait son gilet autour d'elle, comme une armure trop fine. Et je me dis alors que, peut-être, ma mère était comme moi. Elle essayait de paraître plus forte qu'elle ne l'était, et elle finissait par se blesser elle aussi.

— Oui.

— Pourquoi ? Ça va mieux entre vous, je veux dire, j'ai cru que vous… Enfin, que vous vous laisseriez une chance, continuai-je en déglutissant légèrement.

— Ma chérie, nous sommes allés beaucoup trop loin pour que ce soit réparable, avoua ma mère en posant sa main sur la mienne.

Je sentis mes yeux s'embuer mais sa main vint caler ma tête contre son épaule et je pris le temps d'inspirer profondément, puis d'expirer tout aussi fort. Son parfum que j'aimais tant me réconforta un peu, m'entourant d'un petit cocon de soie. Cela faisait du bien d'être dans ses bras, de me laisser étreindre ainsi comme lorsque j'étais encore petite. Je me demandai si Gabriel avait jamais connu ça, cette sensation de sécurité complète.

— Pour être totalement honnête, j'ai bien peur que notre mariage ne soit parti en même temps qu'Andy, ma belle. Je pensais, vraiment, que l'on parviendrait à recoller les morceaux. Je l'ai cru lorsque tu es née.

— C'est de ma faute.

— Bien sûr que non. Ce n'est de la faute de personne, c'est le temps, tout simplement. Les blessures de chacun, les cicatrices. Ton père avait peur d'avoir un autre enfant, moi je m'en voulais d'avoir empoisonné le premier.

— Mais vous vous aimez, n'est-ce pas ?

— Parfois, ça ne suffit pas. Tu es jeune mais tu comprendras, continua-t-elle en touchant ma joue pour me faire lever les yeux vers elle.

— C'est à cause de ses aventures ? Des tiennes ? Tu vas aller retrouver ce mec ? demandai-je d'une voix inquiète, comme une petite fille soucieuse de voir ses parents se séparer.

Et c'était tellement, tellement ça.

— Non, ce garçon n'a jamais compté. La jalousie est quelque chose de puissant, et elle fait faire n'importe quoi. Je voyais ton père, ces femmes… J'ai voulu me venger. Je voulais… Je voulais qu'il ressente ce que cela fait, rien qu'une fois.

— Tu ne peux pas lui pardonner, compris-je.

— Ce n'est pas ça. C'est… tout.

Je hochai la tête et laissai mes yeux se poser sur la table, passant d'une feuille à l'autre. Papa prenait la voiture, maman vendait la seconde. Ils allaient vendre la maison, maman avait déjà découpé quelques annonces pour de petits appartements au centre-ville.

— Combien de temps ?

— La procédure sera longue. Mais ton père est d'accord pour qu'on s'éloigne chacun, qu'on prenne ses distances, le temps que le juge tranche toute l'affaire.

— Vous allez me demander de choisir ?

— Jamais de la vie. Ma chérie, tu as le droit de nous aimer tous les deux, tu ne dois pas te sentir coupable pour ça.

— Il t'a blessée, soufflai-je, parce que c'était dur malgré tout.

C'était dur de se dire que j'aimais mon père profondément alors qu'il avait mis le premier coup dans nos liens en se tapant sa secrétaire.

— Tu es sa fille. Je l'ai blessé aussi, c'est un ex aequo, affirma ma mère en buvant une gorgée de son thé.

Ex aequo…

Je songeai à Gabriel, à nos jeux. Et je me demandai si c'était possible d'arriver à un ex aequo… Ou si, nous aussi, nous nous détruirions pour parvenir à la victoire.

***

Gabriel était arrivé avant moi à la rampe, et c'était assez rare pour le souligner. Il était allongé contre le métal, les yeux rivés sur le ciel.

Je savais que toutes ses pensées étaient parmi les astres et, désormais, je comprenais qu'il y retrouvait sa famille perdue.

— Tu penses encore à Evangeline ? demandai-je d'une voix hésitante.

— Pas vraiment, je pense à… plein de choses.

— Des choses pas gaies, vu ta tête de zombie, marmonnai-je en prenant place à côté de lui, et je fixai la lune à mon tour.

Il ne répondit pas, se contentant de froncer les sourcils. Il avait la même expression qu'il arborait de temps en temps en physique, lorsque le professeur lui donnait un problème compliqué. Il pouvait y passer une heure entière, à gribouiller sur sa feuille et à s'énerver sur moi si j'avais le malheur de le déconcentrer. Je me rappelais comme tout était simple, en début d'année, lorsque mon unique but était de le faire enrager. Aujourd'hui, nous étions bien loin de tout ça.

Gabriel n'était plus vraiment le même… *Avais-je changé, moi aussi ? M'avait-il changée, lui ?*

— Gabriel… Laisse-moi juste t'aider, d'accord ?

— Arrêtez avec cette idée, putain, grogna-t-il en se tournant pour me regarder.

Je me détournai moi aussi des astéroïdes pour observer cet étrange extraterrestre.

— Tu m'énerves, tu sais ? Je ne sais pas ce que j'ai fait dans ma vie antérieure pour hériter d'un mec comme toi, plaisantai-je, et il passa sa main dans mes cheveux, replaçant une mèche qui commençait à glisser sur ma joue.

Je frissonnai en sentant cette petite étincelle électrique se propager sous ma peau, et je sus que je ne pourrais jamais m'habituer à cette sensation.

Il faisait ça de plus en plus souvent, apparemment. Cela rendait les choses plus… plus réelles.

Il était à peine à quelques centimètres de moi, mais son esprit était enfermé dans une petite cage à des kilomètres de là. Il restait coincé dans sa propre prison. Et je ne lui demandais pas d'en sortir, je savais qu'il en était incapable.

Je voulais simplement qu'il me laisse y entrer avec lui. Et alors, je refermerais la porte derrière moi, je jetterais la clé bien loin dans l'océan et il serait bien obligé de me supporter, cet idiot.

— J'ai frappé Marc hier, souffla-t-il en reposant sa main sur le sol, et je la fixai sans rien dire.

J'avais l'envie insensée, insolite, de lui demander de recommencer, rien que pour effleurer le bout de ses doigts un peu plus longtemps.

— C'est vrai que ce n'est pas dans tes habitudes, ricanai-je pour tenter de refouler cette sensation de manque complètement stupide.

Levant le regard, je plongeai dans ses prunelles cacao et soupirai.

— À quoi penses-tu, Gossom ? demandai-je, sincèrement curieuse.

— À plein de choses, pas toujours très justes, souffla-t-il, et les deux grandes prunelles brunes se posèrent sur mes lèvres.

Je me sentais emportée dans une petite bulle, là où il n'y aurait aucun obstacle. Le temps ne nous filerait pas entre les doigts pour nous laisser tout vieux et ridés. Un endroit où il n'y aurait aucune barrière, et où je pourrais faire ce dont j'ai envie sans jamais craindre les conséquences.

— Tu as changé, murmurai-je, plus pour moi-même.

— Toi aussi. Est-ce vraiment mal ? demanda-t-il d'une voix sincère, et je n'étais pas sûre de la réponse que je pourrais lui donner.

— Tu étais plus joyeux avant, lâchai-je en collant ma tempe contre la rampe, les mains serrées devant mes lèvres.

Je soufflais régulièrement sur elles pour les réchauffer un peu.

Il me fit un petit sourire contrit et c'est à cet instant que je compris. Gabriel Gossom n'avait pas été heureux depuis longtemps. Il s'amusait à faire semblant. Et parfois, il parvenait à y croire.

Mon primate n'était pas mieux six mois plus tôt, il parvenait juste mieux à cacher ses problèmes au reste du monde.

Et ça, cette idée qu'il n'ait jamais trouvé la paix, ça me bouffait. Ça me bouffait de me dire que, chaque fois, je l'avais vu devant moi, j'avais croisé son sourire, ri à ses blagues.

Et chaque fois, j'avais participé à sa comédie.

— Gossom… Qu'est-ce qui ne tourne pas rond chez toi ? C'est ton père, c'est ça ? Ta sœur ? Dis-moi, merde. Dis-moi une bonne fois pour toutes, qu'on en finisse. Tu crois que ça m'éclate de devoir grappiller des indices à droite à gauche, en craignant constamment que tu abandonnes définitivement ? m'énervai-je en me relevant.

Je voulais m'en aller, loin de son aura sombre. C'était incroyablement égoïste, mais je ne pouvais pas rester là, à le regarder s'autodétruire lentement sans me laisser la moindre occasion de l'aider.

Mais à peine m'étais-je relevée qu'il me rattrapa. Son bras s'enroula brusquement autour de ma taille et me recolla sur le sol d'un geste ferme.

— Ne bouge pas, lâcha-t-il, et cela ressemblait plus à un grognement d'homme préhistorique qu'à une voix humaine.

— Et pourquoi ? Pourquoi je ne partirais pas ?

— Je n'en ai pas envie, répliqua-t-il en me lançant un sourire arrogant qui me détendit légèrement.

Je croisai les bras sur ma poitrine, plus par habitude que par colère. Il soupira d'agacement mais je ne me tournai pas vers lui pour autant. Mon dos plaqué contre le métal, je restai à fixer le ciel, les lèvres étroitement serrées pour être sûre qu'aucun son n'en sortirait plus jamais. Je finis par craquer :

— Pourquoi tu fais ça ?

— Pourquoi suis-je si irrésistible que tu n'oses plus me regarder de peur de te jeter sur moi ? demanda-t-il d'une voix innocente, juste un poil moqueuse.

Oui.

— Non, idiot. Pourquoi tu joues avec mes nerfs ?

— Parce que c'est ça.

— Quoi, ça ? J'ai encore droit à une énigme ?

— Je joue, tu joues, tout le temps. C'est ça, expliqua-t-il d'une voix plus calme, et je remarquai que son humeur s'était allégée.

— Et si je n'ai plus envie de jouer ? lançai-je d'une voix insolente, même si une partie de moi craignait sa réponse.

Il se raidit, se tut. Je ne daignais toujours pas le regarder, j'avais peur de contempler ses yeux pour y trouver la froideur caractéristique de Gabriel Gossom, celle que les jolies filles du lycée connaissaient. Ce regard qu'il leur réservait lorsqu'elles demandaient plus qu'il ne voulait bien leur accorder.

54

GABRIEL

Brittany m'avait figé, comme une statue. Je ne voulais pas détourner le regard, poser mes yeux sur elle et voir ses iris verts, remplis d'émeraude, briller d'un espoir que je ne pourrais jamais combler.

— Pourquoi ?

— Je ne te parle pas de vouloir plus, Gossom. Mon Dieu, non, tu es loin d'être mon genre, s'exclama-t-elle avec un ricanement qui me fit desserrer les dents.

— Alors quoi ? Tu veux déclarer forfait ? insistai-je en sentant la peur me tordre l'estomac.

Parce que, alors, que me resterait-il ? Quelle excuse aurais-je pour m'accrocher à elle, à son quotidien ?

— Non. Je voudrais simplement… J'aimerais juste, parfois, pouvoir parler avec toi, réellement. Je voudrais que tu me confies tes problèmes, que tu ne prennes pas dix mille chemins détournés pour le faire, lança-t-elle d'une voix amère.

Je ne pouvais pas lui dire que c'était déjà le cas, je ne pouvais pas lui avouer qu'elle était allée bien plus profondément sous ma peau que tous les autres. Je ne pouvais pas lui dire que j'avais simplement peur de sa réaction lorsqu'elle me verrait complètement à nu.

Elle ne pouvait pas savoir que je ne m'autorisais pas à paraître si vulnérable devant quelqu'un. Je voyais la confiance comme un couteau aiguisé et je savais que ce n'était qu'une question de temps avant qu'il me perce le cœur.

— Tu comptes pour moi, Fricht, soufflai-je à la place, parce que c'était la seule chose que je pouvais prononcer à voix haute.

— Comme un jouet ?

— Bien sûr que non, tu as toujours été au-dessus de ça, espèce d'idiote, soupirai-je en secouant la tête d'agacement.

— Comme un pion, alors ? Une distraction ?

— Une amie. Putain, Fricht, je t'arrête tout de suite, ne pars pas sur ce terrain-là, la menaçai-je sans vraiment m'en rendre compte.

— Oh, et pourquoi ?

— C'était simple avant que tu viennes foutre ta merde avec ces conneries de sentiments, explosai-je en me relevant en même temps qu'elle.

— Mais je ne te parle pas d'amour, arrête de te braquer chaque fois qu'on s'approche un peu de ta personne, gros débile, vociféra-t-elle alors que je descendais déjà de la rampe.

— Et tu parles de quoi, là, alors ? la coupai-je d'une voix sèche en me tournant vers elle.

Elle me fixa, les yeux remplis de regrets, les coudes appuyés sur les genoux, la tête entre les mains. Ça me faisait l'effet d'avaler un oursin, de la voir comme ça. De la laisser comme ça.

— Je ne te demande pas la lune, Gabriel. Je voudrais juste… Je voudrais juste savoir pourquoi tout bascule, brusquement. Pourquoi es-tu toujours triste lorsque tu crois que personne ne t'observe ? Pourquoi es-tu toujours méfiant envers tout le monde ? Pourquoi me regardes-tu avec ces yeux-là ?

— Parce que en plus je te fais les yeux doux, c'est ça ? ricanai-je.

Elle secoua doucement la tête.

— Je te regarde comment ? demandai-je, curieux.

— Comme si j'étais le pire fléau du monde, lâcha-t-elle en plantant son regard perçant dans le mien.

— C'est faux, m'exaspérai-je en levant les yeux au ciel.

Je la vis se mordre la lèvre.

— Tu me regardes comme si j'étais un virus capable de te garder cloué au lit pendant trois mois.

Oh oui, Brittany Fricht, tu es un virus. Une de ces maladies pernicieuses qui parviennent à rompre toutes vos défenses, à défier tous les traitements possibles, même le plus efficace des vaccins.

— Arrête de te faire des films, Fricht.

— Va-t'en, Gaby, et fais-moi croire que c'est faux. Dis-moi que c'est toujours pareil et, promis, je ferai semblant de te croire. Mais, au fond, tu sais. Tu sais que plus rien n'est comme avant. T'as déraillé grave, mon vieux, lança-t-elle avec un rire sarcastique qui m'arracha quelque chose comme l'organe situé au centre de mon torse.

Je lui lançai un petit sourire en replaçant mon sac sur mon épaule, essayant de la rassurer. Puis, avant de me retourner pour quitter notre skatepark, je la regardai une dernière fois.

— Enlève-moi ce petit air de dépressive de ton visage, Fricht, ou tu vas finir ridée avant l'âge, la charriai-je en m'éloignant définitivement.

Et, lorsqu'elle ne fut plus dans mon champ de vision, je m'autorisai à passer une main sur mon front en soufflant un bon coup.

***

Jake m'attendait, comme d'habitude. Il prétendait dormir, parce qu'il savait que c'était plus facile pour moi d'aller le rejoindre comme un gros trouillard lorsqu'il n'était pas réveillé. Aussi, je lui racontai ma soirée.

Il ouvrit une paupière et soupira, comme si j'étais un cas désespéré.

— Tu vas finir par la perdre, Gaby, souffla-t-il en se redressant pour me lancer un regard grave.

— Pourquoi ? On est bien comme ça, rétorquai-je en haussant les épaules.

— À danser d'un pied sur l'autre ? Un jour joueurs, l'autre amis ? Deux pas en avant, trois pas en arrière ? Mets-toi à sa place deux secondes, s'il te plaît, s'exclama-t-il en roulant les yeux.

— On est potes, c'est tout, je ne vois pas le problème.

— Le problème, c'est que tu ne fais confiance à personne, Gabriel. Même pas à elle, marmonna-t-il.

— C'est faux, protestai-je en me redressant vivement.

— C'est vrai, et tu le sais. Tu as peur qu'elle ne te repousse, tu as peur qu'elle ne t'abandonne comme l'ont fait ta mère, Evangeline ou même ton père, réfuta-t-il d'une voix assez forte pour couvrir la mienne.

— Arrête avec ta psychanalyse à deux balles, Jackie Chan, s'il te plaît, me moquai-je en espérant qu'il allait abandonner la partie.

— Tu as peur que Patrick et Claire ne soient blessés et ne s'en aillent, tu as peur que Brittany ne s'éloigne. Mais tu veux que je te dise quelque chose, Gabriella ? Cette fois, tu es tombé sur une vraie tête de mule, comme fille. Et elle, elle ne te lâchera pas, continua-t-il, et je soupirai d'agacement en me relevant.

— Pas moyen de dormir tranquille ici, grommelai-je en quittant le lit.

— Tu t'en vas ? souffla-t-il, surpris.

— Ben ouais, tu as l'air décidé à caqueter comme une poule jusqu'à deux heures du matin, m'exclamai-je en levant les yeux au ciel.

Jake me regarda quitter sa chambre, légèrement étonné.

Je m'allongeai dans mon lit et fixai le plafond. Mes yeux accrochèrent la carte des États-Unis et le trajet que j'avais planifié tant de fois.

Brittany avait raison, je me sentais couler. La vérité, c'est que je n'avais plus aucune envie de me débattre contre le courant. À quoi bon ? Qu'est-ce que je perdrais à me laisser noyer ?

Tout ce qu'elle m'avait dit résonnait dans mon crâne, ses paroles formaient un écho impossible à supporter. Je m'embrouillais tellement.

J'avais toujours cru qu'elle serait la seule qui parviendrait à me faire tenir. Parce que, justement, elle était comme moi. Elle ne voulait pas s'attacher, elle n'avait pas besoin que tout soit bien défini. Elle aimait jouer, vivre au jour le jour et ne pas penser à l'avenir. Comme moi, elle avait été brisée, trop profondément pour être comprise par les gens.

Quand est-ce que tout cela avait changé ? Quand avais-je commencé à ne plus la voir pour jouer mais par envie ? Quand avais-je commencé à ressentir ce besoin constant de la toucher ?

Mes doigts me démangeaient chaque fois que mon regard se posait sur ses joues rouges, sur ses long cheveux bruns. Je crevais littéralement d'envie de laisser courir mes doigts au creux de son cou, de descendre lentement sur ses bras, et je désespérais de voir un léger frisson se frayer sur sa peau à mon passage.

Quand avais-je commencé à crever de désir pour elle ? Comment avais-je pu laisser cela arriver ?

Oh oui, Fricht était un sacré virus.

Mais je ne pouvais pas simplement me servir d'elle et la jeter après. Je ne pouvais pas étancher cette soif qui me brûlait la gorge.

Et, c'est bien connu, c'est ce qu'on ne peut avoir qui nous attire le plus.

55

VANESSA

Je pouvais sentir le regard de Marc sur moi presque constamment au lycée. Il me scrutait du matin au soir, attendant le moindre faux pas pour me coincer. Cependant, il ne se doutait pas qu'il se frottait à la reine du faux-semblant. Les apparences, c'était mon domaine. Je contrôlais le moindre de mes faits et gestes depuis tellement de temps que j'en avais à peine conscience à présent.

Mon téléphone vibra contre le bois de ma table de nuit et je ne pus m'empêcher de sauter dessus pour voir si ce n'était pas le sms que j'attendais depuis une semaine.

[Tiens, le numéro de la tomate. Brian]

Je ne relevai pas le surnom, me focalisant sur la suite de chiffres juste en dessous du petit texte. Je ne comprenais pas pourquoi je faisais ça, vraiment. Je ne comprenais pas pourquoi je cherchais à me brûler une nouvelle fois.

Il avait été facile d'obtenir son numéro grâce au capitaine de l'équipe de basket. Il pensait probablement que j'allais m'en servir pour la harceler à coups de messages. Il se trompait, tellement.

Mes doigts tapèrent sur l'écran, l'enregistrant machinalement dans mon répertoire. Une fois que ce fut fait, je ne sus pas quoi lui envoyer. Amandine ne m'avait pas adressé la parole depuis le nouvel an. Elle se contentait de me faire des petits sourires au détour d'un couloir de temps en temps et, généralement, je lui balançais un regard hautain en retour.

Je n'aimais pas du tout la manière qu'elle avait de me tordre le ventre, comme si j'avais trois fusées spatiales prêtes à décoller dans l'estomac. Je n'étais pas Gabriel, ou même Brittany. Je savais reconnaître un danger lorsque j'en voyais un et, contrairement à eux, je préférais l'admettre plutôt que de fermer les yeux et m'y frotter pour me prouver que ce n'était rien.

Sauf que, cette fois, j'avais vu le ravin et je m'apprêtais à y sauter les yeux bandés. Je savais ce que signifiaient ces bourdonnements, je comprenais très bien pourquoi cette Amandine, au look totalement démodé et au nez trop retroussé, m'obsédait.

Et, plus que tout, je parvenais très bien à saisir pourquoi, cette fois-là, j'avais murmuré son nom alors que mes lèvres étaient collées à celles d'un autre.

Et ça me détruisait. Ça me foutait gravement mal d'avoir prétendu être une autre pendant presque deux années pour finir grillée à cause d'une fille qui n'était même pas capable d'appliquer correctement du mascara.

Elle n'avait rien de commun avec Sam. Ni le physique ni le caractère, et, Dieu, encore moins le style vestimentaire. Au fond, c'était peut-être ça qui m'avait intriguée. La façon qu'elle avait d'être à des milliers de kilomètres de mon monde. Sa préférence pour les habits pratiques et son rejet de la perfection. Sa manière de vivre, simplement.

[Alors, la clocharde, tu passerais te refaire un joint un de ces quatre ?]

Sans prendre la peine d'y réfléchir, je l'envoyai. Ce n'est que lorsque je relus le message que je soupirai en enfouissant mon visage dans mon oreiller.

Ça faisait l'effet d'une désespérée sans amis, je me faisais honte.

[Vanessa ?]

Je pouvais presque voir ses grands yeux marron foncé observer son téléphone d'un air interrogateur. Elle devait se demander pourquoi la grande Vanessa Dollyson, qui la détestait au plus haut point, s'abaissait à souhaiter sa compagnie.

[C'est le surnom ou le joint qui t'a mise sur ma piste ?]

[Tu voudrais me voir ?]

[Ne pousse pas le bouchon, tomato. J'ai dit un joint, pas une soirée pyjama]

Elle ne répondit pas et ça me frustra. J'aurais aimé voir son expression, deviner ses pensées. J'aurais aimé pouvoir être aussi assurée avec elle qu'avec n'importe quel gars.

Je savais que j'étais en train de commettre une énorme bourde et, ce qui m'énervait le plus, c'était de ne pas être capable d'en faire davantage.

J'étais folle, définitivement.

[OK. Où ?]

Je sentis une légère panique m'envahir en imaginant la tête de mes parents s'ils nous trouvaient toutes les deux dans ma chambre, à se passer des taffes pendant que je la traitais comme moins que rien.

[Chez toi]

[Euh… C'est… un peu plus petit que chez toi]

[T'inquiète, je me doutais que tu vivais dans un carton]

56

BRITTANY

Je parvenais à peine à croire que je voyais Jackie Chan cet après-midi. C'était complètement délirant, mais ça me plaisait assez.

Je l'attendais au petit café du coin, les mains autour d'un chocolat chaud pour me réchauffer les doigts. Le temps s'était un peu adouci en cette mi-février, mais les températures flirtaient encore avec la barre des dix degrés.

Il arriva à ce moment-là et, lorsque je croisai ses yeux rieurs, il me rendit un sourire radieux.

— Ben alors, Fricht, tu m'attendais ?

— Je voulais arriver avant toi, lui avouai-je en poussant la deuxième tasse de cacao devant lui.

— Si tu me maternes à ton tour, je te jure que je vais finir par me vexer, plaisanta Jackie Chan en soufflant sur sa tasse avant d'avaler une gorgée.

— Qu'est-ce qui s'est passé cette fois ? demandai-je en gloussant.

— Tu verrais comment il m'espionne ! Je peux à peine quitter la maison, je te jure !

— Il veille juste à ce que ces petits cons ne t'emmerdent plus, dis-je en haussant les épaules.

— Tiens tiens, tu le défends, me taquina-t-il en me lançant un regard malicieux qui me fit lever les yeux au ciel.

— Bref, laisse tomber. Et avec Madelyne ?

— Elle sort avec quelqu'un d'autre, termina-t-il d'une voix un peu plus sombre, baissant les yeux vers sa boisson.

Je le regardai, attendrie. Si Jake avait quelque chose en commun avec son grand frère, c'était cette bien manière de se dissimuler derrière une façade. Et, si Gabriel était plus doué que lui, il n'empêchait que, parfois, le plus jeune l'imitait à la perfection.

— Qui est le looser qui t'a piqué ta place ?

— Mickaël Newton. Il est très… viril, termina-t-il en me faisant une petite grimace.

— Parce qu'il crache par terre et crie des gros mots dès qu'il ouvre la bouche ? Ces mecs-là n'occupent pas une fille très longtemps, le rassurai-je en penchant la tête sur le côté pour mieux l'observer.

— Qu'est-ce que vous avez toutes, avec les bad boys ?

— Crois-moi, si je le savais, soupirai-je en pensant aux dizaines de filles qui s'étaient fait avoir par Gossom.

Penser à elles me mettait toujours sur les nerfs.

— Je veux que tu me promettes une chose, finis-je par reprendre pour chasser l'image de ces pétasses.

— Enchaîner Gabriella à son lit et le tartiner de miel pour publier la photo sur Twitter ? Tu ne sais pas depuis combien de temps j'essaie, lâcha-t-il d'une voix faussement désespérée, et je ne pus déceler s'il était sérieux ou non.

— Mais non, gros malin. Je veux que tu me promettes de ne plus jamais te voir comme un gringalet. OK ? Tu es aussi viril que ce mec, rétorquai-je en lui tendant mon poing, et il le frappa du sien.

— Tu parles au gars accro aux fringues, je te rappelle. En passant, j'adore ce putain de jean, il te va trop bien, me complimenta-t-il en m'adressant un clin d'œil.

— Oh toi, tu es vraiment le garçon idéal, m'exclamai-je, et il éclata de rire.

Certaines personnes du café se retournèrent, mais il s'en fichait bien. Jake était tellement libéré que j'en étais parfois jalouse. Je ne l'avais pas côtoyé souvent, mais, si j'avais compris quelque chose, c'est qu'être à ses côtés était une véritable bouffée d'oxygène.

Moi qui avais toujours eu besoin de l'approbation des autres. Moi qui avais toujours essayé d'être parfaite à leurs yeux, j'admirais ce sacré bonhomme qui avait cinq ans de moins et qui parvenait à parler de tous les sujets avec tout le monde sans jamais penser aux conséquences. Il n'avait pas la crainte constante d'être trahi comme Gabriel ou un peu trop exposé comme moi.

Il était simplement lui, avec sa passion pour la mode et ses goûts totalement délicieux en matière de vêtements.

— Rappelle-moi de t'emmener avec moi la prochaine fois que je fais les magasins, lui lançai-je en avalant une petite gorgée du mon chocolat chaud.

— Pour que Gaby soit jaloux et me fasse vivre un enfer ? Heureusement que t'es adorable, marmonna-t-il en roulant les yeux.

Je lui fis un sourire contrit lorsqu'il évoqua son frère, et il dut comprendre mon trouble. Reposant sa tasse d'un geste lent, il prit le temps de porter son regard sur moi, pour parcourir l'ensemble de ma silhouette.

— Il ne sait pas ce qui lui file entre les doigts. Gabriel ne pense pas comme nous, il ne voit pas des gens autour de lui, mais des armes. Lorsqu'il se rapproche, c'est comme s'il jouait à la roulette russe, tenta-t-il de m'expliquer.

— Et je suis quoi, moi ?

— Toi, tu es le pistolet qu'il a volontairement braqué sur sa tempe. Et, maintenant qu'il s'en rend compte, il craint que ce revolver ne soit chargé.

— Je veux juste qu'il me laisse l'aider, c'est pas compliqué, merde ! m'exclamai-je, et Jake me lança un regard compréhensif qui me fit tressaillir.

Et je réalisai que la métaphore du revolver ne pouvait pas être plus parlante. Jake savait parfaitement comment dépeindre les pensées de son frère. Et, s'il savait le faire aussi bien, c'est parce qu'il le comprenait parfaitement. Je commençais à saisir que Gossom ne s'était peut-être pas fermé complètement à tout le monde. Peut-être que ce bonhomme aux yeux malicieux était parvenu à se faufiler sous la plus épaisse des armures.

Je me dis alors que Jake avait dû en baver pour atteindre ce statut privilégié aux yeux de Gabriel, celui de confident. Je me demandai si j'étais prête à en subir autant, voire peut-être plus, pour accéder aux plus sombres pensées de notre brute préférée.

— Comment as-tu fait pour être aussi proche de lui ? demandai-je à voix basse, réellement stupéfaite.

— On s'est simplement connus au bon moment. Je n'avais pas de grand frère et lui ne pouvait être que ça.

— Juste comme ça, marmonnai-je en comprenant qu'il me cachait des infos.

— Il faut que tu saisisses quelque chose sur lui. Durant toute sa vie, Gabriel n'a fait que protéger les autres. Il a été cet immense bouclier derrière lequel on se glisse pour qu'il prenne les coups à notre place. Et il ne sait faire que ça. On ne lui a jamais appris… on ne lui a jamais appris à prendre soin de lui-même.

— C'est totalement ridicule, m'exclamai-je, parce que ça me semblait étrange que Gossom, le gars le plus débrouillard au monde, ne parvienne pas à s'assumer tout seul.

Jake leva les yeux au ciel, comme le ferait un professeur devant un de ses élèves qui ne comprend pas son cours.

— C'est ainsi. Tu ne me crois pas, mais Gaby a grandi trop vite. Il est abîmé, rafistolé à la va-vite.

Moi aussi, j'étais abîmée. J'avais de vilaines coutures.

— Ce n'est pas ça, le problème, m'agaçai-je en balayant sa remarque d'un geste de la main.

— Je te jure, parfois, j'ai l'impression d'être le plus mature entre nous trois, soupira-t-il en vidant sa tasse de cacao et en commandant deux cookies.

Je voulus payer mais il me fit un clin d'œil et régla à ma place.

— C'est à moi d'inviter la jolie demoiselle, lança-t-il alors que le serveur lui rendait sa monnaie.

— Promets-moi de sortir cette phrase à Madelyne, un de ces quatre.

— Dans mes rêves, peut-être, répondit-il avec un petit sourire qui me serra le cœur.

— Jake, le réprimandai-je en lui donnant une tape sur l'épaule.

Il se mit à rire doucement avant de mordre dans le biscuit. Quant à moi, je fixai un moment le gâteau. Quelquefois, mes anciennes pensées me submergeaient de nouveau. Je me demandais si j'aurais fini anorexique sans la vigilance de Gabriel. Je me demandais si j'aurais continué à me tailler le poignet, encore et encore, jusqu'au jour où je serais allée trop loin. Je me demandais si je ne l'aurais pas fait exprès.

En levant le regard, je surpris celui de Jackie Chan sur moi, un regard plein de tendresse qui me chamboula.

Parce qu'il ne savait pas. N'est-ce pas ?

— Tu comptes les pépites de chocolat ? demanda-t-il enfin en mâchant le biscuit.

***

J'avais proposé à Jake de le raccompagner mais il avait refusé, prétextant qu'il n'avait pas un skateboard uniquement pour se donner un genre. Et j'avais lâché l'affaire, vaincue.

Avant que je monte dans ma voiture, toutefois, il me rattrapa.

— Tu le fais, tu sais, souffla-t-il en me lançant un regard incertain.

— Quoi ?

— L'aider. Peut-être pas de la façon que tu voudrais, peut-être pas de la même manière qu'il s'y est pris avec toi mais, eh, ça ne marchera pas autrement, me confia-t-il en m'adressant un clin d'œil qui, j'en étais sûre, ferait un jour des ravages parmi la gent féminine.

Puis il s'en alla rapidement sur sa planche, comme Gossom le faisait.

Et c'est là que je réalisai la portée des paroles du Jake. Il avait voulu m'aider, mais il n'avait que confirmé mes craintes.

Parce que Gabriel ne faisait pas que confier ses secrets à son « presque frère », il lui avouait aussi les miens.

Et ça me rongeait, plus que je ne l'aurais pensé.

Rentrée chez moi, je jetai mes chaussures dans un coin du couloir et montai m'enfermer dans ma chambre. J'avais envie de hurler ou de pleurer, peut-être. Mon esprit hésitait entre la colère et la peine.

Je me demandai jusqu'où Gossom était allé dans les confidences. Est-ce que Jake me prenait pour une pauvre minable au bout du rouleau ? Une dépressive doublée d'une anorexique ? Était-ce pour cela qu'il m'avait offert un biscuit, pour me tester ?

Savait-il pour mes cicatrices ?

Qu'est-ce que j'avais été cruche, vraiment. Bien sûr qu'il savait. C'était lui qui l'avait choisi, ce putain de bracelet. C'était lui qui avait veillé à ce qu'il ait une petite rose accrochée dessus.

Mon alarme sonna. J'étais censée rejoindre Gossom au skatepark pour aller assurer mon service du vendredi soir.

Mais étais-je vraiment obligée d'y aller ? J'étais seule chez moi. Mon père était en déplacement, ma mère était partie voir ses parents pour leur expliquer l'histoire…

Mes yeux se posèrent sur mon téléphone pendant un bref – bref – instant, et je le saisis.

J'espérais que ce connard se les gèlerait bien, jusqu'à en perdre quelques orteils.

57

EVANGELINE

Mon regard analysa la pièce alentour, examinant le moindre détail. Je devais l'avouer, mes parents avaient pris soin de s'assurer que tout serait parfait. Ils avaient fait ajouter des lampes dans ce qui deviendrait ma future chambre, avaient prévu d'abattre un mur pour élargir la pièce et parlaient même de refaire le balcon pour que je puisse m'y réfugier les jours où j'étoufferais.

Je regardai tour à tour le carrelage d'un noir profond, les meubles recouverts d'un tissu poussiéreux. Je humai l'air un bref instant et reconnus l'odeur caractéristique des bibliothèques lorsqu'on décide de déplacer des vieux livres.

La maison était grande et, oui, elle pourrait être parfaite. Il y avait un large terrain tout autour et je pouvais même voir un espace au fond du jardin qui serait idéal pour un poulain. Je savais que mes tuteurs feraient en sorte de m'offrir tout ça, je savais qu'ils essaieraient de me rendre heureuse.

Papa me lança un regard en coin pour voir ma réaction, mais je me contentai d'enfouir mon nez dans le tee-shirt bien trop large. Ses épaules s'affaissèrent légèrement lorsqu'il comprit que visiter notre prochaine maison ne m'avait pas fait brusquement oublier l'existence de mon grand frère.

— C'est dommage que maman n'ait pas pu la voir, soufflai-je lorsque l'odeur du parfum masculin m'eut suffisamment rassurée.

— Elle a essayé de prendre un jour de congé mais c'était une réunion importante, me répondit-il en calant son bras autour de ma taille.

Je me rappelais encore qu'à mon arrivée parmi eux, il ne pouvait pas m'approcher à plus de deux mètres sans que je hurle. Mes craintes avaient fini par s'estomper avec le temps, lentement. Plus lentement que si j'avais encore eu mon ange gardien pour veiller sur moi.

— On va se plaire ici, Angie, je te le promets, jura-t-il en plongeant ses yeux dans les miens.

— C'est juste que... Il ne me retrouvera jamais si je m'en vais, marmonnai-je, la gorge serrée.

Mon père posa sa grosse main sur le haut de mon crâne et ma tête se retrouva contre son torse. Je me rendais bien compte qu'il était le seul, depuis le départ de Gabriel, à pouvoir me serrer ainsi. Même Caroline ne pouvait pas s'approcher d'aussi près. Il y avait quelque chose entre nous, quelque chose que j'avais probablement cassé. J'avais usé sa patience, jour après jour, je l'avais maintenue éveillée, nuit après nuit. Et, à force de devenir un rempart solide face à mes crises, elle s'était changée en pierre.

— Ma chérie, si tu savais comme je regrette. Mais c'était pour ton bien, lâcha-t-il en m'arrachant à mes pensées.

— Il ne m'aurait jamais fait aucun mal, insistai-je en sentant toute mon âme se révolter contre ses pensées.

— Il a tué un homme. Son propre père, Evangeline, s'exclama George en me regardant avec des yeux effarés qui m'achevèrent.

Et, une fois de plus, je me tus. Je gardai pour moi toute cette rébellion qui s'insufflait dans mes veines telles des bulles de champagne dès qu'on voyait mon frère comme un meurtrier. J'étais lasse de répéter aux gens que c'était quelqu'un de bien, Gaby. La meilleure personne qu'il m'ait été donné de rencontrer.

— Il me protégeait, murmurai-je en baissant les yeux pour cacher mon nez dans ce que je pouvais aisément imaginer être un de ses propres vêtements.

— Je sais, je sais... Mais nous avons eu peur, tu comprends ? Nous avons eu peur qu'il ne fasse que te garder sordidement dans cette maison de malheur, expliqua doucement mon père en replaçant une mèche derrière mon oreille.

— Si tu savais. Je donnerais tout ce que j'ai pour le revoir, rien qu'une fois. J'aimerais tellement pouvoir… soufflai-je avant de me taire brusquement.

— Oui ? m'encouragea-t-il.

— Pouvoir savoir ce qu'il est devenu, s'il va bien, s'il est heureux. J'aimerais juste savoir s'il m'aime encore, s'il m'aime quand même. Je voudrais pouvoir lui dire que je l'aime, juste une fois, et l'entendre me le dire à son tour.

Mais Gabriel n'était pas là et j'étais contrainte de garder toutes ces choses au fond de moi. Tout cet amour incoercible, tous ces remords, tous ces secrets, toutes ces hontes. Je les enfermais dans un petit coffre, à double tour, en espérant qu'un jour j'aurais quelqu'un avec qui les partager.

Lorsque je relevai les yeux vers George, je m'aperçus que les siens étaient embués.

— Qu'est-ce qu'il y a ? demandai-je, inquiète.

— Rien, ma puce, rien du tout, me rassura-t-il en replaçant ma tête contre lui, et je me laissai faire.

Où es-tu passé, Gaby ? Est-ce que tu poursuis encore et toujours la fée Clochette ? Si c'est le cas, ne t'embête plus. Cette pétasse est morte le jour où l'enfer s'est abattu sur nous et où papa a explosé la lampe.

58

GABRIEL

Que foutait Brittany, bordel ? Je me les pelais sur cette saleté de rampe depuis une heure et demie sans que mademoiselle daigne pointer le bout de ses talons hauts. Si ça continuait, je devrais partir travailler sans l'attendre.

Remontant un peu plus haut la fermeture éclair de mon manteau, j'enfouis mon nez à l'intérieur et soufflai pour tenter de me réchauffer. Si la température avait un peu grimpé durant la journée, elle recommençait sérieusement à chuter la nuit et, Dieu, ça se sentait.

Je me demandai si elle avait eu un problème. Ses parents, peut-être ? Ou moi ?

Était-ce à cause de notre discussion un peu houleuse de la dernière fois ? M'en voulait-elle ? Était-ce à cause de cette fille que j'avais draguée dans le couloir ? L'avait-elle vue ?

Patty n'était pas vraiment mon genre de fille habituellement, mais je devais me sortir Fricht de la tête, et vite. J'avais beau essayer d'y parvenir en flirtant avec quelques canons, l'image de deux grands yeux verts planait toujours dans un coin de mon esprit, et ça commençait franchement à m'énerver.

Peut-être que si j'étais allé plus loin avec cette fille, j'aurais pu oublier Brittany.

J'aurais dû aller plus loin, mais j'en avais été incapable. Je l'avais embrassée au moment où elle rangeait un de ses livres dans son casier. Elle avait posé une main dans mes cheveux et, pour je ne sais quelle raison, j'avais imaginé les lèvres d'une autre contre les miennes. Ça m'avait tellement foutu les boules que je m'en étais éloigné comme de la peste.

Lorsque je compris que Fricht ne viendrait pas, je rejoignis Freddy sans elle. Il me salua depuis le bar et me tendit les deux verres qu'il venait d'essuyer. Machinalement, je les rangeai à leur place habituelle.

— Tu n'aurais pas vu Brittany, par hasard ? demandai-je d'une voix faussement détachée.

— La petiote a appelé pour dire qu'elle avait chopé la crève, rétorqua-t-il en plissant le front, inquiet.

— Ah bon ?

— Tu n'es pas au courant ?

— Eh bien, disons que l'on ne s'est pas vraiment vus aujourd'hui, réalisai-je en fronçant les sourcils.

Freddy me lança un drôle de regard, comme ceux que Jake me jetait quelquefois. Et je pris la fuite dans la cuisine pour échapper aux deux rayons laser qui semblaient me perforer l'esprit.

***

Ce n'est que le lendemain que les choses me parurent vraiment étranges, lorsqu'elle ne vint pas à notre skatepark pour la seconde fois.

Pendant un instant, je m'imaginai le pire. Je la vis saisir un cutter et reprendre ses mauvaises habitudes. Je l'imaginai aller mal, très mal.

C'était une crainte que j'avais constamment. Je crevais de trouille à l'idée qu'elle aille encore plus mal que moi.

Soufflant un bon coup, j'enfouis mes mains dans les poches de mon jean et avançai d'un pas lent jusque chez elle. En chemin, je pris le temps d'observer un peu les étoiles, qui commençaient à apparaître de plus en plus tard. Parfois, je craignais qu'elles n'apparaissent plus, elles non plus.

***

Je sonnai à sa porte. Une fois, deux fois. Je compris assez rapidement que Brittany n'avait aucune intention de m'ouvrir.

— Fricht, je te jure que je vais finir par défoncer ta porte, la menaçai-je en posant mon front contre le bois.

Elle ne répondit pas, et pourtant j'étais quasiment sûr qu'elle était juste de l'autre côté. Je pouvais l'imaginer, les doigts appuyés contre la porte, un œil à travers le judas. Elle devait savourer l'instant, cette peste.

— Écoute, je ne sais pas ce que je t'ai fait, mais j'ai bien compris que c'était moi qui avais merdé quelque part. Dis-moi, continuai-je en sonnant une nouvelle fois.

Rien.

— Merde, tu ne vas quand même pas te venger de cette manière, n'est-ce pas ? Je n'ai rien voulu te dire, donc tu vas juste me laisser planté là sans répondre ? T'es une sale garce, m'énervai-je en donnant un coup dans le bois.

Rien.

— Mais ouvre-moi, putain, explosai-je en sentant que j'atteignais un point de rupture.

Pendant un instant, j'entrevis les prochaines semaines. Des semaines entières où elle ne m'adresserait pas la parole, où elle ne me ferait pas rire, où son parfum n'envahirait pas mes narines dès qu'elle s'approcherait de moi, dès qu'elle partagerait mon banc.

Des semaines où je n'aurais pas à chercher une seule réplique pour lui rabaisser le caquet. Je fus surpris lorsque la porte s'ouvrit brutalement, et je me rattrapai instinctivement au chambranle. Il me fallut un instant pour remonter les yeux, lentement, jusqu'aux siens. Ils brillaient d'une lueur farouche, comme si le soleil avait pris la peine de se baisser pour y loger deux feux éternels.

Elle ressemblait à…

Une déesse ?

Non. C'était plus que ça. Elle incarnait une véritable guerrière prête à monter au front. Elle était belle à damner n'importe quel garçon, pour peu qu'il ait des yeux. Ses bras étaient étroitement serrés contre sa poitrine. Ses joues rouges et ses lèvres pincées me confirmaient qu'elle avait dépassé la simple colère. En déglutissant légèrement, je fis un pas pour entrer, mais elle me barra la route.

— Qu'est-ce que j'ai fait, bordel ?

— Mais oui, Gossom, qu'est-ce que t'as fait ? me reprit-elle d'un ton sarcastique.

— Dis-moi, insistai-je en essayant de museler ma colère.

Parce que, chaque fois, c'était pareil. Sa colère attisait la mienne, en rallumait la moindre cendre, et la faisait exploser comme deux tonnes de dynamite.

— Non.

— Non ? répétai-je, ahuri.

— Casse-toi, Gabriel. Vraiment, marmonna-t-elle en refermant la porte.

Et j'aurais pu m'énerver, réellement, si je n'avais pas entendu le bruit sourd d'un corps qui s'écroule l'instant d'après.

***

Je rentrai chez moi d'un pas rapide et, sans prendre la peine de saluer mes tuteurs, je donnai une tape à l'arrière du crâne de Jake.

— Eh !

— Qu'est-ce que tu lui as dit, morveux ? l'attaquai-je en ignorant les regards interrogateurs de Patrick et Claire.

— Quoi, qui ?

— À Fricht. Elle ne veut même plus m'adresser la parole.

— Et pourquoi ça serait forcément moi, hein ? s'agaça-t-il à son tour alors que mon tuteur se raclait la gorge pour rappeler sa présence.

Sauf qu'à l'instant même, je n'en avais rien à faire.

— C'est toi qui as été le dernier à la voir, je te signale, ricanai-je alors que Claire écartait rapidement son vase pour éviter que ça ne dégénère.

J'avais eu le malheur de casser le dernier dans une colère et, depuis, elle éloignait systématiquement tous les objets précieux de mon chemin.

Jake se dégagea brusquement de ma prise et je le laissai faire, parce que je ne voulais pas le blesser. Parce que je ne voulais pas devenir comme mon père, à taper les personnes que j'aimais sous prétexte que l'une d'entre elles s'était cassée de ma vie sans la moindre explication.

— Mais ouvre les yeux, Gabriel ! C'est de ta faute ! C'est toi qui t'amuses à jouer au boomerang avec elle, avec ses inquiétudes et ses peurs à ton sujet !

— Tu n'en sais rien, crachai-je alors que Patrick se plaçait entre nous.

— Du calme, les garçons, je suis sûr que c'est un malentendu, tenta-t-il d'une voix calme.

Je vous en supplie, venez ! C'est… C'est mon papa. Il lui fait du mal, il va la tuer ! Je vous en supplie, il faut que vous veniez.

— C'est lui le malentendu, ouais ! Il a peur de casser tout ce qu'il touche, il ne comprend pas que c'est en repoussant les gens qu'il les brise, explosa Jackie Chan en me fixant d'un regard noir que je ne lui connaissais pas.

— Et tu sais ça parce que tu lui as parlé quatre fois dans ta vie, c'est ça ? le raillai-je en essayant de chasser l'espèce de nuage noir qui envahissait ma vision.

— T'es vraiment con quand tu t'y mets, persifla-t-il en serrant les poings.

Alors il raccrocha sans se préoccuper de la voix paniquée au bout du fil. La gentille dame voulait qu'il reste en ligne, qu'il lui parle, mais la seule chose que le petit pouvait entendre, c'étaient les cris de sa sœur dans la pièce voisine.

Il devait protéger sa petite sœur. Il le lui avait promis. Alors il passa par la cuisine, fouillant à l'aveuglette dans le tiroir qui était trop haut pour lui. Sa main toucha un manche en plastique et, lorsqu'il la remonta, il sentit le tranchant d'une lame. Pendant un instant, il hésita. Dans les films, les méchants saisissaient toujours ce genre d'arme, et ils se faisaient punir. Très fort.

Puis sa sœur l'appela d'une voix si aiguë, si désespérée, qu'il flancha. Et il saisit le couteau d'une main tremblante.

Il n'allait pas l'utiliser, n'est-ce pas ? Il voulait juste faire peur à son père.

Parce que, après tout, il l'aimait bien, son papa.

Je me rendis compte que j'étais tombé à genoux lorsque ceux-ci rencontrèrent durement le sol. J'eus le temps de voir les yeux horrifiés de Jake. J'aurais aimé le rassurer, lui dire que tout allait s'arranger, que ce n'était pas de sa faute. J'aurais aimé lui dire que les souvenirs auraient continué d'arriver quoi qu'il ait dit.

Seulement, ma vue commençait à se brouiller, et j'avais honte de dire que ce n'était pas dû à la migraine qui me vrillait les tempes. Claire fut sur moi moins d'une seconde plus tard, posant sa main sur mon front, essayant de voir si j'étais malade. Je me rendis alors compte de deux choses futiles qui furent pourtant les seules à m'apparaître clairement à cet instant. Elle avait lâché le vase pour venir s'agenouiller à mes côtés, et Patrick n'avait rien avoué de notre précédente soirée.

J'avais le sentiment que le temps défilait au ralenti. Je me sentais tiré en arrière, comme si mon cerveau avait décidé que je devais tout voir, maintenant. Et je luttais, férocement. J'avais l'impression que des dizaines de mains s'agrippaient à moi pour me renvoyer dans cette maison, cette nuit-là.

Mes yeux rencontrèrent le visage de Jake et je secouai la tête en voyant d'épaisses larmes rouler sur ses joues.

— Je suis désolé, Gaby, je ne voulais pas... Je ne pensais pas... bredouillait-il en me fixant d'un regard inquiet qui me déchira le cœur.

Patrick s'approcha à son tour mais je le repoussai, je repoussai tout le monde. Le plus rapidement possible, je montai l'escalier, une main contre le mur et l'autre soutenant ma tête comme si elle risquait de tomber. Et, lorsque j'arrivai enfin dans mon repaire, je claquai la porte brutalement pour évacuer toute cette rage qui me consumait.

Je pouvais presque entendre les pleurs d'Evangeline, ses cris alors que papa la secouait en la tenant fermement par les cheveux. J'avais l'impression de sentir à nouveau le goût âpre de la peur sur mes lèvres alors que je me demandais s'il finirait par lui arracher une à une ses boucles blondes.

J'avais envie de hurler de toutes mes forces, en espérant que cela couvrirait les appels de ma petite sœur. À la place, mon bras balaya mon bureau d'un geste brusque et je laissai les affaires tomber au sol dans un bruit sourd. Je savais que mes tuteurs devaient se faire un sang d'encre, je savais que Jake devait s'en vouloir à mort, mais j'étais incapable de les affronter pour l'instant.

Je shootai dans mon classeur qui traînait au sol, abandonné depuis le début du week-end. J'avais envie de tout détruire sur mon passage et, au fond, j'étais comme ça. Je détruisais tout ce que je touchais.

Je revoyais l'éclat du métal lorsque j'avais saisi le couteau entre mes mains... Et je commençais à imaginer l'horreur que cela avait dû être de sentir celui-ci s'enfoncer dans le dos de mon géniteur. Deux fois.

Je serrai la mâchoire, me mordis la langue, mais cela ne suffit pas. Ça ne suffisait plus. Alors, en étouffant un râle, je m'écroulai sur le sol et cachai mon visage entre mes genoux. J'essayais d'étouffer les sanglots qui manquaient de m'étrangler. Mais plus je tentais d'enfermer ma peine, plus elle ressortait. Mes mains repassaient sur mes yeux, encore et encore, pour dissimuler les traces de ma faiblesse. Pourtant, je savais que ça ne suffirait pas.

Ça ne suffirait plus.

La porte s'ouvrit doucement, mais j'avais trop honte pour lever les yeux. Je savais que Jackie Chan aurait les mêmes yeux rouges que les miens, qu'il aurait les mêmes perles salées roulant sur ses joues. Et, là encore, ce serait de ma faute.

— Va-t'en, soufflai-je d'une voix rauque en dissimulant mon visage.

Il ne m'obéit pas, n'alluma pas non plus la lumière. En réalité, il n'essaya même pas de parler. J'entendis ses pas alors qu'il avançait et, toujours sans un mot, se laissait glisser à mes côtés. Il renifla un grand coup et je sentis alors son épaule effleurer la mienne.

— Je suis désolé, finit-il par lâcher.

Et j'aurais aimé lui répondre, vraiment, seulement j'en étais incapable. Je ne pouvais plus prononcer un mot. Je ne pouvais plus relever le visage.

J'étais lâche.

J'étais mauvais.

— Je suis tellement désolé, Gabriel, insista-t-il encore, et sa voix flancha vers la fin.

Jake était si jeune. J'avais tendance à l'oublier, mais il n'avait que treize ans. Il ne pouvait pas savoir à quel point le monde pouvait virer au chaos quelquefois. Il ne pouvait pas comprendre que, parfois, les monstres se cachent. Que, parfois, on s'attache à eux et on leur donne l'occasion de nous blesser.

Jake ignorait tout ça, sinon il ne se serait jamais accroché à moi.

— Il faut que tu t'en ailles, Jackie Chan.

— Pourquoi ? Tu m'en veux ? S'il te plaît, Gaby, je te jure que je n'ai jamais voulu ça, s'expliqua-t-il précipitamment.

— Je l'ai tué. Je l'ai fait, merde. J'ai... Oh putain, lâchai-je en sentant ma voix dérailler à nouveau.

— On le savait, tous. On l'a toujours su. Et on t'aime comme ça, Gaby, marmonna le gamin en collant un peu plus son épaule à la mienne, comme s'il acceptait d'être mon bouclier le temps que je renfile une armure.

— Ce n'est pas pareil, tu comprends ? J'en ai été capable, je pourrais recommencer.

Mais Jake ne s'en alla pas, ne retira pas son épaule. Et, au fond, je l'en remerciais. Je le remerciais d'être cette ancre solide qui s'enfonce dans le sol et qui vous donne quelque chose à quoi s'accrocher. Je n'avais plus rien, mais il était toujours là.

— Tu avais raison, au fait. C'est de ma faute si Brittany ne te parle plus, changea-t-il brusquement de sujet.

— On s'en fout, le coupai-je, parce que je ne pouvais pas faire face à tous mes problèmes en même temps.

— Non, il faut que tu saches. Je pense que j'ai… fait une connerie. Du genre… euh, sous-entendre que tu m'avais un peu raconté ses problèmes, avoua-t-il d'une voix incertaine.

En poussant un soupir las, je collai ma tête contre le mur et pris une profonde inspiration, comme si cela pouvait chasser tous mes problèmes.

— Dis, Gaby… Je peux dormir avec toi cette nuit ? demanda la petite voix de Jake.

Et je hochai la tête sans un mot.

Jake savait que j'étais incapable de dormir seul ce soir. Mais il savait aussi que j'avais craqué beaucoup trop fort pour m'enfoncer davantage en le lui demandant.

— Ouais, morveux. Ouais, répondis-je sobrement en cachant ma reconnaissance aussi profondément que mes larmes.

59

PATRICK GOSSOM

Je poussai un soupir en aidant Claire à ramasser les débris de verre au sol. Je pouvais voir ses mains trembler si fort que, je le savais, elle allait finir par se couper. Lorsque je lui enlevai les morceaux des doigts, elle plongea son regard envoûtant dans le mien et je pus y voir une détresse qui me déchira le cœur.

— Qu'est-ce qu'on peut faire, Patrick ? Comment peut-on l'aider ? me demanda-t-elle en lançant un regard vers le plafond, comme si les deux garçons pouvaient nous entendre.

Plus aucun bruit ne nous était parvenu depuis que Jake était entré dans la chambre. C'était forcément un progrès.

— Je… j'ai peut-être une idée, lui confiai-je en grimaçant.

J'avais caché cela depuis plusieurs mois, incapable de me résoudre à utiliser la petite carte de visite que le monsieur m'avait tendue. J'avais été des plus égoïstes en agissant ainsi, et pourtant je ne parvenais pas à le regretter. Je ne parvenais pas à me décider, à agir.

Je voulais aider Gabriel, oui. Mais je craignais de perdre mon garçon en route.

— Dis-moi.

Pour toute réponse, je lui tendis le petit papier cartonné qui était resté dissimulé bien au fond de ma poche. Elle relut plusieurs fois la brève inscription sans réellement comprendre mon intention.

— Pourquoi tu as la carte d'un détective privé dans ton jean ? demanda-t-elle d'une voix perdue.

— J'y ai songé en début d'année, en fait. J'ai trouvé une annonce dans le journal, et je me suis rendu à son bureau pour obtenir plus de renseignements.

— Tu veux retrouver Evangeline, comprit-elle en regardant la carte de visite d'un œil nouveau.

— Je suis parti sans l'avoir engagé, avouai-je à voix basse, comme si cela pouvait diminuer ma culpabilité.

— Mais pourquoi ?

Je rapportai les débris dans la cuisine sans lui répondre, prenant le temps de les jeter dans la poubelle et de me servir un verre de vin.

— Pourquoi, chéri ? insista-t-elle en glissant ses doigts fins autour de ma taille.

— Et si on ne la retrouve pas ? Si… si elle a mal tourné ? Tu sais très bien que Gabriel la suivra dans sa descente aux enfers. Tu sais qu'il y plongera même avec plaisir si c'est pour être avec elle. Il la suivra au bout du monde si c'est là qu'elle habite, il retrouvera tout ce qu'il a toujours voulu avoir, et nous… nous ne serons qu'une étape balayée de sa vie, terminai-je avec plus d'amertume que je ne le désirais.

Je sentis ses doigts se resserrer autour de moi et posai ma main sur les siennes.

— Et maintenant… maintenant, je me dis que j'avais une solution pour épargner toutes ces souffrances à notre fils et que je l'ai gardée pour moi. Je me dis que j'aurais pu l'aider à aller mieux et que je lui ai enfoncé la tête sous l'eau, repris-je d'une voix plus forte à mesure que je prenais conscience de mon acte.

Nous avions toujours su que Gabriel était un enfant brisé, qu'il ne serait jamais un petit garçon normal. Personnellement, je l'avais compris le jour où nous lui avions organisé une fête surprise, et où il avait sursauté si fort que je m'étais dit qu'il avait réellement eu peur qu'on lui tende un piège dans notre salon. Mais il avait grandi, et je l'avais regardé évoluer sur un fil comme un funambule. Je l'avais regardé se débattre seul avec ses cauchemars, et j'étais fier de lui, de ce qu'il était devenu. Plus qu'il ne pourrait jamais l'imaginer.

— Eh bien… Il n'est pas trop tard, n'est-ce pas ? me souffla la voix intelligente de ma femme en saisissant le téléphone du salon.

60

BRITTANY

J'aurais vraiment cru que Gabriel abandonnerait la partie. J'avais simplement oublié qu'il était bien trop joueur pour ça.

Lorsque j'ouvris la porte pour lui dire de dégager, il glissa son pied à l'intérieur pour m'empêcher de la refermer aussi facilement que la dernière fois.

— Mais merde, Gossom, fous-moi la paix, m'exaspérai-je alors qu'il entrait de son propre chef.

— Non. Je te l'avais dit. Je t'avais dit que je serais là tous les jours, rétorqua-t-il en se rapprochant, pointant un doigt accusateur dans ma direction.

— Ouais, t'as dit beaucoup d'autres choses, apparemment, lançai-je d'une voix sarcastique en claquant la porte.

Il se tourna vers moi et je sentis les cendres de ma colère se rallumer.

— Arrête, d'accord ? Je suis désolé, ça te va ?

— Oh, excuse-moi ! Puisque *môssieur* est désolé, on peut passer l'éponge, évidemment, le raillai-je en sachant que je le poussais lentement à bout.

Il posa une main sur son front et inspira profondément avant de reprendre :

— Je ne suis pas venu me disputer avec toi, grogna-t-il, et, si je n'avais pas été en colère, j'aurais salué sa retenue fraîchement acquise.

— Et tu t'attendais à quoi ? À ce que je te saute dans les bras ?

— Bien sûr que non, s'exclama-t-il en roulant les yeux.

— Ah non, pardon, c'est vrai que c'est le rôle de ta pouffe de Patty, ça, explosai-je avant d'avoir pu me retenir.

— Arrête de tout mélanger, merde, s'énerva-t-il à son tour.

Et c'était tellement, tellement facile de jouer avec ses nerfs.

— Je n'arrive pas à croire que tu lui aies dit ! Je te faisais confiance, attaquai-je à nouveau.

— Tu peux me faire confiance ! Jake... Ce n'est pas pareil avec Jake, il sait tout, il connaît tout, se défendit-il pitoyablement.

— Tu m'as trahie, sifflai-je en coupant sa tirade lamentable, et je ne sus pas moi-même si je parlais réellement de Jake à cet instant-là.

Je ne voulais plus le voir. J'avais été tellement déçue lorsque je l'avais surpris, au beau milieu du couloir, à jouer avec les cheveux de cette... *Argh !* Cette pétasse !

Je sentais le contrôle m'échapper et, pour éviter qu'il ne me considère définitivement comme folle à lier, je me détournai et grimpai l'escalier quatre à quatre. Je devais fuir cette scène, cette rancœur qui me poursuivait depuis que je l'avais vu avec cette fille. Je devais fuir tout ce qui m'avait aidée à tenir ces derniers mois, et c'était sacrément plus dur que je ne l'avais imaginé.

— Arrête de dire ce genre de conneries, Brittany, cria-t-il en me courant après.

— Tu m'as trahie, répétai-je en sentant mes yeux me brûler, continuant d'avancer en espérant arriver dans ma chambre bien avant lui pour pouvoir m'y enfermer.

— Je ne l'ai dit à personne d'autre, je ne le ferais jamais ! Arrête de faire ta gamine et regarde-moi, explosa-t-il en saisissant mon bras.

Mais j'étais beaucoup trop enragée. Je saisis le vase qui reposait tranquillement sur le meuble et le jetai au sol. Gabriel s'immobilisa pendant quelques instants et cela suffit pour que je me libère de sa poigne d'un geste brusque.

— Calme-toi, d'accord ?

— Fiche-moi la paix.

— Pourquoi ? Pour que t'ailles t'enfermer dans ta petite bulle ? rétorqua-t-il d'une voix sombre.

— Désolée, mais l'accès est interdit aux connards, le piquai-je en ouvrant la porte.

Je voulus la refermer l'instant d'après, mais deux mains m'agrippèrent fermement les avant-bras. Il se glissa à l'intérieur et la porte se ferma juste un instant trop tard. Plaquée dessus, les deux poignets levés, j'étais sans défense face à lui. J'étais à nu alors qu'il gardait son armure en acier blindé, une fois de plus. Je me sentais vulnérable et c'était profondément injuste. C'était même carrément de la triche qu'il exige de moi d'être totalement transparente alors qu'il était incapable d'en faire autant.

Je compris alors que ça ne servait à rien de me rebeller, que ça ne servait à rien d'essayer d'expliquer qu'il m'avait blessée. Gabriel Gossom ne faisait que ce qui l'arrangeait, il modifiait les règles du jeu à sa guise. Il cachait des as dans les manches de son sweat-shirt, et se débrouillait pour posséder quelques jokers à chaque partie.

— Pourquoi ? Pourquoi tu m'as réparée pour me briser après ? repris-je d'une voix faible en laissant retomber ma tête.

Je refusais de le regarder. Je refusais qu'il voie mes larmes, même si je n'avais plus beaucoup de fierté, ainsi épinglée sur la porte de ma propre chambre. Sa poigne se desserra légèrement à la fin de ma phrase et j'en profitai pour me retourner brusquement et me dérober à sa vue. Son corps m'empêchait de m'enfuir mais au moins n'avais-je pas l'obligation d'affronter ses yeux.

Je l'entendis cesser de respirer pendant un quart de seconde. Durant ce laps de temps, le monde arrêta de tourner, le temps stoppa sa course. Nous nous tenions tous les deux immobiles dans ma chambre. J'avais envie de lui hurler de partir, mais je savais qu'il ne m'obéirait pas.

Au bout d'un long moment de silence, il me prit par surprise lorsqu'il me retourna brusquement. Ses yeux plongèrent dans les miens et il resta ainsi à me fixer. Je l'affrontai du regard, le défiant de se moquer de mes larmes.

À la place, il nicha son nez dans le creux de mon cou, humant mes cheveux.

— Je suis désolé, Fricht. Je n'ai jamais, jamais voulu te blesser. Je suis désolé d'avoir échoué, murmura-t-il sans relever le visage, et cela brisa mon cœur.

Je ne comprenais pas de quoi il parlait, je m'en fichais. J'essayais de contrôler ma respiration mais celle-ci refusait de ralentir, mon rythme cardiaque frôlait les deux cents à l'heure.

— Je suis tellement désolé, Brittany, reprit-il en glissant ses doigts dans mon dos avant de les poser sur mes hanches.

Je savais ce qu'il cherchait à faire. On se retrouvait au beau milieu d'une violente tempête et il avait besoin de quelque chose à quoi s'accrocher. Je savais qu'il ne pensait pas à la coulée de lave que laissaient ses doigts dans leur sillage.

J'avais chaud, tellement chaud.

Ses mains aggripèrent l'ourlet de mon pull et se glissèrent en dessous, sur ma peau. Elles étaient glacées et je ne savais pas si c'était le froid ou la sensation de sa peau sur la mienne qui faisait naître un courant électrique le long de ma colonne vertébrale.

Ses pupilles me fixaient, attendant une réponse que j'étais incapable de lui fournir. D'un seul coup, toute ma rage contre lui s'était envolée pour laisser place à quelque chose de bien plus primitif, de plus urgent. Et ça m'énervait.

Ça m'énervait de voir que, même s'il me blessait, je revenais toujours vers lui.

Mon regard dériva vers sa bouche, lentement. Je le vis s'humecter les lèvres, comme si lui aussi avait perdu pied, comme si lui aussi était perdu.

Et alors, je remarquai les cernes sous ses yeux, le rouge qui semblait colorer son regard. Mes doigts effleurèrent sa tempe avant que mon esprit ne puisse m'en empêcher. J'eus peur de sa réaction, j'eus peur qu'il ne prenne la fuite et ne m'abandonne ainsi.

J'eus envie de pleurer lorsqu'il reposa sa tête sur ma main, me fixant de ses yeux bruns si envoûtants, si sombres. Ses doigts se resserrèrent légèrement autour de moi et une frontière s'évanouit brusquement.

Je ne trouvais plus rien pour m'empêcher de me jeter sur ses lèvres, là, maintenant, tout de suite. Je ne sentais que ses mains sur ma peau, ses doigts entourant mes hanches.

Mes ongles coulèrent à leur tour sur son tee-shirt et je tirai dessus pour l'attirer vers moi. Il comprit immédiatement ma requête et, presque instantanément, ses lèvres se retrouvèrent sur les miennes.

J'avais envie de rester ainsi, d'arrêter le temps quelques instants et de savourer ma défaite.

Seulement, il approfondit le baiser et mes mains se retrouvèrent sur sa nuque, empoignant ses cheveux juste assez fort. Juste assez pour lui rappeler que je l'avais vu avec cette fille. Il grogna et me coinça contre la porte. Je sentais ses bras puissants me serrer toujours un peu plus contre lui, comme s'il voulait que je me fonde en lui.

— Brittany, souffla-t-il entre deux baisers, et mes ongles s'enfoncèrent dans son dos.

Je ne voulais pas qu'il réfléchisse, qu'il me repousse, qu'il s'éloigne. Je voulais l'avoir auprès de moi, à moi seule, pour toujours. Et je savais, oh oui, que Gabriel Gossom n'était pas le genre de garçon que l'on pouvait tenir en laisse. Mais je savais aussi que je pouvais l'avoir, rien qu'une fois.

— Qu'est-ce qu'il y a, Gossom ? Tu as peur de me montrer tes abdos ? ricanai-je en reprenant notre vieille habitude.

— Tu les as déjà vus, plaisanta-t-il, et je sentis son sourire contre mes lèvres.

Mes mains descendirent un peu plus bas dans son dos, courant de ses omoplates à la chute de ses reins.

— Ah oui ? Eh bien, ils ne devaient pas être assez bien pour me laisser un souvenir, le taquinai-je alors que mes mains remontaient doucement le bas de son pull.

— Fricht, m'arrêta-t-il une seconde fois alors que j'avais juste envie de me laisser emporter.

— Gossom ?

— Tu ne veux pas ça, murmura-t-il, et je ressentis une petite pointe de fierté en entendant son souffle saccadé.

Je levai les yeux vers lui, lâchant ses lèvres, et affrontai les deux orbes sombres qui me fixaient sans ciller. Il ressemblait à un véritable ange déchu. Une beauté trop belle pour être humaine, une aura noire qui ne pouvait résulter que d'une descente aux enfers.

— Petit Gabriel… Je suis une grande fille, me moquai-je avant d'avoir pu réellement y réfléchir, et je sentis son corps se presser encore un peu plus contre moi.

— Attends, se contenta-t-il de me murmurer une fois de plus au creux de l'oreille, mais il se trompait s'il pensait que c'était cela qui m'arrêterait.

J'enlevai son tee-shirt pour lui, le faisant passer rapidement au-dessus de sa tête. Je souris en voyant des frissons se former sur ses bras et il attrapa mes lèvres en représailles. J'avais l'impression de fondre comme le sirop d'érable sur une pile de pancakes et, Dieu, c'était agréable. Je l'entendis à nouveau murmurer mon nom au creux de mon oreille alors que son visage se faisait plus sérieux, et je soupirai.

— Oui ?

— Ce n'est pas bien, continua-t-il tout de même, et je levai les yeux au ciel.

Gabriel n'avait jamais eu aucune retenue envers les filles, que ce soit Vanessa à une certaine époque ou n'importe laquelle de ses conquêtes. Pourquoi, diable, n'en était-il pas de même avec moi ?

Était-ce… Était-ce à cause de mes cicatrices ? Pourtant, un bref regard à mon poignet me confirma que mes bracelets étaient toujours là, telle une armure infaillible.

— Je ne suis pas assez bien pour toi ? lâchai-je d'une voix que j'espérai assurée.

Ses yeux s'assombrirent encore un peu plus, au-delà du possible, et, lorsque ses lèvres touchèrent à nouveau les miennes, je sus que j'avais fait voler en éclats ses dernières résistances. Il ne se contentait pas de m'embrasser, il me dévorait lentement, prenant soin de faire courir ses doigts sur mon ventre, effleurant mon dos, ma taille.

Il parvint, par je ne sais quel moyen, à me faire reculer jusqu'au lit et je perdis la capacité de réfléchir au contact des draps. D'un geste calculé, je soulevai mon haut et fixai Gabriel.

Ce dernier restait debout près du lit. Il ne semblait pas décidé à me rejoindre. Il m'observait sous toutes les coutures et, lorsque je crus qu'il allait abandonner, il vint se placer au-dessus de moi. Pendant un instant, il hésita.

— Pourquoi gardes-tu tes bijoux ? demanda-t-il calmement.

— Quoi ? me contentai-je de balbutier alors que nos nez s'effleuraient presque et que je n'avais qu'une envie : qu'il se taise et m'embrasse.

Encore et encore.

Mais il se redressa et entreprit d'enlever un à un mes petits bracelets fantaisie. Je tentai bien de me débattre, mais il était fort et un peu trop lourd pour moi.

— Tu m'écrases, espèce de primate, m'exclamai-je en espérant que cela détournerait son attention.

— Ah. Le retour de Fricht, se moqua-t-il en me lançant un regard malicieux avant de me retirer le dernier bracelet.

Et, alors que je possédais encore la majorité de mes vêtements, je me sentais bien plus nue que je ne l'avais jamais été devant un garçon. Je fixais mon plafond sans plus chercher à coucher avec lui. Je voulais juste qu'il nous laisse seules, moi et mes affreuses cicatrices. Je voulais qu'il s'en aille avec cette pouffe de Patty et me permette de recoller les morceaux.

Puis ses doigts commencèrent à dessiner de petits dessins asymétriques le long de mes bras, glissant sur ma peau comme la plus délicieuse des caresses. Il descendit jusqu'à mon ventre, traça des petits cercles autour de mon nombril avec une tendresse dont je ne le croyais pas capable. J'essayais de contrôler ma respiration alors qu'il s'amusait à créer des frissons sur ma peau, un sourire taquin sur les lèvres.

Il semblait innocent. C'était totalement débile dans un moment pareil, mais j'avais l'impression que le petit Gabriel de sept ans se superposait à celui d'aujourd'hui pendant une poignée de secondes alors qu'il dessinait sur ma peau. Il ne paraissait plus préoccupé par mon souffle saccadé. Il semblait même avoir oublié que nous étions tous les deux à moitié nus au milieu d'un lit.

Je me demandai si toutes ces filles avaient pu voir cette image, cette vulnérabilité qui apparaissait au moment le plus inattendu. Je sentis mon estomac se tordre violemment à cette idée.

Je compris qu'on ne coucherait pas ensemble cette fois-là, et ouais, je ne parvins pas à le regretter. Nous nous amusions des limites sans totalement les franchir, nous contentant de nous en rapprocher juste assez pour sentir l'adrénaline nous traverser.

Et c'était bien parfois, de ne pas dépasser la ligne. Parce que je savais que, à l'instant où ce serait le cas, je le perdrais.

Gabriel n'offrait pas de relation, ne voulait aucune attache. Je savais qu'il me réserverait une nuit, peut-être trois si j'étais vraiment cool.

Or, j'avais commencé à comprendre que ça ne me suffirait pas.

Ça ne me suffirait jamais.

Il resta ainsi durant un moment, je ne saurais dire combien de temps. Parfois, il se baissait vers moi pour m'embrasser dans le cou. Il laissait ses lèvres courir quelques instants sur ma mâchoire avant de nicher sa tête au creux de ma nuque. Mes mains effleuraient ses omoplates sans que j'ose prononcer le moindre mot. J'avais l'impression que l'on avait ouvert une brèche temporelle et que ma chambre entière s'y était glissée avec nous.

Là-bas, il n'était pas Gabriel Gossom, la brute écorchée vive au passé traumatisant et à l'avenir incertain.

Là-bas, je n'étais pas Brittany Fricht, la poupée de porcelaine mutilée à la famille brisée.

Et, lorsque ses yeux commencèrent à papillonner et que ses doigts tracèrent de plus en plus lentement les cercles autour de mon nombril, je stoppai sa main.

Il voulut s'en aller, mais je le retins par l'index. C'était une manière de lui dire que rien n'avait changé, qu'il ne devait pas craindre que je ne me transforme en une amoureuse éplorée.

C'était une manière de le faire rester.

Et, lorsqu'il s'allongea à mes côtés et me tint fortement dans ses bras, je fis semblant que pour moi non plus tout cela ne signifiait rien.

— Je suis désolé. Tu es juste… Tu n'es pas comme les autres, et je m'ennuierais si je ne passais plus mon temps à te gâcher un peu la vie. Mais tu es magnifique, Brittany, me murmura-t-il au creux de l'oreille.

Et c'est probablement cela qui finit de m'achever. Parce que, pour la première fois de ma vie, je le crus. Je ne pensais pas à mon ventre trop flasque, à mes cheveux trop secs ou à mes hanches trop larges.

Non, je me trouvais jolie.

Et, pour la première fois de ma vie, je me fichais bien de ce que pensaient les autres garçons. Parce que je savais ce qu'il en disait, lui.

Alors, lorsqu'il s'endormit, je craquai. Mes larmes coulèrent, encore et encore, je n'étais même pas sûre de savoir pourquoi.

Ou plutôt, je le savais. Je le savais même très bien, mais je craignais les conséquences.

J'avais toujours rêvé d'un amour qui me consumerait tout entière. Un amour dévorant que je pensais hors d'atteinte.

Je cherchais un garçon qui me comprendrait, quelqu'un de compréhensif, oui, mais de généreux aussi. Quelqu'un de tendre qui saurait recoller tous les morceaux brisés que j'avais essayé de rassembler durant ces trois dernières années.

Je voulais un amour enflammé, et malheureusement je l'avais trouvé. Gossom n'était rien de ce que je m'étais toujours imaginé, il n'était ni doux ni serviable. Mais il me comprenait, mieux que quiconque. Il savait me réparer aussi facilement que me détruire. Il était celui qui faisait mes journées, celui qui me consolait, celui qui serait toujours un rempart derrière lequel je pourrais me réfugier, un bouclier qui me protégerait du monde entier. Et non, il n'était pas gentil. Non, ce n'était pas un rat de bibliothèque qui me déclamerait des poèmes. Mais il serait là, toujours là, pour veiller sur moi.

Gabriel Gossom était un véritable feu, capable d'incendier des océans entiers.

Et, plus que tout, il me brûlerait vive.

61

GABRIEL

Je me réveillai avec une odeur de caramel dans les narines, et une partie de mon subconscient fit le lien avec le shampoing de Brittany. Encore endormi, je tournai la tête vers la seule source de lumière et fronçai les sourcils en découvrant que ce n'était pas la vue de mon jardin.

Puis quelque chose bougea contre moi et je vis une touffe de cheveux bruns s'échapper des draps. La soirée me revint alors en mémoire et, tandis qu'elle dormait, j'en profitai pour examiner de plus près ma guerrière.

J'observais ses cils créer deux épaisses barrières afin de protéger ses prunelles d'un vert sans pareil des mauvais rêves. Je savais qu'à la minute où elle se réveillerait, elle récupérerait cette armure qu'elle enfilait presque inconsciemment. Elle mettrait à nouveau une dizaine de bracelets à son poignet et me balancerait une réplique qui me laisserait sans voix.

Alors je profitais de l'avoir, si silencieuse, à côté de moi. Ainsi, je savais que personne ne viendrait lui faire du mal. Je savais que j'étais là pour la protéger, de n'importe quoi. Même de moi.

— Gossom, le premier debout est censé faire le café, grommela-t-elle d'une voix à moitié endormie en se tournant vers moi.

— Tu as horreur du café, lâchai-je alors qu'elle ouvrait un œil en soupirant face à mon sourire narquois.

— T'es chiant.

— J'ai surtout raison.

Elle me poussa brusquement et je tombai du lit, pris par surprise. Au bout d'une seconde, je vis sa tête dépasser des draps alors que son rire résonnait dans la chambre.

— Bon, maintenant, va préparer le café, me nargua-t-elle en replongeant sous les draps.

— Fricht.

— Ouais ?

Ce fut mon unique avertissement avant de la tirer par les pieds. Elle poussa un petit cri étranglé et essaya de s'accrocher à quelque chose mais ne parvint qu'à entraîner quelques draps avec elle.

— Gossom, s'il te plaît ! Il fait froid, s'exclama-t-elle en essayant de paraître énervée.

— T'as qu'à t'habiller, lui rétorquai-je avec un haussement de sourcils évocateur.

C'est à cet instant que Brittany posa les yeux sur sa tenue, et qu'elle se rendit compte qu'elle avait passé la nuit avec son jean, mais sans haut.

— Passe-moi ton pull, grommela-t-elle en croisant les bras devant son soutien-gorge.

— Pourquoi ? J'aime bien la vue, lâchai-je d'une voix innocente qui la fit rouler les yeux.

Elle saisit mon sweat-shirt qui traînait sur le sol et l'enfila rapidement. Je lui tournai le dos pour descendre l'escalier, sentant ses yeux rivés sur mon dos.

Et ça me perturba, plus que cela n'aurait dû.

***

J'envoyai un bref message à Jake le temps qu'elle prépare le petit déjeuner, le rassurant sur le fait que je n'avais pas fugué.

Puis, levant les yeux vers Fricht, je la vis pousser le pot de chocolat vers moi.

— Et toi ? lançai-je d'une voix détachée.

— Quoi, moi ?

— Qu'est-ce que tu prends ?

Elle ouvrit la bouche, avant de la refermer une seconde plus tard sans avoir prononcé le moindre mot.

— Je ne mange pas, lâcha-t-elle d'une voix hésitante, sentant une nouvelle bataille se profiler.

— C'est le repas le plus important de la journée, m'offusquai-je en ignorant son soupir agacé.

— C'est le plus gras, ouais !

Avec un regard malicieux, je fis deux tartines au chocolat avant de les lui tendre. Elle regarda les tranches de pain d'un œil circonspect puis leva les yeux vers moi.

— Qu'est-ce que tu attends pour les manger ? Le déluge ?

— Elles sont à toi, déclarai-je fièrement en lui agitant les tartines sous le nez.

— Ne fais pas le gamin et mange-les, Gossom, s'exaspéra-t-elle.

— C'est un cadeau ! Tu ne peux pas refuser un cadeau, m'exclamai-je, outré.

Elle me fixa pendant un instant, cherchant un moyen de décliner l'offre. Seulement, je restai parfaitement sérieux et elle finit par pousser un grognement méprisant en avalant une bouchée.

— T'es chiant. T'es tellement, tellement chiant, se contenta-t-elle de répéter en voyant mon sourire narquois.

Puis son regard se posa sur son poignet pendant un quart de seconde. Elle sembla alors réaliser qu'elle avait oublié de mettre ses bracelets. Je le vis à la pâleur de son visage et, doucement, je me levai du tabouret pour m'approcher d'elle.

— Ça te va bien.

— Quoi ? demanda-t-elle avec un regard perdu qui m'empêcha de sortir la vanne que j'avais prévue.

— Le réveil, lâchai-je à la place en faisant glisser mes doigts le long de ses bras jusqu'à ses cicatrices.

— Oh, s'il te plaît, je ne suis même pas maquillée, se plaignit-elle, et cela me fit sourire.

— Moi non plus, plaisantai-je, et elle me donna un coup dans l'épaule en se dégageant.

Puis le silence revint dans la cuisine et je me tus pour l'observer. Sa main droite cachait son poignet de mes regards indiscrets et je la laissai faire, conscient que c'était une protection comme une autre.

Une protection inutile.

— Pour hier… commença-t-elle d'un ton hésitant.

— Ouais, je sais, la coupai-je d'une voix détachée.

Elle me lança un regard surpris et s'appuya sur le plan de travail.

— Ah bon ?

— Eh bien oui. Je veux dire, tu es clairement à tomber et je suis beau comme un dieu, commençai-je alors que mes yeux fouillaient les siens pour être sûr de capter l'instant où elle croiserait les bras sur sa poitrine et roulerait les yeux.

Cette mimique arriva à la seconde suivante.

— Mais encore ?

— J'aime t'embrasser. Toi aussi. C'est normal qu'on le fasse, terminai-je brièvement en haussant les épaules.

— Je t'ai poussé trop fort du lit ce matin, ricana-t-elle en évitant mon regard.

— Non mais, je veux dire… Enfin, ce qui est bien, c'est qu'aucun de nous n'attend quelque chose de l'autre, continuai-je maladroitement.

— Je t'en prie, Gossom, développe, se moqua-t-elle en avalant une nouvelle bouchée de ma tartine.

Je pris le temps de mâcher lentement un bout de mon pain, cherchant une explication rationnelle. Je ne pouvais clairement pas lui dire que l'embrasser n'était pas une envie, mais un besoin. J'avais besoin qu'elle soit contre moi, avec moi. Pas comme une petite amie, mais comme une sorte d'amie un peu étrange.

Et, après tout, elle avait toujours eu ce rôle. Seulement, dorénavant, cela devenait plus tangible, plus réel. Je savais que Fricht était mon opposé. Et nos gestes de la veille venaient brutalement de m'éjecter de la petite case qu'elle m'avait réservée. Ce qui la gênait, ce n'était pas de m'avoir embrassé, c'était de ne plus savoir où me ranger.

— Brittany, me lamentai-je pour qu'elle me fiche la paix.

— Donc… On est toujours, tu sais, comme avant ? m'interrogea-t-elle, et, lorsque ses iris croisèrent les miens, j'y lus un tel mélange d'émotions que je ne parvins pas à les trier.

— Ouais, évidemment, la rassurai-je d'un haussement d'épaules.

— Donc, tu es toujours mon magnifique placard, me charria-t-elle en éclatant de rire, toute trace de sentiment à nouveau envolée.

— Toi, tu vas me rendre mon sweat et la fermer, grommelai-je en essayant de la saisir par la manche de mon vêtement.

Elle ricana et recula juste assez pour que je ne puisse plus l'atteindre.

— Non, Fricht.

— Quoi ?

— Je ne courrai pas après toi, la prévins-je en levant un sourcil face à son air manipulateur.

— Ah ouais ?

— Ouais.

— Eh bien… C'est dommage pour ton sweat, alors, me nargua-t-elle en remontant lentement l'escalier.

— Fricht, je ne quitterai pas cette maison sans mon sweat, la menaçai-je en élevant la voix pour qu'elle puisse m'entendre de l'étage.

***

Je soupirai de lassitude et lançai un coup d'œil meurtrier à Jake lorsque celui-ci me regarda enlever mon manteau.

— Tu… n'avais pas un sweat-shirt, hier ? demanda-t-il en essayant de cacher son rire.

— Bravo, Sherlock, grommelai-je en montant l'escalier, priant pour ne pas tomber sur mes tuteurs en haut des marches.

— J'en déduis que tu t'es réconcilié avec Brittany ? Gabriel ? insista-t-il lorsqu'il comprit que je ne lui répondrais pas.

Mais je me tenais sur le seuil de ma chambre, impeccablement rangée. Je saisis rapidement un tee-shirt dans mon placard et l'enfilai en laissant mon regard traîner sur les meubles.

— J'ai pensé que tu n'aimerais pas la retrouver en désordre, déclara alors une voix hésitante dans mon dos.

Mes yeux se tournèrent vers Claire, qui me fit un petit sourire. Elle pensait que je lui en voudrais d'avoir fouillé dans mes affaires et, pour être honnête, j'aurais vraiment voulu faire ça : l'engueuler et rejeter la faute sur elle, être si méchant qu'elle ne tenterait plus jamais de m'aider.

— Merci, lâchai-je à la place.

— Mais de rien, répliqua-t-elle dans un murmure.

Elle s'approcha doucement de moi, comme si elle craignait que je ne prenne la fuite. Puis me força à baisser la tête jusqu'à ce que ses lèvres puisse toucher mon front.

— J'ai trouvé quelque chose, par terre. Je n'ai pas fouillé, je te le promets. Elle est juste tombée, souffla-t-elle en dardant un regard inquiet sur moi.

Lorsqu'elle me tendit l'objet, je reconnus la seconde photo que m'avait donnée la psy. Si je gardais toujours le premier cliché dans ma poche, je ne parvenais pas à faire pareil avec celui-là.

Peut-être parce qu'on y voyait mon père, souriant. Peut-être parce qu'une petite fille aux boucles d'or riait aux éclats, assise sur ses épaules. Peut-être parce que j'étais devant eux, avec un visage un peu potelé.

Cette photographie me rappelait tout ce que j'avais perdu. Elle me rappelait les cris d'Evy lorsque mon géniteur l'avait brutalement secouée, ses sanglots alors que ses boucles s'emmêlaient sous les coups. Je me rappelais aussi la faim, pendant toutes ces années. Je me rappelais avoir perdu ce visage un peu dodu, je me rappelais avoir eu mal au ventre des samedis entiers en priant pour que l'école reprenne vite et que je puisse manger la bouffe dégueulasse de la cantine.

— Je ne suis pas sûr de vouloir la garder, soufflai-je en lui adressant une grimace hésitante.

J'avais peur de la jeter, pour une raison totalement absurde. J'avais autant peur de la jeter que de la conserver.

— Je pourrais peut-être veiller sur elle ? Je la rangerais dans un placard et si un jour tu veux la revoir elle sera toujours là, proposa ma tutrice avec un air attendri qui me donna des crampes à l'estomac.

— Je te rembourserai, pour le vase, lançai-je d'une voix faussement indifférente lorsqu'elle se détourna.

— Ce n'est pas toi qui l'as cassé.

— C'est de ma faute, argumentai-je en passant une main sur ma nuque.

— Non, c'est moi qui ai cassé ce vase, Gabriel. Tu ne peux pas prendre les fardeaux de tout le monde, comme tu ne peux pas te reprocher toutes les erreurs de l'univers, me rétorqua-t-elle en s'éloignant dans le couloir.

Et j'essayai d'ignorer le sous-entendu dans cette petite réplique.

Parce que Claire avait tort. J'étais coupable, de tout. Et de bien plus encore.

62

VANESSA

Je me frottais les bras pour tenter de faire disparaître les frissons tout en fixant d'un œil inquiet la façade de la minuscule maison qui se tenait en face de moi.

Je soufflai un bon coup, posai le doigt sur la sonnette en songeant au millier de microbes qui devait s'y trouver et restai gentiment appuyée dessus. Une part de moi, complètement stupide, était heureuse de faire chier les gens à dix-neuf heures un dimanche soir.

Amandine m'ouvrit la porte rapidement, et je devinai que c'était surtout pour faire cesser le bruit insupportable de la sonnerie. Elle avait relevé ses cheveux en une queue haute, comme quasiment tous les jours. Son corps était dissimulé sous un pull informe et épais qui me fit plisser le nez.

Puis je levai le regard vers ses yeux sombres, essayant de distinguer la pupille de l'iris d'un marron si profond qu'il flirtait avec le noir.

— Salut, lança-t-elle d'une voix incertaine en se mordant la lèvre inférieure.

— Salut, la clocharde. Je me suis trompée, en fait, continuai-je alors qu'elle me faisait entrer.

— Ah oui ?

— Ce n'est pas un carton, c'est une maison de poupée, grommelai-je en observant la décoration.

Je pouvais reconnaître le goût prononcé pour les couleurs vives de ma femme de ménage alors que les murs d'un orange pétant me brûlaient la rétine. Malgré ça, dire que c'était moche aurait été un mensonge. Ce n'était pas mal, mais, diable, que c'était petit !

— Viens, je vais t'emmener dans ma chambre, souffla-t-elle au lieu de répondre à ma pique, et je levai les yeux au ciel.

— Merde, clocharde, il faut vraiment que t'apprennes à être moins molle, m'exaspérai-je alors qu'elle me lançait un regard déboussolé.

— Pardon ?

— Quand quelqu'un t'agresse, tu l'envoies chier. C'est comme la loi « action-réaction » en physique. Je te rabaisse, tu dois essayer de me descendre deux fois plus bas, expliquai-je en roulant les yeux.

— C'est méchant, déclara-t-elle en montant l'escalier en colimaçon.

— Nan, c'est la loi de la nature.

— Tu fonctionnes toujours comme ça, n'est-ce pas ? Tu écrases pour ne pas être écrasée, psychanalysa-t-elle en plantant son regard déroutant sur moi.

— Je suis venue fumer un joint ou consulter un psy ? me plaignis-je, et cela lui fit esquisser un léger sourire, comme si elle avait apprécié ma sortie.

Elle me guida jusqu'à une petite chambre d'un vert pomme qui jurait atrocement avec ses cheveux bordeaux.

— Ouch, tu dois te taper de ces migraines le soir, marmonnai-je en me laissant tomber sur la chaise de bureau.

— Pas plus que toi en cherchant ta salle de bains, répliqua-t-elle, et je lui lançai un regard amusé qui la fit rougir.

— Pas mal, pas mal. Tes parents sont là ?

— Nan, ils vont souvent au restaurant le dimanche.

Je hochai rapidement la tête et sortis un petit cylindre de la poche de mon jean.

— Tu sais…

— Ouais ?

— Je ne… Enfin, je ne fume pas autant que toi, bégaya-t-elle en fixant le joint d'un air hésitant.

— Oh, c'est bon, j'en fume pas des dizaines par jour non plus, grognai-je en cherchant mon briquet.

— On n'est peut-être pas obligées ?

— Et pourquoi je suis venue, alors ? ricanai-je en lui jetant un regard dédaigneux.

Amandine se tut quelques instants, le temps de chercher une réponse qui me satisferait.

— Peut-être parce que tu m'apprécies ?

— Je ne t'apprécie pas, la coupai-je aussitôt en jetant le joint par la fenêtre, dégoûtée d'un tel gâchis.

— Moi je t'apprécie, se contenta-t-elle de répondre en s'asseyant par terre, le dos contre le bord de son lit.

Elle m'énervait à être si gentille. Je n'avais pas besoin de gentillesse, elle était bien trop souvent hypocrite pour que je m'y fasse. Non, moi, j'aimais les sarcasmes, les piques et les dialogues à peine sérieux. C'était pour cela que j'avais bien accroché avec Brittany et Gabriel, au début. C'était contre ça que j'étais parée.

Et cette fille, incapable de prononcer le moindre gros mot, m'énervait tout autant qu'elle me désarçonnait. Ses yeux si sombres me donnaient l'impression de fouiller mon âme, découvrant toutes mes vérités cachées.

— Pourquoi tu m'apprécies ?

— Je suppose que tu n'es pas comme tu voudrais être, répondit-elle d'un ton énigmatique, et je retins ma respiration une courte seconde.

— Ne te fais pas de film, la clocharde.

Le silence revint pendant un moment, durant lequel je n'osai pas bouger.

— Et comment va Sam ?

— Qui ? lâchai-je d'une voix blanche.

— Ton amie. Tu sais, sur la photo, expliqua-t-elle avec un regard si trouble que je n'arrivai pas à y lire quoi que ce soit.

Je me raclai la gorge pour essayer de gagner du temps et, surtout, tenter d'atténuer la nausée qui m'envahissait. Parler d'elle me plongeait toujours dans une sorte de bassin sans fond. J'y restais prisonnière, et les sons me parvenaient déformés. Je savais que c'était ridicule, de m'accrocher à elle ainsi. Je savais que je n'aurais jamais dû tomber si bas pour elle. Je commençais à comprendre qu'elle n'en valait pas la peine.

Mais merde, ça faisait un mal de chien chaque fois que mes lèvres écorchaient son prénom.

— Je l'ai perdue de vue, murmurai-je en repliant mes genoux contre mon ventre, bénissant mon idée d'avoir enfilé un bon vieux jean.

— Oh. C'est dommage que les amitiés ne soient pas éternelles, n'est-ce pas ?

Je hochai vaguement la tête. D'un seul coup, je regrettai d'avoir balancé mon joint par la fenêtre.

— Je devrais peut-être m'en aller, marmonnai-je, et ma voix sonna d'une étrange façon à mes oreilles.

— Pourquoi ?

— J'étais venue fumer un joint. Or, il n'y a plus de joint. Conclusion : je me casse. Oh, et pas la peine de me raccompagner. Ton taudis est trop petit pour que je m'y perde de toute façon, claquai-je plus sèchement que je ne l'avais voulu.

Elle me laissa récupérer mon manteau et l'enfiler avec dignité. Alors que j'allais tourner définitivement les talons, elle me lança une phrase qui me glaça le sang :

— C'est facile à comprendre, en fait, quand on sait où regarder. Tu devrais l'accepter.

— Je ne vois pas de quoi tu parles, soufflai-je avec la plus parfaite mauvaise foi.

Je dévalai l'escalier, essayant d'ignorer son regard perçant dans mon dos.

— Il n'y a aucune honte à aimer les filles, lâcha-t-elle au moment où je sortais.

Et je traçai ma route sans daigner me retourner. Je filai droit devant moi en essayant d'ignorer la douce brûlure qui rendait chaque clignement de paupières douloureux.

Je tins le choc tout le long du chemin. Je parvins même à monter dans ma chambre.

Et, une fois devant la photo de Sam et moi, j'éclatai en sanglots.

63

EVANGELINE

Je savais bien que je les trahissais en agissant ainsi, mais je ne pouvais pas m'en empêcher. Je devais le faire, essayer une dernière fois.

D'une main tremblante, je saisis ma souris d'ordinateur et cliquai sur la page d'accueil du site.

J'avais vu ça au journal télévisé la semaine dernière. Des jumeaux séparés à la naissance étaient parvenus à reprendre contact grâce à toute une série de sites de recherches qui s'occupaient de ce genre de problèmes.

Mes yeux parcoururent une multitude de petites annonces sans jamais croiser mon nom de famille des yeux. Une main contre mon cœur, je lus les noms de centaines de familles brisées par le système. On recherchait des frères, des sœurs, des mères que l'on voulait retrouver malgré l'adoption, des pères qui s'étaient enfuis quelques années plus tôt. C'étaient autant de cris de détresse. Des cris qui faisaient écho à ma propre voix. Je savais que je n'étais pas la seule, je l'avais toujours su.

Seulement, Gaby et moi avions une connexion étrange. Un lien qui nous avait permis de tenir plus longtemps que n'importe quels autres enfants, un lien qui nous avait permis de survivre. Il s'était sacrifié, tellement. *Et j'avais fermé les yeux, si souvent.*

Nous avions évolué sur ce fil pendant plusieurs années, retenant l'autre lorsque celui-ci se mettait à tanguer face au vent. Tels des funambules, nous avions notre propre méthode pour vaincre les tornades. Nous avions notre propre langage pour évoquer la noirceur du monde, notre propre manière d'aimer pour compenser la haine de tant d'autres gens.

Et, aujourd'hui, cette absence me tuait à petit feu. Je savais que je finirais par lâcher s'il ne revenait pas. Je savais que je deviendrais folle s'il n'était plus là pour me soutenir.

Je n'étais pas sûre que mes tuteurs seraient heureux, mais je ne pouvais plus continuer comme ça, à me languir d'un grand frère qui se rapprochait de plus en plus d'un fantôme au fur et à mesure des années. J'avais besoin qu'il me prenne dans ses bras comme avant, qu'il me rassure et me protège. J'avais besoin de savoir s'il ne m'en voulait pas, besoin de savoir s'il s'était senti abandonné par mon départ.

Alors je fis ce que j'avais fait durant ces dernières années. Mes doigts tapèrent sur le clavier avec frénésie. J'avais envie d'y raconter ma vie entière dans l'espoir qu'il la lise et sache que j'allais bien. À la place, je me contentai de quelques lignes, concises. Je maudis le gérant du site qui nous avait imposé un certain nombre de caractères.

Et puis, tout en sachant que cela pourrait très bien me pourrir la vie si quelqu'un l'apprenait, je donnai mon adresse et mon téléphone.

Et je signai avec mon véritable nom, celui que ma mère avait choisi et dont mon père était tombé amoureux lorsqu'elle le lui avait proposé.

Evangeline Sheepfield.

64

BRITTANY

Dire que j'étais perdue aurait été un euphémisme. J'étais totalement et irrévocablement sur le cul, plutôt. Gabriel était arrivé en cours ce matin avec sa nonchalance habituelle, son éternel skate à la main.

Il m'avait adressé le même clin d'œil que tous les jours, avait fait la bise à Vanessa et était reparti aussi sec auprès de Brian. J'étais restée sous le choc tellement longtemps que je n'étais même pas sûre d'avoir répondu à la question de Ness à ce moment-là.

Et, alors que ma meilleure amie me racontait je ne sais quoi sur une certaine Amandine à qui elle devait pourrir le quotidien, je me plongeai dans mes pensées. Ou plutôt, je me réfugiai dans les souvenirs agréables de la veille.

Mon cerveau était resté bloqué au moment où ses lèvres avaient effleuré les miennes et, depuis, il n'arrêtait pas de me rejouer la scène. Si je fermais les yeux, je pouvais à nouveau sentir ses mains sur mon ventre et son souffle dans mon cou. C'était comme si, inconsciemment, j'avais attendu cet instant depuis la nuit des temps. J'avais l'impression de libérer un besoin que j'avais gardé enfermé trop longtemps. Des sentiments que j'avais niés durant tellement de temps.

Plus que tout, je me rappelais ses yeux rouges, comme s'il avait pleuré. Or, c'était impossible, car Gossom ne craquait pas. Jamais. Et, si par hasard cela avait été le cas, il ne m'aurait jamais donné l'opportunité de le voir. Je pensais si bien le connaître. Presque par cœur, en réalité. Je faisais partie des privilégiés qui pouvaient se vanter de le connaître. Et puis il décidait de tout chambouler. D'un seul coup, il faisait un petit truc complètement débile qui changeait la donne.

Mais peut-être m'en faisais-je pour rien. Peut-être avait-il simplement épluché des oignons, après tout.

Quoique. Gabriel ne cuisinait sans doute pas plus qu'il ne pleurait.

— Tu m'écoutes ?

— Ouais, bien sûr. Donc, cette Amanda…

— Amandine.

— Ouais, cette Amandine. Qu'est-ce que tu vas faire ? demandai-je en essayant de chasser l'image de Gabriel de ma tête.

Vanessa pencha la tête, comme si elle y réfléchissait. Puis, au bout d'un moment qui me parut interminable, elle soupira.

— Je ne sais pas, marmonna-t-elle en détournant légèrement le regard.

— Quoi ?

— Je n'en sais rien, je n'ai pas d'idée. Mais je vais trouver, ne t'inquiète pas, s'exclama-t-elle alors que je fronçais les sourcils.

C'était bien la première fois que ma meilleure amie manquait d'imagination sur ce point.

La sonnerie retentit à ce moment-là et je haussai les épaules en me dirigeant vers ma classe.

— Si tu le dis.

— Et toi ?

— Quoi, moi ?

— Plus dans la lune, tu crèves. T'as vécu une folle et inoubliable aventure avec un adonis ce week-end ou quoi ? me charria-t-elle en me donnant un coup dans les côtes.

Oui.

— Bien sûr que non, où vas-tu chercher ça ? grommelai-je en replaçant une mèche de cheveux.

Je sentis ses deux grands yeux bleus me fixer un court instant avant qu'elle abandonne la partie. C'était cela qui était bien avec Vanessa :

elle ne cherchait pas à dénicher les secrets que vous tentiez de dissimuler. C'était peut-être aussi pour ça que Gabriel s'était attaché à elle. Peut-être était-ce la seule amie avec qui je pouvais rigoler sans simuler mes sourires.

Gossom s'installa à côté de moi sans faire de remarque et, ouais, ça commençait sérieusement à m'énerver. J'aurais préféré qu'il y fasse une allusion. N'importe quoi, mais quelque chose qui me prouverait que je n'avais pas rêvé, quelque chose qui me prouverait qu'il ne s'en fichait pas comme de ses premières chaussettes.

Mon regard passait sans cesse de Patty à lui, essayant de repérer le premier coup d'œil qu'il pourrait lui adresser. Je savais qu'au moindre signe d'intérêt je tuerais l'un ou l'autre.

Seulement, Gabriel ne la regarda pas de toute la matinée et je me détendis légèrement.

Il semblait pleinement indifférent à ce qui s'était passé ce week-end et cela me fendit le cœur, malgré moi.

J'aurais aimé dire que mes pensées avaient été faussées par le cocktail Molotov d'émotions qu'il m'avait fait vivre, mais cela aurait été un mensonge plus énorme que l'Empire State Building. Pour une raison complètement stupide, je m'étais accrochée à ce primate, alors que lui ne serait jamais capable de m'aimer.

Et le pire, c'était que j'étais assez folle pour aimer ça.

J'adorais sentir son parfum mentholé envahir mes narines lorsqu'il se penchait pour me piquer une feuille, ou encore les regards malicieux qu'il me jetait à longueur de journée. J'avais toujours été sa VIP, oui, et je me surprenais aujourd'hui à en vouloir plus, toujours un peu plus. C'était un dangereux poison qui coulait désormais dans mes veines. Je savais que je pouvais tout détruire, si facilement, si rapidement. Il suffisait que je perde la partie, que je lui laisse voir ne serait-ce qu'une ombre de sentiments.

Alors j'avais joué un rôle, brillamment. Lorsqu'il s'était levé et avait posé ses prunelles cacao sur moi, j'avais saisi l'occasion de réparer tout ce que nous avions cassé la veille, à coups de baisers enflammés. J'avais réagi avant qu'il ne puisse installer une distance entre nous. J'avais joué la fille indifférente et je m'étais contentée de plaisanter tranquillement comme d'habitude.

Alors que, merde, plus rien ne serait jamais comme d'habitude. J'avais goûté ses lèvres, une fois. Et j'étais devenue accro.

***

Gabriel me rejoignit au skatepark après une petite heure de boxe, et je sifflai en observant le vilain coquard qui ornait son œil droit.

— Ben dis donc, King Kong, t'as joué contre un tank ? ricanai-je alors qu'il se laissait lourdement tomber à côté de moi.

— Je n'étais pas concentré, marmonna-t-il en jetant négligemment ses gants et en lâchant son sac à dos à côté de lui.

— Ah d'accord. Et je suppose que le sac était un peu en colère et qu'il t'a rendu tes coups ? lançai-je d'une voix sarcastique.

— Tu supposes bien, bougonna-t-il en saisissant notre paquet de sucreries, et je grimaçai en voyant d'affreux bonbons au sucre.

— Et nos M&M's ? m'exclamai-je d'une voix faussement scandalisée.

— Jake a bouffé les derniers. Sale morveux.

L'évocation de son frère laissa planer un court silence entre nous, alors que je me rappelais tristement que Gabriel n'avait pas su garder mes hontes les plus secrètes pour lui seul. Il dut s'en rendre compte, car un air coupable apparut sur son visage jusque-là renfrogné.

— Écoute, je sais ce que tu penses, mais Jake n'est pas comme ça. Ce n'est pas vraiment… Enfin, c'est plutôt un petit disque dur, tu vois ? Il enregistre tous les problèmes et les sauvegarde dans un vieux dossier, termina-t-il avec une petite grimace, comme s'il craignait ma réaction.

Je me contentai de hausser un sourcil face à sa comparaison.

— Ça m'a blessée, finis-je par murmurer, parce que je ne voulais pas de ses explications.

— Je te promets qu'il ne répétera jamais quoi que ce soit. Comme il ne s'en servira jamais contre toi, continua-t-il sans s'attarder sur mes mots.

C'était un moyen comme un autre de se protéger et d'éviter les choses qui fâchent.

— Brittany, je te jure que je n'en aurais parlé à personne d'autre. Jamais, insista-t-il en plantant son regard dans le mien.

— Ouais, c'est bon. Mais la prochaine fois je te castre, compris ? marmonnai-je en croisant les bras.

Alors, il fit quelque chose qui me surprit totalement. Il m'embrassa sur le bout du nez. C'était si brusque que je louchai pendant une nanoseconde sur ses lèvres alors qu'il s'éloignait déjà en rigolant.

— Oh ta tête, Fricht, j'aurais vraiment dû filmer, se moqua-t-il en saisissant son skate.

— Mais… mais qu'est-ce que tu fais ?

— Je t'empêche de faire la tête pendant dix ans, répliqua-t-il en me lançant un regard sournois qui me fit plisser les paupières.

— Ah ouais ?

— Eh ouais.

— Enfoiré, grommelai-je, parce que je n'aimais pas beaucoup sa méthode pour me faire taire.

Ou plutôt, je l'aimais un peu trop. Et elle marchait un peu trop bien à mon goût.

Il se laissa glisser de l'autre côté de la rampe plusieurs fois puis, lorsqu'il vit que je m'obstinais à bouder dans mon coin, il revint à mes côtés.

— Ah, Fricht. Tu es la plus compliquée des filles, soupira-t-il d'un air théâtral.

— Chut, espèce de gorille mutant. Si tu continues, je ne te donnerai pas de soda, le menaçai-je avec un sourire narquois.

Mais il me fit un autre baiser, sur les lèvres cette fois. C'était à peine un effleurement, bien trop fugace pour que je puisse vraiment réaliser. Lorsqu'il planta ses yeux dans les miens, j'y vis une lueur de plaisanterie qui ne me plut qu'à moitié.

— Qu'est-ce que tu fais, Gabriel ? chuchotai-je, désemparée.

— Je t'embrasse, répondit-il naturellement en se laissant tomber vers l'arrière pour s'appuyer sur les coudes.

— Mais pourquoi ?

— Parce que j'en ai envie, lâcha-t-il d'une voix confiante.

Et c'était tellement plus clair, vraiment.

— Alors, c'est à ça que ça va ressembler notre amitié ? Potes les trois quarts du temps, et des baisers volés chaque fois que tu en auras envie ? persiflai-je, cinglante, en sentant une colère irraisonnée gonfler dans ma poitrine.

Il pencha la tête sur le côté, comme s'il analysait ma question. Et, dans un coin de mon esprit, je me surpris à penser qu'il avait dû attraper ce tic de Vanessa.

— Je ne suis pas ta peluche, Gossom, crachai-je en récupérant mon sac pour descendre.

— Quoi ?

— Si tu cherches une fille assez débile pour jouer à la girouette avec tes humeurs, ce ne sera pas moi, fulminai-je.

— Mais pourquoi t'es fâchée ? demanda-t-il, complètement désarçonné par ma réaction.

Il ne comprenait pas, évidemment. Il ne pouvait pas savoir que c'était un jeu auquel je ne pouvais pas jouer, pour ma propre santé mentale. Je ne pourrais pas l'embrasser de temps en temps pour le voir ensuite agrippé à une autre fille dans les couloirs du lycée. J'étais idiote et possessive. Je préférais ne pas l'avoir du tout que cette espèce de mi-temps douteux qu'il me proposait.

— Tu ne peux pas faire tout ce que tu veux des gens, Gab. Tu ne peux pas m'embrasser et aller voir une autre fille.

— T'es jalouse ? réalisa-t-il, et son air ahuri était à pleurer de rire.

Bien sûr que oui, gros débile.

— Mais non, t'es stupide ou tu le fais exprès ? J'ai une fierté moi aussi, lâchai-je en roulant les yeux.

Il sembla hésiter quelques instants à me croire mais finit par acquiescer.

— Je comprends, souffla-t-il en se laissant glisser jusqu'à être devant moi.

Et c'était un peu impressionnant de l'avoir juste devant moi, alors que je lui arrivais à peine au menton.

Je me rendis alors compte que ce n'était pas la première fois qu'il était si proche de moi, mais c'était la première fois que ça me perturbait, moi. Pourquoi ? Pourquoi avais-je l'impression qu'ainsi un champ magnétique m'entraînait vers cette espèce de débile profond ?

— Alors tu ne vas plus m'embrasser ? demandai-je d'une petite voix, essayant de chasser le goût amer du regret.

— Oh ça, non, me coupa-t-il en fondant une fois de plus sur mes lèvres.

C'était magique. Gabriel avait ce pouvoir sur les gens, celui de faire en sorte de vous enfermer dans une bulle et de vous garder à l'abri de tout. Je savais qu'il me protégerait d'à peu près tout et n'importe quoi. Je savais que je pouvais me reposer sur lui. Et, alors que mes doigts glissaient dans ses cheveux, je me sentais vivante, bien plus que je ne l'avais été ces trois dernières années. C'était comme si mon sang se métamorphosait brutalement en vodka et que l'alcool rendait tout l'univers à moitié flou. Tout ce qui m'apparaissait nettement, c'étaient nos lèvres scellées et l'incroyable courant électrique qui me traversait chaque fois qu'il s'approchait de moi.

Il finit par se redresser, collant son front contre le mien.

— Je te promets que je n'embrasserai que toi, ça te va ? lâcha-t-il avec une pointe de moquerie dans la voix.

Non.

— Et tu vas survivre ? lançai-je d'une voix sarcastique pour tenter d'effacer la pique qui me transperçait l'estomac.

— Ça devrait aller. Enfin, ça ira encore mieux si tu combles tous mes besoins, bien sûr, me taquina-t-il en me glissant un regard malicieux.

— Tais-toi, sale pervers.

Un silence se glissa entre nous alors que je desserrais ma poigne de son col et qu'il m'observait avec un sourire joueur.

J'aimais cette atmosphère légère qui nous transportait. Seulement, son air sérieux et ses yeux rouges de la veille tournaient en boucle dans mon esprit.

— Ça va ?

— Oui, pourquoi ? lâcha-t-il, réellement surpris par la question.

Pour seule réponse, je levai les yeux au ciel, observant les petits météores éternels qui se balançaient au-dessus de nos têtes. Ils ne semblaient plus vraiment identiques à ceux que nous regardions depuis des mois. Mais peut-être l'étaient-ils. Peut-être était-ce nous qui changions. Peut-être était-ce Gabriel qui les rendait plus lumineux. Peut-être était-ce moi qui devenais folle à lier.

— Ah, ça, comprit-il en fixant le ciel à son tour.

— J'avais vraiment l'intention de le faire, tu sais, quand je t'ai proposé mon aide pour la retrouver, lui confiai-je alors qu'il reculait légèrement.

Je pouvais presque voir les dizaines de couches dont il s'entourait à la hâte pour m'empêcher de percer le fond de ses pensées.

— Je sais, se contenta-t-il de répondre, laconique.

— Et je me suis dit que l'on pourrait partir ensemble cet été, continuai-je d'une voix un peu plus hésitante.

Gabriel leva ses yeux chocolat vers les miens et je me sentis happée par la profondeur de ses iris. Si cet imbécile continuait, il finirait par me faire mourir d'une crise cardiaque.

— Vraiment ?

— Eh bien, je suppose que deux mois seront suffisants pour la retrouver, n'est-ce pas ?

Il resta un instant à me fixer, comme si j'étais une extraterrestre.

— Mais, Fricht, tu ne peux pas venir, finit-il par souffler.

65

GABRIEL

Elle me contemplait de ses grands yeux verts, sans saisir les raisons de mon refus.

— Ouais, t'as raison, j'aurais regretté ça. Tu imagines, supporter un primate tel que toi à longueur de journée ? Je serais devenue dépressive avant, s'exclama-t-elle en ricanant.

Je savais qu'elle ne le pensait pas vraiment. Je savais qu'elle était aussi orgueilleuse que moi, aussi fière. Je savais que je l'avais blessée, qu'elle pensait que je ne voulais pas la laisser s'approcher de moi.

Et j'aurais aimé me pencher pour l'embrasser, rien que pour sentir à nouveau cette ivresse, me noyer dans son parfum et oublier mes problèmes. Seulement, j'étais quasiment certain qu'elle m'aurait filé une bonne gifle en retour.

— Brittany, lâchai-je en grimaçant, passant une main sur ma nuque.

— Ouais ?

J'ouvris la bouche, cherchant un truc sensé à dire. Je n'avais pas vraiment réfléchi avant de parler, je voulais juste l'empêcher de partir.

Tu ne peux pas venir avec moi. Tu ne peux pas découvrir qui je suis, ce que j'ai fait, ce que je pourrais faire.

— Je ne suis pas sûr que ce soit une bonne idée, mais ouais, peut-être que je pourrais te trouver une petite place, grommelai-je, alors que l'idée qu'elle m'accompagne me donnait l'impression d'être passé au rouleau compresseur.

— Une petite place ? Tu sais que j'aurai au moins trois valises de fringues, dis-moi ? plaisanta-t-elle en conservant son air sérieux.

Et je me demandai pendant un court instant si elle ne rigolait pas qu'à moitié.

— T'es vraiment chiante, putain, soufflai-je alors qu'elle m'adressait un clin d'œil séducteur.

— Chéri, t'es le connard incarné, d'accord ? Alors ne viens pas me donner des leçons, lâcha-t-elle d'une voix tellement mielleuse que je souris.

— Je rêve, ou tu n'es plus fâchée ?

— Je n'ai jamais été fâchée.

— Ah non ?

— Non.

— Alors c'était quoi, cette tête de déterrée ? Ne me dis pas que c'est ton air naturel, la taquinai-je alors qu'elle me donnait un coup d'épaule.

— Ouais, eh bien prends cela comme un avertissement. La prochaine fois que t'essaies de me tenir à l'écart de quoi que ce soit...

— Tu t'en vas ? la coupai-je brutalement alors que sa main saisissait mon index pour que l'on rejoigne le bord de notre vieux skatepark ensemble.

— Non, triple idiot. Je t'arrange le portrait, plaisanta-t-elle, et je sentis quelque chose retomber en moi, un peu comme du soulagement.

Et ce soulagement me fit tiquer, parce qu'il n'avait aucune raison d'exister. Je n'aurais pas dû craindre qu'elle s'en aille. Je n'aurais pas dû avoir le souffle coupé en attendant sa réponse.

C'était nouveau pour moi, de me préoccuper de ses pensées. Je n'avais jamais imaginé que nous puissions être aussi déséquilibrés, mais j'en prenais désormais conscience. Quelque chose avait changé la dernière fois. J'avais fait changer quelque chose. Ce n'était pas vraiment mal, mais ça compliquait tout. Je n'avais jamais réfléchi à mes paroles ou à mes actes avant, je n'avais jamais vérifié que je ne la blessais pas. Et je savais, désormais, que je ferais attention malgré moi.

La question était maintenant de savoir si ça en valait la peine.

Cette pensée me tortura toute la nuit.

66

VANESSA

Je marchais d'une démarche chaloupée dans les couloirs, rigolant avec ma meilleure amie du dernier chanteur en vogue. Tout était parfaitement ordinaire. Tout était parfait.

Rien n'avait changé, pas vrai ? Les paroles d'Amandine n'avaient aucune importance, aucun fondement.

J'attendais avec impatience l'instant où je croiserais cette clocharde, l'instant où je ferais en sorte de ruiner sa réputation pour les dix années à venir. Elle paierait cher son audace, elle paierait pour tout.

Elle paierait pour Sam.

Gabriel passa à ce moment-là avec Brian, chassant mes idées vengeresses. Et, pendant une seconde, son regard glissa le long de la silhouette de Brittany, suivant chacune de ses courbes d'un œil gourmand. Ses yeux s'attardèrent sur ses lèvres puis il les détourna pour répondre au basketteur. Et j'aurais pu passer outre. Ce n'était pas la première fois que Gab reluquait une fille dans un couloir, ce n'était pas la première fois qu'il la reluquait, elle.

Puis son bras effleura celui de Brittany, dans un geste complice. Cela aurait pu paraître anodin. Après tout, les couloirs n'étaient pas si larges et le monde affluait pour se rendre dans les salles de classe.

Mais j'avais été de celles qui trouvent mille et un subterfuges pour ressentir la présence de l'être aimé. J'avais passé des après-midi entiers à me creuser la cervelle afin d'être la plus discrète possible. Et je savais repérer ce genre de petits gestes secrets, cette attention voilée, ces propos avoués à demi-mot.

Je vis mon amie se redresser subtilement et tenter de dissimuler le petit sourire qui flottait sur ses lèvres.

J'en eus le souffle coupé. Peu de personnes parvenaient à lui faire afficher un tel sourire, et ce n'était jamais un mec. Parce que Brittany n'avait jamais été véritablement attachée à l'un d'eux. Parce que ce genre de petit sourire satisfait ne pouvait signifier qu'une chose.

Je compris alors que ma meilleure amie était probablement tombée amoureuse de Gabriel Gossom, et je n'étais pas sûre que celui-ci puisse un jour s'en rendre compte.

J'allais lui parler, la prévenir. Je devais au moins lui dire qu'il ne serait pas facile. Elle se braquerait sans doute, elle nierait, et je lui ferais le coup du regard transcendant, mais au moins elle aurait été avertie.

Seulement, au moment où j'ouvrais la bouche, mon portable vibra dans ma main. Ce n'était pas rare, mais j'étais un peu sur les nerfs en ce moment, et cela me fit sursauter.

Je faillis laisser passer et consulter le message plus tard. Seulement, celui de Brittany sonna l'instant d'après et, bientôt, une bonne partie des étudiants déverrouillèrent leur téléphone d'un geste machinal.

Alors un sombre pressentiment monta en moi, tandis qu'une boule d'angoisse m'obstruait la gorge. Lorsqu'une telle vague de messages se profilait, cela ne pouvait être qu'une humiliation, ou une rumeur. Je le savais parce que j'en étais généralement l'auteure, et que c'était moi qui transférais le message à tout le bahut.

Sauf que je n'avais rien prévu, pas le moindre petit ragot. J'ouvris le texto plus vite que l'éclair.

C'était moi. C'était moi, ou plutôt une caricature. On m'avait ajouté une langue pendante et de la bave partout autour de la bouche. Mes yeux étaient dissimulés par deux imposants cœurs rouges qui fixaient quelqu'un.

Une fille.

Brittany se tourna vers moi en entendant le petit bruit étranglé qui sortit de ma gorge alors que je fixais mon téléphone. Ce n'était pas la première attaque que je subissais, et j'avais toujours su m'en relever. Seulement, cela n'avait jamais été aussi vrai et je me sentais mise à nu désormais. Vulnérable.

J'avais la sale impression que tous les gens m'observaient alors que la petite phrase « Vanessa Dollyson aime les filles. Et surtout Amandine » apparaissait en bas de l'image.

Je me sentais comme aspirée hors de mon corps, comme si je pouvais voir la scène de l'extérieur. Je pouvais voir ma main trembler tellement je serrais mon téléphone, je pouvais entendre Brittany m'appeler. Je pouvais sentir qu'elle s'inquiétait.

Mais je pouvais surtout entendre les rumeurs qui commençaient déjà à se propager dans les couloirs, comme une saleté de virus. Je savais que je devais feindre l'ignorance et dissimuler mon trouble. Je savais que je devais panser mes blessures avec de l'alcool à quatre-vingt-dix degrés en serrant les dents et me relever pour attaquer à nouveau.

Mais j'en étais incapable. Je ne pouvais pas. Pas alors que c'était si vrai.

Alors je tournai le dos et m'enfuis. C'était plus lâche que tout, ça signait ma condamnation, je le savais.

C'étaient mes aveux.

Et, une fois dans la cage d'escalier la plus poussiéreuse du lycée, je me laissai tomber sur le carrelage. Repliée sur moi-même, j'essayai d'être aspirée par le sol. J'aurais tant aimé disparaître. J'aurais tant aimé que tout cela ne soit qu'un mauvais rêve.

Je savais que Brittany devait se faire un sang d'encre. Je savais que Gabriel devait être fou de rage. Je savais qu'ils se battraient contre tous ceux qui s'en prenaient à moi. Ils se ressemblaient sur cela, ils avaient la même armure. La même tactique de feinte. Le même champ de bataille.

Et peut-être que j'avais eu tort. Peut-être qu'ils s'étaient bien trouvés, même si Brittany était la seule à en avoir conscience pour l'instant. Peut-être que Gabriel reviendrait à la raison.

Et peut-être qu'ils pourraient être heureux.

Puisque moi, je ne le serais jamais.

67

GABRIEL

Le cours avait commencé depuis dix minutes lorsque j'entendis de drôles de murmures dans mon dos, comme un semblant de rumeur qui me parvenait et qui était loin de me plaire. Il était question de Vanessa, comme souvent. J'avais l'habitude d'arranger ce genre de chose à ma manière. Cela se résumait à une rencontre entre le fauteur de troubles et mes poings dans un coin sombre.

Discrètement, je me penchai vers Brian en fronçant les sourcils et celui-ci loucha vers la poche de mon jean où se trouvait mon téléphone.

— Regarde par toi-même, mec, tu ne vas pas en revenir, me souffla le basketteur avec un signe de tête significatif.

Fronçant les sourcils, je saisis mon portable et ouvris le petit message. Je n'avais pas besoin de chercher l'auteur de la caricature dégueulasse. Et si Marc était assez con pour croire que j'allais laisser passer ça, il se trompait. Il se trompait lourdement.

— En fait, c'est qu'une sale lesbienne, chuchota mon voisin de derrière à la fille d'à côté.

Et cela me dérangea terriblement. Je sentais une colère sombre gonfler en moi comme du popcorn au micro-ondes. Et, brutalement, je me retournai pour le saisir par le col, faisant tomber nos chaises dans un bruit sourd alors que notre professeur de biologie me criait de sa petite voix crispante de le relâcher.

— Répète un peu ? grognai-je en ignorant les assauts de la minuscule prof pour nous séparer.

— Ça te fait quoi de t'être tapé une gouine, Gossom ? osa-t-il avec courage.

Et je lui cassai le nez. C'était moche, ça pissait le sang, et je n'en avais strictement rien à faire. La prof émit un autre bruit de souris alors que je le relâchais et qu'elle me criait de me rendre chez la directrice. Je lui jetai un regard hautain du haut de mon mètre quatre-vingts avant de me tourner à nouveau vers le petit con.

— La prochaine fois, merdeux, je te tue. D'accord ? Je t'étrangle jusqu'à ce que le truc horrible qui te sert de cou soit aussi fin qu'une enveloppe de la CPE.

Et, d'un geste fier pour impressionner les futurs petits homophobes de la classe, je saisis mes affaires et sortis dignement.

Je cherchai Vanessa une bonne partie de la journée, l'autre consistant à incendier du regard chaque élève qui parlait de près ou de loin d'elle. Je sentais mon humeur s'assombrir au fur et à mesure que les heures s'écoulaient. Il y avait quelque chose de désolant à voir tous ces petits insectes se déchaîner sur le moindre ragot. C'était désolant de voir ces charognes se précipiter sur les restes d'une victime déjà bien trop brisée.

Alors, je serrai les poings. Je savais que taper chaque élève ne servait à rien, je devais me concentrer sur quelqu'un. Une certaine personne à qui j'avais promis de lui faire la peau et qui, dommage pour elle, n'en avait pas tenu compte.

C'était dans ce genre de situation que je réalisais que ma réputation s'étiolait. Personne n'aurait jamais osé m'affronter l'année dernière.

Je me ramollissais.

J'attendais avec impatience la fin des cours. Je savais que Marc tenterait de se défiler, mais j'allais le traquer comme une bête sauvage. Il n'avait aucune idée de ce dont j'étais capable. Je pouvais être mauvais, si mauvais.

Aussi, à seize heures tapantes, je l'attendais devant la grille. J'avais séché la dernière heure pour être sûr de ne pas le louper. Brittany déboula quelques instants plus tard et je devinai qu'elle avait ratissé tout le lycée sans succès. Elle fronça les sourcils en me voyant appuyé contre la grille, les manches de mon pull déjà relevées.

— Qu'est-ce que tu vas faire, Gossom ? murmura-t-elle doucement.

— Il faut que ça cesse tout de suite, avant que ça ne s'envenime, lançai-je en gardant ma colère pour quelqu'un d'autre.

Je n'avais pas le droit d'exploser contre elle.

— Mais… mais ce n'est qu'une rumeur, ce n'est pas la première. Pourquoi tout le monde réagit aussi excessivement cette fois-ci ? C'est quoi votre problème ? s'énerva-t-elle, et c'était probablement ses recherches inutiles qui lui mettaient les nerfs en pelote.

Pour toute réponse, je gardai le silence. Ça ne servait à rien de parler, de chercher une excuse. Brittany était intelligente, elle comprit. Je le vis dans le regard déçu qu'elle me lança.

— Pourquoi… pourquoi ne me l'a-t-elle pas dit ? Pourquoi toi et pas moi ? lâcha-t-elle d'une petite voix qui me fit sourire.

— Que veux-tu, Fricht, je suis son préféré, la taquinai-je en faisant craquer mes phalanges.

— Sérieusement, Gossom.

— Elle avait peur que tu ne la voies différemment. Que tu n'interprètes mal ses gestes, vos délires. Elle avait peur de gâcher votre amitié, expliquai-je en me rappelant toutes les confessions que Vanessa m'avait faites au cours de ces trois dernières années.

— Quelle cruche, s'exaspéra-t-elle en cherchant ses clés de voiture dans son sac.

Je la regardai s'énerver contre ses poches bien trop grandes à son goût, et contre ses clés bien trop petites.

— J'en déduis que tu vas casser la gueule à quelqu'un ? lâcha-t-elle d'une voix faussement interrogatrice et juste un poil sarcastique en saisissant enfin son trousseau.

— À moins que tu ne souhaites voir le dieu que je suis laminer cette pauvre mauviette de Marc, tu peux m'attendre au skatepark, lançai-je en gonflant exagérément la poitrine pour la faire rire.

— Fais attention à toi quand même, d'accord ? souffla-t-elle en rigolant.

Puis elle s'approcha de moi. Et je me demandais ce qu'elle allait faire, lorsqu'elle se mit sur la pointe des pieds. Doucement, rapidement, elle posa ses lèvres sur les miennes. J'eus à peine le temps de savourer le goût sucré de son gloss qu'elle s'éloignait déjà avec un sourire arrogant. Je me contentai de hausser un sourcil évocateur.

— Tu penses être le seul à pouvoir jouer à ce genre de jeu, Gossom ?

Oh non.

— Tu m'attends au skatepark ?

— Mais oui, andouille. Et tâche de ne pas revenir avec un visage à la Picasso, ricana-t-elle en s'éloignant d'un pas assuré.

Et, alors qu'elle s'en allait, mon regard glissa dans le bas de son dos, presque inconsciemment.

Presque malgré moi.

***

Ma colère avait quasiment disparu, mais rien que revoir sa sale face de rat parvint à la faire réapparaître. Je pris le temps de le fixer, de suivre des yeux ses gestes un peu trop saccadés. Il savait que je venais tenir ma promesse et, bizarrement, il n'avait pas l'air aussi assuré qu'auparavant.

J'approchai de lui en le hélant et, déjà, je pouvais voir quelques lycéens se rassembler autour de nous pour admirer le spectacle à venir.

Et c'était bien. Je n'avais pas du tout l'intention d'être discret cette fois. Au diable cette saleté de directrice.

— Alors, Marc, on tient tant que ça à finir à l'hosto ? le narguai-je en posant mon sac à dos à mes pieds, un sourire arrogant sur les lèvres.

Et peut-être était-ce celui de Brittany, que sa bouche avait calqué sur la mienne.

— Gossom.

Je ne lui laissai pas vraiment le temps d'ajouter quoi que ce soit. De toute façon, j'avais déjà bien trop rongé mon frein pour aujourd'hui. J'envoyai mon genou dans son ventre, écoutant le petit son étranglé qu'il produisit sous la douleur.

— Je t'avais prévenu. Je t'avais dit qu'il ne fallait pas s'en prendre à elle, grognai-je à son oreille, en lui relevant la tête par ses cheveux.

— Ce n'est pas moi, je le jure, s'écria-t-il alors que d'autres élèves venaient observer la bagarre.

Et je savais que je devais faire vite, avant qu'un pion n'arrive.

— T'es tellement pitoyable, mec. Même pas les couilles d'avouer tes actes, ricanai-je.

— J'ai parlé du prénom qu'elle avait sorti en m'embrassant, c'est tout ! J'aurais jamais fait ce montage, putain ! s'énerva la pauvre larve en essayant de se dégager.

Sauf que je ne lâchai pas sa tignasse et qu'il fut bien obligé d'arrêter de se désarticuler s'il ne voulait pas devenir chauve.

— Je veux un nom, menaçai-je en sentant ma colère bouillir, comme une cocotte-minute.

Le quarterback ne prononça pas un mot et, pour faire bonne mesure, je tirai un peu plus sur ses cheveux. Puis je compris qu'il ne parlerait pas. Cela signerait son arrêt de mort. Enfin, sa mort sociale.

— Qui, Marc ?

— Je… commença-t-il doucement.

Puis son regard glissa vers une ombre derrière moi et je lâchai ce minable pour me retourner, prêt à éclater la tronche du responsable.

Sauf que…

— Toi ? Mais comment t'as pu ? C'était notre pote, merde, m'exclamai-je en voyant Brian me regarder d'un œil sombre, son sac sur l'épaule.

Pour toute réponse, il continua de me fixer. Et vraiment, je n'aurais jamais pensé que cela puisse venir de lui. Marc, oui. Pamela, à la rigueur. Mais notre capitaine de basket ? Oh non, certainement pas.

Puis je réalisai. Je compris que, comme beaucoup de garçons, il était sorti avec elle. Peut-être avait-il même couché avec Vanessa.

Et il se sentait trahi.

— Alors quoi, Gab ? Tu vas me casser la gueule aussi ? Tu vas poursuivre tous les gars de ce bahut qui vont la traiter de salope ? Regarde-toi, Gabriel, on dirait une foutue marionnette au service de madame. Et c'est tout ce que tu as toujours été, n'est-ce pas ? À combler ses désirs, à obéir à ses ordres. Frapper quand elle l'exigeait, terroriser quand elle le demandait.

— La ferme, Brian, sifflai-je sèchement.

— Ça fait mal, peut-être ? Ça fait mal de se dire qu'on n'est qu'une machine entre les mains d'une petite garce ? Oh mais, crois-moi, tu n'as pas été son seul pigeon, ricana-t-il.

Pour toute réponse, je me jetai sur lui. Il n'avait pas le droit d'agir ainsi, il n'avait pas le droit de me trahir, de la trahir. Alors, je le frappai. Pas un peu, pas gentiment. Mais Brian avait touché à l'une des choses que je gardais bien protégées dans une cage dorée. Il était tombé à la renverse et, même s'il essayait de me rendre quelques coups, il avait du mal.

Celui que je considérais comme mon ami ne cartonnait pas au basket par ses muscles, mais par sa taille haute et fine qui lui permettait de glisser entre ses adversaires.

Et je me rendis compte.

Je frappais quelqu'un à qui je tenais.

Je le frappais en sachant très bien qu'il n'était pas capable de se défendre.

Je le frappais parce que ça me faisait du bien de me défouler, de lâcher ma haine contre quelqu'un.

Je lui décochai un coup dans le nez avant d'arrêter quelques instants, haletant, essayant de récupérer une vision à peu près stable.

Le poids de son corps contre le mien lorsqu'il avait perdu toute résistance.

Il profita de mon inattention pour me coller un bon coup dans la mâchoire, et je grimaçai en songeant au coquard qui commençait à peine à disparaître de mon œil gauche.

Ses mains qui devinrent subitement molles autour de mon cou.

Je répliquai, machinalement.

Son poids écrasant mon corps.

Ma tête me faisait un mal de chien, ma vue se troublait. Brian me semblait flou, la foule de lycéens m'apparaissait comme une marée humaine. Tout semblait tanguer entre la réalité et le passé. Or, je ne voulais plus me retrouver ni dans l'un ni dans l'autre. Je voulais juste me casser d'ici, disparaître.

— Elle avait confiance en toi, connard, lâchai-je en me redressant alors qu'il essayait de se remettre debout.

Du sang coulait à flots sur son visage, comme un fleuve de liquide rougeâtre. Je lui avais probablement pété l'arcade sourcilière. Et je m'étais fêlé bien plus profondément.

Le sang. Beaucoup, beaucoup de sang. Sur le tapis, sur le couteau, sur mes mains.

— Et sache que je m'en prendrai à toi et à tous ces gars qui la traitent, comme tu dis. Je vous ferai la peau, chacun à votre tour s'il le faut, les menaçai-je en me tournant vers les autres lycéens qui n'étaient plus qu'un amas de formes indistinctes sous mes yeux.

Mes mains.

Je savais que je ne pouvais pas paraître faible, pas maintenant. Alors je pris mon sac à dos en essayant de ne pas penser au monde qui tournait sous mes pieds, puis j'avançai d'un pas que j'espérais tranquille jusqu'à la porte du bahut. Les pions arrivaient déjà. Il fallait que je me casse, et vite.

Cours, Evy !

Stop stop stop !

Je me mis à accélérer sans trop voir où j'allais. Fricht m'attendait au skatepark, mais aller jusque-là me semblait insurmontable.

Va te cacher dans l'armoire !

Il fallait… Il fallait que je respire, que je fasse juste une petite pause. J'avais l'impression que je venais de courir un marathon. Ma main essuya mon front alors que je sentais la sueur perler au creux de mon dos.

Le sang, le sang, le sang. Son odeur dans mes narines, son goût métallique dans ma bouche, son toucher poisseux sur mes mains.

Il fallait que quelqu'un me sorte de ce merdier. Jake était où, putain ? Où est-ce que j'étais, déjà ?

Il fallait que je retrouve Brittany. Au skatepark.

Et ses yeux. Ses yeux horrifiés qui rencontraient les miens.

Il fallait que ça s'arrête.

Son corps entre nous, comme une ultime barrière invisible. Le couteau tombant sur le sol. Ses yeux. Mon souffle, son souffle.

Et plus le sien.

68

BRITTANY

Je souriais sur notre petite rampe, en attendant l'autre gorille. J'étais fière d'avoir su lui rabattre le caquet à cet idiot. Pour passer le temps, je jouais sur mon téléphone.

Puis je vis une masse sombre entre les arbres, titubant maladroitement. Je fronçai les sourcils, essayant de distinguer un peu mieux le contour de la silhouette.

Puis je remarquai que c'était Gabriel, et pas un pervers. Rapidement, je sautai de la rampe en métal pour me précipiter jusqu'à lui aussi vite que je le pouvais avec mes talons.

— Gabriel ? Qu'est-ce qui s'est passé ? Tu es malade ? On t'a frappé trop fort, t'as pas eu le dessus ?

J'aurais dû rester.

— Gossom, répondre, c'est pas pour les chiens, m'énervai-je alors qu'il se contentait de me fixer d'un air perdu.

Puis il bascula brutalement sur moi. Au début, je crus qu'il avait perdu conscience, mais je compris, lorsque son bras s'enroula férocement autour de ma taille, qu'il tentait maladroitement de m'étreindre.

C'était si rare. Je crois que nous ne nous étions serrés ainsi l'un contre l'autre que deux autres fois, chacune ayant été éprouvante. Tout simplement parce que étreindre quelqu'un, c'était le rapprocher de son cœur, et Gabriel ne faisait jamais ça. Il ne le rendait jamais facile d'accès.

Et cela me fit peur. Parce que, justement, Gabriel ne le faisait jamais, à moins d'être bien plus vulnérable que d'habitude.

— Qu'est-ce qui s'est passé, Gaby ? murmurai-je doucement en essayant d'atteindre son oreille.

Pour toute réponse, il me serra encore plus, et je crus que j'allais exploser en un millier de gouttelettes entre ses bras. Sa tête se pencha sur mon épaule et il se mit à murmurer des bribes de phrases que je parvenais à peine à comprendre. Je n'étais pas sûre qu'il en soit lui-même capable.

— Parle, Gabriel, ou je te fais manger ma veste, le taquinai-je doucement.

— Je n'avais plus que ça en tête, j'aurais pu le tuer. J'aurais pu le tuer. Oh putain, mon crâne, s'exclama-t-il finalement en inspirant mon odeur.

Je ne parvenais pas à saisir exactement ce qui s'était passé, mais cela me semblait assez grave.

— Gossom, regarde-moi, dis-je doucement en lui relevant le visage.

Ses yeux terrifiés se plantèrent dans les miens et j'en avais si peu l'habitude que cela me fit un choc, comme si j'avais mis les doigts dans une prise électrique. Mon regard refusait de se détourner des orbes chocolat. Je ne parvenais plus à m'y soustraire, je n'en avais pas vraiment envie.

— Qu'est-ce…

— Non, ne me le demande pas. S'il te plaît, murmura-t-il plus doucement.

Et je lui cédai. Je le laissai me cacher des choses, parce qu'il était probablement incapable de faire autrement. Alors je le serrai à mon tour, posant mes mains sur son dos et sur sa nuque, attirant sa tête contre moi.

Je ne l'embrassai pas. Il n'essaya pas non plus. Parce qu'un baiser aurait signifié qu'on reprenait les jeux, qu'on n'avait plus le droit d'être sérieux ou vulnérables.

Or, l'armure en titane de Gossom me semblait profondément entamée à cet instant.

Et je n'étais pas assez folle pour ne pas apprécier de le sentir si proche de moi.

69

VANESSA

Je ne pleurais pas. Bizarrement.

J'aurais probablement dû, mais je n'y parvenais pas. Peut-être en avais-je tout simplement marre de tout, et il est difficile d'être atteinte lorsqu'on est aussi anesthésiée par la vie.

Je savais que c'était Brian qui avait lancé la rumeur. Après tout, il était celui qui m'avait donné son numéro, celui qui l'avait suivie lorsque je le lui avais demandé, celui qui l'avait un peu taquinée, aussi. J'avais vu son nom en tant que destinataire du message et je savais qu'il avait fait exprès. Il voulait me blesser, certainement comme j'avais dû le blesser, lui.

Parce qu'il était le seul garçon à qui j'avais dit non, et ça ne lui avait pas plu. Surtout qu'il comprenait, à présent, qu'il n'avait jamais été du bon côté de la concurrence.

Les cours étaient finis depuis une vingtaine de minutes, mais je ne voulais pas rentrer chez moi. Je savais que je serais bien obligée de leur dire, avant que la directrice ne les appelle. Cette femme se mêlait toujours des affaires des autres, et elle avait une manière bien à elle. Elle les convoquerait, leur expliquerait tout, puis elle demanderait à mes parents s'ils connaissaient des gens qui pourraient m'en vouloir. Et, ouais, la liste était assez longue.

Puis, comme aucun élève ne balançait jamais, elle se contenterait de laisser la rumeur se dissiper d'elle-même en ayant bonne conscience.

Ma tête posée sur mes genoux, je fermai les yeux. Le noir me semblait accueillant, tout à coup. Je me rendis compte à cet instant que, si quelqu'un avait eu le moyen de me filer un peu de cocaïne, j'aurais accepté avec joie.

La porte s'entrebâilla doucement et je levai les yeux, plutôt pour savoir si je devais être agressive envers le nouvel arrivant que par réel intérêt.

Cependant, ce fut une petite touffe bordeaux qui apparut et je grognai malgré moi.

— Tu sais que ce n'est pas moi, n'est-ce pas ? Tu sais que je n'aurais jamais fait ça ?

— Mais ouais, la clocharde, marmonnai-je en appuyant ma tête contre le mur.

Elle hésita quelques instants, dansant d'un pied sur l'autre, jusqu'à venir s'asseoir à côté de moi.

— Comment tu m'as trouvée ?

— J'aimais bien aussi venir dans ce genre d'endroit lorsque ça devenait trop, dans mon ancien lycée. Les sorties de secours, c'est la cachette idéale lorsqu'on veut échapper au monde, expliqua-t-elle doucement.

Le silence revint, et je restai un peu seule dans mes pensées.

— Comment tu as deviné ? demandai-je d'une voix faussement détachée.

— La photo. Ton regard sur elle, comment tu parlais d'elle. Ta manière de fuir le sujet, de sortir avec tous ces garçons. C'était trop superficiel, même pour toi, termina-t-elle en me lançant un regard amusé.

— Tu penses me connaître ?

— Non. Mais j'aimerais, continua-t-elle en baissant les yeux.

Je ne trouvai rien à répondre.

— C'est Brian qui a fait ce montage. Je n'ai jamais pensé que c'était toi, avouai-je en laissant mon regard fixé sur la porte.

— Pourquoi ?

— Parce que je pense que, si on sait ce genre de chose, c'est qu'on l'a vécu, répondis-je un peu plus sèchement que je ne l'avais voulu.

Elle ne répondit rien, se contenta de hocher la tête.

— Putain, je tuerais pour un joint, me lamentai-je en appuyant ma tête contre le mur.

— Dans un lycée ?

— Ça te choque, la clocharde ? la taquinai-je en fouillant dans mon sac.

Je trouvai enfin un petit cylindre et, d'un geste machinal, je l'allumai. Inspirant un bon coup, je posai mon regard dans ses yeux foncés, si foncés. Elle tendit la main et je le lui passai, comme le jour du nouvel an.

— Je croyais que tu ne fumais pas autant ?

— Occasion spéciale, lâcha-t-elle doucement en plantant son regard inquiet dans le mien.

— Qu'est-ce que t'as à me fixer comme une débile ? plaisantai-je.

— Ça va ?

— Oh non, je t'en prie, ne retombe pas dans la psychanalyse ou je me casse, m'exclamai-je, exaspérée.

Elle se tut, probablement incapable de savoir quoi dire après ça. Mais je m'en fichais, je n'avais pas envie qu'elle discute de banalités. Qu'elle reste là où elle était, ça m'allait très bien.

— Je pourrais repasser chez toi, un de ces quatre, lâchai-je d'une voix légèrement incertaine, incapable de me montrer totalement imperméable.

Repousse-moi maintenant et je ne m'en relèverai pas. Regarde-moi comme une demeurée, une folle à lier, et je ne m'en remettrai jamais.

— Ouais, ce serait cool, me sourit-elle doucement, comme si elle comprenait mes pensées.

— Ouais, ce serait cool, souris-je à mon tour, malgré moi.

— Pas de joint ?

— OK, pas de joint.

Elle me regarda dans les yeux, tandis que je m'amusais à dissocier le marron du noir de ses yeux.

— Tu sais, tu devrais leur dire. À tes parents.

— Ils ne s'en remettront pas.

— J'ai pensé pareil. Et, un an plus tard, ils ne font que m'aimer davantage, lâcha-t-elle doucement en se relevant.

— Ils ne s'en remettront pas, je le sais, soufflai-je en inspirant une nouvelle taffe.

— Il n'y a qu'un moyen de le savoir. Ah, et ça te va bien, de sourire. Tu devrais le faire plus souvent, lança-t-elle avant de refermer précipitamment la porte derrière elle.

Je ne pus m'empêcher de sourire, encore. Au moment où je m'en croyais le moins capable.

***

Lorsque je rentrai chez moi, je tremblais légèrement. Je savais qu'il le fallait, que j'avais déjà bien trop retardé ce moment. Maman tomberait de haut, papa n'oserait probablement pas faire de commentaires. Toute la famille serait plongée dans un silence angoissant et je finirais par rester muette à mon tour.

J'ouvris la porte, l'air sombre. Ma mère se tenait dans le hall. Lorsque mon père me vit, il raccrocha le téléphone. Je sentis bientôt les bras fins de maman me serrer tendrement alors que papa reposait le combiné d'une main tremblante.

— Ma chérie, on s'est tellement inquiétés ! Ne disparais plus jamais comme ça, souffla-t-elle d'une voix soulagée.

Je sentis un étau se resserrer un peu plus autour de mon cœur.

— Ça va ? Tu es toute pâle, ma belle. Tu as besoin d'un peu de sucre ? Chéri, va lui chercher un Coca.

— Non, maman, ça va.

— Non, ça ne va pas ! Tu as été agressée ? Violée ? Tabassée ? On t'a rackettée, Vanessa ? J'appelle la police, s'exclama mon père en reprenant le téléphone.

Je me dégageai de l'étreinte de ma mère pour retenir la main de mon père.

— C'était juste une dure journée. Quelqu'un a lancé une rumeur sur moi, soufflai-je doucement alors que mes parents me fixaient, attendant la suite. Ils disent que j'aime les filles, continuai-je en essayant de dissimuler un sanglot qui intervenait au plus mauvais moment.

— Mais tu t'en fiches, de ça. Depuis quand on se préoccupe de ce que pensent les autres, Vanessa Dollyson ! s'exclama mon père en s'approchant pour poser sa grosse main sur mon épaule, soulagé que je n'aie été ni violée, ni maltraitée, ni rackettée.

Et je me tus, passant une main rageuse sur mes yeux pour chasser les petites perles salées.

— Mais… Mais…

— Ma chérie ?

— Mais je… Je ne sais pas comment dire… Je…

Mes parents s'approchèrent encore tandis que mes pleurs devenaient incontrôlables.

— Ce n'est pas une rumeur, maman, soufflai-je en baissant les yeux pour éviter de voir la déception dans leurs regards.

Il y eut un moment de battement durant lequel aucun de mes parents ne bougea. Puis ils vinrent m'entourer, tous les deux. Et je craquai dans leurs bras, comme la petite fille que je n'étais plus censée être. Je laissai la pression me quitter, la sensation dérangeante d'être différente, de ne pas être comme il le fallait. D'être anormale.

— Mais, ma chérie, nous le savions déjà, murmura doucement mon père en déposant un baiser dans mes cheveux.

— Quoi ?

— Cela fait un petit moment que nous en avons discuté avec ta mère. Tu es notre fille, c'est tout de même notre rôle de nous soucier de ce genre de détail, s'exclama-t-il en me couvant d'un regard rempli d'amour qui fit effondrer toutes mes barrières.

— Mais…

— Nous ne savions pas si tu te l'étais avoué à toi-même, alors nous attendions. Nous attendions pour te dire que rien n'a changé, Vanessa. Que rien ne changera jamais et que nous t'aimerons toujours, continua ma mère.

Je me laissai aller comme une poupée de chiffon à leur étreinte, incapable de traiter toutes les données en même temps. Il me fallait du temps, pour tout enregistrer.

Mais je pourrais faire ça demain. Pour l'instant, je profitais simplement d'être dans leurs bras.

70

BRITTANY

Un mois avait suffi à faire basculer toutes mes certitudes. Les choses que je pensais inébranlables se trouvaient brutalement changées.

Tout avait commencé lorsque Vanessa n'avait plus caché son penchant. Elle s'était mise à parler plus souvent à une petite nouvelle, Amandine ou un truc du genre. Je la surprenais en train de lui sourire dans les couloirs et, moi qui n'avais jamais vu Vanessa éprouver un quelconque sentiment, je trouvais ce changement plutôt positif. Après tout, si j'avais pu craquer pour un primate au cerveau pas plus développé qu'un pois chiche, elle pouvait très bien aimer une fille.

Gabriel avait, lui aussi, radicalement changé. C'était comme si j'observais, jour après jour, une part de lui se fêler lentement. J'avais beau me plier en quatre pour tenter de recoller les morceaux, il trouvait le moyen d'esquiver mes approches. Je n'avais plus le droit de toucher ses blessures du bout des doigts, comme si, en l'embrassant, je m'étais aussi brutalement éloignée de notre relation d'avant. Et je l'avais toujours tellement craint. J'avais la peur constante qu'il ne finisse par me considérer comme toutes ces pauvres idiotes qui gravitaient autour de lui.

— Qu'est-ce qu'il y a, Fricht ? On rêve de mes super abdos ? lança une voix espiègle à côté de moi, et je laissai mes pensées pour me tourner vers Gossom avec un sourire taquin.

— Quels abdos ? lâchai-je d'une voix un poil provocante.

Alors il me renversa doucement pour effleurer mes lèvres des siennes. Et, Dieu, que ça pouvait m'énerver. J'avais l'envie incontrôlable de coller sa bouche sur la mienne avec la glu la plus efficace de l'histoire. Pour une raison totalement stupide, il se contentait de simples petits baisers innocents depuis l'autre fois. S'il continuait, j'étais presque certaine que je finirais par saisir brusquement son col pour l'attirer à moi dans un vrai baiser.

— Tu aimes m'embrasser, hein ? le narguai-je à la place en balayant mes cheveux vers l'arrière.

— J'abrège juste tes souffrances, déclara-t-il avec un petit sourire joueur.

La main posée sur son skate, il s'amusait à le faire bouger de quelques centimètres en fixant ce petit manège comme si c'était un phénomène extraordinaire.

Et, alors qu'il regardait ailleurs, je laissai une grimace aigre apparaître sur mes traits. Parce que c'était bien la seule chose qui n'avait pas bougé d'un iota en un mois. Gabriel m'embrassait au détour d'un couloir lorsque nous étions un peu en retard, dans la salle de physique lorsque tout le monde était parti ou dans notre bon vieux skatepark. Il s'amusait à me déstabiliser au moment où je m'y attendais le moins, mais ne prenait jamais rien au sérieux.

Et je commençais à me dire que cela ne changerait jamais. Gabriel était bien ainsi, à m'avoir à sa disposition sans jamais y inclure de sentiment. Et ça commençait un peu à m'étouffer, comme sensation.

Pour chasser mes idées sombres, je tâtai l'ecchymose qui lui décorait la tempe d'un œil inquiet. S'il avait tenu sa promesse de battre tous ceux qui parleraient de Vanessa un peu trop fort, il s'était surtout défoulé sur Brian. Trois fois.

— Arrête un peu, d'accord ? soufflai-je doucement alors qu'il regardait ma main se poser sur son front.

— Pourquoi ? Il le mérite, déclara-t-il d'une voix sombre.

Mais parce que ça te détruit.

— Parce que tu vas finir par te transformer en Schtroumpf, ricanai-je.

— Je ne pourrais qu'être sexy de toute façon, plaisanta-t-il à son tour en me passant un M&M's bleu pour la blague.

Je souris en le portant à ma bouche, bien consciente qu'il continuait à surveiller que je mange suffisamment.

— Et sinon, ça va ? lâchai-je d'une voix détachée en essayant de grappiller un peu d'informations.

— Pourquoi ça n'irait pas ?

— Je ne sais pas… Tu es bizarre, ces derniers temps.

— Tu te fais des films, rigola-t-il en lançant un petit bonbon dans les airs pour le rattraper entre ses dents.

— Jake ne veut pas me répondre. Alors j'ai décidé de prendre les choses en main, lâchai-je d'une voix ferme en saisissant mon sac.

Il haussa un sourcil lorsqu'il me vit en sortir une grande carte, et j'étais quasiment certaine qu'il me prenait pour une folle.

— J'ai peur, souffla-t-il d'une voix moqueuse en m'observant d'un œil amusé alors que j'étalais la carte des États-Unis sous nos yeux.

— Tu as bien dit que je partirais avec toi, n'est-ce pas ? le coupai-je en ignorant ses taquineries.

— Ouais, grimaça le primate.

— Eh bien, il est temps qu'on refasse le trajet, parce qu'il est hors de question qu'on ne passe pas par Los Angeles, m'exclamai-je en sortant un feutre indélébile rouge.

Gabriel me fixa d'un air éberlué, et j'eus l'impression de parler soudain le mandarin.

Puis il se pencha sur le papier et vit déjà une multitude de traits que j'avais tracés au crayon depuis deux semaines. J'avais d'abord choisi les mégapoles, puis les arrêts assez courts dans des villes un peu moins peuplées. Je ne l'aurais jamais avoué, mais il me semblait impossible de la retrouver de cette manière. Alors j'avais ajouté ma touche personnelle.

— Tu as tout planifié, constata-t-il alors que son doigt suivait les petits traits avec l'intérêt que j'espérais.

Car, pour la première fois depuis longtemps, Gabriel ne semblait pas blasé.

J'avais réellement commencé à m'inquiéter après sa bagarre avec Brian. Il m'avait semblé totalement ébranlé, même si je n'avais pas été capable de comprendre pourquoi.

J'avais alors réalisé que le problème se trouvait dans sa tête.

— J'ai pensé qu'on devrait d'abord taper dans les villes qui attirent le plus de gens. J'ai donc pensé à New York, Los Angeles, Washington, Seattle… Il faudrait parcourir les États-Unis de long en large, ce serait un peu court en deux mois. Donc j'ai organisé tout ça. Je me suis dit qu'on pourrait partir la première semaine de Noël et revenir juste avant les fêtes. Puis il y aurait aussi quelques week-ends où l'on pourrait aller voir ce qui se passe au Colorado ou en Arizona. Ce n'est pas si loin que ça si on prend le train, on pourrait facilement trouver un petit motel sur place, continuai-je en sortant de mon sac les tarifs de différents petits hôtels, ceux des trains, quelques itinéraires au cas où on prendrait ma voiture.

— Tout ça pour partager une chambre avec moi, Fricht ? tenta-t-il de plaisanter, mais sa gorge semblait nouée.

71

GABRIEL

Je l'observais alors qu'elle me bombardait de détails plus hallucinants les uns que les autres. Elle semblait y avoir passé des heures entières.

Rien que pour moi.

Ses doigts virevoltaient sur les pages, reliant les villes au feutre, entourant les endroits où on pourrait loger sans se ruiner, les petits snacks où elle pourrait trouver une salade et moi des frites bien grasses. Elle s'échinait à préparer ce voyage comme si c'était le but de sa vie, alors que c'était censé être le mien.

Puis son regard se tourna vers moi, probablement dans l'attente d'une réponse, et elle vit mon regard sombre. Son visage se décomposa un peu, comme si elle craignait d'avoir mal agi.

Et comment cela aurait-il pu être le cas, n'est-ce pas ?

— Tu n'aimes pas ?

— Ce n'est pas ça, Fricht… C'est que je commence à croire que ce voyage n'est peut-être pas aussi bien que je le croyais, soufflai-je doucement en passant une main sur ma nuque.

Je sentais un camion d'une tonne me tomber sur l'estomac chaque fois que je pensais à cette possibilité, et malheureusement elle me trottait dans la tête depuis pas mal de temps. J'avais l'impression que plus grand-chose ne tournait rond ici-bas.

— Tu ne veux plus retrouver ta petite sœur ? murmura-t-elle en lâchant son feutre.

Elle me fixait avec ses grands yeux verts.

— Bien sûr que si. Mais… mais je me dis qu'elle ne serait peut-être pas super heureuse de me voir, tu vois ?

— Arrête de dire des bêtises, Gossom, s'exaspéra-t-elle en retenant une feuille qui allait s'envoler.

— Pourquoi ? Elle était jeune, elle m'a peut-être oublié.

— Mais tu es con ou tu le fais exprès ? J'ai passé six mois avec toi et je ne serai probablement jamais capable d'effacer ta face de primate de ma tête ! Et tu crois que ta petite sœur, elle, a pu t'oublier ? s'énerva-t-elle.

Je me tus, incapable d'exprimer mes plus grandes peurs à voix haute. Elle me fixa durant une petite minute, avant de se rendre compte que je ne répondrais pas.

— Pose ton cul à côté de moi et viens choisir la prochaine destination après Chicago, flemmard, bougonna-t-elle en froissant un peu la feuille qu'elle tenait dans les mains.

— Fricht…

— Non ! Stop ! J'en ai marre que tu caches tout et que tu te laisses couler comme ça !

— Comme si j'étais dépressif, m'offusquai-je en levant les yeux au ciel.

— Mais regarde-toi ! Tu crois que je ne vois pas à quel point tu sonnes faux ? Tes lèvres ne s'ouvrent que pour proférer des mensonges !

— Et pourtant, tu aimes bien les embrasser, ces lèvres, lâchai-je avec un sourire espiègle.

— Tu vois, s'exclama-t-elle en repoussant toute sa paperasse.

— Quoi ?

— Tu recommences ! Tu te marres dès que j'essaie d'aborder un sujet sérieux, ou tu m'embrasses en espérant que je ferme ma gueule !

— Tu deviens vulgaire, Fricht, rigolai-je en me tournant pour l'observer à l'envers, la nuque contre le métal de notre rampe.

— Prends-moi pour une gourde. Pourquoi tu esquives les discussions ?

— Je ne les évite pas, m'exaspérai-je, parce qu'elle tapait un peu trop juste.

— Ouais, c'est ça, ricana-t-elle avec une voix pleine de sarcasmes.

— Mais parce que je ne suis pas censé être sérieux avec toi, m'énervai-je.

Elle se tut pendant une poignée de secondes, le temps que je comprenne que j'avais peut-être sorti une connerie.

— Et tu vas être sérieux avec qui, Gabriel ? murmura-t-elle d'une voix blanche.

Elle fuit mon regard pour la première fois depuis longtemps. Depuis que je l'avais blessée en révélant ses secrets à Jake, en fait, et je ne pouvais que trop bien me rappeler comment nous avions fini cette fois-là.

C'était si tentant de recommencer, parfois. Simplement se laisser aller dans ses bras et oublier qu'un monde existait autour de nous. Ne plus respirer que l'odeur de ses cheveux, ne plus sentir que sa peau sous mes doigts, ses frissons, son souffle.

— Regarde autour de toi, Gossom. Tu t'es fermé à tout le monde. Tu sais ce que je crois ? Ça te pèse, ton putain de secret inavouable. Ça te pèse au point que tu y penses tout le temps. Tu sais comment je le sais, Gabriel ? Je t'observe. Je te regarde en physique, lorsque tu ne parviens même plus à te concentrer sur des calculs qui ne t'auraient posé aucun problème avant. Je t'observe lorsque tu tâtes machinalement ta poche en littérature, comme si tu pouvais sentir cette saleté de photo chaque fois. Je remarque le regard perdu que tu as dès que tu te sais seul, ce petit geste anodin que tu fais lorsque ta tête te fait mal. J'observe, et je me tais. Je la ferme depuis deux mois parce que je sais que *môssieur* fuira dès que j'en parlerai. Et j'ai peur de laisser *môssieur* seul. J'ai peur qu'il ne fasse une connerie, tu vois ?

— Je ne suis pas toi, rétorquai-je d'une voix un peu plus sèche que prévu.

Je n'aurais jamais le courage de faire ce genre de chose. J'étais bien trop lâche.

— Et je dois le prendre comment, exactement ? Tu n'es pas assez con pour faire ce genre de chose ? lâcha-t-elle en levant les yeux au ciel.

Seulement, ce n'était plus pour paraître insolente, mais pour retenir ses larmes.

— Fricht…

— La ferme. Tu vas m'écouter. Je n'en peux plus, là. Tu crois que tu es seul avec tes problèmes, Gabriel ? Ça me tue de ne pas savoir ce qui ne va pas ! Je me sens… faible ! Je suis complètement impuissante, merde ! Je ne sais rien faire pour t'empêcher de couler, je ne peux rien faire ! C'est… c'est la première fois que je me sens aussi vulnérable de ma vie, murmura-t-elle en posant une main sur son front.

— Mais pourquoi ça te préoccupe autant, hein ? Au pire, laisse tomber. On parle de ça depuis dix ans. Tu sais que je ne te dirai jamais rien, alors pourquoi ça te fait autant chier ?

— Mais tu es tellement, tellement stupide, s'exaspéra Fricht en se relevant précipitamment.

Je savais qu'elle allait partir. Je savais que, si elle s'en allait, je ne la reverrais pas avant un long moment.

— Dis-moi, m'écriai-je en la suivant alors qu'elle descendait de la rampe.

— Et pourquoi, moi, je devrais te parler ?

— Parce que tu es bien plus forte que moi, soufflai-je à mi-voix en replaçant une mèche derrière son oreille.

Elle détourna les yeux une poignée de secondes et, lorsqu'ils se posèrent à nouveau sur les miens, j'y vis une lueur dangereuse.

— Mais, Gossom, tu n'as pas encore compris… ?

— Quoi ? dis-je d'une voix blanche, et j'étais de plus en plus paumé.

Tout échappait à mon contrôle, et j'avais comme une trentaine d'alarmes qui sonnaient dans mon esprit pour me prévenir que je n'allais probablement pas aimer la suite.

72

BRITTANY

J'inspirai un bon coup. Je savais qu'il y avait des chances pour que Gossom m'étrangle après ça. Il me fixait avec de grands yeux et je pouvais y lire toute son incompréhension.

— Parce que, Gaby, j'ai toujours voulu aimer quelqu'un à m'en tordre l'âme. Je voulais vivre quelque chose de si fort que ma respiration serait bloquée à chaque seconde. Et c'est toi, bordel. C'est toi, le plus maladroit de la terre, qui a remporté le pactole. T'es loin d'être parfait, en fait t'es plutôt un vrai manche question sentiments mais, merde, je veux faire des tas de choses irrémédiablement stupides avec toi ! Je veux te voler des baisers, je veux piquer dans tes frites et recevoir une claque sur les doigts en réprimande. Je veux que tu me déposes des baisers dans le cou pendant que tes doigts tracent des petits dessins sur mon nombril. Je veux que tu sois romantique, que tu m'aimes, Gabriel. Toi, et personne d'autre, avouai-je d'une voix de plus en plus incertaine au fur et à mesure que son visage se fermait.

Et je sus, dès l'instant où la petite étincelle que j'aimais tant disparut, que j'avais perdu la partie. Et je savais qu'il n'y aurait pas d'autre round, que je n'aurais pas droit à une deuxième chance. Il m'assènerait un solide et dernier game over et je finirais seule. Gabriel Gossom ferait une croix sur moi, comme il en avait fait sur un tas d'autres filles avant ça.

— Je ne serai jamais comme ça, lâcha-t-il d'une voix plus coupante qu'un sabre.

— Mais si ! Gossom, enfin, regarde-toi ! Regarde-nous ! Tu m'embrasses, tu me protèges, tu te soucies de moi ! On pourrait être heureux à deux, plus qu'avec n'importe qui d'autre ! Il faut juste que tu me laisses t'approcher un peu plus, soufflai-je d'une voix quasi suppliante.

Je savais que, s'il n'était pas convaincu dans la minute qui suivait, il se détournerait et ne reviendrait plus jamais.

— On serait heureux, hein ? Tu t'es crue dans un Disney, Fricht ? claqua-t-il sèchement, et son ton froid me surprit.

— On pourrait. On pourrait être comme Blanche-Neige ou Raiponce, plaisantai-je doucement en espérant le calmer un peu.

— Et ils vécurent heureux, c'est ça ? Combien de temps ? Combien de temps avant que le prince ne fasse des gosses dans le dos de cette pétasse de Blanche-Neige ? Combien de temps avant que Raiponce ne meure d'un cancer ? La vie est une pute, Fricht, et rien n'est éternel. Si tu as été assez idiote pour croire aux contes de fées, c'est peut-être que tu n'étais pas aussi géniale que je le croyais, termina-t-il d'une voix hargneuse.

Je savais qu'il valait mieux le laisser partir. Il était bien trop en colère, trop enfermé dans sa bulle. Il ne comprenait pas que c'était lui qui provoquait les fins malheureuses, à rester aussi hermétique. Il ne s'en rendrait probablement jamais compte.

Et tenter de le garder, c'était l'énerver davantage, le faire devenir de plus en plus méchant. Or, j'en avais assez entendu pour la journée.

Orgueilleuse, je retins mes larmes. Je n'avais tellement pas l'habitude qu'on me dise non. J'avais eu l'espoir fou de m'approcher de lui bien plus que d'autres, mais je finissais comme toutes ces débiles que j'avais vues pleurer dans les toilettes pour lui.

D'une main tremblante, j'enlevai le bracelet qu'il m'avait offert pour Noël et qui restait éternellement autour de mon poignet. Sauf que je ne pouvais plus le garder, désormais. Je le lui tendis. Il était bien trop en colère pour réaliser quoi que ce soit, il se contenta de le saisir en prenant soin de ne pas effleurer ma peau.

Je partis la première, le cœur plus lourd qu'un océan entier. Je me sentais à nouveau comme la pauvre fille trop moche, trop flasque, pour être désirable. Tellement laide avec ses cicatrices qu'il n'avait même pas osé me toucher.

Dès qu'il fut hors de ma vue, je me mis à courir jusqu'à ma voiture. Les rues me paraissaient floues alors qu'un torrent de larmes menaçait de déborder de mes paupières. Mais, furieusement, je les retenais. Je refusais qu'elles coulent ainsi, pour un simple mec.

Mais, bordel, un mec que j'avais drôlement dans la peau.

Je stoppai devant mon allée et restai quelques instants immobile, bien trop chamboulée pour faire quoi que ce soit.

— Et merde ! m'écriai-je en tapant sur le volant.

Les larmes coulèrent, encore et encore, inlassablement. Je me sentais trahie, profondément blessée et plus seule que jamais. Je grimpai dans ma chambre quatre à quatre en saluant à peine mes parents et fermai ma porte à double tour. Je ne voulais voir personne, je ne pouvais rien expliquer, j'étais juste… tombée. Mais pas comme une petite poupée de porcelaine, non. Parce que Gabriel avait trouvé le moyen de m'envoyer sur l'Olympe et que je venais de m'écraser brutalement.

Je tournais en rond, incapable de me calmer, incapable de penser à autre chose. Je jetai violemment mes bracelets par terre en observant mon poignet d'un air dégoûté. Je me haïssais, je me détestais d'avoir été faible au point d'être tombée amoureuse de lui. Je me haïssais de l'avoir laissé s'approcher aussi près, de m'être montrée si vulnérable.

Et je le comprenais, maintenant. Moi non plus je ne serais probablement plus jamais capable de me mettre autant à nu que ce soir devant quelqu'un. Pas après ce qu'il m'avait dit, pas après son rejet.

Je l'avais toujours su. J'avais toujours eu besoin des autres pour aller bien. J'avais toujours eu besoin d'être parfaite à leurs yeux pour me plaire, j'avais toujours eu besoin de paraître forte pour l'être.

Puis tout s'était résumé à lui, uniquement lui. Et il avait trouvé le moyen de m'enlever ce nouveau courage qu'il m'insufflait.

Alors, d'une main tremblante, j'ouvris le deuxième tiroir de ma table de nuit et en sortis une lame à peine plus grande que mon index.

Et, d'un geste plein de rage, je la plantai dans mon oreiller.

Parce que je ne pouvais pas, bordel. Et pourtant, j'en crevais d'envie.

73

GABRIEL

Il commença à pleuvoir, mais je m'en fichais. Je me sentais anesthésié, incapable de ressentir quoi que ce soit. Et puis ce mal de crâne me tapait sur le système.

Je ne parvenais pas à quitter des yeux la direction par laquelle elle s'était enfuie, incapable de desserrer mes doigts du bracelet.

J'aurais dû le jeter sur le sol, il ne représentait plus rien désormais.

Plus rien ne représentait quelque chose. Ni Brittany qui me demandait des choses que je ne pourrais jamais lui offrir, ni Evangeline qui ne pourrait jamais me pardonner ce que j'avais fait.

Au fond, je l'avais toujours dit.

Les petites poupées fragiles se cassaient entre mes doigts. Et, même si Fricht possédait des griffes bien aiguisées, son cœur était en verre.

Et je venais brutalement de l'écraser sous mes baskets.

Je gardais la tête baissée pour éviter que l'eau ne tombe sur mon visage. La pluie redoublait et j'avais l'impression que l'on s'acharnait sur moi.

Ou alors, c'était mon connard de père qui se manifestait ? Qui me punissait ?

— T'as gâché ma vie, bordel ! Tu l'as gâchée dès l'instant où je suis venu au monde ! Pourquoi tu m'as fait comme toi, hein ? Avoue, tu t'éclates, là ? Tu dois bien te marrer à voir que ton bâtard de fils n'est même pas capable d'éprouver le moindre sentiment ? Ça te plaît, de me voir perdu ? C'est ton petit plaisir, hein, de me balancer un torrent de pluie alors que j'ai déjà envie de crever ? Espèce de pauvre con, criai-je en donnant un violent coup dans ma planche de skate.

J'avais mal au crâne, aussi. Une bonne migraine qui n'allait probablement pas me quitter de la semaine. Pour changer.

Je ne pouvais plus rester ici, à observer cette rampe, ce skatepark, la petite inscription que Fricht avait tracée en début d'année. Je devais me casser d'ici avant de déprimer, et vite fait.

Pourtant, une partie de moi ne put s'empêcher de prendre les papiers complètement trempés de Brittany d'une main hésitante, et de les plaquer sous mon manteau pour éviter de les abîmer davantage.

Je marchai jusque chez moi, sans prendre la peine de regarder où je mettais les pieds. J'aurais pu faire tellement de bêtises en chemin, comme aller voir Fricht chez elle et lui dire d'oublier tout ce qu'on avait dit aujourd'hui. Je savais que, si je croisais une personne qui lui ressemblait de près ou de loin, je la suivrais inconsciemment.

Au fond, je pensais que cela allait s'arranger. Brittany ne pouvait pas m'aimer, elle finirait par le réaliser. C'était impossible. Comment, alors que mes propres parents n'avaient pas pris la peine de s'accrocher à moi ? Pourquoi m'aimerait-elle alors que je finirais forcément par la briser ?

Parce que je ne savais faire que ça. Je n'étais pas fait pour construire de belles histoires, on ne m'avait appris qu'à les détruire. Je n'étais pas fait pour avoir une vie posée, avec un mariage et des gosses. Pour quoi, hein ? Pour finir par les tabasser dès que l'un d'eux ouvrirait le pot de Nutella ?

Il fallait que je me calme, mais j'en étais incapable. Ce n'était même plus de la colère à cet instant, mais une haine profonde. Je haïssais Brittany, Vanessa, Brian, mes tuteurs, le monde entier, aussi. Je me haïssais, je me détestais plus que n'importe quoi.

J'ouvris la porte d'un geste tellement sec que les charnières protestèrent. Je pouvais entendre Patrick et Jake disputer une partie sur la console de notre salon, comme si rien n'avait changé. Ça me faisait presque l'effet de revenir d'une dimension parallèle.

Oh, ma tête ! C'était pire qu'une gueule de bois, la vache. Je posai mon front dégoulinant de pluie contre le frigo et fermai les yeux.

Inspirer. Expirer. Inspirer. Expirer.

Ne pas penser à Fricht, ne pas imaginer Evangeline.

Et chasser tout ce putain de sang de ma vision, merde !

— Gabriel ? Tu es déjà rentré ? demanda la voix de Claire lorsqu'elle me vit en train de faire du yoga sur la porte du frigidaire.

Pour toute réponse, j'ouvris mon manteau trempé et saisis les dizaines de feuilles que j'avais récupérées au skatepark.

Ceci – tout ceci – représentait mes pauvres illusions. J'avais cru que je pourrais la retrouver, comme ça, simplement. J'avais cru qu'elle accepterait de me revoir, comme ça, tout aussi simplement.

J'étais tellement idiot parfois.

Comme si elle pouvait me revoir, me parler, m'aimer, alors que j'avais tué notre père. Comment, alors que je n'avais même pas su la protéger ?

Ce voyage pour la retrouver, l'aide de Brittany... Tout partait en fumée, tout n'avait toujours été qu'une fumée diaphane qui formait un épais brouillard sur mes pensées.

Brittany venait de briser les ultimes petits breaks qui me restaient, parce que, mine de rien, ces derniers mois avaient été plutôt drôles. Fricht avait amené quelque chose avec elle, une espèce d'épice pimentée qui avait fait de mon quotidien un jeu constant. Un jeu où j'avais pu réellement croire que je n'étais qu'un lycéen parmi les autres, complètement banal. Un jeu où j'avais pu croire pendant quelques secondes que j'étais heureux, sympa, du côté des gentils.

Un jeu auquel j'avais accepté de croire, rien que quelques fois.

Et, Dieu, la chute était terrible.

— Chéri, je crois que Gabriel ne se sent pas très bien, lâcha Claire d'une voix que l'inquiétude rendait aiguë.

Patrick rappliqua dans la seconde, Jake sur les talons. Pour toute réponse, je jetai le tas de feuilles dans la poubelle.

— Mais... Qu'est-ce que tu fais ? Qu'est-ce qui t'arrive ? souffla Jackie Chan en suivant mes mouvements saccadés sans parvenir à m'arrêter.

Aucun n'osait m'arrêter. Avaient-ils peur ? Me craignaient-ils ?

— C'est fini, lâchai-je d'une voix lugubre en relevant les yeux vers eux.

— Quoi ?

— Tout ça. Fricht, les journées sympas, cette espèce de connerie qui me faisait croire qu'elle était cool.

— Gab, je crois que tu devrais t'arrêter pendant une petite minute, hein, et prendre le temps de te reposer, tenta de me calmer Patrick, mais j'évitai sa main lorsque celle-ci voulut se poser sur mon épaule.

Non, s'il vous plaît.

— Pourquoi ? Tu as peur que j'explose, que je tue quelqu'un ?

Ne me laissez pas vous blesser.

— Gabriel, je ne sais pas ce qui s'est passé, mais t'énerver contre nous ne te servira à rien, déclara-t-il d'une voix posée, bien conscient que la moindre étincelle d'énervement me ferait éclater comme un feu d'artifice.

— C'est Brittany, lâcha Jake en me regardant fixement, essayant probablement de capter quelques indices dans le moindre de mes gestes.

— La ferme, le morveux.

— Qu'est-ce que t'as fait ? reprit-il, ignorant ma menace.

— Et pourquoi ce serait forcément moi, hein ? Pourquoi ce ne serait pas elle ? Pourquoi ce serait forcément moi qui aurais tout bousillé ?

— D'accord, d'accord. Admettons, ce n'est pas toi, déclara-t-il en me couvant d'un œil inquiet.

— De toute façon, tout irait encore bien si cette peste n'avait pas décidé que, subitement, je devais jouer les mecs transis d'amour. Est-ce que je lui ai demandé de changer, moi ? Je l'ai choisie comme elle était, avec ses complexes de dix kilos chacun et son ego de la taille du centre commercial, m'exclamai-je alors que Patrick et Claire se regardaient sans comprendre.

— Tu réagis ainsi parce que tu es blessé, Gabriel, souffla Patrick, comme s'il venait de le comprendre.

— Et puis ce mal de crâne, putain, j'en peux plus, m'écriai-je en me retenant de frapper dans l'un des meubles de notre cuisine.

À la place, je retournai poser le front contre le frigo en espérant que la fraîcheur puisse un peu apaiser les centaines d'aiguilles qui se plantaient inlassablement dans mon lobe frontal.

— Si tu dormais plus, aussi, s'exaspéra Jake d'une petite voix alors que Patrick lui lançait un regard sévère.

Je fermai les yeux quelques secondes, juste le temps que tout redevienne normal. Juste le temps de me réveiller et de me rendre compte que je n'avais toujours que huit ans.

Seulement, je le réalisais. Je réalisais que tout ça était on ne peut plus réel. Je réalisais que ces horreurs que j'avais jetées à la figure de Brittany étaient probablement les dernières paroles qu'elle retiendrait de moi. Que la dernière chose que je lui avais dite, c'est qu'elle n'était qu'une fille de plus. Que je l'avais à peine touchée, alors que je savais que cela la blesserait plus que n'importe quoi.

Elle était fragile, elle m'avait montré toutes ses faiblesses, et j'en avais allègrement profité.

« J'ai passé six mois avec toi et je ne serai probablement jamais capable d'effacer ta face de primate de ma tête. »

Tais-toi, tais-toi, tais-toi !

74

JAKE

Je voyais mes parents complètement décontenancés. Aucun de nous ne savait quoi faire, dans cette cuisine, alors que Gabriel gardait la figure collée contre la porte du frigidaire. Cela aurait presque pu être drôle, si son expression n'avait pas été aussi lasse, si ses cernes n'avaient pas été aussi foncés, si ses yeux n'avaient pas été aussi vides. Comme s'il était ailleurs, à des millions de kilomètres d'ici.

Claire leva un regard embué vers son mari et je vis papa se frotter les cheveux sans savoir quoi faire. Si on devait l'entourer pour lui montrer qu'il n'était pas seul, ou plutôt le laisser remettre son armure comme un grand pour ne pas être blessé dans son orgueil.

— Gaby ? lâchai-je d'une voix hésitante, moi-même incapable de deviner comment je devais réagir.

Et il ne tourna pas les yeux vers moi, se contenta de donner un petit coup de tête contre le frigo.

— Je crois… Je crois que je deviens fou, souffla-t-il d'une voix si torturée que je savais déjà qu'elle me hanterait toute ma vie.

Je vis maman porter une main à sa bouche pour éviter que Gabriel n'entende le sanglot qu'elle tentait vainement d'étouffer. Il avait dit plus de choses en ces six petits mots que dans tous les aveux qu'il avait pu nous faire. Je m'étais toujours bien marré en croisant ce genre de phrase dans des séries parce que, au fond, des mots, ce n'était rien. Et pourtant… Pourtant, son ton était rauque, torturé. C'était comme s'il avait passé les dix dernières années à hurler et que sa voix en était complètement cassée. Et peut-être que c'était ça. Peut-être qu'il avait passé les dix dernières années à hurler en silence, seul dans son coin.

— Je n'arrête pas… Il y a tellement de sang, partout. Tellement… tellement de sang sur mes habits, sur mes mains. Et son corps… son corps est à mes pieds et je… je n'arrive pas à détacher mes yeux… poursuivit-il de plus en plus difficilement.

Patrick alla à côté de mon grand frère et posa une main contre son épaule. Toute cette douleur, cette culpabilité, menaçait de m'étouffer. Je me sentais suffoquer alors que Gabriel posait ses mains à plat contre le meuble, probablement pour se retenir de chasser l'aide de notre tuteur. Je savais que ma mère mourait probablement d'envie d'aller se jeter dans ses bras, et de le serrer aussi fort qu'elle me tenait le soir lorsque la journée avait été dure. Mais elle savait que Gabriel n'aurait jamais toléré ça, comme il parvenait à peine à tolérer le simple contact de Patrick.

Lentement, celui-ci déplaça la main pour entourer ses épaules et, d'une poigne assez ferme, il parvint à décoller notre Gab du frigo.

— Allez viens, fiston, on va se coucher, lâcha-t-il d'une voix calme, pour éviter que le petit animal sauvage ne s'enfuie.

Et Gabriella devait être sacrément mal pour ne pas répliquer, le contredire, le repousser. Il se laissa traîner d'un pas lourd dans l'escalier, jusqu'à sa chambre.

Lorsqu'ils disparurent, je me tournai vers la dernière représentante de la famille, qui mordait si fort sa lèvre inférieure que ses dents laisseraient probablement de petites demi-lunes sur sa peau.

— Ça va aller, maman, il est brave, notre Gaby, soufflai-je pour la rassurer alors qu'elle me tirait vers elle pour un câlin qui m'étrangla à moitié.

— Je l'espère, mon chéri, je l'espère vraiment, me chuchota-t-elle tandis que je lui passais un mouchoir.

***

Mes doigts pianotèrent sur mon téléphone, envoyant rapidement un message à Brittany. Papa redescendit quelques minutes plus tard, un air grave sur le visage. Je patientai quelques instants, m'attendant quasiment à avoir une réponse dans la seconde suivante. Sauf que la réponse ne vint pas.

Or, la petite Fricht était presque autant accro à son téléphone que moi. Il était impossible qu'elle rate l'un de mes messages.

— Qu'est-ce qu'on doit faire ? lâcha enfin ma mère en nous fixant d'un regard qui en disait long.

Moi, je savais. Ce qu'il fallait à Gaby, c'était Brittany. C'était croire que toutes les petites choses fragiles ne craquaient pas entre ses doigts, que certaines personnes seraient là durant sa vie entière sans l'abandonner. Il fallait qu'il voie Fricht pour ce qu'elle était, réellement. Il devait laisser les gens s'approcher, l'aider, l'aimer.

Bon sang, j'avais vu leur proximité, à ces deux imbéciles, la manière dont leurs gestes semblaient imbriqués. Ils ne bougeaient qu'en fonction de leur partenaire de jeu, de façon totalement inconsciente. Ils parvenaient à anticiper les besoins de l'autre sans mots.

Et ça, cette manière de toujours chercher l'autre, c'était une forme de dépendance que Gabriel ne savait pas gérer. Il n'était pas prêt à accepter de prendre le risque de pouvoir être abandonné une nouvelle fois.

— Qu'est-ce qu'on doit faire, mon chéri ? répéta-t-elle d'une voix tremblante alors que Patrick prenait appui sur le plan de travail, cachant son visage entre ses mains avant de lever vers elle un regard bien trop grave à mon goût.

— Ce détective avait dit le Texas, si je me souviens bien. Eh bien, on n'a plus le choix. Je vais poser une semaine de congé au boulot, il faut que j'aille chercher cette fille, souffla-t-il alors que je comprenais qu'ils avaient retrouvé Evy.

— Enfin ? Après tant d'années ? soufflai-je en posant mon regard surpris sur eux.

— Ce n'est pas une situation facile, Jake. Si le père est d'accord, la mère n'a pas la moindre intention de mettre sa fille au courant, et nous ne pouvons rien faire sans son accord.

— Mais Gaby a besoin d'elle ! Elle est la solution à tous ses problèmes, m'écriai-je alors que Claire posait un doigt sur ses lèvres, montrant l'étage de son autre main.

Je baissai donc d'un ton :

— Laisse-moi venir avec toi, le suppliai-je.

— Hors de question, tu ne rateras pas l'école, rétorqua Patrick en ébouriffant mon crâne pour tenter de détendre l'atmosphère.

Je posai un regard soucieux vers le plafond à mon tour, avec la crainte que les nerfs de mon grand frère ne tiennent pas une semaine de plus. Il semblait drôlement à bout, là. Et si Fricht n'était même plus là pour le faire sourire un peu…

Et qu'est-ce que je ferais, moi ? Qu'est-ce que je pourrais bien faire ?

75

GABRIEL

Un jour s'écoula, puis deux. Et Brittany aurait déjà dû venir me dire qu'elle ne pensait pas être véritablement amoureuse de moi. Seulement, elle se contentait de filer dans les couloirs, m'évitant comme si j'étais le plus grand des connards.

Et ouais, elle avait tellement raison.

Alors je la regardais, machinalement. En fait, c'était plus fort que moi. J'avais besoin de m'assurer qu'elle était toujours là, comme une espèce de petite lumière. Elle m'empêchait de me perdre un peu trop.

J'avais besoin de m'assurer qu'elle ne s'était pas évaporée brutalement pour tout le monde, et j'avais vite compris qu'elle ne réagissait ainsi qu'avec moi.

J'avais besoin de m'assurer qu'elle allait toujours bien, alors je comptais ses bracelets, et je ne voyais plus le mien parmi les breloques fantaisie.

Et merde, ça me foutait les boules, de ne plus rire avec elle. Ça me foutait grave mal de ne plus avoir droit à aucun sourire de sa part, de ne pas pouvoir sentir ses lèvres contre les miennes et humer ses cheveux.

À la place, je me retrouvais seul, avec mon mal de crâne et les yeux hantés d'Evy à chaque instant de la journée. Je voyais bien que je faisais peur à Jake, à Claire. Patrick était parti en déplacement, et il avait eu raison. J'étais en train de plomber le moral de toute la famille. Jake n'osait plus vraiment sortir de blagues et, même s'il tentait de me faire un peu rire, il échouait lamentablement. Parfois, je simulais un sourire et plaisantais en jouant à la console avec lui, rien que pour l'empêcher de s'inquiéter un peu trop.

J'avais arrêté de dormir avec lui, aussi. Mes rêves devenaient trop brutaux, je me débattais et je finissais par le réveiller trop souvent pour un garçon de treize ans qui devait enchaîner avec des cours toute la journée. Même s'il avait protesté et avait promis de camper devant ma chambre si je l'empêchais de dormir dans mon lit, je n'avais pas craqué, et il avait bien dû retourner sur son matelas. Je savais qu'il se sentait rejeté, mais il fallait bien que le bonhomme dorme un peu. Or, Jackie Chan allait finir avec les mêmes cernes que moi si je continuais à être aussi égoïste.

Vanessa passa dans le couloir et elle vint déposer un léger baiser sur ma joue avant de continuer sa route, probablement occupée à chercher cette nouvelle fille avec qui elle passait les trois quarts de son temps. Elle semblait bien plus elle-même, à débouler dans les couloirs de sa démarche chaloupée en insultant les petits homophobes, que l'ombre qu'elle était la dernière fois. Elle s'était même trouvé quelqu'un, cette petite peste.

Et moi… Moi, je n'avais plus Brittany. Je n'avais plus Brian. Je n'avais plus l'équipe de basket. J'étais seul comme un con, obligé de ressasser mes souvenirs encore et encore, grappillant chaque jour un peu plus d'informations sur cette fameuse soirée où j'avais foutu ma vie en l'air.

J'avais tenté de draguer une fille, hier. Juste pour ne pas trop m'ennuyer, pour oublier. J'avais passé la matinée à admirer les différentes possibilités, à la recherche de la pigeonne parfaite qui ne me ferait pas chier à me parler pendant trois heures. Alors, mes yeux avaient parcouru la cour, les couloirs. Je voulais qu'elle soit brune, ouais, elles étaient belles, les brunettes. Et puis des yeux clairs… Genre, bleu d'eau ou tirant un peu sur le vert.

Ou vert, oui, c'était beau, les yeux verts. Ça vous arrachait l'estomac lorsque vous les fixiez trop longtemps.

Et j'avais abandonné lorsque, parmi toutes les filles que j'avais croisées, la seule parfaitement parfaite était la seule que je ne pouvais pas avoir. Et puis j'avais la désagréable sensation – complètement ridicule – que je ne pouvais pas trahir la promesse que je lui avais faite. Or, c'était stupide. La promesse, nos jeux, tout ça n'existait plus. Je pouvais embrasser des dizaines de filles si je le voulais, elle n'en aurait probablement rien à faire.

Pour le remarquer, il aurait déjà fallu qu'elle me voie.

Mais j'en étais incapable. Et ça m'énervait plus que n'importe quoi. Mon subconscient s'éclatait à me passer les mêmes films vingt-quatre heures sur vingt-quatre. Lorsque ce n'était pas une pièce pleine de sang, c'étaient des yeux émeraude qui me fixaient, emplis de larmes

« Pourquoi ? Pourquoi tu m'as réparée pour me briser après ? »

Puis nos lèvres. Ses doigts sur mon abdomen, ses ongles effleurant mes omoplates, nos lèvres encore. Ses yeux remplis de désir, rien que pour moi. Remplis d'autres sentiments, rien que pour moi.

Elle était comme une drogue, dangereuse. Tentante. Je ne m'y étais frotté qu'une fois et, pourtant, j'en étais devenu accro. Je ne voulais que respirer son odeur, voir ses grands yeux verts, toucher sa peau et observer les petits frissons qui apparaissaient grâce à moi.

Elle était pire qu'une seringue d'héroïne, et elle m'énervait à me rendre si dépendant. Mais, comme toute drogue, elle obsédait mes pensées, jour et nuit. Et je résistais, vraiment. Je résistais à l'envie de la plaquer contre un casier et l'embrasser jusqu'à ce que l'on meure d'asphyxie, je résistais à l'envie de lui murmurer mille et un aveux qui nous auraient définitivement détruits tous les deux. Parce que je savais que, chaque fois que je m'en approchais un peu plus, je tombais un peu plus bas. Je m'accrochais un peu plus, je coulais plus profondément.

Brittany était une drogue bien trop dangereuse.

Et il était bien trop tard.

Parce qu'au fond je savais. Je savais que j'aurais pu mourir sur ses lèvres et être le plus heureux des hommes.

***

Je ne savais pas ce que je foutais là. Sous la pluie, à la nuit tombée, devant sa maison. J'avais juste eu… J'avais juste eu besoin de me réfugier quelque part. Et, bizarrement, le seul refuge que je trouvais en ce moment, c'était en l'ayant dans mon champ de vision. J'avais eu envie de la voir, rien qu'une fois.

Les mains dans les poches, je restais assis sur le trottoir en face de son allée. Et je me rappelais. Je me souvenais de la fois où son bracelet s'était bloqué dans la portière, la fois où elle m'avait hurlé de m'en aller après avoir vu ses cicatrices.

Je me rappelais, au début de l'année, avoir voulu me venger et la faire tomber amoureuse de moi.

Tout ça me paraissait si loin désormais.

Et je restais accroché à elle. Ça me bouffait, tellement. Elle était comme le plus délicieux des poisons dans mes veines, brûlant ma peau à son passage. Et je ne pouvais pas lutter, je ne pouvais plus.

C'était long, cinq jours, lorsqu'on vous enlevait toutes vos raisons de vivre.

Et j'avais compris, oui, qu'elle en était devenue une.

Alors j'observais cette grande maison où elle avait dû vivre tant de choses, je revoyais sa chambre lorsque j'avais dormi chez elle, l'escalier dans lequel je l'avais poursuivie pour qu'elle me pardonne.

Et là, aujourd'hui, accepterais-tu de me pardonner, une dernière fois ?

Seulement, c'était au-dessus de mes forces. Je savais que je lui ferais du mal, encore et encore, inconsciemment. Et ça, ça nous tuerait. Elle attendait trop de choses de moi, elle m'avait toujours vu plus lumineux que je ne l'étais. Parce que Fricht me voyait tel qu'elle, elle était. Une guerrière prête à défendre farouchement ce qui lui appartient. Elle était courageuse, elle.

Et moi, je n'avais toujours fait partie que des lâches.

Elle irait bien mieux si elle restait loin de moi. C'était mathématique, en fait.

De toute façon, je ne pourrais pas lui donner ce qu'elle voulait, je ne pourrais jamais lui appartenir, alors que j'avais définitivement besoin qu'elle soit à moi.

76

BRITTANY

Je soupirais en fixant mon plafond, incapable de chasser Gabriel de mes pensées. J'essayais pourtant, de toutes mes forces. Il y avait en moi bien trop de fierté et d'orgueil pour aller le supplier à genoux de m'aimer. Alors, je l'ignorais. Je refusais inlassablement de le regarder, parce que je ne savais que trop que cela causerait ma perte. Et puis, qu'aurais-je fait si j'avais lu un profond dégoût dans ses prunelles chocolat ? Je ne m'en serais jamais remise, je le savais. J'essayais, vraiment, de paraître forte. Mais lui… Oh oui, il était clairement devenu ma plus grande faille.

— Brittany ? Tu as donné rendez-vous à quelqu'un ? demanda la voix de ma mère depuis le rez-de-chaussée.

— Quoi ?

— On dirait qu'un garçon t'attend devant la maison, lâcha-t-elle alors que mon cœur bondissait dans ma poitrine.

Avant que mon cerveau ne puisse m'interdire d'aller le rejoindre, je me levai d'un bond. Et je sortis dehors, sans manteau, avec uniquement un fin gilet par-dessus mon pyjama. Mes parents me jetèrent un coup d'œil mais n'osèrent pas faire de commentaire alors que je me précipitais un peu trop vite vers la porte. Pendant un instant, je gardai les yeux plantés sur les pavés de mon allée, incapable de relever le regard bravement pour me rendre compte que ce n'était qu'un livreur de pizzas qui s'était trompé de maison. J'avais besoin de croire que cela pouvait être lui, qu'il pouvait m'apprécier assez pour venir, pour rester.

Et c'était lui, c'était clairement lui. Il était là, juste en face de moi, assis sur le trottoir. Ses yeux semblaient me fixer sans me voir. C'était presque irréel de le revoir après tout ce temps passé à le chasser de mes pensées. Et pourtant… Pourtant, je pouvais me rappeler le moindre détail qui faisait de lui Gabriel Gossom. J'aurais pu observer la moindre de ses mimiques, la moindre de ses cicatrices, le moindre bout de cheveux et le reconnaître. C'était comme si tout ce qui faisait de lui ce qu'il était s'était à jamais inscrit dans mon esprit.

Il ne bougea pas lorsque je refermai la porte et je m'approchai de lui lentement, de peur de l'effrayer. Parce que, s'il partait maintenant, s'il refusait de nous laisser une seconde chance, alors je ne le reverrais plus jamais. Je ne pourrais pas espérer une fois de plus s'il me décevait aujourd'hui. En fait, je ne comprenais même pas pourquoi j'en prenais le risque.

— Tu es venu ? demandai-je doucement, incapable de museler mes questions.

— Je… commença-t-il avant de s'interrompre brusquement en passant une main dans ses cheveux.

Il était complètement perdu et je n'étais pas certaine de savoir comment réagir. Il aurait pu être furieux, triste, arrogant, moqueur. C'étaient des aspects de sa personnalité que je connaissais par cœur. Je pouvais m'amuser à les faire apparaître et disparaître d'un simple claquement de doigts et d'une remarque finement placée. Je savais rester assurée et fière quand il l'était, je savais me montrer intouchable face à toutes ses armures, comme je savais me montrer sarcastique lorsqu'il se perdait un peu.

Mais que devais-je faire, à cet instant ? Comment devais-je réagir lorsqu'il était plus seul et blessé que jamais ?

Il n'avait probablement pas autant de carapaces que les autres fois, il était à vif, comme si les épreuves lui avaient écorché la peau. Alors je m'assis à côté de lui, m'approchant juste assez pour que nos épaules s'effleurent. Je savais qu'il pouvait se braquer, mais j'avais besoin de le toucher, de m'assurer qu'il était bien là. Qu'il était revenu. Pour moi.

— Gabriel ?

— Tu me fais tellement dérailler, Fricht. T'es... une prise électrique, souffla-t-il en fixant les étoiles comme si elles pouvaient répondre à sa place.

Je le regardai, un peu surprise qu'il l'ait dit aussi facilement. Le silence retomba alors que je le fixais sans un mot, attendant la suite. Je voulais qu'il s'excuse, qu'il regrette, qu'il m'aime. Je voulais tout ce que je ne pourrais jamais obtenir, et j'en avais bien conscience.

Puis je sentis le tissu épais de son manteau sur mes épaules alors qu'il me passait les manches comme si j'étais une petite fille incapable d'enfiler convenablement un vêtement. Et j'avais envie de l'envoyer balader, et de lui dire que ce n'était pas parce qu'il m'avait rabaissée plus bas que terre qu'il pouvait me voir comme une petite chose fragile. Parce qu'il finirait avec mon poing dans sa mâchoire. Toutefois, les paroles de Jake me revenaient en tête, sans cesse, m'empêchant de faire quoi que ce soit.

« Toi, tu es le pistolet qu'il a volontairement braqué sur sa tempe. Et, maintenant qu'il s'en rend compte, il craint que ce revolver ne soit chargé. »

— C'est le printemps, Gossom, dis-je doucement, pour que l'atmosphère qu'il avait installée ne s'en aille pas et que tout ne redevienne plus que jeux et piques.

C'était tentant, mais je fis l'effort de me retenir.

— Je sais, Fricht.

Il soupira et je crus qu'il allait se lever sans m'avoir rien dit de plus. Seulement, il ne bougea pas, prenant simplement la peine de poser une main sur son crâne.

— Tu vas bien, Gossom ?

— Comment voudrais-tu que j'aille bien ? Tu m'as abandonné, lâcha-t-il d'une voix si lasse qu'elle ne contenait même pas un semblant d'accusation.

Et ça me décontenançait, son espèce d'attitude flippante, là.

— C'est toi qui m'as abandonnée, Gabriel, murmurai-je pour éviter qu'il ne s'énerve et ne perde la raison.

Il hocha la tête sans répondre, comme s'il encaissait mes paroles, comme s'il encaissait des millions de choses et qu'il était bien trop blasé pour répondre à tout.

Pourquoi vas-tu si mal, petit primate ? Pourquoi est-ce que je te laisse une semaine et que tu sembles si proche de l'abîme ? As-tu déjà basculé ? Vais-je devoir aller t'y chercher ?

— Pourquoi es-tu si...

— Fou ? Dérangé ? lâcha-t-il avec un rire amer.

— Non. Vulnérable, soufflai-je en fronçant les sourcils.

— Je crois que je déraille, murmura-t-il en regardant ma maison.

Il ne m'avait même pas contredite. C'était suffisamment étrange pour que cela me saute aux yeux et, peut-être, oui, accepterait-il enfin de parler avec moi. Peut-être pourrais-je enfin faire complètement partie de lui, avec chacun de ses secrets, chacune de ses cicatrices.

Je me demandais s'il se tenait si droit dans l'espoir que je ne voie pas ses yeux. Dans l'espoir que je ne voie pas l'immense souffrance qui devait s'y trouver. Il espérait que se concentrer sur la façade de ma maison l'aiderait à maintenir ses derniers barrages, mais il se trompait. Parce que, si Gossom devait recourir à ce genre de subterfuges – aussi transparents –, il devait vraiment être à fleur de peau.

— Tu sais ce que j'ai toujours adoré observer, lorsque tu me regardais ?

— Mes abdos ? tenta-t-il de plaisanter alors qu'un léger sourire affleurait sur ses lèvres.

— Non, une petite étincelle dans tes yeux. Je me rappelle que je m'amusais à la chercher, en début d'année. Puis on est devenus amis et elle me sautait quasiment aux yeux, comme si j'étais programmée pour la trouver. Je la regardais pétiller lorsque tu rigolais avec moi. Et elle a fini par faiblir, lentement. Je sais, Gossom, sans même voir ton regard, que tu ne l'as plus depuis longtemps.

— Pourquoi tu me dis ça ?

— Parce qu'il faut savoir laisser sa fierté de côté et se montrer faible. Parce que je sais que je peux te faire confiance, et que tu ne me blesseras pas. Tu es mon ange déchu, Gabriel, soufflai-je en décidant de prendre le risque.

Je me rappelais très bien que, lorsque j'avais prononcé ces paroles, elles l'avaient terriblement énervé.

— Je t'ai blessée la dernière fois. Arrête de me voir comme un ange, putain, grogna-t-il à voix basse, comme s'il craignait que d'autres personnes n'entendent notre discussion.

— Tu m'as blessée, oui. Mais tu es doué pour tout réparer, confiai-je, et j'avais besoin d'y croire, autant que lui.

— Je ne sais faire que ça, tu ne dois pas attendre autre chose de moi, rétorqua-t-il en secouant la tête comme si j'avais dit la plus grosse bêtise du siècle.

— C'est trop tard, répliquai-je d'une voix ferme.

— Alors arrête. Je ne peux pas, je ne serai jamais comme tu l'attends, jamais.

— Et moi je te dis que si. Bon sang, Gossom, je t'aime pour ce que tu es, m'exclamai-je en tentant de maîtriser ma colère.

— Pour ce que je suis ? Ce que je suis, tu dis ? Mais ouvre les yeux, Brittany, personne ne pourra jamais m'aimer réellement, s'écria-t-il avec un rire faux qui me fit monter les larmes aux yeux.

Il resta ainsi quelques secondes, à se masser la nuque comme s'il regrettait d'avoir parlé si vite. Je savais qu'il était plus vulnérable que jamais, je savais que cela serait probablement la dernière fois avant longtemps.

Alors, je tentai. Je devais au moins essayer. Je savais que je profitais qu'il soit au sol pour m'incruster dans ses failles, mais j'en avais besoin.

— Je t'aime, Gabriel, lâchai-je d'une voix forte en essayant de capter son regard.

— Comment… Comment peux-tu dire ce genre de chose ?

— Parce que je n'ai pas peur. Et tu ne devrais pas non plus, Gabriel. Laisse-toi aller, juste une fois. Juste ce soir. Sois avec moi, parle-moi, soufflai-je dans le creux de son oreille alors qu'il se levait brutalement pour m'échapper.

— Tu ne comprends pas, je ne peux pas, s'énerva-t-il en faisant les cent pas, une main grattant sa nuque dans un tic nerveux.

— Mais pourquoi ?

— Parce que… Parce que ça tourbillonne dans ma tête. Je ne me supporte plus moi-même, comment pourrais-tu m'apprécier ? Comment Evangeline pourrait vouloir me voir ? Comment… Comment pourrais-je être quelqu'un de bien ? s'énerva-t-il tout seul en faisant les cent pas devant moi.

J'aurais voulu l'arrêter et lui saisir les lèvres dans un baiser qui aurait fait taire tous ses arguments, mais je me rendais compte que Gossom avait besoin de parler. Pas à une psy qu'il ne pouvait pas saquer, mais à moi. Alors, je le laissai décharger ses doutes, les uns après les autres.

— Comment pourrais-je aller à l'université, hein ? Comment pourrais-je avoir un avenir avec cette pancarte immense dans le dos ? Comment pourrais-je amener mon gamin à l'école et ne pas penser à ce que je pourrais lui faire, tôt ou tard ? Comment pourrais-je construire une vie alors que je… Alors que… Et merde ! cria-t-il en shootant dans une canette.

— Alors que quoi ?

— Mais alors que j'en ai pris une, putain, lâcha-t-il en s'agrippant les cheveux, comme un fou.

Et au fond, peut-être l'était-il. Peut-être qu'il ressassait cette histoire depuis si longtemps qu'il n'en pouvait plus. Peut-être que taire son secret l'avait rendu horrible. Et je commençais à comprendre tellement, tellement de choses. Sa mémoire effacée, ses silences, ses armures.

C'était comme si, désormais, j'avais une vue sur toute sa personnalité. C'était une véritable palette de peintre, avec du gris foncé et du bleu mélancolique. Toutes ces nuances me sautaient aux yeux, et peut-être, oui, n'avais-je pas pu l'aimer totalement avant ça.

— Qui ?

— Brittany, murmura-t-il tout bas, comme pour me supplier de ne pas poursuivre mes interrogations.

Mais je ne pouvais pas m'arrêter, je ne pouvais plus. J'étais si près du but, si proche de lui.

— Qui ?

— Mon père, répondit-il sans opposer de résistance, probablement trop faible pour dire quoi que ce soit.

Il tangua légèrement sur ses pieds, comme s'il n'était plus vraiment capable de tenir debout. Il semblait épuisé, à bout de souffle et à la limite de rendre tout son repas sur mes pantoufles.

Alors, je me levai et saisis doucement sa tête pour la poser dans mon cou. Il ne m'enlaça pas, mais je pouvais aisément comprendre qu'après avoir enlevé tant d'armures il ne soit pas capable d'en retirer une de plus. Alors, je le laissai faire. Juste cette fois, juste une dernière fois. Et, puisqu'il ne pleurait pas, je le fis pour lui. Je laissai quelques perles salées glisser entre la fine barrière de mes paupières. Je pleurai pour ce garçon perdu, qui se repentait d'un crime si légitime que personne n'aurait pu l'en blâmer. Qui, dans ce monde, pourrait pointer du doigt un petit garçon qui s'était défendu ?

— Je t'aime, Gabriel, chuchotai-je alors, pour lui signifier que rien n'avait changé, que rien ne changerait jamais.

— Tu ne sais pas ce que tu dis, chuchota-t-il à son tour.

— Bien sûr que si. Je t'aimerais même si tu mangeais mon chat, le taquinai-je doucement en lui relevant le visage pour qu'il puisse lire de la sincérité dans mon regard.

Il me fixa, un long moment. J'avais envie qu'il se penche, juste un peu plus, juste assez. Et il le fit. Il se baissa doucement pour que ses lèvres s'échouent sur les miennes, pareilles aux vagues qui se marient au sable.

77

GABRIEL

Ma bouche effleura la sienne et c'était comme si je ne vivais que pour ça. Je me sentais mieux que je ne l'avais été de toute la semaine. Comme si, enfin, j'avais eu ma petite seringue d'héroïne. Je ne savais pas si c'était ça, l'amour, mais en tout cas c'était délicieux. *À moins que ce ne soit le goût de ses lèvres.*

Je finis par reculer, alors qu'elle me fixait d'un regard si beau qu'il me liquéfiait sur place chaque fois. Ses yeux étaient brillants, remplis de petits soleils qui m'éblouissaient.

Ses yeux étaient ceux que j'avais cherchés, toute la semaine, dans ceux de dizaines de filles sans jamais les retrouver.

— Rien n'a changé, Brittany. Ce jour-là, mon cœur s'est desséché à tout jamais. Tu ne comprends pas, Fricht ? Tu ne peux pas raviver un feu éteint depuis si longtemps. Je ne suis qu'un cadavre qui vit. J'avais tort de te proposer ce jeu, j'avais tort de m'accrocher à toi, expliquai-je doucement parce que je ne voulais pas la blesser.

Je voulais juste qu'elle me comprenne, qu'elle sache.

— Gabriel, murmura-t-elle en fronçant les sourcils, et je pouvais déjà deviner à quel point elle était exaspérée.

Je la fis taire, avant qu'elle ne dise des choses qui nous perdraient tous les deux. Parce que je savais que, si elle me le demandait, je resterais. Si elle l'exigeait, je le ferais. Et ce n'était pas une option envisageable.

— On ne sauve pas les causes perdues, Fricht, on coule avec. Si toi tu peux t'en sortir, j'ai abandonné depuis longtemps.

— Alors c'est tout ? On va juste redevenir les mêmes étrangers qu'il y a un an ? Tu vas simplement m'ignorer jusqu'à la remise des diplômes ?

Je pouvais voir les larmes qu'elle retenait, même maintenant. Brittany n'avait pas conscience de la force qu'elle avait. Elle pensait cacher ses faiblesses derrière l'illusion d'une carapace, mais elle n'avait pas encore réalisé qu'elle était simplement capable d'encaisser les coups. Elle pliait, se courbait, se tordait mais ne se brisait jamais. C'était une guerrière. Ma guerrière.

Moi, j'étais déjà éparpillé sur le sol. Je n'avais pas cette force, on me l'avait arrachée. Et je n'avais même plus cette rage immense qui m'avait tenu éveillé durant ces dernières années. Elle me l'avait retirée, comme elle avait apaisé mes colères. Ses doigts se refermèrent sur ma mâchoire alors qu'elle approchait son visage du mien. J'étais tellement, tellement fier d'elle. Je n'aurais jamais cru… *Je n'aurais jamais cru…*

— S'il te plaît, Gabriel, laisse-moi une chance. Laisse-moi juste te prouver que tu n'es pas mauvais et que tu n'as rien à perdre à tenter de…

… pouvoir aimer quelqu'un.

— Je…

— Stop. Tu n'as pas encore compris ? Je ne te laisse pas le choix, Gossom. On ne se débarrasse pas de moi comme ça. On ne peut pas me jeter sous prétexte que je deviens dérangeante. Alors embrasse-moi, espèce de primate débile, et arrête de réfléchir à toutes les choses qui pourraient mal tourner, lâcha-t-elle d'une voix ferme et un peu moqueuse.

Elle m'embrassa avant que je ne puisse répondre quelque chose. Elle mordilla ma lèvre, et je savais que c'était sa manière de me dire que, moi aussi, j'avais perdu. Mais, merde, c'était ma défaite la plus parfaite. Un game over que je ne parvenais même pas à regretter là, maintenant.

Le monde devint flou mais, cette fois-ci, je n'avais pas peur.

Et peut-être que Fricht s'était trompée. Peut-être que ma tigresse aux griffes si aiguisées était véritablement le chevalier de l'histoire.

Peut-être était-ce moi qui avais toujours été perdu, peut-être était-ce elle qui avait toujours été le phare qui me guidait.

Alors, j'abdiquai. Il était si facile de céder face à elle.

— Ne me parle pas de mariage, Fricht, plaisantai-je doucement, grisé par la sensation.

— T'as cru quoi, Gossom ? Que je m'étais transformée en dinde dans la semaine ? lâcha-t-elle avec une voix narquoise qui me fit sourire.

— Après deux déclarations, avoue que j'ai de quoi me poser des questions, la taquinai-je alors qu'elle me donnait une bourrade.

— Continue, Gossom, et tu embrasseras le sol, ricana-t-elle en secouant la tête, comme si elle ne pouvait pas s'imaginer le calvaire que ça allait devenir, nous deux.

Ça me plaisait, à moi, notre calvaire. On ne serait probablement pas un couple normal, et j'espérais qu'elle n'attendait pas de moi des surnoms mielleux ou des poèmes dégoulinants d'amour.

— T'es ma Fricht, soufflai-je à son oreille alors qu'elle frissonnait.

— Ouais, Gabriel. Et toi, tu vas redevenir mon Gossom, d'accord ? murmura-t-elle à son tour en passant ses bras autour de ma nuque.

Et je me sentais mieux. C'était ridicule, parce que rien n'avait changé. J'étais toujours un salopard, je n'avais pas été blanchi en dix secondes et je savais que les cauchemars viendraient me rejoindre lorsque je trouverais le sommeil… Seulement, je m'en foutais. À cet instant précis, du moins.

Cela me semblait loin.

Laissez-moi encore planer quelques minutes, n'importe quel dieu de là-haut, avant que je ne rechute brutalement du ciel où elle m'a emmené.

78

BRITTANY

Dire que j'attendais la réaction de Gabriel était un euphémisme. Je crevais d'envie qu'il me voie au bahut, et je me demandais s'il serait choqué. Est-ce que ça lui plairait ? Ce primate avait intérêt à me trouver jolie, ou je lui raserais le crâne avec une nouvelle manucure.

Je passai les grilles du lycée d'une démarche fière, et j'avais l'impression que tout en moi criait que j'attendais l'avis des gens. Vanessa sourit en me voyant arriver, et elle siffla en me détaillant.

— Ça te va super bien, ma belle, lâcha-t-elle alors que je tournais lentement sur moi-même.

— C'est vrai ?

— Depuis quand tu demandes une confirmation à la déesse de la mode ? se moqua-t-elle avec un clin d'œil.

Je souris en réponse et m'installai, sur notre banc, alors qu'elle sortait une cigarette de son sac après avoir vérifié que les pions ne traînaient pas dans les alentours.

— Ben dis donc, on se met au soft à ce que je vois, lui lançai-je en rigolant alors qu'elle levait les yeux au ciel.

— Il faut bien que je diminue un peu.

— Et ça va avec Amandine ? C'est une chouette fille, lui glissai-je doucement en souriant.

Je n'avais eu l'occasion de lui parler qu'une fois et je me rappelais très bien qu'elle me l'avait présentée en tant que « clocharde ». Et pourtant, je savais de source sûre qu'elle passait chez elle tous les dimanches pour parler ou je ne sais quoi.

— La clocharde ? s'enquit-elle d'une voix faussement détachée.

— Avoue qu'elle est mignonne, quand même.

— Chérie, c'est un peu tôt pour ça, me déclara-t-elle avec un regard malicieux.

Je savais que Vanessa allait beaucoup mieux de ce côté-là, elle avait repris du poil de la bête. Seulement, peut-être était-ce encore un peu tôt pour qu'elle en parle avec moi. Nous n'avions pas vraiment eu l'occasion de mettre les choses à plat, mais, en même temps, nous ne l'avions jamais fait. Notre amitié était de celles où les problèmes n'ont pas besoin d'être étalés. Je savais qu'elle avait été mal, elle savait que j'étais là pour elle.

— Je l'aime bien, ça te va comme réponse ?

— Amoureuse ?

— Jamais de la vie, pauvre débile ! Pas en quelques semaines ! Je suis une femme difficile, moi, lâcha-t-elle, et je souris à cause du sous-entendu.

— Je ne vois pas de quoi tu parles.

— Tu rayonnes plus qu'un putain de soleil, bien sûr que tu sais de quoi je parle, m'accusa-t-elle en rigolant.

Sauf que j'écoutai à peine la fin de sa phrase, parce que Gabriel était entré dans le lycée, son skate à la main. Il semblait un peu mieux que les semaines précédentes, même si je pouvais deviner qu'il n'avait pas beaucoup dormi cette nuit non plus.

Il se dirigea vers Vanessa, lui fit une bise sur la joue. Je posai mes bras contre ma poitrine, me préparant déjà à l'apostropher dès qu'il s'éloignerait de moi après un maudit clin d'œil. Non mais, je savais qu'il n'était pas un pro en blabla et comportement attentionné, mais ce n'était quand même pas trop demander qu'il vienne me voir la première, n'est-ce pas ? J'étais censée être sa reine, quand même.

Sauf qu'il s'avança ensuite vers moi avec un sourire narquois, comme s'il avait parfaitement compris.

— Tu attends quelque chose, Fricht ? me nargua-t-il alors que je tournais la tête.

— Que tu débarrasses le plancher pour que je puisse enfin inspirer un peu d'oxygène, le piquai-je, et il éclata de rire.

— Et caractérielle, en plus. Je ne vais jamais m'en sortir, se plaignit-il.

— C'est moi qui suis à plaindre ! Espèce de primate débile, m'exclamai-je en roulant les yeux face aux gloussements à peine discrets de ma meilleure amie.

— Ouais, ouais, grogna-t-il, et sa réponse ressemblait plus à un « cours toujours » qu'à une abdication.

Puis il se pencha vers moi et effleura rapidement mes lèvres.

— Jolie, ta coupe, souffla-t-il à mon oreille en replaçant une mèche – beaucoup plus courte – derrière mon oreille.

Puis il repartit, vers je ne sais où puisqu'il n'était clairement plus ami avec Brian. Je passai une main distraite dans le carré que je venais de faire, et qui avait enlevé une bonne quinzaine de centimètres à la longueur de mes cheveux. J'avais eu envie de changement, et une coupe était déjà un bon début.

— Eh ben, quelle surprise ! s'exclama la voix de ma meilleure amie en me donnant un coup dans l'épaule.

— Il est mignon, hein ? lâchai-je malgré moi, un peu trop contente pour me soucier de ma dignité.

— Ma belle, tu as mis le grappin sur le bourreau des cœurs le plus réputé du lycée. Si ça, ce n'est pas une meilleure proie que Parker, ricana-t-elle alors que la sonnerie retentissait.

Je me rappelai alors le petit rebelle qui m'avait un peu attirée l'année dernière, et pour qui j'avais joué avec la réputation de Gabriel Gossom au beau milieu d'un réfectoire plein à craquer. Est-ce qu'il savait, à cet instant, qu'il serait la cause de notre véritable rencontre ? Je le voyais attaché à sa rouquine à longueur de journée, déambulant dans les couloirs comme si ses pieds ne touchaient plus terre et, pendant longtemps, j'avais cru que je ne pourrais jamais être comme ça.

Et pourtant… Oh oui, je me sentais bien. Tellement bien que je devais dissimuler un grand sourire débile qui apparaissait parfois subitement sur mon visage. Comme si Vanessa pouvait lire dans mes pensées, elle éclata de rire en m'entraînant par le bras vers notre classe.

Et, vraiment, c'était bien.

— Toi et Gab. C'était à peine prévisible, souffla-t-elle avec un petit sourire avant de me lâcher pour me laisser rejoindre mon voisin grincheux.

79

GABRIEL

Brittany semblait bien. En fait, elle semblait la même qu'avant, et ça me déroutait. C'était déstabilisant de pouvoir l'embrasser dans les couloirs, entortiller ses cheveux autour de mes doigts et savoir qu'elle était à moi, tout à moi, rien qu'à moi. C'était même carrément bizarre de la voir me sourire avec des petites étincelles dans les yeux alors qu'elle savait tout de moi. Elle continuait à me lancer des piques comme la chieuse qu'elle était, et je me demandais parfois si j'avais rêvé le reste de la journée, si quand je me réveillerais le lendemain Fricht me ferait toujours la gueule.

J'arrivais à peine à comprendre pourquoi je lui avais avoué mes plus grandes peurs, toutes ces choses que j'étais à peine capable d'évoquer à voix haute. Tous ces secrets qui me taraudaient l'esprit depuis des semaines.

Et elle continuait de m'aimer, alors que je n'étais pas quelqu'un de bien, alors que je ne serais jamais capable de le lui dire, alors que je ne serais jamais le garçon parfait qu'elle méritait.

Ça me donnait envie de rire, parfois. Je me demandais combien de temps cela me prendrait avant de tout foirer. Je savais que, génétiquement, j'étais plutôt mal barré.

Elle s'installa à côté de moi en physique, et c'était tellement naturel d'être avec elle. Je réalisai alors que cela faisait un petit bout de temps que nous avions commencé à réagir comme si nous étions reliés l'un à l'autre, et, même si ça me filait un peu la gerbe d'être aussi dépendant de quelqu'un, j'étais bien trop touché pour m'en plaindre.

Avec un regard espiègle, je lui pinçai la cuisse pendant qu'elle était concentrée sur ses exercices.

— Gossom, tu n'es qu'un sale gosse, grommela-t-elle en me tapant sur les doigts tandis que je souriais.

Elle leva les yeux au ciel et, lorsque M. Keen se tourna vers nous, je prenais parfaitement note des formules.

— Tu manges avec moi ce midi ? lui glissai-je doucement, parce que cela faisait une semaine qu'elle avait brusquement arrêté.

— On verra si t'es sage, ricana-t-elle alors que je grognais.

***

— Mais tu te fous de moi !

— Quoi ?

— T'as pris qu'une salade, l'accusai-je en pointant du doigt le truc vert gluant qui ressemblait vaguement à une salade.

— Ah, comme tu ne m'as pas du tout manqué, s'exaspéra-t-elle tandis que je mangeais rapidement mes spaghettis.

— Menteuse.

— Mais tu t'en mets partout ! Et dire que je n'ai pas cru Jake lorsqu'il m'a raconté ça, lâcha-t-elle en grimaçant alors que je saisissais la serviette qu'elle me tendait.

— Depuis quand vous parlez de ma façon de manger des pâtes ? grognai-je en plantant ma fourchette dans une boulette de viande.

— Approche-moi à moins d'un mètre avec toute cette sauce bolognaise et je hurle, clair ?

— Tu ne veux plus m'embrasser ? soufflai-je d'une voix faussement innocente tandis qu'elle plissait le nez.

— Ah. Ah. Petit joueur. Continue comme ça et tu seras privé de Brittany pour le reste de la semaine, me menaça-t-elle d'une voix arrogante.

Je ricanai pour seule réponse, sachant que cela l'énerverait suffisamment pour qu'elle croise les bras sur sa poitrine et que ses joues rougissent.

— On se retrouve au skatepark ce soir ? lâcha-t-elle au bout d'un moment, lorsqu'elle eut fini de bouder.

— OK pour moi, approuvai-je en avalant ma dernière bouchée de pâtes.

Elle hocha la tête et, avant de s'en aller, s'approcha de moi pour m'embrasser près de la tempe.

— Mais ce n'est pas du jeu, plaisantai-je alors qu'elle s'éloignait déjà.

Pour seule réponse, j'eus droit à un petit bye-bye de la main. Dieu que cette fille était géniale, elle arrivait presque à ne pas me faire regretter ma décision.

Pourtant, une petite pensée pourrissait dans un coin de mon cerveau. Et si j'avais fait une erreur ? Et si j'allais finir par le payer ? Par le lui faire payer ?

On m'avait appris qu'un bonheur n'était jamais éternel, que les autres n'existaient que pour nous blesser et que la moindre attache était une trahison à venir.

Et elle, elle était rentrée sous ma peau. Je l'avais dans le cœur, je le savais. Elle trouvait le moyen de commander mon rythme cardiaque à distance, comme si elle possédait une petite manette rien que pour ça.

Je me demandais combien de temps je mettrais à chuter. Serait-ce de ma faute ? Ou de la sienne ? Avais-je tort de jouer le jeu ? J'étais là, comme le mec parfaitement banal, alors que je me réveillais en sueur tous les jours après avoir rêvé de l'assassinat de mon père.

Jake m'avait regardé bizarrement ce matin, tout ça parce que j'avais eu le malheur de lui demander son parfum. Franchement, ce n'était même pas pour Fricht, en plus. C'était simplement parce que je n'avais pas trouvé de pull propre dans mon tas de fringues… Comme si j'allais mettre du parfum pour elle ! Il n'y avait que les mecs complètement timbrés qui commençaient à changer pour leur copine.

— Alors, tu te tapes Fricht, maintenant ? lâcha une voix bien désagréable dans mon dos.

— Tu viens en chercher une autre, Brian ? crachai-je sans même me retourner.

— Mec, ce n'était pas contre toi, c'était contre Vanessa. Lâche-moi un peu avec ça, bon sang, s'énerva-t-il.

— Tu savais que tu ne devais pas la toucher. Tu savais que tu m'attaquais en l'attaquant.

— Mais putain, Gab ! T'étais mon pote, non ?

— J'étais, connard, grognai-je en me levant pour débarrasser mon plateau.

— J'en avais juste marre. Marre qu'elle se foute de ta gueule, de la mienne et de celle d'une bonne partie des gars du bahut, lança-t-il en passant ses mains dans ses cheveux.

Et je me dis que, si Brittany avait été là, elle aurait probablement trouvé le moyen de placer une pique assez fine sur le fait qu'il faisait tomber une pluie de pellicules.

— Barre-toi avant que je ne te casse le nez comme à l'autre con, d'accord ? le menaçai-je en voyant qu'il n'abandonnerait pas.

— Combien t'a pris pour ça, au fait ?

Beaucoup. Suffisamment d'heures de colle pour m'occuper les samedis matin.

— Va te faire voir.

J'avais vraiment envie de me ruer sur lui et de lui exploser le visage. Seulement, j'avais assez de problèmes, j'avais Fricht, et je n'avais pas de temps à perdre avec un pauvre con qui ne comprenait rien à la vie.

— Un jour, tu regretteras, Gossom, me héla-t-il tout de même alors que je m'en allais en ricanant.

Ouais, Brian. Mais j'aurais déjà beaucoup de regrets, et je ne pense pas que tu en feras partie.

J'effleurai doucement la poche de mon jean, sachant que la photo de ma petite sœur s'y trouvait toujours, délicatement placée dans une pochette plastique. Je me demandais parfois si elle serait contente de voir avec qui j'étais, maintenant.

Es-tu là, quelque part, petite fée Clochette ?

Je posai une main sur le mur lorsque ma vision se brouilla quelques instants mais, d'un clignement de paupières, je tentai de chasser l'image de mon ancienne maison. Je savais que la barrière entre mes souvenirs et moi s'amenuisait de plus en plus, je savais que Fricht avait cassé bien trop de barrages pour mon propre bien. Je me sentais démuni face aux démons. C'était comme si j'étais accroché à une falaise. Le vide m'attirait désespérément, et, à chaque nouvelle prise que je saisissais, celle-ci craquait sous mon poids. Je savais que, tôt ou tard, je finirais englouti par le gouffre sans fond de ma mémoire. Elle me dévorerait jusqu'à ne plus rien laisser d'autre que mes os.

— Gossom, je t'attends depuis une plombe dans la classe. Magne-toi un peu, merde, c'est au prince d'attendre la princesse, je te rappelle, lâcha la voix de ma petite amie alors qu'elle me tirait par la main.

Et, même si elle avait vu que je n'étais pas spécialement bien, elle me lança un petit sourire narquois qui chassa mes idées sombres, juste pour cette fois.

Et j'acceptai de jouer, encore, au jeu qu'elle avait entrepris. C'était un cache-cache dans une salle remplie de miroirs et, si j'avais l'impression de m'y perdre, Brittany semblait capable de briser chacun des reflets.

80

VANESSA

J'inspirai une profonde bouffée de ma cigarette en regrettant pendant quelques instants le petit nuage sur lequel un joint me propulsait. Sauf que j'avais juré à la clocharde de ne pas en abuser, et, hormis un de temps en temps, je me cantonnais à la cigarette.

Je ne savais même pas pourquoi j'avais pu décrocher si facilement, comme ça. C'est vrai, quoi, cette fille ne s'habillait même pas correctement et elle arrivait à changer mes plus vieilles habitudes ! Il y avait de quoi pleurer.

En même temps, je n'avais plus vraiment besoin de l'échappatoire que me procurait la petite herbe magique. Mes parents m'aimaient telle que j'étais, Gabriel et Brittany s'étaient bien trouvés, j'étais de nouveau respectée et Sam n'occupait même plus le douzième de mes pensées.

Et je savais très bien pourquoi Samantha était à peine présente dans mon esprit.

Je me demandais combien de temps cela me prendrait avant de craquer. Si cette cruche continuait de me fixer avec ses pupilles aussi sombres qu'une nuit sans lune, je tomberais bien vite. Le pire, c'était peut-être qu'elle s'en rendait à peine compte. Je l'avais entraînée dans une journée shopping avec moi et, vraiment, c'était la meilleure preuve de… de tendresse que je pouvais lui faire. Je l'avais même laissée me convaincre d'acheter une paire de baskets ! Si ça, ce n'était pas faire des sacrifices.

Et puis, j'en avais profité pour lui faire essayer deux-trois trucs un peu plus sexy que les sweat-shirts deux fois trop grands dans lesquels elle passait son temps à se cacher.

Je la cherchais du regard depuis, me demandant si elle avait osé mettre le petit pull un peu décolleté que je l'avais priée de porter aujourd'hui. Il n'était pas sûr qu'elle ne se soit pas dégonflée à la fin, parce que, bon, elle les aimait bien, ses habits de clocharde.

Lorsque enfin je reconnus sa silhouette parmi les élèves, elle me tournait le dos. Ses cheveux d'un bordeaux profond se balançaient au rythme de ses pas alors qu'elle les avait encore et toujours attachés en queue-de-cheval, me laissant une vue dégagée sur sa nuque.

Je soupirai en voyant le pull un peu trop large pour ressembler à celui que j'avais choisi et, d'un pas rapide, je la rejoignis.

— Et mon pull, la clocharde ?

— Dans mon armoire, Vanessa. Bien au fond, répliqua-t-elle doucement, et j'eus un air satisfait en la voyant répliquer un peu. Parce que, si je pouvais passer au-dessus d'un style un peu douteux, je ne pouvais clairement pas faire de même avec une pique d'ironie bien placée.

— Et pourquoi, cruchotte ? T'attends qu'il se jette tout seul sur ton dos ?

— J'attends... Je ne sais pas.

— Pourquoi est-ce que tu te caches derrière des sacs ? T'as même pas de bourrelets, m'exclamai-je tandis qu'elle me lançait un regard outré.

Ouais, ouais, je sais, c'était dégueulasse. Merci.

— Et si j'aime mes vêtements ?

— Personne ne peut aimer ça. Tu te caches, repris-je avec un sourire devant sa mine surprise.

— Mais n'importe quoi !

— T'as vu ? Moi aussi je sais jouer à la psychanalyste. Alors, voyons... Pourquoi... Une déception amoureuse ?

— Mais non !

Je voyais les couloirs se vider petit à petit et je me demandais dans quelle classe elle se rendait, puisqu'elle continuait d'avancer droit devant elle comme si elle n'allait jamais s'arrêter. Ses joues étaient rouge pivoine, et j'eus un petit rire de contentement en sachant que c'était grâce à moi.

— Alors pourquoi ? m'exaspérai-je alors qu'elle s'arrêtait face à moi.

Je vis ses doigts se refermer un peu plus sur le bord de ses cahiers tandis qu'elle me fixait droit dans les yeux.

— Parce qu'on m'a souvent humiliée, d'accord ? J'ai appris à être prudente sur ce genre de chose, lâcha-t-elle plus doucement pendant que ses yeux descendaient pour se poser sur ses chaussures.

Je les fixai à mon tour. Cela faisait un étrange tableau, vu d'en haut. Une paire de vieilles baskets face à des escarpins que j'étais allée acheter la semaine dernière, à peine déballés de la boîte. Ça résumait bien notre espèce de relation bizarre.

— Moi ?

— Tellement de gens, souffla-t-elle plus bas.

— Ben écoute, en même temps, quand tu t'habilles comme ça, lâchai-je d'une voix un peu arrogante, et cela lui fit lever les yeux au ciel.

Elle continua d'avancer un peu plus lentement et je me contentai de marcher à ses côtés.

— Je suis désolée, finis-je par murmurer alors qu'elle s'éloignait pour rejoindre le labo de chimie.

Elle se retourna en entendant mes excuses, bien que j'aie parié sur la distance et sur le fait qu'elle avait la même ouïe que ma grand-mère pour prononcer ces quelques mots.

Et pourtant, quand elle me renvoya son sourire éblouissant, j'eus du mal à regretter qu'elle ait été attentive. Son regard m'envoya comme un coup de poing dans l'estomac tandis que je faisais demi-tour pour retrouver ma classe.

81

EVANGELINE

J'arrivais à peine à poser le regard sur les différents cartons sans fondre en larmes. Le déménagement n'avait lieu que dans deux mois mais maman était maniaque, et elle aimait bien que tout soit classé et en ordre. J'avais fait un premier tri dans mes affaires et j'avais regroupé les objets les moins utiles pour les glisser dans deux grands sacs. Je savais que ma tutrice avait déjà emballé des livres, ainsi que des vêtements d'hiver. De toute façon, pour le prochain automne, nous ne serions plus là.

D'un geste rapide tellement je l'avais répété, mon bras essuya les larmes qui coulaient doucement sur mes joues. Mon père m'avait appelée pour manger une heure plus tôt, mais je n'avais pas très faim. J'avais eu des problèmes au lycée aujourd'hui, et même si j'étais allée voir mon psy après, il avait été incapable de m'aider. Il n'avait rien trouvé d'autre à me dire que de garder espoir, de me détacher de mon passé pour vivre enfin pleinement ma vie. Il m'avait tendu un autre petit carnet pour y glisser tous les mots que je ne pouvais dire à mon frère, comme si cela pouvait suffire.

J'entendis la sonnette de la porte d'entrée et je descendis l'escalier d'un pas sourd. Mon père s'apprêtait à ouvrir la porte lorsque j'arrivai et, m'asseyant sur les marches, j'attendis de voir qui c'était.

Le seuil laissa apparaître un homme d'un certain âge, avec des cheveux poivre et sel et un air un peu fatigué. Mon père sembla le reconnaître, puisque son visage changea brutalement. Il arbora une mine lasse à son tour et je regardai les deux hommes sans rien comprendre. J'étais certaine de n'avoir jamais aperçu ce visiteur de ma vie, et l'heure était un peu trop avancée pour que ce soit un simple vendeur d'aspirateurs.

— Pitié, dites-moi que je suis bien chez les Adam's, lâcha l'homme d'une voix rauque.

— Vous êtes monsieur Gossom, je suppose ?

M. Gossom sembla me remarquer à cet instant. Ses yeux se posèrent sur moi, me détaillant des pieds à la tête pendant quelques secondes.

— Evangeline ?

— Angie, retourne dans ta chambre avant que ta mère n'arrive, souffla mon père d'une voix ferme.

— Vous me connaissez ? demandai-je sans esquisser le moindre mouvement, intriguée par cet homme sorti de nulle part qui semblait connaître mon vrai prénom.

— Si je te connais ? J'entends parler de toi depuis une décennie, lâcha-t-il avec un sourire éblouissant, comme s'il avait fait des centaines de kilomètres rien que pour me voir.

Il semblait tellement heureux d'être là, tandis que mon père semblait si mal à l'aise. J'avais un peu de mal à saisir les informations qu'on me donnait, et j'avais bien trop peur de me faire de faux espoirs pour rassembler convenablement les indices.

Ma mère choisit cet instant pour se montrer, et son regard devint plus noir que l'onyx alors qu'elle fixait cet homme. Je l'avais rarement vue aussi furax. La dernière fois, ça avait été lorsque des petits cons prétentieux de ma classe avaient lancé de sales photos de moi sur Facebook. Celle d'avant, lorsque j'étais allée rechercher mes vêtements d'homme dans la poubelle où elle les avait jetés.

— Vous ! Vous osez venir ici, chez nous !

— Mon fils ne va vraiment pas bien, c'était… C'était le seul moyen ! Écoutez, je ne veux pas vous forcer à faire quoi que ce soit, mais vous avez une fille, vous l'aimez… Imaginez un seul instant qu'elle aille mal, si mal qu'elle ne dorme plus, qu'elle ne fasse plus un pas sans avoir des vertiges, qu'elle devienne folle à force de se torturer l'esprit, s'expliqua-t-il alors, comme s'il cherchait à éviter qu'on ne lui claque la porte au nez.

— Vous croyez que notre fille n'a pas souffert de la situation, cria ma mère alors que je restais abasourdie.

— Je n'ai pas dit ça ! Mais je… Je ne sais plus quoi faire pour aider mon garçon. On s'est dit…

— Que vous pourriez venir enlever notre bébé ? vociféra ma tutrice alors que mon père passait une main sur son épaule pour la calmer.

— Ma chérie…

— Il est hors de question qu'elle s'en aille avec vous pour aller rejoindre un meurtrier ! s'exclama-t-elle.

— Maman, les coupai-je pour stopper ce qui se profilait comme la prochaine guerre froide.

L'homme s'apprêtait à répondre quelque chose, mais il s'interrompit pour me fixer et je vis une étrange lueur briller dans son regard. Il me sourit, et c'était un air si protecteur que je me dis, pendant quelques secondes, que si Gaby était avec lui, alors il devait être heureux.

— C'est mon frère ? Il va mal ? Il est malade ? demandai-je d'une petite voix.

— Non, non. Il… il se torture l'esprit, simplement. Je pense qu'il culpabilise depuis longtemps mais c'est quand cette psychologue lui a montré une espèce de vieille poupée que ça a dégénéré, termina-t-il sobrement en osant mettre un pied dans la maison.

Pouvait-il vraiment s'agir de Carla ? Était-ce vraiment réel ? Avais-je vraiment l'opportunité de retrouver mon frère, d'avoir de ses nouvelles ?

C'était trop impossible, trop beau pour être vrai.

— Je… je ne pourrais pas supporter que vous me mentiez sur ce sujet, lâchai-je d'une voix fragile alors que je sentais déjà ma gorge se nouer.

— Je te jure, Evangeline, que Gabriel est mon garçon, souffla alors l'homme en plantant ses yeux dans les miens, et l'éclair de sincérité que j'y lus me poignarda le cœur.

— Je…

— Tu ne quittes pas cette maison, Angie, s'exclama ma mère avant que je n'aie pu prononcer le moindre mot.

— Mais maman ! J'ai besoin de le voir. S'il te plaît.

— Hors de question !

— Un week-end, un tout petit week-end, je t'en supplie. Et après, on pourra déménager si tu veux, je pourrai même prendre ces cours de danse auxquels tu voulais m'inscrire. Et… et j'essaierai de me faire des amis au lycée. Et j'irai même à des soirées, ou au cinéma si tu veux, continuai-je en sentant les larmes me monter aux yeux.

— Ma chérie, s'il te plaît…

— Je dois y aller. Je dois le voir, je dois… Mon Dieu, j'en ai rêvé tellement de fois, m'exclamai-je alors que ma mère baissait les yeux et que mon père l'entourait de ses bras.

Je savais qu'elle voyait mon désir comme une trahison. Je savais qu'elle pensait que retrouver mon ancienne famille m'empêcherait d'aimer celle que j'avais à présent. Et je n'avais pas envie de la blesser, j'aurais tout fait pour l'éviter.

Mais ça… Ça, c'était quelque chose de trop fort pour lutter. Cet homme avait toutes les réponses que je voulais, il connaissait tout de l'homme que Gaby était devenu, il pourrait me donner un million de détails sur mon frère, la manière dont il avait grandi, la manière dont il me voyait.

Et, si mon ange gardien allait mal, s'il perdait ses plumes, alors il était temps que l'on se retrouve, tous les deux. J'attendais ça depuis tellement, tellement longtemps que l'impatience formait désormais un étau autour de ma poitrine.

— Va préparer ton sac, ma puce, souffla mon père alors que je les remerciais pour me précipiter ensuite dans l'escalier.

Et je montai dans ma chambre, saisissant les premiers vêtements que je croisais, prenant tout de même un ou deux tee-shirts masculins que j'avais aspergés de parfum la veille, puis je pris le temps de fixer les étoiles. Ce qui était bien au Texas, c'est qu'on les voyait comme si elles étaient accessibles. J'avais presque l'impression d'être parmi elles.

Mais peut-être était-ce parce que tout me paraissait accessible, aujourd'hui. Peut-être était-ce parce que j'avais enfin la possibilité de revoir mon frère.

82

GABRIEL

On était samedi soir et j'avais eu un jour de congé. C'était ridicule, parce que j'étais encore capable de laver des verres dans un évier, mais Freddy avait jugé que ma tête ferait fuir les clients.

Voilà pourquoi je matais désespérément le film que Jake avait choisi, et j'avais juste envie de hurler chaque fois que ces acteurs complètement stupides se mettaient à chanter au beau milieu des gens, comme si on faisait ça tous les jours dans la vraie vie.

— Regarde, Gabriella ! T'apparais à l'écran, s'exclama le morveux avec un sourire narquois, et je le menaçai de lui faire manger le coussin.

— Ne m'emmerde pas, sale môme.

— Tu dis ça parce que tu es frustré de ne pas pouvoir veiller sur ta petite Fricht, lâcha-t-il avec un sourire malicieux qui me fit rouler les yeux.

— N'importe quoi !

— Tu imagines si des gars profitent de ton absence pour la draguer ?

— Je les retrouverais et je leur éclaterais la gueule à ces débiles mentaux, grognai-je alors que Jake éclatait de rire à côté de moi.

— Arrête de t'en faire, Gaby. Ton boss n'a pas dit qu'il ferait attention à elle ?

— Si, me renfrognai-je.

Mais Freddy n'était pas moi, et il ne savait pas le faire comme moi je le faisais.

— Il a raison, mon chéri, calme-toi un peu, on dirait que tu es branché à une prise électrique. Tu veux encore un peu de cake ? demanda Claire en me tendant une nouvelle part de gâteau.

J'acceptai avec un petit signe de la tête pour la remercier et elle sembla si heureuse que je ne la repousse pas que j'eus du mal à avaler la première bouchée.

— Jake, si tu n'éteins pas cette putain de comédie musicale, tu vas finir encastré dans la télé, le menaçai-je alors qu'il se levait pour danser sur la chanson finale, rien que pour m'énerver.

Je soupirai en maudissant le réalisateur de ce film et finis ma part de cake.

— Tu n'as qu'à aller dans ta chambre, hein, lança mon presque frère en plantant ses prunelles espiègles dans les miennes.

— J'attends la fin de son service, merde, tu le sais, m'exclamai-je en lui donnant une tape sur la nuque, et il éclata de rire.

— Pire qu'une mère poule, notre Gaby, je vous jure, continua-t-il de se marrer, et je lui redonnai une seconde tape sur le crâne.

— Les garçons, arrêtez de vous chamailler, lâcha Claire en s'installant entre nous sur le canapé.

Je la vis appuyer son épaule contre la mienne et, blasé, je la laissai faire. De toute façon, ils s'étaient tous ligués pour me pourrir la vie avec leurs marques de tendresse toutes les trois secondes, et je ne savais pas pourquoi je n'étais toujours pas parti en courant.

Fricht m'avait demandé ce que je voulais faire l'année prochaine, si je voulais partir dans une université loin de Richfield ou aller dans une petite faculté du coin pour pouvoir rester vivre ici. Et je n'avais pas su quoi répondre. Je savais qu'elle partirait probablement dans une filière liée aux langues, pour devenir traductrice ou un truc du genre.

Mais moi ? Je n'avais jamais envisagé d'aller à la fac. Je me voyais toujours fuir loin de cette ville, de mes tuteurs, de tout. Être seul et ne faire de mal à personne.

Seulement, j'étais plutôt doué en sciences. Mon professeur m'avait glissé, en me rendant mon test, que je pourrais envisager une carrière de chercheur ou d'astronome. Mais, franchement, les études, c'était chiant. J'étais tellement heureux que ce soit ma dernière année que j'avais du mal à me dire que je pourrais signer pour un nouveau bail.

Et puis… Et puis, je n'étais pas sûr de le mériter. Les gens comme moi ne faisaient pas d'études, ils plongeaient et finissaient par aller en taule.

Quelle vie pourrais-je avoir ? Pouvais-je prendre le risque de construire quelque chose qui pourrait être détruit si facilement ? Je savais que Patrick et Claire me paieraient des études sans broncher, mais je n'étais pas le genre de garçon à aller à l'université, n'est-ce pas ?

Soudain, mon téléphone sonna et je décrochai un peu trop rapidement, ce qui fit ricaner Jackie Chan.

— Alors, Fricht ?

Des pleurs me répondirent et je me levai brusquement, surprenant Claire qui s'était un peu plus appuyée sur moi en voyant que je ne la repoussais pas.

— Mais parle, putain, m'énervai-je alors que les pires scénarios défilaient dans ma tête.

— Gab… J'ai fait une bêtise…

— Quoi ? Qu'est-ce que t'as fait ?

— Il… il faisait noir. Et… et j'étais pressée. J'ai vérifié, je te jure que j'ai vérifié, il n'y avait rien, s'énerva-t-elle toute seule alors que ses sanglots rendaient sa voix plus aiguë.

— Tu… Tu…

— Je l'ai fauché ! Oh merde, Gossom, je l'ai fauché, cria-t-elle dans le portable comme une hystérique.

— D'accord, calme-toi. Tu as appelé l'ambulance ?

— Mais je ne peux pas ! Viens, s'il te plaît, il faut que tu m'accompagnes !

— Mais enfin, Fricht ! C'est urgent ! Est-ce qu'il perd beaucoup de sang ?

— Je… je ne vois pas trop, c'est dur à dire, souffla-t-elle d'une voix entrecoupée par les pleurs.

— Il est vivant, au moins ? m'assurai-je en sentant déjà la nausée m'envahir.

— S'il te plaît, Gaby, viens, je t'en supplie ! Je ne veux pas aller chez le vétérinaire toute seule, s'écria-t-elle alors que je réfléchissais déjà à toutes les conséquences.

— Je vais me débrouiller pour… Attends, quoi ? Pourquoi tu veux aller au véto ?

— Ben pour le soigner, gros débile, cria-t-elle, et je l'imaginai en train de passer sans arrêt une main dans ses cheveux, comme toujours lorsqu'elle était sur les nerfs.

— Qu'est-ce que t'as percuté, au juste ?

— Mais un chevreuil, s'exclama-t-elle comme si c'était une évidence.

— Un… Fricht, tu m'appelles pour un stupide gibier qui aurait fini avec une balle dans le crâne dès le début de la saison de chasse ?

— Viens m'aider, je n'ose pas le toucher !

Je passai une main sur mon front, retenant toute une série d'insultes sur Bambi.

— Putain, Fricht.

— Dépêche !

— Tu as intérêt à ce que ce futur steak soit encore en vie quand je me ramène, ou je te jure que je te mets dans le coffre pour le retour, grognai-je.

Éloignant le téléphone de mon oreille, je demandai les clés de sa voiture à Claire, qui me fit un petit sourire alors que Jake s'écroulait de rire à ses côtés, tapant du poing sur la table.

— Oh mon Dieu, ta tête. C'était tellement…

— La ferme.

— Je t'enregistre la fin du film ?

— Jackie Chan, je te jure que je… commençai-je en le menaçant de mon téléphone.

— … t'aime ?

— Sale morveux, grognai-je simplement, à court de mots.

Je partis avant de l'entendre éclater de rire une nouvelle fois.

Je repérai rapidement la voiture de Brittany. Elle s'était garée sur le bas-côté et m'attendait, appuyée contre son coffre. Je descendis et m'avançai vers elle.

— Gossom, tu vas me tuer, mais il s'est enfui… Je te jure que j'ai essayé de le retenir, mais il s'est barré quand même. Et puis, il m'a taché mon haut, en plus, s'exclama-t-elle en pointant son pull avec une grimace.

Je fixai son vêtement taché du sang de ce pauvre Bambi, incapable de prononcer le moindre mot. Je sentais mon cerveau pulser dans ma boîte crânienne, comme si mon cœur se trouvait à la place. Le sol commença doucement à tanguer alors que mes mains cherchaient machinalement quelque chose à quoi se raccrocher, sans rien rencontrer de solide. Qu'est-ce que…

— Gossom, ça va ?

— Tu…

Puis ce fut le trou noir, et je sentis mon crâne heurter durement le macadam.

83

EVANGELINE

Patrick roulait tranquillement. Il m'avait laissée choisir la radio, et il n'avait même pas eu peur quand maman lui avait expliqué une demi-douzaine de mes tics. Il avait simplement hoché la tête lorsqu'elle lui avait expliqué que je ne supportais ni les lieux trop petits, ni la foule, ni le noir. Il m'avait suggéré d'ouvrir la fenêtre de mon côté de la voiture, aussi, et faisait bien attention à garder les lumières allumées.

— Il sera tellement content de te voir, finit-il par souffler alors qu'un panneau annonçait que nous n'étions plus qu'à une cinquantaine de kilomètres.

— C'est vrai ?

— Bien sûr que oui. Tu ne sais pas à quel point il culpabilise. Il pense que tu ne voudras plus jamais l'approcher, continua-t-il en me coulant un regard inquiet alors que je fronçais les sourcils.

— Mais... Mais pourquoi pense-t-il ça ? demandai-je en sentant un horrible pressentiment m'envahir.

— À cause de... Tu sais, cette nuit-là. Il ne se pardonne pas d'avoir essayé de vous protéger, lâcha-t-il doucement en gardant les yeux fixés sur la route.

— Arrêtez, soufflai-je d'une voix faible en sentant la nausée me tordre l'estomac.

— Pardon ?

— Arrêtez la voiture, m'écriai-je alors qu'il sursautait, donnant un rapide coup de volant pour se garer sur le bord de la route.

D'un geste brusque, je tentai d'ouvrir la portière, sans y parvenir. Me voyant paniquer, M. Gossom l'ouvrit à ma place. Je pensais que l'air libre m'enlèverait ce poids étouffant que j'avais dans la poitrine, sans succès. Je sentais que l'air ne parvenait plus à mes poumons alors que mes mains commençaient à trembler comme des shakers. Je savais que le tuteur de mon frère se trouvait derrière moi sans savoir comment m'aider. Je faisais une belle crise de panique et là, tout de suite, j'avais juste envie d'enfouir mon nez dans le tee-shirt bien trop large que j'avais pris avec moi.

Et alors, brutalement, j'éclatai en sanglots. Patrick resta complètement pétrifié tandis que je me laissais tomber sur le sol, repliant mes jambes sous moi pour poser ma tête sur mes genoux.

— Vous ne m'avez pas dit qu'il était amnésique, l'accusai-je entre deux respirations saccadées, et l'homme semblait incapable de faire un geste de plus.

— Eh bien oui, c'est cela le problème... Je... je ne suis pas sûr de comprendre...

— Il faut que je rentre chez moi, je... Je n'ai pas ma place ici, je... Je dois partir, lâchai-je sans prendre la peine de respirer.

Je n'étais pas sûre d'y parvenir, de toute façon. Un poids immense venait de chuter sur ma poitrine, bloquant mes poumons.

— Quoi ?

— Vous ne comprenez pas, hurlai-je alors qu'il levait les mains et s'accroupissait à côté de moi.

— Explique-moi, Evangeline. Tu veux que j'aille chercher les vêtements dont ta mère m'a parlé ?

— Je croyais... Je croyais que s'il me cherchait, s'il se rappelait, alors c'est... Alors c'est... m'énervai-je sans parvenir à arrêter de sangloter.

La joie qui m'avait envahie plus tôt et donné le courage de m'opposer à mes parents venait brutalement de disparaître.

— Oui ?

— J'ai cru qu'il m'avait pardonnée ! éclatai-je alors que l'homme passait une main hésitante dans mon dos, peu certain de ma réaction.

Il me fixait avec des yeux remplis de questions, et je levai mon regard sur cet inconnu qui avait fait tant de kilomètres pour ramener à son fils la raison de tout son malheur.

Et j'avais été conne, si conne, de croire que Gabriel avait pu pardonner l'impardonnable.

84

GABRIEL

Gabriel avait peur, et peut-être que son papa avait raison. Peut-être qu'il était lâche et stupide. Il n'était pas si doué que ça pour compter s'il n'était pas capable de mettre Evy dans l'armoire à temps. Il descendit les marches d'un pas plus ou moins rapide, de peur que son père ne le surprenne dans l'escalier et ne décide d'aller voir sa petite sœur. De toute façon, il savait que c'était pire, s'il essayait de se cacher ou de se défendre.

Gaby vit l'ombre de son papa alors que celui-ci s'appuyait contre la table, tâtant le bois à la recherche d'une bouteille imaginaire.

— Où tu l'as mise, sale gamin ?

— On va faire dodo, papa ? lâcha-t-il d'une voix blanche en espérant que son père le laisse tranquille aujourd'hui.

Seulement la silhouette du grand méchant loup s'approcha de lui, jusqu'à surplomber son petit mètre vingt, et le garçon se mordit la lèvre.

Oh non, son papa ne le laisserait pas rejoindre son lit tout de suite. Et Gabriel se demandait parfois si, un jour, il ne dormirait pas pour toujours.

Evangeline attendit un petit moment avant d'écarter à nouveau les portes de l'armoire d'un petit geste timide. Elle laissa ses jambes pendre contre le bois et, d'un petit saut, elle atterrit sur le plancher avant de descendre l'escalier doucement. Sa poupée Carla à la main, elle atteignit le salon et fut surprise en voyant le visage de son papa dans la vitre de la fenêtre. Cela faisait longtemps qu'elle ne l'avait pas vu, il avait l'air beaucoup plus vieux. Et puis, c'était quoi les grosses poches noires sous ses yeux ?

Gaby disait que papa travaillait beaucoup, et qu'il était trop fatigué pour aller lui lire une histoire en rentrant. Alors, il demandait à son grand frère de le faire à sa place. Et Evangeline se demandait souvent comment son papa faisait pour éviter le capitaine Crochet qui blessait Gaby si souvent.

Seulement, lorsqu'elle vit le poing de son père se lever vers le petit, tout petit garçon sous lui, elle sentit quelque chose se briser en elle. Gabriel avait-il été méchant ? Pourquoi son papa le frappait ?

Il ressemblait à… à un méchant capitaine Crochet. Mais pourquoi papa était-il devenu méchant ? Et pourquoi Gaby ne le lui avait-il pas dit ?

Evy appela sa maman, machinalement, même si elle savait qu'elle avait disparu. Elle l'appela une deuxième fois et, lorsqu'elle entendit un bruit bizarre provenant de l'épaule de son frère, elle se mit à hurler après une mère qui avait fui depuis bien trop longtemps.

Gabriel entendit le cri d'Evangeline avant de la voir. Son cœur s'accéléra alors que la masse au-dessus de lui disparaissait, alors que les coups arrêtaient de pleuvoir. Et pourtant, le garçon sentait des centaines d'aiguilles traverser son cœur. Pourquoi n'était-elle pas restée dans l'armoire ?

Il se rappela alors qu'il n'avait pas fermé les portes à clé.

Son père avait raison, il était idiot. Et à cause de lui, sa sœur allait le payer très cher.

— Cours, Evy, cria-t-il, espérant que la petite fille pourrait distancer leur papa.

Sa voix lui parut plus grave que d'habitude et il regarda, impuissant, l'homme tituber jusqu'à sa sœur. Il avait les yeux rouges comme les vampires et sentait comme les poubelles que le garçon sortait chaque matin.

Ce n'était pas grave qu'il tape Gabriel, celui-ci avait l'habitude. Et puis, c'était lui, l'aîné. Mais Evangeline… Elle se fracasserait entre ses doigts. Il allait la tuer sans même s'en apercevoir.

Gabriel s'imagina pendant quelques secondes une vie sans sa petite sœur. Il se vit dans quelques mois, allongé sur le carrelage de la cuisine, sans plus aucune raison de se relever. Il se vit soigner lui-même ses blessures sans devoir cacher ses pleurs, ni même devoir serrer les dents pour étouffer ses cris.

Il s'imagina rentrer de l'école sans pouvoir courir dans la petite chambre en face de la sienne pour raconter sa journée à la seule personne qu'il chérissait. Il n'aurait plus que Carla pour le réconforter. Il n'irait pas au Pays imaginaire, dans l'océan ou dans la forêt de Blanche-Neige. Il n'irait plus jamais nulle part avec elle.

Retrouvant ses esprits, Gabriel eut le temps de voir son père empoigner sa sœur par ses cheveux blonds, les mêmes qu'il brossait quelquefois le matin, les mêmes qu'il caressait lorsqu'elle était malade.

Il ne pouvait pas le laisser faire.

Alors Gabriel se releva, sentant déjà son ventre se tordre et sa cheville protester de douleur. Et il courut du plus vite qu'il put jusqu'au petit secrétaire dans le hall. Il entendait sa sœur pleurer et chercha en vain un numéro.

Sa maîtresse lui avait expliqué, un jour où elle avait surpris l'un de ses bleus, qu'il y avait un téléphone spécial pour sauver les petits garçons comme lui.

Il espérait que ce numéro sauvait aussi les petites filles.

De ses doigts tremblants, il dut recommencer le code magique plusieurs fois avant d'entendre quelqu'un au bout du fil. Il savait que ses sanglots et sa voix précipitée devaient empêcher les grandes personnes de comprendre, mais il fallait faire vite, les pleurs d'Evy devenaient de plus en plus forts.

Alors il raccrocha sans se préoccuper de la voix paniquée au bout du fil. La gentille dame voulait qu'il reste en ligne, qu'il lui parle, mais la seule chose que le petit pouvait entendre, c'étaient les cris de sa sœur dans la pièce voisine.

Il devait protéger sa petite sœur. Il le lui avait promis. Alors il passa par la cuisine, fouillant à l'aveuglette dans le tiroir qui était trop haut pour lui. Sa main toucha un manche en plastique et, lorsqu'il la remonta, il sentit le tranchant d'une lame. Pendant un instant, il hésita. Dans les films, les méchants saisissaient toujours ce genre d'arme, et ils se faisaient punir. Très fort.

Puis sa sœur l'appela d'une voix si aiguë, si désespérée, qu'il flancha. Et il saisit le couteau d'une main tremblante.

Il n'allait pas l'utiliser, n'est-ce pas ? Il voulait juste faire peur à son père.

Parce que, après tout, il l'aimait bien, son papa.

Il retourna dans le salon et découvrit sa sœur avec un bleu se formant déjà sur son bras, les cheveux ébouriffés et les yeux tout gonflés.

Alors il s'approcha de son père, son propre cauchemar. Il n'avait pas l'intention de le blesser, il voulait juste lui faire peur, détourner son attention d'Evy pour qu'elle puisse retourner dans l'armoire. Il savait que son père la chercherait probablement quelque temps, mais qu'il finirait par s'arrêter.

L'homme fixa le petit couteau en ricanant.

— Que crois-tu faire avec ça, garçon ?

Il lui prit le poignet et le tourna pour arracher le couteau des mains de Gabriel. Ce dernier laissa l'arme glisser sur le sol sans vraiment résister et implora sa sœur de quitter la pièce.

Cette dernière regardait la scène, complètement paralysée. Il se rendit compte qu'elle n'avait jamais vu de quoi leur père était capable. Il l'en avait toujours protégée, jusqu'à aujourd'hui. Il avait envie de la supplier de s'en aller, mais il avait peur que son père ne se tourne alors à nouveau vers elle.

Son géniteur posa un pied juste en dessous de son nombril pour l'empêcher de remuer, et enfonça son coude entre ses côtes.

— On veut jouer au grand, mon gaillard ? Tu es si faible. Et les faibles subissent. J'ai subi, avec votre mère. J'ai subi lorsqu'elle s'est cassée en me laissant deux gosses chialant jour et nuit. J'ai subi lorsqu'elle m'a laissé malade d'amour à en crever. J'aurais dû vous étouffer avec un coussin à la maternité. C'était tellement silencieux avant, lorsque aucun de vous ne geignait à longueur de journée.

Gabriel avait depuis bien longtemps cessé de prêter attention aux paroles de son père. Ce n'était plus vraiment lui, plus depuis qu'il prenait cette sorte de poudre blanche. Le garçon avait vu son papa s'éloigner petit à petit pour laisser place à un monstre qui lui faisait peur la nuit. Il se mordit la lèvre en recevant un coup dans les côtes, ravalant ses larmes parce qu'il avait compris que son père ne les tolérait pas.

Un homme ne pleurait pas, avait-il dit.

Puis, soudain, un cri fusa. C'était un son rauque, si grave qu'il aurait pu faire trembler les murs de la maison. Un cri de douleur. Pourtant, il n'avait pas glissé des lèvres de Gabriel. Il sentit le corps de son père – allongé au-dessus du sien – peser sur lui plus qu'avant. Puis, une nouvelle fois, il eut une secousse et, enfin, le corps s'abattit totalement sur lui. Il sentit la poigne sur son épaule disloquée se relâcher brutalement et, lorsque Gabriel releva la tête, il vit Evangeline, en larmes et le couteau à la main.

— Je ne voulais pas lui faire de mal, Gaby, je voulais juste qu'il arrête, sanglota-t-elle tandis que la poupée Carla gisait à ses pieds, à l'endroit où le couteau s'était trouvé quelques instants auparavant.

Le garçon regarda tour à tour sa sœur et le couteau couvert de liquide rouge. Il se dégagea comme un fou pour sortir du piège que le corps formait désormais. Gabriel se laissa tomber sur le sol et recula précipitamment lorsqu'il s'aperçut qu'une grande tache coulait jusqu'à lui.

Il comprit alors que, comme lui, son père avait du sang dans les veines, de la même couleur que le sien.

Le même que le sien.

La frayeur grimpa en lui alors qu'il réalisait. Evy se tenait de l'autre côté de leur père, et le fixait comme si elle n'avait même pas conscience de son geste. Ses yeux étaient écarquillés face à son papa et au sang qui commençait à couler, jusqu'à tremper le tapis. Comme animé, le liquide s'élargit, atteignant le bout de ses orteils, mais elle recula brutalement avant qu'il ne touche ses pieds nus.

Elle n'avait que six ans. C'était petit, six ans. Trop petit.

— Evangeline, va dans la salle de bains tout de suite, ordonna le garçon, alors que ses yeux ne pouvaient se détacher du cadavre.

— Non, Gaby, je t'en supplie, demanda-t-elle en le regardant avec de grands yeux pétrifiés d'horreur.

— Monte dans cette armoire, hurla-t-il si fort qu'elle partit en courant dans l'escalier.

Le garçon n'avait que huit ans, mais il avait assez regardé la télévision, et on ne faisait pas ce genre de chose sans conséquence. Il prit le couteau d'une main hésitante, le serrant assez fort pour effacer toute trace de culpabilité de sa sœur. Il savait que bientôt des adultes viendraient chez eux, et qu'il devrait parler avec eux.

Leur expliquer.

Il regarda et vit qu'Evangeline avait planté le couteau dans le bas du dos de leur père. Alors, lentement, il passa la lame sanglante sur son tee-shirt. Une odeur métallique lui monta au nez et il se retint de vomir. Quand il fut sûr que plus rien ne condamnait sa sœur, il s'assit contre le mur.

Son corps était pris de soubresauts violents, il serra le couteau à en avoir mal à la main, n'osant cependant pas le lâcher. Toute la force qu'il avait conservée jusqu'à présent le quittait et il avait l'impression qu'il ne pourrait plus jamais tenir sur ses jambes.

Ses yeux étaient secs, étonnamment secs, et rivés sur le cadavre près de lui. Son regard se porta sur son père, et il répéta une fois de plus le discours qu'il devrait dire aux grandes personnes. Il savait qu'il aurait dû regarder autre chose, mais son regard se portait encore et toujours sur la masse au milieu du salon, sur le sang qui imbibait le tapis.

Puis il entendit la sirène et se rendit compte qu'il se balançait d'avant en arrière contre le mur, répétant les mêmes paroles depuis plusieurs minutes. Sa tête cogna contre le plâtre plusieurs fois, mais il ne ressentait plus aucune douleur. Ni à l'épaule ni dans les côtes. Il rapprocha encore un peu plus ses genoux sur lui-même et continua de se balancer inlassablement, incapable de fermer les yeux. Incapable de ne pas le fixer.

Les policiers s'acharnaient sur la porte pour faire sauter la serrure, et il devina plus qu'il ne vit la lumière bleue de leurs voitures.

Puis il sentit que des hommes envahissaient le salon, il les vit poser deux doigts sur le cou de son papa, hurlant qu'il était toujours vivant, criant des ordres à travers un téléphone.

Il savait qu'on lui parlait, mais il ne ressentait plus rien.

Il n'entendait plus rien, ne voyait plus rien.

Ses yeux se fermèrent peu à peu, et il parla d'une voix rauque. Il savait que ses prochains mots décideraient du sort de sa sœur.

— Dans l'armoire. Dans la salle de bains, répéta-t-il plus doucement alors qu'un policier fronçait les sourcils.

Puis il ne se souvint plus de rien, ayant sombré dans le noir réconfortant de ces ténèbres si familières.

85

EVANGELINE

— Et ça… Ça me hante depuis dix ans. Je me hais, je me hais de l'avoir laissé subir tous les coups. Je me hais de ne pas avoir eu le courage de dire la vérité, sanglotai-je alors que Patrick me fixait d'un air complètement perdu.

— Tu n'avais que six ans, Evy.

— Et il n'en avait que huit ! J'ai passé les dernières années à écouter mes parents affirmer qu'ils m'avaient éloignée de lui pour me protéger, que je ne devais pas m'approcher d'un meurtrier, sans qu'ils sachent… Sans qu'ils sachent que le véritable monstre était sous leur toit, m'écriai-je en sentant toute ma rage et ma rancune me glacer le sang.

Patrick resta là un bon moment, sur le bas-côté de la route. Il me laissa le temps de me calmer, et lorsque enfin je pus respirer convenablement, il me demanda de remonter dans la voiture.

— Il n'acceptera jamais de me voir. Il doit me haïr, tellement, murmurai-je alors que son tuteur secouait la tête.

— Gabriel t'aime bien trop pour ça, souffla-t-il doucement.

— Ramenez-moi chez moi, je vous en supplie, insistai-je encore une fois, parce que je ne pourrais pas supporter son regard déçu, trahi.

Je ne supporterais pas de le voir me haïr autant que je me haïssais moi-même.

— Ce ne serait pas te rendre service, Evy. Il est temps que vous compreniez tous les deux que vous n'êtes pas des monstres. Que le véritable méchant est mort une semaine plus tard, et qu'il ne vous fera plus jamais de mal. Que personne ne vous fera plus jamais de mal, à part vous-mêmes, lâcha-t-il plus doucement en me couvant d'un regard si protecteur que je savais ne pas mériter.

Patrick redémarra, et ce fut dans un silence pesant que se fit la suite du trajet. J'eus le temps de voir le panneau « Bienvenue à Richfield » avant que des larmes ne viennent à nouveau brouiller ma vue.

86

BRITTANY

Je n'arrivais pas à croire que ces idiotes d'infirmières m'avaient laissée plantée dans le couloir de l'hôpital. Non mais vraiment, je n'étais pas venue pour les cupcakes dégueulasses de la cafétéria, moi. Il faut dire que, lorsque Gabriel s'était brutalement écroulé contre le macadam de la route, j'avais flippé comme une malade. Ce débile était censé venir pour me rassurer, et il trouvait le moyen de m'obliger à avoir une crise cardiaque. Qu'est-ce qui m'avait pris d'en pincer pour un primate pareil ?

Je l'avais poussé sur les sièges arrière assez brusquement, et j'avais démarré en trombe jusqu'à l'hôpital de la ville en maudissant ma voiture de ne pas savoir faire du mille à l'heure. J'étais arrivée du côté des urgences et, évidemment, la seule chose que j'avais trouvé à faire, c'était d'entrer dans le bâtiment avec mon haut taché du sang du chevreuil en criant que j'avais un blessé dans ma voiture.

Au moins, ça avait été efficace. Une dizaine de personnes s'étaient jetées sur ma petite Volvo pour allonger Gabriel sur un brancard et le ramener à l'intérieur.

Puis on m'avait plantée là, au milieu du couloir.

J'envoyai un rapide message à Jake pour lui expliquer que je me trouvais à l'hôpital. Non, non, pas chez le vétérinaire avec le chevreuil. À l'hôpital des hommes pour un primate. Et, oui, il ferait mieux de se magner les fesses, merde.

Je savais que le pauvre Jackie Chan ne devait probablement rien comprendre, mais j'étais bien trop stressée pour être gentille.

Pourquoi est-ce qu'il avait réagi comme ça ? On aurait dit qu'il avait vu le diable lorsque son regard s'était porté sur mon pull et, vraiment, il avait eu l'air complètement tétanisé.

J'avais remarqué que quelque chose n'allait pas lorsque ses yeux s'étaient posés sur moi, rien que durant une demi-seconde. Parce que Gabriel me regardait toujours comme si j'étais sa jolie rose, et que, cette fois-là, ses pupilles m'avaient traversée sans m'accorder aucune importance.

Qu'est-ce qui m'avait pris, aussi ? C'était une mauvaise idée de l'appeler, j'aurais mieux fait de jeter mon téléphone dans l'égout le plus proche au lieu de le supplier de venir. Et cet idiot d'animal avait eu le culot de se barrer, en plus.

87

JAKE

Ma mère roulait un peu plus vite que d'habitude. Son doigt tapait contre le volant toutes les dix secondes, menaçant de me rendre fou. Je savais qu'elle était stressée, je savais qu'elle était inquiète, mais je l'étais aussi, d'accord ?

Des millions d'hypothèses m'effleuraient l'esprit. Est-ce qu'ils avaient eu un accident ? Est-ce que Gabriel était tombé dans un ravin en coursant le chevreuil ? Est-ce qu'ils étaient tombés sur un fou furieux qui avait tenté de faire des rondelles du couple ? Je passai une main dans mes cheveux et soufflai bruyamment, comme pour évacuer mes sombres pensées. Sauf qu'elles étaient encore là, tapies dans un coin de ma cervelle, me donnant envie de vomir le cake que maman nous avait servi peu avant.

Est-ce que ça avait été la dernière fois que je voyais mon frère, ce soir-là ? Est-ce que la dernière chose que je lui avais demandée était s'il voulait que j'enregistre cette putain de comédie ?

J'arrivais à peine à rester éveillé, je me sentais comme enveloppé dans un cocon épais qui semblait me couper du monde. Et lorsque ma mère péta un plomb sur un pauvre feu rouge qui n'avait rien fait à personne, je me surpris à prier très fort que papa revienne ce soir. Il évitait de nous donner trop de nouvelles, se contentant d'un petit appel tous les soirs, et je savais qu'il était sur la route du retour avec Evy depuis quelques jours. J'avais besoin de lui, et maman aussi, de toute évidence.

Elle me déposa devant l'hôpital le temps de trouver une place pour se garer et je marchai d'un pas rapide jusqu'à la salle d'attente des urgences, sachant que je n'y serais pas seul.

Brittany attendait, recroquevillée sur un siège, parmi d'autres proches de gens blessés. Lorsque je la vis ainsi, je fus incapable de faire un pas de plus de crainte qu'on ne m'annonce une mauvaise nouvelle.

J'avais déjà eu mal dans ma vie. Je veux dire, je comprenais ce que cela signifiait de souffrir. Je croyais en avoir bavé avec ces mecs qui m'avaient racketté, je croyais avoir souffert de ma naissance pathétique.

Et pourtant, ce n'était rien – rien du tout – face au pull taché de sang de la copine de mon frère. J'avais l'impression qu'on m'avait passé à tabac en une demi-seconde, qu'on m'avait arraché le cœur et les poumons sans anesthésie. Je me sentais tellement… tellement…

— Fricht ?

— Ce n'est pas son sang, c'est le chevreuil, maugréa-t-elle en tapotant la place à côté d'elle alors que je soufflais de soulagement, chassant les larmes qui s'étaient déjà accumulées au coin de mes paupières.

— Oh merde, j'ai cru… Oh la vache, m'exclamai-je alors qu'elle me faisait un sourire rassurant.

— Ouais, je sais. C'est ce que les docteurs ont cru aussi, souligna-t-elle doucement en passant une main dans mes cheveux pour m'attirer à elle.

— Et tu leur as dit que ce n'était pas le sien ?

— Pourquoi ? Gossom aura tous les soins nécessaires et possibles, comme ça, souffla-t-elle en me lançant un sourire malicieux, et je lui renvoyai un regard entendu.

Toutefois, lorsqu'elle sut que ma mère allait arriver, elle retira son pull taché pour rester en tee-shirt au beau milieu de la salle d'attente. Maman arriva d'un pas si rapide que j'étais presque sûr qu'elle venait de battre le record de vitesse de course en talons hauts.

— Qu'est-ce qu'il a ? Il va bien ? Il a été fauché par une voiture ? Vous avez eu un accident ? s'inquiéta ma mère en lâchant toutes ses angoisses les unes après les autres sans prendre le temps de respirer.

— Non, madame, il va bien. Je… Je ne comprends pas très bien ce qui lui a pris. Il m'a vue, il a vu mon pull taché et il s'est évanoui, bredouilla Britty en baissant les yeux.

— Évanoui ?

— Sa tête a quand même sacrément rencontré le bitume et… Enfin, je me suis dit, avec tous les risques de traumas crâniens, il aurait pu se fracturer le crâne… Alors j'ai conduit jusqu'ici et… commença-t-elle avant d'être étouffée par l'étreinte de ma mère.

— Merci de l'avoir amené à l'hôpital, souffla-t-elle doucement alors que Brittany ouvrait la bouche sans trouver quoi répondre.

Elle tourna la tête vers moi et je pus voir ses lèvres former un petit SOS depuis mon siège, mais je n'avais pas envie de la sauver. Moi aussi, j'étais heureux qu'elle l'ait conduit en sûreté.

— Je… Enfin, je pense qu'il se rappelle, finis-je tout de même par lâcher pour que ma mère arrête d'embarrasser Brittany.

— La mort de son père ? s'enquit alors Fricht alors que maman la regardait, stupéfaite qu'elle soit au courant des plus sombres secrets de Gabriel Sheepfield.

Moi, je n'étais pas vraiment surpris. Gabriella s'était glissé discrètement dans ma chambre hier soir, pour me raconter leur réconciliation. J'avais résisté à l'envie de le charrier, pour éviter qu'il ne se vexe et ne fasse machine arrière. Toutefois, je jetai un petit regard narquois à Fricht et celle-ci rougit légèrement.

— C'est… Enfin, il me l'a dit… Enfin… commença-t-elle maladroitement.

Mais ma mère s'en fichait pas mal, elle était bien trop contente que son grand bébé s'ouvre à quelqu'un pour dire quoi que ce soit. À la place, elle fit un sourire tendre à la jeune fille avant de nous informer qu'elle allait nous chercher des boissons et un bon café pour elle. Je savais qu'elle en profiterait pour essayer d'appeler papa, aussi.

— Tu penses qu'il va aller mieux ? demanda Brittany d'une voix hésitante.

Je posai ma tête contre le mur alors qu'elle évitait de me regarder à son tour. Parce que ça, c'était la question à un million de dollars. Est-ce que Gaby irait mieux en récupérant pleinement la mémoire ? Ou est-ce qu'il ne s'enfoncerait que davantage ?

Je savais qu'il était fort, mon grand frère. Je savais qu'il était capable de se battre pour les gens auxquels il tenait. Mais pourrait-il aller mieux en revivant la scène ? Il semblait hanté par ce sang qu'il disait présent partout, partout où il regardait. Il était hanté par le couteau dans ses mains, par le corps à ses pieds. Est-ce qu'il se sentirait mieux en se remémorant ce que cela faisait, de tuer quelqu'un ?

Je n'en étais pas vraiment sûr.

— Ce n'est pas comme s'il pouvait aller plus mal, de toute façon, essayai-je de plaisanter alors que Fricht m'entourait de ses bras fins.

Je pouvais sentir ses ongles autour de mes épaules tandis qu'elle me serrait de toutes ses forces et, à cet instant, je ne savais pas si elle tentait de me réconforter ou si elle en avait autant besoin que moi.

— Tu as raison, Gossom est une grosse brute. Il devrait être capable de chasser deux ou trois parasites de sa petite cervelle, s'exclama-t-elle, et je la laissai me serrer contre elle.

Au contraire de Gabriel, je ne voyais pas les marques d'affection comme une faiblesse. Et, à ce moment-là, alors que nous nous inquiétions tous les deux pour mon frère, je trouvai même que cela nous redonnait de la force.

Mais Gaby aurait le reste de sa vie pour comprendre cela.

88

EVANGELINE

L'odeur d'antiseptique me filait la nausée, mais je m'appliquais à avancer dans le couloir d'une démarche suffisamment rapide pour parvenir à rester aux côtés de Patrick. Celui-ci avait placé une main dans mon dos, comme si cela pouvait me protéger de toutes les choses négatives qui se passaient dans ce genre de bâtiment. Il ne pouvait pas savoir que je craignais seulement de revivre ce que j'avais traversé dix ans plus tôt, à hurler le nom de mon frère sans que personne daigne passer la porte de ma chambre d'hôpital. Je l'avais appelé si fort, si longtemps, alors que les adultes disaient que je ne pourrais plus le voir pendant un moment.

Patrick avança jusqu'à se retrouver face à un petit groupe de gens. Un garçon, plus jeune que moi, se jeta contre lui et Patrick le serra brièvement avant de se tourner vers une femme que je devinai être son épouse.

— Qui es-tu ? lança alors une brunette en fronçant les sourcils.

— Je... Enfin... Je m'appelle Evangeline, soufflai-je un ton plus bas.

Ses grands yeux verts s'agrandirent de stupeur alors qu'elle me fixait sans bouger.

— Evy ?

— Je...

Je me sentais mal à l'aise face à tous ces gens qui semblaient me connaître mieux que moi-même. J'allais rouvrir la bouche pour lui demander son nom lorsqu'elle me tendit un cliché bien préservé dans une pochette plastique. Je laissai mon regard courir sur la photo et fus surprise de voir mon grand frère à la maternité, le jour même de ma naissance. Cela faisait tellement longtemps que je ne possédais plus rien appartenant à mon passé. Cela faisait… Cela faisait du bien, de se retrouver.

— Elle est tombée de sa poche lorsque les médecins l'ont emmené. Je pensais la garder jusqu'à sa sortie, mais je me dis que tu veilleras dessus bien mieux que moi, sourit-elle doucement alors que mon regard alternait entre cette étrange jeune fille et la photo qu'elle m'avait offerte.

— Comment t'appelles-tu ? demandai-je d'une voix incertaine.

Elle essaya de se lever, mais le garçon avait lâché son père pour poser la tête sur ses genoux et il grommela lorsqu'elle esquissa un mouvement. Avec un petit grognement, elle abandonna l'idée de se dégager et se contenta de me tendre une main amicale, faisant tinter une petite dizaine de bracelets à chacun de ses gestes.

— Brittany, la copine de ton frère, lâcha-t-elle d'une voix si confiante que j'en fus presque jalouse.

— Enchantée, répondis-je alors que le garçon allongé sur elle me jetait un regard espiègle par-dessus ses cils.

Il se redressa légèrement et, au moment où je croyais qu'il allait s'en aller avant de m'avoir laissé une chance de me présenter, il me serra contre lui brièvement.

— Evy, enfin ! J'ai l'impression de te connaître comme ma poche. En même temps, tu comprendras que Gabriella est un peu grincheux mais, au fond, c'est un gros cheesecake, il m'a parlé de toi à longueur de journée, déclara-t-il en levant les yeux au ciel, et cela me fit rire.

— Tu es ?

— Jake, pour vous servir. Ou Jackie Chan. Ou le morveux. Ou le gamin. Ou… énuméra-t-il avant que Brittany l'arrête d'une tape derrière la nuque.

— Arrête de l'embêter. Elle va te prendre pour un cinglé dès le premier jour si tu continues, lâcha-t-elle avec un petit sourire narquois qui me mit un peu plus à l'aise.

— Ben franchement, vous vous êtes bien trouvés, vous deux ! Entre toi et mon frère, je vais finir par avoir la tête plate, s'exaspéra-t-il d'un ton boudeur en croisant les bras.

J'eus une petite pique au cœur en voyant ce Jake à peine plus petit que moi, et qui disait être son frère. Mais si j'avais une nouvelle famille, Gaby aussi pouvait en avoir trouvé une nouvelle. Et une merveilleuse, d'après mes impressions.

89

GABRIEL

Je me réveillai avec la langue pâteuse, et la vague impression que j'avais dormi pendant quatre jours. Papillonnant légèrement des yeux, j'entendis un brouhaha sans pour autant comprendre le moindre mot.

Au bout de quelques instants, ma vue s'éclaircit et je commençai à discerner la silhouette de Jackie Chan qui commençait déjà à m'assommer de paroles, mais aussi celle de Brittany qui devait me toucher les cheveux ou celle de Claire au bout de mon lit.

— Tu es réveillé, mon chéri ? souffla celle-ci en s'approchant tandis que Jake se mettait à caqueter comme une poule comme quoi Fricht lui devait son poids en hamburgers parce que je m'étais réveillé avant minuit.

— Ouais, grommelai-je en tentant de me relever lentement.

Je sentis une pulsation terrible dans mon crâne et le bras de Brittany se glissa sous le mien pour m'aider à m'accouder au rebord du lit.

— Tu nous as fait peur, gros débile, me chuchota-t-elle néanmoins avec un regard taquin, et je lui renvoyai un sourire joueur.

— Je t'aurais manqué, Fricht ?

Elle leva les yeux au ciel alors que je récupérais peu à peu mes esprits, et que la brume épaisse qui entourait mon réveil disparaissait.

— On est quel jour ?

— Le même que celui où tu as décidé de jouer à la Belle au bois dormant, Gabriella, chantonna mon frère, et je me penchai pour lui donner une pichenette sur le front.

Seulement, l'atmosphère légère se dissipa parce que mes proches me regardaient d'un air grave, attendant probablement une réaction de ma part. Une espèce de contrecoup, ou un choc post-traumatique qui m'aurait assailli sans prévenir. Ils pensaient que j'avais vu mes mains se lever vers le bas du dos de mon père pour y asséner deux coups de couteau. Et, très honnêtement, c'était ce que j'avais toujours cru. Je m'étais trompée, et Dieu ce que cela faisait du bien. Je me sentais bien, en fait. Tellement mieux que la veille, tellement mieux que les dix dernières années. Je venais d'apprendre que j'étais innocent.

Innocent. C'était un mot que j'avais cru disparu de mon vocabulaire pour toujours.

— Vous attendez que je tombe raide mort ou quoi ? tentai-je de plaisanter tandis que Claire lissait les draps au bout de mon lit.

— Écoute, mon chéri, ton père est revenu… Et il a ramené… Enfin, disons qu'il a ramené…

— On va enfin avoir un chien ? continuai-je d'une voix moqueuse, et Fricht étouffa un gloussement.

— Gabriel, c'est sérieux. Il a fait beaucoup de chemin pour la trouver, me réprimanda-t-elle doucement, et je fronçai les sourcils.

— Mais de quoi vous parlez ?

Ce fut à cet instant que mon tuteur apparut dans l'encadrement de la porte. Et, après m'avoir lancé un grand sourire, il se tourna vers mes trois visiteurs.

— Je crois que le mieux c'est de les laisser, lâcha-t-il alors que ma copine et ma tutrice acquiesçaient.

Avant de partir, Jake se pencha vers moi. Il y avait quelque chose dans ses prunelles, une lueur qui ne me plaisait pas. C'était comme s'il s'apprêtait à renoncer à une chose à laquelle il tenait.

— Tu ne m'oublieras pas après ça, hein ? murmura-t-il doucement à mon oreille avant de filer sans que j'aie eu le temps de répondre quoi que ce soit.

Il y eut une petite seconde durant laquelle je me retrouvai à nouveau seul. Seul parmi mes pensées et, pour la première fois depuis longtemps, je n'étais pas torturé par mes souvenirs.

Une silhouette bien trop fine pour être celle de Patrick s'avança alors dans la chambre et je fixai pendant un instant la jeune fille qui se tenait devant moi. Elle se triturait les doigts, sans oser lever le regard de ses chaussures.

Et pourtant… Pourtant, ça ne pouvait être qu'elle. J'étais quasiment certain que, si je me penchais vers elle pour humer ses cheveux, je sentirais l'odeur de lavande.

— Tu… Tu as drôlement changé, finis-je par chuchoter, la gorge trop nouée pour prononcer plus de mots.

Elle releva alors ses immenses yeux verts sur moi et je fus submergé par une vague de nostalgie. Je revis ce même regard envoûtant me fixer d'un air inquiet alors qu'elle soignait mes blessures, ce regard qui pétillait lorsque nous cherchions la fée Clochette ensemble. Ce regard rusé qui voulait tout apprendre, tout savoir, tout connaître.

Il n'y avait que cela qui était resté identique. J'avais beau superposer l'image de la petite Evy à celle de la grande Evangeline d'aujourd'hui, j'arrivais à peine à la reconnaître physiquement. Ses belles boucles blondes que j'avais tant aimées avaient laissé place à de longues mèches d'un noir profond qu'elle devait probablement lisser chaque matin pour qu'elles soient aussi raides sur ses épaules. Elle avait conservé sa taille bien trop petite pour une adolescente de seize ans, et j'eus un pincement au cœur en me disant que, si j'avais fait plus attention, si j'avais trouvé le moyen de la nourrir mieux…

— Toi aussi, tu as changé, souffla-t-elle en dansant d'un pied sur l'autre.

— J'arrive à peine à y croire, murmurai-je alors d'une voix un peu faible, et, lorsqu'elle me regarda de nouveau, ses yeux étaient remplis de larmes.

— J'ai… J'ai tellement cru que tu ne voudrais plus jamais me parler, lâcha-t-elle alors en plaquant une main contre sa bouche pour retenir un sanglot.

Et, comme lorsqu'on était gosses et qu'elle déboulait dans ma chambre après un cauchemar, je tendis les bras pour qu'elle vienne s'y réfugier. Elle sembla hésiter quelques instants avant de s'y jeter brutalement et, comme avant, je retins un grognement lorsque le choc me fit un peu mal au crâne. Parce que le bonheur qu'elle m'apportait avait toujours surpassé la douleur, parce que je ne voulais pas gâcher ce moment après l'avoir attendu pendant dix ans.

— Ils disent… ils disent que tu as eu une commotion cérébrale. Ils… ils parlent de ta mémoire, ils pensent que tu aurais tout récupéré… Et j'ai cru… Je me suis dit que tu devais m'en vouloir, tellement. Tu avais quantité de raisons de me haïr, pleura-t-elle doucement alors que je passais une main dans ses cheveux, m'habituant peu à peu à ne plus sentir ses boucles sous mes doigts.

— Je ne pourrai jamais te détester, la rassurai-je d'une voix douce, que je n'avais plus utilisée depuis…

Ah, si longtemps.

— J'ai gâché ta vie, Gaby. Tu as toujours cherché à me protéger, et moi je t'ai désobéi dès que tu as eu le dos tourné. Je t'ai laissé tout porter sur tes épaules, je t'ai laissé seul, je t'ai abandonné alors que tu avais besoin de moi… Et j'ai… j'ai menti, j'ai gardé la vérité pour moi, alors que je savais que tu devais en souffrir. Je me suis tue, tellement longtemps. Et je… Oh mon Dieu, je suis tellement désolée, sanglota-t-elle en relevant ses yeux rougis vers moi.

Je la regardais, incapable de savoir comment agir. Je ne savais plus comment faire. J'avais perdu l'habitude d'être attentionné envers quelqu'un et, même si je l'aimais plus que moi-même, plus que ma vie, je ne savais plus comment le lui dire. Alors, je me contentai de passer inlassablement ma main dans ses cheveux, et de lui murmurer que je ne lui en voulais pas, que c'était moi qui avais choisi de prendre cette responsabilité et qu'elle ne devait plus jamais, jamais s'en vouloir.

Et, en fait, je regrettais que ce ne soit pas moi qui ai brandi ce couteau, en fin de compte. Parce que je savais bien que c'était Evy qui vivrait avec cela. Et elle était si fragile, ma petite sœur.

On resta un long moment seul à seule, et, lorsque ses larmes arrêtèrent de couler et qu'elle me laissa enfin caser deux mots sans s'excuser, on put commencer à parler. Je n'aimais pas les profondes cicatrices que notre drame avait laissées dans son quotidien, mais j'avais tout le reste de ma vie pour les atténuer. Je n'aimais pas savoir qu'elle avait eu des problèmes à son bahut sans que je puisse venir la défendre, mais ça allait changer. Et c'était bien plus qu'une promesse, cette fois.

Elle finit par s'endormir contre moi, dans le lit, comme au bon vieux temps. Il ne me manquait plus que l'odeur de lavande pour me retrouver dix ans en arrière. Je ne pouvais plus détacher mes yeux de sa silhouette, de peur qu'elle ne s'évapore au moindre clignement de paupières.

Brittany passa devant la porte et m'adressa un clin d'œil. J'articulai un léger « merci ». Je savais qu'elle comprendrait que je la remerciais d'être là, d'être elle, d'exister.

ÉPILOGUE

GABRIEL

Cinq ans plus tard

— T'as pas acheté nos M&M's ? m'exclamai-je en fouillant dans le sachet de courses sans parvenir à trouver ces putains de bonbons.

— Non, répliqua un peu sèchement ma copine, et je me tournai vers elle pour observer son petit air boudeur.

— Mais pourquoi ?

— Ben quoi ? Moi aussi j'ai le droit de choisir ce que j'achète, non ? lâcha-t-elle alors qu'elle glissait un paquet de pâtes dans le placard et que je plaçais les légumes tout en haut de l'étagère, en espérant qu'elle oublie leur existence.

— Alors là, je t'arrête tout de suite, Fricht. Ce n'est pas parce qu'on vit ensemble et qu'on fait les courses chacun notre tour que je dois… que je dois…

— Mais merde, Gossom, grandis un peu ! Je t'ai demandé d'acheter des tampons, débile. Des tampons. Tu n'es pas le seul mec qui achète les tampons de sa fiancée, s'offusqua-t-elle en me sortant la petite mine outrée qu'elle affichait continuellement depuis… Ah, au moins trois mois maintenant.

Les gens avaient bon dos en me disant que ça allait passer, hein. C'était quand même dur à vivre.

Je regrettais presque qu'on se soit fiancés deux mois plus tôt. Et qu'est-ce qui m'avait pris d'emménager avec cette chieuse, déjà ?

Ah ouais, c'est vrai. Les conneries d'amour, et tout ça.

— Ben t'as fini par les avoir, tes trucs, là, m'exaspérai-je en comprenant qu'elle ne me lâcherait jamais avec cette affaire.

— Au bout de deux jours, Gabriel. Et ne me fais pas croire que tu serais allé les chercher si je ne t'avais pas menacé d'une grève du sexe pendant les dix mois suivants, rétorqua-t-elle en haussant un sourcil suggestif.

Ses bras étaient serrés sur sa poitrine, comme chaque fois qu'elle était énervée.

— Touché, avouai-je avec un petit sourire espiègle.

— Ben voilà. Pour tes M&M's, il faudra attendre la semaine prochaine, asséna ma copine d'une voix sans pitié, et je commençai à haïr ses putains d'hormones.

— Est-ce que je peux te menacer, moi aussi ? demandai-je innocemment avec un air évocateur.

Elle me lança un regard incendiaire alors que j'éclatais de rire en me laissant tomber sur le canapé.

— Je ne comprends même pas pourquoi tu m'emmerdes à me faire acheter tous les mois cette merde. Ce n'est pas comme si tu allais les avoir demain, tes règles, grommelai-je en glissant les bras derrière mon crâne.

— Ce n'est pas quelque chose dont je peux me permettre de tomber à court, gros primate débile, s'exclama-t-elle en resserrant les bras contre sa poitrine.

Je pouvais déjà voir ses joues rougir de colère.

— Ouais, enfin, tu vas être un petit bout de temps sans les avoir, là, quand même, ajoutai-je alors qu'elle roulait les yeux.

— Depuis quand tu t'y connais en cycles menstruels, toi ?

— Avoue que tu veux simplement t'assurer que la caissière sait que j'ai une copine, lâchai-je avec une mine satisfaite.

— N'importe quoi, s'offusqua-t-elle en passant derrière le canapé pour me donner une tape sur le crâne.

Je souris en baissant un peu le volume de la télé, et me retournai pour voir ma copine.

— Tu as des nouvelles de Jackie Chan ?

— Oh là là, depuis qu'il a accepté ce stage de stylisme à Londres, il m'envoie dix mille croquis par jour, je ne vais jamais pouvoir tenir le rythme, se plaignit-elle en disparaissant dans notre chambre, probablement pour enlever ses chaussures.

— C'est ça d'être la rédactrice de mode la plus réputée du continent, Fricht, lui criai-je en me concentrant sur la télé pour voir la fin du match de basket.

— Je regrette de ne pas être dans la recherche scientifique comme toi, grommela-t-elle alors que je me levais pour allumer la bouilloire, machinalement.

Je savais que Fricht adorait quand je lui préparais un thé après le boulot, tandis qu'elle bossait sur les prochains articles de son journal.

— Tu étais une merde en physique, ricanai-je.

Et, sans voir sa tête, je savais qu'elle devait grimacer.

— On en parle, de ta note de littérature en fin d'année ? me piqua-t-elle, parce que, évidemment, elle frôlait le zéro.

— Allez, Fricht, avoue que tu adores ton job. Surtout quand ton associée est Vanessa, la taquinai-je, et un adversaire de mon équipe favorite marquait un panier.

Je grimaçai et penchai la tête sur le côté en voyant l'air radieux de Brian. Et dire que ce pauvre con était parvenu à entrer en pro. La vie était quand même vachement mal foutue.

— Tu as parlé à Evy aujourd'hui ?

— Ouais, mais pas longtemps. Elle a juste bu un verre, parce qu'elle aura bientôt ses partiels et qu'elle est obnubilée par l'idée que la moindre seconde pourrait lui coûter son année, grognai-je en avalant une gorgée de Coca.

— C'est normal que son futur métier de psychologue lui tienne à cœur, la défendit-elle lorsqu'elle comprit que je boudais.

Un silence se fit pendant quelques instants, et je me demandai si elle était tombée dans son énorme placard à chaussures ou si elle avait trouvé le moyen de se perdre dans son dressing.

J'avais toujours un peu de mal à laisser Evy s'éloigner de moi, même si ce n'était que pour traverser la rue d'en face et se rendre à son prochain cours. La première année, nous l'avions passée quasiment collés l'un à l'autre pour se rattraper, à se voir tous les jours, surtout une fois que sa famille se fut installée dans notre ville. La fin de ma terminale avait été plutôt géniale, entre ma copine, mon frère un peu collant et ma petite sœur retrouvée.

Et là, elle partait. Jackie Chan partait. Patrick et Claire revenaient à peine de leur croisière et Vanessa parcourait le monde au côté de sa petite amie Amandine pour organiser des défilés de mode et en faire des articles réputés.

Ils partaient, chacun leur tour, et j'arrivais à peine à croire qu'ils finissaient quand même par revenir, sans exception.

— Oh Dieu, je te jure que le jour où je t'épouse, je te fais promettre d'acheter une maison bien plus grande que ce petit appartement minuscule, lâcha la voix légèrement étouffée de Brittany, et je me doutais qu'elle ne réussissait pas à trouver sa paire de chaussons.

— Je ne tondrai pas la pelouse, lançai-je en rigolant alors qu'elle poussait un petit cri hystérique, et je me demandai dans combien de temps la première chaussure allait voler.

— Tu sais, Gabriel, je crois qu'il nous reste encore quelques petits points à éclaircir, toi et moi. Et j'ai deux-trois choses à t'apprendre aussi : crève si tu crois que je vais passer la tondeuse à gazon, lâcha-t-elle, et il y avait quelque chose de particulièrement drôle à l'entendre s'énerver sans pour autant voir ses bras se croiser sur sa poitrine et ses joues rougir.

Je souris en repensant un peu à toutes les choses qui avaient changé en cinq ans. Ma petite Fricht avait quand même trouvé le moyen de m'ancrer quelques conneries dans le crâne.

J'avais appris que les failles dans une armure ne faisaient pas de nous des êtres faibles.

J'avais compris que faire confiance à quelqu'un n'était pas lui tendre un poignard.

J'avais aussi saisi que le fait de m'attacher à certaines personnes ne signifiait pas que j'en trahissais d'autres.

J'avais enfin enregistré tout ça, et je ne le devais qu'à elle. J'avais plus grandi en cinq ans que dans le reste de ma vie, j'avais eu plus de bonheur dans ma dernière année de lycée que dans les dix autres que j'avais passées à l'école.

J'étais heureux. Peut-être ne le serais-je pas toute ma vie, peut-être regretterais-je même d'avoir vécu ça lorsque je tomberais bas, trop bas.

Mais je ne voulais pas penser aux risques, aux conséquences et à mes chutes futures.

Parce que, à chaque gamelle qu'on se prend, une main se tend pour nous relever. Et je savais que la sienne serait là, toujours.

— À quoi tu penses, Gossom ? lâcha-t-elle d'une voix bougonne en réapparaissant pieds nus.

— Au petit ensemble en dentelle que tu devais me montrer, soufflai-je d'une voix espiègle alors qu'elle approchait pour s'asseoir sur mes genoux, m'adressant le sourire séducteur qui me faisait fondre depuis cinq ans.

Elle grimaça lorsqu'un nouveau petit truc sembla s'immiscer entre nous, l'empêchant de se blottir contre moi autant qu'avant.

J'entendis son rire tandis que je pinçais sa taille et je pris soin d'en savourer chaque note. Ma main quitta la sienne pour remonter sur son poignet, effleurant les cicatrices qu'elle ne prenait plus la peine de me cacher.

— Je pensais au fait que je t'aime, avouai-je alors plus clairement en plongeant mes yeux dans les siens.

Je pouvais lire la surprise dans ses grandes prunelles piquetées d'émeraude. Un mélange unique, comme ma petite copine.

— Tu dis ça parce que je suis enceinte, Gossom, c'est ça ? Mais ça ne sert à rien, parce que je n'appellerais jamais – jamais – notre fils Tony Parker.

Bien sûr que non. Mon gars ferait de la boxe. Il n'était pas comme cette chochotte de Brian.

— Un collègue de travail m'a dit que c'était important d'être attentif à sa femme enceinte. Tu sais, pour que tu ne te sentes pas mal quand tu gonfleras comme un ballon, lançai-je, joueur face au regard outré de ma copine.

— Continue comme ça et pour le prochain tu devras te greffer un utérus, OK ? se vexa-t-elle alors que je la faisais tomber sur le canapé pour l'embrasser.

Ma main se posa machinalement sur son ventre arrondi depuis trois petits mois, juste assez pour que l'on connaisse le sexe du bébé. Jake avait perdu son pari, et je devais encore lui rappeler qu'il me devait un McDo.

Je ne savais même pas comment j'avais pu en arriver là. Un gosse. Moi, j'allais avoir un gosse. En même temps, j'avais tellement cru en des choses qui ne s'étaient jamais montrées véridiques que je m'étais dit que ça pouvait peut-être marcher. Je n'avais pas mal tourné, je n'avais pas perdu ceux que j'aimais, je n'avais pas tué mon père. Alors, peut-être que, ouais, je pourrais aussi assurer là-dessus. Je lui apprendrais un peu la boxe, et je ferais en sorte que mon gamin reste bien éloigné du travail de sa mère. Non, parce qu'un Jackie Chan dans la famille, c'était largement suffisant.

J'espérais qu'Andy serait un bon bébé. Du genre muet. Et avec un pot greffé sur le cul en bonus, ce serait génial.

PAPIER À BASE DE FIBRES CERTIFIÉES

hachette s'engage pour l'environnement en réduisant l'empreinte carbone de ses livres. Celle de cet exemplaire est de : 600 g éq. CO_2
Rendez-vous sur www.hachette-durable.fr

« Pour l'éditeur, le principe est d'utiliser des papiers composés de fibres naturelles, renouvelables, recyclables et fabriquées à partir de bois issus de forêts qui adoptent un système d'aménagement durable. En outre, l'éditeur attend de ses fournisseurs de papier qu'ils s'inscrivent dans une démarche de certification environnementale reconnue. »

Composition et mise en page : Nord Compo

Achevé d'imprimer en France par CPI Brodard & Taupin
Dépôt légal 1re publication : avril 2017
67.2323.2 - ISBN : 978-2-01-290439-2
Édition : 01 - Dépôt légal : avril 2017
N° d' impression : 3022282

Loi n° 49-956 du 16 juillet 1949
sur les publications destinées à la jeunesse

REMERCIEMENTS

Je voulais d'abord remercier mes petites lectrices du Web, qui sont toujours là et dont les avis ont permis à cette histoire d'exister. Vous êtes celles qui ont fait vivre Gabriel, Brittany, Vanessa et Jake à travers les réseaux sociaux et vos jolies illustrations !

Aussi, un grand merci à Isabel Vitorino, Cécile Térouanne et à toute l'équipe d'Hachette, qui réalise les rêves de petits auteurs tels que nous.

Enfin, je voulais finir par adresser un petit mot à toutes ces personnes qui vivent des épreuves similaires à celles de mes personnages. La vie peut être difficile, mais j'espère que ce livre vous a aidé à réaliser à quel point elle mérite d'être vécue…